Horst Hustert · Der Rivale des Pharaos

Band 2

Bibliografische Information der Deutschen Nationalbibliothek

Die Deutsche Nationalbibliothek verzeichnet diese Publikation in der Deutschen Nationalbibliografie; detaillierte bibliografische Daten sind im Internet über http://dnb.ddb.de abrufbar.

ISBN 978-3-89969-066-8

www.principal.de

Printed in Germany

Horst Hustert

Der Rivale des Pharaos

Band 2

PRINCIPAL VERLAG

Danke an Maria für die Hilfe und das Verständnis

Inhalt

Zurück nach Theben

Wir hatten Mamose auf hoher See bestattet. Es war eine einfache und schlichte Feier. Mennon sprach als Kapitän und gleichzeitig als sein bester Freund einige Worte. Als er aufhörte, hatte ich den Eindruck, dass er noch mehr sagen wollte, aber dann schwieg er, weil seine Stimme zu versagen drohte.
Intef war es, der die Trauerfeierlichkeiten leitete. Er erinnerte an Mamoses Leistungen als Steuermann, der maßgeblichen Anteil daran hatte, dass das Land Punt, auf Befehl von Hatschepsut, wiederentdeckt wurde.
Dann, als ich an der Reihe war, schilderte ich, wie Mamose mir, ein heimatloses und sehr verängstigtes Kind, mit Güte und seiner menschlichen Wärme Halt gegeben hatte. Auch, dass er mir, als ich älter wurde und in Ägypten lebte, immer ein verlässlicher Freund geblieben war.
Zum Schluss der Feierlichkeiten wurde Mamoses Leiche der unendlichen Weite und Tiefe des Meeres übergeben.

Es war eine traurige Reise. Gesprochen wurde nur wenig, denn der Schock über Mamoses Tod saß bei allen tief.
Erst als wir das Nildelta erreichten und zeitweise, wegen des fehlenden Windes, gerudert werden musste, kam Intef zu mir und wollte wissen: »Sagtest du nicht, dass die Soldaten von Kenna in der Nähe von Memphis für ihre Verbrecheraufgaben ausgebildet wurden?«
»Ja! Ich kann mich erinnern, dass der Priester Bek zum Abschied zu Hauptmann Kenna sagte: ›Wir treffen uns außerhalb von Memphis, dort wo ihr ausgebildet wurdet.‹ Warum fragst du?«
»Hm.« Intef rubbelte an seiner Nase, als ob er sich von dort Ideen holen könne.
»Ich würde mir diese Unterkunft gern anschauen. Vielleicht finden wir Hinweise über die Hintermänner. Es müssen hochgestellte Persönlichkeiten sein. Einmal ist da Bek, der Hohepriester Amuns werden will. Dann fiel einmal der Name Senmen, er ist der Bruder Senmuts, er soll einer der Drahtzieher im Hintergrund sein. Nachdem Senmut in Ungnade gefallen war, traf das auch Senmen, denn

Thutmosis ließ sein gesamtes Vermögen konfiszieren. Er hätte also Grund genug, sich an Ägypten zu rächen. Außerdem gibt es noch einen General, von dem wir leider nicht viel wissen, der mit Bek zusammen der Anführer dieser Verbrecherbande ist.«
»Wir haben Hauptmann Kenna gefangen«, erinnerte ich Intef. »Von ihm könnten wir sicher einiges erfahren. Zumindest müsste er uns verraten können, wo sich diese Unterkunft befindet. Übrigens weiß er nicht, dass wir etwas darüber wissen. Wenn wir ihn befragen, können wir gleich feststellen, ob er uns die Wahrheit sagt.«
»Ah ja!« Intef rieb erneut seine Nase. »Das werde ich augenblicklich machen!«
»Ja, gehen wir zu ihm.« Ich wollte mich sofort auf den Weg unter Deck machen, wo der Gefangene in einer kleinen Kabine eingeschlossen war.
»Warte!« Intef war nicht einverstanden. »Lass mich erst alleine mit ihm reden. Glaube mir, es ist besser so! Sollte er nicht die Wahrheit preisgeben, werde ich ihn einer gewissen Behandlung unterziehen. Das ist nichts für dich!«
Er hatte nicht unrecht und deswegen fügte ich mich. Aber ich konnte es mir nicht verkneifen zu sticheln: »Denk daran, wir brauchen ihn in Theben. Thutmosis wird sicher einiges von ihm wissen wollen.«
»Was du nicht immer hast«, brummte er und entfernte sich.

Ich ging derweil an Deck auf und ab, um mir Bewegung zu verschaffen. Bei Mennon blieb ich stehen.
»Intef befragt gerade den Gefangenen. Er möchte herausbekommen, wo sich die Mörder in Memphis aufhalten könnten.«
»Ja, es wäre gut, wenn sie so schnell wie möglich bestraft würden.« Er stockte, um dann nachdenklicher werdend fortzufahren: »Nur manchmal frage ich mich, was das soll? Es macht Mamose nicht wieder lebendig.« Er schwieg einen Moment lang, ehe er weitersprach und sich selbst seine Frage beantwortete. »Doch es ist sicher richtig. Mörder müssen dasselbe Schicksal erleiden, das sie einem Unschuldigen angetan haben. Allein schon deswegen, damit sie nie mehr morden können.«
Ich wollte ihn von seinen düsteren Gedanken ablenken und fragte: »Auf der Hinfahrt durch das Delta sagtest du, dass hier in dieser unwirtlichen Gegend Menschen leben. Was sind das für Leute?«

»Eigentlich nur Fischer und Jäger! Als die hohen Herrschaften aus dem Palast einmal im Delta zur Jagd waren, musste ich sie dort hinbringen. Die Mannschaft des Schiffes wurde dazu eingeteilt, die Trophäen der getöteten Tiere zum Schiff zu bringen. Dabei habe ich einige der Jäger aus dem Delta gesehen. Es sollen die besten in Ägypten sein.«
Er wurde lebhafter. »Da fällt mir noch etwas ein! Abends war ein gemeinsames Essen aller Jagdbeteiligten. Sogar wir einfachen Leute durften daran teilnehmen. Der Lagerplatz befand sich in der Nähe einer größeren Tempelanlage. Von dort kamen mehrere Priester, die in der Nähe des Wesirs sitzen durften. Der Wesir war damals der Ranghöchste der Jagdgesellschaft. Einer von den Priestern erzählte mir, als er reichlich Wein getrunken hatte, dass es sich bei dem Tempel um einen Orakeltempel handeln würde.«
»Orakel? Ist da nicht so eine Art Wahrsager, der einem die Zukunft voraussagen kann?«
»Ja, so ähnlich. In diesem Fall sollte man das allerdings nicht so abwertend formulieren. Dieses Orakel soll ein sehr junges Mädchen sein. Oder war es ein junger Amun-Priester? Auf jeden Fall meinte der Priester, das Orakel sei etwas Besonderes. Es kann natürlich nicht jedermann dorthin, um sich die Zukunft vorhersagen zu lassen. Nur bei sehr wichtigen Entscheidungen, die für Ägypten bedeutend sein können, entscheidet der Hohepriester Amuns, wer welche Fragen stellen darf.«
Davon hatte ich bisher nie etwas gehört. Es war nützlich, sich mit Mennon zu unterhalten. Er war in der Welt herumgekommen und hatte viel auf seinen Reisen erlebt und erfahren. Eigentlich hatte ich ihn nur von seinen trüben Gedanken ablenken wollen, was mir durchaus gelungen war. Aber wie das so oft der Fall war, hatte mir das Gespräch auch gutgetan. Ich war froh, ihn zum Freund zu haben.

Intef kam auf uns zu.
»Hast du was Interessantes erfahren?«, rief ich ihm zu.
»Ja! Dazu musste ich Kenna erst ein wenig handgreiflich überreden! Freiwillig sagt der nichts! Jede Einzelheit muss man ihm quasi aus der Nase ziehen. Zum Glück ist mir dein Freund Hor ein bisschen zur Hand gegangen.«

Als ob man ihn gerufen hätte, kam der gerade auf uns zu und meinte strahlend: »Ich habe mitgeholfen! Wir haben einige interessante Antworten aus ihm herausgekitzelt.« Sogar Mennon musste wegen seiner fröhlichen Art leicht schmunzeln.
Was sie im Einzelnen gemacht hatten, wollte ich lieber erst gar nicht wissen, deswegen wiederholte ich meine Frage: »Und was habt ihr erfahren?«
Intef antwortete: »Wir wissen, wo die Soldaten gewohnt haben. Außerhalb von Memphis, ungefähr einen halben Tagesritt entfernt. Ich kenne die Gegend. Mehr haben wir nicht erfahren. Kenna hat Angst und zwar vor diesen Leuten, die ihn überredet haben, diese Verbrechen mitzumachen! Natürlich hat er eine Menge Gold dafür bekommen. So viel hätte er als Hauptmann in der Armee in seiner ganzen Soldatenlaufbahn nicht erhalten.«
»Ja, er hat Angst«, meinte Hor. »Vor uns auch. Aber weniger als vor den Priestern. Sie haben ihm unter anderem angedroht, dass er nach seinem Tod nie die ewige Ruhe finden wird, wenn er was verrät.«
Intef zuckte die Achseln. »Wir werden ihn noch einige Mal kitzeln müssen. Mit diesen spärlichen Informationen brauchen wir Thutmosis erst gar nicht zu kommen.« Er und Hor grinsten sich verschwörerisch an.
Mennon räusperte sich. »In ungefähr zwei Tagen sind wir in Memphis. Spätestens dann müsst ihr entscheiden, ob ihr dort etwas unternehmen wollt. Während ihr die Verbrecher sucht, könnte ich die Weiterfahrt organisieren, wenn ihr das wollt!«
»Ja«, antwortete Intef. »Wir sollten uns auf keinen Fall die Chance entgehen lassen, den Aufenthaltsort der abtrünnigen Soldaten zu finden. Die Priester sind sicher vor uns angekommen, doch nicht lange genug, um eventuell vorhandene Beweise vernichten zu können. Außerdem denke ich, dass wir nur ein oder höchstens zwei Tage benötigen werden.«
Damit war klar, was wir in den nächsten Tagen unternehmen würden. Ich freute mich, für einige Zeit an Land gehen zu können. Eine Schifffahrt war für mich immer eine recht langweilige Angelegenheit. Hinzu kam auf dieser Reise, dass es an Bord ziemlich eng war. Da waren die zehn Soldaten von Intef, die natürlich mit zurückreisten. Dann die Schiffsmannschaft. Es war nicht Mennons Schiff,

denn das hatten die Priester und die abtrünnigen Soldaten ja geraubt. Und so waren Mennon, Hor und ich nur Gäste hier.

Wir waren alle froh, als das Schiff nach zwei Tagen in Memphis anlegte und wir der Enge für einige Zeit entfliehen konnten.
Ehe wir von Bord gingen, kam Intef zu mir und sagte: »Ich möchte erst zu der hiesigen Kaserne. Es ist sicher nicht verkehrt, von dort einige Soldaten als Verstärkung mitzunehmen. Wir können nicht ausschließen, dass sich am Aufenthaltsort der abtrünnigen Soldaten noch mehr Männer aufhalten.«
Er machte eine Pause und schaute mich verschmitzt lächelnd an. »Ich könnte mir vorstellen, dass du mit zur Kaserne möchtest. Wenn ich mich recht erinnere, hast du zwei Freunde, die dort stationiert sind. Sie könnten eventuell da sein, wenn sie nicht gerade außerhalb einen Einsatz haben.«
Bei den Göttern! Mat und Tanus! Daran hatte ich nicht gedacht. Selbstverständlich wollte ich mit. Auch wenn ich wüsste, dass sie nicht in der Kaserne waren, wäre ich mitgegangen, nur um der Enge an Bord zu entfliehen.
Vom Hafen bis zu den Kasernen war es nicht weit. Intef hatte seine zehn Soldaten mitgenommen. Die Leute, die wir unterwegs trafen, schauten uns nach. Da ich der einzige Zivilist in der Truppe war, konnte ich entweder nur ein Verbrecher sein, den die Soldaten festgenommen hatten, oder eine wichtige Persönlichkeit, die eine Eskorte bekommen hatte.

Wir kamen morgens früh in der Kaserne an. Die Soldaten waren bereits munter. Wenn ich allein gekommen wäre, hätte ich bestimmt vor dem Tor endlos warten müssen, bis man mich hineinließ. Da aber Intef dabei war, ging alles sehr schnell. Nachdem er kurz mit den Wachen gesprochen hatte, standen diese stramm und unsere Soldaten marschierten im Gleichschritt auf den Kasernenhof. Ich hinterher, allerdings kam ich mir dabei reichlich blöd vor.
Plötzlich hörte ich hinter mir eine Stimme. »Schau mal, Tanus, den kennen wir doch. Will Sen jetzt etwa Soldat werden? Allerdings, marschieren im Gleichschritt kann er nicht besonders gut. Das müssen wir ihm unbedingt als Erstes beibringen!«
Mat! Ich drehte mich blitzschnell um. Da standen die beiden und

grinsten dreckig. Das war die Art der Soldaten, ihre Freude zu zeigen. Nachdem sie ihren Spaß gehabt hatten, umarmten sie mich und freuten sich, genau wie ich, dass wir uns nach so langer Zeit wiedersahen.
Nach der ersten Wiedersehensfreude schaute mich Tanus ein bisschen vorwurfsvoll an und meinte: »Diesmal lassen wir dich nicht mehr so schnell weg wie letztens auf dem Markt, als wir uns kurz getroffen hatten.«
»Genau«, fügte Mat hinzu. »Du musst uns einiges erzählen. Die Sache mit Senmut und wo du dich die ganze Zeit herumgetrieben hast!«
»Ja klar!« Erst konnte ich vor Freude gar nichts sagen, denn ich musste ein wenig schlucken. »Aber...«
»Nichts aber«, fiel Mat mir ins Wort. »Diesmal lassen wir dich erst weg, wenn wir alles haarklein wissen!«
Da kam mir Intef zu Hilfe. »Na, die Herren Hauptleute, große Wiedersehensfreude?«
Die zwei nahmen Haltung an. Intef winkte ab. »Macht bloß keine Verrenkungen!«
Es war eine Genugtuung, mit anzusehen, wie sie strammstanden, denn jetzt hatte ich einen Grund, unverschämt zu grinsen. Sitten waren das bei den Soldaten! Gut, dass ich Zivilist bin, dachte ich.
»Sen hat wirklich wenig Zeit«, fuhr Intef fort. »So leid es mir tut. Es ist nichts mit Besaufen!« Die beiden zogen enttäuschte Gesichter.
Intef war noch nicht fertig. »Ich mache euch folgenden Vorschlag: Wir planen für heute und wahrscheinlich auch morgen eine Aktion außerhalb von Memphis. Ich brauche zur Verstärkung einige Leute. Reitet mit uns. Mit eurem Vorgesetzten wird es deswegen keine Probleme geben. Das regele ich.«
Ihre Gesichter hellten sich auf und sie gaben sofort ihre Zustimmung.
Beim Weggehen rief Intef: »Seht zu, dass ihr in einer Stunde fertig seid! Dann geht es zu Pferde los!«
»Kommt mit!« Mat ergriff, wie so oft, als Erster die Initiative. »Zuerst brauchen wir Pferde, außerdem sollten wir etwas für den Ausflug zusammenpacken.«
»Ja!« Tanus brauchte gewöhnlich ein bisschen länger beim Denken. »Drüben sind die Ställe!« Dabei fasste er mich am Arm und zog

mich zu einem großen, lang gestreckten, flachen Gebäude. So viele Pferde hatte ich noch nie zusammen gesehen. Sie standen, jedes für sich mit Balken oder Seilen abgetrennt, in langen Reihen. Vor sich hatten sie in einem Behälter Wasser und in einem anderen Futter. Mehrere Stallknechte rannten sehr geschäftig hin und her und sorgten für die Tiere.
Tanus rief einem Mann etwas zu. Der nickte und kam zu uns.
»Drei Reitpferde! Zwei Packpferde! Das Übliche an Verpflegung für zwei Tage!«, befahl Mat. Der Mann machte sich sofort an die Arbeit.
»Jetzt haben wir fast eine Stunde Zeit«, grinste Mat. »Kommt nach nebenan.«
Er führte uns in einen kleinen Raum, der abgetrennt von dem großen Stall als Aufenthaltsraum für die Stallknechte diente.
Mat strahlte mich an. Er ging zu einer Ecke des Raumes und wie von Zauberhand hatte er plötzlich drei Krüge und eine volle Kanne mit Bier in der Hand.
»Wenn Intef meint, wir hätten keine Zeit, ein Bier zu trinken, kennt er uns schlecht! Zum Wohl!«
Wir lächelten uns an und hoben die Krüge.
»Also, du Schlawiner«, Mat wischte sich den Bierschaum vom Mund, »nun fang mal damit an, als du damals bei unserer Reise mit den Streitwagen Senmut informiert hast. Wir mussten deswegen nachträglich einige unbequeme Fragen beantworten.«
»Ja!« Ich nickte ihm zu. »Das war eigentlich der Grund, warum ich euch nichts gesagt habe. Ihr solltet ein reines Gewissen haben, wenn ihr befragt werdet! Wenigstens bei dieser Sache«, setzte ich schalkhaft hinzu.
»Mann, wir sind deine Freunde! Uns kannst du alles sagen!« Tanus war empört.
»Passt auf! Ich erzähle euch alles! Von Anfang an! Dann könnt ihr sehen, in welcher Zwangslage ich mich damals befand. Vielleicht hättet ihr nicht anders gehandelt.«
Ehe ich begann, trank ich schnell einige Schluck Bier. Nachher hatte ich sicher wenig Zeit dazu. Dabei konnte ich sehen, dass unsere Pferde inzwischen bereitstanden. Es fehlten lediglich die Packpferde.
Zuerst berichtete ich, wie Mamose gestorben war. Sie hatten von

seinem Tod zwar gleich bei unserer Ankunft gehört, aber gerade Mat, der Mamose genauso lange kannte wie ich und mehrere Jahre bei ihm und Mennon gewohnt hatte, wollte es haarklein wissen. Ihm ging der Tod Mamoses sehr nahe.
Ich schwieg längere Zeit, um ihm Gelegenheit zu geben, sich einigermaßen zu fassen. Dann begann ich, meine Erlebnisse von Anfang an zu erzählen. Von dem Ausflug zu dem Tempel Hatschepsuts, zusammen mit Thutmosis, Intef und Thotmes. Wie die unerlaubten Bilder Senmuts entdeckt wurden. Von der Wut und Empörung Thutmosis' darüber. Dann, wie ich zu Hatschepsut gerufen wurde und von ihrer Bitte, Senmut zu warnen, und dass ich meine Wohnung bei Nefer verlassen musste, um auf Anordnung von Intef bei den Soldaten zu wohnen.
Zwischendurch fiel mir etwas ein und ich sagte: »Wenn Intef nachher in unserer Nähe ist, möchte ich nicht weiter darüber sprechen. Er weiß zwar inzwischen viel, aber er ist auch ein Freund Thutmosis' und muss nicht alles wissen.«
Gut, dass ich das zuvor geklärt hatte, denn kurz darauf hörten wir vor dem Stall Stimmen und sahen, dass Intef mit einem Trupp Soldaten gekommen war. Unsere Pferde waren mittlerweile fertig und wir gingen sofort nach draußen.
»Alles klar?«, rief er. »Dann los!«
Er setzte sich an die Spitze des Reitertrupps und los ging es.
Mat, Tanus und ich ritten zusammen. Da der Ritt nicht allzu schnell war, konnte ich ihnen in Ruhe den Rest meiner Erlebnisse erzählen. Zum Schluss berichtete ich, wie Senmut gestorben war und wie ich dann auf Wunsch von Pharao Hatschepsut, aus Sicherheitsgründen zusammen mit Mennon und Mamose, die Schiffsreise nach Syrien gemacht hatte.
Danach schwiegen wir lange. Wir dachten an Senmut. So wie wir ihn gekannt, gemocht und gefürchtet hatten. Selbst das Leben der Mächtigen nimmt nicht immer ein gutes Ende! Hoffentlich ging sein Wunsch, bei den Göttern zu wohnen, in Erfüllung.

Ich hatte nicht auf den Weg geachtet. Doch nun wurde ich wieder aufmerksam und sah, dass wir nicht in Richtung Nil, sondern zur entgegengesetzten Seite geritten waren. Die grüne Landschaft an der Seite des Nils hatten wir längst verlassen und ritten bereits eine Weile durch eine ständig öder werdende Gegend.

Ich ärgerte mich ein bisschen, weil ich nicht vorher Intef oder Hor gefragt hatte, wo genau sich die Unterkunft der abtrünnigen Soldaten befand. Hor konnte ich jetzt nicht fragen, er war nicht mitgekommen, da Intef nur Soldaten dabeihaben wollte.
Vereinzelt waren noch Bauernhütten zu sehen und auch ihre Bewohner, die auf dem kargen Land arbeiteten. Dann waren von Weitem mehrere größere Häuser zu erkennen, auf die Intef gerade zuritt.
Als wir nahe genug herangekommen waren, rief Intef den Soldaten zu: »Ausschwärmen!«
Sie machten das nicht zum ersten Mal und bildeten sofort einen weiten Kreis um die Häuser und rückten dabei langsam vor.
Erst war keine Menschenseele zu sehen, als wir aber näher herankamen, sahen wir einige Leute, die vor einem der Häuser standen und einen erschreckten Eindruck machten.
Intef kümmerte sich nicht um sie, sondern befahl seinen Soldaten in die Häuser hineinzugehen. Es dauerte längere Zeit, bis alle Häuser durchsucht waren und die Soldaten herauskamen.
Mat und Tanus, die an der Durchsuchung teilgenommen hatten, kamen zu uns herüber.
Mat rief: »Nichts! In den Häusern ist niemand! Allerdings scheint es so, dass vor kurzer Zeit Menschen da waren. Es sind ziemlich frische Essensreste zu sehen.«
»Gut!« Intef nickte. »Schaut euch weiter um. Lasst euch Zeit! Eventuell seht ihr Kleinigkeiten oder sogar zerrissene oder weggeworfene Papyri, die wichtig sein könnten.«
An mich gewandt sagte er: »Komm, Sen! Wir gehen zu den Leuten dort drüben. Vielleicht wissen sie etwas.«
Drei Männer und zwei Frauen schauten uns ängstlich entgegen.
»Wer seid ihr?«, herrschte Intef sie an.
»Wir sind hier angestellt und sorgen für das Essen, wenn Soldaten da sind und machen sauber«, antwortete einer der Männer.
»Waren vor Kurzem Soldaten hier?« Intef behielt seinen rauen Ton bei, um sie einzuschüchtern.
»Nein, keine Soldaten. Amun-Priester! Einige von ihnen waren vor Monaten schon einmal hier. Gestern Morgen sind sie aufgebrochen.«
»Sagtest du nicht, dass diese Gebäude für Soldaten bestimmt sind?«, fuhr Intef ihn an.

Jetzt antwortete ein anderer Mann, da es dem ersten wohl vor Schreck die Sprache verschlagen hatte.
»Es waren öfter andere Leute hier. Sie machten aber auch die gleichen Übungen für den Krieg, so, wie die Soldaten. Minhotep und Kenna sagten, das ginge in Ordnung. Minhotep, der Priester, war gestern übrigens ebenfalls dabei.«
Endlich zwei Namen, die wir kannten! Minhotep, der Amun-Priester und Bruder von Senmut, und Hauptmann Kenna, der unser Gefangener war. Die Männer schienen die Wahrheit zu sagen.
»Wir müssen versuchen, sie weiter auszufragen«, flüsterte Intef mir zu. »Sie haben alle Leute, die hier an den Übungen teilgenommen haben, gesehen. Wenn sie keine Namen wissen, lassen wir uns die Priester beschreiben. Möglicherweise kennen wir den ein oder anderen. Du hast doch so eine neugierige Ader. Frag sie mal aus. Ich schaue mich inzwischen in den Häusern um. Zur Sicherheit schicke ich dir mehrere Soldaten. Man kann nie wissen.«
»Gut!« Ich war natürlich einverstanden.
Bisher hatten wir die Unterredung oben von unseren Pferden aus geführt. Als Intef wegritt, stieg ich von meinem Pferd. Vielleicht verloren die Leute etwas von ihrer Angst, wenn ich sie nicht in einem so barschen Ton ansprach.
Ich schaute sie mir genauer an. Es waren Bauern aus der Gegend. Einfache und ordentliche Leute. Durch ihre Arbeit für die Soldaten wollten sie sicher ihren kargen Lebensunterhalt aufbessern. Ich stellte mich zu ihnen und um es ihnen leichter zu machen, fragte ich: »War ein größerer kräftiger Priester mit Vollglatze dabei? Einer, dem die andern gehorchten?«
Sie wurden richtig lebhaft. »Ja!« Eine der Frauen lachte schrill. »Er schrie die anderen manchmal an, obwohl das gar nicht nötig war, denn sie gehorchten ihm ohnehin.«
»Genau!« Einer der Männer stimmte ihr zu. »Doch an den Übungen der Soldaten hat er nie teilgenommen, das weiß ich bestimmt. Außerdem war er selten da. Er kam meist nur für ein paar Stunden.«
Da hatte ich wenigstens etwas Wichtiges erfahren. Bek, der Hohepriester Amuns werden wollte, war also hier gewesen. Ich hatte es zwar vermutet und insofern war es keine Überraschung, aber es zeigte mir, dass diese Leute ehrlich antworteten.
Ich überlegte. Von drei Männern wussten wir jetzt, dass sie hier

waren. Ich hatte gehofft, dass wir etwas für uns ganz Neues erfahren könnten. Deswegen fragte ich noch einmal nach: »Und sonst? Könnt ihr jemanden beschreiben, auf dessen Befehl die anderen hörten?«
Sie schauten sich an und schüttelten die Köpfe. »Nein«, meinte die Frau, »eigentlich nur die Soldaten, sie hatten auch Unterführer, die Befehle gaben, doch die meinst du wahrscheinlich nicht?«
»Nein, die meine ich nicht!« Die Allerschlauesten schienen sie nicht zu sein. Darum hakte ich nach: »War eventuell jemand da, der kein Soldat oder Priester war?«
Sie schauten sich ratlos an.
»Warte mal!« Die Frau, die bisher nichts gesagt hatte, strich sich übers Haar und machte einen verlegenen Eindruck. Sie schien es nicht gewohnt zu sein, mit Fremden zu reden.
Ich schaute sie besonders freundlich an und sprach sie direkt an: »Ja? Ist dir etwas eingefallen? Sag es ruhig, selbst wenn es dir im Moment unwichtig erscheint.«
Das nette Ansprechen hatte geholfen. Sie wurde mutiger. »Ich war damals allein«, wandte sie sich erst an ihre Leute. »Ihr wart auf dem Land! Da kam der Oberpriester.« Sie errötete. »Wir nennen ihn unter uns immer Oberpriester, weil er das Sagen hatte.«
Nun hatte sie den Faden verloren und wusste nicht mehr, was sie eigentlich sagen wollte. Ich unterbrach sie nicht, sondern lächelte ihr aufmunternd zu. Es half und sie fuhr fort: »Ein Mann war dabei, mit sehr schöner und wertvoller Kleidung. Ich hörte, wie der Oberpriester sagte: ›Schau dir die Einrichtung an. Schlimmer, als in den Soldatenunterkünften. Wir müssen den Leuten schließlich etwas bieten, wenn wir sie für uns gewinnen wollen.‹
Ich weiß nicht, was der Mann antwortete, aber der Oberpriester redete so freundlich, wie ich es vorher von ihm noch nie gehört hatte.«
Sie wandte sich wiederum an ihre Leute, um es von ihnen bestätigt zu bekommen. »Ihr wisst es doch auch! Die Häuser bekamen alle eine neue Einrichtung. Das war nur ein paar Tage nach dem Gespräch zwischen den beiden.«
Einiges hatte sie zwar jetzt erzählt, nur viel hatte ich nicht erfahren. Ich versuchte ihr zu helfen und fragte: »Kannst du ihn beschreiben? Wenigstens so ungefähr?«

»Also, er trug ganz teure Kleidung. Groß und schlank war er!«
Zunächst konnte ich mit der Beschreibung nichts anfangen. Sie hätte durchaus auf Senmut zutreffen können. Aber der war tot! Plötzlich hatte ich einen Einfall! Der Bruder von Senmut, Senmen! Er hatte Ähnlichkeit mit Senmut. Ich hatte ihn einige Male im Palast gesehen, allerdings nie mit ihm gesprochen. Er war in vielen Ämtern der Stellvertreter Senmuts. Mehr ein Mann im Hintergrund. Ob er es war? Ich war mir nicht ganz sicher.
Ich ließ es mir nicht anmerken, dass ich den Mann eventuell kannte und redete eine Weile mit den Leuten, ohne etwas Interessantes zu erfahren.

Die Dunkelheit war angebrochen und die Soldaten hatten ein Feuer angezündet, um das Essen zuzubereiten. Ich wollte Intef berichten, was ich erfahren hatte. Er war nirgends zu sehen und deswegen ging ich in eines der Häuser. Überall hingen Fackeln, sodass man einen guten Einblick hatte.
Intef redete mit seinen Unterführern. »Na«, sprach ich ihn an. »Habt ihr etwas entdeckt?«
Er schien den Kopf zu schütteln. Dann fiel ihm wohl ein, dass ich dies wegen des dämmrigen Lichtes nicht richtig erkennen konnte, und antwortete: »Nichts von Bedeutung! Nur, dass gestern Leute hier waren. Aber das wussten wir ja.«
Schnell berichtete ich ihm, was ich erfahren hatte und über meinen Verdacht gegen Senmen.
»Ja, du kannst recht haben. Er ist der Bruder Senmuts und musste alle seine Ämter aufgeben. Auch der größte Teil seines riesigen Vermögens wurde konfisziert. Für Thutmosis existiert er nicht mehr und für ihn ist es sicher schwierig, sich damit abzufinden, dass er mittlerweile keinen Einfluss mehr hat.«
Er schwieg eine Weile und kratzte sich dabei öfter an der Nase. Mehr für sich redete er weiter: »Zutrauen würde ich es ihm. Er ist ein schweigsamer Mann, der seine wahren Gedanken immer gut verbergen konnte. Ich hatte öfter mit ihm zu tun. Aber er der große Führer? Nein! Das kann er nicht allein. Da muss noch jemand sein. Ein Mann, der organisieren kann und es gewohnt ist zu befehlen! So, wie ich Senmen kenne, bin ich sicher, diese Eigenschaften hat er nicht.

Ich hatte bereits mehrfach zum Feuer nach draußen geschaut. Die anderen hatten sich dort zum Essen zusammengefunden. Außerdem hatte ich Mat und Tanus gesichtet.
»Komm«, sagte ich zu Intef. »Lass uns zum Feuer hinübergehen. Das Essen ist fertig. Heute können wir nichts mehr machen. Ich denke, wir sollten morgen zurück zum Schiff, damit wir nach Theben aufbrechen können.«
»Ja, du hast recht. Komm.«
Beim Essen setzte ich mich zu Mat und Tanus. Wir hatten viel zu reden. Erst kam das Gespräch nicht so richtig in Fluss. Zum einen, weil man mit vollem Mund nicht gut reden kann, zum anderen, weil Intef sich zu uns gesetzt hatte. Die beiden schienen, im Gegensatz zu mir, eine gewisse Scheu vor ihm zu haben, doch Intef bemerkte es gar nicht. Er kaute gedankenverloren.
»Hat er dir eigentlich erzählt, dass er zum General befördert wurde?«, fragte Mat nach einer Weile.
Mir blieb vor Erstaunen ein Stück Fleisch, das ich gerade hinunterschlucken wollte, im Hals stecken und ich musste husten.
Als ich nach dem Hustenanfall wieder sprechen konnte, rief ich: »Bei den Göttern! Davon hat er kein Wort gesagt! Ich gratuliere dir, Intef!«
»Ja, ja, danke!« Er wehrte ab. »Glaubt mir, dadurch ist mein Leben bestimmt nicht leichter geworden. Thutmosis wollte es so. Ich bin jetzt General ohne Einheit. Offiziell untersteht mir zwar die gesamte Palastwache, aber für die habe ich im Grunde gar keine Zeit. Ich bin für Thutmosis so eine Art Offizier für schwierige Fälle. Jedes Mal, wenn es an einer Stelle in Ägypten oder wie nun in Syrien Probleme gibt, muss ich hin und für Ordnung sorgen. Und das ist nicht immer einfach!« Den letzten Satz sagte er ziemlich genervt. Er hatte sicher Sorgen. Dann lächelte er und meinte: »Mat hat dich bestimmt deswegen aufgeklärt, weil ich auf meine Beförderung bisher keinen ausgegeben habe. Oder?«
Ich ging sofort auf seinen Ton ein. »Am besten du änderst das schnell. Durst hätten wir alle!«
Wir lachten uns an. Intef winkte einem Soldaten, der kurz darauf vier große Krüge Bier brachte. Das musste er einige Male wiederholen, bis Intef sich verabschiedete: »Ich habe noch einiges mit den Unterführern zu besprechen. Und außerdem denke ich, ihr habt auch ohne mich genug zu reden.«

Er lachte und ging zu seinen Leuten hinüber. Für einen harten Soldaten hatte Intef bemerkenswert viel Feingefühl. Er hatte nicht vergessen, dass mich meine Freunde seit etlichen Monden nicht gesehen hatten.

Wir waren inzwischen recht fröhlich geworden und Tanus schrie nach einer Weile: »Mensch, Sen! Erinnerst du dich, als wir uns in Memphis getroffen haben? Weret war ebenfalls dabei. Dann wurden wir durch so einen blöden Volksauflauf getrennt! Wir hatten uns für abends verabredet. Warum bist nicht gekommen? Tagelang lag mir Weret deswegen in den Ohren, denn sie hätte dich liebend gern ausgefragt. Ich bin damals richtig eifersüchtig geworden! Also, was war? Erzähl!«
Ja und damit war ich wieder dran, lange zu reden. Sehr gern machte ich das eigentlich nicht. Lieber ließ ich andere reden. Aber sie waren meine besten Freunde und sollten alles erfahren. Ich fing bei der Schiffsreise an, die Hatschepsut für mich veranlasst hatte und bei der ich in Memphis Tanus mit seiner hübschen Freundin Weret getroffen hatte.
Ich sprach über Anta, wie sie in Memphis als Sklavin verkauft wurde und ich sie befreien konnte. Und dass dies der Grund war, warum ich mein Versprechen nicht einhalten konnte, Tanus abends zu treffen. Ich redete über die Reise mit Anta und über das Zusammentreffen mit ihrem Vater Kaba. Dann über Antas Tod.
Meine Stimme drohte zu versagen. Damit meine Freunde nicht merkten, dass meine Augen feucht wurden, trank ich schnell aus meinem Krug und hielt ihn dem Soldaten hin, damit er ihn erneut füllen konnte. Als er ging, sprach ich über ihre Mörder. Wie sie gefasst und getötet wurden, über den Verdacht, dass hochgestellte Persönlichkeiten in Ägypten für die Überfälle in Syrien und den Stadtstaaten verantwortlich waren. Zum Schluss berichtete ich von den Personen, die wir verdächtigten, und nannte auch die, bei denen wir sicher waren, dass sie zu den Anführern gehörten.
Danach machte ich eine längere Pause. Mat war die ganze Zeit sehr einsilbig geblieben. Ich wusste, dass ihm der Tod Mamoses sehr zu schaffen machte. Meine Gedanken gingen zu Mamose und zu Anta. Ich würde sie niemals vergessen.
Dann fügte ich hinzu: »Schweigt bitte darüber, was ich eben über

die Hintermänner gesagt habe. Ich denke, sie wissen nicht, dass wir sie verdächtigen, und ebenso wenig, was wir an Informationen über ihre Verbrechen haben.«
Tanus war es, der als Erster sprach: »Mann, was du alles erlebst hast! Dagegen ist unser Soldatenleben richtig langweilig! Obwohl wir natürlich auch einiges hinter uns haben.«
»Habt ihr denn mal an einem Krieg teilgenommen?«, fragte ich neugierig geworden.
»Nein, den hat es ja lange nicht mehr gegeben«, antwortete Mat. »Dafür gab es kleinere Grenzscharmützel mit den Stadtstaaten und den Beduinen.«
»Da haben wir ordentlich zugeschlagen!« Tanus war bisher gar nicht recht zu Wort gekommen. Er hatte früher schon gern geprahlt. »Das war viel besser als eine Übung! Wir konnten so richtig zeigen, was wir mit den Kampfwagen anstellen können. Leider dauerte der Kampf nicht lange, da der Feind nach kurzer Zeit Hals über Kopf flüchtete. Wir durften ihn leider nicht verfolgen. Unser Kommandeur wollte es nicht. Sonst wäre mindestens für eine Generation Ruhe gewesen. So gibt es jetzt immer wieder mal kleinere Aufstände. Stimmt's, Mat?«
»Ja genau! Nun, ich denke, der General hatte genaue Anweisungen und danach musste er sich richten. Sen, du hast vorhin unter anderem von Grabräubern gesprochen. Ich war vor wenigen Monden mit einem Trupp Soldaten im Nildelta. Es gab Hinweise, dass Grabräuber oder Schmuggler dort sagenhafte Schätze hingeschafft hätten. Wir haben danach wochenlang vergeblich gesucht. Vorhin hast du diesen Priester Bek erwähnt und beschrieben. Es könnte sein, dass ich ihn dort gesehen habe. Im Delta gibt es einen Tempel. Nicht so imposant wie in Karnak, doch für diese abgelegene Gegend ziemlich groß. Allerdings sieht er sehr heruntergekommen aus. Ich glaube, es ist auch kein Amun-Tempel. Vielleicht wurde er vor langer Zeit für fremde Götter erbaut und deswegen hat man nichts mehr für seinen Erhalt getan.«
Er überlegte einen Moment lang, ehe er anmerkte: »Außer diesem Priester Bek habe ich mehrere Amun-Priester gesehen. Übrigens gibt es dort ein Orakel, einen jungen Priester oder war es ein junges Mädchen? Egal! Auf jeden Fall wird es in Trance versetzt und sagt dann für wichtige Ereignisse die Zukunft voraus.«

»Ah ja!« Mennon hatte mir bereits davon erzählt. Interessant, dass Mat davon sprach und über seine Vermutung, Bek dort gesehen zu haben. Trotzdem konnte es Zufall sein, denn als erster Vermögensverwalter Amuns kam er überall herum.
Es wurde Zeit, dass wir uns zum Schlafen legten. Ich hatte so viel Bier getrunken wie lange nicht mehr. So ist es eben, wenn man gute Freunde nach langer Zeit wieder trifft: Reden und Trinken gehören einfach irgendwie zusammen.

Ich hatte nicht sehr lange geschlafen, als jemand schrie: »Aufstehen! General Intef hat befohlen, dass in einer Stunde Aufbruch ist!«
Es nützte nichts, ich musste aufstehen. Zwar hielt sich mein Kater in Grenzen, aber frühstücken mochte ich jetzt nicht, nur etwas trinken. Natürlich nur Wasser!
Mat, Tanus und ich versuchten beim Rückritt zusammenzubleiben. Meist gelang es, denn wir hatte uns eine Menge zu erzählen. Die interessanteste Neuigkeit für mich war, als Tanus sagte: »Du, wir werden demnächst beide nach Theben zurückversetzt.«
»Wunderbar! Dann können wir uns öfter sehen und vielleicht treffen wir uns mal, wie früher im Krokodilschwanz.«
Mat grinste etwas merkwürdig und schaute Tanus dabei an. Der wurde richtig verlegen. Das war eigentlich nicht seine Art und ich dachte: Was er wohl hat?
»Also, treffen sollten wir uns so oft wie möglich«, räumte er kleinlaut ein. »Nur bitte nicht im Krokodilschwanz oder im Nilschwanz! Weret und ich werden in den nächsten Wochen heiraten. Wenn sie erfährt, dass ich in einer dieser Kneipen war, bekomme ich großen Ärger. Na ja, wie Weiber eben sind. Sie hat einiges von dem gehört, was da manchmal abging. Und so ganz unrecht hat sie ja tatsächlich nicht.«
Das war es! Weret schien unseren großmäuligen Freund gut im Griff zu haben.
»Ja, ja, die Liebe«, sang Mat den Anfang eines bekannten Liedes und wir beide grinsten uns an. Tanus war das überhaupt nicht recht.
»Halt's Maul!«, knurrte er. »Das verstehst du nicht.« Und um uns abzulenken, fragte er mich: »Wie sieht es denn bei dir aus? Reist du gleich weiter nach Theben oder willst du dich länger in Memphis aufhalten?«

Ich ging auf sein Ablenkungsmanöver ein. »Sobald wir das Schiff erreicht haben, werden wir abreisen. Intef und ich denken, dass die Priester nach Theben wollen. Leider haben sie ungefähr zwei Tage Vorsprung.«

Unsere Freunde brachten uns bis zum Schiff. Mat ging direkt zu Mennon. Sie umarmten sich und traten zur Seite, um ungestört reden zu können.
Hor kam zu mir. »Gut, dass du wieder da bist. Auf dem Schiff ist es sehr langweilig. Ich wäre gern abends nach Memphis gegangen, um in einer Kneipe Bier zu trinken. Doch Mennon war der Ansicht, wir sollten alle an Bord bleiben, weil ihr plötzlich zurückkommen könntet und wir dann sofort abreisen müssten.«
Tanus grinste, als er Hor in seinem ägyptischen Kauderwelsch reden hörte.
Es dauerte nicht lange, bis der Kapitän rief: »Alle Fremden bitte von Bord! Wir legen gleich ab!«
Schnell verabschiedete ich mich von Tanus und Mat. Als sie beide an Land standen und zum Abschied winkten, rief Tanus: »In einigen Wochen sind wir in Theben. Ich soll dir von Weret sagen, dass du zusammen mit Merit zu unserer Hochzeit eingeladen wirst.«
Ehe ich richtig antworten konnte, war unser Schiff außer Rufweite.

Es war zwar erst um die Mittagszeit, aber ich hatte in der letzten Nacht wenig geschlafen und so legte ich mich hin, um ein paar Stunden nachzuholen. Trotz der Müdigkeit wollte sich der Schlaf nicht einstellen. Die Abschiedsworte von Tanus gingen mir nicht aus dem Sinn. Seine baldige Hochzeit und die Einladung, mit Merit dort hinzukommen.
Merit! Es würde nicht mehr lange dauern, bis ich sie wiedersah. Wie würde sie mich empfangen? Liebte sie mich überhaupt noch? Wenn ich an die vielen jungen Männer im Palast dachte, wurde ich, ohne an einen Bestimmten zu denken, eifersüchtig. Je mehr ich darüber nachdachte, desto unruhiger wurde ich und fand keinen Schlaf.
Fast war ich froh, als Intef zu mir kam und meinte: »Na, tagsüber schlafen? Du siehst blass aus. Das letzte Bier gestern Abend war wohl nicht so bekömmlich?«

»Nein, nein, es geht«, wehrte ich ab. »Willst du etwas Bestimmtes?«
Dass er nicht gekommen war, um sich nach meinem Befinden zu erkundigen, war mir klar.
»Wir sollten reden! Zum Beispiel, wie wir weiter vorgehen, wenn wir nach Theben kommen. Das Wichtigste ist, dass wir die Mörder zu fassen bekommen. Außerdem denke ich, wir sollten vorher deine Angelegenheit bei Thutmosis zur Sprache zu bringen. Erst dann weißt du, ob du dich in Theben frei bewegen kannst.«
Er hatte ›wir‹ gesagt! Ich konnte mich also darauf verlassen, dass Intef mir helfen würde. Gut, dass er die Sache zur Sprache brachte. Sie musste reichlich überlegt sein.
Ich kannte mich zwar im Palastgelände bestens aus, aber eine Audienz bei Thutmosis zu bekommen, war ohne Beziehungen unmöglich. Deswegen sagte ich: »Wie sollen wir vorgehen? Du musst sicher in den nächsten Tagen Thutmosis Bericht erstatten. Wirst du bei der Gelegenheit über die Mörder sprechen?«
»Ja natürlich! Nur gibt es da immer ein Problem. Thutmosis hat viele Termine. Es ist sehr schwer, kurzfristig bei ihm vorgelassen zu werden. Auch ein General muss, wenn er ihn sprechen will, lange Wartezeiten hinnehmen. Diese Palastbeamten entscheiden darüber und können manchmal fürchterlich nervig sein. Es sei denn, er wüsste, dass ich zurück bin. Dann würde er mich auf jeden Fall sofort rufen lassen.«
Wir überlegten angestrengt.
Intef grinste plötzlich. »Pass auf! Wir schocken diese aufgeblasenen Beamten, die für die Reihenfolge der Audienzen zuständig sind.«
Sein Grinsen verstärkte sich, als er weiterredete: »Warte mal! Ich hab's! Wir machen Folgendes: Zusammen mit unseren Soldaten marschieren wir einfach bis in den Audienzsaal. Schade, dass wir dabei keine Waffen mitnehmen können, sonst wäre der Spaß wesentlich größer. Doch die müssen wir bereits vorher bei den Wachen abgeben. Ich rufe dann zu diesem Audienz-Oberbeamten: ›Wichtige Nachrichten für den Thronfolger aus Syrien! Befehl von Thutmosis! Wir sollen uns direkt nach unserer Rückkehr bei ihm melden!‹«
Er lachte laut, weil er sich wohl gerade die verdutzten Gesichter der Beamten vorstellte. »Was meinst du, was das für ein Chaos gibt. Ihr schönes abgestimmtes Programm wird durcheinandergeraten!«

Misstrauisch fragte ich: »Meinst du das wirklich im Ernst? Auch, dass ich dabei sein soll? Ich würde lieber zunächst abwarten. Erst wenn du ihm alles gesagt hast und er mich zu sehen wünscht, werde ich kommen. Sonst kann es passieren, dass ich mit euch hineingehe und heraus begleiten mich anschließend andere Soldaten - und zwar in den Kerker!«
Er lachte und bekam sich kaum mehr ein. »Das sage ich dir, wenn du es allein versuchen würdest, käme es garantiert so. Aber ich bin dabei. Thutmosis und ich sind Freunde. Achte mal auf sein Grinsen, wenn wir das Programm der Hofbeamten durcheinandergebracht haben.«
»Mag ja sein. Doch er lässt mich wegen der Sache mit Senmut suchen. Hast du das vergessen?« Ich war überhaupt nicht davon überzeugt, dass dies der richtige Weg war.
Intef hingegen ließ sich nicht davon abbringen. »Glaube mir! Er liebt diese Überraschungen durch seine Freunde. Und deine Sache, wie du sagst, ist bei mir in guten Händen. Besser wir reden direkt mit Thutmosis darüber, als erst mit seinem Wesir oder einem anderen wichtigen Menschen aus seiner Umgebung! Ich verspreche dir, wenn ich ihm alles vorgetragen habe, ist diese alte Geschichte für dich erledigt. Bestimmt!«
Überzeugt war ich absolut nicht. Blieb mir denn außer einer ständigen Flucht vor den Soldaten Thutmosis eine andere Wahl? Ich seufzte. »In Ordnung! Ich mache es, obwohl ich ein schlechtes Gefühl dabei habe!«
Intef lachte womöglich noch lauter als vorhin. »Angst hast du! Genau das werde ich Thutmosis sagen! Und ich kenne seine Antwort: ›Das hat er verdient. Warum musste sich der Bursche, ohne richtig zu wissen was er tut, einmischen?‹ Glaube mir! So, oder so ähnlich wird er antworten!«
Dann sah er mein unglückliches Gesicht, bekam Mitleid und fügte hinzu: »Wirklich! Ich werde für dich aussagen. Dir wird nichts passieren. Alles wird gut werden!«
»Wie kannst du nur so sicher sein?«
Jetzt wurde er wieder ernster. »Du musst dir das so vorstellen: Wenn du mit deinen Freunden Tanus und Mat sprechen willst, gehst du da nicht direkt zu ihnen?« Ich nickte. »Na siehst du! Ich mache es bei meinem Freund Thutmosis auch so. Nur ist es wegen seiner hohen Stellung komplizierter!«

Sein letzter Satz hatte mich einigermaßen beruhigt und ich hatte vorerst keine Einwände mehr, zudem kam ich mit meinen Argumenten bei ihm nicht weiter.

Die Fahrt mit dem Schiff verlief ohne weitere Ereignisse. Der Wind kam günstig von Norden und wir kamen schnell voran. Doch das würde uns dem Schiff, mit dem die Priester segelten, nicht näher bringen, denn für sie stand der Wind leider genauso günstig.

In dieser Nacht schlief ich sehr unruhig, weil ich wusste, morgen früh würden wir in Theben anlegen, und Intef hatte dann vor, sofort mit seinen Soldaten zum Palast zu marschieren. Ich sollte wie besprochen mit. Innerlich war ich noch lange nicht von dem überzeugt, was Intef im Palast vorhatte. Aber hatte ich eine andere Wahl? Wohl kaum! Irgendwann schlief ich ein. Durch einen Ruck, der das ganze Schiff erschütterte, wurde ich geweckt. Wir hatten in Theben angelegt. Beim Frühstück konnte ich nichts zu mir nehmen, so aufgeregt war ich. Deswegen versuchte ich mich abzulenken und dachte an Merit. Wenn ich sonst an sie dachte, vergaß ich fast immer meine Probleme. Heute gelang es mir nicht.
Es dauerte nicht lange und Intef rief zum Aufbruch. Die Soldaten standen bereits fertig und sahen im Gegensatz zu den letzen Tagen auf dem Schiff sehr sauber und ordentlich aus. Sie hatten ihre Rüstung angelegt und trugen Waffen.
Intef, der wohl ahnte, was in mir vorging, lächelte leicht und meinte: »Keine Sorge! Es geht bestimmt in Ordnung.«
Ich antwortete: »Schau, die Soldaten! Sie nehmen ihre Waffen mit. Da muss jeder im Palast denken, es gibt einen Überfall.«
»Mann!« Intef wurde richtig knurrig. »Kindskopf! Du hast selber lange genug im Palast gelebt. Die Waffen müssen bei der Palastwache abgegeben werden! Es gibt keine Ausnahme!«
Ich sagte nichts mehr, sondern ergab mich meinem Schicksal und marschierte mit.

Wie hatte ich mich auf Theben gefreut. Auf Merit! Sie wiederzusehen, darauf hatte ich lange Monde gewartet. Auf meinen Angelplatz in dem großen Schilfgebiet. Der Duft der Garküchen und der Geruch des Hafens nach Fisch und anderen Dingen. Die Berge an einer Seite des Nils, wenn sie abends von der untergehenden Sonne purpurrot angestrahlt wurden. Das alles war für mich Theben, meine Heimat. Obwohl wir jetzt durch die Stadt marschierten, bemerkte ich von alldem nichts. Mein Kopf schien leer und ich konnte keinen klaren Gedanken fassen.

Es war so, wie Intef es gesagt hatte. Wir mussten unsere Waffen bei der Palastwache abgeben. Die Soldaten, die hier stationiert waren, umarmten ihre Kameraden, als sie mit ihnen im Palastvorhof zusammentrafen. Durch einen rauen Befehl Intefs sammelten sie sich sofort wieder und es ging weiter durch die langen, mit Bildern, Blumen und Skulpturen geschmückten Gänge, bis zu dem Vorraum des Thronsaals.
Trotz meiner Angst war ich gespannt, wie es jetzt weiterging. Intef ließ sich nicht beirren, obwohl im Vorraum viele Wachsoldaten standen. Er ging geradewegs auf einen Mann zu, der mit einem großen Stab vor einer Tür stand und sehr wertvolle Kleidung trug. Das musste der Haushofmeister sein, bei dem man um eine Audienz bei Thutmosis ansuchen musste. Ich kannte ihn nicht, denn in diesen Bereich des Palastes war ich auch als Kind nicht gekommen.
»Wichtige Nachrichten für Thutmosis aus Syrien!«, rief Intef, so, wie er es mir vorher gesagt hatte. »Thutmosis' Befehl lautet: Wenn ihr zurück seid, sofort bei mir melden!«
Der Mann mit dem großen Stab machte ein ziemlich pikiertes Gesicht.
»Bist du sicher?«, fragte er. »Thutmosis hat dringende Termine!«
Intef stand direkt vor ihm und verlangte barsch: »Du kennst mich! Also, was soll dein Gerede? Beeile dich gefälligst und melde uns!«
Der Haushofmeister sagte nichts mehr und verschwand augenblicklich durch die Tür. Es dauerte eine Weile bis er zurückkam.
»Nur du kannst herein«, sagte er ein bisschen triumphierend. »Die Soldaten bleiben hier.«
»Gut!« Intef hatte keine Probleme damit. »Komm!«, forderte er mich auf.
Was sollte ich machen? Ich ging mit. Das heißt, ich wollte, aber dieser wichtige Mensch hielt mich zurück. »Nur General Intef habe ich gesagt!«
Ich brauchte nicht zu antworten. Intef drehte sich nur um und sah

ihn an. Das reichte und kurz danach traten wir in den Audienzsaal. Wir waren in dem riesigen Raum nicht allein. Es waren bestimmt noch zehn Männer anwesend, die sich kurz nach unserem Erscheinen rückwärts schreitend aus dem Saal entfernten. Thutmosis erkannte ich natürlich sofort. Jetzt waren wir mit ihm allein.
Intef hob seinen Arm, ballte die Faust, so, wie es die Soldaten tun und rief: »Ich grüße dich, Thutmosis!«
Was sollte ich bloß machen? So begrüßen, wie Intef konnte ich Thutmosis bestimmt nicht. Auf den Bauch legen, wie es sonst üblich war, mochte ich nicht. So stand ich einen kurzen Moment nur dumm herum. Aber den Göttern sei Dank! Intef war ein Freund. Er legte seinen Arm um mich und zog mich einige Schritte weiter bis kurz vor Thutmosis. Der saß vor einem großen Tisch, auf dem mehrere Papyri lagen.
Als Intef auf ihn zukam, stand er auf, lachte und rief: »Der größte Trunkenbold Ägyptens ist wieder daheim! Sei gegrüßt!«
Sie umarmten sich. Thutmosis schien sich wirklich zu freuen, Intef zu sehen. Das war nicht höfliches oder gekünsteltes Gequatsche, sondern nur Freude.
Intef zeigte auf mich. »Schau, wen ich dir mitgebracht habe!«
»Ja, ich kenne ihn. Früher hat er Priester mit Steinschleudern beschossen. Doch jetzt, wo er älter ist und andere Menschen vernünftig werden, scheint er auf dem Stand von damals stehen geblieben zu sein.«
Die beiden grinsten sich an. Dass Thutmosis das noch wusste! Er hatte es tatsächlich seinerzeit bei dem Empfang der Schiffe aus dem Land Punt mitbekommen. Uns war es als Kinder so langweilig geworden, sodass wir, wie wir meinten, ungesehen, einige der anwesenden Amun-Priester mit einer Steinschleuder beschossen hatten.
Das fing ja gut an. Der Kerl schien nichts zu vergessen.
Intef setzte sich ungezwungen zu Thutmosis. Ich stand dumm herum, aber da keiner der beiden etwas sagte, setzte ich mich einfach dazu und hörte mit an, was Intef berichtete.
»Wir haben einiges in Erfahrung gebracht«, sagte er gerade. »Es rumort dort unten. Warum und wer dahintersteckt, konnten wir zunächst nicht feststellen. Dann hatten wir Glück. Wir trafen unseren Freund Sen!« Mit seinem Zeigefinger deutete er auf mich.

Intef machte eine Pause, weil gerade ein junges, hübsches Mädchen hereinkam und Getränke und Gebäck brachte. Trotz meiner Nervosität schaute ich, genau wie die beiden, auf ihr wohlgerundetes Hinterteil.
Thutmosis hatte Intef die ganze Zeit nicht unterbrochen. Er schien ein ausgezeichneter Zuhörer zu sein. Zwischendurch schaute er einmal intensiv zu mir herüber und dabei wurde es mir noch unbehaglicher.
Intef nahm einen Schluck und sprach dann in seiner klaren und direkten Art ohne Umschweife weiter: »Sen hatte bei seinem Aufenthalt in Syrien und den Stadtstaaten wichtige Informationen in Erfahrung gebracht. Für uns ein Glücksfall, dass wir ihn dort getroffen haben, denn wir tappten über die Hintergründe der Überfälle völlig im Dunkeln. Man muss es ihm hoch anrechnen, dass er trotz seiner schwierigen Situation Kontakt mit uns aufgenommen hat. Du weißt, dass er damals Senmut bei seiner Flucht geholfen hat und deswegen verhaftet werden sollte.«
Die zwei schauten mich an. Sollte etwa ich? Tatsächlich, denn Intef stieß mich an und sagte: »Jetzt bist du dran und ich kann endlich in Ruhe etwas von dem köstlichen Gebäck essen. Du warst ja so dumm und hast nichts genommen.«
Die beiden grinsten sich wieder an und nahmen einen kräftigen Schluck. Auf den Schreck hin musste ich auch erst etwas trinken. Wirklich guter Wein, konnte ich komischerweise klar denken. Dann riss ich mich zusammen und versuchte in dem Stil, wie ich es eben von Intef gehört hatte, zu berichten. Kurz, präzise und knapp.
»Ich muss ein bisschen weiter ausholen«, und begann mit Anta, wie ich sie in Memphis getroffen und von dem Sklavenhändler befreit hatte. Wie ich ihren Vater Kaba kennengelernt hatte. Über den Mord an Anta. Der Verdacht, dass es ägyptische Soldaten waren. Wie durch einige Ereignisse der Verdacht erhärtet wurde und was ich von Eje und den Priestern Bek und Minhotep gehört hatte. Dann darüber, was ich von dem Gespräch zwischen dem Priester Bek und Hauptmann Kenna erlauscht hatte.
Thutmosis und Intef unterbrachen mich nicht. Sie nahmen ab und zu einen Schluck Wein und ich hatte den Eindruck, dass gerade Thutmosis sehr aufmerksam zuhörte, weil er im Gegensatz zu Intef nichts von meinen Erlebnissen wusste. Ich hatte sehr lange gespro-

chen, sodass meine Stimme inzwischen ziemlich heiser klang. Deswegen machte ich eine Pause und nahm einen großen Schluck Wein.
Jetzt schaltete sich Intef ein: »Ab hier lass mich weitererzählen!« Er wandte sich an Thutmosis. »Du weißt, wir hatten vereinbart, dass ich mich in Sidon aufhalten sollte. Die Götter wollten es, dass ich dort auf Sen traf. Sicher ein Zeichen, dass sie uns in dieser Angelegenheit wohlgesonnen sind. Doch zur Sache: Ich kann dir bestätigen, dass deine Ansicht richtig ist: Fürst Mesheru ist eine Marionette des Mitanni-Fürsten Kaba und seines Sohnes Kratas. Auf jeden Fall trat das ein, was Sen mir berichtet hatte. Die abtrünnigen Soldaten wollten mit einem Überraschungsangriff den Fürstenpalast in Sidon überfallen. Durch Sen waren wir vorgewarnt. Nach einigem Hin und Her war ich damit einverstanden, dass der Sohn von Fürst Kaba, Kratas, den Überfall vereitelte. Übrigens nicht schlecht. Der Mann kann etwas! Auf Betreiben von Sen wurden nicht alle Verbrecher getötet. Ihren Hauptmann Kenna haben wir als Gefangenen mitgebracht. Sen war der Ansicht, dass meine Fürsprache wegen seiner Sache mit Senmut bei dir vielleicht nicht ausreichen würde und wollte ganz sicher gehen, damit du, wenn du es wünschst, auch diesen Kenna befragen kannst.«
Es war das erste Mal, dass Thutmosis sich äußerte. »Ja, er scheint dich gut zu kennen. Ich hätte es genauso gemacht!« Dabei grinste er schadenfroh.
»Mann«, murrte Intef. »Sag das nicht so laut. Was soll Sen von mir denken? Du untergräbst meine Stellung als General, die du mir selber eingebrockt hast.«
Nach dem kurzen freundschaftlichen Geplänkel der beiden, wurde Intef wieder ernst. »Der Rest ist schnell erzählt! Von Bek und Minhotep weißt du schon. Wir kennen sie und wissen um ihre Beweggründe. In der Nähe von Memphis, dort wo die abtrünnigen Soldaten ausgebildet wurden, haben wir dann erfahren, dass der Bruder von Senmut, Senmen, einer der Hintermänner ist. Außerdem soll es noch einen ganz wichtigen Mann im Hintergrund geben, den sie den ›General‹ nennen. Allerdings ist es das Einzige, was wir über diesen Mann erfahren haben. Eigentlich wissen wir nur von seiner Existenz! Mehr nicht!«
Intef schwieg. Ich war gespannt, wie Thutmosis reagieren würde.

»Wir sind ein ganzes Stück weitergekommen, da wir jetzt wissen, von wem die Aufstände angezettelt wurden. Um weiteres Unheil abzuwenden, müssen wir schnell in Erfahrung bringen, ob es mehrere Hintermänner gibt und wer dieser General ist.« Er wandte sich nun direkt an mich. »Sen, was wir hier bereden, bleibt unter uns. Selbst gegenüber Hatschepsut bewahrst du absolutes Stillschweigen! Du wirst sie sicher in den nächsten Tagen sprechen. Ich will ihr, was diese Aufstände in Syrien anbetrifft, nichts unterstellen, aber bei einigen ihrer Gefolgsleute hat sie ihren Einfluss verloren. Diese Leute wissen, dass sie ihre einflussreiche Stellung verlieren werden, wenn ich die alleinige Macht habe. Ich bin sicher, dass die Hintermänner aus diesen Kreisen kommen!«
Fragend richtete er sich an Intef. »Wie sollen wir vorgehen? Die Leute, die wir kennen, festnehmen? Oder abwarten, damit sie sich sicher fühlen? Mir wäre es allerdings lieber, wir würden sie festsetzen. Sie könnten in der Zeit, in der sie frei sind, enormen Schaden anrichten. Der Nachteil könnte dann allerdings sein, dass ihre unbekannten Hintermänner dadurch gewarnt würden.«
Intef nickte. »Genau so ist die Situation. Andererseits, was können diese Leute groß anrichten? Erst einmal wäre es ein Schock für sie, wenn wir ihre Gesinnungsbrüder verhaften. Über deren Strafe will ich gar nicht spekulieren, obwohl es für mich klar ist, was mit ihnen geschehen sollte. Durch Sen kennen wir einen der einflussreichsten von ihnen: Bek! Er will Hohepriester Amuns werden. Könnten wir ihn überführen, hättest du dein Problem, was die Amun-Priesterschaft anbetrifft, gelöst. Senmen und Minhotep, die Brüder Senmuts, sind nicht die Hauptfiguren. Sie sollten wir sofort festsetzen!«
»Ja, deine Argumente sind schlüssig«, bestätigte Thutmosis. »Aber um sie zu verhaften, müssen sie erst gefunden werden.«
»Befiehlst du, dass wir sie verhaften sollen?«, wollte Intef wissen.
»Ja! Wir sollten sie unschädlich machen. Zumindest könnten diese Leute dann keinen Schaden mehr anrichten!«
Plötzlich wandte sich Thutmosis an mich. »Was meinst du, Sen? Du hast eben zustimmend genickt, als Intef seine Gedanken vorgetragen hat.«
Das war mir gar nicht bewusst gewesen, doch wenn er mich anstatt Intef gefragt hätte, meine Antwort wäre ähnlich ausgefallen.

»Ich denke auch so und außerdem könnte ich mir vorstellen, dass wir durch sie etwas über die anderen Hintermänner erfahren können«, nahm ich dazu Stellung.
»Gut, dann ist es klar!« Thutmosis nickte. »Wir müssen nun überlegen, wie wir vorgehen. Ich denke, Intef, du hast Leute, die sich in Theben und im Land umhören. Wir müssen in Erfahrung bringen, wo sich die gesuchten Personen befinden, denn sie werden uns nicht den Gefallen tun und sich in ihren Häusern verstecken.«
Mir fiel der Amun-Tempel ein und ich fragte: »Wie sieht es mit dem Amun-Tempel aus? Wäre es für Bek und Minhotep nicht normal, sich dort aufzuhalten?«
»Ja«, gab Intef mir recht. »Aber nach diesen Ereignissen? Es würde mich doch sehr wundern.« Er wandte sich an Thutmosis. »Wie sieht es aus? Haben wir die Möglichkeit, das zu überprüfen?«
»Ja, ich kann es feststellen lassen. Ehrlich gesagt, ich hoffe, sie sind nicht dort. Das gäbe nur wieder Probleme mit Hapuseneb, wenn ich befehlen müsste, sie zu verhaften. Du weißt, die Priester haben besondere Rechte. Es wäre zurzeit unklug, es mir mit den Priestern zu verderben. Sie sind eine Macht in Ägypten und im Moment brauche ich noch ihre Unterstützung!« Er schwieg und schaute uns durchdringend an, so, wie ich es später oft erleben sollte. Als ob er meine geheimsten Gedanken lesen könne, und ich hatte ein ziemlich ungutes Gefühl dabei.
Dann redete er weiter: »Wenn ich die alleinige Macht in Ägypten ausübe, wird es eines meiner wichtigsten Ziele sein, die Macht der Amun-Priester einzuschränken. Sie sind mir unter Hatschepsut zu mächtig geworden, obwohl ich anerkennen muss, innerhalb seiner Möglichkeiten hat bereits Senmut versucht, sie in ihre Schranken zu weisen. Wir sprechen später darüber! Intef, du solltest mich daran erinnern. Ich habe da eine Idee, und zwar denke ich daran, den Einfluss der Priester des Sonnengottes Re zu stärken. Wie gesagt, später einmal mehr dazu. Jetzt gehen wir, wie folgt vor: Intef, du veranlasst, dass unsere Geheimagenten in Erfahrung bringen, wo sich Senmen, Bek und Minhotep aufhalten. Und dann ist da noch dieser ehemalige Aufseher der Goldmine. Wie war sein Name?«
»Eje«, antwortete ich sofort, denn ich war froh, dass er ihn nicht vergessen hatte. Der musste auf jeden Fall hart bestraft werden.
»Genau!« Thutmosis nickte mir zu. »Sen, deine Aufgabe ist, dich

hier in Theben umzuhören. Wenn du etwas erfährst, informiere Intef! Im Übrigen danke ich dir. Du hast dich vorbildlich verhalten. Der Haftbefehl gegen dich ist bereits aufgehoben. Ich danke dir, denn in der Situation, in der du dich befunden hattest, war dein Verhalten nicht selbstverständlich. Etwas muss ich dir allerdings für dein zukünftiges Leben mitgeben: Sei in Zukunft vorsichtiger und überlege genau, worauf du dich einlässt. Immer werde ich nicht so großzügig sein. Wenn du Rat brauchst, wende dich an deine Freunde. Besprich die Dinge mit ihnen. Sie werden dir bestimmt helfen. Doch es spricht für dich und deinen Charakter, dass du dich zum Wohle Ägyptens in Syrien mit Intef in Verbindung gesetzt hast. Ich werde es nicht vergessen!«
Er schwieg und ich dachte bereits erleichtert, das war es, als er fortfuhr: »Denke daran, was ich vorhin gesagt habe, wenn du später bei Hatschepsut bist! Über Einzelheiten unseres Gespräches wirst du keine Silbe verlauten lassen. Dass dort Aufstände sind, weiß sie natürlich, und über deine Erlebnisse kannst du berichten. Im Übrigen hast du über alles, was du hier gehört und erfahren hast, grundsätzlich keine Wort zu verlieren!« Er nickte mir zu und schaute dann Intef an. »Ich habe etwas mit dir zu besprechen. Sen kann sich jetzt verabschieden.« Damit war ich entlassen.
Als ich endlich in dem Vorraum stand, atmete ich erst einige Male tief durch. Ich hatte die ganze Zeit unter einer starken Anspannung gestanden und zum Schluss des Gespräches hatte er mir seine Vorstellungen über meine zukünftige Verhaltensweise sehr deutlich zu verstehen gegeben. Langsam wurde ich ruhiger. Thutmosis hatte gesagt, der Haftbefehl sei aufgehoben. Warum eigentlich bereits vorher? Egal! Ich hatte erreicht, was ich seit Monaten erhofft hatte, und konnte wirklich zufrieden sein. Thutmosis schien mir zu vertrauen. Trotzdem hatte ich den Eindruck, ohne dass ich sagen konnte warum, dass etwas zwischen uns stand.

Mir war heiß und ich sehnte mich nach einem Bad. Mein Zuhause bei Nefer fiel mir ein. Dann Merit! Ich musste sie sehen! Momentan fühlte mich zu schmutzig und verschwitzt. So konnte ich nicht zu ihr. Wo war in Theben überhaupt mein Zuhause? Bei Nefer? Als Kind war es das, aber jetzt als Erwachsener? Ich wusste es nicht. Ein bisschen geknickt ging ich zurück zum Schiff, um mich dort frisch zu machen.

Mennon stand an der Reling und starrte in das schmutzige Hafenwasser. Er war längst noch nicht wieder der Alte. Der Tod Mamoses machte ihm sehr zu schaffen. Für ihn wäre es sicher gut, eine neue Aufgabe zu bekommen, die ihn ablenkte.
Mir fiel etwas ein: Er könnte sich an der Suche nach den Hintermännern beteiligen! Bei ihm hatte ich keine Schweigepflicht. Er kannte die Namen der Verbrecher bereits.
Ich winkte ihm von Weitem zu und rief: »Es ist alles in Ordnung! Ich bin ein freier Mann!«
Als ich näher herangekommen war, sah ich, dass er leicht lächelte. Dann meinte er: »Ja, Junge! Ein Mann bist du in den letzten Monden tatsächlich geworden. Solche Erlebnisse, wie du sie hattest, formen einen Menschen.«
Was er genau meinte, wusste ich nicht. Es war mir im Grunde egal. Es war gut, dass ich mit ihm reden konnte. Ich brauchte jemanden, der mir zuhörte.
»Wir sind sofort von Thutmosis empfangen worden«, platzte ich heraus. Dann berichtete ich, was sich bei Thutmosis zugetragen hatte. Einige Dinge ließ ich weg, weil mich Thutmosis so eindringlich auf meine Schweigepflicht hingewiesen hatte.
Zum Schluss sagte ich: »Unsere Aufgabe ist jetzt, die Hintermänner zu finden.«
»Unsere Aufgabe?«, fragte er erstaunt. »Meine auch?«
»Selbstverständlich! Wir müssen überall herumhören! Allerdings diskret. Du kennst doch hier im Hafengebiet fast jeden Mann. Fang damit an, dass du dich zuerst nach deinem Schiff erkundigst, das von den Priestern gestohlenen wurde. So eine Feluke kann sich nicht in Luft auflösen! Danach sehen wir weiter!«
Mein Schwung steckte wohl an. Mennons Augen bekamen mehr Glanz und er machte gleich einen lebhafteren Eindruck, als er antwortete: »Gut, wenn es Thutmosis und Intef wünschen, mache ich es natürlich.«
Es war zwar nicht ausdrücklich gesagt worden, aber wie ich die Sache angehen wollte, war meine Entscheidung.
»Und du?«, wollte Mennon wissen. »Was machst du als Nächstes? Gehst du zu Merit?«
»Ja, zuvor wollte ich mich hier umziehen und eventuell baden.«
Mennon schaute mich mit seinen klugen und verständnisvollen

Augen an. »Ist was mit dir, Junge? Du hast alles erreicht. Erinnerst du dich, wie oft wir auf der Fahrt darüber gesprochen haben?«
»Ja«, nickte ich. »Meinst du, ich kann einfach so zu Merit gehen? Was soll ich ihr sagen? Hier bin ich wieder?«
»Mann! Junge! Was redest du da für einen Quatsch! Wir gehen erst einmal zu meinem Haus. Ich war bereits vorhin kurz da. Molti wird inzwischen alles vorbereitet haben. Dort nimmst du ein Bad und dann gehst du sofort zum Palast Hatschepsuts, dort wird Merit sicher zu erreichen sein.«
Als er mein unentschlossenes Gesicht sah, grinste er mich fast wie in alten Zeiten an und stichelte: »Feigling! Du bist doch sonst bei den Mädchen nicht gerade ängstlich! Warum jetzt? Glaube mir, sie wartet auf dich! Du hättest sie damals sehen müssen auf dem Schiff, als sie dich in deiner Bewusstlosigkeit gepflegt hat. Sie liebt dich und wartet bestimmt. Vielleicht hat sie mittlerweile längst gehört, dass wir zurück sind. Jede Stunde, die du hier herumtrödelst, ist schlimm für sie. Also komm!« Mennon schüttelte den Kopf über so viel Unverstand. »Komm!«
Er legte einen Arm um meine Schultern und so gingen wir vom Schiff in Richtung seines Hauses, das nicht weit vom Hafen entfernt lag.

Mennon hatte recht. Ich schob mein Treffen mit Merit nur hinaus, weil ich Angst hatte, dass es nicht mehr so war wie vor der Reise. Ich könnte es nicht ertragen. Die Gedanken auf meiner Reise an Merit waren oft mein einziger Halt. Was sollte ich machen, wenn sie sich von mir abgewandt hatte?
Gut, dass Mennon da war. Als wir bei ihm zu Hause ankamen, hatte Molti bereits gekocht. Sie hatte rot geweinte Augen. Mamose! Mennon musste es ihr vor einigen Stunden erzählt haben. Ich nahm sie zur Begrüßung kurz in meine Arme. Sie blieb still stehen, doch als ich etwas sagen wollte, lief sie schnell in ihre Küche. Ich ließ sie. Als wir Kinder waren, war sie uns oft wie ein keifender Giftzahn vorgekommen. Aber, dass sie Mamose und Mennon sehr mochte, stand für mich außer Frage. Mennon zuliebe aß ich ein paar Happen, obwohl ich keinen richtigen Appetit verspürte. Danach machte ich mich frisch und zog saubere Sachen an. Dann suchte ich Mennon, um mich zu verabschieden. Er saß auf der Terrasse und schaute zum Nil. Ich wollte mich zu ihm setzen.

»Was willst du noch hier?«, knurrte er mich an. »Du hast etwas Wichtigeres zu tun! Also, mach dich auf den Weg!«
Er hatte recht! Ich durfte es nicht länger hinauszögern.

Den Weg zum Palast Hatschepsuts kannte ich nur zu gut. Als Kind hatte ich lange dort bei meiner Ziehmutter Nefer gewohnt und in einem der Palastgärten hatten Merit und ich uns als Kinder kennengelernt. Auch daran musste ich jetzt denken.
Am Palasteingang fiel mir ein, dass ich keine Passiermarke hatte. In den vielen Monden meiner Abwesenheit war sie irgendwann verloren gegangen. Man ließ mich sicher nicht so einfach hinein.
»Zu wem willst du?«, wurde ich von dem Wachsoldaten gefragt.
Mir fiel ein, Merit wohnte im Frauenhaus des Palastes. So ohne Weiteres konnte ich nicht zu ihr, ohne eine besondere Genehmigung zu haben. Damals, als Kind, war das kein Problem. Was sollte ich machen?
Mir blieb nur eins: »Melde mich bei Pharao Hatschepsut! Sag, dass Sen wieder da ist.«
Der Wachsoldat schaute mich merkwürdig an. »Bist du sicher, dass sie dich vorlässt? Ich kenne dich nicht und im Palast habe ich dich nie gesehen.«
»Dann bist du noch nicht lange hier.« Ich wurde langsam ungeduldig. »Melde, was ich dir gesagt habe. Dann werden wir sehen, was passiert.« Er schaute beleidigt, weil ich unbewusst einen rauen Ton angeschlagen hatte, so, wie ich ihn in letzter Zeit öfter von Intef gehört hatte. Er winkte einem anderen Soldaten zu, der mich führen sollte.

Wie oft war ich durch diese langen, mit Blumen und Wandverzierungen geschmückten Gänge gegangen? Zur Seite waren sie offen und nur durch einzelne Pfeiler abgestützt. Dadurch war der Blick der Besucher frei, um nach draußen zu schauen, um die vielen kleinen Gärten zu sehen, in denen herrliche Blumen blühten. Aus den Springbrunnen hörte man das Wasser plätschern. Von Weitem vernahm ich Kindergelächter. Ich fühlte mich zu Hause.
Den riesigen Vorraum zu Hatschepsuts Gemächern kannte ich. Das erste Mal war ich als kleiner Junge an diesem Ort gewesen.
»Warte! Ich melde dich bei der ersten Hofdame.«

Der Soldat verschwand. Ruhig war es. Ungewohnt ruhig! Ich kannte es nur so, dass hier etliche Menschen warteten, die der Pharao zu sich befohlen hatte, oder Leute, die sich, wie ich, angemeldet hatten und hofften, dass sie zum Pharao vorgelassen würden. Die wenigsten hatten Glück, denn meist wurden sie nur bis zu den Palastbeamten vorgelassen, wo sie dann ihr Anliegen vortragen durften.
Der Soldat kam zurück. »Warte nebenan. Eine der Hofdamen wird dir Bescheid geben.«
Also ging ich nach nebenan in einen kleineren Raum, der als Besprechungszimmer genutzt wurde. Er war freundlich und hell eingerichtet. Blumen und Obst standen auf den Tischen verteilt. In der Mitte des Zimmers stand ein großer Käfig, in dem verschiedene Vögel hin und her flogen. Sie schienen sich dort sehr wohl zu fühlen. Ich ging zur Seite, um in den Park zu schauen, und überhörte deswegen, dass jemand in den Raum gekommen war.
»Sen! Du? Bist du es?« Diese Stimme, obgleich sie vor Überraschung ein bisschen schrill klang, hätte ich aus jedem Stimmengewirr herausgehört. Merit! Ich drehte mich blitzschnell um.
Wir liefen nicht, wir flogen förmlich aufeinander zu, umarmten, küssten und streichelten uns. Endlich hielt ich sie wieder in meinen Armen. Reden konnten wir im Moment beide nicht, denn wir hatten genug damit zu tun, den anderen zu streicheln, zu küssen und anzuschauen.
Sie war noch schöner geworden, wenn das überhaupt möglich war. Ihre grünen Augen strahlten mich an. Sie wurden jetzt feucht von Tränen. Was ich sah, war Liebe pur. Wie weggefegt waren meine Ängste und Selbstzweifel, dass sie mich nicht mehr lieben würde.
»Wann bist du zurückgekommen und warum hast du dich nicht gleich bei mir gemeldet? Oder bist gerade erst angekommen?«, sprudelte Merit heraus.
Ich musste lachen. »So viele Fragen auf einmal? Da brauche ich sehr lange, um dir alles zu erzählen.«
»Ja!« Sie biss ganz zart in mein Ohrläppchen und flüsterte verheißungsvoll: »Ja, jeden Tag musst du mit mir zusammen sein und mit mir reden. Nie wieder darfst du ohne mich wegfahren. Nie wieder! Ich habe dich so vermisst! Nur einmal habe ich von dir gehört. Durch Weret. Du hast sie und Tanus in Memphis getroffen. Das

Schlimmste war, dass in der ganzen Zeit keine Nachricht von dir gekommen ist. Aber das war ja leider nicht möglich.«
Ich konnte, auch wenn ich es gewollt hätte, nicht antworten, denn wir küssten uns erneut.
Dann standen wir uns gegenüber, hielten uns an den Händen und schauten uns nur an. Die Welt da draußen gab es für uns nicht, wir waren nur für uns da! Von mir aus hätte dieser Moment viel länger dauern können. Ich hörte ein leises Räuspern und schaute auf, um zu sehen, wer da stört. Pharao Hatschepsut stand am Eingang des Raumes und lächelte zu uns herüber. Wirklich, sie lächelte! Ich erschrak. Nicht, weil ich mich mit Merit von ihr ertappt fühlte, deswegen hatte ich kein schlechtes Gewissen. Nein! Das Aussehen von Hatschepsut hatte mich so erschreckt, dass ich Merit leicht herumdrehte.
Merit wurde ein bisschen rot im Gesicht, als sie Hatschepsut sah. Sie hielt mich ganz fest und drückte sich, wenn das überhaupt ging, noch enger an mich.
»Ich muss euch Turteltäubchen leider stören«, sagte Hatschepsut lächelnd. »Ich war bereits zweimal kurz im Raum. Doch ihr beiden wart so beschäftigt, dass ihr mich nicht bemerkt habt. Man hat mir berichtet, dass Sen eigentlich mich sprechen wollte. Ja, so sind die Männer, ich war nicht da und schon hat er eine andere.«
Ihr Lächeln passte nicht zu ihrem Gesicht. Sie sah krank und sorgenvoll aus. Aber sie gönnte uns das Glück und an ihrem stillen Lächeln konnte man erkennen, dass sie sich an glücklichere Tage erinnerte.
Ich hatte mich unterdessen gefangen und ohne Merit loszulassen, antwortete ich: »Ja, ich bin letzte Nacht zurückgekommen und wollte dir von meiner Reise berichten.«
»Gut, dass du sofort zu mir kommst. Das ist inzwischen nicht mehr selbstverständlich. Ich denke, wir sollten jetzt reden, denn nachher habe ich andere Gäste.« Sie wandte sich an Merit. »Danach schicke ich ihn direkt zu dir zurück. Das wird ein Befehl sein. Oder wäre es dir vielleicht nicht recht?«
»Doch, doch, natürlich!« Die rote Farbe im Gesicht stand Merit sehr gut, fand ich.
Für eine hoffentlich nur kurze Zeit mussten wir uns trennen. Merit schaute mich beim Hinausgehen an und flüsterte: »Bis nachher.«

»Komm mit! Wir gehen nach nebenan, dort werden wir nicht gestört.« Hatschepsut ging vor und ich folgte.
Als wir angekommen waren, zeigte sie auf eine Sitzgelegenheit. »Setz dich. Wir sind unter uns. Da bedarf es keiner Verrenkungen!« Sie meinte die tiefen Verbeugungen und das bei offiziellen Anlässen übliche auf dem Bauch liegen. Ehrlich gesagt, in meiner Wiedersehensfreude hatte ich überhaupt nicht daran gedacht.
Hatschepsut ging einmal durch den Raum, ehe sie sich seitlich von mir hinsetzte. Dabei konnte ich sie in Ruhe beobachten. Das war nicht die Hatschepsut, die ich kannte. Sie war in den wenigen Monden alt geworden. Ob ihr die Sache mit Senmut so naheging? Oder war sie vielleicht krank? So wie sie aussah, traf wohl beides zu. Sie hatte an Gewicht zugelegt. Das Gesicht war blass und wirkte aufgedunsen. Der herrschsüchtige und strenge Gesichtsausdruck, den sie früher so oft zeigte, war nicht mehr zu sehen. Sie wirkte müde.
Sie hatte mich bisher nicht angesehen. Aber, als ob sie gespürt hätte, dass ich sie kritisch beobachtete, schaute sie auf und lächelte verständnisvoll, so, wie es manchmal alte und weise Menschen tun. Doch sie sagte nur: »Erzähle mir von deiner Reise!«
Ehe ich begann, dachte ich daran, was Thutmosis angeordnet hatte, darum achtete ich diesmal sehr auf meine Worte.
Zum Schluss meines Berichtes setzte ich hinzu: »Heute Morgen waren Intef und ich bei Thutmosis. Intef hatte den Befehl, sich sofort nach seiner Rückkehr bei ihm zu melden und ich sollte mitkommen. Dort musste ich dann über meine Reise berichten. Thutmosis hat daraufhin zugesagt, dass er den Haftbefehl gegen mich aufheben will.«
Zum Glück war mir eingefallen, ihr mitzuteilen, dass ich bereits bei Thutmosis war! Sie würde es durch ihre Informanten garantiert erfahren, oder wusste es sogar inzwischen. Es war bestimmt besser, wenn sie es durch mich erfahren würde.
Als ich geendet hatte, meinte Hatschepsut: »Gut, dass er diesen unnötigen Befehl, dich zu verhaften, zurückgenommen hat. Wenn er es nicht selbst gemacht hätte...« Sie brach den Satz ab, um dann anders fortzufahren: »Er würde sich wundern. Wenn ich will, ist mein Einfluss stärker, als er denkt. Na ja, lassen wir das. Da ist eine wichtige Sache, die ich mit dir besprechen muss.«

Sie schwieg kurz. Es schien, als ob sie sich auf etwas Neues konzentrieren musste.
»Ich weiß nicht, ob du dich erinnerst. Du hast mir damals von Senmut einige Papyri gebracht. Einer davon betrifft dich. Vielleicht hat Senmut sogar mit dir darüber gesprochen. Es geht darum, dass er dir einen kleineren Teil seines Vermögens vermacht hat. Das war ein bisschen kompliziert, weil er es erst mir überschrieben hatte. Der Grund dafür war, dass Thutmosis nach Senmuts Tod keinen Zugriff auf dein Erbe haben sollte. Ich habe es so, wie Senmut es in seinem letzten Willen bestimmt hat, auf dich umschreiben lassen. Da Thutmosis den Haftbefehl aufgehoben hat, kannst du ab sofort nach deinem Belieben darüber verfügen. Du hast es dir verdient, denn was du alles für Senmut und für mich auf dich genommen hast, war nicht selbstverständlich. Doch als Senmut dies festlegte, hatte er noch einen anderen Grund.«
Sie trank etwas. Das Gespräch dauerte länger, als ich vermutet hatte, und ich bekam langsam Hunger. Gut, dass Gebäck und Obst auf dem Tisch standen.
Ehe sie weitersprach, hatte ich den Eindruck, dass ihre Gesichtszüge weicher, freundlicher und gleichzeitig wehmütiger wurden.
»Senmut hatte eine Vermutung, die deine Herkunft anbetrifft. Ich sage dir jetzt etwas im Vertrauen und verlasse mich darauf, dass du es für dich behältst. Im Übrigen ist es in deinem Interesse, dass du darüber schweigst. Du wirst gleich verstehen, warum ich das sage. Es war zu der Zeit, als ich nach dem Tod meines Gatten Thutmosis II. begann, allein die Staatsgeschäfte zu führen. Senmut wurde mein erster Berater und auch mein Freund. Kurz danach wurde ich schwanger. Senmut war der Vater des Jungen, der dann geboren wurde. Aber das durfte nicht sein, denn mein Mann, der Pharao, war ja erst vor mehreren Monden zu den Göttern gegangen. Ich hatte, als man mir die Schwangerschaft ansehen konnte, eine Schiffsreise unternommen. Offiziell, um mein Land kennenzulernen. Es waren nur wenig Getreue mit, auf die ich mich verlassen konnte. Nach der Geburt übergab ich das Kind der Amme. Sie hatte den Auftrag bekommen, auf einem Landgut, nicht weit von Theben, zu wohnen und sich regelmäßig bei mir zu melden, um mir über die Fortschritte des Knaben zu berichten. Ich habe sie und das Kind nie wiedergesehen. Senmut war in dieser Zeit nicht da. Es

gab einen kleineren Aufstand in Nubien und er hatte den Auftrag, ihn zu beenden. Als er zurück war, versuchte er das Kind ausfindig zu machen. Es gab eine Spur, die sich dann leider für immer verlor. Ein Kapitän hatte Senmut berichtet, er hätte kurz nach der Zeit, als ich das Kind geboren hatte, eine Frau mit einem Säugling auf einem Schiff gesehen, das von Memphis kam und einen Hafen am Roten Meer anlief. Ab da verlor Senmut die Spur. Das Kind und die Amme wurden nie aufgefunden.«
Hatschepsut versank still in Erinnerungen. Sie hatte die ganze Zeit beim Sprechen weit entrückt nach draußen geschaut. Jetzt sah sie mich direkt an. »Als Senmut dich damals aus dem Land Punt mitbrachte, vermutete er erst, du könntest unser Sohn sein. In dem Punkt konnte ich seine Meinung nicht teilen, obwohl du eine gewisse Ähnlichkeit mit ihm hast. So wie du dich gibst, erinnerst du mich manchmal ein wenig an ihn. Die hellen Flecken in deinen Augen, die man im Sonnenlicht sieht, Senmut hatte sie auch! Trotz alledem glaube ich nicht daran! Mütter haben so eine Art siebten Sinn für ihre Kinder. Inzwischen habe dich einige Male getroffen und mit dir gesprochen. Bei dir verspüre ich nicht dieses Muttergefühl wie bei meinen anderen Kindern. Du warst mir zwar sofort sympathisch und ich erinnere mich noch daran, wie du in deiner unkomplizierten Art von den schwarzen Panthern erzählt hast. Aber, wie gesagt, ich konnte Senmuts Meinung nicht teilen. Belassen wir es dabei. Trotzdem möchte ich dich bitten, in deinem eigenen Interesse, nie darüber zu sprechen. Ich weihe dich nur ein, weil wir damals den Eindruck hatten, dass einige höhergestellte Amun-Priester davon erfahren haben und du vorbereitet sein solltest, wenn deswegen einmal Fragen aufkommen. Am besten wird es sein, wenn du das alles sofort wieder vergisst.«
Ich war sehr verwirrt. Meine Gedanken rasten. Richtig denken konnte ich gar nicht, weil ich einfach zu durcheinander war. Wenn ich wirklich Hatschepsuts Sohn war, hatte ich dann nicht ebenfalls ein Anrecht darauf, Pharao zu werden? Was wohl Thutmosis dazu sagen würde? Ich wäre so gut wie tot, das wurde mir in diesem Moment klar. Hatschepsut hätte es mir gar nicht erzählen sollen. Ich nahm mir vor, mit keinem Menschen, nicht einmal mit Merit, darüber zu sprechen. Am besten, ich würde versuchen, es zu vergessen. Hoffentlich gelang es mir.

Hatschepsut sprach weiter. Ich war so tief in Gedanken versunken, dass ich es erst gar nicht mitbekam.
»Weißt du, ich habe ihn bereits als kleines Mädchen gemocht. Später, als junge Frau, habe ich ihn geliebt. Auch als ich Pharao wurde, blieb es dabei.«
Hatschepsuts Augen waren in weite Ferne gerichtet. Sie hatte einen merkwürdigen, entrückten Gesichtsausdruck. Ich glaube, sie sprach in Wirklichkeit nicht zu mir, sondern in ihrer Erinnerung für sich.
»Es musste eine heimliche Liebe sein und bleiben. Er stammte aus einfachen Verhältnissen und durfte aus dem Grund meine Göttlichkeit nicht teilen. Trotzdem, glaube es mir, es war eine erfüllte Liebe.« Sie holte tief Luft, um dann leise und sehr niedergeschlagen fortzufahren: »Seitdem er nicht mehr da ist, fehlt mein zweites Ich. Er fehlt mir überall! Manchmal spricht er im Traum zu mir und sagt: ›Komm! Was willst du da allein, ohne meine Hilfe? Dort, wo du mit so vielen Intrigen und Schwierigkeiten fertig werden musst. Richtige Freunde hast du keine. Komm! Warte nicht länger!‹«
Sie schüttelte den Kopf, als ob sie damit eine große Last abschütteln könnte. »Aber kann ich Ägypten allein lassen? Es gibt ungeheuer viel zu tun! Er hat mir fast alle Macht genommen, doch ich werde von zahlreichen Menschen gebraucht und solange es die gibt, bleibe ich.«
Mir war klar, dass sie jetzt von Thutmosis sprach. Ihre Stimme wurde klarer und kräftiger. »So lange ich es kann, werde ich versuchen, für sie und vor allen Dingen für Ägypten da zu sein! Sen, ich danke dir. Vergiss den Papyrus nicht. Den Weg zu Merit findest du?«
Plötzlich war ich ziemlich abrupt entlassen. Ich hatte nichts dagegen. Im Gegenteil! Zum Schluss war mir Hatschepsut fast unheimlich geworden. Ob ein Pharao doch etwas Göttliches an sich hat? Eine Weile schien sie allem Irdischen fern und mit ihren Gedanken ganz weit entrückt gewesen zu sein.
Ich wollte nur noch zu Merit! Ich verbeugte mich vor Hatschepsut aber sie sah es nicht, denn sie schaute ganz in sich versunken nach draußen.

Den Weg zu Merits Räumen kannte ich. Eigentlich wollte ich auch meine ehemalige Ziehmutter Nefer besuchen. Sie musste warten, denn es war spät geworden.

Als ich in den Bereich kam, wo Merit wohnte, saßen Merit und Nefer draußen vor dem Haus auf einer Bank und unterhielten sich angeregt.
Ein Leuchten trat in Merits Gesicht, als sie mich kommen sah. Nefer strahlte mit ihr um die Wette. Sie standen gleichzeitig auf, um mir entgegenzueilen. Wir umarmten uns. Die beiden fassten mich an den Händen und zogen mich zu der Bank.
»Erzähle! Lass nichts aus!« Merit kuschelte sich an mich und Nefer fügte hinzu: »Ja, du musst alles ganz genau berichten und vergiss ja nichts.« Das war Nefer! Sie redete gern und war fürchterlich neugierig.
»Schon wieder reden«, maulte ich. »Erst bei Thutmosis, dann bei Hatschepsut und jetzt bei euch. Meine Stimme macht bald nicht mehr mit. Ich glaube, so viel habe ich in meinem ganzen Leben nicht auf einmal geredet.«
Merit küsste mich leicht. »Ach, Sen, ich weiß im Grunde überhaupt nichts von deinen Erlebnissen. Tue es mir zuliebe. Sonst wissen Fremde nachher mehr als wir. Willst du das?«
Sie schien ein bisschen zu schmollen. Aber ihre Augen straften sie Lügen, denn die strahlten mich an. Unrecht hatte sie nicht. Und Merit etwas abschlagen, konnte ich sowieso nicht, obwohl ich keine langen Reden mochte, und erst recht nicht, wenn ich sie selbst halten sollte.
So ganz gab ich mich nicht geschlagen, denn zum einen hatte ich wirklich keine Lust, das Ganze zu wiederholen, und zum anderen, ob Merit mich vielleicht vorher noch einmal küssen würde, um mich zu überreden? Ich versuchte es.
»Den ganzen Tag muss ich nur reden. Nicht einmal frühstücken konnte ich richtig. Und danach habe ich überhaupt nichts mehr gegessen!« Dass ich heute Morgen vor lauter Aufregung nichts zu mir genommen hatte, mussten sie ja nicht wissen.
»Was? Du hast den ganzen Tag nichts gehabt?« Merit sprang auf und Nefer rief: «Komm in die Küche. Wir richten sofort etwas her!«
Lieber wäre mir allerdings gewesen, wenn Nefer allein in der Küche etwas gemacht hätte und Merit bei mir geblieben wäre. Doch ich hatte bereits als Kind gelernt, dass man nie alle Wünsche erfüllt bekommt. So stand ich auf, um mitzugehen, denn dann konnte ich wenigstens Merit sehen und beobachten.

Nefer war vorgegangen, sie hatte nicht gemerkt, dass ich Merit festgehalten hatte. »Bekomme ich nicht vorher meinen Nachtisch?«, flüsterte ich. Dabei machte ich so ein enttäuschtes Gesicht, dass sie gar nicht anders konnte. Als ich danach mehr wollte, riss sie sich los und mir blieb nichts anderes übrig, als hinter den beiden her zu gehen.
Ich konnte von meinem Platz aus beobachten, wie die zwei Hand in Hand arbeiteten. Zu Merit schaute ich allerdings öfter, ehrlich gesagt, eigentlich nur zu ihr, denn ich hatte nicht gewusst, wie geschickt sie in einer Küche hantieren konnte. So schnell hatte ich selten ein hervorragendes Essen vorgesetzt bekommen. Nun setzten sich die Frauen links und rechts neben mich und schauten mir glücklich dabei zu, wie ich alles, was sie zubereitet hatten, in mich hineinstopfte. So gut hatte es mir lange nicht mehr geschmeckt.

Nefer konnte es fast nicht mehr abwarten, bis ich mit meiner Geschichte begann, denn sie konnte ihre Neugierde kaum zähmen. Ich ließ mir Zeit und um sie abzulenken, gab ich ihr den Papyrus, den mir Hatschepsut mitgegeben hatte und forderte sie auf: »Schau dir an, was drinsteht. Ich bin noch nicht dazu gekommen ihn zu lesen.«
Nun hatte sie etwas zu tun und ich hoffte, mich einige Zeit mit Merit beschäftigen zu können. Dazu kam es leider nicht, denn Nefer konnte sehr schnell lesen.
»Sen! Sen!«, schrie sie. »Du bist reich! Ab sofort bist du ein reicher Mann!«
Wir brauchten nicht zu hinterfragen, denn Nefer redete aufgeregt weiter: »Das hat Senmut geschrieben. Er hat dir mehrere Häuser in Theben vermacht. Außerdem zwei große Getreidespeicher auf dem Land. Bei den Göttern! Er muss dich sehr gemocht haben!«
Dann schaute sie mich nachdenklich an und meinte ganz sachlich: »Du wirst von diesem Augenblick an genug damit zu tun haben, dein Vermögen zu verwalten. Mit herumstromern wie bisher, den Göttern sei Dank, ist es vorbei! Jetzt wirst du endlich etwas Richtiges zu tun haben!«
Ich bekam einen riesigen Schreck und sah mich bereits jeden Tag, mit vielen Papyri vor mir, an einem Tisch sitzen. Und das Woche für Woche, Jahr für Jahr, mein ganzes Leben lang. Schlimm! Ich

müsste so schnell wie möglich alles verkaufen! Das sagte ich auch zu den beiden.
»Bist du verrückt geworden?«, schimpfte Nefer. »Die Sonne hat dir bei deinen Reisen wohl das Gehirn verbrannt. Ein besseres Leben kannst du nicht haben!«
Nefer hatte immer, wenn sie erregt war, eine drastische Ausdrucksweise.
Ich wurde ärgerlich und wollte gerade etwas Passendes erwidern, als sich Merit einschaltete: »Seid bloß ruhig! Alle beide! Sen, ich muss gestehen, unrecht hat Nefer nicht! Alles zu verkaufen, ist sicher keine gute Idee. Und ob Senmut das gewollt hat, kann ich mir kaum vorstellen. Aber du als Verwalter eines Vermögens...« Sie kicherte.
»Du setzt ja wenig Vertrauen in meine Fähigkeiten«, erwiderte ich.
»Ja, du Herumtreiber!« Liebevoll zog sie mit ihren Zähnen an meinem Ohrläppchen.
Merit schien sehr praktisch veranlagt zu sein. Von dieser Seite hatte ich sie bisher nicht kennengelernt, denn als Nefer uns wegen der Schmuserei bei einem so wichtigen Gespräch strafend ansah, meinte sie: »Wenn du dich nicht selber um dein Vermögen kümmern willst, solltest du dir überlegen, ob du dir einen Verwalter dafür nimmst. Es müsste selbstverständlich eine Vertrauensperson sein.«
»Ja, das ginge«, stimmte ich erleichtert zu, froh, dass es eine Lösung des Problems zu geben schien. »Ich wüsste im Moment nur nicht, wen ich da einsetzen könnte. Oder kennt ihr eine geeignete Person?«
Beide schüttelten den Kopf und Nefer warf ein: »Der Einfall von Merit ist nicht schlecht. Zurzeit wüsste ich allerdings niemanden, der dafür infrage kommt. Es muss ja auch nicht sofort sein.«
Da Merit und Nefer sich jetzt lebhaft über meinen unerwarteten Reichtum unterhielten, hatte ich Zeit zum Überlegen und dann fiel mir doch jemand ein: Hor! Ich hatte es erlebt und zwar bei mehreren Gelegenheiten. Ihm lag das Handeln im Blut. Ich dachte daran, wie er damals die Esel und unsere Ausrüstung verkauft hatte. Obwohl es schnell gehen musste, weil wir mit dem Schiff ablegen wollten, hatte er einen ordentlichen Gewinn erzielt. Ebenso bei anderen Begebenheiten. Wenn er, aufgrund seiner Herkunft, auch die ägyptische Sprache nicht perfekt beherrschte, so war er trotzdem ein

blitzgescheiter Kerl! Ich sagte vorerst nichts davon, denn das musste ich in Ruhe überdenken.

Nun war es so weit und ich musste über meine Reise in allen Einzelheiten berichten. Bei Thutmosis und Hatschepsut hatte ich das mehr in einer Kurzform gemacht. Damit kam ich bei den Frauen nicht durch. Jeder Versuch, eine Episode abzukürzen, stieß sofort auf energische Proteste. Da waren sich die beiden einig. Ich hatte keine Chance und musste alles sehr, sehr ausführlich erzählen. Und irgendwann war selbst das geschafft. Erschöpft lehnte ich mich zurück und schloss die Augen. Was war das für ein Tag! Heute Morgen zusammen mit Intef bei Thutmosis. Die Aufhebung des Haftbefehls gegen mich. Dann das Zusammentreffen mit Merit und das Gespräch mit Hatschepsut. Und heute Abend das Treffen mit Merit und Nefer.
Eigentlich wollte ich mit Merit... Ich konnte den Gedanken nicht mehr zu Ende denken, denn ich schlief ein. Der Tag war einfach zu anstrengend gewesen.

Wach wurde ich erst, als ich draußen die Vögel zwitschern hörte. Zuerst wusste ich nicht, wo ich war. Das Zimmer war mir fremd und ich lag auf einer richtigen Schlafstätte. Schlagartig fiel mir alles ein! Vor allem, weil jemand neben mir lag und schlief, den Kopf an meine Schulter gelehnt und die langen, glänzenden Haare teilweise auf meinem Gesicht verteilt. Einige davon kitzelten an meiner Nase. Ich bekam einen Niesreiz und konnte ihn mit Mühe unterdrücken, denn Merit wollte ich auf keinen Fall wecken. Vorsichtig und langsam zog ich meinen Arm, der unter ihrem Kopf lag, weg. Das war gar nicht so leicht, denn er fühlte sich taub an. Meinen Körper durfte ich dabei nicht stark bewegen, denn Merit hatte einen Arm auf meiner Brust liegen.
Merits Haare dufteten nach irgendetwas sehr Schönem. Sie atmete leise und gleichmäßig. Die gebogenen Wimpern bewegten sich manchmal, so sanft, als ob der Hauch eines Sommerwindes sie streicheln würde. Hoffentlich wird sie nicht wach, dachte ich, denn ich wollte sie längere Zeit so anschauen.
Die geschwungenen Lippen waren etwas geöffnet. Am liebsten hätte ich sie geküsst. Auf ihrer Nase zählte ich fünf winzige Som-

mersprossen. Sie waren mir vorher nie aufgefallen, so klein waren sie. Einmal zog sie die Stirn kraus. Das kannte ich, meist war sie dann zornig. Ob sie wohl träumte? Vielleicht von mir? Aber dann schlief sie ganz still und friedlich weiter. Gerne hätte ich die vom Schlaf leicht geröteten Wangen gestreichelt und geküsst, doch dann wäre sie wach geworden, und so tat ich es nur in Gedanken.
Ich weiß nicht, wie lange ich so dalag und sie anschaute. Irgendwann bewegte sich Merit und wollte sich auf die andere Seite drehen. Dabei war ich ihr im Weg, weil ich direkt neben ihr lag. Sie wurde langsam wach und öffnete die Augen. Ich konnte genau beobachten, wie ihre Erinnerung zurückkam. Erst schauten die tiefgrünen Augen noch müde. Mit einem Schlag wurden sie lebhafter und dann lächelten sie mich an. Sie spitzte ein wenig ihren Mund, als ob sie wüsste, was ich gedacht hatte. Jetzt endlich konnte ich sie küssen. Wir streichelten uns, Worte waren nicht nötig, wir schauten uns nur an. Wie hatte ich sie vermisst!
Ihre Gedanken waren ähnlich, denn sie flüsterte: »Du warst eine Ewigkeit weg. Ich hatte manchmal fürchterliche Angst um dich. In meinen Träumen habe ich dich öfter rufen hören. Niemand kann sich vorstellen, wie du mir gefehlt hast!«
»Doch! Einer!«
»Wer?« Sie schaute erst erstaunt, dann leuchteten ihre Augen. »Du? Ja, das hoffe ich auch stark!«
Nach einer längeren Pause, in der wir intensiv damit beschäftigt waren, mit unseren Händen den Körper des anderen zu erkunden, fragte sie plötzlich: »Wie war sie? Hast du sie gemocht?«
Erst verstand ich die Frage nicht, denn durch das Streicheln und Küssen spürte ich, dass ich ein Mann war. Deswegen wirkte ihre Frage auf mich, allerdings mit einiger Zeitverzögerung, ziemlich ernüchternd. Immer noch außer Atem, wollte ich sicherheitshalber wissen: »Was ist? Wen meinst du?«
»Anta! Hast du sie gemocht?«
Mit einem Schlag wurde ich vernünftig, denn nun musste ich mich konzentrieren, damit ich bloß das Richtige sagte.
»Anta! Ja, ich mochte sie. - Mehr wie ein Bruder, denn ich hatte dauernd das Gefühl, auf sie aufpassen zu müssen.«
Sie schaute mich ernst an und flüsterte: »Weißt du, ich habe oft an dich gedacht und meist das Gefühl dabei gehabt, unsere Gedanken

würden sich auf halbem Weg treffen. Dann gab es eine Zeit, wo ich das seltsame Gefühl hatte, irgendetwas ist nicht wie sonst. Hoffentlich ist er nicht krank oder es ist etwas anderes Schlimmes passiert, denn es war so, als ob du nicht mehr antworten würdest.«
So unrecht hatte sie mit ihrer Annahme nicht. Doch konnte ich sagen, dass es einige Stunden gegeben hatte, wo zwischen Anta und mir mehr war? Nein! Ich hatte gerade nicht gelogen. Anta hatte ich zwar gemocht, aber Merit war mein Leben. Ohne sie könnte ich es mir nicht vorstellen.
»Ich habe stets nur dich geliebt und das werde ich mein Leben lang!« Als ich das gesagt hatte, küsste ich sie lange und so konnte sie nicht weiterfragen. Außerdem schien sie mit meiner Antwort zufrieden zu sein. Nach kurzer Zeit waren wir beide ziemlich außer Atem und dann konnte und wollte ich nicht verheimlichen, was ich wollte! Ich wollte sie! Jetzt!
»Sen! Sen, nicht!« Ich wollte es nicht hören. »Sen! Betau oder Nefer könnten jeden Moment kommen!«
Langsam, wenngleich unwillig, kam ich wieder zu Verstand.
»Zum Teufel! Was wollen sie hier?«
»Sen! Das ist das Gästezimmer von Betau. Du bist gestern Abend nebenan im Sitzen eingeschlafen! Wir wussten nicht wohin mit dir. Da haben Nefer und ich dich zu dieser Schlafstätte bugsiert.«
Nun erinnerte ich mich und wurde vernünftig. Ein bisschen knurrig war ich trotzdem und murrte: »Weiber!«
Sie nahm meinen Kopf in beide Hände und flüsterte mir ins Ohr: »Hier geht es wirklich nicht! Wir werden bald eine bessere Gelegenheit bekommen.«
»Ja? Bestimmt? Versprichst du's?«
Sie zog an meinem Ohr, bis ich protestierte: »Au! Du tust mir weh!«
»Das hast du durchaus verdient! Männer!« Ihre Augen blitzten mich an. Dann wisperte sie verheißungsvoll, aber so, dass ich dabei ihr Gesicht nicht sehen konnte: »Ich verspreche es! Ganz bestimmt!«
Sie sprang von der Schlafstätte auf und verschwand blitzschnell aus dem Zimmer. Schade! Ich zog meine Sachen an und es war gut, dass ich fertig angezogen war, denn ich hörte nebenan Stimmen: Betau und Nefer.

Betau kam sofort auf mich zu und umarmte mich. »Schön, dass du zurück bist, mein Junge. Lass dich erst einmal richtig anschauen.

Du bist noch dünner geworden. Hast wohl auf der Reise wenig zu essen bekommen?«
Essen war für Betau wichtig. Rund und wohlgenährt, wie sie war.
»Wo ist Merit?«, wollte sie dann wissen.
Wahrheitsgemäß konnte ich nun behaupten: »Ich weiß es nicht!«
Dass sie erst vor einigen Augenblicken den Raum verlassen hatte, musste sie ja nicht unbedingt wissen.
»Wir wollen zusammen frühstücken«, meldete sich Nefer. »Dabei kannst du Betau von deiner Reise erzählen.«
Für Nefer war es ganz selbstverständlich, dass ich das Ganze erneut berichten würde. Dazu hatte ich nun überhaupt keine Lust. Dafür fiel mir ein, den Göttern sei Dank, wie ich mich davor drücken konnte.
»Ich würde sehr gern mit euch zusammen frühstücken. Doch«, setze ich hinzu und machte dabei einen bedauernden Gesichtsausdruck, »viel Zeit habe ich leider nicht, da ich eine Verabredung mit Intef habe, die ich nicht verschieben kann!«
So ganz die Wahrheit war das nicht. Aber Thutmosis hatte gestern zum Schluss der Unterredung gesagt: »Wenn du etwas erfährst oder dir etwas einfällt, informiere Intef.«
Ich musste nicht unbedingt sofort zu ihm, schaden würde es hingegen keineswegs, unter Umständen hatte er inzwischen etwas Neues erfahren.
Mehr brauchte ich im Moment ohnehin nicht zu sagen, denn Merit kam zu uns herein und plötzlich waren die Frauen nur mit sich selbst beschäftigt und mir schien es, als ob ich für sie nicht mehr vorhanden sei. Die drei schwatzten und kicherten, wie es nur Frauen können. Mir war es egal, so hatte ich Muße Merit anzuschauen. Ich bewunderte ihr schmales, feines und gleichzeitig zartes Gesicht. Wenn sie lachte, und das machte sie oft, blitzten ihre weißen Zähne. Der Körper! An den richtigen Stellen die passenden Rundungen. Allerdings wunderte mich, dass Merit so viel reden konnte. Genau wie die beiden älteren Frauen. Trotzdem sie sprach, schweiften manchmal, aus halb geschlossenen Augen, Blicke zu mir herüber. Ob das Quatschen der drei bald zu Ende war? Merit drehte sich nämlich um und streckte mir kurz die Zunge heraus. Eine sehr schöne Zunge, fand ich. Übrigens eine Angewohnheit, die sie auch als Kind hatte. Vielleicht aus einer gewissen Verlegen-

heit heraus? Sie wusste bestimmt, dass ich sie beobachtet hatte.
Betau oder Nefer, eine der beiden hatte mich angesprochen. Ich hatte es nicht richtig mitbekommen, weil ich mit meinen Gedanken bei Merit war. Ich musste aufpassen und mich konzentrieren.
»Was ist?« Ich fragte bewusst allgemein, denn sie sollten es nicht unbedingt merken. Aber Nefer und Betau konnte ich nichts vormachen, sie hatten ein mütterliches Lächeln aufgesetzt.
»Ich habe dich bereits zweimal gefragt, ob der Herr jetzt frühstücken möchte!« Nefer hatte mich also vorher angesprochen und ich hatte es nicht gehört.
Zumindest einmal wollte ich das letzte Wort haben und erwiderte: »Ich warte schon die ganze Zeit. Ich wollte euch nur nicht bei euerem wichtigen Gespräch stören.«
»Wenn du nicht nur Merit angestarrt hättest, würdest du bemerkt haben, dass alles fertig auf dem Tisch steht. Du hättest dich nur zu bedienen brauchen.«
Es war nichts mit dem letzten Wort und ehrlich gesagt, es hätte mich bei den beiden sogar gewundert. So antwortete ich nur: »Gut, dann kommt, ich habe wirklich Hunger.«
Bei Nefer half das immer. Sie reagierte sofort darauf: »Kommt, Kinder! Was stehen wir hier herum? Lasst uns anfangen.«
Es wurde ein nettes und lustiges Frühstück. Ich musste einiges von der Reise erzählen. Aber es war nicht so schlimm, denn da Nefer und Merit bereits alles wussten, assistierten sie mir. Als ich genug gegessen hatte und das Zureden von Nefer und Betau, noch mehr zu nehmen, nichts nützte, verabschiedete ich mich.
»Ich kann leider nicht länger bleiben. Intef wartet!« Doch ich wollte unbedingt mit Merit allein sprechen und wandte mich an sie. »Gehst du ein Stück mit?«
Sie nickte erleichtert und schien etwas Ähnliches wie ich gedacht zu haben.
»Was wolltest du mit mir besprechen?«, fragte sie auf dem Weg zum Palastausgang.
»Weißt du das nicht?«
»Bin ich eine Hellseherin?«, meinte sie schnippisch und lächelte dabei.
»Ich bin nicht besonders lange bei Intef. Danach muss ich Hor treffen. Ich denke, dass er auf dem Schiff ist. Gehst du dann mit? Er

ist ein Freund geworden und du solltest ihn kennenlernen. Anschließend gehen wir zu Mennon.«
»Der arme Mennon! Was macht er bloß ohne Mamose? Ja, ich komme mit! Ist das alles? Oder hast du einen weiteren Grund, warum ich mit soll?« Dabei schaute sie mich mit einem wissenden Lächeln an und schien um meinen Zustand genau Bescheid zu wissen. Ich antwortete nicht mit Worten. Da niemand in der Nähe war, nahm ich sie einfach in meine Arme und küsste sie so lange, bis wir beide keine Luft mehr bekamen.
Atemlos versprach sie: »Ja, ja, ich komme mit. Holst du mich ab?«
Ich wollte sie erneut küssen, weil wir immer noch allein waren. Aber sie lief schnell weg und rief ziemlich atemlos: »Du bist mir zu wild! Bis nachher.«
Ich nahm mir fest vor, mich bei Intef nicht lange aufzuhalten.

Intef begrüßte mich aufgeregt, als er mich sah. »Da bist du ja endlich! Niemand wusste, wo du dich aufhältst. Du warst wie vom Erdboden verschwunden!«
Ich wollte ihm nicht unbedingt auf die Nase binden, wo ich die letzte Nacht verbracht hatte, da er so unverschämt grinsen konnte. Um ihn abzulenken fragte ich: »Was gibt es denn so Wichtiges?«
»Es geht um Bek. Meine Gewährsleute haben mir berichtet, dass er einen Tag hier im Tempel war. Anschließend ist er sofort wieder abgereist.«
Das hatte ich mir eigentlich gedacht. Bek musste mit den Oberen der Amun-Priester sprechen. Da er mit dem Schiff zwei Tage vor uns in Theben eingetroffen war, hatte er genug Zeit dazu. So dumm war er natürlich nicht, dass er dort abwartete, bis wir in Theben eintrafen.
Aber Intef hatte sicher auch einen anderen Grund, warum er mich sprechen wollte. Und so war es, denn er redete gleich weiter: »Es gibt da ein Gerücht. Da es bei den Amun-Priestern mehrere Kandidaten für das Amt des Hohepriesters geben soll, will man jetzt ein Gottesurteil herbeiführen, in der Hoffnung, dadurch Klarheit zu bekommen, wer es werden soll. Es muss ein Medium geben, das man befragen will und dorthin soll er gereist sein. Andere hochgestellte Amun-Priester sollen sich ebenfalls auf dem Weg dorthin befinden.«

»Bestimmt denn nicht der Pharao, wer Hohepriester wird? Thutmosis weiß über Bek Bescheid. Warum verbietet er es nicht kurzerhand?«
Intef schüttelte den Kopf. »So einfach ist es nicht. Thutmosis ist noch nicht Pharao, obwohl er fast alle Macht in Ägypten hat. Bei der Amun-Priesterschaft muss er jedoch vorsichtig sein. Er braucht sie bis zu seiner endgültigen Thronbesteigung. Außerdem ist der jetzige Hohepriester, Hapuseneb, ein Mann Hatschepsuts. Zusätzlich hat sie ihn vor Kurzem zum Wesir ernannt. In erster Linie wohl, um ihn zu schützen, weil Thutmosis ihn wegen dieser Sache mit Senmut bestrafen wollte. Doch man kann davon ausgehen, dass er bald zurücktreten wird und dann ist Bek der Favorit für das Amt.«

Der Auftrag von Thutmosis

Mir schwirrte der Kopf vor so viel Politik. »Du hast mir bisher nicht genau gesagt, warum du mich unbedingt sprechen wolltest?«
»Mann, davon rede ich die ganze Zeit. Du sollst mit! Wir müssen versuchen, das Gottesurteil zugunsten Beks zu verhindern. Oder besser noch, es in unserem Sinne zu beeinflussen!«
»Und wie? Wer ordnet an, dass ich mit soll? Wann und wohin?« Ich hatte Mühe, meine Gedanken auf diese neue Situation einzustellen, denn in meinem Kopf drehte sich im Moment alles um Merit.
»Bist du heute schwer von Begriff!« Intef wurde ziemlich direkt. »Thutmosis befiehlt, dass du dabei sein sollst!«
Ich musste ihn beruhigen, weil er wegen meines Unverständnisses einen roten Kopf bekam. »Ja, ja, das habe ich alles verstanden. Ist ja gut. Trotzdem bleibt meine Frage, wohin und wann? Ich bin kein Soldat und manchmal habe sogar ich etwas vor.«
Er stutzte wegen meiner Worte und schaute erstaunt. Aber da er merkte, dass ich jetzt aufmerksam zuhörte, schluckte er nur und meinte ruhiger werdend: »Wir wissen durch unsere Gewährsleute, dass sie mit einem Schiff in Richtung Memphis reisen. Der Priester Menkheperreseneb - das ist der Priester, den Thutmosis an der Spitze der Amun-Priester haben möchte - ist auch dabei. Von ihm wissen wir, dass die Reise zu einem Orakel, wahrscheinlich ins Nildelta, gehen soll. Mehr konnte er uns nicht ausrichten lassen, da die Reise sehr kurzfristig angesetzt wurde. Damit der Vorsprung der Priester nicht zu groß wird, müssen wir schnellstens mit einem Schiff hinterhersegeln.«
»Warte! Warte mal! Mir fällt etwas ein. Von einem Orakel habe ich bereits gehört!«
»Was? Tatsächlich? Los, erzähle!«
»Ja, und zwar von Mennon und von Mat! Er war vor einigen Monaten mit einem Trupp Soldaten im Nildelta und sprach in dem Zusammenhang von einem Tempel im Delta, in dem es ein Orakel geben soll.«
»Mann, das ist es! Thutmosis und ich haben hin und her überlegt. Wir wussten es nicht. Die Amun-Priester konnten wir nicht fragen. Es soll geheim bleiben, dass wir uns dafür interessieren. Komm mit

zum Hafen. Wir konfiszieren ein Schiff im Auftrag Thutmosis und dann können wir sofort aufbrechen.«

Während seines Redens hatte ich Zeit zum Überlegen gehabt. Merit ging mir nicht aus dem Kopf. Jetzt sollte ich wieder von ihr getrennt werden. Ich war nur diese eine Nacht mit ihr zusammen gewesen. Eigentlich hatte ich mir vorgestellt, dass wir für immer oder zumindest sehr lange zusammenbleiben könnten. Aber mir war beim Nachdenken eine Möglichkeit eingefallen, wie ich für ein oder zwei Tage in Theben bleiben könnte.
»Lass uns erst überlegen«, warnte ich Intef. Er schien mir, im Gegensatz zu sonst, heute fast mit der Aufgabe überfordert zu sein.
»Also, wir sollten zuerst Mennon informieren, dass er für ein Schiff sorgt und es klarmacht. Auf der Stelle ablegen und lossegeln, das geht nicht. Wir brauchen für die Fahrt Lebensmittel, Wasser und andere Dinge an Bord. Um alle diese Sachen zu besorgen, braucht man mindestens einen Tag.«
Intef protestierte: »Das kostet zu viel Zeit! Wir nehmen einfach ein Schiff, das bereits für die Abfahrt klar ist.«
»Warte mal«, bremste ich ihn. »Wie lautet der genaue Befehl Thutmosis? Sollen wir versuchen, Bek auf dem Weg dorthin festzunehmen? Vor allen anderen Priestern?«
»Er gab die Anweisung: Verhindert, dass Bek Hohepriester wird! Ich will das Menkheperreseneb dieses Amt bekommt! Wie, konnte er ja nicht anordnen, da es auf die jeweilige Situation ankommt.«
Das war leichter gesagt, als getan. Mir ging einiges durch den Kopf.
»Intef, überlege mal«, setzte ich langsam sprechend nach. Er kannte mich und wusste, dass ich dann die Gedanken aussprach, die mir gerade durch den Kopf schwirrten, ohne dass ich sie vorher genau abwägt hatte.
»Was ist, wenn wir wirklich das Schiff mit den Priestern einholen und Bek dort an Bord verhaften? Glaubst du, dass die dort versammelten hochgestellten Amun-Priester das sang- und klanglos hinnehmen? Aus ihrer Sicht hätten sie sogar recht. Sie wissen ja nicht, was Bek alles verbrochen hat. Ihnen die Gründe bei der Verhaftung mitzuteilen, ginge natürlich. Doch es würde sicher lange dauern, wenn überhaupt, bis wir sie überzeugen könnten. Was ich damit sagen will ist Folgendes: Wir müssen anders vorgehen und zwar viel geschickter! Wie, das sollten wir in Ruhe überlegen.«

Intef hatte aufmerksam zugehört. »Du hast recht«, räumte er ein. »Ich war zu hektisch. Heute Morgen ließ mich Thutmosis zu sich rufen. Du kannst dir wahrscheinlich denken, was meine Soldaten und ich letzte Nacht nach einer so langen Reise gemacht haben? Genau! Ich habe so viele Krüge Bier getrunken, dass ich heute Morgen schweres Kopfbrummen hatte. Aber ich habe dich unterbrochen, du wolltest etwas sagen.«
»Ja, genau!« Merit ging mir durch den Kopf und ich hatte einen ganz verrückten Einfall. Nur, zuerst wollte ich meine Gedanken von eben mit ihm durchsprechen. Möglicherweise fand ich die Idee wegen Merit dann gar nicht mehr so hirnrissig.
»Wie wäre es, wenn wir die Priester mit Bek zu dem Tempel ins Delta reisen lassen?«
»Bist du wahnsinnig?« Intef bekam bereits wieder einen roten Kopf. Ich nahm es ihm nicht übel. Er würde von Thutmosis etwas zu hören bekommen, wenn es schiefging. Freundschaft zählte da nicht. Ich bemühte mich um einen ruhigen und sachlichen Ton. »Lass mich erst zu Ende reden. Ich war noch nicht fertig. Wir sollten allerdings versuchen, nach Möglichkeit ein oder zwei Tage vor den Priestern dort zu sein. Ich habe da so eine vage Idee.«
Jetzt kam ich auf das, was mir vorhin wegen Merit eingefallen war. Intef schaute mich gespannt an.
»Ich habe daran gedacht, das Orakel für uns zu benutzen!«
»Für uns?«, echote Intef verständnislos und ungläubig. »Wie willst du das machen? Die Priester haben dort die Macht!«
Ich ließ mich nicht so ohne Weiteres von meiner Meinung abbringen. »Wenn ich es richtig in Erinnerung habe, soll dieses Orakel sehr jung sein.« Dann fügte ich wegen Merit etwas hinzu, um Intef vorsichtig darauf vorzubereiten, dass ich eventuell eine Frau mitnehmen wollte. Vielleicht Merit?
»Wenn ich mich nicht täusche, soll es sich dabei um ein sehr junges Mädchen handeln.«
»Ja und?« Intef hatte ich noch lange nicht überzeugt.
»Ich kann dir auch nicht aus dem Handgelenk eine perfekte Lösung des Problems anbieten. Wobei es mir bei meinen Überlegungen geht, ist, dass es nicht klug ist, alle hochgestellten Priester gegen Thutmosis aufzubringen, und dies würde garantiert passieren, wenn wir so radikal vorgehen, wie du es vorgeschlagen hast.«

»Ja, ja, ist schon gut. War nicht so gemeint«, wiegelte er ruhiger geworden ab.
Je mehr Zeit ich hatte, um über meinen Einfall nachzudenken, desto besser fand ich ihn. Natürlich war es zum jetzigen Zeitpunkt unmöglich vorherzusehen, wie wir das Orakel eventuell auf unsere Seite bekommen oder für uns beeinflussen konnten. Deswegen hielt ich es für wichtig, dass wir unbedingt vor den Priestern bei dem Orakel sein sollten.
Das sagte ich Intef und fügte hinzu: »Sprich mit Thutmosis darüber. Vorher solltest du einen Schnellboten nach Memphis zu Mat und Tanus schicken. Du kennst sie. Wir können uns blind auf sie verlassen. Gib folgenden Befehl heraus: Alle Schiffe, die nach Memphis kommen, müssen kontrolliert und angehalten werden. Lass dir etwas einfallen, wonach angeblich gefahndet wird. Dass entlaufene Verbrecher und Mörder gesucht werden oder lass meinetwegen eine Seuche ausbrechen. Vielleicht wird dort gar ein gewisser Sen, der Senmut geholfen hat, gesucht.«
Wir grinsten uns an und er meinte: »Diesen Sen haben wir bereits! Da er jetzt für Thutmosis arbeitet, bekommt er unter Umständen weitaus größere Probleme als wegen der Geschichte mit Senmut. Aber lassen wir das. Dein Einfall ist nicht schlecht. Ich denke, dass ein ganz bestimmtes Schiff für einige Tage in Memphis festgehalten wird und wir dadurch Zeit gewinnen. Sogar so viel, dass wir um ein oder zwei Tage eher bei dem Tempel im Delta sein können als die Priester. Das wird klappen, du kannst dich darauf verlassen! Der Bote wird gleich losreiten. Das andere bespreche ich mit Thutmosis. Mal sehen, was er zu deinen Einfällen sagt. Wir treffen uns heute Abend wieder hier. Bis dahin hast du Zeit, deine privaten Sachen zu erledigen.«
»Ach, da ist noch etwas«, sagte ich im Weggehen und hoffte, dass es auch so beiläufig klang, wie es sollte. »Wenn dieses Orakel wirklich ein Mädchen ist, halte ich es für angebracht, wenn wir eine Frau mitnehmen. Ich kenne da eine Hofdame, die dafür sehr geeignet wäre. Besprich das ebenfalls mit Thutmosis.«
Mit diesen Worten entfernte ich mich schnell, damit er nicht nachfragen konnte, an wen ich dabei gedacht hatte.

Es hatte bei Intef länger gedauert, als ich ursprünglich geplant hatte. Eigentlich hatte ich den Besuch bei ihm sogar nur vorge-

täuscht, um nicht zu lange bei Betau und Nefer bleiben zu müssen. Und das war nun daraus geworden.
Merit wartete bereits. Sie schien zu schmollen, denn sie funkelte mich aus ihren grünen Augen an und meinte ziemlich schnippisch: »Na, auch schon da? Ich dachte, du wolltest nur noch mit mir zusammen sein! Männer! Alle unzuverlässig!«
Ich konnte ihr nicht böse sein, denn in ihrem Zorn sah sie sehr schön aus. »Kennst du denn so viele Männer, dass du das beurteilen kannst?«, neckte ich sie.
»Ja, was denkst du denn? Es gibt im Palast genug und einige schauen mich manchmal mit großen Ochsenaugen komisch an. Ich will mir lieber gar nicht vorstellen, was sie denken oder wollen.«
Jetzt ärgerte ich mich oder besser gesagt, ich wurde eifersüchtig. Dass sie von vielen Männern begehrt wurde, war mir klar. Daran durfte ich gar nicht denken. Merit sollte nur für mich da sein.
Ich schluckte meinen Verdruss hinunter, denn momentan gab es Wichtigeres zu tun.
»Kommst du mit zu Hor?«, wollte ich wissen.
»Was meinst du, warum ich hier warte? Männer sollte man nach Möglichkeit nie allein lassen, sonst machen sie nur Dummheiten!«
Sie war immer noch ein bisschen sauer, aber dafür hatte ich Verständnis, denn langes Warten war ebenso wenig eine meiner Stärken. Friedfertig sagte ich: »Lass das! Ich habe andere Sorgen!« Dabei nahm ich ihre Hand und zog sie in Richtung Hafen.
»Was ist? Was für Sorgen? Es war doch alles in Ordnung.« Das war die andere Merit. Sofort bereit, meine Sorgen zu ihren zu machen und mir zu helfen.
»Ich war gerade bei Intef. Es gibt Probleme, deswegen hat es leider so lange gedauert.«
In kurzen Sätzen erzählte ich, was Bek vorhatte und von dem Orakel, das die Priester befragen wollten.
»Dann musst du schon wieder weg?« Ihre Stimme klang sehr verzagt und leise. »Du bist gerade erst zurückgekommen! Warum du? Sollen sie doch sehen, wie sie ohne dich klarkommen.«
Langsam wurde sie wütend, diesmal allerdings nicht auf mich.
Gut, dass wir in diesem Augenblick in einem kleinen Park waren und sich dort wegen der Mittagshitze keine Menschen aufhielten.
Ich wollte sie in meine Arme nehmen, um sie zu küssen. Aber sie war so aufgebracht, dass sie mich abwehrte.

»Dir scheint das ja vollkommen egal zu sein. Oder hast du etwa Intef gesagt, dass du hierbleiben willst? Vielleicht bist du sogar froh, dass du herumstromern kannst!«
Dieses ›herumstromern‹ hatte sie bestimmt von Nefer. Irgendwie freute ich mich, dass sie es nicht einfach hinnahm, mich erneut zu verlieren.
»Schimpf nicht mit mir«, lenkte ich ein. »Ich kann nichts dazu und ich habe mich sicherlich nicht freiwillig gemeldet. Oder soll ich Thutmosis ausrichten lassen, im Moment passt es mir nicht!«
»Na und? Er ist nicht der Pharao! Hatschepsut ist auch noch da!«
So langsam kam ich in Fahrt. »Und wie konnte mich Hatschepsut schützen, als ich Senmut gewarnt habe? Alles, was sie machen konnte, war, mir bei der Flucht vor Thutmosis behilflich zu sein!«
»Ach, Sen! Warum streiten wir?« Sie lehnte ihren Kopf an meine Brust und hielt sich an meinen Schultern fest. Ich wollte gerade richtig wütend werden, jetzt schmolz ich wie Wachs dahin. Ehe ich auf ganz andere Gedanken kam, fiel mir ein, dass ich ja mit ihr über meine Idee reden wollte und versuchte nun vorsichtig auf das Thema zu kommen.
»Dieses Orakel, von dem ich sprach, könnte ein Mädchen sein. Oder eventuell ein sehr junger Priester. Genau wissen wir es nicht.«
»Ja, mag sein. Warum erwähnst du das?« Sie schaute mich aufmerksam an, als ob sie bereits etwas ahnen würde.
»Ich habe zu Intef gesagt, dass ich es gut fände, wenn wir eine Frau mitnehmen würden. Selbst wenn es ein Junge sein sollte, der diese Vorhersagen macht, könnte eine Frau sehr nützlich sein, wenn wir mit ihm sprechen. Frauen sind meist einfühlsamer als Männer. Intef, Mat oder Tanus sind Soldaten. Sie gehen ein Thema sehr direkt an. Ihnen fehlt die Diplomatie und vor allen Dingen das Feingefühl für schwierige Gespräche. Und mich kennst du ja. Ich werde zu schnell ungeduldig und wütend, wenn es nicht so läuft, wie ich es mir vorgestellt habe.«
Inzwischen sah sie mich viel freundlicher an und meinte: »Ich kann nur für dich hoffen, dass du dabei an mich gedacht hast!«
Jetzt ritten mich wohl böse Geister. »Du? Glaubst du denn, dass du so etwas könntest? Und würdest du es denn überhaupt machen? Du bist das Leben im Palast gewohnt und kennst das wahre Leben nur vom Hörensagen.«

Hätte ich lieber meinen Mund gehalten, denn nun wurde sie erst recht zornig.
»Also, das ist stark! Ich kenne das Leben nicht! Hältst du mich wirklich für ein verwöhntes Palastdämchen? Dass du so eine Meinung von mir hast! Ich bin total enttäuscht von dir und denke, du willst mich gar nicht mitnehmen!«
Wütend wie sie war, trommelte sie mit ihren Fäusten gegen meine Brust. Ich musste ihre Hände festhalten, weil ich Angst hatte, sie würde richtig zuschlagen.
»Und an wen hast du gedacht? Welche hübsche, junge Frau willst du mitnehmen?«, fauchte sie.
»Sei ruhig!«, rief ich. »Was denkst du, warum ich dir das gesagt habe? Ich habe nur an dich dabei gedacht! Ganz bestimmt! Es war nicht so gemeint! Eigentlich wollte ich dich nur fragen, ob du dir vorstellen kannst, so etwas mitzumachen!«
»Dein Glück!« Sie hatte sich immer noch nicht beruhigt und funkelte mich erbost an.
»Ach Merit! Ehrlich! Warum meinst du, habe ich Intef den Vorschlag gemacht, eine Frau mitzunehmen? Nur weiß er nicht, dass ich dabei an dich gedacht habe. Ich wollte erst einmal abwarten, was Thutmosis überhaupt von der ganzen Sache hält. Erst wenn er sein Einverständnis gibt, können wir Intef vorsichtig darauf vorbereiten, dass du mitfährst.«
»Vorsichtig? Das werde ich ihm ziemlich direkt vor den Kopf knallen. Und wehe ihm, wenn er Einwände hat!«
Um sie auf Intefs eventuelle Vorbehalte vorzubereiten, sagte ich: »Ich kann mir schon vorstellen, was er dagegen vorbringen wird.«
»So? Was denn?«
Es war sicher besser, diplomatisch vorzugehen, denn Merits Augen sprühten Funken. Ich schob den armen Intef vor, ohne dass er von seinem Glück wusste.
Es ist ja nichts dabei und bis er Merit sieht, hat sie sich gewiss abreagiert, dachte ich. Es ging mir darum, dass er garantiert Einwände vorbringen würde und wir nach Möglichkeit darauf vorbereitet waren. Insofern war es gar nicht schlecht, dass wir bereits im Vorfeld darüber sprechen konnten.
»Ja, was könnte er dagegen vorbringen?« Ich überlegte. »Zuerst wird er behaupten, dass du dich nicht so ohne Weiteres aus dem

Palast entfernen kannst! Wie willst du das übrigens dort erklären?«
Sie wurde ein bisschen kleinlauter. »Das wird schwierig. In erster Linie bei Betau und Nefer. Die beiden sind wie Glucken und meinen, sie müssten ewig auf mich aufpassen. Aber das schaffe ich! Und wenn ich sage, Thutmosis hat es angeordnet! Warten wir erst einmal ab, welche Einstellung er dazu hat. Dann wird mir zweifellos etwas einfallen.«
»Einverstanden! Abwarten müssen wir sowieso. Das Nächste, was Intef fragen könnte, ist, ob du überhaupt mit einem kleinen Mädchen oder Jungen umgehen kannst und dann, ob die Strapazen einer solchen Reise für dich nicht zu schwer sind.«
Sie schien zu überlegen und mit einem Blick, den ich erst nicht deuten konnte, schaute sie mich amüsiert an. »Sag mal, du Schlawiner, fragt das jetzt Sen oder Intef? Ganz sicher bin ich mir da nicht!«
Ich fühlte mich ertappt und ehe sie sich wieder aufregte, versicherte ich: »Glaube es mir, ich kenne Intef. Man kann ihm nicht so schnell etwas vormachen. Solche oder ähnliche Fragen wird er dir bestimmt stellen. Mir geht es darum, dass du darauf vorbereitet bist, denn ich will, dass du mitkommst! Er wird auf jeden Fall Einwände vorbringen! Warte es nur ab.«
»Gut!« Sie schien überzeugt. »Soll er ruhig fragen. Er wird die passenden Antworten bekommen. Aber darüber möchte ich mir im Moment keine Gedanken machen. Das kommt noch früh genug. Oder was meinst du?«
Ihre letzten Worte hauchte sie auf Zehenspitzen stehend in mein Ohr. Als sie mich dann küsste, dachte ich nur: Wie recht sie hat. Was redest du die ganze Zeit? Dies hier ist wesentlich besser.

Mittlerweile waren wir am Hafen angekommen. Ich hoffte, Hor auf dem Schiff anzutreffen, denn Nefers Gedanke, einen Verwalter für die Häuser, die ich von Senmut geerbt hatte, einzusetzen, war nicht schlecht. Ich selbst hatte überhaupt keine Ahnung und kein Interesse an solchen Dingen. Dabei fiel mir ein, gelegentlich im Amun-Tempel den Göttern zu opfern, damit sie Senmut in seinem neuen Leben gnädig gestimmt sein mögen. Er hatte so fest an die Götter geglaubt.
Für mich bedeutete diese Erbschaft, dass ich mein Leben lang ein

unabhängiger, reicher Mann sein würde. Ich hatte Senmut unendlich viel zu verdanken!
Als Nefer dann von einem Verwalter sprach, war mir Hor eingefallen. Dem lag das Handeln im Blut, vor allem deshalb, weil er dabei lange reden konnte. Obwohl er das Ägyptische in einer schlimmen Form radebrechte, redete er für sein Leben gern. Einwandfrei rechnen konnte er auch, allerdings manchmal zu seinem Vorteil. Ich wusste um seine Schwäche und wollte versuchen, sie zum Vorteil für uns beide auszunutzen. Wie er wohl auf meinen Vorschlag reagieren würde?
»Was ist? Du sagst nichts und auf deiner Stirn sind Falten. Worüber denkst du nach?«
Merit kannte mich wirklich gut und ich ließ sie wissen, worüber ich gerade nachgedacht hatte.
»Es ist sinnvoll, dass du dir darüber Gedanken machst«, meinte sie. »Ehe wir diese Reise antreten, sollte das geklärt sein. Egal, wer dein Verwalter wird. Anfangs wird er eine Menge zu tun haben. Zuerst muss er die Häuser kennenlernen, deren Wert erfassen, Überschreibungen auf deinen Namen tätigen, Verhandlungen mit der Steuerbehörde aufnehmen und viele andere Dinge. Ich schaue mir diesen Hor einmal kritisch an, denn ich glaube, mein lieber Sen ist manchmal anderen Menschen gegenüber zu vertrauensvoll.«
Ganz unrecht hatte sie nicht, obwohl ich aufgrund meiner Erfahrungen inzwischen dazugelernt hatte.

Hor war auf dem Schiff und winkte uns von Weitem zu, als er uns erspäht hatte.
»Sen, schön, dass du kommst! Ich bin extra auf dem Schiff geblieben und habe auf deine Rückkehr gewartet.« Er freute sich tatsächlich. Mir fiel ein, dass wir vor unserer Ankunft gar nicht über seine weiteren Zukunftspläne gesprochen hatten. Merit musste sich wegen seiner Ausdrucksweise ein Lachen verkneifen. Als ich die beiden miteinander bekannt gemacht hatte, war ich längere Zeit Luft für sie.
Hor strahlte Merit ununterbrochen an und sie schien wunderbar mit ihm klarzukommen!
Ich ließ sie eine Weile reden, dann wurde es mir zu langweilig, nur danebenzustehen, zu lächeln und bisweilen zu nicken.

In einer Gesprächspause hakte ich ein: »Hor, ich wollte etwas mit dir besprechen. Für mich hat sich eine neue Situation ergeben!«
In kurzen Sätzen berichtete ich über die Erbschaft von Senmut und meiner Idee, dass er dieses Vermögen für mich verwalten sollte. Zum Schluss fragte ich: »Ich weiß allerdings nicht, was du vorhast. Willst du in Theben bleiben oder hast du andere Pläne?«
Er ging gar nicht auf meine Frage ein. Ganz entgegen seiner sonstigen Art wurde er ernst und bekam ein Leuchten in seinen Augen. »Das willst mich wirklich als Verwalter einsetzen? Du weißt, dass ich ein Sklave war. Manche Leute behaupten sogar, ich sei ein Dieb! Hast du das alles bedacht?«
»Ja, habe ich! Ich weiß, dass du einerseits ein Schlawiner bist, andererseits ein Freund auf den man sich verlassen kann! Doch zu unser beider Sicherheit werden wir einen Vertrag aufsetzen. Unter anderem wird darin stehen, was alles an Werten vorhanden ist. Ich werde festlegen, dass dieses Vermögen nicht von dir veräußert werden darf, denn wegen Senmut möchte ich es nicht verkaufen. Weiter werden wir festlegen, dass du kein Gehalt bekommst!«
Ich machte eine kurze Pause, weil ich Mühe hatte, nicht laut über Hors verblüfften Gesichtsausdruck zu lachen. Merit schien es ähnlich zu ergehen, denn sie schnupfte sich die Nase und hielt verdächtig lange das Tuch vor ihrem Mund.
Als ich wieder besser sprechen konnte, fuhr ich fort: »Allerdings werden wir vereinbaren, dass du von dem Gewinn, den du von den Häusern, Kornspeichern und den anderen Dingen erwirtschaftest, den zehnten Teil für dich behalten kannst. Das Gleiche gilt übrigens bei Verlusten, du trägst dann den zehnten Teil des Verlustes. Ich denke, das sind meine wichtigsten Bedingungen. Was hältst du davon?«
Nach meinen letzten Worten bekam ich von Merit einen Kuss. Sie wollte ihn eigentlich nur kurz auf meine Wange hauchen, ich hielt sie fest und dadurch dauerte er länger, als sie ihn geplant hatte. Danach flüsterte sie mir zu: »Nicht so heftig! Was soll Hor denken! Ich wusste gar nicht, was für ein guter Kaufmann du bist! Ich bin sicher, du kannst ihm voll vertrauen. Das fühle ich!«
Hor entschied sich schnell. »Ich mache es! Obwohl ich zugeben muss, dass es ein knallharter Vertrag sein wird. Aber ein Zehntel ist zu wenig. Sagen wir ein Fünftel!« Er hatte sein breites Grinsen aufgesetzt. Das war der Hor, den ich kannte.

Ich hielt ihm die Hand hin. »In Ordnung, einigen wir uns so. So soll es sein. Den Vertrag machen wir später.«
Er schlug ein. »Ich bin einverstanden! Es ist großartig, dass ich jetzt viel zu tun bekomme. Auf dem Schiff wurde es mir bereits zu langweilig! Morgen gehe ich gleich zum Vermögensverwalter. Dann zum Steueramt. Glaube mir, bei den zuständigen Beamten kenne ich mich bestens aus, denn damals als Sklave hatte ich mit ähnlichen Dingen zu tun.« Er strahlte.
Die Sorge war ich los. Wir setzten uns und tranken einen Becher Wein zusammen und dabei erzählten Merit und ich, was sich im Palast zugetragen hatte, zumindest das, was er wissen durfte.
Als wir uns von Hor verabschiedeten, wusste ich, dass meine Sache bei ihm in besten Händen war.

Unser nächstes Ziel war Mennons Haus. Wir trafen ihn im Garten an. Merit umarmte ihn zur Begrüßung und küsste ihn auf beide Wangen. Mennon lächelte ein bisschen, fast so wie früher und meinte: »Es kommt leider nicht mehr oft vor, dass so ein alter Mann wie ich von einem hübschen, jungen Mädchen umarmt und geküsst wird.«
Nachdem die beiden sich längere Zeit unterhalten hatten, berichtete ich ihm, was Intef mir auf Befehl von Thutmosis mitgeteilt hatte.
»Dann musst du gleich wieder los und was sagt Merit dazu?«, erkundigte er sich.
Merit fühlte sich angesprochen. »Ich werde ihn nicht allein lassen, sonst macht er nur Dummheiten. Ich fahre mit! Und wenn ich alles richtig verstanden habe, du auch!«
Mennons Gesicht war ein einziges Fragezeichen und ich beeilte mich zu ergänzen, was ich deswegen mit Intef besprochen hatte.
»Es ist zwar noch nicht ganz klar, weil Intef die Genehmigung von Thutmosis einholen muss, aber ich denke, du solltest anfangen, ein geeignetes Schiff für die Reise auszusuchen. Es soll nämlich morgen oder übermorgen losgehen.«
Er nickte. »Bei eurem Kommen hatte ich längst das untrügliche Gefühl, dass ich vorerst keine Ruhe haben werde.«
Doch seine Augen sprachen eine andere Sprache. Er freute sich.
»Einverstanden! Ich werde für alles Notwendige sorgen. Teil mir nach Möglichkeit bis heute Abend mit, wann Intef lossegeln will. Ein bisschen Zeit für die Vorbereitungen brauche ich.«

Als alles besprochen war, verabschiedeten wir uns.
»Und jetzt?« Merit schaute mich auf dem Rückweg zum Palast fragend an. »Was musst du sonst erledigen?«
»Wir gehen zu dir. Ich muss ein wenig Ruhe haben!«
»Ruhe möchte der Herr haben?« Ihre Augen glitzerten verdächtig. Gut, dass wir gerade in einer Nebengasse waren, die wegen der Mittagshitze menschenleer war. Merit legte ihre Arme um meinen Hals, küsste mich und flüsterte: »Betau schwirrt zurzeit in meiner Wohnung herum. Aber«, sie schaute mich verheißungsvoll an, »sie muss im Laufe des Abends mit Nefer zu Hatschepsut. Du kommst heute Abend, dann kannst du dich ausruhen. Bis dahin gehst du zu Intef. Ich denke, er war inzwischen bei Thutmosis und ich bin gespannt, was der gesagt hat.«
»Und du?«, fragte ich. »Willst du nicht mit?« Eine gewisse Enttäuschung konnte ich nicht verbergen, weil sie sich von mir trennen wollte.
»Ab und zu habe auch ich ein paar Pflichten. Wenn ich den Herrn daran erinnern darf, er ist gestern völlig unangemeldet zu mir gekommen. Außerdem, wenn ich wirklich mitreisen soll, würde ich gern einiges dafür vorbereiten.«
»In Ordnung«, knurrte ich nicht gerade erfreut, obwohl sie recht hatte.
Wir waren inzwischen am Palast angekommen. Nach dem Eingangsbereich, hinter einem Pfeiler, dort, wo wir uns ungesehen glaubten, bekam ich einen Abschiedskuss, der dann ziemlich lange dauerte. Einen der Wachsoldaten hatten wir übersehen, denn er pfiff anerkennend, als er uns so sah. Ein wenig verlegen trennte sich Merit von mir und raunte: »Denk daran! Heute Abend. Vergiss mich nicht!«

Meine Gedanken blieben bei Merit, als ich mich auf den Weg machte, um Intef aufzusuchen.
»Ah, du kommst wie gerufen«, begrüßte er mich. »Ich war bei Thutmosis! Er ist mit allem einverstanden.«
Ich machte ein erfreutes Gesicht. »Gut! Und wann?«
»So schnell wie möglich. Er meinte allerdings, dass wir spätestens morgen aufbrechen sollen, weil er der Ansicht ist, dass wir das Schiff der Priester in Memphis nicht zu lange aufhalten dürften. Er

denkt, sie könnten sonst Verdacht schöpfen, dass wir damit zu tun haben.«
Intef überlegte, ob er mir alles gesagt hatte. Dann fiel ihm etwas ein. »Warum du unbedingt eine Frau mitnehmen möchtest, versteht er zwar nicht, aber es ist ihm egal. Übrigens, an wen hast du dabei gedacht?«
Jetzt musste ich ihm gestehen, dass ich an Merit gedacht hatte. Zunächst versuchte ich ihn zu überzeugen, wie wichtig es war, eine Frau mitzunehmen.
»Wir brauchen deswegen eine Frau, weil das Orakel noch so jung ist. Mit den Methoden eines Soldaten kommt man bei Kindern nicht weiter. Es sollte jemand sein, der einfühlsam ist, gut mit Kindern umgehen und sehr verständnisvoll handeln kann. Eben eine Frau!«
»Aha! Kenne ich diese Frau, die du dabei im Auge hast?« Das klang nicht so, als ob er überzeugt sei.
Vielleicht war es nicht der richtige Zeitpunkt, ihm etwas von Merit zu sagen. Das Beste wäre sicher, ihn morgen, kurz bevor das Schiff ablegte, vor vollendete Tatsachen zu stellen. Ausweichend antwortete ich: »Ich kenne da zwei oder drei Frauen, die eventuell infrage kommen. Aber ich wollte erst abwarten, was Thutmosis davon hält. Es hätte nur unnötig Gerede gegeben, wenn ich sie vorher angesprochen hätte. Ich denke, dass ich es bis morgen geklärt habe.«
Damit er nicht zu lange bei dem Thema blieb, gab ich dem Gespräch eine andere Richtung. »Im Übrigen war ich bei Mennon. Er wartet auf meine Nachricht, wann das Schiff ablegen soll. Bis dahin erledigt er alles für uns.«
»Mann, das hast du toll gemacht!« Intef war echt begeistert. »Dann bin ich diese Sorge los, denn ein Schiff auszurüsten, ist nicht gerade meine Stärke. Ich habe auch so genug zu tun. Bestell Mennon bitte, dass wir morgen Mittag lossegeln wollen. Bis dahin soll er das Schiff mit allem Notwendigen bereithalten. Wir treffen uns am Hafen. Sieh zu, dass du bis dahin deine Angelegenheiten geklärt hast!«
Wir verabschiedeten uns und ich machte mich auf den Weg, um Mennon zu informieren. Ich brauchte nicht einmal bis zu seinem Haus zu gehen, denn ich sah ihn schon von Weitem an der Anlegestelle im Hafen.

Als ich ihm alles berichtet hatte, nickte er. »Keine Sorge, bis morgen Mittag ist alles bereit. Ihr könnt euch fest darauf verlassen.«
»Ehe ich es vergesse, wir nehmen eine Frau mit. Richte bitte eine Kabine für sie her, Mennon.«
Merit hatte ihm zwar gesagt, dass sie mich nicht allein reisen lassen wollte, aber ich hatte den Eindruck, dass er ihr nicht geglaubt hatte. Damit er mich nicht weiter ausfragen konnte, machte ich mich schnell auf den Weg zum Palast, zu Merit. Ich bekam noch mit, dass Mennon sehr verdutzt hinter mir her schaute und seine Stirn vor lauter Nachdenken Falten bekam.

Als ich zu Merits Wohnung kam, waren Betau und Nefer dort. Doch sie blieben nicht lange. Nefer verabschiedete sich und betonte: »Junge, bis alles geklärt ist, kannst du dein altes Zimmer bei mir haben. Ich habe alles hergerichtet.«
Ich wusste, das hieß: Bleibe nicht zu lange bei Merit. Antworten konnte ich im Moment nicht, denn mein Mund war gerade voll, da Merit mir etwas zu essen hergerichtet hatte. Nefer erwartete keine Antwort, denn sie hatte es eilig.
Merit hatte die ganze Zeit geschwiegen und als die beiden weg waren, fragte sie: »Wie hat es Intef aufgenommen?«
Nachdem ich ihr alles berichtet hatte, wollte sie wissen: »Und, was meint er dazu, dass ich mit will?«
Jetzt musste ich ihr beichten, dass ich mich nicht getraut hatte, es ihm zu erzählen.
»Feigling«, seufzte sie. »Wir sind beide keine Helden. Ich habe Betau auch nichts gesagt. Das Theater habe ich noch vor mir.«
»Oder willst du lieber hierbleiben, wenn du deswegen nur Schwierigkeiten bekommst?« Ich schaute sie an.
Sie schüttelte den Kopf. »Nein! Warum ist bei uns alles so schwierig? Andere können ohne Probleme zusammenleben. Auf Reisen gehen. Alles gemeinsam unternehmen! Wäre ich bloß keine Fürstentochter, sondern eine ganz normale, einfache Frau! Ich fühle mich von allen Seiten gegängelt und dann immer diese wohlgemeinten Ratschläge, wie ich mich zu verhalten habe. Manchmal bin ich es so leid!«
Ich nahm sie in meine Arme und streichelte sie. So etwas kannte ich gar nicht von ihr, denn sie war meistens gut gelaunt und von ihren Problemen hatte sie mir eigentlich nie etwas gesagt.

Sie kuschelte sich an mich und redete weiter: »Sie sagen, du musst Thutmosis gefallen! Bemüh dich um ihn. Den Göttern sei Dank, dass wenigstens Betau und Nefer auf meiner Seite sind. Ich hoffe, dass ich in Zukunft mehr Ruhe vor diesem dummen Geschwätz habe, da Thutmosis inzwischen Ahsat geheiratet hat. Ich will ihn nicht! Ich habe dich!«
Ich streichelte und küsste sie, um sie von ihrer düsteren Stimmung zu befreien. Merit ließ es fast willenlos geschehen.
»Was können wir tun?«, wollte ich wissen. »Am besten, wir heiraten so schnell wie möglich! Was hältst du davon? Dann ist alles geklärt und für uns wird bestimmt alles einfacher.«
Jetzt weinte sie. Sie äußerte sich nicht, sondern streichelte über mein Gesicht, dann über meinen Rücken und hörte nicht mehr auf mich zu küssen.
Mir wurde es sehr, sehr heiß. Langsam, so langsam, dass sie mich jederzeit abwehren konnte, streichelte ich sie. Meine Hände gingen tiefer bis zu ihrer Brust. Ich konnte die Bewegungen meiner Hände nicht mehr kontrollieren. Überall und immer intensiver glitten sie über ihren Körper. Wie selbstverständlich befreite ich sie nach und nach von der störenden Kleidung.
Merit half mir, als ich mich dabei ungeschickt anstellte. Sie schien noch erregter zu sein als ich, denn sie riss mir meine Kleidungsstücke förmlich vom Leib. Eng umschlungen zogen wir uns gegenseitig zu Merits Schlafstätte.
Es war so weit, dass ich sie nicht nur überall berühren und küssen wollte, ich wollte mehr. Ganz vorsichtig, weil ich Angst hatte, ihr wehzutun, glitt ich in sie hinein. Sie zögerte nicht, umklammerte mich mit beiden Armen und kam mir entgegen.
Wir liebten uns mit einer Innigkeit und Leidenschaft, wie ich es bisher nie erlebt hatte. Merit war wunderbar und es schien, als ob wir füreinander geschaffen waren.
Ich weiß nicht, wie lange wir uns liebten. Vor lauter Leidenschaft hatten wir die ganze Zeit nicht sprechen können. Wir hatten uns nur geküsst, gestreichelt und geliebt. Es bedurfte keiner Worte. Beide hatten wir so lange auf unser gemeinsames erstes Mal gewartet. Wir konnten unser Glück nicht in Worte fassen.
Merit lag an meiner Seite und ich hielt sie fest in meinen Armen. Wie oft hatte ich es mir so vorgestellt. Ich musste sie immer wieder anschauen und konnte mich nicht sattsehen.

Irgendwann fiel mir ein, was sie mir vor längerer Zeit einmal anvertraut hatte und ich deswegen damals große Zweifel bekam, ob sie mich auch wirklich liebt.
»Warum zu diesem Zeitpunkt? Du hast einmal gesagt, dass du vor den Göttern schwören musstest, nur der Pharao dürfe dich berühren.«
Ich bekam einen leichten Wangenstreich. »Das fragst du? Vorhin hast du getönt, du wolltest mich heiraten! Schon vergessen?«
Sie küsste mich. »Das war eben meine Antwort! Hast du es nicht gemerkt? Oder müssen wir es wiederholen, du dummer Sen!«
Merit hatte oft gute Einfälle ...
Später kam sie auf meine Frage zurück. »Ich war ein Kind, als man mir diese Worte in den Mund legte. Was richtige Liebe ist, wusste ich natürlich nicht. Später habe ich oft mit den Göttern darüber gesprochen. Wenn du dich erinnerst, ich kannte einen gewissen Sen. Manchmal war der Schlingel sehr ungezogen und wollte mich bereits damals verführen. Aber da hatte ich noch Angst. Jetzt nicht mehr! Ich weiß inzwischen, die Götter wollten den Schwur nicht. Es waren mir ›wohlgesonnene‹ Menschen, die es mich schwören ließen!«
Sie war ernst geworden. Ich wollte nicht, dass unsere Liebe durch diese Erinnerungen gestört wurde. Darum küsste ich sie sehr lange, damit sie auf andere Gedanken kam. Dabei blieb es nicht, denn sie ließ sich nur zu gern weiter ablenken.

Nachher schliefen wir irgendwann ein. Als ich wach wurde, sah ich, dass Merit neben mir lag und mich anschaute.
»Bist du schon lange wach?«, wollte ich wissen.
»Hm, du hast über deiner Nase, an der Stirn, zwei senkrechte Falten. Vor deiner Reise waren sie nicht zu sehen, da bin ich mir sicher. War es so schlimm?«
»Falten? Nicht bei mir!«
»Doch hier!« Sie nahm meine Hand und führte sie zu meiner Stirn. »Fühl selbst!«
Natürlich konnte ich nichts fühlen. Ich richtete mich auf. »Lass mich einmal bei dir schauen, vielleicht entdecke ich auch etwas, was ich vor meiner Reise nicht gesehen habe.«
Jetzt wurde ich richtig munter, für Merit wohl zu munter, denn sie

sprang von der Schlafstätte hoch, streckt mir die Zunge heraus und entschied: »Wirst du wohl Ruhe geben! Ich mache das Frühstück für uns.«
Ein netter Anblick, den sie beim Anziehen bot. Leider verschwand sie rasch in Richtung Küche, weil sie meine Blicke auf sich spürte.

Der Morgen war bereits mehrere Stunden alt und siedend heiß fiel mir ein, dass wir uns um die Mittagszeit am Schiff treffen wollten. Schnell sprang ich auf und ging in die Küche. Merit schien eine gute Hausfrau zu sein. Das Essen stand bereit. Mal sehen, ob ich sie ein wenig ärgern konnte.
»Na, haben die Sklaven das Essen inzwischen fertig?«, fragte ich scheinheilig.
Sie lächelte, obwohl ihre Augen sehr verdächtig blitzten. Sicherheitshalber schwächte ich meine Frage ab: »Doch mir scheint, die Hausfrau hat es selbst zubereitet.«
»Dein Glück, dass du es gemerkt hast! Du weißt, wie ich mich aufregen kann, wenn ich als verwöhnte Palastdame hingestellt werde. In den Jahren, die ich hier bei Betau wohne, habe ich stets versucht, meine Angelegenheiten selbst zu erledigen.«
Als ich sie ungläubig anschaute, meinte sie lächelnd: »Aber wenn ich ganz ehrlich bin, hat es nicht jedes Mal geklappt.«
Nachher beim Essen wollte ich wissen: »Was ist jetzt? Wenn du mit willst, musst du heute Mittag pünktlich am Schiff sein.«
Sehr genau hatte sie es mit der Zeit bei unseren Treffen nämlich nie genommen. Deswegen betonte ich noch einmal ausdrücklich: »Sehr pünktlich!«
Sie schaute mich von der Seite an und meinte spitz: »Wenn es wichtig ist, bin ich immer passend zur Stelle!«
Sicherheitshalber ging ich nicht mehr darauf ein, sondern fragte nur: »Wann sagst du es Betau?«
»Hm, ich verrate erst einmal nur, dass ich einige Tage mit dir wegfahre. Mehr nicht! Das andere kommt sowieso nachher.«
»Die Mutigste bist du auch nicht«, grinste ich sie an. »Ich vermute mal, dass Betau sehr beschäftigt ist und praktisch keine Möglichkeit hat, genau nachzufragen?«
Sie wurde verlegen. »Sorge lieber dafür, dass mit Intef alles klargeht und er nicht, kurz bevor wir ablegen wollen, alles rückgängig machen will.«

Ja, und wer hatte da wieder das letzte Wort?
Es wurde nun wirklich Zeit unsere Angelegenheiten zu erledigen.
»Also«, verabschiedete ich mich nach einem langen Kuss, »bis heute Mittag am Schiff. Wir treffen uns dort. Lass deine Sachen am besten vorab von einer Sklavin dorthin bringen. Dann geht es schneller.«
Von pünktlich sein erwähnte ich jetzt nichts mehr, denn ich konnte es ihren Augen ansehen, dass sie wusste, was ich dachte.

Als ich zum Schiff kam, war Intef bereits mit einigen Soldaten eingetroffen.
»Wo sind deine Sachen?«, wollte er zur Begrüßung wissen. »Du hast ja nichts dabei!«
»Mann! Ich bin bisher nicht einmal dazu gekommen, sie vom Schiff zu holen. Nur gut, dass Mennon dasselbe Schiff klargemacht hat, so konnte ich mir das alles ersparen.« Der letzte Satz war ironisch gemeint, weil man mich praktisch ungefragt wieder zu einer Reise verpflichtet hatte.
Auch Intef hatte es so verstanden, denn er schien sich ein wenig schuldig zu fühlen und meinte: »Was soll ich machen? Du weißt, dass sich diese Situation ganz plötzlich ergeben hat. Und wenn Thutmosis befiehlt, dann kann man nicht nach dem Warum fragen.«
Er schaute sich um. »Übrigens, wo ist denn die Begleiterin, die du besorgen wolltest?«
»Sie kommt pünktlich heute Mittag zum Schiff!«
»Und, darf man fragen, wer die Dame ist, die so fantastisch mit Kindern umgehen kann?«
Ich fühlte mich zwar nicht ganz wohl in meiner Haut, doch ungeachtet dessen,war ich auf seine Reaktion gespannt.
»Du kennst sie. Merit!«
»Was? Die Merit, mit der du zusammen bist? Bist du denn von allen Göttern verlassen? Das kann ganz großen Ärger geben!«
Jetzt schien er völlig die Fassung zu verlieren. Aber an passenden Worten fehlte es ihm nicht.
»Haben euch alle guten Geister verlassen? Mach es rückgängig! Du weißt, dass sie als Kind von ihrem Bruder, dem König der Mitanni, nach Ägypten geschickt wurde, um den Pharao zu heira-

ten. Thutmosis hat zwar bisher kein Interesse an ihr gezeigt, was ich ehrlich gesagt nicht verstehe, trotzdem kann sich das ändern! Bei den Göttern, ich sage es noch einmal, mach es rückgängig!«
Langsam wurde ich wütend. »Wenn Thutmosis sie heiraten wollte, hatte er lange genug Zeit es zu tun. Er hat bestimmt kein Interesse! Hätte er sonst Ahsat zu seiner Hauptfrau gemacht?«
Intef schüttelte den Kopf. »Sen, manchmal bist du ein Kindskopf. Von Politik verstehst du nichts!«
Ich war hartnäckig. »Vielleicht kann sie ihm in dieser Angelegenheit, bei der Wahl des Hohen Priesters, entscheidend helfen? Dann wird er dich, wegen des Einfalls sie mitzunehmen, mit Lob überschütten!«
Intef starrte mich aufgebracht an. »Mich kurz vor der Abfahrt so auszutricksen. Auf dich muss man wirklich aufpassen! Du bist schlimmer als jeder Politiker, den ich kenne. Und im Übrigen wollen wir es ein für alle Mal klarstellen: Es war nicht meine Idee, sie mitzunehmen. So etwas wäre mir nicht einmal im Traum eingefallen! Denk an meine Worte, du wirst dir deswegen nur großen Ärger einhandeln!« Wütend ging er zu seinen Soldaten.
So schnell gibt er auf?, dachte ich erstaunt. Oder war sein Zorn etwa nur gespielt? Komisch, eigentlich hatte ich mir die Unterredung weitaus schwieriger vorgestellt.
Mennon stand in der Nähe und hatte das meiste unserer Diskussion mitbekommen, denn als ich zu ihm trat, schüttelte er nur den Kopf und meinte: »Du darfst es ihm nicht übel nehmen. Jedes Wort, das er gesagt hat, ist wahr. Anderseits, Junge, kann ich dich verstehen. Man lebt nur einmal. Du solltest deine Kabine aufräumen, damit Merit nach ihrer Ankunft an Bord dort einziehen kann.«
Gut, dass Mennon mich daran erinnerte. In dem Raum lagen überall meine Sachen wild verstreut herum. Schnell suchte ich alles zusammen und brachte sie an Deck.

Als Merit an Bord kam, war es *das* Ereignis. Sie zog alle Männerblicke auf sich. Sogar Intef, der vorher so verärgert war, kam zu ihrer Begrüßung.
Sie strahlte ihn freundlich an und meinte ganz unschuldsvoll: »Ich hoffe, dass ich euch keine Ungelegenheiten bereite, weil ich mitreise.«
»Nein, nein, gewiss nicht!« Intef schien ein anderer Mensch zu

sein. Ein Lächeln von Merit und er tat so, als ob es selbstverständlich sei, dass sie an Bord kam. »Bestimmt nicht! Komm, darf ich dir deine Kabine zeigen? Wir haben sie extra für dich herrichten lassen.« Wer war wohl jetzt der geborene Politiker? Ich nicht!
›Wir‹, hatte er gesagt. Nichts hatte er getan oder angeordnet, sondern nur herumgemeckert! Davon ließ er kein Wort verlauten, als er sie zu der Kabine begleitete.
Merit sah kurz triumphierend zu mir herüber, weil ich ihr vorher so eindringlich die Schwierigkeiten geschildert hatte, die es mit Intef geben würde.

Als kurze Zeit später das Schiff ablegte, hatte ich endlich Gelegenheit mit Merit allein zu sprechen. Am liebsten hätte ich sie geküsst. Aber das ging nicht, denn es standen zu viele Leute in der Nähe, die unverhohlen zu ihr herüberschauten.
»Wie hat Betau reagiert?«, wollte ich wissen.
»Sie hatte wenig Zeit, als ich sie in Hatschepsuts Räume erreichte. Als ich mich von ihr verabschiedete und erwähnte, dass es auch einige Wochen dauern kann, war sie kurz sprachlos. Das ist bei ihr so selten, dass ich es ausgenutzt habe und mich flink auf den Weg gemacht habe.«
»Die arme Betau so auszutricksen«, schüttelte ich empört tuend den Kopf. »Wer dich bloß erzogen hat!«
»Hör bloß auf!«, schimpfte sie. »Mir erst wegen Intef Angst zu machen. Der war doch richtig nett und hatte überhaupt keine Einwände.«
»Na ja«, knurrte ich. »Du hättest ihn mal vorher hören sollen.«
Sie spitzte ihre Lippen und deutete einen Kuss an, als sie versöhnlich fragte: »Wie geht es jetzt weiter? Hast du von Intef etwas Neues gehört?«
»Nein! Wir müssen abwarten und sehen, dass wir so schnell wie möglich Memphis erreichen. Erst dort werden wir erfahren, ob das Schiff mit den Amun-Priestern wirklich angehalten werden konnte. Dann müssen wir uns entscheiden, wie wir weiter vorgehen wollen.«
»Gut, warten wir ab. Wir könnten trotzdem auf der Fahrt dorthin die verschiedensten Möglichkeiten durchsprechen. Was dann tatsächlich gemacht wird, sollten wir erst endgültig in Memphis festlegen.«

Nachdenklich schaute ich sie an. Ihre Augen blitzten unternehmungslustig. Hatte ich richtig gehört, als sie, wie selbstverständlich sagte, wir legen es erst in Memphis fest? Mir wurde wieder einmal klar, wie wenig ich sie kannte. Sie war nicht mehr das kleine Mädchen, obwohl sie auch damals öfter ihren starken Willen gezeigt hatte.

Es war für Merit und mich eine wunderschöne Reise. Leider konnten wir nie lange Zeit allein sein, was vor allem ich sehr bedauerte. Doch auf einem Schiff dieser Größe war das unmöglich.
Wenn wir nicht zusammen waren, beobachtete ich sie oft, wie sie sich mit Mennon, Intef oder mit jemand von der Besatzung unterhielt. Ihre Lebhaftigkeit beim Sprechen und das nachdenkliche, aufmerksame Zuhören, wenn der andere sprach. Ihre langen schwarzen Haare wehten oft im Fahrwind. Sie hatte die Angewohnheit, beim Zuhören den Kopf leicht zur Seite zu halten, dabei strich sie mit einer unbewussten Bewegung gelegentlich über ihr Haar, um es vor dem Wind zu schützen.
Ab und zu, wenn sie dachte, man würde es nicht sehen, lächelte sie mir von Weitem kurz zu. Dann wusste ich, egal, was sie gerade machte, ihre Gedanken waren bei mir. Selten, leider sehr selten, wenn wir einen kurzen Moment ganz allein waren, bekam ich einen schnellen Kuss.
Manchmal flüsterte sie mir zu: »Liebst du mich?«
Das kam oft so überraschend, dass ich meist nicht antworten, sondern nur glücklich lächeln und ihr verstohlen zunicken konnte. Am liebsten hätte ich sie in diesen Momenten in meine Arme genommen und sie geliebt. Sie wusste, was ich dann dachte und ihre Augen sagten verheißungsvoll: Ich möchte es auch.

Die Zeit verging so geschwind, dass ich erstaunt war und wie aus einem Traum aufwachte, als Memphis von Weitem auftauchte. Im Hafen lagen ungewöhnlich viele Schiffe, was mich zuerst verwunderte.
Intef trat zu mir. »Man sieht es. Die Kontrolle wirkt. Sonst liegen hier weitaus weniger Schiffe an den Anlegestellen.«
Da erst erinnerte ich mich daran, dass es mein Vorschlag war, zu veranlassen, alle Schiffe in Memphis kontrollieren zu lassen.

»Hoffentlich haben sie vor allem das richtige Schiff mit den Priestern aufhalten können«, erwiderte ich.
»Wir werden es bald erfahren. Schau, dort wo wir anlegen werden, stehen einige Soldaten.«
Intef hatte recht. In dem Augenblick kam Merit zu uns. Sie stellte sich dabei so, dass sie mich mit ihrem Körper leicht berührte. Sie tat aber so, als sei es ohne Absicht geschehen.
»Da!«, rief sie, als das Schiff beim Anlegemanöver ziemlich nah am Landungssteg herangekommen war. »Ist das nicht Mat? Dort drüben bei den Soldaten!«
Tatsächlich! Er hatte uns erkannt und winkte uns ganz unsoldatisch zu.
Als das Schiff angelegt hatte, stürmte er als Erster an Bord und umarmte erst mich und dann Merit. Mir wurde es ganz warm ums Herz. Wie selten wir uns doch sahen.
Mat schaute Merit verwundert an. »Was willst du denn in Memphis? Bist du mitgekommen, weil du hier etwas zu erledigen hast?«
Sofort bekam er sein Fett weg. »In Memphis zu tun? Kannst du dir nicht vorstellen, dass ich wegen dieser Sache mitgekommen bin?«
»Was?« Mat war verwirrt und schaute mich Hilfe suchend an. Von Frauen und ihren Launen schien er wenig Ahnung zu haben.
Experte war ich allerdings auch nicht. Ehe ich antworten konnte, kam Intef vom Hinterdeck auf uns zu. »Was ist? Konntet ihr das Schiff mit den Priestern aufhalten?«
Alle Augen richteten sich gespannt auf Mat. Unser ganzes Unternehmen war darauf ausgerichtet und hing davon ab.
Mat nickte. Er wusste erst nicht, wie er sich verhalten sollte. Musste er dem General Intef korrekt Meldung machen? Oder konnte er sich, mit uns, seinen Freunden, locker unterhalten? Er entschied sich für einen Mittelweg und schaute Intef dabei an, als er sagte: »Sie sind noch da! Dort drüben das Schiff mit dem roten Segel. Allerdings sind sie inzwischen sehr ungeduldig und mehrmals bei dem hiesigen Kommandeur vorstellig geworden. Sie würden es nicht weiter hinnehmen, hier festgehalten zu werden und wollen sich bei höchster Stelle beschweren.«
Wir grinsten uns alle ein bisschen schadenfroh an. Sollten sie sich doch an Thutmosis wenden. Wenn sie wüssten, dass der Befehl von ihm kam...

»Irgendetwas haben sie vor«, fuhr Mat fort. »Wir haben an Bord des Schiffes einen ehemaligen Soldaten, der uns berichtete, wenn der Aufenthalt noch länger dauern sollte, wollen einige der Priester heimlich mit einem kleinen Boot weiterreisen. Wir haben bisher nichts unternommen, weil wir deine Befehle abwarten wollten.« Fragend schaute er Intef an.
Der nickte und strich sich in Gedanken versunken übers Haar.
»Eigentlich wäre es mir lieber, wenn sie zusammenblieben. Wir hätten es sonst mit zwei Gruppen zu tun. Was meinst du?«, wandte er sich an mich.
»Ja, wir sollten das Schiff so schnell wie möglich weitersegeln lassen. Und das würde bedeuten, dass wir auch sofort weiter müssten, weil wir unbedingt vor den Priestern bei dem Tempel sein sollten. Oder...?« Als ich das sagte, fiel mir etwas ein, aber ich wollte es erst in Ruhe überdenken, deswegen hatte ich den Satz nicht zu Ende gesprochen.
Doch Intef ließ mir keine Zeit dazu. »Oder? Was brütest du wieder aus?«
Ich wusste nicht, ob ich meine Gedanken sofort preisgeben sollte, denn ich hätte sie gern wegen der eventuellen Folgen länger überdacht.
Merit hatte die ganze Zeit, genau wie Mat, aufmerksam zugehört. Mat blieb schweigsam, nur Merit meldete sich und wandte sich speziell an Intef.
»Ich glaube, er will dir mitteilen, dass wir uns trennen sollten. Einige von uns reisen sofort weiter ins Delta. Mit einem kleineren, schnellen Boot. Mennons Schiff bleibt vorerst mit einigen Leuten in Memphis.«
Ich schaute sie baff an. »Wieso weißt du das?«
Sie blickte mich kurz und ernst an. »Ich weiß es eben!« Dann lächelte sie und fügte hinzu: »Ich glaube, manchmal kann ich deine Gedanken lesen. Das ist Liebe!«
Das sagte sie ganz klar und deutlich, sodass es Intef und Mat gut verstehen konnten. Die beiden äußerten sich nicht dazu. Nur Intef konnte ich ansehen, dass er schlucken musste. Aber Zeit, etwas darauf zu erwidern, hatte er nicht, denn Merit fuhr fort: »Am besten wäre ein Schnellboot mit mehreren Ruderern. Dann könnten wir genug Vorsprung bekommen. Vielleicht sollte man die Priester noch

einen Tag hier festhalten. So ungefähr hattest du es dir sicherlich gedacht?«
Sie lehnte sich an mich, sodass ich den Duft ihrer Haare in meine Nase bekam. Dabei schaute sie mich mit leicht ironisch blickenden Augen an und ergänzte wie selbstverständlich: »Natürlich hast du daran gedacht, selbst zu fahren und mich mitzunehmen!«
Es war wirklich ungefähr das, was ich vorschlagen wollte, allerdings hatte ich daran gedacht, dass Merit mit dem Schiff Mennons nachkommen sollte. Auch das schien sie zu ahnen, aber das Glitzern in ihren Augen ließ mich schweigen, denn das kannte ich zur Genüge. Da nützten vernünftige Einwände und Argumente sowieso nichts.
Sie bekam, für mich unerwartet, von Mat Unterstützung. Er hatte seine Scheu, offen und locker vor General Intef zu sprechen, überwunden. »Merit hat recht. Ich war vor einigen Monaten im Delta. Mit einem größeren Schiff ist es schwierig, in den schmalen Seitenarmen des Nils vorwärtszukommen. Ein kleines und handliches Boot kann viel besser durch das dichte Schilf kommen und außerdem kann man es zur Not sogar tragen, wenn die Pflanzen im Wasser zu dicht werden.«
Er sah den ungläubigen Blick Intefs und bestätigte seine Worte: »Es ist so! Glaubt es mir. Ich habe es erlebt. Wir mussten damals unser Schiff ankern und sind mit einem kleineren Boot weitergereist. Es ging nicht anders.«
Intef war nicht ganz überzeugt. Es sprach für ihn, dass seine Gründe rein sachlicher Art waren. »Und was ist, wenn ihr es schafft, zwei oder drei Tage vor den Priestern anzukommen?« Er schaute mich fragend an.
Wahrheitsgemäß antwortete ich: »Ich weiß es nicht! Noch nicht. Es muss sich ergeben. Die Frage kann dir im Moment niemand konkret beantworten. Es kommt darauf an, wen und was wir dort vorfinden. Lass es mich so formulieren: Alles ist besser, als da gleich mit einem Trupp Soldaten aufzutauchen, um dadurch die Priester unter Druck zu setzen. Damit würde man nur eine Art Trotzreaktion hervorrufen. Wie gesagt, wir müssen abwarten und erst sehen, wie die Lage ist.«
Intef war ein Mann schneller Entschlüsse und wandte sich an Mat: »Wie schnell kannst du so ein Boot besorgen?«
»Wenn du befiehlst, kann es heute ablegen.«

»Gut!« Intef war jetzt der entschlossene Vorgesetzte. »Mach es! Sen und du, Mat, ihr reist heute mit dem Schnellboot los. Wir anderen kommen mit dem Schiff nach. Mennon hat mir zwar angedeutet, dass es einen geringen Tiefgang hat, trotzdem kann er nur langsam und vorsichtig weiterfahren. Wir müssen eben sehen, wie schnell wir es schaffen.«
Von Merit hatte er nichts verlauten lassen. Seine Meinung kannten wir, er war von Anfang an dagegen, dass sie mitfuhr.
Als Intef schwieg und es so aussah, als ob er nichts mehr hinzufügen wollte, stand Mat auf und sagte: »Wenn du sonst keine Befehle hast, würde ich gern gehen, um alles Notwendige zu veranlassen.«
»Ja, ja, mach das!« Intef schien mit seinen Gedanken weit weg zu sein.
Verstohlen gab ich Merit einen Wink mit den Augen. Sie verstand und wir begleiteten zusammen Mat von Bord. Am Landungssteg blieben wir stehen und ehe wir uns verabschiedeten, bat ich Mat: »Sieh zu, dass du ein Boot mit einer Kabine bekommst. Merit fährt natürlich mit uns.«
Er war unschlüssig und meinte: »Intef hat nicht angedeutet, dass sie mit uns reisen soll.«
Ich winkte ab. »Aber er hat es auch nicht ausdrücklich verboten. Also fährt sie mit!«
Ich sah zu Merit. Sie hatte ihr fest entschlossenes Gesicht aufgesetzt und wartete nur darauf, wie Mat reagieren würde.
»Schau sie an«, drängte ich. »Glaubst du, Intef oder du könntet etwas gegen ihren Willen machen?«
Er grinste. »Da hast du recht!« Einen kleinen Seitenhieb mir gegenüber konnte er sich hingegen nicht verkneifen. »Ich hoffe, dass du es kannst. Wenigstens manchmal!«
Mit einem Grinsen im Gesicht machte er sich auf den Weg.
»Was meint er damit?«, wollte Merit wissen. »Ich habe doch überhaupt nichts gesagt.«
Wir lächelten uns an und am liebsten hätte ich sie geküsst. Aber das ging nicht, denn hier waren Leute. In aller Öffentlichkeit wurde in Ägypten nicht geküsst.

Mat hielt Wort. Am späten Nachmittag legte ein kleineres Boot neben unserem Schiff an. Es war mit acht Ruderern besetzt. Es sah

sehr handlich aus, gleichzeitig war es groß genug, um uns und das Gepäck mitnehmen zu können.
Intef verlor kein Wort darüber, als er Merit in das Boot umsteigen sah. Als ich mich von Mennon verabschiedete, warnte der: »Pass bloß auf Merit auf. Sie mutet sich wahrscheinlich zu viel zu. Die schwüle Hitze im Delta ist für Damen aus dem Palast nicht gerade das Richtige. Außerdem wimmelt es in einigen Nebenflüssen nur so von Krokodilen. Dann bleibt ja im Boot. Es ist groß genug, dass sie euch darin nichts anhaben können.«
Er meinte es gut. Ich erwiderte nichts, sondern nickte ihm nur zu.
»Wir werden uns am Re-Tempel treffen«, meldete sich Intef. »Vielleicht habt ihr Glück, etwas zu erfahren, wie wir unseren Plan umsetzen können. Seid vorsichtig, diese Leute sind nicht dumm.«
Mat gab den Ruderern ein Zeichen und unser Boot legte ab.
Es waren nur die acht Ruderer, Merit, Mat und ich an Bord. Das Boot hatte für uns genau die passende Größe und wir konnten nur hoffen, dass es in dem teilweise mit Papyrus, Schilf, Wasserrosen und anderen Wasserpflanzen zugewachsenen Seitenarmen des Nils zügig durchkam. Im Moment war er so breit und groß, wie wir ihn kannten.

Die Ruderer legten ein flottes Tempo vor, sodass wir abends bereits bei einem Abzweig des Nils ankamen und dort, in Ufernähe, im dichten Schilf ankerten. An diesem Abend saßen Merit, Mat und ich lange zusammen, denn wir hatten uns viel zu erzählen. Bei unserer Weiterfahrt am nächsten Morgen wurde der Nebenarm des Nils nach und nach enger und es wurde zunehmend schwieriger, ihn zu befahren. Er floss hier zwischen dicht stehenden Gräsern, Papyruspflanzen und Binsen. Ich hatte den Eindruck, die Ruderer hätten Schwierigkeiten, den Weg zu finden.
Ich wurde unruhig. »Mat, bist du dir sicher, dass sie den Weg kennen?«
Er grinste leicht. »Ja, bin ich! Einige von ihnen waren dabei, als ich im Auftrag des Generals ins Delta geschickt wurde, um zu erkunden, ob sich Grabräuber im Delta versteckt halten. Sie kennen sich wirklich hervorragend aus, denn sie sind mehrmals hier gewesen.«
»Ich würde mich hier bestimmt nicht zurechtfinden«, meldete sich Merit. »Es wirkt alles so unheimlich. Überall dieses dichte Gebüsch

im Wasser. Manchmal habe ich das Gefühl, als ob wir an der einen oder anderen Stelle schon einmal vorbeigekommen sind.« Sie schüttelte sich, als könnte sie damit ihre unangenehmen Gedanken abschütteln.
Ich sprach Mat an: »Ich weiß zwar, dass du diese Fahrt ins Delta bereits einmal gemacht hast, doch Einzelheiten davon kenne ich nicht. Ist eventuell etwas Interessantes dabei gewesen, was jetzt für uns von Bedeutung sein könnte?«
»Eigentlich nicht«, antwortete er bedächtig. »Allerdings haben wir von den einheimischen Fischern erfahren, dass seit einiger Zeit hin und wieder größere Schiffe ins Delta gekommen sind. Wohin sie wollten, konnten sie uns nicht sagen. Zuerst vermuteten wir, dass sie die Tempel im Delta mit Waren versorgten. Wir haben natürlich dort, wo es noch Priester gibt, nachgefragt. Merkwürdigerweise bekamen wir die Auskunft, dass nur ab und zu kleinere Boote dort anlegen, um nur einige wenige Waren zu bringen, da sich die Priester selbst versorgen. Ansonsten kommen selten Besucher, meist Priester aus Theben oder Memphis.«
Mat schwieg nachdenklich, ehe er fortfuhr: »Das habe ich damals dem General berichtet. Daraufhin hat er mich ziemlich heftig abgekanzelt und mich angebrüllt, wenn das Vermutungen gegen Priester sein sollen, würde er mir raten, ohne klare Beweise vorsichtig zu sein. Damit könne er nichts anfangen. Wenn ich nicht mehr wüsste, lohne es sich nicht, weiter nach den Grabräubern zu suchen. Daraufhin haben wir die Suche ergebnislos abgebrochen.«
Merit trat zu uns. »Na, ihr beiden ›Schätze‹ aus dem Land Punt.« Damit wollte sie mich ärgern, weil ich vor längerer Zeit einige Male ihr gegenüber geäußert hatte, dass ich mich nicht als richtiger Ägypter fühlte.
Mat wusste davon und lachte. »Hast du ihr jemals erzählt, dass wir als Kinder vorhatten zu fliehen, um zurück in unsere Heimat zu gelangen?«
Ich konnte nur den Kopf schütteln, denn Merit fasste meinen Arm und drückte sich ganz eng an mich.
»Immer noch? Hast du mir etwas verschwiegen?« Ihre Augen blitzten.
Mat und ich sahen uns an und antworteten fast gleichzeitig: »Jetzt nicht mehr!«

Ich fügte hinzu: »Im Grunde sind wir nun Ägypter. Es ist genau das eingetreten, was uns Mennon und Mamose damals prophezeit hatten.«
Mat schaute uns an und meinte dann leicht ironisch zu Merit: »Glaubst du wirklich, Sen wollte zurück nach Punt? Niemals! Sieh ihn an! Er hat nur Augen für dich. Du bist Punt und Ägypten zugleich für ihn. Selbst wenn er in andere Länder reisen muss, er wird stets zu dir zurückkommen. Er ist so, ich kenne ihn nur zu gut.« Bei seinen Worten lächelte er mich gleichzeitig freundschaftlich und wissend an.
Ich fühlte mich durchschaut und dachte: Merkt man es mir so stark an?
Merit rückte enger an mich heran und seufzte. »Ich vermute, bei mir ist es weitaus schlimmer als bei ihm. Ein Leben ohne ihn wäre kein richtiges Leben mehr für mich!«
Am liebsten hätte ich sie geküsst. Wir schauten uns nur an und wussten, dass wir uns liebten.
Merit platzte heraus: »Was für ein Glück, dass ihr damals nicht geflohen seid. Was hätte ich bloß ohne ihn gemacht?«
Wir mussten lachen und unsere zwischenzeitlich ernste Stimmung wurde dadurch wieder locker und fröhlich.

Gegen Abend suchten wir einen geeigneten Platz, um vor Anker zu gehen, denn mit dem Boot war es in diesem Wirrwarr von Dickicht und Sumpf unmöglich nachts weiterzurudern. So geschah es zwei Tage und Nächte. Es gab keine besonderen Vorkommnisse.
Mat und ich bedauerten ein ums andere Mal, dass wir hier nicht zur Jagd gehen konnten. So viele Tiere auf einmal hatten wir bisher in keiner anderen Gegend gesehen: Schwärme von kleineren Vögeln, ebenso Enten, Kraniche, Gänse und rosa Flamingos. Ab und zu kreiste ein Seeadler über uns, so, als ob er uns beobachten würde. Das Wasser roch modrig und war dunkel, trotzdem gab es jede Menge Fische darin. Einmal mussten wir unser Boot für längere Zeit anhalten, da sich eine Gruppe Flusspferde vor uns tummelte und uns dadurch die Weiterfahrt versperrte. Sie schienen zu spielen, tauchten weg, um dann wieder prustend aus dem Wasser aufzutauchen. Dabei rissen sie ihre großen Mäuler auf und wir konnten ihre riesigen Zähne sehen. Wir hielten mit unserem Boot respekt-

vollen Abstand, denn die Tiere hätten es ohne Mühe zum Kentern bringen können. Manchmal sahen wir Krokodile faul und träge im seichten Flusswasser liegen.
»Hast du jemals Jagd auf sie gemacht?«, wollte ich von Mat wissen. Er nickte lebhaft. »Ja, öfter! In der Nähe von Memphis gibt es viele von diesen Viechern.«
Ich wurde ein wenig neidisch. Als Kind wollte ich immer Jäger wie mein Vater Ram werden. Aber seitdem ich in Ägypten lebte, hatte ich praktisch keinen Speer oder Bogen mehr angefasst, und ein bisschen wehmütig sagte ich: »Ich bin davon überzeugt, dass ich das meiste verlernt habe.«
Er lachte. »Das vergisst man nicht ganz! Ich glaube, zum Krieger würdest du dich sowieso nicht eignen. Wir sollten uns wirklich einmal die Zeit nehmen, um zusammen zur Jagd zu gehen. Was ist eigentlich aus deinen Fähigkeiten als Fährtenleser geworden?«, erkundigte er sich. »Früher warst du richtig gut darin.«
Das munterte mich ein wenig auf. »Ich denke, es geht noch.«
»Bei passender Gelegenheit nehme ich dich beim Wort!«
»He, ihr beiden«, meldete sich Merit. »Schaut mal da drüben! Diese kleine Lichtung dort. Ist da nicht ein Gebäude?«
Vor lauter Quatschen hatten Mat und ich alles um uns herum vergessen. Schuldbewusst blickten wir zu der angegebenen Richtung.
»Das muss es sein!«, bestätigte Mat gedämpft. »Da ist der Tempel! Wenn wir näher kommen, werdet ihr sehen, dass er gar nicht so winzig ist. Weiter nach hinten wird die Lichtung größer. An der Stelle gibt es ein kleines Dorf.«
Wir redeten nicht weiter, denn wir konnten erkennen, dass wir bemerkt worden waren. Wahrscheinlich bereits vor längerer Zeit, denn dort standen mehrere Männer mit einem Speer und Pfeil und Bogen bewaffnet.

Der Tempel des Sonnengottes Re

Unsere Ruderer manövrierten das Boot vorsichtig an Land, sodass wir trockenen Fußes aussteigen konnten. Mat und ich gingen in Richtung Tempel.
»Halt!«, rief einer der Männer, wohl ihr Anführer. »Wer seid ihr und was wollt ihr?«
»Seit wann muss man Rechenschaft darüber ablegen, wenn man den Tempel besuchen will«, knurrte Mat laut und unwillig. »Im Übrigen sollten mich einige von euch kennen. Ich war schon einmal im Auftrag des Kommandanten von Memphis hier.«
»Ja, ich kenne ihn«, meldete sich daraufhin einer der Männer. »Er war tatsächlich vor einigen Monden mit den Soldaten des Pharaos bei uns.«
Daraufhin wurden die Mienen der anderen etwas entspannter.
»Bringt uns zum Tempel«, wandte sich Mat an den Anführer. »Wir wollen den Tempelvorsteher sprechen.«
»Gut, das geht! Ansonsten mögen wir keine Fremden. Kommt!«
»Irgendetwas ist geschehen!« Mat schüttelte den Kopf. »Damals konnten wir ohne Probleme direkt zum Tempel gehen. Folgen wir ihnen. Wir werden sicher früh genug erfahren, was passiert ist.«
Als wir aufbrachen, wollten unsere Ruderer uns begleiten. Ich hielt sie mit den Worten zurück: »Bleibt vorerst im Boot. Wir wollen erst einmal sehen, was los ist. Haltet euch sicherheitshalber bereit, es könnte sein, dass wir eventuell schnell aufbrechen müssen.«
Merit schaute mich erstaunt an und ich setzte hinzu: »Bei dem merkwürdigen Verhalten der Leute ist alles möglich. Es ist eine reine Vorsichtsmaßnahme. Ich hoffe inständig, dass sie überflüssig ist.«
Mat, Merit und ich gingen mit unserer Begleitung in Richtung Tempel. Als wir näher kamen, sahen wir einen älteren Priester in einem weißen Gewand, der uns erwartete. Er winkte uns, in den Tempel hineinzukommen. Hier herrschte, im Gegensatz zu der feuchten, schwülen Hitze draußen, eine angenehme Kühle. Was mir sofort auffiel, war der schlechte Zustand des Tempels. Alles wirkte verkommen und so, als ob sehr lange nichts mehr renoviert worden war.

Merit und Mat dachten wohl das Gleiche, wenn ich ihre Mienen richtig deutete.
»Seid willkommen, wenn ihr gekommen seid, den Tempel des Sonnengottes Re zu besuchen. Mein Name ist Wemamun. Ich bin der Vorsteher des Tempels.«
Er hatte anscheinend unsere Blicke, die den Zustand des Tempels anbetrafen, bemerkt, denn er redete ein wenig verbittert weiter: »Vorsteher ist vielleicht zu hoch gegriffen, denn wir sind nur noch fünf Priester und einige Hilfskräfte. Ihr seht ja selbst, dass der Tempel in einem unbeschreiblichen Zustand ist. Es scheint, als ob man uns in Theben vergessen hat. Dabei ist der Tempel vor langer Zeit für den Ur-Gott Atum errichtet worden. Ihr wisst sicher, dass man ihn heute Amun-Re nennt. Doch entschuldigt, dass ich abschweife. Ihr habt vermutlich ein Anliegen, weil ihr den weiten und beschwerlichen Weg hierher gemacht habt. Was wünscht ihr?«
Bei den verhärmten Worten des Priesters Wemamun war mir eine Idee gekommen, wie ich vorgehen könnte, und ich antwortete vorsichtig: »Wir sind Gesandte des zukünftigen Pharaos Thutmosis. Er möchte von uns einen Bericht über den aktuellen Zustand des Tempels. Thutmosis beabsichtigt, eventuell die uralte Religion des Sonnengottes wieder zu neuem Glanz zu verhelfen.«
»Ah!« Der Priester schaute mich ziemlich fassungslos an. »Ich kann es nicht glauben! Man denkt wirklich an uns?«
Hoffentlich hatte ich nicht zu viel gesagt. Aber ich konnte mich gut an das Gespräch zwischen Thutmosis und Intef bei unserem Abschied im Palast erinnern, als der Thronfolger anmerkte: »Wir müssen die älteren Götter stärker in das Bewusstsein der Menschen rücken. Die Amun-Priester sind mir zu reich und mächtig geworden. Hatschepsut war mit ihnen zu nachsichtig!«
»Es ist so!«, bestätigte ich. »Ich war dabei, als Thutmosis davon sprach. Er schien besonderes an diesem Tempel interessiert zu sein, denn er sagte: ›In dem Tempel soll es ein Orakel geben. Ich möchte es bei Gelegenheit gern einmal besuchen und vielleicht sogar befragen.‹«
Wemamun überlegte eine Zeit lang. Dann seufzte er und flüsterte: »Es sollte eigentlich nur wenigen Eingeweihten bekannt sein, dass man an diesem Ort das Orakel befragen kann. Nur Amun-Priester in hohen Ämtern sollten davon wissen. Sie können sich hier bei

wichtigen Entscheidungen Rat holen. Ich kann nur hoffen, dass es so bleibt. Da der Pharao das göttliche Wort auf Erden ist, dürfte er es gar nicht nötig haben, es zu befragen. Aber wenn er es befiehlt, werden wir es natürlich ermöglichen.«

Er schien sich gefangen zu haben, denn sein Ton wurde zuvorkommender und freundlicher. »Eurer Begleiterin scheint es kühl zu werden. Kommt, lasst uns nach hinten gehen, dort können wir besser reden.«

Der Priester war wie verwandelt. Dass der zukünftige Pharao sich für den Tempel interessierte, schien ihn beflügelt zu haben. Er führte uns durch den ganzen Tempelbereich hinaus ins Freie. Wir kamen in einen wunderschönen Garten, in dem hohe, Schatten spendende Bäume standen. Durch den Garten plätscherte ein kleiner, künstlich angelegter Bach. Er sah nicht nur sehr schön aus, sondern war auch so praktisch angelegt, dass er die vielen Pflanzen, die dort in voller Blüte standen, bewässerte.

»Setzt euch.« Wemamun zeigte auf eine Sitzgruppe und klatschte in die Hände. Sofort erschien ein Mann, wohl ein Diener, denn er trug keine Priesterkleidung. Ich achtete nicht besonders auf ihn, denn als Wemamun ihm auftrug: »Bringe uns zu essen und zu trinken«, verspürte ich einen riesigen Hunger. Das letzte Mal hatte ich heute Morgen etwas zu mir genommen.

Er wandte sich an mich. »Wer sind deine Begleiter, wenn ich fragen darf?« Seine Augen ruhten dabei wohlgefällig auf Merit.

»Ah, du musst entschuldigen, aber ich war von dem Empfang deiner Leute am Ufer so irritiert, dass ich erst einmal abklären wollte, ob wir uns ohne Gefahr hier aufhalten können. Das ist Prinzessin Merit aus Theben und Hauptmann Mat von der Kommandantur in Memphis.«

Auf Mat schaute Wemamun gar nicht. Er hatte nur Augen für Merit, als er sagte: »Wirklich eine Prinzessin? Ich habe gleich gesehen, dass sie etwas Besonderes ist.«

Merit wurde ein bisschen rot. Ehe ich etwas erwidern konnte, antwortete sie: »Ich danke dir. Ich muss zugeben, obwohl der Empfang der Leute bei unserer Ankunft nicht sehr einladend war, hatte ich, als ich dich sah, sofort ein gutes Gefühl.«

Dabei lächelte sie und ihre weißen Zähne blitzten hinter den roten Lippen. Als sie dann noch hinzufügte: »Wenn es deine Zeit erlaubt,

solltest du mich einmal durch diesen wunderschönen Garten führen und mir alles genau erklären«, strahlte er sie an und schien von Merits Charme hingerissen zu sein.
Doch ich durfte unser Ziel nicht aus den Augen verlieren. Wir waren mit der Absicht gekommen, zu erreichen, dass sich das Orakel nicht für Bek, sondern für Menkheperreseneb, den Wunschkandidaten von Thutmosis, als Hohepriester-Amuns aussprach. Deshalb bemühte ich mich, unser Gespräch auf das Thema Orakel zu lenken.
»Unter anderem ist unser Auftrag, dem Thronfolger Thutmosis über das Orakel zu berichten. Wenn er seine Absicht verwirklicht, hierher zu kommen, möchte er im Voraus über alles informiert sein. Darum ist es für uns wichtig, viel zu erfahren, damit wir ihm berichten können.«
Wemamun schaute jetzt nicht mehr zu Merit. Seine Miene war nachdenklich und ernster geworden. » Ja, ich verstehe. Lasst mir Zeit. Ich muss erst überlegen und mich mit meinen Mitbrüdern beraten, was ich sagen kann.«
Das Thema schien ihm nicht sehr zu behagen, denn er lenkte unser Gespräch in eine andere Richtung. »Kommt! Ich werde euch eure Unterkünfte zeigen. Außerdem ist da das Boot mit den Ruderern. Wollen sie wieder weg oder bleiben sie vorerst hier?«
Richtig! Die hatte ich ganz vergessen. Ich schaute zu Mat. Er verstand und antwortete Wemamun: »Sie bleiben hier. Ich denke, sie können das Boot nun festmachen und an Land kommen. Kannst du mir bitte erklären, warum wir von euren Leuten mit Speeren empfangen wurden? Seid ihr aus einem bestimmten Grund so vorsichtig?«
Wemamun nickte. »Ja! Wir sind misstrauisch geworden. Es kommen ab und zu Leute, die Sachen aus ihren Booten laden und nach drüben in das Sumpfgelände bringen. Bei einem ihrer letzten Besuche haben sie zwei Dorfbewohner getötet, weil die versucht hatten festzustellen, welche Sachen transportiert wurden.«
»Ins Sumpfgelände?« Mats Gesichtsausdruck war ein einziges Fragezeichen.
»Na ja, es ist zwar ein Sumpf, aber dort steht auf einer kleinen Erhöhung ein uraltes Gebäude, das wohl einmal zum Tempel gehörte. Wir wissen es nicht genau, sondern vermuten es. Auf jeden

Fall soll das Gebäude riesige Kellerräume haben. Ich habe sie selbst nie gesehen, nur die alten Leute hier haben davon erzählt.«
»Wieso schaut ihr nicht einfach nach?«, erkundigte sich Mat interessiert.
Wemamun lachte freudlos. »Es wird bewacht! Der Priester Bek, wohl der nächste Hohepriester Amuns, lässt es bewachen und außerdem hat er uns strikt verboten, uns dort aufzuhalten. Nicht, dass er den Keller von Soldaten bewachen lässt. Nein! Er hat die Leute des Dorfes so beeinflusst, dass sie für ihn die Wächter des Kellers sind. Manchmal kommen merkwürdige Leute, die körbeweise Gegenstände aus ihren Booten laden und sie dann dorthin bringen.«
Er schwieg kurz, ehe er kopfschüttelnd fortfuhr: »Es können nur sehr wertvolle Sachen sein. Bek ist der Vermögensverwalter Amuns. Ich denke, er lässt den Schatz des Gottes Amun aus irgendwelchen Gründen hierher bringen. Warum weiß ich nicht. Vielleicht ist er an seinem bisherigen Platz nicht mehr sicher. Das ist allerdings nur eine Vermutung! Wenn es tatsächlich so ist, warum macht er das? Und wissen die anderen Amun-Priester in Theben davon? Wir konnten bisher nicht mit anderen hochgestellten Priestern darüber sprechen, weil sie seit Jahren nicht mehr bei uns waren.«
Ich überlegte. War jetzt der richtige Zeitpunkt, ihm zu sagen, dass sich Bek und die anderen höchsten Priester Amuns auf dem Weg zu ihm befanden?
Ich entschied mich abzuwarten, nachdem ich Merit und Mat fragend angeschaut hatte und von beiden keine Reaktion kam. Möglicherweise war es günstiger zu warten, um erst noch einiges von Wemamun zu erfahren.
»Ist Bek denn nicht verpflichtet, euch, den Priestern vor Ort, zu erklären, was er da macht?«, hakte ich nach.
»Eigentlich schon. Aber keiner wagt, ihn zu fragen. Er ist ein mächtiger Mann und man verdirbt es sich nicht gern mit ihm. Schlimm ist auch, dass er die Menschen drüben im Ort ganz auf seine Seite gezogen hat. Sie sind praktisch die Wächter des alten Gebäudes. Bessere konnte er nicht finden.«
»Hat er ihnen irgendetwas dafür versprochen?« Merit hörte wie gebannt zu. So etwas kannte sie nur vom Hörensagen.
Als Wemamun antwortete, schaute er nur Merit an. »Nein! Sicher

keine Reichtümer oder ähnliche Dinge. So etwas brauchen die Menschen bei uns nicht. Es ist nur wegen des Mädchens aus dem Ort. Das Orakel! Auf Befragen von Bek hat sie vorhergesagt, dass die Dorfbewohner dazu bestimmt seien, Wächter des Uralttempels zu sein. Wenn sie diese Aufgabe nicht ordentlich erfüllen, würden alle Menschen des Dorfes durch eine höhere Kraft vernichtet.«
Wir schwiegen und jeder machte sich seine Gedanken zu dem Gehörten. Ich wollte alles gern in Ruhe bedenken und die Meinung von Mat und Merit dazu hören. Als kein richtiges Gespräch mehr zustande kam, schlug ich vor: »Vielleicht kannst du uns die Zimmer zeigen, der Tag war doch sehr anstrengend.«
Als wir bei den Zimmern ankamen, sahen wir, dass sie bereits hergerichtet waren. Ehe ich mit Merit und Mat sprechen konnte, trat der Diener ein, der vorhin das Essen gebracht hatte, und fragte, ob wir irgendwelche Wünsche hätten. Wir verneinten. Seltsamerweise zog er sich nicht augenblicklich zurück und ich hatte den Eindruck, er wollte, dass ich auf ihn aufmerksam wurde. Ich schaute ihn genauer an. Er war zart und schmächtig. Dazu passte eigentlich nicht sein wohlgerundetes Bäuchlein. Mir kam eine Erinnerung. Ich wusste sofort, ich hatte ihn irgendwo einmal gesehen. Nur wo und wann?
Er schien mich ebenfalls zu kennen, denn er lächelte mich an und wartete ab, ob bei mir eine Erinnerung kam. Als er merkte, dass es mir nicht einfiel, begann er: »Kann ich dich kurz sprechen, Herr? Vielleicht nebenan?«
Ich nickte ihm zu. »Ja! Geh schon vor.«
Als er draußen war, wandte ich mich an Merit und Mat. »Ich kenne ihn! Aber ich weiß nicht, wo und wann ich ihn getroffen habe. Wartet bitte. Ich komme gleich zurück.«
Der Kleine stand draußen und erwartete mich. »Na, hast du mich erkannt?«
Ich schüttelte den Kopf. »Wir haben uns einmal getroffen! Ehrlich gesagt, im Moment erinnere ich mich nicht an deinen Namen und genauso wenig, wo das war.«
Er lachte schelmisch. »Dann helfe ich dir. Es war in Memphis auf dem großen Markt. Allerdings ist es einige Monde her. Ich verrate es nicht gern, doch es war so, dass man mich auf dem Markt gefangen genommen hatte und als Dieb beschuldigte. Wahrscheinlich

erinnerst du dich jetzt, denn du hast mir ein Messer zugesteckt und damit konnte ich mich später befreien.«

Mir fiel es wie Schuppen von den Augen. Der kleine Dieb, der so ein unverschämtes freches Mundwerk hatte. Kurz nach dem Zusammentreffen hatte ich Anta, die als Sklavin verkauft werden sollte, befreien können.

»Tatsächlich! Ich erinnere mich. Ich war mir sicher, dass wir uns mal getroffen haben. Doch unser Zusammentreffen seinerzeit war so kurz, darum bin ich nicht sofort darauf gekommen.«

Er lachte und schien sich zu freuen, dass ich die Begegnung nicht vergessen hatte.

»Und? Wie kommst du hierher?« Ich war immer noch völlig verblüfft, weil ich die Begebenheit fast vergessen hatte.

Er wurde ernster, als er antwortete: »Es war damals ein großer Einschnitt in meinem Leben, als ich auf dem Markt verhaftet wurde. Ich war in einem Alter, wo ich mich wirklich fragen musste, ob ich so weitermachen wollte, bis ich ein alter Mann wäre. Wo es hinführte, habe ich ja bei meiner Verhaftung erfahren. Dann hatte ich Glück! Ich traf den Priester Wemamun in Memphis. Er fragte nach dem Weg zum Amun-Tempel. Ich hatte Zeit und weil er mir sympathisch war, brachte ich ihn dorthin. Dabei kamen wir ins Gespräch. Die Begegnung werde ich mein Leben lang nicht vergessen, denn ich erzählte ihm praktisch mein ganzes Leben, etwas was ich normalerweise nie tun würde. Warum, weiß ich bis heute nicht. Wemamun blieb plötzlich mitten auf dem Weg stehen. Er schaute mich lange schweigend an und sagte: ›Du bist kein schlechter Mensch! So etwas fühle ich. Komm mit mir zum Tempel des Gottes Re. Diene ihm den Rest deines Lebens und deine Ka[1] wird nach deinem irdischen Tod zum Himmel auffahren und ihren Platz dort oben finden.‹

Ich überlegte nicht lange und als Wemamun in das Delta zum Tempel zurückreiste, ging ich mit ihm. Bis heute habe ich es nicht bereut.«

Ich dachte an Anta, die ich damals am selben Tag kennengelernt hatte und daran, welche Zufälle es im Leben gibt. Oder war es doch so, dass die Götter uns lenkten?

»Wie heißt du eigentlich?«, fragte ich. »Deinen Namen habe ich nicht erfahren.«

Er überlegte kurz. »Ich nenne mich seitdem ich hier im Tempel untergekommen bin, Rehu. Allerdings will ich dir nicht verschweigen, dass ich früher einen anderen Namen hatte. Aber da ich jetzt ein neues Leben führe, finde ich es angebracht, für dieses Leben einen anderen Namen zu tragen.«
Ich nickte, warum sollte er nicht? Unter seinem früheren Namen würde er vermutlich Probleme bekommen.
Er schaute nach draußen, erhob sich dann schnell und sagte erstaunt: »Es ist spät geworden. Ich muss zurück. Die Priester wollen nachher im Tempel opfern und dafür muss ich noch einiges vorbereiten.«
Mir kam ein Gedanke. »Hilfst du bei den Feierlichkeiten für die Befragung des Orakels?«
Er nickte. »Ja! Warum fragst du?«
»Nur so, weil der Tempel dafür bekannt ist.«
»Ja, das stimmt. Ich muss leider wirklich gehen. Wenn du willst, können wir uns gern ein anderes Mal treffen. Im Übrigen weißt du ja, dass ich dir eine Gefälligkeit schulde. Ich habe nie vergessen, dass du, ein Fremder, mir damals ein Messer zugesteckt hast und ich mich damit befreien konnte.«
Plötzlich kam mir ein Gedanke, von dem ich eventuell Gebrauch machen sollte. Deswegen rief ich hastig, weil er sich bereits auf den Weg gemacht hatte: »Gut! Wir sollten uns tatsächlich treffen. Das Orakel interessiert mich sehr. Vielleicht kannst du mir einiges darüber erzählen.«
Er warf mir einen nachdenklichen Blick zu und rief zurück: »Ich melde mich, sobald ich Zeit habe.«

Ich nahm mir vor, bei dem nächsten Gespräch mit ihm vorsichtig zu sein und vorerst nicht von unserem Auftrag zu sprechen. Außerdem wollte ich mich erst mit Merit und Mat beraten.
Als ich ins Nebenzimmer kam, warteten die beiden gespannt auf mich.
»Und? Kennst du ihn?« Merit war wie immer sehr neugierig.
Ich nickte und erzählte, wie ich ihn kennengelernt hatte. Zum Schluss schilderte ich, was ich plante und wollte wissen, wie sie darüber dachten.
Mat wirkte unentschlossen. »Ich weiß nicht. Er scheint ein Schla-

winer zu sein. Außerdem kennst du ihn kaum. Wir müssen auf der Hut sein.«
Merit war anderer Meinung und sprach sich lebhaft, wie es ihre Art war, dafür aus, es zu versuchen. »Wir müssen etwas unternehmen. Nur abwarten, hilft uns nicht weiter. Außerdem läuft uns die Zeit weg. In ein paar Tagen sind die Priester hier und bis dahin müssen wir eine Strategie haben, wie wir vorgehen. In dem Gespräch mit ihm tun wir einfach so, als ob wir nur neugierig seien. Das ist ganz normal.«
Ich lächelte. »Dann solltest du ihn befragen. Bei Frauen ist Neugierde etwas völlig Normales.«
»Kann ich gern machen«, antwortete sie schnippisch. »Allerdings weiß ich aus Erfahrung, Männer sind es genauso.«
Wir waren zu müde, um uns gegenseitig weiter aufzuziehen und so entschied ich: »Ich denke, wir sollten es versuchen. Morgen wird sich bestimmt eine Gelegenheit ergeben. Heute ist es spät geworden. Lasst uns schlafen gehen.«
Endlich schliefen Merit und ich wieder zusammen. Auf dem Schiff war das die ganze Zeit nicht möglich gewesen. Nachher lag sie in meinen Armen und schlief, während mir noch vieles durch den Kopf ging.

Am nächsten Morgen war ich früh wach. Merit lag neben mir, atmete ganz ruhig und schlief so friedlich, als ob wir keine Probleme hätten. Je länger ich über meine Idee, den ehemaligen Dieb Rehu auszuhorchen, nachdachte, desto besser fand ich sie. Wenn er es ehrlich meinte, dass er mir einen Gefallen schuldete, dann hätte er jetzt die Möglichkeit, mir etwas über das Orakel zu erzählen.
Als ich leise, um Merit nicht zu wecken, aufstehen wollte, wurde sie trotzdem wach.
»Na, du unruhiger Geist? Was spukt dir im Kopf herum? Komm, lass uns erst schauen, ob man hier im Tempel ein Frühstück bekommt, sonst vergisst du bestimmt, dass man ab und zu essen sollte. Danach kannst du immer noch diesen Rehu treffen.«
Sie nahm meinen Arm und zog mich nach draußen.
Mat erwartete uns bereits. »Du willst doch mit dem Diener sprechen. Er sorgt fürs Frühstück. Ich denke, am besten wäre es, wenn er ausschließlich mit dir reden kann. Deswegen sollten Merit und ich euch nachher allein lassen.«

Dagegen war nichts einzuwenden, und als die beiden fertig waren, gingen sie los, um den Priester Wemamun zu suchen, damit er ihnen, wie besprochen, den Garten zeigte.

Als Rehu zurückkam, um zu sehen, wie weit wir mit dem Frühstück waren, fand er mich allein vor. Er setzte sich zu mir.
»Du wolltest etwas über das Orakel wissen. Was damit zusammenhängt, ist alles geheim. Die Priester mussten einen Schwur leisten, alles Wichtige für sich zu behalten. Ich bin ja nur ein Diener. Zu mir hat niemand etwas gesagt. Trotzdem, auch Diener bekommen einiges mit!«
Das war kein schlechter Anfang, und als er mich abwartend ansah, war dies für mich das Zeichen ihn auszufragen.
»Das Orakel soll ein Mädchen aus dem Dorf sein. Kennst du es?«
»Ja! Mari. Jeder hier weiß es und kennt sie. Sie soll schon als ganz kleines Mädchen seherische Fähigkeiten gehabt haben.«
»Warst du einmal in dem Raum, in dem das Orakel befragt wird?«
Er nickte. »Ja, öfter! Es gehört zu meinen Aufgaben, nach der Zeremonie alles aufzuräumen. Es ist ein ganz schlichter Raum mit einer Öffnung oben in der Decke. Man muss bei der Zeremonie den Sternenhimmel sehen. Erst, wenn die Sterne eine bestimmte Position eingenommen haben, kann das Orakel befragt werden. Das ist der Grund, warum Orakelbefragungen nur an einigen wenigen Wochen im Jahr stattfinden können.«
Er schwieg und ich musste wieder nachfragen. Mir wäre es lieber gewesen, er würde von sich aus reden.
»Und weißt du, wer es befragt?«
»Hm, ja natürlich! Übrigens gehört das zu den Geheimnissen, die die Priester nicht preisgeben dürfen. Aber ich weiß es auch! Eigentlich ist es die Aufgabe des Tempel-Vorstehers. Allerdings habe ich mitbekommen, dass Wemamun nur bei, sagen wir einmal, nicht so bedeutsamen Dingen die Fragen stellt. Wenn hohe Herren aus Theben kommen und Fragen haben, übernimmt das ein Priester des Haupttempels. Der scheint in der Hierarchie der Amun-Priester ziemlich weit oben zu stehen. Meist ist es so, dass er zusammen mit einigen hochrangigen Leuten kommt. Diese Leute haben Fragen an das Orakel und der Priester übernimmt die Befragung.«
Er schaute mich an und ich hatte den Eindruck, als ob er mich

auffordern wollte: »Frag weiter. Ich könnte dir so einiges erzählen.«
Ich tastete mich weiter vor. »Dieser Priester aus Theben, ist das der Priester Bek? Ein großer und kräftiger Mann.«
»Du kennst ihn?« Er war erstaunt. »Woher? Hast du etwas mit ihm zu tun?«
Sein vorheriger freundlicher Blick hatte sich in Misstrauen umgewandelt.
War es ein Fehler zuzugeben, dass ich den Priester Bek kannte? Ich durfte auf keinen Fall das Vertrauen von Rehu verlieren. Und, weil ich den Eindruck hatte, dass sich in seinem Gesicht eine gewisse Angst widerspiegelte, beeilte ich mich zu versichern: »Wir haben nie zusammen gesprochen. Aber was ich bisher von ihm weiß, reicht, dass wir nie Freunde werden.«
Er schien aufzuatmen und antwortete: »Du hast mir eben einen gehörigen Schrecken eingejagt. Vor dem Priester Bek haben hier nämlich alle große Angst. Er ist ein sehr herrischer, kalter und befehlsgewohnter Mann. Die Priester ducken sich vor ihm und wenn er seinen Besuch ankündigt, sind sie Tage vorher voller Unruhe.«
Er stockte, schaute mich nachdenklich an und vergewisserte sich: »Sen! Ich glaube, dass ich nicht gerade dumm bin. Du stellst diese Fragen nicht ohne Grund. Sag mir ehrlich, wenn ich dir weitere Auskünfte über das Orakel gebe, könnte ich damit den Priestern oder mir selber schaden?«
Mir schien die Zeit gekommen, ihm, zumindest teilweise, die Wahrheit zu offenbaren, wenn ich weitere Informationen von ihm erhalten wollte.
»Ich will offen sein. Deine Auskünfte können dazu beitragen, dem Priester Bek zu schaden. Dir und den Priestern wird nichts geschehen. Im Gegenteil, wenn es uns gelingt, durch eure Hilfe Beks Macht einzuschränken, verspreche ich dir, wird es für euch nur Vorteile haben.«
Er nickte nachdenklich. »Ich vertraue dir! Frag weiter. Was ich weiß, will ich dir gern sagen.«
Ich hatte den Eindruck, dass er mir nun voll vertraute und nahm meine Fragerei dort wieder auf, wo ich vorhin wegen seines aufkommenden Misstrauens aufhören musste.
»Wenn der Priester Bek da war, hast du da einmal mitbekommen, um welche Themen es bei der Befragung des Orakels ging?«

»Ja! Nicht so direkt natürlich. Trotzdem habe ich eine Menge erfahren. Meistens kam Bek mit anderen hochgestellten Persönlichkeiten, die Fragen an das Orakel hatten. In diesen Fällen übernahm es Bek selbst, das Orakel zu befragen.«
»Und wie lief das ab?« Jetzt wurde es für mich richtig spannend.
»Hm, ich konnte verständlicherweise nicht dabei sein. Es läuft immer so ab, dass Bek sich vorher mit dem Orakel zusammensetzt. Allerdings, auch Wemamun macht es so, wenn er die Befragung vornimmt.«
Ich musste keine Fragen mehr stellen. Rehu hatte sich inzwischen in Schwung geredet. Er machte nur ab und zu eine kleine Pause, in der er sich wohl seine nächsten Worte überlegte.
»Es ist so«, fuhr er fort. »Das Orakel ist ein ganz einfaches Mädchen. Von den schwierigen Fragen, die über Politik oder Religion und andere wichtige Dinge kommen, hat sie keine Ahnung.«
»Und?« Ich hörte gebannt zu. »Du sagst, sie sei ein ganz einfaches Mädchen! Also sprechen die Götter aus ihrem Mund, oder?«
Rehu strich mit einer Hand über seinen kahlen Schädel und wiegte den Oberkörper hin und her. Er wollte für seine nächste Antwort Zeit gewinnen. Ich war so gespannt, dass ich zwischendurch die Luft angehalten hatte und deswegen einige Male tief durchatmen musste, um keinen Hustenreiz zu bekommen. Doch ich wollte Rehu nicht drängen, obgleich es mir schwerfiel abzuwarten. Er brauchte diese Zeit, das fühlte ich.
Er schaute mich eindringlich an und senkte die Stimme. »Sen, was ich dir jetzt sage, muss wirklich unter uns bleiben. Ich bin sicher, wenn Bek davon Kenntnis erhält, wäre dies mein Todesurteil!«
Ich nickte ihm zu. »Vertraue mir! Ich verspreche dir, es wird nicht dein Schaden sein.«
»Ja, ich vertraue dir, obwohl ich nicht weiß, warum. Ich bin sonst kein Mensch, der anderen Geheimnisse anvertraut. Außerdem habe ich dir bereits so viel über das Orakel erzählt, dass es reichen würde, mich für immer zum Schweigen zu bringen, wenn Bek davon erfahren würde.« Er strich sich nervös mit der Hand über den kahlen Schädel. »Bek oder auch Wemamun wissen natürlich vorher, welche Fragen die Leute stellen. Meist setzen sie sich am Abend vor der Befragung mit dem Mädchen zusammen. Es läuft dann so ab, dass die Fragen von Bek oder Wemamun in einer bestimmten

Wort- oder Satzstellung mit dem Mädchen durchgesprochen werden. Mari lernt die Antworten auswendig und spricht als Medium nur, wenn die Fragen in dieser bestimmten Wort- oder Satzstellung vorgetragen werden. Manchmal ist es sogar nur ein bestimmtes Wort, das die abgesprochene Antwort auslöst.«
Ich war völlig verblüfft. Mit meinem einfachen Gemüt war ich sicher gewesen, dass sich das Orakel im Trance mit einer höheren Macht in Verbindung setzt und dann redet.
Ungläubig vergewisserte ich mich: »Ist es wirklich so? Ich habe gehört, dem Medium würde erst eine Droge aus Mohn verabreicht. Dann wird eine bestimmte Gottheit angerufen und nur das Orakel kann die Antwort hören, das es an die Fragesteller weitergibt.«
Rehu lächelte überlegen. »Ja, das mag es wohl geben. Es soll ja noch einige Orakel in anderen Ländern geben. Obwohl ich, ehrlich gesagt, nicht glaube, dass es dort anders abläuft. Auf jeden Fall ist es hier so, wie ich es gerade geschildert habe. Ein Getränk, in dem eine Stimulans oder eine Droge enthalten ist, bekommt das Mädchen freilich auch. Deswegen äußert sie sich nur, wenn die Fragen in dieser, mit ihr vorher einstudierten Wortstellung kommen. Es läuft immer so ab, dass der Fragesteller dem Medium seine Fragen mit seinen eigenen Worten stellt. Das Orakel schweigt. Dann wiederholt Bek oder Wemamun die Frage und zwar in dieser vorherbestimmten Wortstellung. Und genau die löst die Antwort des Orakels aus.«
Etwas unsicherer als vorher, lenkte Rehu ein: »Allerdings würde man Wemamun unrecht tun, wenn man ihm Betrug unterstellen würde! Ich weiß, dass er sich vor einer Befragung des Orakels sehr lange mit den Sternen beschäftigt, ehe er dem Mädchen die Antworten gibt. Und die Sterne lügen nicht!«
Das meinte er völlig ernst.
Ich musste das Gehörte erst einmal innerlich verarbeiten. Rehu schwieg, vielleicht machte er sich Gedanken, warum er so offen zu mir war. Plötzlich rief er erstaunt aus: »Die Sonne hat schon fast ihren höchsten Stand erreicht. Ich muss mich beeilen, weil ich viel zu tun habe. In den nächsten Tagen wird eine wichtige Delegation Amun-Priester aus Theben erwartet.«
Seine letzten Worte sagte er im Weggehen, sodass ich sie gerade noch verstehen konnte. Also wusste man, dass die Amun-Priester

kamen. Wie hatte man wohl die Nachricht erhalten? Eigentlich war es ja auch egal. Hier im Nildelta, mit seinen verzweigten Wasserläufen und den großen Schilf- und Papyrusflächen, gab es bestimmt ein Nachrichtensystem.

Ich machte mich auf den Weg, um Merit und Mat zu suchen. Nach einiger Zeit fand ich sie außerhalb der Gartenanlage auf dem Weg zum Dorf. Wemamun und die beiden standen gerade mit einigen Leuten aus dem Dorf zusammen.
Als ich dazukam, hörte ich, wie Wemamun die Anweisung gab: »Die erjagten Tiere und die Früchte bringt ihr morgen zur Tempelküche.«
Erklärend wandte er sich an mich: »Wir bekommen, für uns sehr überraschend, Besuch. Einige wichtige Amun-Priester beehren den Tempel. Ich denke, dass sie das Orakel befragen wollen. Die Jäger des Dorfes müssen uns deswegen mit Vorräten versorgen.«
Ich sagte nichts dazu, denn ich wollte, ehe ich weitere Schritte unternahm, mit Merit und Mat darüber sprechen.
Merit kannte mich gut genug, sodass sie gleich merkte, wie unruhig ich war, denn sie richtete sich mit einem strahlenden Lächeln an Wemamun. »Wir danken dir, dass du dir so viel Zeit für uns genommen hast. Aber ich kann mir denken, dass allerlei Arbeit auf dich wartet, darum wollen wir dich nicht länger aufhalten. Mat und ich werden unserem Freund Sen von dem berichten, was du uns gezeigt und erzählt hast.«
Man merkte wieder, wie angetan Wemamun von Merit war. Sie konnte ihn mit ihrem Lächeln um den Finger wickeln. Denn in seiner Antwort bedankte er sich ausdrücklich dafür, dass er ihr alles zeigen durfte und sie so rücksichtsvoll war, auch an seine anderen vielfältigen Aufgaben zu denken.
Der Höflichkeit war genug getan und wir drei hatten uns im Garten, in einer etwas abgelegenen Sitzecke, zurückgezogen.
»Du hast doch etwas, was du uns unbedingt mitteilen willst«, begann Merit und schaute mich dabei durchdringend mit ihren grünen Augen an. »Ehe du anfängst, solltest du wissen, dass wir das Medium kennengelernt haben. Wirklich, ein nettes, ganz normales junges Mädchen. Man sieht ihm überhaupt nicht an, dass es so eine wichtige Aufgabe hat.«

Mat schaltete sich nun ein. »Merit scheint übrigens dem Mädchen sehr sympathisch zu sein. Wemamun stellte sie als Prinzessin vor und da war das Kind erst ziemlich schüchtern und brachte kein Wort heraus. Aber als Merit sich mit der Kleinen über ihr Spielzeug unterhielt und sagte, dass sie als kleines Mädchen auch so was gehabt hätte, wurde sie richtig zutraulich.«
Ich berichtete in groben Zügen, was ich von Rehu erfahren hatte. Da ich ihm darüber Vertraulichkeit zugesichert hatte, verschwieg ich einige Dinge und informierte die beiden, dass ich ihm mein Wort gegeben hatte, über diese Informationen kein Wort zu verlieren. Merit und Mat mussten zumindest die Zusammenhänge kennen, denn ich war auf ihre Hilfe angewiesen. Außerdem wusste ich, dass ich mich auf ihre Diskretion verlassen konnte. Sie schauten mich ungläubig an, als ich mit meinem Bericht fertig war.
Mat hatte sich als Erster gefangen. »Das hätte ich nicht gedacht. Das ist Betrug! Die Priester können somit wichtige Entscheidungen nach ihrem Willen manipulieren. Das ist in meinen Augen so ungeheuerlich, dass ich nicht weiß, was ich dazu sagen soll. So richtig kann ich es immer noch nicht glauben!« Er schüttelte fassungslos den Kopf.
Merit schien nicht so überrascht zu sein und meinte nachdenklich: »Ich habe einmal mitbekommen, wie Hatschepsut über diese Dinge gesprochen hat. Sie sagte damals sinngemäß: ›Bei einem Orakel oder einem Gottesurteil habe ich so meine Zweifel. Nachdem mein königlicher Gemahl Thutmosis II zu den Göttern gegangen war, gab es im Tempel durch den Gott Amun einen Hinweis, dass mein Neffe Thutmosis seine Nachfolge antreten soll. Leider habe ich erst viele Jahre später erfahren, dass es dabei nicht mit rechten Dingen zugegangen ist.‹ Die genauen Zusammenhänge kenne ich allerdings nicht.«
Wir schwiegen und jeder von uns machte sich Gedanken über diese Informationen und darüber, wie es jetzt weitergehen sollte.
Merit sprach dann das aus, was mir gerade in ähnlicher Form durch den Kopf gegangen war: »Was Sen uns eben gesagt hat, kann für unser weiteres Vorgehen wichtig werden. Ich denke, wenn wir den Auftrag von Thutmosis erfolgreich ausführen wollen, bleibt uns nur, zu versuchen, Wemamun und das Medium in unserem Sinne zu beeinflussen.«

Zustimmend nickte ich. »Ja, ich sehe es genauso. Wir können nicht warten, bis Intef mit seinen Soldaten hier eintrifft. Er neigt dazu, das Problem mit Gewalt zu lösen, und ich glaube, da sind wir uns einig, das wäre auf keinen Fall der richtige Weg. Im Gegenteil, auch wenn wir die anderen Priester von den Verbrechen Beks überzeugen können, Zwang werden sie niemals akzeptieren. Ich denke, der einzig mögliche Weg, um Thutmosis' Befehl erfolgreich auszuführen, ist der, den Merit eben vorgeschlagen hat.«
Mat verdrehte die Augen. »Nun sagt mir doch endlich bitte schön, wie lautet der genaue Auftrag Thutmosis'? Bisher weiß ich fast gar nichts, außer einigen vagen Andeutungen!«
Tatsächlich! Er hatte recht! Allerdings musste ich zugeben, dass ich es ihm nicht bewusst verschwiegen hatte.
»Eigentlich hatte ich gedacht, du weißt Bescheid. Pass auf! Ich werde es dir in Kurzform erläutern. Die höchsten Amun-Priester kommen hierhin, um sich von dem Orakel vorhersagen zu lassen, wer von ihnen der nächste Hohepriester werden soll. Der bisherige Hohepriester Hapuseneb ist aus den verschiedensten Gründen für Thutmosis nicht tragbar. Er soll zwar offiziell nicht abgesetzt werden, aber er würde nach der Machtübernahme durch Thutmosis zum Problem. Du weißt, der Hohepriester Amuns ist, nach dem Pharao, der zweithöchste Mann in Ägypten. Über den Priester Bek habe ich dir bereits genügend berichtet. Thutmosis weiß ebenfalls über ihn Bescheid. Nur, die Wahl des Hohepriesters ist Sache der Amun-Priesterschaft. Der Pharao kann sich offiziell nicht einmischen. Natürlich möchte Thutmosis nicht, dass Bek es wird. Sein Favorit für dieses Amt ist Menkheperreseneb. Du hast inzwischen mitbekommen, wie die Befragung des Orakels abläuft. Wenn man Bek oder Wemamun frei handeln lässt, kann man davon ausgehen, der nächste Hohepriester wird Bek! Unser Ziel ist, dass sich das Orakel für Menkheperreseneb ausspricht. Und das vor allen anderen wichtigen Priester, die zusammen mit Bek in den nächsten Tagen hier eintreffen.«
Ich musste eine Pause machen, um meine Gedanken zu sammeln und zu überlegen, ob ich eventuell etwas Bedeutsames vergessen hatte. Ehe ich etwas hinzufügen konnte, schaltete sich Merit ein: »Besser kann man es in Kurzform nicht erklären. Ich hätte ehrlich gesagt, länger dazu gebraucht.« Und dann fügte sie mit einem hin-

tergründigen Lächeln in ihren funkelnden Augen an Mat gewandt hinzu: »Da staunst du! Er kann lange Vorträge halten, wenn er will! Sonst ist er fürchterlich mundfaul und redet fast nur, wenn er angesprochen wird.«
Die beiden grinsten sich an und Mat setzte sogar noch einen drauf: »Ja, das stimmt! Ein Schwätzer ist er in der Tat nicht. Nur um des Quatschens willen, redet Sen nie.«
Die wollten mich tatsächlich hochnehmen. War ich wirklich so mundfaul? Mir selbst war das eigentlich nie richtig bewusst geworden. Damit sie endlich mit ihrem verschwörerischen Grinsen aufhörten, knurrte ich sie freundschaftlich an: »Redet keinen Unsinn. Das meiste was geredet wird, ist sowieso nur überflüssiges Zeug.« Und um Merit zu ärgern: »Meines Wissens reden meistens Weiber so viel unnützes Zeug.«
Jetzt hatte ich das Vergnügen, ihre schöne Zunge zu sehen.
Doch wir wurden schnell wieder ernst und ich wollte wissen: »Und was machen wir nun?«
Ratlos schauten wir uns an. Eine große Unruhe überkam mich. Ich musste unbedingt allein sein und versuchen, in Ruhe zu überlegen. Mat hatte die gleiche Idee, denn er sagte: »Wir haben Mittagszeit. Die feuchte Luft, zusammen mit der Hitze, macht mir zu schaffen. Ich lege mich ein Weilchen hin, dabei kann ich am besten nachdenken. Vielleicht fällt mir etwas Gutes ein.«
Wir nickten ihm zu und Merit antwortete: »Ich sehe es Sen an, dass er allein sein will und seine Ruhe braucht. Ja, das starke Geschlecht, ein wenig feuchte Wärme und sie sind geschafft. Ich werde ein bisschen spazieren gehen, um mir bei der Gelegenheit das Dorf anzuschauen. Wemamun hat bestimmt nichts dagegen, denn er gab mir zu verstehen, dass wir überall hingehen können.«
Erst wollte ich Merit zurückhalten, aber als sie erwähnte, dass Wemamun nichts dagegen hätte, war ich beruhigt und wir trennten uns.

Ich brauchte frische Luft und ging in dem schattigen Garten auf und ab, ehe ich mich dann auf eine Bank setzte. Sie stand im Schatten, direkt an einem kleinen Teich, der mit Wasserrosen fast zugewachsen war.
Ab und zu konnte ich zwischen den Rosen an den wenigen Stellen

der sichtbaren Wasserfläche Fische sehen. Es hatte den Anschein, als ob sie neugierig nach dem Menschen schauten, der da in Gedanken versunken an ihrem Teich saß.
Die Vögel zwitscherten trotz der Mittagshitze, weil hier in dem Tempelgarten viele hohe Schatten spendende Bäume standen. Sonst war absolute Stille. Es war der ideale Ort zum Nachdenken.

Die Frage, die sich vor allen anderen stellte, war, wie wir das Medium dazu bewegen könnten, sich für den Wunschkandidaten Thutmosis' auszusprechen? Von Rehu hatte ich inzwischen einiges über das Orakel erfahren. Konnte er uns helfen? Es war nicht auszuschließen! Doch ich durfte nicht vergessen, er war nur ein Diener der Priester und hatte keinen Einfluss auf das Medium. Trotzdem war ich ihm sehr dankbar, dass er mir so viel anvertraut hatte. Wir mussten versuchen, auf seinen Informationen aufzubauen.
All dies ging mir durch den Kopf, ehe ich wieder auf den Priester Wemamun kam. Ich erinnerte mich daran, als wir uns gestern kennenlernten, hatte er durchblicken lassen, dass er sehr enttäuscht darüber war, wie heruntergekommen der Tempel war. Er fühlte sich von den hohen Amun-Priestern im Stich gelassen. Am meisten wurmte es ihn, dass keine Mittel zur Renovierung des Re-Tempels zur Verfügung gestellt wurden.
Hier mussten wir einhaken! Für die Amun-Priester konnte ich natürlich nicht sprechen, aber eventuell für Thutmosis. Ich war fest davon überzeugt, sollten wir den Auftrag zur Zufriedenheit des zukünftigen Pharaos erledigen, würde er sich allen Beteiligten gegenüber sehr großzügig zeigen. Und so wie ich Wemamun bisher einschätzen konnte, hielt ich ihn für einen der wenigen Menschen, die nichts für sich persönlich wollten. Wenn Thutmosis etwas für den teilweise sehr baufälligen Tempel tun würde, Wemamun wäre einer der glücklichsten Menschen in Ägypten!
Je länger ich darüber nachdachte, umso mehr kam ich zu der Auffassung, dass wir nur mit Wemamuns Hilfe weiterkamen. Vielleicht konnte ich auf seinem Misstrauen gegenüber Bek aufbauen?

Die Sonne war inzwischen ein ganzes Stück weitergewandert. Ob Merit schon zurück war? Ich ging sie suchen, konnte sie nirgends entdecken und so schaute ich nach Mat.

Als ich in sein Zimmer trat, gähnte er gerade ausgiebig und meinte: »Der Schlaf hat mir gutgetan. Jetzt fühle ich mich wesentlich besser. Irgendwie habe ich seit gestern ein Gefühl, als ob ich seit Tagen zu wenig geschlafen hätte, weil ich so schlaff und abgespannt war.«
»Ja, ja!« Ich ging nicht auf sein Gerede ein und erklärte ihm, was mir vorhin durch den Kopf gegangen war.
Er schwieg länger, ehe er antwortete: »Du hattest von jeher tolle Einfälle! Kannst du dich erinnern, wie wir als Kinder diese Kriegsspiele machten? Da hattest du oft fantastische Ideen!«
Ich erinnerte mich daran. Aber die Zeit lag so weit zurück und mir kam es vor, als ob das ein anderer erlebt hatte. Wir lächelten uns an und brauchten keine weiteren Worte, weil wir wussten, dass unsere tiefe Freundschaft auch wegen der Erinnerung an unser früheres Leben für immer Bestand haben würde.
»Und? Was hältst davon?«, erkundigte ich mich.
»Ich denke, dass es so gehen könnte. Auf jeden Fall fällt mir keine bessere Lösung ein!«
Ich konnte es nicht mehr abwarten und wollte etwas unternehmen.
»Komm, lass uns nach Wemamun schauen. Wir müssen ihn sprechen. Lange aufschieben können wir es nicht mehr!«
Mat war einverstanden. »Willst du nicht auf Merit warten? Wemamun scheint sie sehr zu mögen. Unter Umständen hilft es, wenn sie dabei ist.«
»Ich habe sie bereits gesucht. Sie ist wahrscheinlich im Dorf. Vielleicht ist es sogar besser, wenn sie am Anfang des Gespräches nicht dabei ist. Es könnte sein, dass wir auf Wemamun Druck ausüben müssen und das liegt ihr überhaupt nicht. Also komm, gehen wir!«
Wir trafen Wemamun im Tempel im Gespräch mit einigen seiner Mitpriester. Er kam sofort auf uns zu. »Wir versuchen, den Tempel zu verschönern. Die hohen Herren sollen erkennen, dass wir alles in unseren Kräften Stehende tun, um den Tempel nicht noch mehr verkommen zu lassen.« Dann reckte er sich ein wenig, als ob er nach etwas Ausschau hielt.
»Wo habt ihr eure Begleiterin gelassen?«
»Sie macht einen Spaziergang zum Dorf«, gab Mat Auskunft.
»Ah!« Er schien enttäuscht, dass sie nicht dabei war. »Ihr hattet Fragen zum Orakel. Ich habe mit meinen Mitbrüdern gesprochen.

Sie haben nichts dagegen, wenn ich euch einiges darüber erzähle.«
Das war kein schlechter Anfang und ich überlegte gerade, welche Fragen ich zuerst stellen sollte, als Mat sich in seiner direkten Art an Wemamun wandte.
»Es ist gut, dass du so offen mit uns sprechen willst. Wir haben nämlich ein Problem und wollten mit dir in aller Offenheit darüber reden. Du weißt, dass wir im Auftrag des zukünftigen Pharaos hier sind. Aber nicht nur um den Tempel zu besichtigen!«
Er ließ seine Worte auf Wemamun einwirken. Das brachte den Erfolg, dass wir sofort seine ungeteilte Aufmerksamkeit hatten. Mat schaute mich an und seine Augen sagten: »Mach du weiter. Ich habe den direkten Weg gewählt. Für die Feinarbeit bist du zuständig.«
Ich übernahm die Wortführung und fragte vorsichtig: »Wir haben gestern über den Priester Bek gesprochen. Ich habe dabei den Eindruck gewonnen, dass ihr nicht unbedingt Freunde seid.«
Wemamun bestätigte das, ohne zu zögern. »Das kann ich ganz offen zugeben. Wir mögen uns nicht. Ich habe ehrlich gesagt sogar große Angst vor ihm, denn er ist ein Machtmensch, der alles tun würde, um seine Interessen durchzusetzen. Was ist mit ihm?«
Es ging nicht anders, ich musste abwägen, was ich ihm über die wahren Gründe unseres Besuches mitteilen konnte.
»Bek ist einer der Priester, die euch in den nächsten Tagen besuchen werden! Richtig?«
Er nickte und schaute mich erstaunt an. »Woher weißt du das?«
Ich ging nicht auf seine Frage ein, sondern hakte nach: »Hast du eine Ahnung, was er hier mit den anderen Priestern will?«
Er schüttelte den Kopf. »Nein! Allerdings gehe ich davon aus, dass sie das Orakel befragen wollen. Nur dann, und das ist höchst selten, kommen die hohen Herren hierher. Welche Fragen sie haben, weiß ich natürlich nicht.«
Wemamun ging sehr gut auf unser Gespräch ein und deswegen sprach ich offener mit ihm. »Ich kann dir, oder besser ausgedrückt, wir können dir verraten, was Bek und die anderen Priester von dem Orakel erfahren möchten!«
Sein Mund blieb vor Erstaunen halb offen stehen. Schnell fuhr ich fort, ohne dass er Gelegenheit für eine Zwischenfrage bekam: »Das Orakel soll die Frage beantworten, wer von den hohen Amun-Pries-

tern unter dem zukünftigen Pharao Thutmosis der nächste Hohepriester werden soll.«
Wemamun hatte sich immer noch nicht von seinem Erstaunen erholt, schaffte es aber jetzt, sich zu erkundigen: »Wieso wisst ihr das?«
Ich winkte ab. »Das ist eine lange Geschichte. Im Moment kann ich nur sagen, dass es Thutmosis weiß und wir deshalb in seinem Auftrag hier sind.«
Ich ließ zunächst das Gesagte auf ihn einwirken, ehe ich ergänzte: »Wenn dem Orakel die Frage nach dem nächsten Hohepriester gestellt wird, könntest du dir vorstellen, wer von den Amun-Priestern es werden könnte?«
Er tat sich mit seiner Erwiderung sehr schwer. »Woher soll ich wissen, was das Orakel verkünden wird?«
Wahrscheinlich hatte ich zu viel erwartet, denn er konnte mir natürlich nicht direkt zu verstehen geben, dass die Fragen vorher mit dem Orakel besprochen wurden, darum musste ich anders vorgehen. »Wenn die Priester in den nächsten Tagen kommen, kannst du dir denken, wer diese Frage an das Orakel stellen wird? Oder glaubst du, dass du damit beauftragst wirst?«
Er antwortete sofort: »Wenn, wie du sagst, Bek dabei ist, wird er das ganz sicher übernehmen! So war es bisher immer, wenn er hier war.«
»Wirst du dabei sein?«, wollte ich wissen.
»Ja, ich denke schon. Es gibt im Opferraum einige Dinge zu tun. Bisher habe ich das jedes Mal machen müssen, weil Bek sich nicht gern die Hände schmutzig macht.«
»Ich habe dir vorhin erklärt, dass es schlimm für uns und noch schlimmer für ganz Ägypten ist, wenn das Orakel sich für Bek ausspricht. Thutmosis' Favorit ist Menkheperreseneb! Aber er hat ausdrücklich gesagt: ›Ich werde die Entscheidung des Orakels respektieren, weil es die Götter dann so wollen. Ich kann nur hoffen, dass alles mit rechten Dingen zugeht. Sorgt dafür, dass der Vorsteher des Re-Tempels die Befragung vornimmt. Ihm kann man sicher trauen, da er nicht zum Führungsclan der Priester Thebens gehört.‹«
Ich machte wieder eine kurze Pause, um meine Worte auf ihn wirken zu lassen. Der letzte Satz schien ihm gutgetan zu haben und so

fuhr ich fort: »Deswegen frage ich dich und sei dir darüber im Klaren, dass ich im Namen des zukünftigen Pharaos spreche: Hältst du es für möglich und sinnvoll, dem Orakel, bevor die Priester aus Theben eintreffen, die entsprechenden Fragen zu stellen?«

Er nickte. Eine gewisse Zeit verging und seine Gesichtszüge erhellten sich langsam. Er schien sich mit der Idee mehr und mehr anzufreunden.

Schließlich räumte er ein: »Warum nicht? Die Sterne stehen günstig. Ich könnte sie zurzeit jeden Abend befragen, wenn es von einer hochgestellten Persönlichkeit gewünscht wird. Und was bezweckst du damit?«

»Wir wünschen uns, dass du die Fragen an das Orakel stellst. Bek sollte es auf keinen Fall tun. Zu dir haben wir Vertrauen und wissen, dass es dann mit rechten Dingen zugehen wird. Übrigens könnte dir eine hochgestellte Person den Auftrag dazu geben. Und zwar Prinzessin Merit!«

Nachdenklich murmelte er: »Ja, das ginge gut. Das müsste jeder akzeptieren.« Er schaute mich fragend an. Ich wusste, dass ich ihm die Antwort, was ich damit bezwecke, schuldig war und kam darauf zurück.

»Ich will dir gern erläutern, warum das Orakel sofort befragt werden sollte, ohne dass die Priester aus Theben dabei sind. Wenn wir zurück nach Theben kommen, könnte ich Thutmosis reinen Gewissens berichten, dass die Entscheidung des Orakels ohne Einfluss von Bek gefallen ist. Aus dem einfachen Grund, weil er nicht da war.«

Wemamun schien erfreut, als er entgegnete: »Ich verspreche dir, wenn ich das Orakel befrage, tue ich das nach bestem Wissen und Gewissen. Nun gestatte mir eine Frage! Wenn Bek die Antwort des Orakels nicht akzeptieren sollte und selbst eine Befragung vornimmt, was ist dann?«

Nun hatte ich ihn da, wohin ich ihn haben wollte. Ich hatte gehofft, dass er diese Frage stellen würde. Ich tat ganz unschuldig und zeigte mich dabei sehr orakelgläubig. »Soll er es ruhig befragen! Das Orakel könnte nach so kurzer Zeit für beide Befragungen nur dieselbe Antwort geben. Oder hast du jemals erlebt, dass es innerhalb einer so kurzen Zeit bei einer wichtigen Frage verschiedene Äußerungen gibt?«

Er schluckte einige Male. »Nein, noch nie!«

Eine leichte Röte überzog sein Gesicht. Ich konnte mir vorstellen, was in ihm vorging. Gut, dass ich vorab mit Rehu gesprochen hatte. Doch jetzt musste ich ihm helfen, damit die Entscheidung für Menkheperreseneb fiel.
Ich fragte: »Kennst du eigentlich Menkheperreseneb?«
»Ja! Er war einige Male hier.«
»Und? Im Vergleich zu Bek, was hältst du von ihm?«
Auf seine Antwort war ich gespannt und dachte, nun wird er wieder sehr lange überlegen, ehe er etwas von sich gibt. Doch da hatte ich mich getäuscht. Er reagierte fast spontan. »Wir haben uns bestens verstanden. Er hält nicht sehr viel von weltlichen Dingen und versteht sein Amt als Priester in erster Linie, um den Göttern zu dienen. Diese Einstellung habe ich auch und das ist sicher der Grund, warum wir uns bei seinen Besuchen gut verstanden haben.«
Das klang sehr erfreulich. Und um ihm den größten Teil seiner Angst vor Bek zu nehmen, merkte ich an: »Bek hat sich schlimmer Verbrechen schuldig gemacht. Deswegen kommt ein Trupp Soldaten unter der Leitung von General Intef hierher, um Bek festzunehmen. Aber...« Ich machte eine weitere kleine Pause, um seine volle Aufmerksamkeit zu bekommen. »Aber«, setzte ich meinen angefangenen Satz fort, »dabei könnte es durchaus ein Problem geben. Sollte sich das Orakel für Bek aussprechen, können die Soldaten ihm nichts anhaben. Als zukünftiger Hohepriester Amuns wäre er unantastbar. Wenn Thutmosis schon Pharao wäre, könnte er es eventuell darauf ankommen lassen, sich mit den Amun-Priestern anzulegen. Da Hatschepsut noch offiziell Pharao ist, kann er nichts unternehmen. Egal, was Bek verbrochen hat.«
»Ja! Ja, ich verstehe.« Sein Gesichtsausdruck war sehr nachdenklich geworden.
Ich schaute zu Mat. Hatte ich etwas Wichtiges vergessen oder wollte er etwas hinzufügen? Unmerklich schüttelte er den Kopf und gab mir dadurch zu verstehen, dass er mit dem Gesagten einverstanden war.
»Wann genau erwartet ihr die Delegation der Amun-Priester?«, erkundigte ich mich.
»Morgen, im Laufe des Tages. Wahrscheinlich um die Mittagszeit. Du musst wissen, dass wir durch die einheimischen Jäger einen ausgezeichneten Informationsdienst haben. Über mögliche Besu-

che werden wir meistens frühzeitig unterrichtet. Übrigens sind zwei Gruppen von Menschen im näheren Umkreis unterwegs, vielleicht zu uns oder in eines der Dörfer im näheren Umkreis.«
»So früh? Eine Gruppe davon sind sicher die Soldaten, von denen wir dir berichtet haben.« Nachdenklich fuhr ich fort: »Dann bleibt uns nicht mehr viel Zeit.«
Wemamun und ich wussten, was das zu bedeuten hatte. Aber die Initiative musste von mir ausgehen.
»Könnte das Orakel bereits heute Abend für uns Fragen beantworten?«, wollte ich wissen.
Er nickte bedächtig. »Ja, das geht. Kommt heute Abend, wenn der Mond aufgegangen ist, in den Tempel. Bringt Prinzessin Merit mit, denn sie sollte mir den Auftrag dazu erteilen.« Er schaute er uns eindringlich an. »Bleibt es bei dieser Frage, über die wir eben gesprochen haben? Oder beabsichtigt ihr, eine weitere zu stellen?«
Ich schüttelte den Kopf. »Nein! Nur die Frage nach dem nächsten Hohepriester Amuns! Müssen wir übrigens Opfergaben oder andere Dinge mitbringen?«
»Nein!«, gab uns Wemamun zur Antwort und verabschiedete sich.
»Ich danke dir!« Das sagte ich aus vollem Herzen, denn dass es ein so ergiebiges Gespräch wurde, war vorher nicht abzusehen.
»Dass es so gut klappen würde, hätte ich nie gedacht!« Mat war sehr zufrieden. »Komm, lass uns nach Merit schauen. Sie müsste eigentlich zurück sein. Die Sonne geht bald unter.«

Vergeltung

Wir machten uns zusammen auf, sie zu suchen.
»Was meinst du«, wollte ich wissen, »habe ich ihn überzeugt? Oder hat er eventuell Zweifel?« Denn nachdem Wemamun sich verabschiedet hatte, war ich mir nicht mehr so sicher wie kurz nach unserem Gespräch.
Mats Worte beruhigten mich. »Du hast ihm alles in einer Art geschildert, dass er gar nicht anders kann, als das Medium so zu beeinflussen, dass es für Menkheperreseneb spricht.«
Hoffentlich hatte er recht!
Merit schien immer noch nicht zurück zu sein, denn in unserer Unterkunft war sie nicht.
»Was macht sie denn bloß so lange im Dorf?«, knurrte ich ärgerlich.
Mat winkte ab. »Du kennst ja die Frauen! Sie wird sich verquatscht haben. Komm, wir gehen ihr entgegen, dann können wir auf dem Rückweg genau absprechen, wie sie die Frage für das Orakel formulieren soll.«
Wir waren erst einige hundert Schritte gegangen, als uns ein paar Leute aus dem Dorf erregt rufend entgegenkamen. Doch sie waren zu weit entfernt, als dass wir diese Hektik begreifen konnten. Erst als sie nah genug heran waren, verstanden wir die aufgeregte Schreierei.
»Überfall! Sie haben unser Dorf überfallen!«
Ich bekam einen fürchterlichen Schreck. Merit war in dem Dorf! Auch Mat schaute sehr besorgt und hielt den Ersten der Herangelaufenen fest und herrschte ihn an: »Was ist mit der Prinzessin, die bei euch zu Besuch ist?«
Ich war im Moment wie gelähmt und konnte nichts sagen und keinen klaren Gedanken fassen.
Der Mann aus dem Dorf gab keuchend, vom schnellen Laufen nach Luft schnappend, Auskunft: »Es sind Banditen gewesen, die bestimmt von den Schätzen in dem Uralttempel gehört haben!«
Mein Verstand arbeitete wieder. »Antworte!«, schrie ich ihn an. »Was ist mit der Prinzessin?«
»Sie haben sie mitgenommen! Sie und einige Frauen aus dem Dorf! Das Schlimmste ist, dass sie Mari mitgenommen haben!«
Mari? Wer war Mari? Jetzt fiel es mir ein! Das Medium!

»Warum? Warum entführen sie die Frauen? Was bezwecken sie damit?«
Mein Herz klopfte wie verrückt und ich musste mich zwingen, vernünftig zu denken. Der Mann zuckte die Achseln und war mit einer Antwort überfordert.
Mat, der mir meine übergroße Nervosität natürlich anmerkte, fasste an meine Schulter, als ob er mich mit dieser Geste beruhigen könnte und drängte: »Komm, lass uns schnell zum Dorf laufen. Dort können wir bestimmt mehr erfahren.«
Ich konnte nur nicken und wir machten uns sofort auf den Weg. Als wir dort ankamen, brüllte ich bereits von Weitem: »Wer von euch ist der Dorfvorsteher?«
Ein Mann in mittleren Jahren trat aus dem Kreis von wild miteinander gestikulierenden Männern auf uns zu.
»Ich! Ihr habt es sicher gehört, dass unser Dorf überfallen und einige der Frauen und die Prinzessin entführt wurden. Ihr wäre nichts passiert, hätte sie sich nicht schützend vor die kleine Mari gestellt und so wurde auch sie mitgenommen.«
»Wer sind diese Leute, die das gewagt haben? Was gedenkt ihr jetzt zu tun?«
Meine Stimme klang dermaßen wütend, dass er wohl meinte, sich entschuldigen zu müssen.
»Herr, wir können nichts dazu. Bedenke, sie haben sogar Mari, das Medium des Re-Tempels, entführt. Die Götter werden sie dafür schwer bestrafen!«
Der Schleier vor meinem Kopf lichtete sich und ich konnte wieder klarer denken. Er hatte durchaus recht. Sie traf keine Schuld. Aber er hatte meine zweite Frage nicht beantwortet.
»Also, was werdet ihr unternehmen? Ihr könnt es doch nicht einfach hinnehmen!«
Aus dunklen Augen schaute er mich zornig an. »Natürlich nicht! Was denkst du denn? Wir sind gerade dabei festzulegen, wer von unseren Leuten ihre Spur aufnehmen und sie verfolgen soll.«
»Wir gehen mit!« Das war für mich ganz klar.
»Ihr?« Er machte ein ablehnendes Gesicht.
Ich wollte aufbrausen, als Mat sich einmischte und sich an den Dorfvorsteher wandte. »Wir sollten durch unnützes Reden keine Zeit verlieren, sondern schnell gemeinsam überlegen, was wir tun können!«

Er zeigte auf mich und bestimmte: »Er geht mit euch! Ihr könnt ihn gut gebrauchen, denn er ist ein ausgezeichneter Fährtenleser. Du, Dorfvorsteher, schickst Boten zu den anderen Dörfern. Immer, wenn ihr von dort eine wichtige Nachricht bekommt, sagt ihr mir Bescheid. Bis dahin sind General Intef und seine Soldaten eingetroffen, sodass wir dann entscheiden können, was aufgrund der eingehenden Nachrichten weiter geschehen soll.«
Man konnte dem Dorfvorsteher ansehen, dass er bei den ersten Worten von Mat aufbrausen wollte. Aber Mat hatte in einem so bestimmenden Ton gesprochen, und als er dann von den Soldaten und General Intef hörte, fragte er nur: »Wer bist du?«
»Hauptmann Mat, aus Memphis! Und jetzt lasst uns nicht quatschen, sondern handeln!«
Mir brannte es unter den Nägeln. Nur Herumstehen und Reden konnte ich nicht mehr ertragen. Ich musste etwas tun! Merit! Hatte man ihr etwas angetan? Wohin wurde sie gebracht? Ich versuchte nicht daran zu denken, was alles passieren konnte, aber das würde mir nur gelingen, wenn wir endlich etwas zu ihrer Befreiung unternahmen.
»Wir müssen sofort aufbrechen, sonst wird ihr Vorsprung zu groß! Wer von deinen Leuten kommt mit?«, fragte ich den Dorfvorsteher.
Er zeigte zur Dorfmitte. »Drüben stehen unsere besten Jäger und Fährtenleser.«
Wir gingen hinüber und ich konnte sehen, dass die Männer mit Speeren, Pfeil und Bogen bewaffnet waren. Sie schauten uns entgegen, als wir näher kamen. Der Dorfvorsteher sagte etwas zu ihnen, was ich nicht verstehen konnte. Einer der Männer, ein junger Bursche, trat hervor.
»Das ist Saka, unser bester Fährtenleser! Er wird euch führen. Verpflegung braucht ihr nicht mitzunehmen, denn unterwegs in den Dörfern könnt ihr genug bekommen und außerdem gibt hier reichlich Wild zu jagen.«
Saka und ich musterten uns abschätzend. Eigentlich machte er auf mich einen ganz sympathischen Eindruck. Auf jeden Fall ein sehr zäher Bursche, der sicher nicht so schnell aufgab. Auch er schien von mir keinen allzu schlechten Eindruck zu haben, denn nach einer Weile des Musterns, nickte er dem Dorfvorsteher zu. Das war sein Einverständnis, mich mitzunehmen. Er sagte etwas zu mir.

Ich konnte es nicht verstehen, denn es waren für mich nur unverständliche Zischlaute, die er von sich gab. Als er merkte, dass ich nicht reagierte, übersetzte er in einem merkwürdigen Ägyptisch, das ganz kurz und abgehackt klang: »Du komm! Ich Spur!«

Endlich konnte es losgehen. Ich schaute einmal kurz zu Mat. Er nickte mir zu und ich wusste, auf ihn konnte ich mich blind verlassen. Alles was hier im Dorf und im Tempel geschah, er würde in meinem Sinn handeln.
Mit mir zusammen waren wir elf Männer, die jetzt in zwei bereitstehende Boote stiegen. Für alle lagen Paddel darin bereit. Nur gut, dass ich früher oft mit einem kleinen Boot auf dem Nil zum Angeln war. So konnte ich mithalten, weil es wegen des Schilfs und der vielen Papyrussträucher nicht allzu schnell vorwärts ging. Ich konnte nur hoffen, dass die Richtung, in der wir paddelten, stimmte. Aber es waren die besten Jäger und Fährtenleser des Dorfes. Insofern war wohl alles in Ordnung.
Sonst war ich es, der in einer gefährlichen Situation die Ruhe und Übersicht behielt. Diesmal war alles anders. Es fiel mir unendlich schwer, kühl und sachlich zu bleiben und zu überlegen, wie wir vorgehen sollten, um die Frauen zu befreien. Ständig sah ich Merit vor mir. Wer waren diese Leute, die sie entführt hatten? Wieder schweiften meine Gedanken ab und ich malte mir aus, was man ihr alles antun könnte. Anta fiel mir ein und die schlimmen Erinnerungen daran, was damals passiert war. Das war fast zu viel für mich und ich merkte, wie mir die Tränen in die Augen schossen. Wenn mit Merit jetzt das Gleiche geschah...
Ich riss mich zusammen. Wenn Merit etwas zustieß, ich wüsste nicht, was ich tun würde. Allein, ohne sie, hätte alles keinen Sinn mehr.
Als ich nach vorn schaute, merkte ich, dass Saka mich beobachtete. Ob man mir ansah, was mit mir los war? Ich versuchte mich zusammenzureißen und sprach ihn an: »Wieso bist du davon überzeugt, dass dies der richtige Weg ist?«
»Sie wollen schnell vorwärtskommen. Darum werden sie den Weg mit der Strömung nehmen. Und außerdem, schau nach vorn!«
Er zeigte zum Himmel in die Richtung, in die wir paddelten.
Bei längerem Hinschauen sah ich kleinere und größere Vogelschwärme auffliegen.

»Ah, ja«, entfuhr es mir. »Jetzt sehe ich es! Gibt es keinen Zweifel, dass es eine andere Gruppe Menschen ist, vor der die Vögel aufgeschreckt werden?«
»Nein! Wir haben die Nachricht über die Entführung der Frauen weitergegeben.«
»Die Nachricht weitergegeben? Wie denn?«, hakte ich skeptisch nach.
»Hier im Delta kann man nicht schnell laufen oder gar mit einem Pferd eine Botschaft überbringen. Man kommt wegen dem Sumpf und dem sehr oft undurchdringlichen Dickicht nur langsam vorwärts. Auch ein Boot, wie du selbst siehst, kommt nicht so rasch voran. Deswegen haben die Menschen im Delta seit vielen Jahren ein bestimmtes System entwickelt, etwas Wichtiges weiterzugeben. Hast du es nicht gehört?«
»Gehört?« Ich wusste nicht, was er meinte.
Er lächelte leicht, als er antwortete: »Die Trommeln! Hast du sie nicht gehört? Vorhin, als wir noch im Dorf waren?«
Sicher hatte ich sie vernommen, ihnen aber keine Beachtung geschenkt. Das interessierte mich.
»Und wie ist das System? Wie könnt ihr verstehen, was für eine Nachricht es genau ist?«
Er lachte laut. »Ja, das möchtest du wohl wissen. Wir werden es Fremden bestimmt nicht auf die Nase binden. Ich kann dir nur so viel verraten, es gibt verschiedene Trommeln. Manche geben einen tiefen, manche einen hohen Laut. Der Rhythmus spielt ebenso eine wichtige Rolle.«
Wir schwiegen beide eine Weile, ehe er mich nachdenklich anschaute und anmerkte: »Ich bin sehr überrascht, dass du das mit den Vögeln gemerkt hast. Leute, die aus Memphis oder Theben kommen, wissen so etwas normalerweise nicht!«
Ich antwortete ausweichend, denn ich wollte ihm nicht meine komplette Lebensgeschichte erzählen, da ich im Moment ganz andere Sorgen hatte: »Ich habe nicht immer in Theben gelebt. Früher, in jungen Jahren, habe ich bei einem guten Jäger und Fährtenleser gelernt, Spuren zu erkennen und zu suchen. Allerdings, in so einer Flusslandschaft wie hier bin ich das erste Mal.«
Und um ihn wieder daran zu erinnern, was mir im Moment wichtiger war, fragte ich: »Was meinst du, können wir sie einholen? Und wenn, wie lange wird es wohl dauern?«

»Hm, ich denke, dass wir sie einholen können! Aber wenn sie einen der vielen kleinen Flussabzweige nehmen, wird es schwierig. Wir müssen sehr aufpassen, damit wir merken, wenn sie nicht auf dem Hauptfluss bleiben. Deswegen sollten wir auch mit unseren Booten nicht schneller rudern.«
Das war mir eigentlich klar. Ich überlegte und schlug vor: »Was hältst du davon, wenn unsere Boote jeweils in der Nähe eines Ufers weiterfahren? Nicht wie momentan in der Flussmitte. Der Vorteil könnte sein, dass wir an der Uferseite durch umgeknickte Blätter oder kleinere Zweige erkennen, ob dort ein Boot entlanggekommen ist.«
Er wiegte den Kopf hin und her. Später, als ich ihn besser kannte, wusste ich, dass er es jedes Mal machte, wenn er eine schwierige Frage beantworten sollte.
»Ja, du könntest recht haben.« Dann gab er in seiner merkwürdigen Zischlautsprache einige Anweisungen an seine Leute und sofort trennten sich die beiden Boote und fuhren in der Nähe eines Ufers weiter.
Ich musste anerkennen, dass er meinen Vorschlag ohne weitere Einwände akzeptierte, denn ich hatte oft genug erlebt, dass Menschen gut gemeinte Vorschläge aus falschem Stolz nicht annahmen, nur weil sie nicht selber darauf gekommen waren. Ebenso imponierte mir, dass die Männer ausgezeichnet mit den Booten umgingen. Man merkte, dass sie oft damit unterwegs waren.

Wir waren schon längere Zeit in die Dämmerung hinein gepaddelt. Jetzt wurde es jeden Moment ganz dunkel. Wir hatten zwar Vollmond und konnten einigermaßen sehen, wohin wir das Boot steuerten, aber in der Dunkelheit ein anderes Boot zu verfolgen oder gar zu finden, war unmöglich.
Das sah auch Saka so. Er rief etwas in seiner seltsamen Sprache und daraufhin steuerten die Boote ans Ufer. Schnell hatte man ein kleines Feuer angezündet und dann wurde ein Essen zubereitet.
Schweren Herzens stieg ich aus dem Boot. Lieber wäre ich weitergefahren. Doch Saka hatte natürlich recht, die Verfolgung hatte in der Finsternis keinen Sinn.
Er sah mir meine Gedanken wohl an, denn er sagte: »Sie könnten ihr Boot ins Gebüsch steuern und wir würden es zu diesem Zeitpunkt nicht einmal merken und daran vorbeifahren.«

Ich nickte ihm zu. Lustlos aß ich nachher ein wenig von dem gebratenen Fisch, den mir seine Leute reichten. Mein Appetit war nicht groß, weil ich jetzt, als wir zur Ruhe kamen, verstärkt an Merit dachte. Wie es ihr wohl ging und was machte sie gerade?
Ich konnte kaum stillsitzen, weil das Gefühl, untätig zu sein, mich fast verrückt machte, und darum wandte ich mich an Saka. »Ist es eigentlich möglich, am Ufer entlangzugehen? Ich frage deshalb, weil ich davon ausgehe, dass die Banditen auch eine Rast einlegen müssen. Vielleicht besteht die Möglichkeit, sie zu Fuß zu erreichen?«
Diesmal wiegte er seinen Kopf besonders lange hin und her. Es war wohl eine sehr schwierige Frage.
»Es ginge eventuell! Doch du könntest nicht allein gehen. Hier ist viel Sumpf und einige der Wege führen hüfttief durchs Wasser. Ich weiß wirklich nicht, ob man es wagen sollte. Außerdem darf man nicht vergessen, hier in den Gewässern gibt es Krokodile. Ich würde dringend davon abraten! Es ist zu gefährlich!«
Ich musste meine Ungeduld zügeln, so schwer es mir fiel, denn es war nur vernünftig, was er sagte. Er kannte im Gegensatz zu mir die Gegend sehr gut.
Es war eine schlimme Nacht für mich. An Schlaf war nicht zu denken, weil ich ununterbrochen an Merit denken musste. Inzwischen machte ich mir große Vorwürfe, weil ich sie, sogar gegen den Willen von Intef, mitgenommen hatte. Außerdem machten mir die Mücken zu schaffen. Den Männern des Dorfes schien dies nichts auszumachen, sie schliefen ganz ruhig, so, als ob die Viecher für sie nicht vorhanden wären.

Als der Tag graute und wir endlich weiterfahren konnten, hatte ich das Gefühl, mein Kopf sei von den vielen Mückenstichen doppelt so dick. Die Boote fuhren wie am Tag vorher in Ufernähe. Jetzt konnte ich mich davon überzeugen, dass Saka wirklich recht damit hatte, in der Nacht eine Rast einzulegen. Es gab unzählige Möglichkeiten, einen Abzweig zu nehmen oder ein Boot hinter eines der dichten Gebüsche zu lenken. Wir wären unweigerlich daran vorbeigefahren und meine Sorgen wurden immer größer.
Saka lächelte nur leicht, als er meine besorgten Blicke sah. Er hob seinen Arm und merkte gelassen an: »Horch! Hörst du nicht die Trommeln? Sie sagen, dass wir auf dem richtigen Weg sind. Und sieh dort! Die Vögel!«

Nun hörte und sah ich es auch. Um mich abzulenken, schaute ich mir praktisch das erste Mal bewusst die anderen Männer im Boot an. Mir fielen ihre besorgten Mienen auf und erst jetzt dachte ich darüber nach, dass ja mehrere Frauen und Kinder des Dorfes entführt worden waren. An sie hatte ich überhaupt nicht gedacht, weil meine Gedanken ausschließlich Merit umkreisten.
Ich schämte mich, weil ich nur an meinen eigenen Kummer gedacht hatte. Doch ich sah nicht nur die Besorgnis der Männer, sondern auch die Entschlossenheit in ihren Gesichtern. Sie würden alles daransetzen, um ihre Frauen und Kinder zu befreien.
So in Gedanken und Schauen versunken, fiel mir plötzlich etwas ein und ich wunderte mich, dass Saka nicht darauf gekommen war.
»Können wir beim nächsten Dorf anhalten?«
»Anhalten?«, echote Saka erstaunt.
»Könnte man eine Nachricht mit dem Trommelsystem weitergeben?«, wollte ich wissen.
»Eine Nachricht weitergeben?«
Seltsam, er war doch sonst nicht so schwer von Begriff.
»Wir könnten zum Beispiel die Nachricht weitergeben, das flüchtige Boot anzuhalten!«
Endlich verstand er und in sein Gesicht trat ein anerkennendes Lächeln.
»Eigentlich nicht schlecht, deine Idee! Nur...« Er vollendete den angefangenen Satz nicht, sondern wiegte einmal mehr den Kopf hin und her, was sein angestrengtes Denken verriet. Er bemerkte meine Ungeduld. »Lass uns erst in Ruhe überlegen.«
Als ich vor Anspannung kaum an mich halten konnte, meinte er: »Wir verlieren im Moment keine Zeit, zudem dauert es eine Weile, bis wir zum nächsten Dorf kommen. Aber wir dürfen uns keinen Fehler erlauben. Du weißt selbst, was alles passieren kann.«
»Kennst du die Menschen in den nächsten Dörfern?«, wollte ich wissen.
»Hm ja«, murmelte er, »das könnte gehen. Nach den Vogelschwärmen zu urteilen, die aufsteigen, sind sie zwei Dörfer vor uns. Im übernächsten kenne ich einige Jäger. Wir waren mehrere Male zusammen auf Flusspferdjagd.«
Meine Gedanken rasten zu Merit. Vor meinem geistigen Auge sah

ich, wie sie sich öfter umschaute und hoffnungsvoll dachte: Wann kommt er? Weiß er überhaupt, dass ich entführt wurde?
Meine innere Stimme sagte mir: »Mach es! Warte nicht! Die Verfolgungsfahrt kann sonst Tage dauern.«
»Saka!«, drängte ich. »Wir müssen dafür sorgen, dass ihr Boot angehalten wird! Es würde zu lange dauern. Lass durchgeben, sie sollen unter einem Vorwand das Boot anhalten, darüber hinaus nichts weiter unternehmen. Die Frauen zu befreien, ist allein unsere Sache.«
Er nickte. »Ich denke genau wie du«, gab er mir endlich recht. »Und es müsste auch gehen. Wir versuchen es! Drüben hinter der Flussbiegung ist das nächste Dorf. Von dort können wir die Nachricht weitergeben.«
Ich konnte nichts erkennen. Erst als wir näher herankamen, sah ich, dass einige Männer mit Speeren bewaffnet am Ufer standen und nach uns Ausschau hielten.
»Bleibt im Boot!«, rief Saka. »Ich bespreche alles Nötige mit dem Dorfältesten. Wir kennen uns. Es wird nicht lange dauern.«
Da wir bereits länger unterwegs waren, nahmen unsere Männer diese Pause als willkommenen Anlass, sich auszuruhen und um eine Kleinigkeit zu essen. Man bot mir etwas an. Ich hatte keinen rechten Appetit, nur um nicht unhöflich zu sein, nahm ich etwas Obst.
Es dauerte wirklich nicht lange, bis Saka zurückkam.
»Es geht alles klar! So, wie wir es besprochen haben. Du wirst bald die Trommeln hören!«
Unsere Boote legten sofort ab. Und tatsächlich, kurz danach hörte ich das dumpfe Schlagen der Trommeln. Hoffentlich stimmte es, was Saka von der Nachrichtenübermittlung gesagt hatte, und hoffentlich klappte es so, wie ich es mir vorstellte.

Die nächste Nacht kam schneller, als mir lieb war. Es nützte nichts, wir mussten anhalten. Bei Dunkelheit hatte es keinen Sinn, weiterzupaddeln. Immer, wenn ich zur Ruhe kam, war es besonders schlimm um mich bestellt. Meine Gedanken kreisten unaufhörlich um Merit. Ich wurde fast verrückt, wenn ich daran dachte, was alles mir ihr geschehen konnte.
Aber selbst diese lange Nacht ging vorüber. Bereits beim ersten

Morgengrauen weckte ich die anderen. Ohne viele Worte zu verlieren, nahmen wir erneut die Verfolgung auf.
Wir waren noch nicht sehr lange unterwegs und die Sonne hatte gerade ihre ersten Strahlen zur Erde geschickt, als Saka seine Hand hob und halblaut rief: »Ruhe da vorn! Die Trommeln geben Antwort!«
Die nur leise geführten Gespräche verstummten sofort und alle lauschten.
»Man hat unsere Nachricht erhalten und will entsprechend handeln.«
»Wie lange dauert es wohl, bis wir das Dorf erreichen?«, wollte ich wissen.
Saka wiegte seinen Kopf diesmal nur kurz hin und her. Die Frage war also nicht allzu schwer. »Ungefähr eine halbe Tagesreise.«
Hm, das passt eigentlich gut, dachte ich. Wir würden das Dorf dann etwa um die Mittagszeit erreichen. Wenn wir dort die Möglichkeit hätten, etwas zu unternehmen, sollte das auf jeden Fall bei Tageslicht geschehen.
Auch die Männer in den Booten schienen, jetzt wo es zur Entscheidung ging, nicht länger warten zu wollen, denn trotz der vielen Pflanzen im Wasser glitten die Boote auf einmal schneller dahin.
Diesmal war ich es, der die Trommeln zuerst hörte.
»Was berichten sie?«, rief ich Saka zu.
Er hob den Arm, um mir damit anzuzeigen, ruhig zu sein. Er musste natürlich erst alles zu Ende hören, ehe er eine Antwort geben konnte.
»Das Boot ist am Dorf angekommen. Sie haben etwas gemacht, um sie aufzuhalten. Was, kann ich nicht sagen. Einzelheiten gibt es in der Sprache der Trommeln nicht.«
Hoffentlich konnte man die Entführer länger aufhalten! Sonst könnte es Tage dauern, bis wir sie einholen würden. Hier im Nildelta, mit seinen vielen, verwinkelten Abzweigungen und dem unzähligen Schilf und Papyrussträuchern, gab es viele Möglichkeiten, sich ein Versteck zu suchen. Wenn sie nur hinter einem dieser Büsche längere Zeit rasteten, könnte es passieren, dass wir, ohne sie zu bemerken, vorbeipaddelten.
Saka, der die ganze Zeit vorn im Boot mitgepaddelt hatte, kam trotz des hin und her schwankenden Bootes behände und sicher zu mir nach hinten.

»Es dauert nicht mehr lange, bis wir das Dorf erreichen. Was meinst du, wie sollen wir vorgehen?«
Ich hatte gerade selbst darüber nachgedacht und war zu keinem endgültigen Entschluss gekommen, weil ich erst mit ihm darüber sprechen wollte.
»Wir sollten mit den Booten bereits vor Sichtweite des Dorfes anlegen. Es wäre fatal, wenn die Verbrecher uns von Weitem entdecken würden. Sie können sich natürlich denken, wer wir sind und wir brächten dadurch nur die Geiseln in größere Gefahr.«
Er nickte mir zu. »Du sagst es. Ich kenne das Dorf. Nicht weit von hier, kurz vor dem Dorf, macht der Fluss eine stärkere Biegung. Wir sollten davor anlegen und unsere Boote an Land ziehen. Den Rest des Weges können wir leicht zu Fuß gehen.«
»Kennst du den Weg?«, erkundigte ich mich, da ich auf dem Weg hierher mehrmals von Saka gehört hatte, wie morastig und unter Wasser stehend diese sogenannten Wege waren.
»Ja! Er ist gut zu begehen.«

Es dauerte nicht mehr lange, bis wir zu der Flussbiegung kamen. Nach dem Anlegen der Boote zogen wir sie mit vereinten Kräften an Land und achteten darauf, dass sie vom Fluss aus nicht zu sehen waren.
Als das geschehen war, gingen wir sofort los. Es ergab sich wie von selbst, dass Saka und ich vorausgingen und zusammen die Führung übernahmen. Langsam und vorsichtig schritten wir in Richtung des Dorfes, denn der weiche und morastige Boden bewegte sich unter uns bei jedem Schritt. Manchmal versanken wir bis zu den Hüften im Wasser.
»Er ist gut zu begehen«, hatte Saka vorhin gesagt. Wie wohl erst ein schlecht begehbarer Weg aussah? Aber er ging zielstrebig weiter und ich hinter ihm her, obwohl ich ein mulmiges Gefühl in der Magengegend hatte.
Wir waren nicht mehr weit vom Dorf entfernt, als wir Stimmen hörten. Es klang, als ob ein Mann lauthals Befehle erteilen würde. Der Grund war, dass im Fluss, in einem heillosen Durcheinander, größere und kleinere Bäume und Büsche lagen. Ein Großteil davon war bereits weggeräumt und lag am Ufer.
Die Leute des Dorfes hatten sich wirklich etwas einfallen lassen. So konnte kein Boot die Stelle passieren.

Saka grinste und zeigte zu den Uferstreifen, die an beiden Seiten hinter der Sperre lagen. »Gut von den Leuten gewählt. Sonst hätte man sicher versucht, die Boote übers Land zu tragen, um die Sperre zu umgehen. Und dort an den Ufern ist ein langes Stück Morast und außerdem gibt es da viele Krokodile.«
Jetzt konnten wir auch etwas sehen. Ein Mann stand im seichten Uferwasser und kommandierte mit befehlsgewohnter Stimme. Ich zählte ungefähr dreißig Männer, die in kleinen Booten standen und versuchten, Gebüsch und kleinere Bäume aus dem Wasser zu räumen. Gehörten sie etwa alle zu den Entführern oder waren Leute aus dem Dorf mit dabei? Es war von hier aus nicht zu erkennen.
Eins war klar: Wir konnten nicht mit unseren elf Männern wie wild auf diese Leute zustürmen. Wir hätten lediglich den Überraschungseffekt gehabt, aber gegen über dreißig Leute anzukämpfen, wäre verrückt.
»Lass deine Leute hier«, flüsterte ich Saka zu. »Wir beide gehen erst einmal alleine weiter, um die Lage zu erkunden.«
Er nickte. Weitere Worte waren im Moment nicht nötig.
Als wir nah genug heran waren, konnten wir verstehen, was der Mann den anderen in den Booten zurief: »Beeilt euch gefälligst! Ich will, dass bis zum Einbruch der Dunkelheit alles weggeräumt ist!«
Ein fürchterlicher Schreck fuhr mir durch alle Glieder, als ich die Stimme so nah hörte. Ich kannte sie. Das war Eje!
Immer wieder in meinem Leben, seit meiner Kindheit in Ägypten, kreuzte dieser Eje meinen Weg! Erst als Oberaufseher in der Goldmine, als er einen Gefangenen auspeitschte, dann später, als ich vor Thutmosis flüchten musste, weil ich Senmut gewarnt und ihm bei seiner Flucht geholfen hatte. Und dann noch einmal in Syrien, als er zusammen mit den abtrünnigen ägyptischen Soldaten meine Freundin Anta umgebracht hatte. Danach in Byblos und Sidon, als der Fürst dort überfallen wurde. Damals konnte er unerkannt fliehen. Wie kam er jetzt hierher? Und in wessen Auftrag?
Natürlich! Wie Schuppen fiel es von meinen Augen. Er hatte sich bei seiner damaligen Flucht vor uns zu Bek durchgeschlagen. Sehr wahrscheinlich hatte er dessen Aufenthaltsort gekannt. Und nun war er im Auftrag von Bek im Delta! Wie lautete seine Order? War der Überfall auf das Dorf und die Entführung der Frauen wirklich so geplant? Irgendetwas passte nicht richtig zusammen! Zu-

mindestens konnte ich mir im Moment keinen plausiblen Grund vorstellen. Vielleicht würde ich es bald erfahren.
All dies schoss mir in wenigen Augenblicken durch den Kopf.
»Was ist?«, flüsterte Saka, der auf mich geprallt war, weil ich, als ich die Stimme von Eje erkannte, ganz plötzlich vor Schreck stehen geblieben war.
»Ich kenne den Anführer«, wisperte ich zurück. »Wir müssen sehr vorsichtig sein. Wenn er merkt, dass wir hier sind, um die Geiseln zu befreien, ist er in seiner Wut unberechenbar! Ich habe es erlebt, es ist, als ob er seinen Verstand verliert. Er würde sich nicht scheuen, eigenhändig alle Geiseln auf der Stelle zu ermorden.«
Saka nickte mir zu und legte, als ob er mich damit beruhigen konnte, seine Hand auf meine Schulter und raunte: »Sie werden sicher erst gegen Abend alles weggeräumt haben. Dann müssen sie bis morgen früh warten, denn in der Nacht können sie nicht weiter!«
»Komm«, bedeutete ich ihm mit einer Geste. »Lass uns zurückgehen.«
Mir war klar, dass wir im Moment nichts unternehmen konnten. Ich wollte ein kleineres Stück des Weges zurück, damit wir unser weiteres Vorgehen besprechen konnten. Als wir weit genug entfernt waren und uns in normaler Lautstärke unterhalten konnten, hielt ich an und fragte: »Wie gehen wir nun vor? Was denkst du?«
»Hm.« Saka wiegte den Kopf hin und her und diesmal dauerte es wieder lange, bis er antwortete, denn es war eine sehr schwere Frage. »Es müsste auf jeden Fall dunkel sein, ehe wir etwas unternehmen. Als Erstes sollten wir herausfinden, wo sich die Frauen befinden.« Fragend schaute er mich an. »Oder denkst du anders darüber?«
»Ja, ich denke, soweit hast du recht.«
Ich schwieg nachdenklich, weil ich vorhin gedacht hatte, ein Angriff bei Tageslicht sei besser, aber jetzt kam mir eine andere Idee. Schnell hob ich meinen Arm, als ich merkte, dass Saka mir etwas sagen wollte. Ich musste einen Moment lang in Ruhe nachdenken.
»Wir sollten heute Abend in zwei Gruppen vorgehen. Eine Gruppe soll versuchen, die Frauen zu befreien, denn ich gehe davon aus, dass wir bis dahin wissen, wo sie gefangen gehalten werden. Die zweite Gruppe sollte gleichzeitig die Entführer angreifen. Ich denke, dass sie so überrascht und überrumpelt sind und nur an ihre

Verteidigung denken. Diese Zeit sollte für die erste Gruppe reichen, die Frauen zu befreien und um sie dann sofort zu unseren Booten zu bringen. Wenn zwei oder drei Männer bei den Frauen bleiben, müsste das genügen. Die anderen stoßen umgehend zu der zweiten Gruppe, um bei der Überwältigung der Entführer zu helfen. Das Wichtigste ist, dass die Frauen unversehrt befreit werden. Alles andere, was die Entführer anbetrifft, ist zweitrangig. Ob sie nun getötet werden oder entfliehen können, sollte uns egal sein. Hauptsache ist, dass wir die Frauen befreien können.«
»Ja, alles klar! So können wir vorgehen«, erwiderte Saka. »Ich hoffe, du bist dir darüber im Klaren, dass wir nur elf Männer sind! Und die dann noch in zwei Gruppen aufteilen? Ich habe vorhin ungefähr dreißig Entführer gezählt. Ob das gut geht?«
Saka gefiel mir immer besser. Er machte sich seine eigenen Gedanken und sprach sie auch aus, obwohl er wusste, dass sie für seinen Gesprächspartner nicht unbedingt bequem waren.
»Darauf komme ich gleich«, antwortete ich. »Natürlich sind wir zu wenig Männer. Aber ich dachte daran, dass uns vielleicht die Leute aus dem Dorf helfen. Mein Vorschlag ist, du gehst jetzt unauffällig zu dem Dorfältesten. Es dürfte keine Probleme geben, sollte dich einer der Entführer sehen, sie kennen dich nicht und würden denken, du gehörst zum Dorf. Sprich mit dem Dorfältesten, ob wir mit seiner Hilfe rechnen können. Ich versuche in der Zeit, den Aufenthaltsort der Frauen festzustellen. Spätestens kurz vor Einbruch der Dunkelheit sollten wir uns hier einfinden, damit wir alles Weitere planen können.«
Somit war alles gesagt und ich machte mich auf den Weg. Saka wollte, bevor er zu dem Dorfältesten ging, erst seine Leute über unsere Absichten informieren.
Wir hatten an der linken Seite des Nebenflusses angelegt. Vorsichtig ging ich an dieser Seite am Dorf vorbei und ein ganzes Stück weiter. Ich konnte nichts entdecken! Vielleicht befanden sich die Gefangenen auf der anderen Seite des Flusses? Kurz entschlossen legte ich die meisten meiner Kleidungsstücke, die ich wegen der unzähligen Mücken übergezogen hatte ab und schwamm zu dem gegenüberliegenden Ufer. Ich konnte nichts entdecken. Langsam wurde ich unruhig, denn das Unterfangen hatte ich mir eigentlich leichter vorgestellt.

Ich überlegte, was ich anstelle der Entführer gemacht hätte, wenn ich Gefangene unterbringen müsste, weil wir auf so ein unerwartetes Hindernis im Fluss gestoßen waren. Die Gefangenen ins Dorf gebracht, damit sie dort alle sehen und Fragen stellen können? Sicherlich nicht!
Mir fielen die Boote ein, mit denen die Entführer bis hierher gekommen waren. Sie in die Nähe der Boote unterzubringen, wäre am vernünftigsten gewesen. Außerdem hätte ich dafür gesorgt, dass sie von den Dorfbewohnern so weit wie möglich abgeschirmt waren. All dies ging mir durch den Kopf und ich machte mich auf, um die Boote zu suchen. Es wurde auch langsam Zeit, denn die Dämmerung nahte.
Vorsichtig schlich ich zwischen dem hohen Schilf und den Papyrussträuchern, die mir einen ausgezeichneten Sichtschutz boten, den gleichen Weg zurück. Inzwischen befand ich mich einige hundert Schritte vor dem Dorf, als ich die Boote ziemlich gut im Schilf versteckt an der anderen Seite des Flusses liegen sah. Es nützte alles nichts, ich musste wieder schwimmen. Sakas Warnung vor Krokodilen fiel mir dabei ein. Unwillkürlich erhöhte ich beim Schwimmen das Tempo. Ich hatte zwar bisher keine gesehen, aber Saka hatte es gewiss nicht nur so dahingesagt.
Da! Dort bei den Booten standen zwei Männer! Bestimmt hatte man sie als Wachen zurückgelassen! Trotz meiner Angst vor den Krokodilen blieb ich im Wasser und schwamm zu den Booten hinüber. Dabei achtete ich auf die kleinste Bewegung im Wasser, um bei Gefahr schnell vor den Viechern flüchten zu können. Ich zählte fünf Boote, in denen niemand saß.
Bis zum Ufer war es nicht mehr weit. Ich schwamm rasch dorthin und war heilfroh, als ich festen Boden unter den Füßen hatte. Vorsichtig versuchte ich in die Nähe der Wachen zu kommen. Langsam und gebückt, mit den Händen auf dem Boden, bewegte ich mich vorwärts. Wenn man mich entdeckte, hätte das schlimme Folgen für die Frauen. Jetzt war ich ganz nah herangekommen. Durch ihr regelmäßiges auf und ab gehen, entfernten sich die Wachen gerade wieder von mir. Ich riskierte es kurz mich aufrecht zu stellen, damit ich einen besseren Überblick bekam.
Tatsächlich! Ich konnte die Frauen von Weitem sehen. Sie befanden sich auf einer Halbinsel, an deren Ende zum Land hin die Wachen postiert waren.

Gut gewählt, musste ich widerstrebend anerkennen. Die Frauen hätten nur schwimmend flüchten können. Und das bei den vielen Krokodilen. Vielleicht hätte es die eine oder andere Mutige versucht. Aber ihre Mitgefangenen zurückzulassen, um allein in dem riesigen Nildelta herumzuirren, hätte den sicheren Tod bedeutet.
Sollte ich zu den Frauen hin und mich bemerkbar machen? An den Wachen vorbeizukommen, wäre kein großes Problem. Doch wie würden die Frauen reagieren, wenn sie mich sahen? Die Sorge um Merit ließ mich nicht lange überlegen. Ich musste sie sehen, um zu erfahren, wie es ihr ging.
Wie gesagt, es war kein Problem, an den Wachen vorbeizukommen. Ich konnte es mir sogar nach einigen Schritten erlauben, aufrecht zu gehen, denn die Sträucher waren teilweise so hoch, dass sie einen ausreichenden Sichtschutz boten.
Dann konnte ich sie sehen! Dieser leichtfüßige Gang, das konnte nur Merit sein! An ihrer Seite ging ein Mädchen, ich schätzte es auf zehn oder elf Jahre. Ich pirschte mich näher heran und als ich nah genug war und ihre Stimme hörte, war ich einen Moment lang uneingeschränkt glücklich, weil ich sie so munter und gesund vor mir sah. Die beiden redeten miteinander. Ich war zu weit weg, um es zu verstehen.
Wie sollte ich mich bemerkbar machen? Konnte ich es überhaupt, solange das Mädchen dabei war? Die Frage war, wie würde die Kleine reagieren, wenn da plötzlich ein fremder Mann vor ihr stand?
Da fiel mir etwas ein. Aus Verlegenheit hatte ich eine dumme Angewohnheit und zwar räusperte ich mich bei für mich unangenehmen Situationen. Merit hatte sich in der Vergangenheit öfter darüber amüsiert und manchmal auch aufgeregt. Inzwischen hatte ich es mir fast abgewöhnt, aber jetzt versuchte ich es.
Merit zuckte zusammen, drehte sich um und schaute in die Richtung, aus der sie das Geräusch vernahm.
Ich blieb bewusst eine Weile hinter dem Papyrusstrauch stehen, denn ich wollte Merit Gelegenheit geben, sich von ihrem Schreck zu erholen und ihr Zeit lassen, zu überlegen, ob unser Wiedersehen im Beisein des Mädchens stattfinden konnte.
»Warte«, sagte sie zu dem Kind, das nicht auf das Geräusch geachtet hatte. »Ich glaube, da ist etwas! Und wenn mich nicht alles täuscht...«

Langsam kam ich hinter dem Strauch hervor, sodass sie mich sehen konnten. So hatte ich meine oft so stolze Merit lange nicht mehr gesehen. Sie stürmte auf mich zu. Ihre Arme umschlangen mich und hielten mich ganz fest, als wollte sie mich nie wieder loslassen. Unter gleichzeitigem Lachen und Weinen flüsterte sie mir ins Ohr: »Ich wusste, dass du kommst! Ich war ganz sicher! Andererseits hatte ich fürchterliche Angst. Diese Männer, die uns entführt haben, können bestimmt sehr grausam sein!«
Wir standen ganz still. Unsere Hände streichelten den Körper des anderen. Unsere Lippen fanden sich. Worte waren überflüssig. Mein Gesicht wurde nass von ihren Tränen.
Es war Merit, die sich zuerst löste und leise zu dem Mädchen rief: »Das ist er! Habe ich es dir nicht immer wieder gesagt, dass er kommt?«
Die Kleine kam näher und blieb direkt vor mir stehen. Dabei schaute sie mit einem durchdringenden Blick in meine Augen und flüsterte: »Sen, du bist es! Ich kenne dich! Ich habe dich im Traum gesehen!«
Obwohl ich ahnte, dass sie Mari, das Medium, sein musste, fragte ich: »Und du? Wer bist du?«
Sie lächelte. »Mari, und du weißt es!«
Sie umarmte mich. »Können wir jetzt mit dir zurück nach Hause?«
Das brachte mich sofort in die Gegenwart zurück. »Wir müssen zuerst die Entführer unschädlich machen! Danach können wir zurück.«
Ich erklärte, was ich mit Saka verabredet hatte. Es war den beiden anzusehen, dass sie enttäuscht waren. Doch sie sahen ein, dass wir so vorgehen mussten, weil wir natürlich alle Frauen befreien wollten. Zum Schluss schärfte ich ihnen ein, dass sie sich nach Einbruch der Dunkelheit bereithalten sollten, damit wir sie an einen sicheren Ort bringen konnten.
Ich musste mich, obwohl es mir sehr schwerfiel, verabschieden. Aber es wurde höchste Zeit, denn Saka wartete auf mich. Schwimmen brauchte ich auf dem Rückweg nicht, denn ich war auf der richtigen Flussseite.

Saka hatte bereits ungeduldig nach mir Ausschau gehalten und schnell berichtete ich ihm, wo ich die Frauen gefunden hatte.
»Und«, wollte ich dann wissen, »was sagt der Dorfälteste? Wird er uns helfen?«

»Ja! Wir kennen uns und es war nicht schwierig, die Zusage für seine Hilfe zu bekommen. Wenn es ganz dunkel ist, so haben wir es vereinbart, komme ich mit meinen Leuten zum Dorf. Er stellt uns zwanzig Krieger zur Verfügung, die uns helfen werden. Du gehst mit vier von unseren Männern zu den Frauen und bringst sie zu unseren Booten. Wir schlagen genau so, wie wir es besprochen haben, gleichzeitig los. Die Entführer werden erst nur an ihre Verteidigung denken und wenn sie sich doch zu den Frauen flüchten wollen, dann wird es zu spät sein. Bis dahin seid ihr längst bei unseren Booten.«
Zusammen machten wir uns auf den Weg, um unsere Leute, die bei den Booten auf uns warteten, über alles zu informieren. Danach teilte Saka sie so ein, wie wir es besprochen hatten, und nach einer kurzen Rast machten wir uns auf den Weg.

Inzwischen war es tiefschwarze Nacht geworden, da heute der Mond hinter den Wolken verschwunden war. Für uns war das ein Vorteil und ich betrachtete es als gutes Vorzeichen für unsere schwierige Aufgabe.
Als wir zu der Stelle kamen, ab der die beiden Gruppen verschiedene Wege gehen mussten, trennten wir uns wortlos. Jeder wusste, dass es bei dem Kampf um Leben und Tod ging. Hoffentlich klappte alles so, wie wir es geplant hatten.
Wie es schien, hatte Saka mit seinen Männern den schwierigeren Teil des Unternehmens übernommen. Ich führte die Männer zu der Stelle, an der ich vorhin die beiden Wachen gesehen hatte. Doch jetzt gab es Schwierigkeiten! Die Wachen waren nirgends zu entdecken! Die Nacht war so dunkel, dass man sich teilweise nur vortasten konnte. Trotzdem war ich sicher, dass hier die richtige Stelle war.
Ganz leicht bewegte der Wind die Zweige der Sträucher hin und her. Manchmal sah es so aus, als ob hinter einem der Sträucher der Schatten eines Menschen war, aber wenn wir vorsichtig geduckt darauf zugingen, handelte es sich nur um Zweige und Blätter, die von dem Windhauch berührt wurden. Obwohl die Nacht ziemlich kühl war, wurde es mir nach und nach heißer. Wo waren nur die verdammten Wachen? Hatte man sie abgezogen? Aber aus welchem Grund? Ohne Aufpasser würde man die Frauen sicher nicht

lassen! Oder hatte man sich vielleicht entschieden, dass die Wachen während der Nacht nicht so weit von den Gefangenen entfernt sein sollten? Dieser Gedanke erschien mir logisch und beruhigte mich.
Für uns bedeutete es, dass wir länger benötigten, als wir ursprünglich geplant hatten, weil wir uns nur sehr langsam und behutsam anpirschten. Wir konnten immer nur von Strauch zu Strauch gehen, davor blieben wir jeweils vorsichtig horchend stehen, da sich die Wachen hinter jedem dieser Sträucher aufhalten konnten.
Meine Ungeduld wuchs und wuchs. Vorhin war mir alles so einfach erschienen. So verging viel Zeit, bis wir zu den Booten der Entführer kamen.
Dann hörten wir Männerstimmen, die laut durch die Nacht schallten. Irgendetwas schien im Lager los zu sein.
Vorsichtig schlichen wir näher heran. Die Stimmen waren leiser geworden und inzwischen ganz verstummt. Es brannte ein kleines Feuer im Lager. Vermutlich machten sich die Wachen dort ihr Essen, denn es waren mehrere Schatten zu sehen, die sich hin und her bewegten.
Im Flüsterton gab ich den Männern Anweisungen: »Ihr geht zu zweit weiter auf das Lager zu. Dann packt ihr, immer zu zweit, je eine der Wachen! Seht zu, dass sie nicht laut schreien können, denn in der stillen Nacht kann man sehr weit hören! Ich halte mich im Hintergrund und komme, wenn es nötig ist, sofort zu Hilfe, ansonsten kümmere ich mich um die Frauen! Alles klar?«
Ich konnte es in der Dunkelheit mehr ahnen als sehen, dass sie mir ihr Einverständnis zunickten. Langsam gingen wir auf das Feuer zu. Die Schatten dort bewegten sich wieder stärker, doch ich hoffte, dass die Wachen gerade mit dem Essen beschäftigt waren. Dadurch waren sie sicher so abgelenkt, dass jetzt der richtige Zeitpunkt für einen Angriff war.
Ich wollte ganz sichergehen und nahm mir gerade vor, erst allein bis zu dem Feuer zu gehen, um festzustellen, wer dort genau war. Da passierte es: Einer meiner Männer stolperte und kam dabei ins Straucheln. Er wollte sich schnell an einem Strauch festhalten, und dabei brach ein Ast mit lautem Knacken.
Das reichte leider, um die Männer am Feuer aufmerksam werden zu lassen.

»Schaut nach«, knurrte jemand. »Vielleicht ist es nur ein Tier. Nehmt eure Waffen mit!«
Als ich die Stimme hörte, lief mir ein kalter Schauer über den Rücken. Das war Eje! Ich hatte ihn drüben in der Nähe des Dorfes bei seinen Leuten vermutet. Ja, eigentlich war ich davon überzeugt gewesen, umso gewaltiger war mein Schreck.
Drüben schürte jemand das Feuer, sodass es hoch aufloderte. Dadurch konnte man die Umrisse besser erkennen und was ich sah, ließ meinen Schreck nicht geringer werden. Anstatt der vermuteten zwei, zählte ich fünf Kerle. Sie waren aufgesprungen und schauten zu uns herüber. Man konnte uns sicher nicht sehen, aber der von uns verursachte Lärm hatte sie aufgeschreckt und misstrauisch gemacht.
War Eje zusammen mit zwei Männern zur Wachablösung gekommen oder um zu kontrollieren, ob alles in Ordnung war? Das ging mir kurz durch den Kopf. Ich durfte nicht weiter darüber nachdenken, da es nichts nützte. Wir mussten sofort etwas unternehmen. Obwohl meine Hände zitterten, behielt ich einen klaren Kopf und wusste, dass wir zwei Vorteile gegenüber den Verbrechern hatten, die wir ausnutzen mussten. Zum einen wussten sie nicht, ob Menschen den Lärm verursacht hatten, und zum anderen hatten sie, im Gegensatz zu uns, noch keine Waffen in den Händen.
Jetzt mussten wir nicht mehr leise sein und ich schrie: »Angreifen! Jeder nimmt einen Mann!«
Meine Leute hatten längst auf den Befehl gewartet, denn ich hatte kaum zu Ende gerufen, da sprangen sie mit einem fürchterlichen Geschrei los. Ich konnte sehen, dass sie mit ihren ausgestreckten Speeren voraus, kurz vor ihrem Ziel waren und zustechen wollten. Da lenkte mich etwas ab, denn ein großer, breitschultriger Mann löste sich von der Gruppe am Feuer und lief nach hinten, in Richtung der Frauen. Eje!
Ich war zusammen mit meinen Männern am Feuer angelangt. Sofort schwenkte ich seitlich, lief am Feuer vorbei und hinter Eje her. Die Männer mussten sehen, wie sie allein klarkamen, denn für die Frauen wurde es gefährlich, wenn Eje sie erreichte! In seiner Wut wäre er in der Lage, unter ihnen ein Massaker anzurichten! Merit! Meine Angst um sie wurde riesengroß!
Eje stampfte wie ein Stier durch das Gebüsch, sodass die Zweige

nur so krachten. Ich hatte ihn fast eingeholt, denn im Laufen war ich ihm weit überlegen, aber ärgerlicherweise kam ich durch irgendetwas ins Straucheln und als ich mich wieder aufgerichtet hatte, sah ich, dass er dadurch einen ordentlichen Vorsprung gewonnen hatte. Er schien sich gut auszukennen, denn er lief trotz der Dunkelheit zielstrebig nur in eine Richtung. Ich hatte Probleme, meine Schnelligkeit auszunutzen, denn ich musste den richtigen Weg finden - sehen konnte ich Eje nach meinem Sturz nicht mehr. So lief ich nur den Geräuschen nach, die er verursachte.
Ich biss die Zähne zusammen und verdoppelte meine Anstrengungen, ihn zu erreichen. Dann sah ich den kleinen Lichtschein eines Feuers.
Den Göttern sei Dank, dachte ich, dass die Frauen es angezündet haben, jetzt bekomme ich ihn. Plötzlich hörte ich schrille Frauenstimmen. Ich war so nah, dass ich erkennen konnte, warum die Frauen aufgeschrien hatten. Eje war einfach über die am Feuer sitzenden Frauen hinweggesprungen und auf eine von ihnen zugerannt. Dabei hatte er sicher eine oder zwei von ihnen umgestoßen. Ich sah, wie er eine Frau packte und in seiner Hand blitzte etwas auf. Sie schrie auf und wurde dann ganz still. Inzwischen war ich nah genug heran, um alles überblicken zu können. Das Blitzende war ein Dolch, den Eje an die Kehle von Mari, dem Medium des Tempels, hielt.
»Halt!«, brüllte er. »Bleib sofort stehen, sonst schneide ich ihr die Kehle durch!«
Abrupt blieb ich stehen. Meinen Speer hatte ich noch in der Hand, leider war er im Moment nutzlos, denn Eje stand hinter Mari und benutzte sie als Schutzschild.
»Sen! Nicht mit dem Speer! Du kannst Mari treffen!«, hörte ich hinter mir Merit.
Das hatte ich inzwischen selbst erkannt! Trotzdem tat es gut, in dieser schlimmen Situation ihre Stimme zu hören. Ich glaube, ich habe es bereits öfter erwähnt, dass ich nicht gerade der geborene Krieger war, aber jetzt mit dem Speer auf Eje einzustechen, hätte mir nichts ausgemacht. Im Gegenteil, es wäre mir ein ausgesprochenes Vergnügen gewesen. Er hatte sich, seitdem ich ihn zum letzten Mal gesehen hatte, kaum verändert. Immer noch das Muskelpaket wie damals, als ich ihn in der Goldmine zum ersten Mal

getroffen hatte. Seine wulstigen Lippen und seine Narbe an der rechten Wangenseite, die hell aus seinem Gesicht schimmerte, das war unverkennbar Eje! Was sollte ich tun? Angreifen konnte ich ihn nicht, ohne Mari zu gefährden!
Aus den Augenwinkeln konnte ich Merit seitlich von mir erkennen. Sie schaute angstvoll zu uns herüber. Von den anderen Frauen konnte ich nichts sehen, doch ich ging davon aus, dass sie sich in Sicherheit gebracht hatten.
Wenn doch endlich die Männer Sakas kommen würden, dachte ich, dann wäre es leicht, Eje einzukreisen.
Sofort verwarf ich den Gedanken, denn selbst dann war Mari gefährdet. All dies schoss mir in wenigen Augenblicken durch den Kopf.
Was sollte ich tun? Mir fiel keine Lösung ein. Im Gegenteil, es wurde noch gefährlicher, denn Eje schrie mit sich vor Wut überschnappender Stimme: »Wirf deinen Speer weg, du Hund!«
Als ich nicht auf der Stelle reagierte, drückte er seinen Dolch fester an Maris Kehle, sodass sie vor Entsetzen laut aufschrie.
Ich hatte keine andere Wahl und warf meinen Speer zur Seite, aber so, dass er nicht zu weit von mir zu liegen kam. Mir blieb nur eine Möglichkeit: Ich musste versuchen, Eje mit Worten so zu reizen, dass er unvorsichtig wurde und eventuell dadurch einen Fehler machte.
»Warum versteckst du dich hinter der Kleinen?«, höhnte ich.
»Halt's Maul!«, schrie er zurück. Seine Stimme klang wütender als vorher. Meine Worte schienen seinen Zorn anzuheizen. Ich musste weitermachen und abwarten, wie er reagierte. Vielleicht sollte ich Bek erwähnen?
»Sei vorsichtig mit dem Mädchen! Dein Freund Bek braucht sie, wenn er der Hohepriester Amuns werden will! Falls du Schwachkopf es bisher nicht mitbekommen haben solltest, sie ist das Medium des Tempels! Stich sie ruhig nieder, mir ist es ziemlich egal, denn dafür wird dich dein Freund Bek vierteilen lassen«, spottete ich.
Obwohl es nur Worte waren, fiel es mir schwer, sie auszusprechen. Mir wurde fast übel, wenn ich daran dachte, dass er sie in die Tat umsetzen könnte.
Ich weiß nicht, ob es meine Worte bewirkt hatten, auf jeden Fall machte er plötzlich einen kleinen Schritt seitwärts. Dabei versuchte

er, das an seiner Hüfte befestigte, schwertähnliche lange Messer zu ziehen.
Wir standen uns die ganze Zeit Auge in Auge gegenüber. Für einen kurzen Moment senkte er den Blick, um nach dem Messer zu sehen. Für diesen kleinen Augenblick hielt er den Dolch nicht mehr so eng an Maris Kehle, weil er dadurch abgelenkt war.
Ich zögerte keinen Wimpernschlag und alles, was ich jetzt tat, geschah mehr aus Reflexen heraus. Ich sprintete zwei, drei Schritte vorwärts und warf mich mit meinem ganzen Körper auf Eje. In dieser kurzen Zeit mein Messer zu ziehen, war leider nicht mehr möglich. Ich prallte auf Eje und wir fielen beide zu Boden. Er auf den Rücken und ich auf ihn. Wir landeten nicht auf der Erde, wie ich es gedacht hatte, sondern im Wasser. Ich hatte in der Dunkelheit nicht mitbekommen, dass hinter Eje ein Gewässer war. Ich hörte entsetzte Schreie. Eine Stimme erkannte ich, die von Merit, dann war ich, genau wie Eje, unter Wasser, denn hier war es auch am Ufer so tief, dass man nicht mehr darin stehen konnte.
Ich wurde gepackt und tiefer ins Wasser gedrückt. Der verdammte Kerl konnte schwimmen und das nicht einmal schlecht. Aber da er mich mit beiden Händen nach unten drückte, hatte er wohl im Fallen sein Messer verloren, denn sonst hätte er seine Hände nicht frei gehabt.
Ich konnte zwar gut schwimmen und tauchen, doch es wurde Zeit, dass ich nach oben kam, denn meine Luft wurde knapp. Da meine Hände frei waren, schlug ich mit den Fäusten gegen seinen Bauch. Ich hoffte, er würde mich loslassen, was nicht geschah. Im Gegenteil! Er drückte mich noch fester nach unten.
Ich schlug wieder zu. Diesmal tiefer, dort, wo man sagt, dass da die empfindlichste Stelle des Mannes ist. Das half! Sein Griff lockerte sich und ich konnte mich befreien und nach oben schwimmen. Ich holte tief Luft. Es wurde höchste Zeit, denn ich hatte das Gefühl, dass meine Lungen platzen würden. Trotz des Luftmangels arbeitete mein Verstand präzise, ich machte rasch einige Schwimmzüge zur Seite, um erst einmal von Eje wegzukommen und zu sehen, wie ich ihm am besten beikommen könnte.
Allein mit Kraft konnte ich nichts gegen diesen Muskelberg ausrichten. Er kam erneut auf mich zu und wollte mich mit seinen riesigen Händen um den Hals packen. Durch einen schnellen

Schwimmzug konnte ich gerade noch ausweichen und ihm einen Tritt verpassen.
Was war das für ein Geschrei an Land? Ich hatte vorhin, als ich auftauchte, bereits etwas gehört und nicht darauf geachtet, weil ich zu sehr mit Eje beschäftigt war. Jetzt riskierte ich einen Blick zum Land, denn ihm machte mein Tritt zu schaffen, sodass ich kurz Zeit dazu hatte.
Merit und mehrere Frauen liefen aufgeregt am Land hin und her, zeigten auf das Wasser und schrien: »Krokodile! Krokodile!«
Unwillkürlich schaute ich in die angegebene Richtung. Sehen konnte ich nichts, aber ich hatte mich zu lange ablenken lassen und das war ein großer Fehler. Eje packte mich mit einem Arm von hinten um den Hals und gleichzeitig mit der anderen Hand am Arm und verdrehte ihn. Er zog mich rückwärts, kopfüber unter die Wasseroberfläche.
Ich konnte gerade noch einmal Luft holen, dann war ich wieder unter Wasser. Diesmal hatte er mich richtig gepackt. Dadurch, dass er seinen Arm um meinen Hals hatte, konnte er mir die Luft abdrücken und ich konnte mich nicht einmal wehren, weil er hinter mir war. Ich versuchte es zwar, indem ich meinen Kopf nach hinten schlug und traf auch etwas. Wenn es sein Kopf war, den ich getroffen hatte, schien es ihm überhaupt nichts auszumachen. Dann versuchte ich rückwärts zu treten. Es brachte nichts! Meine Luft wurde langsam knapp. Was konnte ich bloß Entscheidendes machen? Ich dachte kurz an die Ringkämpfe, die wir als Jungen veranstaltet hatten. Als ich damals in einer ähnlichen Situation war, hatte ich versucht, den Gegner über mich hinwegzuziehen.
Ich probierte es! Es ging nicht. Eje war einfach zu schwer. Meine Luft war jetzt so gut wie aufgebraucht.
Plötzlich ließ er los. Das kam so überraschend, dass ich einen Moment lang nicht reagierte. Dann stieß ich mich mit den Füßen von Eje ab, nur daran denkend, so schnell wie möglich nach oben zu kommen, um Luft zu holen.
Vor lauter Hektik öffnete ich meinen Mund zu früh und schluckte dabei einen Schwall Wasser, und als ich über der Wasseroberfläche war, bekam ich einen Hustenanfall.
Ich hörte Stimmen. Merits Stimme! »Sen! Sen! Pass auf! Die Krokodile!«

Fast im gleichen Moment hörte ich hinter mir einen entsetzlichen Schrei. Ein Schrei voller Todesangst! Eje!
Die Krokodile mussten ihn gefasst und in diesem Augenblick unter Wasser gezogen haben, denn sehen konnte ich ihn nicht mehr. Jetzt hatte ich nur einen Gedanken: An Land! Bloß an Land! Trotz meines Hustenanfalls machte ich einige Schwimmstöße. Mehrere Hände streckten sich mir entgegen. Ich ergriff sie und mit vereinten Kräften zogen mich mehrere Frauen an Land. Allein hätte ich es nicht so flink geschafft, denn ich war mit meinen Kräften am Ende.

Ich war wohl kurze Zeit bewusstlos. Als ich zu mir kam, lag ich in Merits Armen und bekam gerade mit, wie sie meinen Namen rief. Warum wusste ich nicht, denn sie hielt bereits ihre Arme um mich geschlungen.
Als ich murmelte: »Was ist?«, schrie Merit auf und rief: »Er ist wach! Er lebt!«
Ich fand, es war schön, so geweckt zu werden, denn mein Gesicht wurde abwechselnd geküsst und gestreichelt. Mir fiel Eje ein! Ruckartig setzte ich mich auf.
»Wo ist er?«, hörte ich eine Stimme krächzten. Dann erst merkte ich, dass es meine eigene war.
Merit streichelte mein Gesicht und sprach dabei beruhigend und sanft auf mich ein: »Es ist vorbei! Du hast es geschafft! Eje gibt es nicht mehr!«
Was meinte sie? Ich versuchte mühsam aufzustehen, denn ich wollte genau sehen, was los war.
»Wo ist er? Was ist geschehen?« Fragend schaute ich Merit an.
»Die Krokodile! Sie haben ihn vor unseren Augen in Stücke zerrissen!«
Schaudernd schüttelte sie sich. Nun war ich es, der sie in den Arm nahm. So etwas mit ansehen zu müssen, war schlimm.
Jetzt erst sah ich, dass einige Frauen um uns herum standen und mich anlachten, als sie merkten, dass ich sie wahrgenommen hatte. Eine von ihnen zeigte auf Merit und sagte: »Sie hat dir geholfen! Wenn sie nicht mit dem Speer auf diesen Mann eingestochen hätte, ich glaube, du hättest es nicht geschafft!«
Deswegen hatte Eje meinen Hals so plötzlich losgelassen. Und das war auch der Grund, warum die Krokodile ihn angegriffen hatten! Sie hatten das Blut Ejes gerochen!

Überwältigt von allem, sah ich Merit an. Worte brauchten wir keine. Wir hielten uns ganz fest und hätten uns am liebsten nie mehr losgelassen.

Plötzlich kam Saka mit seinen Männern aus dem Lichtschein des Feuers auf uns zu. Von Weitem rief er: »Was ist geschehen? Du wolltest doch, wenn hier alles klar ist, zum Dorf kommen?«
Ich brauchte nicht antworten, denn ein allgemeines Schnattern der Frauen setzte ein und jede von ihnen wollte erzählen, was sich abgespielt hatte. Ich verstand nicht viel von dem, was gesagt wurde, aber Saka war wohl nicht unerfahren, was dieses Schnattern anbetraf, denn er blieb ganz ruhig und schien es sogar zu verstehen.
Zwischendurch kam ich wenigstens einmal zu Wort: »Was ist mit den Männern, die mit mir gekommen sind? Konnten sie die Wachen überwältigen?«
Aus dem Hintergrund kam einer von ihnen auf mich zu und schrie über das allgemeine Palaver hinweg: »Ja! Es ist alles glattgegangen! Sie waren so überrascht, dass wir den Vorteil ausnutzen konnten. Ehe sie überhaupt richtig wussten, was los ist, bekamen sie unsere Speere zu spüren und es gab praktisch keine Gegenwehr mehr. Nur, dass du solche Schwierigkeiten hattest, haben wir nicht mitbekommen, denn wir sind dann gleich, wie besprochen, zum Dorf gelaufen. Allerdings, als wir dort ankamen, war der Kampf bereits zu Ende.«
Saka meldete sich. Er hatte inzwischen erfahren, was sich hier abgespielt hatte. Es hatte etwas länger gedauert, denn da immer mehrere der aufgeregten Frauen gleichzeitig sprechen wollten, musste er sich manchmal durch Zwischenfragen Klarheit verschaffen.
»Da hast du Glück gehabt«, meinte er ernst. »Den Göttern sei Dank, dass alles so gut für dich abgelaufen ist!« Dann fügte er mit einem Blick auf Merit hinzu: »Eine tapfere Frau hast du! Sie hat dir das Leben gerettet! Auch bei dem Überfall auf das Dorf hat sie großen Mut bewiesen, als sie sich schützend vor unsere Mari stellte.«
Das war eine ziemlich lange Rede für Saka. Auf jeden Fall schien Merit einen neuen Bewunderer hinzubekommen zu haben.
Sie selbst beteiligte sich überhaupt nicht an den Gesprächen, sondern hielt nur meine Hand fest und zitterte leicht. Ich merkte, dass

sie unter Schock stand. Behutsam legte ich einen Arm um sie und drückte sie fest an mich.
Saka hatte vorhin gesagt: ›deine Frau‹. Warum sollte ich richtigstellen, dass wir nicht offiziell verheiratet waren, denn für mich war sie schon lange ›meine Frau‹. Ich brauchte keine amtliche Bestätigung dafür. Ohne sie, das wusste ich, war ich ein Nichts!
Merit hatte sich nach einer Weile einigermaßen erholt, denn sie lachte mich leicht an, als ob sie meine Gedanken gespürt hätte.
Wir sahen nur uns und so merkte ich nicht, dass Saka mehrfach versucht hatte, sich durch Räuspern bemerkbar zu machen. Ich hatte für einen Moment alles andere vergessen, es gab nur Merit.
Aber sein Lächeln war voller Verständnis. Mir fiel ein, dass ich überhaupt nicht darüber informiert war, wie der Kampf im Dorf abgelaufen war.
»Was ist mit den andern Entführern? Ich habe nur gehört, es sei alles schnell gegangen.«
»Ja, das stimmt!« Saka nickte bestätigend. »Wir waren, zusammen mit unseren Freunden aus dem Dorf, genügend Angreifer. Als sie unsere Übermacht sahen, versuchten sie zu fliehen. Diese Feiglinge leisteten praktisch keine Gegenwehr und sahen ihren Ausweg nur in der Flucht. Einige konnten wir trotz der Dunkelheit einholen. Sie leben nicht mehr. Es waren übrigens auch Männer dabei, die aus Dörfern des Delta kommen. Sie kannten sich hier genau aus. Man hatte ihnen bestimmt dafür, dass sie den Verbrechern als Führer dienten, viel Gold geboten.«
Wir waren froh darüber, dass für uns alles so gut abgelaufen war.
Saka berichtete weiter: »Einer der Entführer hat übrigens, ehe er starb, ein paar Worte gesagt! Es klang allerdings ein bisschen wirr. Trotzdem bin ich darüber beunruhigt und möchte so bald wie möglich zurück nach Hause.«
»Was hat er denn gesagt?«, wollte ich wissen.
»Ehe es mit ihm zu Ende ging, höhnte er: ›Ihr Dummköpfe lasst euch wegen dieser Weiber weglocken! Bald werdet ihr merken, dass es ein großer Fehler war!‹«
»Was er wohl damit gemeint hat?«, dachte ich laut. Aber mir fiel nichts ein, nur eine gewisse Unsicherheit und Unruhe blieben zurück. Wir beschlossen, gleich morgen früh aufzubrechen.

Der Aufbruch dauerte länger als geplant. Erst wollten wir ein zusätzliches Boot von den Entführern mitnehmen. Wir mussten schließlich sieben Frauen mit zurücknehmen. Nach einigem Hin und Her entschloss sich Saka, ein Boot von seinen hiesigen Freunden auszuleihen, weil es eine geringere Größe hatte. Zudem mussten die Mannschaften unserer beiden Boote von der Hinfahrt anders aufgeteilt werden, da wir die Frauen ja nicht allein paddeln lassen konnten. Das alles benötigte leider viel Zeit, ehe die drei Boote ablegen konnten.
Merit und ich waren natürlich zusammen in einem Boot. Nach meinem Kampf mit Eje ging es mir bereits wieder so gut, dass ich mir ein Paddel nahm, um den Männern zu helfen.
Viel geredet wurde auf der Rückfahrt nicht, denn alle wussten inzwischen, was der Entführer, kurz bevor er starb, gesagt hatte. Verständlich, dass sich die Leute Sorgen um ihre Angehörigen im Dorf machten.
Merit und ich waren glücklich, zusammen zu sein. Aber wir zeigten es vor unseren Mitreisenden nicht so offen. Häufig trafen sich unsere zärtlichen Blicke, und wenn meine Augen dann zu deutlich sprachen, überzog sich ihr Gesicht mit einer leichten Röte. Trotzdem wusste ich, dass sie ähnliche Gedanken hatte und wir uns beide danach sehnten, allein zu sein.

Die Rückfahrt dauerte einen Tag länger als der Hinweg. Wir kamen kurz vor Einbruch der Dunkelheit an. Auf den ersten Blick schien alles in Ordnung. Man hatte uns gesehen und die Leute des Dorfes kamen zu den Booten und es begann ein großes Palaver. Die Freude war groß, dass alle Frauen unversehrt zurück waren. Es war allerdings mehr eine gedämpfte Freude und die sonst so fröhlichen Menschen wirkten anders als sonst.
Saka hatte sich gleich zum Dorfältesten begeben, um ihm über unsere Fahrt zu berichten. Merit und ich standen eine Weile allein bei den Booten, denn auch Mari war zu ihren Eltern gerannt, um sie zu begrüßen.
»Die Leute sind anders als sonst!« Somit hatte Merit den gleichen Eindruck gewonnen wie ich.
Saka und der Dorfälteste sprachen miteinander. Dann kamen beide mit ernsten Mienen zu uns herüber. Der Dorfälteste bedankte sich für unsere Hilfe.

»Ich habe leider schlechte Nachrichten!«, ergänzte er. »Der Tempel ist kurz, nachdem ihr weg wart, überfallen worden!«
Mein erster Gedanke galt Mat, dann Wemamun und Rehu.
»Was genau ist passiert? Redet!« Ich glaube, dass ich genau wie Merit vor Schreck blass geworden war.

Das Orakel

Der Dorfälteste schaute uns an und schien zu spüren, wie es um uns stand. »Vielleicht zuerst die gute Nachricht! Euerem Freund, dem Offizier, geht es gut! Ich muss gestehen, ich habe wirklich Hochachtung vor ihm. Er ist ein hervorragender Soldat! Am Tempel warten euer Freund und ein General mit seinen Soldaten auf euch. Und Priester aus Theben sind gekommen.«
Intef war mit seinen Soldaten da. Dann schien, zumindest jetzt wieder, alles in Ordnung zu sein.
Der Dorfälteste war ein erfahrener und umsichtiger Mann. Er hatte bewusst erst einmal das Wichtigste für uns kurz und knapp zusammengefasst. Dann fuhr er fort: »Das ist leider nicht alles. Wie gesagt, der Tempel wurde, kurz nachdem ihr fort wart, überfallen. Es scheint, dass zwischen der Entführung der Frauen und dem Überfall auf den Tempel ein Zusammenhang besteht. Man wollte wohl sichergehen und erst unsere jungen Männer weglocken. Es waren zu dem Zeitpunkt des Überfalls nur dein Freund mit seinen Ruderern, die Priester und dieser Diener Rehu beim Tempel.«
Er machte eine kurze Pause und schluckte einige Male. Ich wurde bereits unruhig, und wenn ich ihn vorhin wegen seiner kurzen und knappen Art innerlich gelobt hatte, ließ er sich jetzt für mein Gefühl zu viel Zeit, ehe er zur Sache kam.
»Es ist Schreckliches geschehen! Alle Priester wurden ermordet! Sie wurden ganz gezielt umgebracht! Dieser Rehu lebt, allerdings ist er schwer verletzt. Dein Freund wurde gefangen genommen. Wir im Dorf hatten von alledem nichts mitbekommen! Erst am nächsten Morgen, als einige unserer Leute zum Tempel gingen, fanden sie die Leichen der Priester und den schwer verletzten Rehu. Deinen Freund konnten wir, trotz einer intensiven Suche, nicht finden. Erst im Nachhinein haben wir von ihm erfahren, dass man ihn mitgenommen hatte. Er konnte sich später befreien und ist drüben beim Tempel. Das sollte vorerst genügen. Geht zum Tempel. Euer Freund kann euch sicher weitaus mehr Einzelheiten berichten. Ich denke, er wartet auf euch.«
Wir vergaßen vor Entsetzen, uns zu verabschieden, und eilten verstört und geschockt zu dem Tempel.

»Ah, da seid ihr ja!« Als Ersten trafen wir Intef, General und Freund des zukünftigen Pharaos Thutmosis. »Euren Gesichtern nach zu urteilen, wisst ihr Bescheid. Leider stimmt es! Die Priester leben nicht mehr! Gut, dass ihr kommt! Mat will sich gleich mit mehreren Soldaten auf den Weg machen, um die Mörder zu fassen! Allerdings hat er genügend Zeit, dass er euch sagen kann, was genau passiert ist.«
Intef hatte es eilig. Er wollte sich um die abrückenden Soldaten kümmern. Mit ihm konnten wir nachher in Ruhe reden. Doch wenn Mat sich bald mit den Soldaten aufmachte, um die Mörder zu suchen, wollten wir ihn natürlich sofort sprechen.
Er hatte uns von Weitem gesehen und kam mit Riesenschritten auf uns zu. Erst umarmte er Merit und dann mich. Für so einen gestandenen Soldaten bedeutete es eine Menge, wenn er so viel Rührung zeigte.
Er lächelte. »Lass Merit bloß nicht mehr allein, sonst läuft sie dir wieder weg!«
Es war seine Art, sich über alles ein wenig lustig zu machen, vor allen Dingen dann, wenn er sich Sorgen gemacht hatte. Merit kannte ihn nicht so gut wie ich, denn sie holte bereits Luft, um ihm die passende Antwort zu geben. Ich schaltete schneller und ehe sie etwas erwidern konnte, konterte ich: »Du kennst mich. Bei mir haben die Frauen alle Freiheiten. Ich muss keinen Zwang ausüben, damit sie bei mir bleiben. Zumindest kommen sie immer zu mir zurück!«
Merit schaute sehr verdutzt und wusste nicht, was sie davon halten sollte, sagte aber nichts, als sie sah, wie Mat und ich uns trotz der schlimmen Situation anlächelten.
Ich wurde ernst. »Du willst gleich mit den Soldaten aufbrechen, also erzähl kurz, was sich hier zugetragen hat. Einiges haben wir inzwischen von dem Dorfältesten erfahren. Was war mit dir? Sie hatten dich als Gefangenen?«
»Kommt, wir gehen nach drüben. Dort könnt ihr etwas essen, während ich euch alles berichte.«
Jetzt, da Mat vom Essen sprach, merkte ich erst, dass ich großen Hunger hatte, den ich wegen der Ereignisse unbewusst unterdrückt hatte. Merit schien es ähnlich zu gehen, denn als wir uns gesetzt hatten, griff sie gleich zu Brot und Obst.

Mat aß nichts, er fing gleich an zu reden. »Dass die Priester ermordet wurden und Rehu schwer verletzt ist, wisst ihr sicher.«
Als wir nickten, fuhr er fort: »Sen war noch nicht lange fort, um dich, Merit, und die anderen Frauen zu suchen, da kamen sie. Als ob sie nur darauf gewartet hätten, dass die meisten der jungen Männer des Dorfes unterwegs sind. Sie liefen geradewegs in den Tempel und haben dann ganz gezielt die Priester umgebracht. Ich hatte mich hingelegt, um zu ruhen, als ich Lärm und Schreie im Tempel hörte. Daraufhin sprang ich auf und rannte gleich hinüber. Vorher griff ich aber zu meinen Waffen, denn ich wusste, dass etwas Schreckliches passiert sein musste. Diese Schreie waren Todesschreie! Am Tor des Tempels traf ich auf einen der Mörder. Er kam mit seinem Speer auf mich zu und wollte mich genauso abschlachten, wie die Priester. Es kam zu einem kurzen Kampf. Ich war ihm überlegen und er hatte kurz darauf meinen Speer in seiner Brust. Er schrie wie die Priester zuvor und daraufhin kamen einige der Mörder aus dem Tempel gelaufen. Ich glaube, es waren vier oder fünf. Wir schlugen sofort aufeinander los. Einen von ihnen muss ich getroffen haben, ehe ich über irgendetwas stolperte und zu Fall kam. Dann schlug etwas auf meinen Kopf. Ich wurde bewusstlos und wachte erst in einem Boot wieder auf. Die Mörder flüchteten in drei Booten und ich lag in einem auf dem Boden, an Händen und Füßen gefesselt. Warum man mich nicht auch getötet hat, weiß ich nicht. Auf der Weiterfahrt stellte ich mich lange bewusstlos und so bekam ich einige Gespräche der Männer mit. Es waren ehemalige Soldaten! Ihr ganzes Gerede und die Art, wie sie sich gaben - eindeutig Soldaten! Einmal sprach der Anführer davon, dass er sich in einigen Tagen mit dem Mann treffen wolle, der sie beauftragt hat, den Überfall auszuführen. In Memphis, in einer Hafenkneipe! Ich kenne sie. Als wir junge Rekruten waren, sind wir ein paar Mal da gewesen. Es waren, wie gesagt, drei Boote und ich denke, dass ungefähr zwanzig Männer am Überfall beteiligt waren. Genau weiß ich es allerdings nicht, denn es war dunkel und ich lag gefesselt unten im Boot.«
Mat schaute nach den Soldaten, die mit ihm zusammen die Mörder verfolgen sollten. Sie trugen gerade einige Sachen zum Bootsanleger und er konnte sehen, dass ihm bis zum Aufbruch einige Zeit verblieb.

Er redete weiter: »Wie gesagt, war ich bereits länger wach und hatte Zeit, über meine Lage nachzudenken. Ich wollte versuchen, mich so schnell wie möglich zu befreien. Ja, und dann war es für mich eigentlich ziemlich einfach zu fliehen. Die Verbrecher ließen sich beim Paddeln viel Zeit, denn geübt waren sie darin nicht. Dann machten sie die erste Rast an Land. Sie hielten mich immer noch für bewusstlos und außerdem war ich ja gefesselt. Als sie an Land gingen, ließen sie mich allein im Boot zurück. Diese Dummköpfe! Morden konnten sie, nur denken nicht. Die Fesseln waren nicht sehr fest. Ich hatte sie bereits vorher gelockert und konnte sie nun schnell lösen. Auf dem Rückweg zum Tempel habe ich mich an dem Flusslauf orientiert. Bis auf einige wenige Stellen, die sehr morastig waren, war der Weg gut zu begehen. Als ich hier am Tempel ankam, waren die Leute aus dem Dorf alle in heller Aufregung. Erst jetzt erfuhr ich, was genau passiert ist. Wir beerdigten die Priester und um Rehu hatte sich inzwischen der Medizinmann des Dorfes gekümmert.«
Mat hielt wieder inne, um nach den Soldaten zu schauen. Er sah, dass er noch ein wenig Zeit hatte und setzte seinen Bericht fort: »Wir haben die Priester würdevoll bestattet, allerdings nicht wie in Theben, sondern so, wie es in dieser Gegend üblich ist. Als wir danach zusammensaßen, kamen die Amun-Priester aus Theben an. Ich musste erklären, was sich hier abgespielt hatte. Die meisten von ihnen scheinen ganz vernünftige Leute zu sein. Aber dieser Bek! Ein widerlicher Kerl! Er stellte viele Fragen und wollte unter anderem wissen, wieso ich mich an diesem Ort aufhalte. Nachher tat er fast so, als ob ich an dem Überfall Schuld hätte. Nur gut, dass die Dorfbewohner dabei waren und meinen Bericht bestätigten. Sonst hätte er vielleicht versucht, die anderen Priester gegen mich aufzuhetzen. Den Göttern sei Dank, dass sie sich seit ihrer Ankunft fast ausschließlich im Tempel aufhalten.
Als Intef dann einen Tag später mit seinen Soldaten kam, war ich heilfroh, denn er als General wird natürlich von den Priestern ganz anders respektiert. Intef hat übrigens nur einige wenige Soldaten mitgebracht. Sie mussten für das letzte Stück des Flusses ein kleines Boot nehmen, da es für das große Schiff von Mennon zu eng und zu flach geworden war. Es liegt jetzt ungefähr eine Tagesreise von hier entfernt. Die meisten der Soldaten sind auf dem Schiff geblieben, weil Intef erst erfahren wollte, was wir erreicht haben.«

Bek und immer wieder Bek, dachte ich. War es denn nicht möglich, ihn unschädlich zu machen? Als einer der höchsten Amun-Priester hat er in Ägypten große Sonderrechte. Ihm war eigentlich nur beizukommen, wenn man die anderen Priester von seinen Untaten überzeugen konnte. Nur wie?
Ich musste mich auf Mat konzentrieren, denn er redete weiter: »Intef und ich haben beschlossen, dass ich mit einigen Soldaten die Mörder verfolge. Wir wollen versuchen, sie spätestens in Memphis abzufangen. Vielleicht kann ich außerdem in der Hafenkneipe, von der ich euch vorhin erzählt habe, etwas über den Auftraggeber der Morde erfahren. Wenn sich unser Verdacht bestätigt, dass Bek den Mordauftrag gegeben hat, um ganz sicherzugehen, als Hohepriester Amuns durch das Orakel bestimmt zu werden, hätten wir Zeugen, die vor den anderen Priestern aussagen könnten. Im Übrigen hat Intef mit einigen der Priester gesprochen und Andeutungen gemacht. Auch die Überfälle in Syrien sind zur Sprache gekommen und ich denke, dass der eine oder andere der Priester dich darauf ansprechen wird. Näheres dazu wird dir Intef sagen.«
Jetzt kam einer der Soldaten auf uns zu und meldete, dass man zur Abreise bereit war.
»Ich muss los!« Mat umarmte uns kurz. »Ich muss los! Wir haben ohnehin genug Zeit verloren. Länger dürfen wir nicht warten, wenn wir die Chance nutzen wollen, die Mörder zu fassen.«
Er war bereits auf dem Weg, doch er drehte sich noch einmal um und rief halblaut: »Ihr müsst euch unbedingt etwas wegen der Vorhersage des Orakels einfallen lassen! Der ganze schöne Plan ist leider durch den Tod von Wemamun hinfällig geworden! Erinnert ihr euch? Wemamun hat gesagt, dass Bek das Orakel befragen kann! Da Wemamun ermordet wurde, ist er der Einzige, der die Rituale und alles andere kennt, um es zu befragen!«
Er winkte uns zu und ich sah, wie er am Anlegesteg mit Intef sprach und dann in eines der Boote stieg.

Merit und ich schauten uns an. Durch die vielen Aufregungen der letzten Tage hatten wir beide nicht mehr an das Orakel gedacht.
»Mat hat recht!« Merit fand als Erste ihre Sprache wieder. »Alles, was ihr mit Wemamun besprochen habt, ist hinfällig geworden. Wir müssen ganz neu überlegen. Nur, wenn es stimmt, dass Bek

der Einzige ist, der weiß, wie das Orakel zu befragen ist, dann halte ich es für unmöglich, dass Thutmosis' Wunschkandidat zum Hohepriester durch das Orakel bestimmt wird. Ich frage mich, warum ausgerechnet wir uns zerreißen sollen, nur damit der Kandidat von Thutmosis durchkommt? Warum hat er eigentlich Intef und dich damit beauftragt? Noch ist er kein Pharao. Soll er doch selber sehen, wie er es macht!«

Merit hatte sich richtig in Zorn geredet. Ihre Wangen glühten und ihre Augen warfen Blitze.

Ich sagte nichts, denn ich kannte sie. Wenn ihr erster Zorn verraucht war, würde sie schon von selber ruhiger und sachlicher werden. Thutmosis würde bald Pharao sein, auch wenn es zurzeit offiziell Hatschepsut war. Wir hatten keine andere Wahl gehabt, wenn der Thronfolger etwas wünscht, ist es gleichzeitig ein Befehl.

Merit hatte sich beruhigt und meinte dann etwas resignierend: »Ja, ja! Du hast ja recht, wenn du mich so anschaust! Ich weiß, ihr habt keine andere Wahl! Was sollen wir denn jetzt tun? Was meinst du? Im Moment denke ich, wir sollten den Dingen ihren Lauf lassen.«

»Ich weiß es nicht«, knurrte ich. »Lass uns erst mit Intef reden. Vielleicht hat er sich etwas überlegt. Schließlich ist er der Freund des zukünftigen Pharaos.« Ich schwieg, weil sie nicht merken sollte, dass ich mich ärgerte, diese wichtige Sache vergessen zu haben und Mat mich erst daran erinnern musste.

Merit schaute mich mit einem Glitzern in den Augen an und sagte dann mit ganz unschuldiger Miene: »Du bist doch nicht etwa auf dich selbst sauer, weil Mat dich erst darauf bringen musste? Oder?«

Was sollte ich machen? Ich konnte nicht anders und musste lachen, so, wie sie es gewollt hatte. Merit konnte ich meine Gefühle und Stimmungen nicht verheimlichen. Sie kannte mich in- und auswendig.

Sie legte einen Arm um meine Hüften, lächelte zurück und meinte: »Komm! Gehen wir zu Intef. Ich habe ihn dort drüben gesehen.«

»Na«, begrüßte der uns, »ihr habt in den letzten Tagen ja einiges mitgemacht! Erst die Entführung und dann dies hier! Mat hat mir übrigens erzählt, was ihr über das Orakel erfahren habt und was mit Wemamun besprochen wurde. Leider ist es jetzt alles auf diese tragische Art und Weise hinfällig geworden.«

Er schlug mir auf die Schulter. »Das ist natürlich nicht eure Schuld! Ihr seid sehr vernünftig und besonnen vorgegangen. Ich werde es zur gegebenen Zeit bei Thutmosis erwähnen. Normalerweise würde ich denken: Die Götter haben es so gewollt! Nur diesmal dürfen wir Bek dabei nicht vergessen! Dank Sen wissen wir inzwischen einiges von ihm. Ich weiß nicht, ob Mat es euch gesagt hat, aber er und ich haben den Verdacht, dass er diese Morde veranlasst hat. Sie tragen eindeutig seine Handschrift! In Syrien ist er ähnlich brutal vorgegangen! Dort hat er genauso wenig vor Morden zurückgeschreckt! Ich nehme an, dass er mit seiner Wahl zum Hohepriester ganz sichergehen wollte. Er wusste, dass Wemamun die Möglichkeit hatte, das zu vereiteln. Wir wissen, dass die beiden sich nicht mochten. Bek ist ein Mensch, der jeden tötet, der sich ihm in den Weg stellt!«
Intef hatte sich nach und nach in Wut geredet. Nicht, dass er auf uns wütend war. Ich hatte Verständnis für ihn. Was ihn so rasend machte, war, dass er dem Verbrecher Bek nichts anhaben konnte, weil er durch sein hohes Priesteramt geschützt war. Man musste erst erdrückende Beweise haben, um ihn zu bestrafen. Und dann genügte es nicht, wenn so ein Nichts, wie ich, als Zeuge aussagte, oder der ehemalige Hauptmann Kenna, den wir wegen der Verbrechen, die in Syrien geschehen waren, gefangen hielten. Und obwohl Thutmosis unserer Meinung war, auch als Thronfolger konnte er Bek nicht so ohne Weiteres etwas anhaben.
Intef atmete einige Male tief durch, um sich wieder zu beruhigen. »Erzählt erst einmal, wie die Entführung von Merit und den anderen Frauen abgelaufen ist.«
Richtig! Davon wusste er ja praktisch nichts. Es dauerte einige Zeit bis Merit und ich ihm alles berichtet hatten. Als wir fertig waren, schüttelte er fassungslos den Kopf.
»Mann, oh Mann«, meinte er dann, allerdings mehr zu sich selbst. »Den Göttern sei Dank, dass es so glücklich abgelaufen ist, wie hätte ich das sonst Thutmosis beibringen sollen? Der wäre bestimmt vor Wut ausgerastet!«
Er hatte sich richtig in Zorn geredet und sogar wir bekamen unser Fett weg. »Ich hätte es strikt verbieten sollen, dass Merit mitkommt! Es ist viel zu gefährlich! Aber ihr beide habt mich überrumpelt. Mein größter Fehler ist einfach, dass ich zu gutmütig bin!«

Dazu hätte ich einiges sagen können. Aber hatte er aus seiner Sicht nicht recht? Ich schwieg, weil ich wusste, dass er es im Grunde nicht schlecht meinte und so seine aufgestauten Sorgen abbauen musste. Es war sicher klüger, ihn abzulenken und seine Gedanken auf unsere jetzigen Probleme zu lenken.
»Wir hatten alles so gut geplant und eigentlich war ich sicher, Wemamun auf unserer Seite zu haben. Und nun das!«, klagte ich. »Im Moment bin ich wirklich völlig ratlos, wie wir unseren Auftrag erfolgreich ausführen können. Was denkst du? Oder ist dir bereits etwas eingefallen?«
Merit schaute mich dankbar an, weil sie meine Absicht erkannte, Intef abzulenken. Sie hatte eben ein sehr schuldbewusstes Gesicht gemacht, weil sie wusste, dass Intef recht hatte. Der schaute mich ziemlich merkwürdig an, ehe er antwortete. Ob er mich durchschaut hatte? Herumzustreiten wäre das Dümmste, was wir machen konnten. Wir sollten alles daransetzen, zu versuchen, den Auftrag von Thutmosis zu einem vernünftigen Abschluss zu bringen.
»Ehrlich gesagt, ich weiß es nicht! Euer Plan war nicht schlecht. Leider müssen wir durch den Tod von Wemamun ganz von vorn anfangen. Dein Verhalten, Sen, bei der Befreiung der Frauen war sehr umsichtig und überlegt. Hinzu kommt, es hätte für dich den Tod bedeuten können. Ich kannte Eje und weiß genau, wozu er fähig war. Du hast dich um Ägypten verdient gemacht! Ich kenne nur wenige Männer, denen ich so eine Leistung zutrauen würde.«
Das war Balsam für meine Seele, einerseits weil Merit sich bei den Worten Intefs, unbemerkt für andere, an mich gelehnt hatte, andererseits machte es mich gleichzeitig verlegen und ich murmelte: »Ja, ja. Zum Glück war Saka mit seinen Leuten dabei. Allein hätte ich nichts ausrichten können! Doch du hast meine Frage nicht beantwortet. Was können wir jetzt tun, um den Auftrag Thutmosis' zu erfüllen?«
Warum grinste er plötzlich? Dann wandte er sich, einmal kurz mit den Augen zwinkernd, an Merit: »Ich mache es genauso wie er. Wenn mir die Worte meines Gegenübers unbequem werden, versuche ich es mit einer Gegenfrage! Meist gelingt es und der andere ist abgelenkt!«
Trotz unserer Sorgen mussten wir alle drei lachen und ich merkte wieder einmal, Intef konnte man nicht so schnell etwas vor machen. Er war nicht umsonst so jung General geworden.

Sachlich werdend sprach er weiter: »Es ist spät. Ihr werdet müde sein, denn ihr seid sicher ohne eine Rast einzulegen zurückgereist. Ich denke, wir sollten versuchen auszuschlafen. Vielleicht fällt uns dann morgen etwas ein! Gute Nacht!«
Merit und ich schauten uns an. Was alles war seit unserer Ankunft heute Abend an schlechten Nachrichten auf uns eingestürmt. Es war gar nicht so schnell zu begreifen und zu verkraften! Wir fassten uns an den Händen und gingen zu dem Quartier, das uns vor einigen Tagen von Wemamun zugewiesen wurde.
Diese Nacht waren wir endlich nach langer Zeit einmal allein. Durfte man sich nach diesen schlimmen Nachrichten und angesichts der Toten lieben? Diese Gedanken gingen mir kurz durch den Kopf. Ich konnte sie aber nicht zu Ende denken, denn Merit kam ganz nah an mich heran. Und dann dachte ich nur noch an eines und all die schrecklichen Dinge waren vergessen, denn für mich gab es in dieser Nacht nur Merit.

Am nächsten Morgen trafen wir uns sehr früh mit Intef. Mir war das sehr lieb, denn ich war von jeher ein Frühaufsteher. Morgens hatte ich die besten Ideen und mir ging alles besser von der Hand als am Nachmittag oder am Abend.
Auf dem Weg zu Intef kam mir erst ein vager Gedanke, der nach und nach immer konkreter wurde, und dann konnte ich es fast nicht mehr abwarten, mit den anderen darüber zu reden.
Intef begrüßte uns ein bisschen knurrig: »Habt ihr auch so schlecht geschlafen? Mir gingen in der Nacht alle unsere Probleme durch den Kopf, ehe ich sehr spät einschlafen konnte.«
Wir lächelten uns nur an, als Intef gerade wegsah. Im Gegensatz zu ihm hatten wir anschließend gut geschlafen.
Beim Frühstück wurde nur das Nötigste geredet, da wir alle einen ausgezeichneten Appetit hatten. Merit meldete sich als Erste. »Sen, dir geht irgendetwas durch den Kopf. Nun rede endlich! Was es ist?«
Vor Erstaunen hatte ich aufgehört zu kauen. Woher wusste sie das? Ich verschluckte mich und bekam einen Hustenanfall. Das passierte Intef ebenfalls, weil er darüber mit vollem Mund lachen musste.
Als er sich beruhigt hatte, meinte er grinsend: »Ja, ja, den Frauen kann man einfach nichts vormachen! Wusstest du das nicht?«

Was sollte ich dazu sagen? Mein Hustenanfall ging schnell vorüber und ich fing an, erst nach passenden Worten suchend, meine Gedanken auszusprechen.
»Ich gehe davon aus, dass heute, spätestens morgen das Orakel befragt wird. Die Priester sind nicht hierher gekommen, um sich lange aufzuhalten, oder?«
Intef nickte mir zu. »Davon kannst du ausgehen. Genaueres werden wir nachher erfahren.«
Merit schaltete sich ein: »Ich habe bei der Entführung das Orakel Mari sehr gut kennengelernt. Ob ich mit ihr sprechen sollte? In unserem Sinn? Was meint ihr?«
Intef antwortete nicht, er musste überlegen. Da meine Gedanken in eine ähnliche Richtung gingen, erwiderte ich: »Mir ist vorhin Folgendes durch den Kopf gegangen: Von Rehu habe ich gehört, dass der Priester, der die Fragen an das Orakel stellt, vor der eigentlichen Befragung mit dem Mädchen spricht. Wenn ich ihn richtig verstanden habe, löst dann bei der offiziellen Befragung ein bestimmter Satz oder ein bestimmtes Wort die einmal festgelegte Antwort aus!«
Ich schwieg und die beiden schauten mich an. Merit so, als ob ihre Überlegungen in die gleiche Richtung gingen. Intef hingegen ungläubig. Für ihn schien das alles sehr suspekt und neu zu sein. Er hatte wohl, genau wie ich, vor meinem Gespräch mit Rehu und Wemamun gedacht, dass die Götter direkt durch das Orakel sprachen. Also hatte ich nicht allein ein kindliches Gemüt.
»Meinst du wirklich?«, fragte er ziemlich ungläubig.
Ehe er weitere Zweifel anmelden konnte, redete ich schnell weiter: »Wemamun hat es mir im Großen und Ganzen so bestätigt. Allerdings sagte er, dass er vorher die Sterne befragt, ehe er die Antwort mit dem Medium bespricht. Deswegen kann man das Orakel auch nur fragen, wenn die Sterne am Himmel in einer bestimmten Reihenfolge stehen. Und das ist nur an einigen Tagen im Jahr der Fall.«
»Und«, wollte er wissen, »glaubst du, dass die Sterne jetzt richtig stehen?«
Da war ich sicher. »Ja! Wemamun hat es mir vor seinem Tod eindeutig bestätigt.«
»Ich denke, dass es stimmt, denn sonst wären die Priester nicht um diese Zeit hierher gekommen. Über solche Dinge wissen sie besser Bescheid als normale Leute«, mutmaßte Intef. »Nur, wie gehen wir

jetzt vor? Merit könnte mit dem Mädchen sprechen, Sen und ich mit einigen der Priester. Da ist noch etwas! Sagtest du nicht, Sen, dass bei der Befragung des Orakels ein vorher festgelegtes Wort oder ein Satz die richtige Antwort auslösten? Wie sollen wir das erreichen? Bek wird das Orakel befragen, nicht einer von uns!«
»Genau das ist die Schwierigkeit«, erwiderte ich. »Dem Mädchen das auslösende Wort zu geben, könnte Merit oder mir wohl gelingen. Es muss nur anschließend von Bek ausgesprochen werden! Ich wüsste nicht, wie wir das erreichen könnten. Er muss es aber in irgendeinem Zusammenhang sagen, denn das Orakel steht bei der Befragung unter Drogen und ist dann in einer Art Trance. Ohne dieses Wort wird es nicht die richtige Antwort geben!«
Beklommen und enttäuscht überlegten wir, wie wir Bek dazu bringen könnten, etwas zu sagen, was vorher mit dem Medium abgesprochen wurde? Ob Rehu uns helfen konnte? Er hatte mir bei unserem ersten Gespräch erklärt, wie man dem Medium das auslösende Wort einprägt, aber ich wusste es nicht mehr genau. Ehe Merit mit dem Mädchen sprach, musste sie darüber Bescheid wissen. Möglicherweise hatte Rehu zu diesem Problem eine Lösung. All dies ging mir durch den Kopf, als mir plötzlich ein Gedanke kam und ich platzte heraus: »Wemamun!«
Die zwei schauten mich verwundert an. »Wie kommst du auf Wemamun?«, wollte Intef wissen.
»Er ist tot«, ergänzte Merit.
»Ja, ja«, murmelte ich geistesabwesend. »Deswegen ja! Ist es nicht üblich für Tote eine Gedenkrede zu halten? Bisher haben die Priester, meines Wissens, nichts dergleichen getan, um ihrer ermordeten Glaubensbrüder zu gedenken!«
Ich hatte meinen Gedanken erst einmal quasi ins Unreine ausgesprochen und wollte jetzt mit den beiden über das Für und Wider diskutieren. An Intef gewandt, fragte ich: »Du hast nachher ein Gespräch mit den Amun-Priestern. Ich denke, dass Menkheperreseneb dabei ist. Bitte ihn, dass er Bek veranlasst, bei der Befragung des Orakels in einigen Sätzen Wemamun und der anderen ermordeten Priester zu gedenken!«
Merit und Intef sagten längere Zeit nichts und ich konnte ihnen ansehen, wie ihre Gedanken rasten.
Intef sprach als Erster, anfangs langsam und überlegend. »Viel-

leicht geht es so! Wirklich, mir scheint, je länger ich darüber nachdenke, dass dies überhaupt die einzige Möglichkeit ist. Wenn es klappt und Bek praktisch selbst dafür sorgt, dass nicht er, sondern ein anderer Hohepriester-Amuns wird, es wäre das Größte! Mensch, wenn das gelingen würde! Junge, woher bekommst du nur diese Einfälle?«

Jedes Mal, wenn er mich Junge nannte, kam dies aus der Erinnerung heraus, als er, der gestandene Soldat, mich damals als kleinen Jungen kennengelernt hatte und manchmal, wenn seine Sympathie für mich übergroß wurde, ich es für ihn immer noch war.

Er redete weiter: »Ich sollte unbedingt mit Thutmosis über deine Begabung sprechen! Auch wenn dies hier nicht gelingen sollte, er muss es unbedingt erfahren!«

»Von mir aus nicht, denn sonst könnte ihm schnell einfallen, meine ›Begabung‹ zu nutzen und ich wäre recht bald auf Reisen, weit weg von Merit«, hätte ich am liebsten geantwortet, aber ich konnte gerade noch meinen Mund halten.

Merit sagte nichts dazu, doch ihre Augen strahlten und ihre Blicke sprachen eine deutliche Sprache. Liebe pur!

Intef war jetzt durch und durch Soldat. Er gab seine Anweisungen: »Wir machen Folgendes: Merit schaut nach dem Medium und redet mit dem Mädchen. Du, Sen, gehst zu diesem Rehu. Sieh zu, was du von ihm erfahren kannst! Ich spreche inzwischen mit Menkheperreseneb und mit den Priestern, bei denen ich den Eindruck habe, dass sie auf Menkheperresenebs Seite sind. Wir sollten sofort handeln, denn ich gehe davon aus, dass sie bereits heute Abend das Orakel befragen wollen!«

Wir trennten uns und ich vereinbarte mit Merit, dass wir uns nach meinem Besuch bei Rehu im Dorf bei dem Medium Mari treffen wollten.

Rehu hatte man in seinem Zimmer innerhalb des Tempelgeländes untergebracht. Als ich in sein Zimmer trat, saß ein großer, hagerer Priester mittleren Alters an seinem Krankenlager. Er stand auf, lächelte leicht und begrüßte mich: »Ah, das kann nur Sen sein, von dem ich so viel gehört habe.«

»Ja«, bestätigte ich. »Ich bin Sen! Ich weiß nicht, was du von mir gehört hast. Hoffentlich nur Gutes. Und wer bist du?«

»Mein Name ist Menkheperreseneb!«

»Ah ja«, murmelte ich und dachte: Er wirkt ganz sympathisch. Dass er am Krankenlager Rehus weilte, sprach für ihn. Ich nahm mir vor, gelegentlich in Ruhe mit ihm zu reden. Im Moment kümmerte ich mich nicht weiter um ihn, sondern begrüßte Rehu, der sehr mitgenommen aussah.
»Da bist ja endlich«, begann er jedoch ziemlich munter. »Ich habe gehört, was passiert ist. Ehrlich gesagt, einem so schönen Mädchen wäre ich auch hinterhergelaufen.«
Wir mussten alle lachen und ich antwortete im gleichen scherzhaften Ton: »Und dich kann man nicht allein lassen! Wie geht es dir?«
»Morgen versuche ich aufzustehen. Ich bin es leid, nur herumzuliegen.«
Dann schilderte er seine Verletzungen und ich konnte dabei überlegen, wie ich am besten Menkheperreseneb loswerden konnte, denn ich wollte Rehu allein sprechen.
»Ah, mir fällt ein, dass Intef dich sucht«, wandte ich mich an den Priester.
»Ja?« Erst schien er zu überlegen und ich hatte den Eindruck, er hätte gern mit mir geplaudert. »Dann muss ich mich wohl verabschieden. Einen General lässt man nicht warten.«
Beim Abschied wandte er sich erneut an mich. »Bei Gelegenheit müssen wir uns unterhalten. Ich habe einige Fragen an dich.«
Rehu und ich waren allein und ich erkundigte mich, wie der Überfall abgelaufen war. Danach redeten wir über Wemamun und als ich merkte, dass es für Rehu zu anstrengend wurde, kam ich direkt auf mein Anliegen zu sprechen.
»Rehu, ich brauche von dir eine Auskunft. Ich denke, dass heute Abend eine Orakelbefragung stattfindet. Erinnerst du dich an unser Gespräch darüber?«
Er nickte und grinste frech, so wie es seine Art war. »Ja, sehr gut! Du warst ziemlich neugierig!«
So unrecht hatte er nicht. Wenn ich etwas wissen wollte, konnte ich ganz schön hartnäckig sein. Ich ging nicht näher darauf ein, denn für Flachsereien war keine Zeit.
»Jetzt, wo Wemamun nicht mehr da ist, kann nur Bek die Befragung des Orakels vornehmen. Du kennst Bek?«
Ich sah förmlich die Angst in seinen Augen und wie er sich auf unser Gespräch konzentrierte.

Ich fuhr fort: »Bek wird versuchen, das Orakel in seinem Sinn zu beeinflussen. Unser Ziel ist, das Orakel so zu befragen, wie es Wemamun vorgehabt hat. Dazu müssen wir wissen, wie der auslösende Satz oder das Wort für die Antwort bei der späteren offiziellen Befragung vorher mit dem Medium abgesprochen wird. Ich denke, das Medium bekommt vor der Befragung durch Bek Drogen verabreicht und es kann dann nur durch einen bestimmten Satz oder ein Wort die abgesprochene Antwort geben! Kannst du uns helfen?«

Rehu nickte bedächtig. »Ja, ich weiß es! Obwohl ich es natürlich nicht wissen dürfte! Wahrscheinlich habe ich dieselbe Krankheit wie du: Ich bin sehr neugierig! Ehrlich gesagt, würde ich nur sehr ungern darüber sprechen, denn ich empfinde es irgendwie als Vertrauensbruch!« Er überlegte kurz und fragte: »Wer wird davon erfahren?«

»Nur Merit und ich! Ich verspreche dir, dass wir für immer schweigen werden.«

»Ja, ja.« Er hatte noch etwas. »Du weißt, dass die Priester des hiesigen Tempels ermordet wurden. Für mich wäre es wichtig zu wissen, gibt es für den Re-Tempel und somit für mich eine Zukunft? Ich habe mich hier wohlgefühlt und bin nach einem Leben voll Unruhe und Unrast zur Ruhe gekommen und ein anderer, ein glücklicher Mensch geworden.«

Damit hatte ich nicht gerechnet und konnte ihm keine Zusage geben. Auch wollte ich ihm gegenüber ehrlich bleiben und antwortete ernst: »Ich kann es nicht sagen! Es war einfach keine Zeit über solche Dinge zu sprechen! Wirklich! Aber es gäbe eine Möglichkeit etwas darüber zu erfahren. Hier sind die höchsten Priester Amuns aus ganz Ägypten versammelt. Wir werden sie fragen. Oder besser noch, den zukünftigen Hohepriester. Denn darüber müssen wir uns im Klaren sein: Es wird bestimmt, so oder so, heute Abend darüber entschieden!«

Rehus Wangen glühten und seine Augen glänzten fiebrig. Lange durfte ich nicht mehr mit ihm reden. Er war zu schwach. Um unser Gespräch abzukürzen, musste ich ihn an etwas erinnern: »Glaubst du wirklich, wenn Bek zum Hohepriester bestimmt wird, dass du eine Chance hast hierzubleiben?«

Das war ausschlaggebend! Er antwortete leise, aber sehr bestimmt:

»Ich vertraue dir, das weißt du! Vorab muss ich dich um Folgendes bitten, und zwar mir bei dem Gespräch mit den Priestern über meine Zukunft zu helfen. Doch nun zu dem Medium! Ihr müsst vorher mit dem Mädchen sprechen! Sagt den Namen des zukünftigen Hohepriester dreimal, ohne ein anderes Wort dazwischen zu sagen!« Er schaute mich eindringlich an, um sich zu vergewissern, dass ich ihn richtig verstanden hatte. Dann wiederholte er zur Vorsicht: »Also, dreimal, ohne ein Wort dazwischen!«
Er ließ das Gesagte auf mich einwirken. Obwohl er sehr erschöpft schien, riss er sich zusammen. »Noch einmal zusammengefasst: den Namen drei Mal! Bei anderen Befragungen gibt es Möglichkeiten, dem Orakel eventuell auch nur sinngemäß etwas einzuprägen. Das kommt für euch nicht infrage. Macht es so, wie ich es gesagt habe. Außerdem, sollte dem Orakel erneut dieselbe Frage innerhalb der bestimmten Sternenkonstellation gestellt werden, bleibt es immer bei der ersten Antwort!«
Das Gespräch hatte Rehu sehr erschöpft. Vor lauter Müdigkeit fielen ihm öfter die Augen zu. Ehe ich mich verabschiedete, stellte ich einen Becher mit Wasser in seine Nähe, damit er ohne aufzustehen etwas trinken konnte. Dann machte ich mich schnell auf den Weg zu Merit.
Ich fand sie mit einer Frau und einem Mann, mit denen das Mädchen Mari eine gewisse Ähnlichkeit hatte, vor einer der Hütten sitzend. Bestimmt waren es ihre Eltern. Und so war es. Ich wurde ihnen vorgestellt und sie fingen gleich mit einer Dankesrede an. Ich ließ sie ausreden, obwohl es mir unangenehm war. Mari schaute mich die ganze Zeit strahlend an.
Plötzlich fragte sie mit einer ganz hellen und klaren Stimme: »Hattest du keine Angst? Dieser Mann war größer und sah viel stärker aus als du!«
Ich hatte den Eindruck, so wie sie mich die ganze Zeit aus ihren dunklen Augen anstrahlte, war ich ihr Held. Obwohl es meiner Eitelkeit schmeichelte, dachte ich, sag lieber die Wahrheit, denn damit fährst du immer am besten.
»Ja, ich hatte Angst! Doch ich hatte keine Zeit, darüber nachzudenken. Es musste ja alles sehr schnell gehen.«
Sie nickte und schien mit meiner Antwort zufrieden zu sein. Bei dem weiteren Gespräch ging es natürlich um die Ermordung der Priester.

Zwischendurch waren Merit und ich einmal kurze Zeit allein, da die Eltern etwas zu essen vorbereiteten und Mari dabei helfen wollte.

Dies war eine gute Gelegenheit, Merit über alles zu unterrichten, was Rehu mir vorhin über das Medium gesagt hatte.
»Das müssten wir eigentlich mit Mari besprechen können«, meinte sie. »Lass es mich versuchen, denn wir verstehen uns wirklich gut. Sie vertraut mir!« Dann lächelte sie leicht und fragte mit einem unschuldigen Gesichtsausdruck: »Oder willst du es lieber selbst machen? Jetzt, wo du ihr Held bist!«
Sie hatte es also auch bemerkt. Ich wollte sie zur Strafe küssen, leider ging das nicht, denn die Leute konnten jeden Augenblick aus der Hütte kommen. Ein bisschen fühlte ich mich durchschaut und so knurrte ich zurück: »Mach du es lieber. Euch Weibern fällt das Quatschen sowieso leichter.«
Sie streckte mir, wie es ihre Art war, kurz die Zunge heraus. Dagegen konnte ich mich nicht mehr wehren, denn in diesem Augenblick kam Mari mit ihrer Mutter aus der Hütte und sie stellten das Essen auf den Tisch.
Nach dem Essen, das einfach aber hervorragend zubereitet war, gab mir Merit einen Wink.
»Das Essen war ausgezeichnet und reichlich«, lobte sie Maris Eltern. »Wir danken euch. So gut haben wir seit Tagen nicht mehr gegessen. Jetzt brauchen wir etwas Bewegung. Kann uns Mari nicht herumführen? Sen hat von dem Dorf und von der Gegend praktisch überhaupt noch nichts gesehen.«
Mari sprang sofort auf und schien sich riesig zu freuen, mit uns einen kleinen Spaziergang zu machen. Unterwegs redete sie lebhaft und zeigte uns dabei die anderen Hütten und berichtete über die Menschen, die darin wohnten.
Damit wir in Ruhe mit ihr sprechen konnten, ohne dass jemand aus dem Dorf dazukam, wollte ich gerade vorschlagen, sie möchte uns die weitere Umgebung des Dorfes zeigen, als mir der Uralttempel einfiel, von dem Wemamun und Rehu erzählt hatten! Hatte Wemamun nicht behauptet, dass öfter ›komische Leute‹, im Auftrag von Bek, angeblich wertvolle Sachen dort hinbringen? Er hatte sogar gemeint, dass es dabei um den Schatz des Gottes Amun gehen könnte.

»Wo ist eigentlich dieser alte Tempel, Mari? Könntest du uns nicht da hinführen?«, bat ich sie.
Sie machte ein erschrecktes Gesicht. »Ja, aber wir dürfen auf keinen Fall hineingehen. Es ist verboten! Wenn wir es doch machen, kommt großes Unglück über unser Dorf!«
Ich beschwichtigte sie. »Nein, ich will ihn mir nur von außen betrachten, weil Wemamun mir davon erzählt hat. Mich interessiert, wie gut er noch erhalten ist.«
Sie schien beruhigt und wir machten uns auf den Weg.
Ich sah Merit an. Jetzt war die beste Gelegenheit, mit Mari zu reden. Sie hatte die gleiche Idee, denn in meine Gedanken hinein forderte sie uns auf: »Kommt, lasst uns dort hinübergehen! Am Wasser blühen so schöne Blumen! Schaut, ihre vielen verschiedenen bunten Farben. Ich möchte sie mir gern von Nahem betrachten.«
Nicht ungeschickt von Merit, dachte ich und hielt mich vereinbarungsgemäß zurück.
Sie sprach zuerst von Wemamun, seiner Ermordung und von der Entführung der Frauen. Dann erklärte sie Mari, dass der Priester Bek diese Verbrechen befohlen hatte. Natürlich nicht in zwei, drei Sätzen, sondern sie machte es so, dass sie Mari langsam zu dem führte, was sie als Medium für uns sagen sollte. Mari hörte gebannt und sehr interessiert zu. Zum Schluss merkte Merit an: »Und dieser Bek wird dich heute Abend, oder spätestens morgen Abend, als Medium befragen.«
»Ich kenne ihn. Er hat mich bereits einige Male befragt. Ich mag ihn zwar nicht besonders, aber das hätte ich nicht gedacht! Mit mir war er immer ganz freundlich. Er hat, genau wie Wemamun, einen Tag vor der Befragung im Tempel mit mir geredet. Ihr müsst wissen, was ich dann im Tempel antworte, weiß ich nachher nicht mehr. Wemamun hat mir erklärt, dass die Götter aus mir sprechen und ich etwas Besonderes sei.« Den letzten Satz betonte sie in einer wichtigtuenden kindlichen Art.
Ich musste lächeln und fragte: »Weißt du denn, was sie dir vorher gesagt haben?«
»Ja, so einiges! Es sind so seltsame Sachen, dass ich das meiste wieder vergessen habe.« Dann, nachdenklicher werdend, meinte sie: »Sie haben mir dauernd etwas vorgesprochen. Manchmal haben sie einen Satz mehrere Male hintereinander vorgetragen.«

Wir schwiegen und sahen zum Wasser, auf dem viele Wasserrosen schwammen und in den verschiedensten Farben leuchteten. Ab und zu konnte ich kleine Fische beobachten, die auf Futtersuche eilig hin und her schwammen.
»Was machen wir jetzt?«, schien Merits Blick zu fragen. »Mach du weiter!«
Ich dachte kurz daran, was Rehu mir eingetrichtert hatte. Dreimal den Namen aussprechen! Aber der Satz davor sei ebenfalls bedeutsam und sollte für die Antwort des Orakels ausschlaggebend sein! Wortgenau oder sinngemäß? Ich war unsicher, doch ich musste mich entscheiden! Helfen konnte mir sowieso niemand, auch Merit nicht.
Mir blieb keine Wahl und ich wandte mich an Mari. »Du, ich muss dich einmal etwas für dich Komisches fragen! So, wie Bek oder Wemamun! Kannst du dich erinnern, wie die beiden ihre Fragen gestellt haben?«
Aufmerksam sah sie mich an. Dann, nach einigem Überlegen flüsterte sie: »Sag: Schau in meine Augen, Mari! Du bist das Medium! Das Orakel soll sprechen!«
Sie verstummte und schien auf etwas zu warten.
Ich versuchte es und wiederholte, was sie mir eben vorgesagt hatte: »Schau in meine Augen, Mari! Du bist das Medium! Das Orakel soll sprechen!«
Dann wartete ich ab. Mari starrte wirklich in meine Augen. Sie schien sehr konzentriert! Ich bekam nach und nach ein Gefühl, als ob ihr Blick immer tiefer in mich eindrang. Nach einiger Zeit schien es, als ob wir beide durch den Blickkontakt auf ganz merkwürdige Weise fest verbunden waren. Sicherheitshalber murmelte ich denselben Satz erneut.
Dann gab es nur Mari und mich, sonst nichts. Ich musste mich sehr konzentrieren, um weiterzumachen. Mir fiel ein, dass ich dem Medium die Antwort geben musste! Obwohl ich das Gefühl hatte weit weg zu sein, wusste ich jetzt, wie ich zu handeln hatte!
»Auch in Gedenken an Wemamun frage ich dich, wer soll der nächste Hohepriester Amuns werden? Menkheperreseneb! Menkheperreseneb! Menkheperreseneb!«
Ich schwieg, fühlte mich sehr erschöpft! Mari stand still und ihre Augen fixierten mich! Sie rührte sich nicht. Allmählich wurde ich

unruhig, nahm meinen Blick von Mari weg und schaute hilflos zu Merit. Wie sollte ich sie aus ihrer Starrheit zurückholen? Von Merit war keine Hilfe zu erwarten, denn sie sah uns nur erschreckt an und hielt dabei eine Hand vor den Mund, so, als ob sie einen Schrei unterdrücken wollte.
Mein Blick glitt zu Mari. Sie bewegte sich ein bisschen und wirkte nicht mehr ganz so statuenhaft. Vielleicht, weil ich meinen Blick abgewendet hatte? Ich schaute schnell wieder weg und rief spontan: »Mari! Mari! Komm, wir wollen weitergehen!«
Plötzlich wurde sie munter und sagte, so, als ob sie gerade aus einen Traum erwachte, mit etwas belegter Stimme: »Ja, ja, ich komme!«
Nach und nach wurde sie lebhafter und informierte uns mit normaler Stimme: »Drüben ist der Tempel! Früher, so erzählen es wenigstens die alten Leute aus dem Dorf, konnte man von Weitem die hohen Säulen sehen. Im Laufe der vielen Jahre sind immer wieder große Steine abgebrochen. Mittlerweile sind sie ganz weg. Nur die Räume unter der Erde sollen noch da sein. Inzwischen ist alles mit Gras und Büschen bewachsen!«
Tatsächlich! Jetzt konnten wir die Reste größerer Steinbrocken erkennen, die überall herumlagen.
»Und dort ist der Eingang zu den Erdräumen!«
Mari war vorgelaufen und zeigte nach unten. Hinter dichten, hohen Büschen führten breite und gut erhaltene Steinstufen nach unten.
»Hinein können wir nicht. Außerdem hat man vor den Eingang dicke Felsbrocken gerollt. Wir dürfen es auch nicht!«, schärfte sie uns ein.
Merit und ich schauten uns interessiert um.
»Ich muss euch etwas verraten!«, flüsterte Mari geheimnisvoll. »Ihr seid meine Freunde. Euch kann ich bestimmt vertrauen! Es gibt einen zweiten Eingang, allerdings ist der sehr klein und versteckt. Aber das weiß sonst niemand. Ich habe ihn einmal zufällig beim Spielen entdeckt. Hineingegangen bin ich nie! Die Götter würden uns sonst alle bestrafen!«
Sie führte uns einige Schritte weiter und zeigte auf eine liegende, zerstörte Götterstatue. »Direkt dahinter ist eine Öffnung in der Erde. Ich habe nur einmal hineingespäht. Es führt ein schmaler, sehr enger Gang nach unten! Doch hineingegangen bin ich nie. Dazu hatte ich viel zu große Angst!«

Ich hatte genug gesehen und antwortete: »Na ja, von dem alten Tempel ist wirklich kaum etwas zu sehen. Lasst uns zurückgehen.«
Merit schaute mich erstaunt an, denn sie kannte meine Neugier. Ich zwinkerte ihr kurz zu! Sie verstand. Warum sollten wir Mari unnötig beunruhigen? Schließlich hatte man den Dorfbewohnern prophezeit, dass ihrem Dorf ein Unglück geschehen würde, wenn jemand von ihnen diese Räume betreten würde.

Wir waren wieder im Dorf angelangt und verabschiedeten uns von Maris Eltern. Ich wollte zurück zu Intef, denn inzwischen musste er mit den Priestern gesprochen haben. Als wir einige Schritte vom Dorf entfernt waren, sodass uns niemand mehr hören konnte, protestierte Merit energisch: »Ich kenne dich! Du willst hoffentlich nicht allein in diese unterirdischen Räume des Tempels?«
Sie hatte natürlich von dem Fluch gehört und hatte Angst um mich.
»Nein, nein«, beruhigte ich sie. »Allein bestimmt nicht! Wenn, dann zusammen mit Intef und einigen Soldaten.«
Sie nickte. »Was meinst du? Wird Mari so antworten, wie du es ihr vorgesagt hast, wenn sie als Medium von Bek befragt wird?«
Ich seufzte. »Wenn ich das wüsste! Ich kann es nur hoffen! Etwas anderes können wir ohnehin nicht mehr unternehmen. Wir haben alles versucht und ich denke, eine andere Möglichkeit haben wir nicht.«
In Gedanken und etwas bedrückt gingen wir zurück zum Orakeltempel.

Wir konnten Intef nicht finden. Aber dann kam er aus der Richtung der Bootsanlegestelle auf uns zu.
»Kommt! Gehen wir nach drüben, dort im Schatten der Sträucher können wir uns ungestört unterhalten.« Er zeigte auf ein paar frei stehende Sträucher und als wir dort ankamen, informierte er uns: »Ich habe mit den Priestern gesprochen. Ein bisschen Glück hatte ich wenigstens, denn Bek hatte etwas anderes zu tun und war nicht dabei. Es ist so, das Orakel soll heute Abend befragt werden. Erst haben sie mich erstaunt angesehen, als ich meine Bitte äußerte, vor der Orakelbefragung Wemamun und der anderen Priester zu gedenken und ausdrücklich Wemamun dabei zu erwähnen. Na ja, egal! Sie haben problemlos zugestimmt. Danach hatte ich

Gelegenheit, kurz mit Menkheperreseneb allein zu reden. Er ahnt wohl etwas und ich habe von ihm die feste Zusage, dass er darauf beharren will, Wemamun namentlich zu gedenken, auch wenn Bek Gründe anführen sollte, die vielleicht dagegen sprechen könnten. Ich denke, wenn demnächst hier alles abgeschlossen ist, sollten wir ihm, zumindest teilweise, reinen Wein einschenken. Und nun zu euch! Erzählt! Was habt ihr bei dem Medium erreicht?«
Merit ließ mich reden, denn sie wusste, dass ich aufpassen musste, nicht die Einzelheiten zu erwähnen, die mir Rehu anvertraut hatte. Zum Schluss meines Berichtes beteuerte ich: »Ich denke, wir haben alles getan, was in der kurzen Zeit möglich war. Jetzt können wir nur noch die Götter bitten, dass sie uns helfen mögen.«
Intef nickte und erwiderte ernst: »Du hast recht! Mehr können wir wirklich nicht tun. Hoffentlich geht alles gut, denn unser zukünftiger Pharao Thutmosis hat einen Wahlspruch, der lautet: Wenn man etwas erreichen will, gibt es immer Mittel und Wege!«
Wir schwiegen und dachten darüber nach, wie Thutmosis reagieren würde, wenn sein Wunschkandidat nicht zum Hohepriester Amuns bestimmt würde.
»Bei der Befragung des Orakels sind wir natürlich nicht dabei«, schränkte Intef ein. »Allein meine Frage wurde von den Priestern, einschließlich Menkheperresenb, fast als Beleidigung empfunden. Sie sind der Auffassung, dass es nur eine Sache zwischen den Göttern und den Priestern sei.«
Ich äußerte mich nicht dazu, denn damit hatte ich gerechnet. Merit war anzusehen, dass sie enttäuscht war und sich ärgerte. Sicherheitshalber setzte ich ein gleichgültiges Gesicht auf, damit sie meine Gedanken nicht erraten konnte. Ich hatte bisher bewusst verschwiegen, dass Rehu von einer bestimmten Stelle aus die Orakelbefragung heimlich beobachtet hatte. Für mich war klar, das würde ich mir nicht entgehen lassen. Nur konnte ich dabei niemanden zusätzlich gebrauchen.
Intef verabschiedete sich, weil er etwas mit den Soldaten zu besprechen hatte. Er war gerade einige Schritte entfernt, als Merit, die mich bereits länger misstrauisch beobachtet hatte, weil ich die ganze Zeit keinen Ton herausgebracht hatte, sagte: »Was ist? Du bist so ruhig. Irgendetwas heckst du aus! Du möchtest bestimmt gern Mari als Medium erleben, oder irre ich mich?«

Ich musste vorsichtig sein, denn Merit kannte mich und meine Stimmungen nur zu gut. So schnell konnte ich ihr nichts vormachen.
»Ja, klar! Andererseits müssen wir die Einstellung der Priester respektieren. Zudem sollten wir darauf bedacht sein, jetzt die ganze Aktion nicht zu gefährden. Am besten ist es wirklich, in Ruhe abzuwarten.«
»Das ist ja das Schlimme«, murmelte sie aufgebracht. »Abwarten und nichts tun zu können!«
Ich reckte mich und gähnte dabei demonstrativ. Ich musste mir etwas einfallen lassen, um heute Abend allein zu sein. »Bin ich müde«, behauptete ich wieder gähnend. »Irgendwie fühle ich mich, als ob ich mehrere Nächte nicht geschlafen hätte. Ich kann im Moment nichts mehr tun. Also, werde ich heute früh schlafen gehen.«
Sie sagte nichts dazu, nur ihre Miene war missmutig.

Es dunkelte bereits und Merit machte sich auf, um etwas zu essen für uns zu besorgen. Das war für mich die Gelegenheit, alles in Ruhe durchzudenken, was wir heute erlebt und erfahren hatten.
Dass ich versuchen würde, heimlich die Orakelbefragung mitzuerleben, war für mich völlig klar. Rehu hatte mir die Stelle gut beschrieben, von der aus er öfter spioniert hatte. Über dem eigentlichen Orakelraum sollte eine kleine Abstellkammer sein, von der aus man zumindest alles hören und sogar das meiste sehen konnte.
Doch da war eine andere Sache, über die ich nachdenken musste! Wemamun hatte den Verdacht geäußert, dass Bek wertvolle Gegenstände in den unterirdischen Räumen des alten Tempels schaffen ließ. War es tatsächlich nur ein Verdacht oder entsprach es der Wahrheit? Es gab nur eine Möglichkeit: Ich musste nachschauen! Aber war es klug, allein dorthin zu gehen? Besser wäre es, Intef und eventuell Menkheperreseneb mitzunehmen, denn falls da wirklich gestohlene Schätze lagerten, hatten wir einen handfesten Beweis gegen den Mörder und Verbrecher Bek.

Ich war mit mir ins Reine gekommen und schlief mit diesen Gedanken ein. Wach wurde ich erst, als sich etwas neben mir bewegte. Merit! Sie schlief ganz fest. Ihr Gesicht war leicht an meine Schulter gelehnt. Einen Arm hatte sie um meinen Oberkörper gelegt. Sie schien im Schlaf zu lächeln. Gab es etwas Schöneres, als sie anzu-

schauen? Ihre langen, geschwungenen Wimpern zuckten manchmal leicht und ich hatte Sorge, dass sie wach würde. Inzwischen war ich richtig munter geworden und mir war eingefallen, dass ich in dieser Nacht einiges vorhatte. Merit sollte auf keinen Fall dabei sein, denn ich wollte sie nicht erneut in Gefahr bringen.
Langsam und vorsichtig rückte ich zur Seite, sodass ihr Kopf ganz sachte von meiner Schulter rutschte. Sie murmelte etwas und ich erschrak, weil sie nicht aufwachen durfte. Sie schien fest weiterzuschlafen und drehte sich zur anderen Seite. Dadurch nahm sie ihren Arm von meinem Oberkörper.
Es war dunkel, als ich zum Orakeltempel schlich. Der Mond war hinter den Wolken verschwunden und nur ab und an waren vereinzelt Sterne am Himmel zu sehen.
Erst hatte ich Schwierigkeiten, den richtigen Weg zu finden, und ärgerte mich, weil ich nicht bei Tageslicht die Strecke abgeschritten war. Einmal stolperte ich über etwas und verursachte dabei ein lautes Geräusch. Erschreckt blieb ich stehen und machte mich dabei klein. Vielleicht war jemand in der Nähe und durch das Geräusch aufmerksam geworden? Aber nichts geschah. Es blieb still. Ob die Orakelbefragung bereits angefangen hatte? Hoffentlich nicht!
Der Mond kam für kurze Zeit hinter den Wolken hervor und ich konnte dadurch besser sehen. Aufatmend erkannte ich, dass es der richtige Weg war und es dauerte nicht mehr lange, bis ich vor dem Tempelgebäude stand.
Draußen war kein Mensch zu sehen und ich ging behutsam durch den Eingang in den durch mehrere Fackeln beleuchteten Tempel. Direkt hinter dem Eingang befand sich eine kleine versteckte Nische, in die ich schnell hineinhuschte. Dort, für andere unsichtbar, blieb ich längere Zeit, um mich zu orientieren.
Erst konnte ich nichts wahrnehmen, denn das Licht warf flackernde Schatten an die Wände. Doch drüben an der gegenüberliegenden Wand, waren da nicht menschliche Schatten, die sich hin und her bewegten? Ich war mir nicht sicher, denn bei dem unruhigen Licht konnten sie ebenso von einem Gebüsch oder einem Baum herrühren.
Plötzlich hörte ich Stimmen. Das konnten nur die Priester sein! So war es auch, denn mittlerweile hatten sich meine Augen an das zuckende Licht gewöhnt und ich konnte erkennen, dass jeder von ihnen eine Fackel in der Hand hielt und sie der Reihe nach in einen Nebenraum gingen - in den Orakelraum!

Für mich wurde es Zeit, in mein Versteck zu kommen. Durch die entstandene leichte Unruhe war es nicht schwer, unbemerkt die kleine, höher gelegene Abstellkammer, die sich über dem Orakelraum befand, zu erreichen. Da ich auf allen vieren kroch, spürte ich Staub und Schmutz an meinen Händen und im Gesicht. Etwas Feines, Weiches legte sich um meinen Kopf und sogar in den Mund. Unangenehm diese Spinnengewebe. Das alles störte mich nicht und kurz danach erreichte ich mein Ziel.
Durch die brennenden Fackeln der Priester war der Orakelraum gut einzusehen. Trotzdem wirkte er düster und unheimlich. An der gegenüberliegenden Wand schauten mich scharfe Augen aus einem gemalten Falkenkopf an. Über ihm schimmerte eine aus vielen Mosaiksteinen gefertigte Sonnenscheibe. Sie schien sich gerade vom Tag zu verabschieden, um Platz für die Nacht zu machen. Unten in der Wand war eine kleine Öffnung, hinter der sich bestimmt das Orakel befand.
Ich musste an Mari denken. Was hatte Bek mit ihr gemacht? Wurde sie vor der Befragung stark unter Drogen gesetzt? Hätten wir vielleicht vorher einschreiten sollen, um sie nicht zu gefährden? All dies ging mir durch den Kopf und ich hoffte sehr, dass es ihr gut ging. Es war für sie nicht ungefährlich, denn Bek würde alles tun, um sein Ziel zu erreichen.
Sehen konnte ich das Orakel nicht. Auch die Ratsuchenden würden nur ihre Stimme hören. Die linke Wand, von mir aus gesehen, wirkte so dunkel wie die Nacht und ich konnte erkennen, dass darauf ein großer Widderkopf abgebildet war, der, wie es schien, aus der Dunkelheit auf die Menschen herabschaute.
Aus zahlreichen Schalen und Metallbecken stieg Wohlgeruch auf. Duft von Weihrauch, Lorbeer und berauschenden Kräutern.

Plötzlich trat aus der Dunkelheit der Priester Bek in das helle Fackellicht! Lange blieb er regungslos vor dem Falkenbild stehen. Dann breitete er seine Arme weit aus und rief: »Oh großer Atum, ich, der geweihte Priester Amuns und Hüter des Orakels, wage dich zu befragen!«
Dann murmelte er lange etwas Unverständliches vor sich hin, ehe er wieder laut rief: »Atum, du Urgott und Schöpfergott. Du zeugtest zwei Gottheiten, Schu und Tefnut. Einen für den Tag und einen für

die Nacht. Die Menschen und leider auch ihre Priester haben euch fast vergessen. Die meisten wissen nicht einmal mehr, dass ihr Gott Amun-Re aus ihnen entstanden ist. Ich flehe dich an, oh großer Atum, vergib den Menschen. Sie wissen es nicht besser!«
Er schwieg längere Zeit, ehe er etwas Undeutliches murmelte, um dann erneut laut auszurufen: »Die Priester Amuns haben mich beauftragt, dich zu fragen, wer von ihnen dein nächster höchster Diener auf Erden werden soll. Sag uns durch das Medium, oh du großer und allwissender Atum, wer von den Amun-Priestern ist am würdigsten, dir als höchster Priester zu dienen?«
Alle Augen richteten sich gespannt auf die Öffnung hinter der sich das Orakel aufhielt.
Keine Antwort!
Bek verstummte und schaute, die Arme weiter ausgebreitet, zu der Öffnung.
Meine Gedanken rasten. Das hatten wir nicht mit Mari und den Priestern abgesprochen! War Bek gewarnt worden oder ahnte er etwas, weil er diese Wortwahl verwendete? Mein Herz klopfte so laut und heftig, dass ich dachte, man könnte es bis nach unten in den Orakelraum hören.
Bek wartete endlos, bevor er ein weiteres Mal rief, und dabei hörte ich eine gewisse Unsicherheit in seiner Stimme. »Oh großer Atum! Vergib uns Erdenkinder, wenn wir dich gekränkt haben. Wir Menschen sind so unwissend und klein. Und doch nehmen wir uns und all unsere Probleme so wichtig! Aber du hast uns erschaffen, mit all unseren Fehlern und Unzulänglichkeiten. Ich hoffe auf deine große Güte und frage dich auch in Gedenken an unseren ermordeten und zu dir gegangenen Mitbruder Wemamun und seine Mitbrüder! Wer soll dein nächster höchster Diener auf Erden werden?«
Es war still im Orakelraum und es schien, als ob die Menschen in ihm ihren Atem anhielten. Jetzt hatte er ›in Gedenken an Wemamun‹ gesagt!
Da! Eine zarte Mädchenstimme antwortete: »Ach ihr Menschen! Könnt ihr euch die Frage nicht selbst beantworten? Dem Gott als höchsten Priester zu dienen, sollte euer Bester sein! Doch, wenn ihr es nicht selbst erkennt, muss ich euch sagen, er befindet sich hier im Raum, in eurer Mitte! Er nennt sich Menkheperreseneb!« Das Orakel schwieg.

Es war totenstill im Raum. Ich schaute zu Bek. Er stand wie erstarrt, die Arme weit ausgebreitet. Plötzlich fielen sie schlaff herunter. Ein geschlagener Mann!
Unter den anderen Priestern, die die ganze Zeit lang ausgestreckt auf dem Boden gelegen hatten, entstand eine gewisse Unruhe. Ich war in Schweiß gebadet und völlig fertig. Wer hatte bloß Mari diese Worte in den Mund gelegt? War ein Medium vielleicht mehr, als ich gedacht hatte? Sprach sie doch im Namen der Götter, wenn der Name des alten Gottes Atum gerufen wurde? Eventuell auch dadurch, dass sie durch Drogen in Trance versetzt und außerdem bestimmte Beschwörungen gesprochen wurden? Ich fühlte mich verunsichert und wusste nicht, was ich glauben sollte.
Ich musste mich zusammenreißen, weil eine gute Gelegenheit gekommen war, mein Versteck zu verlassen, denn ich durfte auf gar keinen Fall entdeckt werden. Da sich die Priester aus ihrer liegenden Stellung erhoben, entstand eine gewisse Unruhe im Tempel und die sollte ich ausnutzen.
Ich war heilfroh, als ich unentdeckt aus dem Tempel heraus war. Ich fühlte mich wie ein Fieberkranker und wollte nur noch zurück in mein Zimmer, um mich auszuruhen.
Als ich den Raum betrat, saß Merit wach auf ihrer Schlafstätte und ein vorwurfsvoller Blick traf mich. Im Moment war mir alles egal. Ich konnte nicht mehr und wollte mich nur hinlegen und versuchen zu schlafen.
Zum Glück erkannte Merit, was mit mir los war und trotz ihres Zorns brachte sie so viel Verständnis auf, mich nicht mit Vorwürfen zu überhäufen.
»Wie siehst du aus?«, wunderte sie sich. »In welchem Dreckstall warst du bloß? Warte, so kannst du dich nicht hinlegen!«
Sie nahm ein Tuch, tauchte es ins Wasser und wischte mir damit über Gesicht und Hände. Ich hatte ganz vergessen, wie schmutzig und staubig es in dem Abstellraum gewesen war.
Trotz aller Aufregung konnte ich sofort einschlafen und es war gut, dass ich zur Ruhe kam. Als ich wach wurde, saß Merit neben meiner Schlafstätte.
»Na, geht's dir wieder besser?«, erkundigte sie sich und schaute sehr besorgt drein. Erst wusste ich nicht, was sie meinte, aber dann fiel mir alles ein und ich nickte. Ich wollte aufstehen, weil ich Hunger

hatte. Merit war damit nicht einverstanden, denn als sie merkte, dass es mir besser ging, funkelten mich ihre Augen an und sie schimpfte: »Bleib ja liegen, du Schauspieler! Gestern hast du so getan, als seiest du todmüde und ich falle darauf herein! Und was macht der Herr dann? Er verschwindet heimlich, während ich von ihm träume. Lass mich raten, wo du warst? Im Orakelraum!«
Ich machte meinen Mund auf, um sie zu berichtigen: »Nicht im Orakelraum, sondern darüber in der kleinen Abstellkammer!« Doch dazu kam ich gar nicht, denn ehe ich etwas sagen konnte, zeterte sie: »Komm mir nur nicht mit Ausreden! Du bleibst so lange hier liegen, bis du mir alles genau erzählt hast und dann überlege ich mir eine Strafe, weil du mich nicht mitgenommen hast!«

Innerlich freute ich mich, denn es tat mir gut, dass sie so besorgt war. Selbst wenn sie wütend auf mich war und mir lautstark ihre Meinung sagte, liebte ich sie sehr. Natürlich hütete ich mich, mir das anmerken zu lassen. Zum Schein versuchte ich mich zu wehren.
»Ich muss erst etwas essen, schließlich habe ich seit gestern Abend nichts mehr zu mir genommen.«
Da war aber überhaupt nichts zu machen, denn sie fauchte: »Deine eigene Schuld! Es war genug da! Ich bin deswegen extra losgegangen und habe etwas geholt! Nur, du warst ja so müde und hast angeblich geschlafen! Also, keine Ausflüchte! Ich will jetzt sofort alles wissen!«
Na ja, dachte ich, dann esse ich eben später. Sie hatte aus ihrer Sicht recht und ich berichtete von Anfang an, ohne etwas auszulassen. Zum Schluss erwähnte ich meine Zweifel, weil Mari so merkwürdig und weit entrückt gesprochen hatte. Ob sie vielleicht doch ein richtiges Medium war? Auf jeden Fall war sie bei der Befragung ganz anders aufgetreten, als ich es mir vorgestellt hatte. Merit hörte gebannt zu und ließ es zwischendurch geschehen, dass ich mich neben sie setzte und dabei einen Arm um sie legte.
Als ich mit meiner Schilderung fertig war, legte sie leicht ihren Kopf an meine Schulter, küsste flüchtig meine Wange und flüsterte: »Du warst weg, als ich wach wurde. Ich ahnte, was du vorhattest und bekam große Angst. Dann dauerte es bis zum Morgen, ehe du zurückkamst. Du hättest dich mal sehen sollen, wie du aussahst! Richtig fertig! Glaube mir, da hatte ich noch mehr Angst!«
Sie rümpfte ihre Nase und kommandierte energisch: »Du riechst! Los, ab zum Wasser, damit du frisch wirst! Du bekommst dein Frühstück erst, wenn du sauber zurückkommst!«
Sie hatte sicher recht und ich machte mich schnell auf den Weg, obwohl mir einige schöne Ideen gekommen waren, als sie so hübsch anzuschauen an meiner Schulter lehnte. Als ich dann in dem nahen Gewässer untertauchte, waren diese Gedanken weg.

Wir frühstückten, als es klopfte und Intef zu uns hereinkam. Ein sehr übernächtigt aussehender Intef mit rot geränderten Augen.

»Entschuldigt, dass ich euch störe, aber ich konnte die ganze Nacht kein Auge zutun. Diese Ungewissheit bringt mich um!«
Er war erstaunt, als er uns so frisch, zufrieden und hungrig beim Frühstück sah. »Dass ihr jetzt etwas essen könnt! Ihr müsst Nerven haben!«
»Was für eine Ungewissheit?«, fragte Merit ganz unschuldig. »Wir haben alles Menschenmögliche getan und ein gutes Gewissen!«
Intef war sprachlos und dann, man sah es ihm förmlich an, wie es in seinem Kopf arbeitete, kam ein Verstehen in sein Gesicht und seine Augen bekamen mehr Glanz. Jetzt wusste er es!
»Du alter Halunke!«, wandte er sich an mich. »Ihr wisst längst Bescheid! Du hast mal wieder Lauschen gespielt!« Dann etwas leiser und zurückhaltender: »Hoffentlich hat dich niemand bemerkt.« Meine Antwort wartete er gar nicht ab, sondern wollte im gleichen Atemzug wissen: »Nun sag schon, wie ist es ausgegangen? Spann mich nicht länger auf die Folter, sonst platze ich!«
Das wollte ich natürlich nicht und antwortete nur: »Menkheperreseneb!«
Intef wurde vor Erleichterung abwechselnd rot und blass. »Den Göttern sei Dank!« Das war ein Stoßseufzer, aus dem seine übergroße Anspannung klang. »Ich kann euch gar nicht sagen, wie froh ich bin! Thutmosis wäre außer sich gewesen, wenn ich ihm eine andere Nachricht überbracht hätte. Freundschaft hin oder her. Bei ihm weiß man nie, wie er reagiert!«
Dadurch, dass er über die Freundschaft zu Thutmosis sprach, konnte man ermessen, wie befreit er war, denn das war ein Thema, über das Intef sonst nie redete.
Selbstverständlich musste ich ihm alles haarklein berichten. Dann war er wieder General Intef, der mich maßregelte, als ich fertig war: »Eigentlich sollte ich dich bestrafen lassen, dies ohne meine Erlaubnis zu tun! Oder?« Dabei schaute er Merit, Zustimmung heischend, an.
Die nickte eifrig und war ganz auf seiner Seite. »Ganz recht! Du sprichst genau das aus, was ich ihm vorhin angedroht habe. Du siehst es ja, auf mich hört er nicht! Wir sollten uns in der Tat eine wirksame Strafe für ihn ausdenken. Er hätte sie verdient!«
Die beiden grinsten sich verschwörerisch an. Und so, wie ich die zwei kannte, würde ihnen bestimmt gelegentlich etwas einfallen.

Ich blieb wohlweislich still, denn sonst wären sie sicher noch mehr über mich hergefallen. Doch ich war verblüfft darüber, dass Intef so locker mit Merit herumalberte. Er war vor unserer Fahrt strikt dagegen gewesen, dass sie mitkam. Als wir ihn damals ausgetrickst hatten, war er lange richtig verärgert. Erstaunlich, wie er sich Merit gegenüber gewandelt hatte. Sie schien ihn verhext zu haben. Allerdings lange nicht so schlimm, wie es bei mir der Fall war.

»Intef«, störte ich die zwei, denn sie waren angeregt im Gespräch vertieft, dass ich zweimal ansetzen musste, ehe sie mich wahrnahmen. »Da ist noch etwas! Hatte ich dir über die Vermutung Wemamuns berichtet, dass Bek möglicherweise wertvolle Gegenstände aus dem Amunschatz in die Kellerräume des alten Tempels hat bringen lassen?«

Er wurde sofort hellhörig. »Ja, Mat hatte mich kurz davon unterrichtet! Aber ehrlich gesagt, bei den vielen Aufregungen der letzten Tage habe ich nicht mehr daran gedacht!«

»Meinst du nicht, wir sollten nachschauen? Überleg mal, es geht nicht allein um den Schatz! Was ist, wenn dort wirklich Gegenstände aus dem Amuntempel Thebens sind? Ich bin gespannt, wie der Vermögensverwalter Amuns, nämlich Bek, das erklären wird!«

»Genau das ist es!« Intefs Stimme wurde lauter. »Dann haben wir ihn! Ich habe übrigens mit Menkheperreseneb über die Verbrechen, die in Syrien passiert sind, gesprochen. Er glaubt uns, auch ohne den Zeugen Hauptmann Kenna vernommen zu haben. Doch er sagt euch: ›Eine Aussage Kennas gegen den Priester Bek, was glaubt ihr, wem wird man mehr Glauben schenken? Es würde sehr schwer werden, ihn so zu überführen.‹ Na ja, das wussten wir im Grunde vorher. Und nun haben wir diese Möglichkeit!« Er wollte etwas hinzufügen, schwieg dann aber, weil er wohl erst darüber nachdenken wollte.

»Wir gehen auf jeden Fall hin!«, unterbreitete er seinen Plan. »Gleich heute! Einige Soldaten nehmen wir mit. Sie können von außen alles absichern, während wir hineingehen. Vorher rede ich mit den Priestern. Sie sollen alle mitgehen. Egal, was wir dort vorfinden!« Er grinste breit. »Auf das Gesicht von Menkheperreseneb bin ich gespannt, wenn ich ihm nachher zur Wahl des Hohepriesters meine besten Wünsche aussprechen werde.«

Ich bekam einen leichten Schreck. »Sag bloß nicht, dass du es von mir weißt! Man kann nie wissen, wie die Leute reagieren, wenn sie erfahren, dass sie heimlich belauscht wurden.«
»Hast wohl Erfahrungen darin«, amüsierte er sich. »Keine Sorge, wenn er wirklich fragen sollte, erfährt er nur, dass es sich hier bereits die Vögel zuzwitschern.«
Weg war er. Von seiner Müdigkeit war nichts mehr zu bemerken.
Merit hatte die ganze Zeit geschwiegen. Sie schaute mich nachdenklich an und meinte: »Ich hoffe sehr, dass in dem Tempelkeller etwas gefunden wird. Nicht, weil ich Sorge hätte, die Amun-Priester würden arm, wenn sie den gestohlenen Schatz nicht zurückbekämen. Sie haben auch so genug. Was ich damit sagen will, ist Folgendes: Ich denke, wenn Bek überführt ist, kommst du endlich zur Ruhe und könntest in Theben ein ganz normales Leben führen. Alles, was du in den letzten Wochen und Monaten durchstehen musstest, dafür war Bek die Ursache.«
Ich nickte. »Hoffentlich hast du recht. Ich könnte mir nichts Schöneres vorstellen, als mit dir zusammenzuleben. Es wird Zeit, dass ich zur Ruhe komme, denn ein Leben ohne Reisen und Abenteuer kann ich mir fast nicht mehr vorstellen.«
Ernst erwiderte sie: »Gut, dass du es einsiehst! Ich hatte langsam Angst, du wolltest immer weiter so herumstromern.« Sie blickte mich länger aus ihren grünen Augen an. Dann erhellte ein merkwürdiges Lächeln ihr Gesicht und sie vergewisserte sich: »Habe ich eben richtig gehört, dass du dir nichts Schöneres vorstellen kannst, als mit mir zusammenzuleben? War das ein Heiratsantrag oder etwas Ähnliches?«
Was sollte ich darauf antworten? Hatte sie es im Ernst gemeint oder wollte sie mich wieder einmal aufziehen? Da sie ernst blieb versicherte ich: »Ich möchte, dass wir sofort heiraten, wenn wir zurück in Theben sind. Warum fragst du? Du weißt genau, dass war von jeher für mich klar!«
Sie lächelte. »Zumindest richtig fragen könntest du!«
»Ja, ja«, murmelte ich. Sie machte mich mit ihrer Fragerei verlegen. Dann fiel mir etwas ein. »Sag mal, manchmal auf unseren Reisen hat Mennon, aber auch Intef, so komische Andeutungen gemacht: Eine Mitanni-Prinzessin wird die Frau des Pharaos! Wir haben beide nie darüber gesprochen, ich, weil ich es einfach nicht wahr-

haben wollte, und du bist, wenn das Thema darauf kam, mir jedes Mal ausgewichen. Was ist damit? Was meinen sie genau?«
»Ach Sen!« Ich hatte den Eindruck, als ob sie gleich in Tränen ausbrechen würde. »Hast du mich deswegen nicht gefragt? Du Dummkopf! Ich wollte nur immer dich! Schon als ich ein kleines Mädchen war. Erinnerst du dich, wie ich dir damals einen Heiratsantrag gemacht habe?«
Wir konnten beide nicht weitersprechen, da wir uns umarmten und küssten. Trotzdem hatte sie meine Frage nicht ausreichend beantwortet. Es blieb somit weiterhin ein Thema, bei dem uns aus Angst die Worte fehlten.
Ich streichelte ihr Haar, ihr Gesicht, ihren Körper und murmelte, ehe mein Verstand dadurch aussetzte: »Was ist, wenn Thutmosis bestimmt: ›Du wirst meine Frau!‹ Was machst du dann?«
Ich glaube, es war nicht gut, dass ich diese Frage gerade jetzt stellte, denn sie riss sich los und rief: »Niemals werde ich seine Frau!«
Die schöne Stimmung war vorbei. Ich schalt mich einen Trottel und ärgerte mich, diesen Punkt angesprochen zu haben, und bemühte mich, auf Merit beruhigend einzureden: »Das musst du ja nicht! Er hätte es dir bestimmt längst befohlen. Außerdem hat er vor Kurzem geheiratet. Ahsat! Sie ist seine erste Gemahlin. Kennst du sie übrigens?«
Ich hatte sie abgelenkt, denn nachdem sie sich einige Male geschnäuzt hatte, antwortete sie: »Ja, ich kenne sie. Früher waren wir in einer Clique, obwohl sie um einiges älter ist als ich. Seitdem wir aus der Schule sind, habe ich sie nur selten gesehen. Allerdings sagen einige ihrer früheren Freundinnen, sie sei jetzt sehr eingebildet.«
Ich überlegte, ob ich weiter mit Merit über Thutmosis reden oder das Thema auf einen späteren Zeitpunkt verschieben sollte, da sie sich so schnell darüber aufregte, dann hörte ich plötzlich draußen Stimmen.
Intef rief: »Sen, kommst du mal?«
Obwohl er mein Freund war, legte er Wert darauf, dass er in der Öffentlichkeit von mir als General respektiert wurde. Und den durfte man natürlich nicht warten lassen.
Merit und ich schauten uns an, denn wir wären gern weiter allein geblieben. Über das Thema war zwischen uns noch lange nicht

alles ausdiskutiert. Wir wussten es beide und ich nahm mir vor, es zu einem späteren Zeitpunkt nachzuholen.
Draußen sammelten sich einige Soldaten. Ein Offizier rief Befehle. Intef winkte mich zu sich. »Wir gehen jetzt zu dem alten Tempel. Menkheperreseneb kommt mit einigen Priestern nach. Also kommt, ihr kennt den Weg!«
Das war der Intef in der Öffentlichkeit. Ein General befiehlt und bittet nicht. Aber das kannte ich inzwischen und es machte mir nichts aus. Merit schien da anders zu denken, denn sie murmelte etwas nicht gerade Freundliches vor sich hin. Obwohl wir sie eigentlich nicht ausdrücklich aufgefordert hatten mitzugehen, schloss sie sich wie selbstverständlich an.
Beim Tempel angekommen, zeigte ich den Soldaten den Eingang. Von dem kleinen versteckten Eingang, den Mari uns gezeigt hatte, verriet ich nichts, denn wir hatten zugesagt, dass wir darüber schweigen wollten.
Es dauerte länger, bis die Soldaten alle Felsbrocken vor dem Eingang weggeräumt hatten. Sie kamen gehörig ins Schwitzen und wurden gerade passend zur Ankunft der Priester damit fertig. Bek war nicht unter ihnen.
Intef rief: »Komm, Sen, wir beide gehen vor!« Schnell drehte ich mich zu Merit um und schüttelte den Kopf. Sie sollte nicht sofort mit nach unten kommen.
Als wir aus dem hellen Sonnenlicht in den ersten Kellerraum traten, konnten wir zunächst wegen der dort herrschenden Dunkelheit nichts erkennen. Gut, dass Intef einem der Soldaten aufgetragen hatte, einige Fackeln mitzunehmen. Er war bereits weiter in den zweiten Raum vorausgegangen.
»Sen, hier!«
Rasch folgte ich ihm. Er zeigte auf etwas, was mit großen Tüchern zugedeckt und in Säcke verpackt war. Als wir die Tücher wegnahmen und einige von den Säcken öffneten, funkelte es im Schein der Fackeln in vielen Schattierungen und wir standen eine Zeit lang sprachlos vor dieser Pracht: goldene Becher mit Edelsteinen verziert, Säcke voller Gold und Edelsteinen, Götterstatuen aus den verschiedensten edlen Materialien.
»Bei den Göttern!« Intef war richtig geschockt. »Wie kann ein Priester nur für sich so eine Menge Reichtümer anhäufen? Seine Aufgabe

ist es, den Göttern zu dienen! Das ist ja krankhaft!« Er schüttelte heftig den Kopf und verlangte dann mit Abscheu in der Stimme: »Hol sie herein, diese wichtigen Priester Amuns. Sollen sie sich an ihren Reichtümern erfreuen!«
Als ich auf dem Weg war, rief er mir hinterher: »Erinnere den Offizier daran, dass er draußen alles ordentlich absichert! Außer uns und den Priestern darf niemand herein!«
Man wartete bereits ungeduldig auf uns. Ich nickte Menkheperreseneb zu. Er und die anderen Priester gingen daraufhin sofort hinunter zu den Kellerräumen. Ich wandte mich an Merit und bat: »Warte einen Moment. Es ist besser, wenn wir gleich zusammen nach unten gehen.«
Nachdem ich dem Offizier die Nachricht von Intef ausgerichtet hatte, nahm ich Merits Hand und wir stiegen gemeinsam hinab. Sie schaute mich wortlos an, denn sie schien zu ahnen, was in mir vorging. Ich führte sie direkt in den zweiten Raum. Erst sah es so aus, als ob uns einer der Priester, der sich in den Durchgang zu dem Raum gestellt hatte, nicht durchlassen wollte. Er drehte sich kurz um, als wir vor ihm standen und suchte Blickkontakt zu Menkheperreseneb und Intef. Dann ließ er uns durch, wobei ich den Eindruck hatte, es passte dem zukünftigen Hohepriester Amuns nicht, dass Merit dabei war. Mir war das völlig egal. Er sollte froh sein, dass ich so hartnäckig gewesen war und darauf bestanden hatte, den Kellerraum zu durchsuchen.
Intef stand mit Menkheperreseneb und den anderen Priestern zusammen. Als sich unsere Blicke trafen, winkte er mir, zu kommen. Ich war neugierig, was er mit den Priestern zu bereden hatte und flüsterte Merit zu: »Schau dir ruhig alles an und warte dann draußen auf mich. Ich glaube, Intef braucht mich.« Sie nickte.
»Ah, gut dass du kommst«, half mir Intef, als ich ihn erreichte. »Berichte einmal kurz, was Wemamun dir erzählt hat, wie diese Gegenstände in die Kellerräume des alten Tempels gelangt sind.«
Das war schnell erzählt und als ich zum Ende meiner Schilderung gekommen war, ergriff Intef wieder das Wort und richtete sich an die Priester: »Ihr habt den Bericht von Sen gehört. Glaubt ihr ihm? Wenn ihr Fragen habt, so stellt sie. Sen wird sie euch gerne beantworten. Danach werde ich einiges zu Bek sagen und dann will ich eine Entscheidung von euch. Nur damit wir uns richtig verstehen,

ich spreche jetzt im Namen des zukünftigen Pharaos Thutmosis!« Er schwieg und wartete ab.
Nach verhältnismäßig kurzer Zeit der Beratung unter den Priestern, antwortete Menkheperreseneb: »Alles, was zum Ausdruck gebracht wurde, ist absolut glaubhaft. Außerdem wissen wir durch dich, Intef, über die Verbrechen in Syrien. Mehr Beweise für die Schuld Beks kann es nicht geben. Im Übrigen siehst du meine Mitbrüder sprachlos. Das hat sich niemand von uns vorstellen können!« Bei den Worten Menkheperresenebs nickten einige von ihnen zustimmend und schauten gespannt auf Intef, als er wissen wollte: »Du wolltest uns im Namen Thutmosis etwas mitteilen?«
»Ja.« Intef schaute jeden der Priester direkt an. Ich kannte ihn lange genug, um zu wissen, dass er dies machte, um seinen folgenden Worten den nötigen Nachdruck zu verleihen. So war es auch diesmal, denn als er anfing, sprach er langsam und betonte dabei jedes einzelne Wort sehr deutlich. »Ihr wisst, dass Thutmosis von der Schuld Beks überzeugt ist. Unter anderem haben ihn die Berichte von Sen und von mir dazu gebracht. Er hat sich sogar, weil es sich hier um einen hohen Amun-Priester handelt, herabgelassen, diesen abtrünnigen Hauptmann Kenna zu verhören. Über das Ergebnis habe ich euch ausführlich berichtet.«
Intef schwieg und ließ seine Worte wirken. Dass Thutmosis Kenna verhört hatte, war für mich neu. Nur gut, dass ich mich in Sidon durchgesetzt hatte, ihn trotz seiner Verbrechen am Leben zu lassen. Mir war damals schon klar, dass er ein wichtiger Zeuge sein konnte. Doch ich musste mich auf Intef konzentrieren, da er bereits weiterredete: »Von Thutmosis soll ich euch, den höchsten Priestern Amuns, ausrichten, dass Bek bei seiner Rückkehr nach Theben ein öffentlicher Prozess gemacht wird. Auch wenn er ein Priester Amuns ist, bei diesen schlimmen Verbrechen kann und will Thutmosis keine Rücksicht auf die Priesterschaft nehmen! Übrigens werdet ihr alle vor diesem öffentlichen Gericht als Zeugen geladen werden!«
Intef holte tief Luft, ehe er fortfuhr: »Ich danke euch, dass ihr mir so aufmerksam zugehört habt.« Und dann zu mir: »Komm, Sen, es ist alles gesagt!«
Als wir draußen angekommen und allein waren, prophezeite er: »Sie wissen Bescheid! Glaube mir, sie werden alles versuchen, um

nicht als Zeugen vor einem öffentlichen Gericht zu erscheinen. Ich bin nur gespannt, was sie unternehmen werden, um das zu vermeiden. So, wie ich es einschätze, haben sie nur eine Möglichkeit!«
Ich war verwirrt, was meinte er nur? »Ach übrigens, haltet euch morgen früh für die Abreise bereit!« Er ging und ließ mich ratlos zurück.
»Was wollten Intef und die Priester von dir?«, war Merits erste Frage, als ich bei ihr ankam.
»Komm, lass uns ein Stück gehen.« Am liebsten wäre ich gleich mit ihr zu einem der Boote gegangen, um wegzufahren. Irgendwie war ich alles leid. Mehr konnte ich jetzt nicht tun. Der Hauptschuldige an Antas Tod, Bek, sah seiner gerechten Strafe entgegen.
Natürlich berichtete ich Merit alles ganz genau. Danach rätselten wir beide darüber, was Intef gemeint haben könnte. Doch eine Antwort darauf fanden wir nicht.
»Wenn wir morgen abreisen, haben wir noch viel zu tun!«, erinnerte Merit. »Zuerst müssen wir uns von Mari und den Leuten im Dorf verabschieden.«
Gut, dass sie bei mir war, allein durch ihre Anwesenheit munterte sie mich immer aufs Neue auf.

Der Abschied von Mari und ihren Eltern war sehr herzlich. Mari war wieder das ganz normale kleine Mädchen. Danach machten wir einen kleinen Rundgang durch das Dorf, bis wir zu der Hütte von Saka kamen. Hier mussten wir längere Zeit bleiben, denn er ließ es sich nicht nehmen, Essen und Trinken für uns aufzutischen. Als wir aufbrachen, war es Abend und durch den Wein hatte ich mein Tief überwunden und war, wie die anderen, fröhlich geworden. Saka und ich umarmten uns zum Abschied. Wir waren Freunde geworden.
»Wenn du irgendwann einmal hier im Delta bist, dann komm zu uns. Wir könnten zusammen zur Jagd gehen. Ich habe gesehen, dass du ein vorzüglicher Fährtenleser bist. Es wäre schön, wenn wir dann voneinander lernen könnten.« Er verstummte, ohne mich aus seiner Umarmung zu lassen. Ernst werdend setzte er hinzu: »Wenn du einmal Hilfe benötigst, komm zu uns! Bei dem, was ich bisher von deinem Leben gehört habe, kann das sehr schnell der Fall sein. Wir Menschen im Delta werden oft unterschätzt. Aber

glaube mir, wir haben viele Verbindungen in ganz Ägypten und wissen mehr, als du ahnst.« Damit ließ er mich abrupt los und ging weg. Ich sollte seine feucht werdenden Augen nicht sehen.

Nachher war ich froh, dass ich in unserer Unterkunft auf meine Schlafstätte sinken konnte. Die vergangenen Tage waren sehr anstrengend gewesen und in der letzten Nacht hatte ich wegen des Orakelspruchs nur wenig geschlafen. Der Wein wirkte und ich schlief augenblicklich ein.

Wach wurde ich erst, als ich draußen Stimmen hörte. Merit war nicht zu sehen. Als ich mich umschaute, sah ich, dass sie unsere Sachen gepackt hatte. Richtig, wir wollten heute Morgen die Rückreise antreten! Deswegen dieser Lärm, dachte ich und stand auf, um draußen nachzuschauen.

Verwundert sah ich, dass die Leute in Gruppen zusammenstanden und lautstark diskutierten. Merit hielt sich bei Intef auf und als sie mich bemerkten, winkten sie mir aufgeregt zu.

»Er ist tot! Bek hat sich selbst gerichtet!« Merits Stimme klang aufgeregt und gleichzeitig erschreckt wegen dieser endgültigen Lösung.

Das war es, was Intef gemeint hatte! Der einzige Ausweg der Priester, nicht bei einem öffentlichen Prozess als Zeuge erscheinen zu müssen! Ohne Bek gab es keinen Prozess!

Intef nickte mir zu. »Ich weiß, was du denkst. Wenn du es so willst, dann ist es meine Schuld! Ich habe den Priestern praktisch keine andere Wahl gelassen. Es war für sie der einzige Ausweg. Ah schau, dort kommt endlich Menkheperreseneb! Ich muss ihn unbedingt sprechen. Merit, es ist besser, wenn du bei dem Gespräch nicht dabei bist.«

»Ich möchte es auch nicht!« Dann schaute sie mich an und meinte: »Bleib nur, du hast ein Recht, alles genau zu erfahren.«

Menkheperreseneb sah uns ernst entgegen. Er sagte zunächst nichts.

»Was genau ist passiert? Nun rede schon!« Intefs Stimme klang ungeduldig.

»Auf deinen Befehl hin hatten wir Bek wegen der Vorkommnisse im Tempel festgesetzt. Gestern Abend, nach dem Gespräch mit dir, haben wir Priester mit Bek zusammengesessen. Wir haben ihm klargemacht, dass er sein Leben und seine Ambitionen auf das

höchste Amt innerhalb der Amunpriesterschaft für immer verwirkt hat. Zum Schluss habe ich ihn gefragt, wie er sich seine weitere Zukunft vorstellt. Bek schien wie gelähmt. Zunächst hatten wir den Eindruck, als ob er nicht sprechen wollte. Erst nach längerer Zeit erwachte er aus seiner Erstarrung und kam zu einem Entschluss. Seine einzigen Worte waren: ›Gebt mir einen Dolch und lasst mich allein!‹«
Menkheperreseneb schluckte. »Natürlich ahnten wir, was er vorhatte! Doch sollten wir ihm seinen Wunsch nicht erfüllen? Er hatte sein Leben so oder so verwirkt! Ehe ihn ein öffentliches Gericht zum Tode verurteilt, war dies für alle die beste Lösung, davon sind wir überzeugt. So erfüllten wir seinen Wunsch! Als wir nach einiger Zeit zurückkamen, lag er auf dem Boden in seinem Blut. Der Dolch steckte noch in seiner Brust!«
Wir schwiegen, ehe Intef das aussprach, was auch ich dachte: »Es ist am besten so! Vor allem für euch Priester! Ihr hättet bei dem Prozess bestimmt sehr unbequeme Fragen beantworten müssen. Ich nehme an, Thutmosis wird zufrieden sein. Er hätte sicher nur sehr ungern einen öffentlichen Prozess gegen einen angeklagten Amun-Priester geführt. Lasst es mich so ausdrücken: Mit dieser Tat, seinem Leben ein Ende zu setzen, hat Bek einmal etwas Gutes getan.«
Ich wollte von Menkheperreseneb wissen: »Hat er etwas von mir gesagt, dass ich dafür verantwortlich bin und er dadurch letztendlich mit seinen verbrecherischen Plänen gescheitert ist?«
Menkheperreseneb nickte und sein Gesichtsausdruck wirkte bei der Antwort sehr unbehaglich. »Ja, bereits gestern, ehe wir mit euch zum alten Tempel gingen und ihn unter Bewachung einiger Soldaten festsetzen ließen. Seine Worte waren: ›Dieser Unwissende! Er wird bestraft werden und nie mehr ein glückliches und unbeschwertes Leben führen! Ich habe mächtige Freunde!‹«
Ein Schauer lief über meinen Rücken. Mir fiel der General ein, von dem ich durch die abtrünnigen Soldaten gehört hatte. Meinte er ihn? Er sollte der Mann sein, der bei den Aufständen in Syrien die Fäden im Hintergrund gezogen hatte. In meine Gedanken hinein hörte ich Intef sagen: »Gut, dass wir es wissen! Wir werden uns etwas einfallen lassen, um Sen zu schützen. Der beste Schutz wird sein, diese sogenannten Freunde zu fassen. Noch eine Frage: Was geschieht mit der Leiche Beks?«

»Wir möchten ein paar Tage hierbleiben, um die Trauerfeierlichkeiten abzuhalten. Allerdings in erster Linie für die ermordeten Priester! Oder hast du dagegen Einwände?«
»Nein, macht es so!«
»Menkheperreseneb, was geschieht mit dem Re-Tempel, jetzt wo die Priester tot sind?«, erkundigte ich mich. »Ich hatte Wemamun versprochen, mich dafür einzusetzen, dass man ihn und die anderen Priester unterstützen würde, damit sie den Tempel renovieren können. Außerdem ist da der Diener Rehu, der mir, genau wie Wemamun, sehr geholfen hat.«
Ein leichtes Lächeln stahl sich in sein bisher so ernstes und verschlossenes Gesicht. »Der Tempel soll bestehen bleiben! Rehu kann bleiben, um die Priester, die ich hierher schicken werde, zu unterstützen.«
Ernster werdend ergänzte er: »Ich weiß nicht, ob du überhaupt ermessen kannst, wie dankbar wir dir sein müssen! Du hast durch dein überlegtes und mutiges Handeln der Amun-Priesterschaft einen ganz großen Dienst erwiesen. Wenn du jemals unsere Hilfe benötigst, lass es mich wissen!«
War es jetzt schlecht von mir zu denken: Und ohne meine Hilfe würdest du auch nicht der nächste Hohepriester Amuns sein? Aber ich ließ mir meine Gedanken natürlich nicht anmerken.
Intef schien es eilig zu haben. »Gut, damit ist alles geklärt! Wir wollen so schnell wie möglich aufbrechen. Noch eins, Menkheperreseneb: Nach den Trauerfeierlichkeiten für die Priester sollte dich deine Reise direkt nach Theben führen! Ich bin sicher, dass Thutmosis einiges mit dir besprechen will!«

Gegen Mittag brachen wir auf. Merit und ich waren in einem Boot. Nun hatte ich Gelegenheit, ihr alles zu berichten, was wir von Menkheperreseneb erfahren hatten. Nach ungefähr einer Tagesreise erreichten wir das Schiff Mennons, das wegen der geringen Wassertiefe in der Nähe des Tempels und des Dorfes hier ankern musste. In den nächsten Tagen der Rückreise nach Memphis konnten wir uns von den Strapazen erholen, denn außer schlafen, essen und trinken machten wir praktisch nichts! Von Intef und mir erfuhr Kapitän Mennon alle Einzelheiten unserer Erlebnisse der letzten Tage.

Selbst die schönste Schiffsreise hatte einen großen Nachteil: An Bord waren viele Menschen auf engstem Raum zusammen, sodass es für mich unmöglich war, längere Zeit mit Merit allein zu sein. Es war schlimm, sie so oft ganz in meiner Nähe zu haben und sie nicht lieben zu können. Mein einziger Trost war, dass sie genauso empfand.

Einen Tag bevor wir Memphis erreichten, kam Intef zu mir. »Komm, wir gehen zu Mennon! Dort können wir ungestört reden.«
Der wusste bereits Bescheid. Er hatte dafür gesorgt, dass jedem ein voller Krug Bier gebracht wurde. Nach einigen kräftigen Zügen aus dem Krug fing Intef an zu sprechen: »Wir müssen klären, wie wir uns in Memphis verhalten sollen! Ich weiß nicht, inwieweit ihr über Mats Order informiert seid. Er soll dort versuchen, die Mörder der Priester ausfindig zu machen. Außerdem hat er die Anweisung, in Erfahrung zu bringen, welche Hintermänner, außer Bek, die Morde an den Priestern in Auftrag gegeben haben.«
»Ja, das hat er mir vor seiner Abreise gesagt«, antwortete ich. »Glaubst du nicht, Bek könnte für alles allein verantwortlich sein?«
Intef schien nicht sicher zu sein. »Mat hat, als er gefesselt in einem der Boote lag, gehört, dass sich der Anführer dieser Mörderbande in Memphis in einer Hafenkneipe mit jemandem treffen will. Dort soll die Übergabe des restlichen Goldes für den Überfall stattfinden.«
Mennon nickte und meinte: »Es ist bestimmt davon auszugehen, dass Bek einer der Hauptverantwortlichen war. Aber überlegt mal, wenn er im Orakeltempel zum nächsten Hohepriester bestimmt worden wäre, hätte er nicht früh genug in Memphis sein können, um sich mit diesen Leuten zu treffen.«
Da war etwas dran, musste ich eingestehen. Ich schätze Mennons ruhige und besonnene Art.

Gegen Abend kamen wir in Memphis an. Ich war enttäuscht, weil ich Mat bei unserer Ankunft nirgends entdecken konnte. Intef, der neben mir und Merit stand, hatte wohl ähnliche Gedanken, denn er folgerte: »Es konnte niemand wissen, dass wir heute ankommen und wir hatten auch keinen Boten vorausgeschickt. Wir werden früh genug erfahren, ob er etwas erreicht hat. Ich denke, dass ich mit meinen Soldaten zur Kaserne gehe, um dort zu übernachten.

Dann gibt es auf dem Schiff mehr Platz für die anderen. Außerdem werden wir dort bestimmt Mat antreffen. Sollte er nicht da sein, wird mir wohl der Ortskommandant sagen können, wo er sich aufhält und wie weit er mit seinen Nachforschungen gekommen ist.«
»Gut.« Ich nickte ihm zu. »Sollen wir uns morgen früh wieder hier auf dem Schiff treffen, um zu besprechen, wie wir weiter vorgehen?«
»So wird es am besten sein!« Er verabschiedete sich und kurz danach ging er mit den Soldaten von Bord.
Als sie weg waren, schaute Merit mich an. Sie sagte nichts, aber ihre Augen, die dunkler als sonst schimmerten, fragten: »Und wir? Was machen wir? Sind wir heute endlich einmal allein?«
Ich musste schlucken, als ich daran dachte und insgeheim versprach ich, dafür zu sorgen.
»Lass uns diese Nacht vom Schiff gehen«, bat ich. »Erst schauen wir uns Memphis an. Nachher könnten wir uns eine Herberge suchen und dort ein Zimmer nehmen.«
»Warum willst du erst durch Memphis gehen? Magst du mich nicht mehr?«, fragte sie, schmiegte sich an mich und flüsterte mir ins Ohr, sodass mir ganz heiß wurde: »Lass uns erst in eine Herberge gehen. Memphis interessiert mich im Moment überhaupt nicht!«
Ich meldete uns bei Mennon ab und dann machten wir uns auf den Weg. Die Abendkühle hatte eingesetzt und es waren viele Menschen unterwegs. Vor und in den Hafenkneipen saßen die Menschen, tranken Wein oder Bier und es war ein lautes und fröhliches Gewirr von Stimmen, wie ich es auch von Theben her kannte.
Am liebsten hätte ich meinen Arm um Merit gelegt, um sie beim Gehen an mich zu drücken. Leider ging das nicht, denn in Ägypten war so etwas nicht schicklich. Merit schien es egal zu sein, denn sie nahm meine Hand und wir schlenderten inmitten der Menschen glücklich durch die engen Gassen.
Es dauerte nicht lange, bis wir eine Herberge fanden, die einen sauberen und guten Eindruck machte. Wir konnten es nicht mehr erwarten, uns zu lieben, denn als wir allein in dem uns zugewiesenen Zimmer waren, rissen wir uns gegenseitig die Kleidung vom Körper und liebten uns. Beim ersten Mal ging alles sehr schnell. Nachher, als das erste übermächtige Verlangen gestillt war, nahmen

wir uns mehr Zeit und erkundeten gegenseitig unsere Körper und liebten uns erneut.
Mitten in der Nacht wurde ich wach. Merit lag ganz nah an mich gekuschelt und schluchzte lautlos vor sich hin. Ich erschrak. »Was ist? Warum weinst du?«
Sie strich leicht mit ihrem Gesicht über das meine, sodass ich auch ein paar Tränen mitbekam, und flüsterte: »Ich bin so glücklich!«
»Dann brauchst du doch nicht zu weinen! Es ist alles so, wie es sein soll!«
Wenn es überhaupt möglich war, rückte sie noch enger an mich heran und wisperte: »Manchmal wäre es gut, wenn man in die Zukunft sehen könnte. Ich habe oft Angst, dass etwas passiert, weil wir zu glücklich sind.«
Ich war müde und erschöpft und bekam ihre weiteren Worte nicht mehr richtig mit. Aber ehe ich einschlief, murmelte ich beruhigend: »So wird es immer bleiben! Bestimmt!«

Es war spät am Morgen, als wir zurück zum Schiff kamen. Mennon empfing uns mit den Worten: »Es ist ein Bote von Intef gekommen. Er bittet euch, zur Kaserne zu kommen. Es scheint dringend zu sein, denn ihr sollt euch beeilen!«
Gefrühstückt hatten wir in der Herberge und deswegen hielten wir uns nicht weiter auf dem Schiff auf, sondern machten uns sofort auf den Weg zur Kaserne.
Als wir dort ankamen, wurden wir schleunigst zu Intef geführt. Er empfing uns mit den Worten: »Setzt euch, wir müssen reden! Es hat sich einiges getan!«
Ich wurde leicht nervös, weil er nicht, wie es sonst seine Art war, gleich zur Sache kam. Das bedeutete meist nichts Gutes. Als er anfing zu sprechen, schien das nicht der Fall zu sein. »Ich soll euch von Mat grüßen. Ihm geht es gut. Er hat den Überbringer des Goldes an die Mörder der Priester gesehen! Es ist Senmen, der Bruder von Senmut!«
Er schwieg kurz, so, als ob er sich die Worte zurechtlegen müsste, ehe er weitersprach: »Ja, und dann ist einiges schlecht gelaufen. Mat wollte Senmen weiter unauffällig beobachten lassen, um zu sehen, mit welchen Leuten er sich eventuell sonst noch trifft. Eine ausgezeichnete Idee, wie ich finde, denn die Möglichkeit dadurch

weitere Verbindungen zu erkennen, hätte sicher interessant werden können.« Er schüttelte den Kopf und fuhr mit resignierter Stimme fort: »Doch dieser Schwachkopf von Ortskommandant war anderer Ansicht und hat den Befehl gegeben, Senmen zu verhaften. Es entstand ein Handgemenge, da Senmen von mehreren Männern begleitet wurde. Dabei wurde er getötet!« Intef konnte seinen Zorn kaum unter Kontrolle halten.
Ich konnte meinen Mund nicht halten und wütete: »Was sind das für Offiziere? Haben die Götter ihnen keinen Verstand mitgegeben? Mat hatte genau das Richtige geplant!«
Intef hatte tief durchgeatmet und sich einigermaßen beruhigt. »Man muss dem Kommandanten zugutehalten, dass er den Befehl gab, Senmen nur verhaften zu lassen und nicht zu töten. Es nützt jetzt alles nichts! Wir können nur überlegen, was wir als Nächstes tun sollen, um größeren Schaden zu verhindern. Es ist übrigens nicht alles verloren, denn Mat ist hinter den Mördern her, um ihr Versteck ausfindig zu machen.«
Ich war enttäuscht, weil ich davon ausgegangen war, ihn hier zu treffen. »Er ist nicht da? Ich hätte ihn gern getroffen!«
»Da ist noch etwas!« Intef wandte sich an Merit. »Für dich ist eine Nachricht aus Theben gekommen. Sie ist bereits einige Tage alt. Du sollst zurück nach Theben kommen! Hatschepsut scheint dich zu brauchen. Die Nachricht selbst kommt allerdings von Nefer. Hier, sie schickt dir diesen Papyrus!«
Merit nahm ihn an sich, rollte ihn auf und wandte sich dem Inhalt zu. Intef und ich warteten ab, was Merit uns sagen würde. Als sie ihre Augen von dem Papyrus erhob, brachte sie leise heraus: »Hatschepsut scheint es nicht gut zu gehen. Ich muss so schnell wie möglich zurück! Nefer schreibt, dass Hatschepsut inzwischen nicht mehr viele Vertraute hat. Umso mehr legt sie Wert darauf, gerade jetzt Frauen in ihrer Nähe zu haben, die sie kennt und denen sie vertrauen kann.«
Merit und ich sahen uns enttäuscht an. Wir dachten beide das Gleiche! Sollten wir wieder für längere Zeit getrennt werden? Eines war klar: Merit musste zurück nach Theben zu Hatschepsut. Sie hatte keine andere Wahl. Und was war mit mir? Wollte ich weiter, zusammen mit Intef und Mat, die Mörder der Priester jagen? Oder zusammen mit Merit zurück nach Theben gehen?

»Wann kann Merit reisen?«, wollte ich von Intef wissen. »Hast du bereits etwas veranlasst?«
»Heute Abend legt ein Kurierschiff ab. Es soll Thutmosis dringende Nachrichten von mir über die Geschehnisse bei dem Orakeltempel bringen. Ich habe in der letzten Nacht den Schreibern alles diktiert. Schau, dort liegen die fertig geschriebenen Papyrusrollen mit meinem Siegel versehen. Allerdings würde ich diese wichtigen Informationen ungern Fremden anvertrauen, denn ihr wisst selbst, wie brisant die Berichte sind. Die Gefahr ist mir einfach zu groß, dass jemand auf dem Schiff neugierig sein könnte, das Siegel bricht und diese schwerwiegenden Informationen liest! Allein, wenn ich daran denke, was darin über die Wahl des Hohepriesters geschrieben steht, ließe mich nicht mehr ruhig schlafen!«
Was redet er bloß so lange?, dachte ich. Irgendetwas hat er bestimmt vor. Sonst ist er doch immer so direkt!
Jetzt kam er zu dem, was er wirklich sagen wollte. »Ich möchte, dass du als Kurier für Thutmosis auf dem Schiff mitfährst!«
An alles hatte ich gedacht, nur damit hatte ich nicht gerechnet. Mein erster Gedanke war Merit. Wir würden nicht getrennt!
Und Merit konnte man ansehen, was sie darüber dachte. Ihre Augen strahlten. Doch mein zweiter Gedanke ging gleich zu den ermordeten Priestern. War ich es Wemamun und den anderen Priestern nicht schuldig, dafür zu sorgen, dass ihre Mörder bestraft würden? Merit ahnte wohl, was in mir vorging, denn ihre Augen leuchteten längst nicht mehr so, wie vor einigen Augenblicken. Sie schwieg, weil sie wusste, dass ich eine Entscheidung allein treffen musste. Intef schien zu wissen, was mir durch den Kopf ging, denn er gab nicht nach. »Ich kann mir denken, was du sagen willst. Glaube mir, die Nachricht, die du Thutmosis überbringen wirst, ist für die Zukunft Ägyptens sehr, sehr wichtig! Und wenn du an die ermordeten Priester gedacht haben solltest, ich verspreche dir, Mat und ich werden sie finden und bestrafen! Du kennst uns!«
Ohne mein Zutun war somit eine Entscheidung gefallen. Aber warum gerade ich und nicht jemand anders? Zum Beispiel einer der Offiziere, denn auf die konnte sich Intef ebenfalls voll verlassen! Ein gewisses Misstrauen beschlich mich. Hatte es vielleicht einen anderen Grund?
Als Intef dann weiterredete, zerstreute er meinen aufkeimenden

Argwohn, ohne dass ich extra nachfragen musste. »Da ist noch etwas, warum du die Nachricht überbringen solltest. Ich kenne Thutmosis nur zu gut, er wird Fragen haben. Und wer könnte sie ihm besser beantworten als du?«

Das war nicht von der Hand zu weisen. Ich nickte ihm zu, dass ich einverstanden sei. Täuschte ich mich oder warum hatte ich so ein Gefühl, als ob er erleichtert schien. Dadurch blieb ein kleiner Stachel von Misstrauen in mir. Einen Grund hätte ich dafür nicht nennen können, denn alles, was Intef angeführt hatte, war richtig und logisch. Es war einfach nur ein Gefühl.

Doch war es nicht besser, zusammen mit Merit nach Theben zu reisen? Ich schüttelte meine skeptischen Gedanken ab und wollte wissen: »Heute Abend legt das Schiff ab? Da haben wir noch so manches zu erledigen!«

Als ich mich von Intef verabschieden wollte, winkte er ab. »Halt! Nicht so schnell! Ich muss einiges mit dir besprechen. Deswegen schlage ich vor, Merit sorgt dafür, dass eure Sachen von Mennons Schiff auf das Kurierschiff gebracht werden. Dann haben wir beide Zeit und können uns in Ruhe unterhalten.«

Merit hatte fast die ganze Zeit geschwiegen. Aber ich konnte spüren, wie erleichtert sie war, da wir zusammen reisen würden. Sie verabschiedete sich von Intef und machte sich auf den Weg zum Hafen.

»Komm, gehen wir nach drüben zu der Kneipe. Sie hat einen schönen schattigen Palmengarten.« Intef zeigte zur gegenüberliegenden Seite. »Ein Krug Wein, mal am Tag genossen, ist nicht das Schlechteste.«

Als der Krug vor uns stand, hakte ich neugierig nach: »Hast du etwas Bestimmtes, worüber du mit mir sprechen willst?«

»Nein, nein!« Intef schüttelte leicht seinen Kopf. »Nur so allgemein. Zuerst wollte ich dir sagen, Mat ist mit einigen gut ausgebildeten Soldaten den Mördern auf der Spur. Er hat einen Boten geschickt und so weiß ich, wo er sich befindet. Ich habe ihm eine Nachricht zukommen lassen, dass ich morgen früh mit mehreren Soldaten aufbrechen werde, um ihn zu unterstützen. Ich denke, es wird nicht lange dauern, bis wir die Mörder zu fassen bekommen.«

»Schade, dass der Ortskommandant so unklug gehandelt hat und Senmen getötet wurde«, antwortete ich nachdenklich. »Und so

etwas nennt sich Kommandant! Ich habe Senmen übrigens nie kennengelernt. Wir hätten sicher etwas Wichtiges von ihm erfahren können. Wenn er nicht hätte reden wollen, hättest du wieder deine Fingerabhackmethode anwenden können.«
Intef runzelte die Stirn, weil er dachte, ich meinte es ironisch. »Da kannst du dich drauf verlassen«, knurrte er. »Er hätte, wie wir Soldaten das ausdrücken, gesungen wie ein Vögelchen.«
Ich ließ mich nicht ablenken, sondern redete weiter: »Meines Erachtens gibt es jetzt nur noch eine Verbindung zu dem geheimnisvollen General. Und zwar durch Minhotep, der Priester und andere Bruder Senmuts! Seitdem wir ihn das letzte Mal in Sidon gesehen haben, ist er spurlos verschwunden. Er war nicht im Tempel und ebenso wenig mit den anderen Priestern auf dem Schiff. Ich nehme an, er ist einige Tage vorher mit einem anderen Schiff von Sidon in Richtung Ägypten abgereist!«
»Ja, er scheint in der Tat unsere einzige Verbindung zu diesem General zu sein! Dass die gedungenen Mörder, die wir bestimmt in den nächsten Tagen fassen werden, von ihm wissen, glaube ich nicht.«
Intef trank inzwischen schon seinen zweiten oder dritten Krug Wein. Ich hatte der Bedienung abgewinkt, weil der Wein bei mir wegen der großen Mittagshitze bereits Wirkung zeigte.
»Ich habe eine Aufgabe für dich in Theben«, meinte Intef. »Versuche vorsichtig, etwas über den Verbleib Minhoteps in Erfahrung zu bringen. Mach es aber wirklich sehr behutsam, denn du weißt, welche Drohung Bek vor seinem Tod dir gegenüber ausgestoßen hat. Das Problem zurzeit ist, dass wir nicht wissen, ob es tatsächlich Helfershelfer gibt. Also, wie gesagt, sei vorsichtig!«
Er schwieg. Mir schien, als ob er noch etwas hinzufügen wollte, deswegen wartete ich mit einer Erwiderung. Und prompt fing er wieder an zu reden. »Ich denke, dass Thutmosis dich zu sich befehlen wird. Er wird bestimmt Fragen zur Wahl des Hohepriesters haben. Beantworte seine Fragen direkt und ohne Umschweife, so wie es deine Art ist. Er mag das. Sei hingegen nicht zu bescheiden! Ohne dich hätten wir niemals diesen Erfolg gehabt. Er wird es dir nicht sagen, doch du kannst davon ausgehen, dass er es nicht vergisst. Bisher war es meist so, dass er große Verdienste um Ägypten horrend belohnt hat. Allerdings oft sehr viel später, wenn man fast nicht mehr damit rechnete!«

Nach einer kurzen Pause redete er weiter: »Da ist eine weitere Sache! Die Reise von Merit hat im Frauenpalast Thebens hohe Wellen geschlagen. Es ist sogar bis zu Thutmosis durchgedrungen. Er könnte dich durchaus fragen, wie es dazu gekommen ist und warum Merit überhaupt mitgereist ist. Warum du ausgerechnet eine Mitanni-Prinzessin mit in das unwirtliche und gefährliche Nildelta gebracht hast. Bleibe dabei, was du zu mir gesagt hast, dass es wichtig war, eine Frau mitzunehmen, die über ein enormes Wissen verfügt und menschliche Qualitäten hat. Egal, wie er sich dazu äußert, stell deine Liebe zu Merit nicht in den Vordergrund. Sag einfach, du würdest sonst keine Frauen von Merits Rang kennen! Aber sie schien dir für diese Mission geeignet! Deswegen hättest du sie angesprochen. Wenn er mehr wissen will, stell dich dumm und weiche bei deiner Antwort aus. Das kannst du ja wunderbar, wenn du willst! Glaube mir, Thutmosis ist unberechenbar! Man weiß nie genau, woran man mit ihm ist!«
Ich wollte aufbrausen, in dem Moment sah ich Intefs Gesicht. Er sah besorgt aus. Um mich! Was war der Hintergrund seiner Besorgnis? War es eine Warnung? Und konnte er es mir nicht direkt sagen? Ehe ich mit meiner Überlegung zu Ende war, ob ich ihn darüber befragen sollte, erhob er sich schnell und verabschiedete sich mit den Worten: »Mach's gut, Junge! Wir sehen uns hoffentlich bald in Theben!«
Danach ging er leicht schwankend - ich glaube, inzwischen waren es fünf Becher Wein geworden - zur Kaserne hinüber.
Ich hatte einerseits den Eindruck, er hätte gern mehr preisgegeben, andererseits schien er Angst zu haben, dass er zu viel reden würde. Ich blieb eine Weile sitzen und ließ mir alles, was er gesagt hatte, durch den Kopf gehen.
Die Bedienung war lästig, sie wollte nun schon zum dritten Mal wissen, was ich trinken möchte. Darum stand ich auf und machte ich mich auf den Weg zum Hafen.
Warum bloß hatte Intef erwähnt, dass ich zurückhaltend sein sollte, wenn der zukünftige Pharao Thutmosis mich wegen Merit ansprechen sollte? Etwas schnürte meine Brust zusammen und ich hatte ein Gefühl der Angst vor etwas Unbekanntem, was ich nicht greifen, beschreiben oder überschauen konnte. Schlimm war für mich, dass ich mit niemandem darüber reden konnte. Was hätte ich denn

sagen sollen? Ich wusste ja selber nicht, was es war! Und auch mit Merit wollte ich nicht darüber sprechen, nahm ich mir vor. Warum sollte ich sie, wahrscheinlich unnötig, beunruhigen?

Bei Mennons Schiff angekommen, konnte ich erst keinen Menschen entdecken. Als ich in meine Kabine schaute, legten sich plötzlich zwei Hände von hinten vor meine Augen.
»Kommst du endlich? Ich hatte bereits befürchtet, du hättest dir etwas einfallen lassen, um nicht mit mir nach Theben zu kommen!«
Sanft nahm ich Merits Hände von meinem Gesicht und drehte sie so weit um, dass ich sie genau anschauen konnte. Wir küssten uns lange und ausgiebig. Als ich wieder Luft bekam, wollte ich wissen: »Soll ich denn unbedingt mit?«
Wenn ich gedacht hatte, sie würde es zugeben, dass sie es sich sehr wünschte, wurde ich enttäuscht. Sie streckte mir nämlich nur kurz die Zunge heraus und meinte schnippisch: »Bilde dir bloß nichts ein! Hier, nimm deine Sachen! Das ist übrigens nur der Rest davon. Das andere haben die Soldaten schon zum Kurierschiff gebracht!«
Nachher verabschiedeten wir uns von Mennon, der mir versprach, so schnell wie möglich mit seinem Schiff nach Theben nachzukommen.
In eine Hand nahm ich meine Sachen und die andere suchte Merits Hand, die sich mir entgegenstreckte, und so gingen wir, uns unterwegs verliebt anschauend, zum Kurierschiff.
Kurz nach unserer Ankunft legte das Schiff ab. Wir freuten uns beide riesig auf unsere Stadt. Theben, die unvergleichlich schönste aller Städte. Trotzdem fühlte ich einen leichten Druck in meiner Brust und dachte: Was wird uns dort wohl alles erwarten?
Die Rudersklaven des Kurierschiffes hatten auf der Rückreise eine verhältnismäßig ruhige Zeit, denn es wehte fast immer ein starker und konstanter Nordwind, sodass der Kapitän die Segel setzen konnte. Durch die zügige Fahrt erreichten wir schnell an einem Abend Theben. Bei der Ankunft standen Merit und ich an der Reling. Von dort schauten wir auf das bunte Treiben im Hafen. Wir lächelten uns an und waren glücklich zurückzukommen. Theben, wunderschönes Theben, wie hatten wir dich vermisst!
Uns empfing der Duft von offenen Feuerstellen, auf denen jetzt am

Abend das Essen zubereitet wurde. Das Kreischen der Schwalben, die in der nur noch kurz verbleibenden Helligkeit für ihre Jungen auf Insektensuche gingen. Der Geruch von Fisch, aus den unzähligen Garküchen im Hafen. Der Lärm aus den Hafenkneipen. Der Geruch von Gewürzen, die aus fernen Ländern nach Theben gebracht und hier auf dem Markt verkauft wurden. All dies und noch viel mehr, das war für mich Theben.
Ich beauftragte einen Mann der Schiffsbesatzung, meine Sachen in das Haus zu bringen, das ich von Senmut bekommen hatte und das ganz in der Nähe des Hafens lag. Merit und ich gingen eng umschlungen, denn es war inzwischen ganz dunkel geworden, zum Palast. Sie wäre zwar lieber mit zu mir gekommen, doch Pharao Hatschepsut hatte befohlen und da musste das Privatleben zurückgestellt werden. Vor dem Palasttor verabschiedeten wir uns und verabredeten, dass sie sich so schnell wie möglich bei mir melden würde. Ich ging nicht mit hinein. Seit der Sache mit Senmut war hier nicht mehr mein Zuhause. Nefer würde sich zwar freuen, wenn ich sie besuchte, aber das konnte ich auch zu einem späteren Zeitpunkt nachholen.
Als ich zurück zum Hafen ging, kam ich mir trotz der vielen Menschen, die nun unterwegs waren, einsam und verloren vor. Merit fehlte mir bereits jetzt. Doch ich versuchte, die aufkommenden trüben Gedanken zu verdrängen und überlegte, was ich zuerst tun sollte. Mir fiel kurz ein, eventuell zum Krokodilschwanz oder zum Nilschwanz zu gehen. Vielleicht würde ich Harrab oder einen anderen Bekannten dort treffen. Dann dachte ich an Merit und mir fehlte die Lust dazu. Also ging ich zu dem Haus, in das man meine Sachen gebracht hatte.
Beim Näherkommen sah ich, dass mein Haus von Kerzen und Fackeln hell erleuchtet war. Merkwürdig! Eigentlich hatte ich immer gedacht, dass ich dort allein wohnen würde. Ein bisschen misstrauisch ging ich näher heran und schaute durch das geöffnete Tor. Hor! Hor stand dort vor einem Tisch, auf dem viele Speisen standen und schien auf etwas zu warten. Er konnte mich nicht sehen, weil er im hellen Fackellicht stand. Ich trat aus der Dunkelheit des Abends in das Haus. Jetzt erkannte er mich.
»Sen!« Ein Strahlen trat in sein Gesicht, sodass man die weißen Zähne in seinem schwarzen Gesicht blitzen sah. »Da bist du ja

endlich! Ich habe dich längst erwartet, da man mir berichtet hat, dass euer Schiff eingelaufen ist. Von dem Hausverwalter habe ich erfahren, dass deine Sachen hierher gebracht wurden. Deswegen habe ich angeordnet, alles für deine Ankunft vorzubereiten. Es wird langsam Zeit, dass du kommst!«
Seine Stimme klang an bisschen vorwurfsvoll. Ich brauchte nicht zu antworten, denn in dem Moment wurde ich gepackt und so gedrückt, dass mir fast der Atem ausging.
Als er mich frei ließ und ich wieder Luft bekam, zeigte ich auf die Speisen. »Wer kommt denn alles? Wie viele Leute hast du zu dem Essen eingeladen?«
»Es kommt niemand. Das ist nur für uns. Schau dich einmal an. Du siehst richtig verhungert aus und hast einiges nachzuholen. Und außerdem müssen wir reden.«
Ja, warum eigentlich nicht?, dachte ich. In den nächsten Tagen hätte ich ihn sowieso aufgesucht. Ich wollte natürlich erfahren, wie es ihm während meiner Abwesenheit ergangen war. Zudem hatte er von mir vor meiner Abreise eine Aufgabe übertragen bekommen.
Aber zuerst war ich dran. Er wollte genau wissen, was wir auf unserer Reise erlebt hatten. Dabei hatte ich genügend Zeit, reichlich zu essen und zu trinken. Hor aß weitaus mehr als ich. Wenn ich ihn mir genauer anschaute, konnte ich feststellen, dass er seit damals einiges an Gewicht zugelegt hatte. Es schien ihm nicht schlecht zu gehen.
Als ich wirklich nichts mehr essen konnte und von unserer Reise berichtet hatte, erkundigte ich mich: »Und? Wie ist es dir ergangen? Erzähl mal!«
Er nahm einen ordentlichen Schluck aus seinem Weinkrug, ehe er anfing zu reden. »Ich war während deiner Abwesenheit fleißig! Du kannst dir bestimmt nicht vorstellen, was für ein reicher Mann du bist. Insgesamt hast du sechs große Häuser von Hatschepsut überschrieben bekommen. Sie stehen alle im Hafengebiet und sind an Geschäftsleute und Kneipen vermietet. Das Wichtigste dabei ist, alle zahlen pünktlich ihre Miete. Des Weiteren hast du zwei Kornspeicher, die früher auch Senmut gehörten. Zuerst habe ich das gesamte Korn aus den Speichern als Viehfutter verkauft. Es war ziemlich alt und die Qualität hatte sehr gelitten. Inzwischen

habe ich von der neuen Ernte gutes Korn eingekauft und eingelagert. Die Speicher sind jetzt randvoll. Trotzdem blieb einiges an Gold über. Darum habe ich einen Getreidespeicher hinzugekauft.« Er lehnte sich zufrieden zurück und grinste über das ganze Gesicht. »Ich muss sagen, du kannst sehr zufrieden mit mir sein!«
Das war Hor. Er litt nicht unter Minderwertigkeitskomplexen. Selbst wenn es nicht so gut gelaufen wäre, er hätte sich trotzdem gelobt. Doch er war mit seinem Vortrag nicht zu Ende. »Hier hast du einen Papyrus, dort ist alles über meine getätigten Geschäfte aufgeschrieben. Zum Schluss der Aufstellung wurden, wie zwischen uns vereinbart, zwei Zehntel für mich abgezogen. Gut so? Bist du einverstanden?«
Er wartete auf eine Antwort. Ich war zufrieden und vom reichlichen Essen und Trinken träge und müde. Jetzt wollte ich ausruhen und schlafen. »Ich schaue mir deine Aufstellung morgen in Ruhe an. Heute bin ich zu müde, der Tag war anstrengend. Was ich bisher von dir gehört habe, klang nicht schlecht.«

Mit Mühe schleppte ich mich zu meiner Schlafstätte und wurde erst wach, als mir die Sonne ins Gesicht schien. Wahrscheinlich hatte ich einen Becher Wein zu viel getrunken, denn mein Kopf brummte ganz entsetzlich. Mühsam versuchte ich aufzustehen. Das erwies sich als Fehler, denn mir wurde schlecht. Als ich mich erleichtert hatte, war ich so fertig und erschöpft, dass ich mich gleich wieder hinlegen musste. Ich war nicht in der Lage, irgendetwas zu unternehmen. Erst gegen Mittag schaffte ich es, mich zu erheben. Nachdem ich etwas trockenes Brot gegessen und einiges an Wasser getrunken hatte, ging es mir nach und nach besser.
Obwohl ich eigentlich keine Lust dazu hatte, schaute ich mir die Aufstellung an, die Hor mir dagelassen hatte. Es war alles so, wie er es berichtet hatte, und als ich dann die Endsumme meines Vermögens las, wurde mir erneut leicht schwindelig. Ich hatte mir bisher nie richtig Gedanken über Reichtum und ähnliche Dinge gemacht. Wenn es mich bisher auch nicht interessiert hatte, jetzt wusste ich es: Ich war ein reicher Mann!
Meine Gedanken gingen zu Senmut, der mir das alles vermacht hatte. Ich hatte ihm sehr viel zu verdanken, denn ich war vorher ein Nichts. Nun hatte ich sogar die Möglichkeit, meiner Freundin,

Prinzessin Merit, ein Leben in Reichtum zu bieten, obwohl sie bisher standhaft behauptete, alle Annehmlichkeiten, die sie vom Palast her kannte und in Anspruch nahm, im Grunde nicht zu brauchen.
Diese Überlegungen brachten mich auf zwei Ideen. Eine davon wollte ich gleich heute erledigen. Hor sollte mir meine Häuser und die Getreidespeicher zeigen. Ich wollte sowieso zu ihm, um ihm die Papyrus-Aufstellung zurückzugeben. Das konnte ich sofort erledigen und machte mich auf den Weg. Wo er wohnte, hatte er mir gestern Abend genau beschrieben. Gut, dass ich da noch einigermaßen nüchtern war und mich daran erinnern konnte.
Der zweite Einfall war, dass ich in den nächsten Tagen unbedingt meinen alten Freund Harrab aufsuchen wollte. Ich würde ihn bitten, mit mir eine Reise zu Senmuts Grab zu machen.
Als ich zu Hors Haus kam, dachte ich erst, ich hätte mich vertan. Der Innenhof hatte einen wunderschönen Springbrunnen, hohe Bäume, hübsch angelegte Blumenbeete und mehrere wertvolle Steinfiguren. Ich blieb vor so viel Pracht unschlüssig stehen, als Hor aus dem Haus trat und rief: »Schön, dass du so schnell kommst! Es ist eine große Ehre für mich. Komm herein!«
Er führte mich ins Haus. So einen Luxus hatte ich nicht erwartet! Gesehen hatte ich das natürlich öfter, aber hier, bei dem ehemaligen Sklaven Hor?
»Mann, und das alles von den zwei Zehnteln?«, konnte ich mir nicht verkneifen, zu fragen.
Er schien tatsächlich ein wenig verlegen zu werden. Eine Eigenschaft, die ich bei Hor sonst nicht gewohnt war.
»Na ja, ich mache auch andere Geschäfte und kann sagen, es läuft alles recht problemlos.«
Ehe ich weitere Fragen zu seinem Reichtum stellen konnte, lenkte er ab: »Hast du die Aufstellung genau durchgelesen? Bist du zufrieden?«
Ich nickte. »Ja, scheint alles soweit in Ordnung zu sein.« Dann setzte ich ganz arglos hinzu: »Ich wusste gar nicht, dass du so gut schreiben kannst. Die Aufstellung ist einwandfrei!«
Bei den Göttern, heute war mein Tag! Er wurde schon wieder leicht verlegen, und antwortete: »Ich kann nicht schreiben und lesen. Leider! Dafür habe ich vernünftige Schreiber und Buchhalter.«
Ich wollte ihn nicht weiter in Verlegenheit bringen, denn es war ja

nicht seine Schuld, dass er es nicht konnte, sondern es lag am System Ägyptens. Es gab nur Kindern reicher Leute die Möglichkeit, zur Schule zu gehen.
Ich wechselte das Thema. »Wenn du Zeit hättest, würde ich mir gern einmal alles in Ruhe ansehen.«
»Was, die Aufstellung noch einmal?« Er hatte mich nicht richtig verstanden.
»Nein, die Häuser und die Silos natürlich.«
»Ah, ja. Ich habe Zeit. Von mir aus können wir sofort los!«
Wir hatten es nicht sehr weit. Zu meinem großen Erstaunen ging es zuerst zu der mir nur zu gut bekannten Kneipe ›Zum Nilschwanz!‹.
»Was ist?«, wollte ich von Hor wissen. »Willst du um diese Zeit Wein oder Bier trinken?«
»Nein, tagsüber trinke ich keinen Alkohol. Wenn, dann nur abends bei Anbruch der Dunkelheit!« Er schien ein wenig unwirsch zu sein. »Der Nilschwanz gehört dir! Senmut war der Vorbesitzer!«
Mir verschlug es die Sprache. Der Nilschwanz, in dem ich in meiner Jugend zusammen mit meinen Freunden so oft gefeiert hatte, gehörte jetzt mir.
Hor deutete meine Sprachlosigkeit anders, denn er meinte selbstgefällig: »Eine tolle Geldanlage! Der Wirt zahlt viel Pacht! Der Umsatz von Speisen und Getränken ist recht hoch. Außerdem zahlen die Mädchen für die Benutzung der Zimmer eine passable Miete. Glaube mir, auch der Wirt ist ein reicher Mann!«
Ich schwieg, denn das musste ich erst in Ruhe verdauen. Bei den anderen Häusern, die er mir zeigte, handelte es sich um Mietshäuser. Zwei von ihnen waren an Geschäfte vermietet. Hor gab wortreich Erklärungen ab, aber so richtig interessierte mich das alles nicht. Zum Schluss meinte er: »Die Getreidespeicher sind weiter draußen vor Theben. Wir sollten da ein andermal hin. Heute ist es zu heiß. Es sind immer gleich mehrere Speicher auf eine große Fläche gebaut. Die Bauweise ist diese kuppelförmige Art aus Nilschlammziegel. Du hast sie sicher bereits öfter gesehen.«
»Ja, natürlich.«
»Sie sind neu und anständig gebaut. Ein Verwalter kümmert sich um sie und kontrolliert regelmäßig, dass keine Schädlinge in das Korn kommen.«
Wir verabschiedeten uns und verabredeten, uns morgen Abend, bei Einbruch der Dämmerung, im Nilschwanz zu treffen.

Mich zog es zu meiner Wohnung, da ich hoffte, dass inzwischen eine Nachricht von Merit eingetroffen war. Dem war leider nicht so. So ging ich nach langer Zeit zu meinem Angelplatz, wo ich, wie es mir vorkam, vor einer Ewigkeit Merit aus dem Wasser des Nils gezogen hatte.
Es war schön, mal längere Zeit allein zu sein. Früher war ich oft hierher gekommen, wenn ich Probleme hatte. Hier störte mich niemand und ich konnte meinen Gedanken nachgehen. Das Wasser des Nils floss träge an mir vorbei. Weiter entfernt segelten ab und zu Schiffe vorbei. Ich sah den Schwalben zu, wie sie kreischend auf Insektenjagd gingen und lauschte den anderen Vogelstimmen. Ich ging erst wieder zurück zu meiner Wohnung, als die Dunkelheit einsetzte.

Am nächsten frühen Abend - Merit hatte sich immer noch nicht gemeldet - ging ich zum Nilschwanz, um mich, wie verabredet, mit Hor zu treffen. Er war nicht da, als ich eintraf, und so stellte ich mich an die lange Theke, um einen Krug Bier zu bestellen. Als ich ihn erhielt, nahm ich einen großen Schluck und schaute mich um, ob ich eventuell einen Bekannten sehen würde. Die Musik spielte ohrenbetäubend laut und trotz der frühen Zeit waren die Räume voller trinkfreudiger Menschen. Bei dem dämmrigen Licht musste man genau hinschauen, um ihre Gesichter zu erkennen. Erst konnte ich keinen Bekannten entdecken. Dann kamen mir die Bewegungen eines Mannes bekannt vor. Harrab! Das konnte nur Harrab sein!
Unsere Blicke trafen sich. Nach einem kurzen Moment des Staunens kam ein Strahlen in sein Gesicht und er kam mit geöffneten Armen auf mich zu. Wir umarmten uns. Er freute sich wirklich und schrie über den Lärm hinweg: »Bei den Göttern, Sen! Dass es dich noch gibt! Ich habe vor einigen Monden gehört, du seist verschollen oder sogar bereits zu den Göttern gegangen. Gut, dass du bei uns auf der Erde weilst! Komm mit! Dort drüben habe ich einen Tisch für uns. Ich muss unbedingt wissen, was du alles erlebst hast!«
Ich merkte an seinem Getue, dass er einige Krüge Bier getrunken hatte und freute mich riesig, ihn zu sehen, denn er war einer meiner ältesten Freunde. Er zog mich förmlich zu einem Tisch.
»Ich hätte dich auf jeden Fall in den nächsten Tagen aufgesucht!«, begann ich.

Er ging nicht näher darauf ein, sondern redete so laut wie eben weiter: »Wenn ich gesagt habe, vor einigen Monden war das Gerücht, du seist verschollen, so weiß ich aber seit einigen Tagen, dass es dir gut geht und...«, er machte bewusst eine Pause, um seine nächsten Worte besser wirken zu lassen, »dass ich im Moment mit dem Besitzer des Nilschwanzes spreche!«
Ich glaube, mir blieb vor Erstaunen der Mund wahrhaftig offen stehen. Er strahlte, als er sah, wie sein Satz auf mich gewirkt hatte. Inzwischen hatte ich mich von meiner Überraschung erholt und wollte wissen: »Mann, ich weiß es ja selbst erst seit gestern! Woher...?«
Der Blick von Harrab ging über mich hinweg, und wenn das überhaupt möglich war, wurde sein Grinsen noch breiter, ehe er mich unterbrach: »Durch ihn! Schau dich um!«
Schnell drehte ich mich um. Hinter mir stand Hor und meinte genauso breit grinsend wie Harrab: »Wir sind Geschäftspartner geworden und haben wirklich fantastische Geschäfte zusammen gemacht! Er ist ja ein großer Lümmel, denn erst wollte er mich hereinlegen. Aber seitdem er weiß, dass ich ein Freund von Sen bin, betrügt er mich nur ein bisschen.« Die beiden lachten sich freundschaftlich an.
Da haben sich die beiden richtigen Schlawiner getroffen, ging es mir kurz durch den Kopf. Weiter konnte ich diesen Gedanken nicht verfolgen, denn jetzt kamen Krüge voll Bier es ging, so wie es bei Freunden üblich ist, ein lustiges Erzählen los. Leider musste ich später nach und nach einen großen Teil des Redens übernehmen, weil Harrab viel über meine Reise wissen wollte. Gut, dass Hor dabei war und einiges über unsere Erlebnisse in Sidon und Byblos beitragen konnte.
Von allem, was wir redeten, ist mir eigentlich nichts in Erinnerung geblieben, denn wir tranken erst einen Krug Bier und dann noch einen und irgendwann hatte ich den Überblick verloren. Als ich endlich klar denken konnte, lag ich auf meiner Schlafstätte in meiner Wohnung. Obwohl ich mir den Kopf zermarterte, wie ich in meine Wohnung gelangt war, fiel es mir nicht ein. Außerdem waren meine Kopfschmerzen wieder da und darum nahm ich mir fest vor, von nun an beim Trinken vernünftiger zu sein, denn es war nach wie vor so, dass ich bei Weitem nicht die Mengen vertragen konnte wie meine Freunde.

Mittags ging es mir besser. Ich hatte mich gerade fertig gemacht, um Harrab in seiner Wohnung aufzusuchen, als es heftig an der Tür klopfte. Als ich sie öffnete, standen dort zwei Soldaten und zeigten mir einen Papyrus. Es war ein Befehl Thutmosis', dass ich sofort zu ihm kommen sollte. Zeit, jemanden zu benachrichtigen oder etwas anderes zu machen, blieb mir nicht, denn für die Soldaten war es selbstverständlich, dass ich sofort mitging. Sie nahmen mich in ihre Mitte und führten mich zu meiner Überraschung nicht zu dem Palast von Thutmosis, sondern dorthin, wo die Soldaten ihre Kampfspiele abhielten.

Der Thronfolger befiehlt

Von Weitem sah ich einige Offiziere und Soldaten, die dabei waren, die von zwei Pferden gezogenen Kampfwagen wegzubringen. Sie hatten geübt, denn die Männer zogen gerade ihre Lederschutzkleidung aus. Zu diesen Soldaten wurde ich geführt. Dann sah ich Thutmosis. Er hatte zusammen mit den Offizieren den neuen Kampfwagen ausprobiert. Verschwitzt, abgekämpft und sehr zufrieden aussehend, stand er mitten unter ihnen und redete auf sie ein. Sie hörten respektvoll zu und man sah ihnen an, wie stolz sie waren, dass der zukünftige Pharao sich so gab, als sei er einer von ihnen. Wir waren stehen geblieben, um abzuwarten, bis wir bemerkt wurden, doch es dauerte einige Zeit, ehe der Blick Thutmosis' auf uns fiel. Beobachtete ich es richtig? Fiel ein Schatten über sein Gesicht und zeigte es einen Hauch von Unwillen, als er mich sah? Den Gedanken verwarf ich gleich, denn wer war ich, dass der zukünftige Pharao sich Gedanken über mich machte!
»Sen, komm hier herüber!« Er kannte mich also noch. Dabei zeigte er zu einem schattigen Platz, wo es mehrere Sitzgelegenheiten gab. Den Bediensteten rief er zu: »Bringt Wasser und Wein! Wir haben Durst!«
Was sollte ich machen? Unter Verbeugungen, so wie es am Hof üblich war, auf ihn zugehen? Oder sollte ich mich so ungezwungen bewegen, wie es die Offiziere in seiner Nähe taten? Ich erinnerte mich, dass er bei unseren zwei- oder dreimaligen Zusammenkünften Wert auf Ungezwungenheit gelegt hatte und sogar einmal zu mir sinngemäß sagte: »Du hast eine Direktheit! Aber bleib so! Ich weiß es zu schätzen!«
Und da wir nicht im Palast waren, entschied ich mich, ganz locker und ungezwungen auf ihn zuzugehen. Ich setzte mich und sofort stand ein Becher Wein vor mir. Thutmosis verschwand erst einmal in der Soldatenunterkunft. Es dauerte nicht lange, bis er zusammen mit zwei Männern zurückkam. Er war immerhin der zukünftige Pharao und auch wenn ich mich damit schwertat, vor Menschen so etwas wie Ehrfurcht zu zeigen, stand ich auf und verbeugte mich. Er schien es selbstverständlich zu finden, achtete nicht weiter darauf, sondern rief: »Ah, habe ich Durst! Es geht nichts über sport-

liche Betätigung. Tagelang musste ich im Thronsaal stillsitzen und konnte mich kaum bewegen! Erst die Priester mit ihren Problemen, die mich unbedingt sprechen wollten, dann die Abgesandten aus den Nachbarländern. Anschließend meine Berater! Ich bin froh, wenn ich einen Tag, wie diesen, zwischen die vielen Termine einschieben kann!«

Die beiden Männer lächelten sich leicht und distanziert, aber nicht zu offen an, sodass Thutmosis es nicht merken konnte. Sie schienen sichtlich froh, ihn in so guter Stimmung zu sehen.

Dann wandte er sich an mich. »Ich danke dir, Sen, dass du so schnell gekommen bist.«

Es war zwar höflich, was er sagte, trotzdem merkte man, dass es für ihn selbstverständlich war.

»Das sind übrigens General Nehi und General Nemitz.«

Die beiden schauten mich ausdruckslos an, sodass ich sie schlecht einschätzen konnte. Von Nehi hatte ich bereits gehört. Hatschepsut hatte ihn vor Jahren zum Vizekönig von Kusch[2] ernannt. Er war um einiges älter als Thutmosis. General Nemitz war wesentlich jünger. Ein schlanker und drahtiger Mann, dessen Augen unruhig von Thutmosis, Nehi und mir hin und her gingen. Von ihm wusste ich nichts. Er musste wohl tüchtig sein, denn sonst wäre er in der Offizierslaufbahn nicht so hoch aufgestiegen.

Ich musste mich auf Thutmosis konzentrieren, denn er redete weiter. »Ich habe dich herbefohlen, weil sich aus dem Bericht von Intef Fragen ergeben haben. Meines Wissens hast du Bek vor einigen Monaten an der Grenze hinter den Oasen das erste Mal gesehen. Dann deine Erlebnisse in Syrien. Meine Frage ist, was weißt du über eventuelle Mitwisser? Oder besser gefragt, glaubst du, dass auch andere hochgestellte Persönlichkeiten zu dieser Verschwörung gehören?«

Ich antwortete direkt, wie es meine Art war und weil Intef es mir geraten hatte, ohne diesen ganzen Firlefanz, der sonst im Palast üblich war.

»Hat Intef dir von diesem General berichtet, über den die Verbrecher gesprochen haben?«

Thutmosis hatte eine genauso direkte Art. »Ja, aber er wusste nicht viel! Was ist also? Kannst du mir Näheres über ihn sagen?«

Ich musste nicht überlegen. »Nein, ich habe nur in zwei oder drei

Gesprächen, die ich belauscht habe, von ihm gehört. Gesehen habe ich ihn nie und kenne nicht seinen Namen. Eine Beschreibung von ihm kann ich dir leider nicht geben.«
Ich schwieg kurz, weil ich dachte, Thutmosis würde eine Zwischenfrage stellen. Da das nicht der Fall war, fuhr ich fort: »Ich weiß nicht einmal, ob es ein wirklicher General ist oder ob ihn die Leute nur wegen seiner Fähigkeit, zu führen und zu befehlen, so nennen. Andererseits wurden einige Überfälle in Syrien so präzise durchgeführt, dass ich mir gut vorstellen kann, dass es eine hochgestellte Persönlichkeit aus der Armee sein kann!«
Die beiden Generäle äußerten sich die ganze Zeit über nicht, ebenso wenig als ich anmerkte, es könnte eine hochgestellte Persönlichkeit aus der Armee sein. Sie warteten ab und ließen Thutmosis bei der Befragung den Vortritt.
Der nickte nachdenklich. »Ich denke, dass deine Überlegungen richtig sind. Nur all diese Informationen von dir und Intef reichen nicht aus, um etwas Konkretes zu unternehmen. Übrigens hat Intef in seinem Bericht erwähnt, dass Bek dir kurz vor seinem Tod mit Vergeltung gedroht hat. Hast du eine Ahnung, was er gemeint haben könnte?«
»Nein, ich weiß es nicht. Er hat es zu den Amun-Priestern gesagt. Ich denke, dass wir inzwischen die meisten Anhänger von Bek und Senmen gefasst haben. Bleibt dieser unbekannte General, der etwas unternehmen könnte. Mehr kann ich dazu nicht mitteilen.«
Thutmosis schaute die beiden Generäle an. »Habt ihr dazu Fragen?«
Nehi schüttelte den Kopf und Nemitz antwortete: »Nein, es war leider nicht sehr hilfreich!«
»Ich danke euch. Ihr könnt gehen. Ich will mit Sen allein sprechen!«
Unter Verbeugungen verabschiedeten sich die beiden. Mir wurde es allerdings sehr unbehaglich zumute. Was wollte der zukünftige Pharao bloß allein mit mir bereden?
Dann kam prompt das, was ich insgeheim befürchtet hatte. »Wusstest du bereits vorher, dass das Orakel ein junges Mädchen ist und hast deswegen darauf bestanden, Prinzessin Merit auf diese Reise mitzunehmen?«
Eigentlich hatte ich es nicht genau gewusst, da ich mir aber denken konnte, worauf seine Fragestellung hinzielte, entgegnete ich: »Ja, ich hatte in Memphis davon gehört.«

»Trotzdem finden wir es nicht gut, dass du eine Prinzessin, gegen den Rat von Intef, mitgenommen hast. Ich denke, dir ist inzwischen selbst klar geworden, in welch große Gefahr du sie gebracht hast. Eine andere gebildete Frau hätte durchaus genügt! Da du deinen Auftrag sonst hervorragend ausgeführt hast, will ich es mit diesem Tadel bewenden lassen. Merke es dir für die Zukunft und unterlass solche Eigenmächtigkeiten!«

Damit war ich entlassen. Mir brannten die Ohren, weil er mich zurechtgewiesen hatte. Was sollte ich machen? Er war der zukünftige Pharao und eine Gelegenheit zu einer Rechtfertigung hatte er mir erst gar nicht gegeben.

Als ich zurück nach Theben kam, war es Abend geworden. Ich hatte mich wieder einigermaßen von der Maßregelung erholt und war im Nachhinein froh, dass Thutmosis keine Antwort haben wollte. Was hätte ich ihm auch sagen sollen? Dass ich Merit liebte und sie nur mitgenommen hatte, um mit ihr zusammen zu sein? Bestimmt nicht!

Ich wollte versuchen, meinen Ärger zu vergessen, und was gab es da Besseres, als im Nilschwanz einige Krüge Bier zu trinken? Wie immer herrschte großer Andrang. Als ich beim zweiten Krug angelangt war, legte plötzlich jemand seinen Arm um mich. Harrab! Das war gut. Mit ihm konnte ich reden und dabei hoffentlich meinen Verdruss vergessen.

Auch er schien froh zu sein, jemand zum Quatschen gefunden zu haben, bei dem er nicht jedes Wort auf die Goldwaage legen musste. Ich weiß nicht mehr, beim wievielten Krug Bier mir einfiel, dass ich mit Harrab über Senmut sprechen wollte. Als nach der Bierbestellung eine Pause eintrat, erinnerte ich: »Ich war damals bei den Beerdigungsfeierlichkeiten von Senmut nicht dabei. Ich möchte das gern nachholen, denn mir wird von Tag zu Tag klarer, was ich ihm alles zu verdanken habe. Könnten wir nicht zusammen einen Ausflug zu seinem Grab machen?«

Nach meinem letzten Satz stellte Harrab schnell seinen Bierkrug, aus dem er gerade trinken wollte, ab.

»Habe ich dir das nicht gesagt?«, fragte er hastig.

»Was gesagt?«, echote ich erstaunt.

»Richtig!« Harrab fuhr mit einer Hand über seine krausen Haare. »Du warst ja, wie meist, mal wieder nicht in Theben. Damals, nach

der Beerdigung ist etwas schiefgelaufen. Einer dieser Amun-Priester konnte entkommen und hat gequatscht.«
»Wieso entkommen?«, wollte ich wissen. »Sie sollten doch so viel Gold erhalten, dass sie für ihr weiteres Leben ausgesorgt hätten!«
»Ja!« Harrab nickte unbehaglich. »Ich durfte es dir damals nicht erzählen. Du weißt, wie hart Senmut sein konnte. Deswegen war ich froh, dass du bei den Beerdigungsfeierlichkeiten nicht teilnehmen konntest. Der Befehl von Senmut war klar und eindeutig: alle zu töten, die von dem Grab wussten, außer uns und Nebunef natürlich. Es war dann Nebunefs Aufgabe, die Priester mit Gift zu töten. Insofern war es gut, dass du nicht da warst. Aber vorher passierte Folgendes: Einer dieser Amun-Priester verschwand heimlich vor den Trauerfeierlichkeiten und hat dann gequatscht. Nebunef und ich haben daraufhin dafür gesorgt, dass Senmuts Leiche an einem anderen Ort bestattet wurde. Leider in einem sehr bescheidenen Grab. Ganz anders, als er es sich vorgestellt hatte. Aber es ging nicht anders. Vielleicht könnten wir beide später einmal dafür sorgen, dass er ein angemessenes Grab bekommt.«
Ich war von Harrabs Worten geschockt. Das hatte Senmut nicht verdient! Er selbst hatte sich kurz vor seinem Tod mit dem Grab in der Oase Dachla so viel Mühe gegeben. Harrab hatte recht, es war gut, dass ich damals nicht da war. Menschen, ohne dass sie ein Verbrechen verübt hatten, zu töten, ich hätte versucht, es zu verhindern.
Harrab dachte wohl, ich könnte im Moment vor Zorn nicht reden, denn er fügte rasch hinzu: »Wir reisen zusammen hin. Dann können wir überlegen, wie wir am besten, ohne dass es bekannt wird, für ein angemessenes Grab sorgen. Wir sollten nur noch abstimmen, wann wir reisen können.«
Ich konnte zurzeit keinen klaren Gedanken fassen. Mich hatte diese Information sehr mitgenommen. Hinzu kamen die vielen Krüge Bier, die mich in eine rührselige Stimmung versetzt hatten. Deshalb verabschiedete ich mich von Harrab mit den Worten: »Ich gebe dir Bescheid, wann ich reisen kann. Im Augenblick geht es nicht.«
Auf dem Weg zu meiner Wohnung kam mir Merit in den Sinn. Bisher hatte ich nichts von ihr gehört. Ich nahm mir vor, wenn sie sich nicht bis morgen melden sollte, würde ich versuchen, sie im Palast zu erreichen. Aber das war nicht mehr nötig, denn sie war-

tete bereits in meiner Wohnung. Ein bisschen vorwurfsvoll hielt sie mir vor: »Du kommst spät und außerdem rieche ich, dass du Bier getrunken hast!«
Mir war nicht nach Streit zumute, darum berichtete ich, was ich eben von Harrab über Senmuts Grab gehört hatte. Zum Schluss fragte ich: »Und du? Warum meldest du dich erst jetzt?«
Sie kuschelte sich an mich. »Habe ich dir gefehlt?«
»Sehr«, murmelte ich und ein Lächeln erhellte ihre sorgenvolle Miene.
»Hatschepsut geht es nicht besonders gut. Sie hat nicht nur gesundheitliche Probleme, sondern das Hauptproblem scheint mir, dass immer mehr vertraute Menschen sie verlassen. Sie wissen, es wird nicht mehr lange dauern, bis Thutmosis die alleinige Macht an sich gerissen hat. Viele ihrer Vertrauten, die sie sonst so sehr hofiert haben, als sie unumschränkt die alleinige Macht des Pharaos ausübte, sind nicht mehr übrig geblieben. Nefer ist der Ansicht, das Allerschlimmste sei für Hatschepsut, dass Senmut nicht mehr da ist. Sie würde sonst anders auftreten und um die Macht kämpfen. So scheint ihr alles egal zu sein. Für die wenigen Vertrauten gibt es deswegen viel zu tun!«
Ich verstand sie und musste nicht mehr antworten. Es gab angenehmere Dinge zu tun. Nachher lagen wir beim Schlafen ganz eng aneinander, damit wir im Augenblick des Wachseins sofort merkten, dass der andere da war.
Es war schön, morgens gemeinsam mit Merit aufzuwachen. Gemeinsam zu baden und zu frühstücken. Beim Abschied, der sehr lange dauerte, flüsterte sie mir zum Schluss atemlos zu: »Ich versuche, nach Möglichkeit jeden Abend zu kommen. Die Trennung seit unserer Ankunft war bestimmt zu lange für dich. Du bist mir zu wild und unersättlich geworden!« Und dann, ehe sie ging, setzte sie glücklich lächelnd hinzu: »Eigentlich bin ich jetzt viel zu müde, um meinen Dienst bei Hatschepsut anzutreten.«
Beim Weggehen streckte sie mir frech die Zunge heraus. Ich konnte Merit nicht mehr fassen, denn sie hatte sich wohlweislich weit genug von mir entfernt.
Es waren glückliche Tage, die nur dadurch getrübt wurden, dass Merit immer nur spätabends zu mir kommen konnte.

Ich weiß nicht mehr, wann es genau war, als ich erneut zu Thutmosis befohlen wurde. Aber ich erinnere mich sehr gut daran, weil ich im Nachhinein oft gedacht habe, warum bist du nicht mit Harrab bereits unterwegs gewesen?
Als ich zur angegebenen Zeit zu Thutmosis vorgelassen wurde, saßen er und General Nehi, der Vizekönig von Kusch[2], im Park vor einem kleinen Springbrunnen. Ich sah, dass der Krug mit dem Wein fast leer war und schloss daraus, dass sie seit längerer Zeit zusammensaßen.
»Setz dich zu uns!« Thutmosis winkte mir zu, als ein Diener mich gemeldet hatte. Ohne höfisches Getue setzte ich mich einfach zu ihnen. Ein Diener brachte einen neuen Krug Wein und einen Becher für mich. Ich war beruhigt, dass es so locker zuging, denn aus Erfahrung wusste ich inzwischen, wenn du zum Pharao gerufen wirst, sei auf alles gefasst. Doch die lockere Stimmung bestand nur zwischen Thutmosis und Nehi, denn für mich kam es knüppeldick, als Thutmosis anfing zu reden.
»Sen, du siehst mich und Nehi nicht ohne Grund zusammen!« Er ging direkt, so wie ich ihn mehrmals erlebt hatte, auf sein Ziel los. »Im Land Kusch gibt es Probleme! In ziemlich regelmäßigen Abständen werden unsere Goldminen überfallen und ausgeraubt! Wir halten nicht die Eingeborenen für die Verantwortlichen, sondern unser Verdacht ist, dass diese Raubzüge von Ägyptern geplant und teilweise ausgeübt werden.«
Will er etwa, dass ich dorthin reise?, schoss es mir durch den Kopf, als er eine kurze Pause machte, um einen Schluck Wein zu trinken. »Du erinnerst dich sicher, dass ich dich vor einigen Wochen über diesen General befragt habe. Diese Überfälle im Land Kusch werden nach dem gleichen Muster wie in Syrien und den Stadtstaaten durchgeführt. Nur mit dem Unterschied, dass nun Goldminen überfallen und ausgeraubt werden. Auf Menschenleben wird, genau wie in Syrien, keine Rücksicht genommen.«
Er sah zu Nehi. Der nickte nur einige Male zu dem, was Thutmosis gesagt hatte. Man konnte seinem dunklen Gesicht nicht ansehen, was er wirklich dachte. Doch ich konnte erkennen, wie aufmerksam er mich mit seinen schwarzen Augen musterte. Er war um einiges älter als Thutmosis. Ich wusste, dass er vor Jahren von Hatschepsut zum Vizekönig Nubiens ernannt wurde. Hatte er sich

rechtzeitig, wie viele andere, von Hatschepsut losgesagt und sich dem jetzt Mächtigeren zugewandt? Oder war er so tüchtig, dass Thutmosis nicht auf ihn verzichten wollte?
Ich antwortete vorerst nicht und wartete ab, denn aus Erfahrung wusste ich, dass es besser war zu warten, bis er mich ausdrücklich aufforderte, etwas zu sagen. Einiges hatte ich inzwischen gelernt. Er erwartete auch keine Antwort, denn nun kam er zu dem, was er von mir wollte.
»Du hast uns in Syrien gut gedient, obwohl es sicher erst nicht deine Absicht war, weil du vor uns auf der Flucht warst. Umso höher schätzen wir deine Umsicht und deinen Mut, den du dort für Ägypten bewiesen hast! Wir brauchen dich in Nubien! Du hast Erfahrungen mit der Vorgehensweise des sogenannten Generals und wirst zusammen mit dem Vizekönig von Nubien, Nehi, dorthin reisen! General Nemitz wird euch begleiten. Er ist so etwas wie ein Spezialist, um Aufstände niederzuschlagen.«
Das war keine höfliche Bitte oder Frage. Es war ganz einfach ein Befehl des zukünftigen Pharaos, der mittlerweile die Macht in Ägypten innehatte. Obwohl ich kein Soldat war und kein offizielles Amt hatte, musste ich dem Befehl gehorchen.
Er hatte mich beobachtet. »Übrigens habe ich dies mit Hatschepsut abgesprochen. Sie scheint dir sehr gewogen zu sein. Im Gegensatz zu vielen anderen Dingen sind wir hier einer Meinung. Sie ist ebenfalls wegen der stark zurückgegangenen Goldlieferungen aus Nubien sehr beunruhigt.«
Wenn Hatschepsut davon wusste und es sogar befürwortete, dann war bestimmt auch Merit darüber informiert, ging mir kurz durch den Kopf. Doch es war nicht der richtige Zeitpunkt darüber nachzudenken, denn beide, Thutmosis und Nehi, schauten mich an. Mir schien der rechte Moment gekommen, zu antworten.
»Ich danke dir, dass du mich mit einer so schweren und wichtigen Aufgabe betrauen willst!«, begann ich mit einer höflichen Lüge.
Thutmosis hatte nichts anderes erwartet, denn er nickte nur. Aber so leicht wollte ich es ihm und Nehi nicht machen und nur auf weitere Befehle warten. Wenn man mir befahl dorthin zu reisen, wollte ich wenigstens von Anfang an bei der Planung für dieses Unternehmen dabei sein.
Jetzt wollte ich austesten, wie sie darauf reagierten, wenn ich meinen Wunsch vortrug.

»Habt ihr bereits festgelegt, wie wir genau vorgehen sollen?«
Die beiden schauten sich an, ehe Nehi erwiderte: »Natürlich nicht in allen Einzelheiten. Mein Vorschlag war, dich von Anfang an bei den Planungen dabeizuhaben.«
Er wurde mir wegen seiner Antwort gleich sympathischer. Trotzdem war ich innerlich sehr erbost darüber, dass man mir einfach so befahl: »Du reist selbstverständlich sofort mit!«
Keine Frage vorher, ob es mir passte oder ob ich in der nächsten Zeit etwas Wichtiges vorhatte! Im Grunde war ich eine Privatperson und hatte nichts mit der Armee oder einer anderen staatlichen Einrichtung zu tun. Mir wurde wieder einmal klar, dass man vor den Mächtigen ein Nichts war, quasi ein Werkzeug, das für eine bestimmte Sache gut zu gebrauchen war. Vielleicht lag es daran, dass ich kein geborener Ägypter war, denn jeder andere hätte sich zu Boden geworfen und Thutmosis aufrichtig dafür gedankt, dass er gerade möglicherweise sein Todesurteil ausgesprochen hatte.
Das sagte ich selbstverständlich nicht und hoffte, dass man mir diese Gedanken nicht vom Gesicht ablesen konnte, denn dies hätte mir, gelinde ausgedrückt, die größten Schwierigkeiten eingebracht.
Da Nehi meine Vorschläge bei den Planungen mit zu berücksichtigen gedachte, warteten sie jetzt wahrscheinlich auf eine Antwort oder sogar auf einen Vorschlag von mir. Ich tat so, als ob ich erst einige Zeit überlegt hätte, ehe ich entgegnete: »Ihr werdet verstehen, dass ich nicht so schnell etwas Konkretes vorschlagen kann, denn dies alles kommt für mich völlig überraschend. Ebenso denke ich, dass eure Generäle und hohen Offiziere sich etwas haben einfallen lassen und bessere Vorschläge als ich einbringen werden!«
Dabei hoffte ich insgeheim, dass Thutmosis vielleicht dadurch auf die Idee käme, nur seine Offiziere und Soldaten nach Nubien zu schicken. Sollten die doch dort für Ordnung sorgen!
Er schien es aber nur für eine höfliche Floskel zu halten, denn er schwieg und schien darauf zu warten, dass ich weitersprechen würde. Ich tat ihm den Gefallen und redete so, wie er es einmal von mir verlangt hatte, und so, wie ich es mit Intef machte, wenn wir zusammen irgendwelche Unternehmungen planten. Rein sachlich und direkt, ohne Rücksicht auf persönliche Dinge zu nehmen.
»Du sagtest, ich reise zusammen mit den Generälen Nehi und Nemitz nach Nubien. Ich gehe davon aus, dass eine größere An-

zahl Soldaten mitkommt. Wenn ich einen Wunsch äußern darf, ich würde lieber allein reisen! Unerkannt, wie ein normaler Reisender, höchstens mit ein oder zwei Begleitern. Aus Erfahrung weiß ich, dass man dann viel besser mit den Leuten ins Gespräch kommt und Dinge erfährt, über die sie sonst nie sprechen würden.«
Nehi holte leicht ärgerlich Luft, um mir ins Wort zu fallen. Er sollte merken, dass man mir nicht so ohne Weiteres den Mund verbieten konnte. Ich hob meinen Arm und blockte ab. »Warte! Ich bin noch nicht fertig!«
Sah ich richtig, dass sich ein leicht amüsiertes Grinsen in Thutmosis' Augen gestohlen hatte?
»Das ist mir spontan eingefallen, weil ich in Syrien Erfolg damit hatte und man so am besten Land und Leute kennenlernt. Wenn ich quasi als Soldat die ganze Zeit mit euch reisen soll, frage ich mich, warum ich überhaupt dabei sein soll? Denn als Soldat tauge ich absolut nichts! Aber du wolltest etwas sagen, Nehi.«
Jetzt hatte er von mir die Genehmigung zu sprechen. Ich war gespannt, wie er reagierte, vor allem, weil meine Antwort ziemlich grob war.
»Es ist sicher nicht schlecht, was du vorschlägst. Es würde allerdings zu lange dauern und wir haben keine Zeit!« Trotz meiner direkten Art blieb er bei seiner Antwort sehr sachlich, musste ich anerkennen.
Er schaute Thutmosis an. »Wenn ich dich richtig verstanden habe, willst du ganz schnelle Erfolge?«
Der nickte und Nehi fuhr fort: »Und die werden wir nur haben, wenn wir mit zusätzlichen Soldaten alle Minen bewachen und gegebenenfalls verteidigen.«
Thutmosis fragte: »Was sagst du dazu, Sen?«
Nehi hatte seine Argumente vernünftig vorgetragen und ich hatte den Eindruck, er meinte es ehrlich. Darum erwiderte ich genauso sachlich: »Zusätzliche Soldaten einzusetzen, um die Minen zu schützen, ist bestimmt richtig, doch kann man so die Hintermänner fassen? Ich glaube nicht! Mein Vorschlag ist, wir sollten zusammen bis Nubien reisen und ab dort sollte ich im Land allein und unerkannt weiterreisen. Ich denke, das Wichtigste ist, die Verantwortlichen der Überfälle zu finden. Und die sind garantiert nicht bei den Raubzügen dabei. Das ist wie im Krieg! Die ihn anordnen,

kämpfen meist nie ganz vorn, dort wo es am gefährlichsten ist!«
Abrupt hielt ich meinen Mund, denn der letzte Satz konnte eventuell auch auf Thutmosis gemünzt sein und ich war wütend auf mich, weil ich so unüberlegt dahergeredet hatte.
Zum Glück bezog Thutmosis meinen Ausrutscher nur auf die Sache mit Nubien, denn er nickte. »Ich denke, dass beide Vorschläge gut sind. Ihr reist zusammen nach Nubien. Von dort aus könnte Sen, so, wie er es möchte, im Umkreis der Minen versuchen, etwas über die Hintermänner zu erfahren.«
Nehi und ich schauten uns an und musterten uns. Wir waren beide mit dem zufrieden, was Thutmosis befohlen hatte.
»Du wirst einen Begleiter brauchen, der die einheimischen Dialekte spricht«, bestimmte Thutmosis. »Sollen wir jemanden aussuchen oder willst du dich selbst darum kümmern?«
Mir fiel Hor ein, der dort geboren war und zusätzlich einige Sprachen beherrschte. Wenn er nicht selber mitreisen konnte, wusste er bestimmt jemanden, der mich begleiten und auf den ich mich verlassen konnte. »Ich würde mich gern selbst darum kümmern«, antwortete ich.
»Also, das ist geklärt!« Er schaute Nehi an. »Ist noch etwas?«
»Ich denke, wir wissen jetzt Bescheid. Bleibt es übrigens bei dem Abreisetermin, den wir besprochen haben?«
»Ah gut, dass du mich daran erinnerst!« Thutmosis wandte sich mir zu. »Übermorgen ist für euch ein Schiff bereit. Die Offiziere kommen mit ihren Soldaten einige Tage später nach. Ihr reist vor, um abzuklären, wie die Soldaten am besten auf die einzelnen Minen verteilt werden können.«
Mir blieb vor Schreck fast die Luft weg! Übermorgen bereits! Ich musste mich zusammenreißen, denn halb im Unterbewusstsein hörte ich, wie Thutmosis anmerkte: »Ich hoffe, du hast bis dahin deine persönlichen Dinge geregelt.«
Sollte ich Nein sagen? Besser nicht! Ich nickte und brachte heraus: »Wie du befiehlst!«
Jeder, der mich näher kannte, wusste, dass ich mich sehr zusammenreißen musste, um mir meinen Zorn wegen dieser Vorgehensweise nicht anmerken zu lassen. Für Thutmosis war es sowieso selbstverständlich, dass ich zustimmen würde und er beendete das Gespräch mit den Worten: »Ich danke euch und hoffe für uns

alle, dass die Aktion erfolgreich verlaufen wird. Nur eine Klarstellung: Nehi hat bei der Operation den Oberbefehl! General Nemitz ist darüber unterrichtet. Das gilt natürlich auch für dich, Sen! Die letzte Entscheidung trifft immer Nehi! Er hat mein vollstes Vertrauen!«
Damit waren wir entlassen. Zusammen mit Nehi - ich vor Schreck sprachlos - ging ich durch die langen Gänge zum Palastausgang.
»Die Abreise kommt für dich sicher sehr plötzlich. Ich weiß es bereits seit einigen Tagen, aber du wirst verstehen, dass ich dich nicht informieren konnte.« Seine Worte klangen einigermaßen mitfühlend und das half mir, weil ich hoffte, auf der Reise gut mit ihm auszukommen.

Ich war kaum in meiner Wohnung, als Merit eintraf. Ihrem Gesicht konnte ich ansehen, dass sie Bescheid wusste. Sie warf sich in meine Arme und schluchzte: »Warum du? Immer musst du reisen! Es ist fast so, als ob dich ein Fluch verfolgt! Manchmal denke ich, dass bestimmte Leute förmlich einen Grund suchen, um dich auf Reisen zu schicken!«
Als sie sich einigermaßen beruhigt hatte, saßen wir lange eng umschlungen und redeten über tausend Dinge und versuchten dadurch, das Unausweichliche zu verdrängen. Nachdem wir uns geliebt hatten und nebeneinander auf der Schlafstätte lagen, bekannte Merit: »Ich habe Angst! Zwar hatte ich die jedes Mal, wenn du weg warst, nur diesmal ist das Gefühl besonders schlimm!«
»Wahrscheinlich ist es deswegen, weil ich so schnell abreisen muss«, versuchte ich sie zu trösten.
Sie schien nicht überzeugt, kuschelte sich ganz eng an mich und hielt mich so fest, als ob sie mich nie mehr loslassen wollte. So schliefen wir ein und wurden erst wach, als die Sonne aufging.
Wir verabredeten uns für heute Abend. Merit ging, um ihren Dienst bei Hatschepsut aufzunehmen, und ich, um meine Vorbereitungen für die morgen beginnende Reise zu treffen.
Ohne dass sie es wahrnehmen konnte, schaute ich ihr beim Weggehen nach. Ich hatte es mir in der Nacht nicht so anmerken lassen, aber wenn ich daran dachte, wieder einmal lange von ihr getrennt zu sein, war mir hundeelend zumute. Hundert Dinge waren mir durch den Kopf gegangen. Sogar unsere gemeinsame Flucht hatte ich in Erwägung gezogen.

Ich riss mich zusammen, denn es war eine Menge zu erledigen. Mein erster Gang führte mich zu Hor.
Er schüttelte den Kopf, als er von meiner Reise erfuhr. »Du solltest überlegen, wenn du das nächste Mal zurückkommst, aus Theben oder sogar ganz aus Ägypten wegzugehen! Ich habe das Gefühl, Thutmosis wird laufend neue Aufgaben für dich finden!«
Im Stillen gab ich ihm recht und nahm mir vor, wenn ich zurück war, ernsthaft mit Merit darüber zu sprechen. Hor gegenüber ging ich nicht näher darauf ein, sondern fragte: »Hast du jemanden der mich als Dolmetscher nach Kusch begleiten kann? Ich müsste ihm voll vertrauen können. Am liebsten wäre mir, wenn du mitkommst. Aber ich weiß natürlich von deinen zahlreichen Verpflichtungen, und außerdem hast du mit meiner Vermögensverwaltung genug zu tun.«
Hor äußerte sich einige Zeit nicht, was bei ihm, der sonst gern und viel redete, bedeutete, dass er angestrengt nachdachte. »Ich käme gern mit. Das weißt du. Doch es geht wirklich nicht, denn ich habe etliche Geschäfte begonnen, die ich erst abschließen muss, und das kann Wochen dauern. Ich habe einen Verwandten, der von Kusch gekommen ist, um bei mir zu lernen. Eigentlich ist er lange genug in Theben gewesen und könnte jetzt zurück, um meine Geschäftsverbindungen dort auszubauen. Du kannst dich voll auf ihn verlassen und außerdem spricht er mehrere Sprachen und Dialekte der Einheimischen dort. Er wird morgen am Schiff sein.«
Ich hatte gewusst, auf Hor konnte ich mich verlassen, und machte mich nach unserem Gespräch auf den Weg, um noch andere Dinge zu erledigen. Bis zum Abend schaffte ich es und war froh, dass ich wieder zurück zu meiner Wohnung gehen konnte.

Gerade als die Sonne unterging, kam Merit. Wir konnten nicht viel reden, denn unsere Worte wären unweigerlich in Tränen übergegangen, und so hielten wir uns nur eng umschlungen. Wir hatten uns vorgenommen, stark zu sein, um den anderen nicht mit dem eigenen Schmerz zusätzlich zu belasten. An Schlaf war in unserer letzten Nacht verständlicherweise nicht zu denken. Als der Morgen graute, konnten wir unsere Trennung jedoch nicht länger hinauszögern, denn ich musste früh am Hafen sein.
Beim Abschied flüsterte Merit nach mehreren Küssen unter Trä-

nen: »Obwohl wir uns trennen, werde ich immer bei dir sein! Im Herzen, in der Erinnerung und in Gedanken werde ich dein Gesicht sehen, deine Augen, wie sie mich jetzt feucht von Tränen des Schmerzes anschauen. Deine Liebe, deine Worte, dein Lächeln, ich werde es nie vergessen! Egal, was kommt! Je weiter du von mir entfernt bist, desto näher und öfter werde ich dadurch in Gedanken bei dir sein!«
Dabei löste sie sich und hielt mich nur an den Händen. In ihr vom Abschiedsschmerz gezeichnetes Gesicht kam ein merkwürdiger Ausdruck, als sie hinzufügte: »Auch wenn du etwas siehst, muss es nicht das sein, was du daraus schließen könntest! Es kann durchaus anders sein! Denke stets daran, Gedanken kann niemand verbieten. Kein Gott und kein Pharao!«
Ich konnte nicht mehr fragen, was genau sie damit meinte, denn sie riss sich los und lief mit schnellen Schritten in Richtung des Palastes.

Der Weg zum Schiff fiel mir unsäglich schwer. Ich hatte ein Gefühl, als ob ich eine schwere Last zu tragen hätte. Gut, dass ich bald am Hafen ankam und durch die Menschen dort abgelenkt wurde.
Was mir sofort auffiel, war, dass nicht, wie ich es erwartet hatte, ein größeres Schiff, sondern drei kleinere am Kai lagen. Nehi, der mich begrüßte, deutete meinen erstaunten Blick richtig und erklärte: »Mit den kleinen Schiffen können wir die Felsen im Nil besser umgehen, denn bis wir Kusch erreichen, werden wir einige große Felsbarrieren im Nil zu überwinden haben.«
Ich nickte, davon hatte ich gehört. Doch ich konnte mich im Moment nicht weiter mit Nehi darüber unterhalten, denn von Weitem sah ich Hor, der mit einem Mann vor einem der Schiffe stand. Als sich unsere Blicke trafen, winkte er mir zu. Anstatt einer Begrüßung sagte er: »Das ist Pani! Er wird mit dir gehen!«
Pani und ich musterten uns interessiert. Er war von der Statur her ziemlich klein und schlank, seine Hautfarbe sehr dunkel. Ich schätzte ihn ungefähr auf dreißig Jahre.
»Du sprichst mehrere Sprachen?«, fragte ich, nachdem wir uns begrüßt hatten.
Er nickte und antwortete, im Gegensatz zu Hor, in einem sehr guten Ägyptisch: »Ja, außer den Dialekten, die in Kusch gesprochen wer-

den, spreche ich einige Brocken der Königreiche, die weit entfernt hinter Kusch liegen.«
»Hinter Kusch?« Ich war erstaunt. »In Ägypten denkt man, dass dort das Ende der Welt ist! Und da soll es noch Königreiche geben?«
Kluge dunkle Augen schauten mich ernst an. »Das Ende der Welt liegt sehr viel weiter. Hinter einem riesigen Meer!«
»Er ist ein Verwandter von mir und soll mein Geschäftsführer in Kusch werden«, erklärte Hor. »Du bekommst einen ausgezeichneten Dolmetscher.«
Vom Schiff her wurde zur Abfahrt gerufen. Hor und ich umarmten uns. Er hatte feuchte Augen, als er knurrte: »Pass auf dich auf und komm bald zurück. Du kannst dich auf mich verlassen. Ich werde dein Vermögen gut verwalten. So gut, als ob es mein eigenes wäre!«
»Du weißt, ich bin ein reicher Mann, Hor. Sollte ich nicht wiederkommen, verteile mein Vermögen gerecht an Merit, Mat, Mennon und an dich!«
Er schüttelte den Kopf. Ehe er etwas erwidern konnte, riss ich mich los, denn sprechen konnte ich nicht mehr und außerdem musste ich mich beeilen, da die Schiffe sofort ablegen wollten.

Wir waren einige Tage unterwegs, als wir zu der ersten großen Felsbarriere im Nil kamen. In dieser Richtung hatte ich den Nil bisher noch nie bereist und deswegen war ich gespannt, wie die Fahrt jetzt weitergehen sollte, denn was ich von Weitem sah, wirkte auf mich sehr bedrohlich. Das Wasser des Nils schäumte und spritzte hoch gegen die Felsen auf. Die Strömung des Wassers, das uns entgegenkam, war reißend. Ich war mir sicher, ein Schiff würde unweigerlich zerschellen, wenn man versuchen würde, es durch diese von Felsen verursachte, starke und unberechenbare Strömung zu steuern. Doch weit genug vor der starken Strömung gaben unsere Bootsführer den Befehl, die Schiffe ans Ufer zu lenken. Wir mussten alle mit unserem Gepäck von Bord. Die Sachen wurden dort auf Esel geladen, die bereitstanden, um sie ein gutes Stück hinter der Felsbarriere zu bringen. Die anderen Mitreisenden, die das anscheinend kannten, gingen teilweise in ein Gespräch vertieft oder auch gelangweilt in dieselbe Richtung.
Ich blieb vorerst am Ufer, denn was jetzt mit den Booten geschah, wollte ich unbedingt sehen. Zuerst wurden sie weiter entladen.

Dann befestigten die Männer am ersten Schiff mehrere lange, dicke Seile an den Seiten. Die Enden der vorderen Seile wurden an einigen Eseln befestigt. Die seitlich und hinten befestigten Taue wurden von der Schiffsbesatzung gehalten. So wurde das Schiff langsam gegen die Strömung gezogen. Die Hauptschwierigkeit für die Männer bestand darin, das Schiff auf Kurs zu halten, denn es wollte sich immer wieder wegen der starken Strömung seitlich wegdrehen. Die richtigen Probleme kamen erst, als das Schiff in Höhe der Felsen kam. Die Männer mussten es durch das enge Fahrwasser zwischen mehreren Felsen hindurchbugsieren. Eine sehr gefährliche und anstrengende Arbeit, denn dabei waren die Männer teilweise bis zur Brusthöhe im Wasser oder standen auf einem der am Ufer befindlichen glatten Felsen, um mit ihrer ganzen Körperkraft an den Seilen ziehen. Dann mussten sie die Seile vorsichtig lockern, wenn die Fahrrinne frei war, damit das Boot an Fahrt gewann.
Die Esel hatten ebenfalls schwer zu arbeiten. Sie zogen das Schiff gegen die starke Strömung und ihre Treiber spornten sie dabei mit lauten Rufen an. Ich war aufs Neue erstaunt über die Kraft und Zähigkeit dieser Tiere.
Doch die Männer schafften es und mir wurde klar, was für mich wie ein wildes Gezerre aussah, war in Wirklichkeit eine ausgezeichnete Leistung einer gut zusammenarbeitenden Mannschaft.
Ich hatte genug gesehen. Als ich zu meinen Mitreisenden kam, hatten sich die meisten, obwohl es Tag war, zum Schlafen einen schattigen Platz gesucht.
Nehi und Nemitz saßen im Gespräch vertieft zusammen. Bisher hatte ich auf der Fahrt keine Gelegenheit gehabt, mit beiden zu reden, da sie auf einem der anderen Schiffe untergebracht waren.
»Gut, dass du kommst! Wir besprechen gerade den weiteren Reiseverlauf«, empfing mich Nehi. »Nimm dir einen Becher Wein und setz dich zu uns!«
Nemitz grüßte nicht, sondern starrte nur finster auf seinen Weinbecher. Ob vielleicht nichts mehr in seinem Becher ist, weil er so griesgrämig blickt, dachte ich.
»Ich wiederhole es noch einmal, ich bin strikt dagegen, einen Mann, der kein Offizier ist, der nicht einmal der Armee angehört, bei diesen Gesprächen dabeizuhaben!«, erboste er sich und schaute mich so hasserfüllt an, dass ich erschrak.

Was hatte er gegen mich? Wir kannten uns doch überhaupt nicht! Nehi blieb ganz ruhig und gelassen. »Thutmosis wünscht es und somit ist es ein Befehl! Du tust gut daran, dich danach zu richten!« Nemitz schwieg. Man konnte ihm allerdings ansehen, dass er von meiner Anwesenheit nicht begeistert war.

»Die Fahrt mit den Schiffen geht erst einmal weiter bis zum zweiten Katarakt. Dort ist eine Festung, in der wir bleiben«, nahm Nehi den Faden auf. »Sie liegt günstig, denn von dort kann man die umliegenden Goldminen besuchen. Du, Sen, wirst von da aus allein reisen, so, wie du es mit Thutmosis vereinbart hast. Wenn dann in den nächsten Tagen die Schiffe weitere Soldaten bringen, ist es die Aufgabe von Nemitz und mir, sie zur Verstärkung der Wachmannschaften auf die einzelnen Minen zu verteilen.«

Er wartete ab, ob Nemitz sich dazu äußern wollte. Der blieb hingegen stumm und schaute nur finster. Es war wohl unter seiner Würde, im Beisein eines so unbedeutenden Zivilisten, wie ich es war, zu reden.

Mal schauen, wie er reagiert, wenn ich etwas dazu sage, dachte ich. Aus dem Grund redete ich bestimmter und lauter, als es sonst meine Art war.

»Ja, ich werde allein reisen. Nur mein Dolmetscher wird mich begleiten!«

Das war für Nemitz zu viel. Gefährlich leise zischte er zornig: »Das kommt nicht infrage! Du wirst von einigen Soldaten begleitet! Wenn dir etwas passieren würde, bekämen wir von allen möglichen Leuten nur Vorwürfe zu hören, weil wir dich in deinem großen Leichtsinn unterstützt haben!«

Nehi schaute ein wenig unbehaglich drein und schien innerlich General Nemitz recht zu geben. Andererseits war er bei dem Gespräch mit Thutmosis dabei gewesen und konnte nicht anders handeln.

Ich trieb es jetzt bewusst auf die Spitze, da ich wissen wollte, wie weit ich gehen konnte. »Es bleibt dabei, dass ich nur mit meinem Dolmetscher allein reisen werde. Wenn ihr mich hindern wollt, fahre ich mit dem nächsten Schiff zurück nach Theben!«

Nemitz regte sich wegen meiner überheblichen Art fürchterlich auf und seine Adern am Hals schwollen bedenklich dick an. Er hatte sich zumindest so weit unter Kontrolle, dass er nichts darauf erwiderte, sondern abwartete, wie Nehi reagierte.

Der schaute mich erstaunt und ein wenig enttäuscht an. Das hatte er sicher nicht von mir erwartet und meinte: »Nemitz hat nicht unrecht! Du kennst das Land nicht. Die Gefahren in Kusch sind vielfältig. Aber es soll so sein, wie du es wünschst. Vor allem natürlich deswegen, weil Thutmosis es so bestimmt hat!«
Der letzte Satz war mehr für Nemitz gedacht. Der zuckte nur mit den Schultern.

Es dauerte einige Tage, bis wir zum nächsten Katarakt kamen. Die Schiffe wurden entladen und wir setzten unsere Reise an Land fort. Wieder standen Esel bereit, die den weiteren Transport übernahmen. Einen Tag dauerte es, bis die Festung Buhen[5] in Sicht kam. Hier hatte der Vizekönig von Kusch seinen offiziellen Sitz. Während unseres Rittes konnten wir fast den ganzen Tag die Felsbarrieren im Nil sehen. Mit den Booten wären wir hier niemals weitergekommen. Die Felsen standen für eine normale Fahrt viel zu eng aneinander und wegen der schäumenden Strömung lagen sie teilweise unter Wasser und waren für den Schiffsführer nicht zu sehen.
Von Weitem konnte ich erkennen, dass die Festung von dicken und hohen Mauern umschlossen war. Mehrere hohe Wachtürme ragten aus den Mauern heraus. Anerkennend dachte ich: gut gelöst! Vom Nil her ist die Festung uneinnehmbar. Kein Boot oder Schwimmer kann sich durch die von den Felsen verursachten verschiedenen Strömungen und Strudeln bis zur Festung wagen. Von der Landseite her schützen die Mauern.
Mit Nemitz hatte ich während der weiteren Fahrt nicht mehr gesprochen. Wir würden sicher keine Freunde werden. Nehi war da anders. Er suchte das Gespräch und dabei lernten wir uns besser kennen. Mein guter Eindruck von ihm verstärkte sich. Über seine Fähigkeiten als Vizekönig von Kusch konnte ich natürlich nicht urteilen. Er war dazu von Hatschepsut ernannt worden. Und Thutmosis schätzte ihn. Hätte er ihn sonst mit dieser schwierigen Aufgabe betraut, wenn er nicht von seinen Fähigkeiten überzeugt war?

Unterwegs hatte ich öfter die Gelegenheit gesucht, mit Pani, den Hor mir als Dolmetscher besorgt hatte, zu sprechen. Wir mussten

uns besser kennenlernen, denn da wir in den nächsten Tagen allein weiterreisen würden, war es wichtig, dass wir einander vertrauen konnten. Doch Hor hatte eine gute Wahl getroffen, wir verstanden uns nach einigen Gesprächen ausgezeichnet. Als ich ihm die Einzelheiten unseres Auftrags geschildert hatte, meinte er: »Ich habe in Theben von den Überfällen gehört. Glaube mir, meine Landsleute in Kusch würden es zurzeit niemals wagen, Überfälle auf Einrichtungen der Ägypter zu verüben. Ägypten ist viel zu mächtig! Es kann nur so sein, dass der eine oder andere Stamm oder ein Dorf von Fremden mit Versprechungen dazu gebracht wurde!«
Nach einer kurzen Pause des Nachdenkens erklärte ich: »Ich will so vorgehen, dass wir zuerst die Mine aufsuchen, die zuletzt überfallen wurde. Vielleicht können wir dort etwas entdecken, was die Soldaten übersehen oder sich nicht dafür interessiert haben. Der nächste Schritt sollte sein, dass wir die in der Nähe der Goldmine wohnenden Stämme aufsuchen. Hier hoffe ich, dass du etwas in Erfahrung bringen kannst, denn du kennst ihre Sprache und ihre Sitten und Gebräuche. Wie denkst du darüber?«
Pani äußerte sich zunächst nicht, sondern ließ sich das von mir Gesagte in Ruhe durch den Kopf gehen. Dann meinte er: »Deinen Vorschlag finde ich gut. Wenn wir zu meinen Landsleuten in ein Dorf kommen, wird es sicher so ablaufen, dass man uns in die große Versammlungshütte zum Palaver und anschließendem Essen und Trinken einladen wird. Du musst wissen, dass in diesem Raum wertvolle Geschenke von Besuchern aufbewahrt werden. Vielleicht kann ich erkennen, ob dort Gegenstände sind, die nicht aus Kusch stammen und eventuell von Fremden überreicht wurden. Dadurch könnte sich ein Hinweis ergeben.«
Das hörte sich nicht schlecht an. Dass er mir nicht nach dem Mund geredet, nicht sofort zugestimmt und vor seiner Antwort länger überlegt hatte, war für mich ein Hinweis, dass Hor eine gute Wahl getroffen hatte.

Kurz nach unserer Ankunft in der Festung suchte ich Nehi auf, denn ich hatte nicht die Absicht, lange hierzubleiben.
»Du hast es ja eilig«, lachte er, als ich ihm mitteilte, dass ich am nächsten Morgen aufbrechen wollte. »So etwas Ähnliches habe ich von dir erwartet und finde es durchaus richtig. Setz dich, wir

trinken zusammen einen Becher Wein, dabei können wir einiges besprechen.«
Wir nahmen einen großen Schluck. Nehi räusperte sich erst, ehe er anfing zu reden. »Du hast von uns die wichtigste Aufgabe übertragen bekommen, und zwar in Erfahrung zu bringen, wer die Leute sind, die diese Überfälle geplant und befohlen haben. Es würde reichen, wenn du mir die Namen dieser Leute nennen könntest. Ich werde dafür sorgen, dass sie ihre gerechte Strafe bekommen! Nur damit es für dich klar ist: Ich brauche nicht unbedingt sichere Beweise! Dein Wort genügt! Wenn du natürlich zusätzliche Zeugen benennen kannst oder sogar handfeste Beweise bringst, umso besser. Dies wäre angebracht, wenn es sich bei den Hintermännern um hochgestellte Persönlichkeiten aus Ägypten handeln sollte. Du weißt, es gibt gewisse Probleme zwischen Hatschepsut und Thutmosis. Unter diesem Aspekt könnten Beweise sehr hilfreich sein. Ansonsten reicht mir dein Wort. Sollten es hochgestellte Leute aus Ägypten sein, muss Thutmosis darüber entscheiden. Übrigens, welchen Weg du nimmst und wie du vorgehst, ist deine Entscheidung. Ich denke, es ist besser, wenn niemand darüber Bescheid weiß!«
Nehi schien zu überlegen, ob er mir alles gesagt hatte. »Hast du noch Fragen?«
Eigentlich war mir klar, wie ich vorgehen wollte. »Was ist mit Nemitz? Muss ich mich auch mit ihm absprechen?«
Nehi lächelte leicht. »Lieber nicht! Was deinen Auftrag anbetrifft, sind wir nicht einer Meinung. Warum er so strikt dagegen ist, weiß ich nicht, denn sonst ist er sachlichen Argumenten gegenüber sehr aufgeschlossen. Aber ein bisschen eigen war er immer schon. Es wird reichen, wenn ich ihm über unser Gespräch berichte.«
Damit war alles gesagt und wir verabschiedeten uns bereits jetzt, da ich morgen ganz früh aufbrechen wollte.

Es war kühl an diesem Morgen und wir hüllten uns beim Reiten in eine Decke, solange, bis die Sonne ihre Kraft entfaltete. Pani hatte ich, nachdem ich von Nehi gekommen war, über alles informiert. Der Weg zu der zuletzt überfallenen Mine war leicht zu finden. Unterwegs waren tiefe Spuren von vierrädrigen Wagen, die schwer beladen gewesen sein mussten, und Abdrücke von vielen Eselhufen zu sehen. Wir ritten ebenfalls auf diesen ausdauernden und zähen Tieren, denn Pferde gab es hier nicht. Zusätzlich hatten wir zwei Packesel dabei, da wir zu der Verpflegung noch mehrere Beutel mit Wasser mitgenommen hatten, denn die Landschaft bestand nur aus Sand und Steinen. Da wir uns immer weiter vom Nil entfernten, war es wichtig, dass wir ausreichend Wasser für Mensch und Tier mitnahmen.

Nach anfänglichem Schweigen wollte ich von Pani wissen: »Kommst du eigentlich aus dieser Gegend?«

»Zuletzt war ich hier, bis mich Hor nach Ägypten geholt hat. Geboren bin ich in der Nähe des sechsten Katarakts. Dort, wo sich der Nil teilt und zu zwei Flüssen wird.«

»Er teilt sich? Das habe ich nicht gewusst! Ist es weit bis dorthin und wie bist du hierher gekommen?«

»Das ist eine lange Geschichte! Ich versuche, sie dir in Kurzform zu erzählen. Es hat etwas mit euch Ägyptern zu tun, dass ich so weit herumgekommen bin. Unser Dorf wurde damals von den Ägyptern aufgelöst und wir mussten unsere Hütten in der Nähe einer Goldmine neu aufbauen. Alle mussten in der Mine arbeiten. Auch wir Kinder, allerdings hatten wir leichtere Arbeiten. Aus dieser Zeit habe ich übrigens meine Ägyptischkenntnisse.

Einmal kam eine Karawane aus fernen Ländern zu der Mine. Es wurden wertvolle Sachen, wie Elfenbein, Edelsteine und andere Dinge abgeladen. Als die Karawane nach einigen Tagen aufbrach, um in ihr Heimatland zurückzukehren, mussten fünfzig junge Männer von uns mitgehen. Der Grund war, dass kurz bevor die Karawane eintraf, mehrere Männer aus Ägypten ankamen, die mit der Arbeit in der Mine selbst nichts zu tun hatten, sondern sie waren, wie wir später erfuhren, extra aus Ägypten gekommen, um mit der Karawane zu reisen. Wir wurden dazu bestimmt, für sie als Träger mitzugehen. Was uns anfänglich sehr verwunderte, war, dass wir keine Waren mitnahmen, um sie zu tauschen oder zu verkaufen. Als wir längere Zeit unterwegs waren, erzählte mir einer der Ägypter, den ich deswegen gefragt hatte, dass sie von ihrem Pharao den Auftrag hatten, in fremde Länder zu reisen, um diese kennenzulernen. Sie sollten bei ihrer Rückkehr dem Pharao über alles, was sie gesehen und erlebt hatten, berichten. Vor allem sollten sie feststellen, ob es in diesen Ländern Gold oder Edelsteine gibt. Die Sachen, die wir zu tragen hatten, waren hauptsächlich Lebens-

mittel, Wasser und Geschenke für die Könige in den fremden Ländern.«
Pani schwieg längere Zeit in der Erinnerung an die damaligen Erlebnisse.
»Die Ägypter konnten ihrem Pharao allerdings nichts mehr berichten«, fing er dann wieder von selber an, denn ich hatte ihn bewusst in Ruhe gelassen. »Sie starben unterwegs, teilweise durch Unfälle und Fieber oder bei Überfällen durch kriegerische Stämme. Überhaupt stand die Reise unter keinem glücklichen Stern. Viele unserer Leute starben unterwegs. Die meisten an einer tückischen Fieberkrankheit in einem Sumpfgebiet, wo es unzählige Stechmücken gibt. Auch ich bekam das Fieber, aber die Götter halfen mir, denn wir kamen von dem Sumpfgebiet in eine andere Landschaft und konnten von dort, weit entfernt, die hohen Mondberge sehen. Es herrschte ein anderes, kühleres Klima und ich denke, dass dies der Grund war, warum ich mich wieder erholte. Genau weiß ich es natürlich nicht, denn wir hatten bei der Karawane keinen Arzt. Ich bekomme heute noch öfter, wie aus heiterem Himmel, Fieberanfälle. So heftig, dass mir alle Glieder zittern. Wir schafften es dann doch bis zu dem großen Meer. Dort war ich dann ungefähr ein Jahr lang. Zurück konnte ich erst, als eine neue Karawane nach Ägypten aufbrach. Nach eurer Zeitrechnung war ich ungefähr sechs Jahre unterwegs. Übrigens, als ich bei dieser Reise merkte, dass mir das Erlernen fremder Sprachen leichtfiel, versuchte ich in den Königreichen, in denen wir zu Besuch waren, so viel wie möglich von den dort gesprochenen Dialekten zu erlernen.«
Er verstummte und ich ließ in vorerst in Ruhe, da ich merkte, dass ihm die Erinnerung zu schaffen machte. Nachher redeten wir über andere Dinge und lernten uns dadurch besser kennen.
Nach zwei Tagesreisen erreichten wir die Mine. Da ich in Ägypten bereits mehrere Goldminen gesehen hatte, konzentrierte ich mich nur auf unsere Aufgabe.
Wir suchten sofort den Leiter der Mine auf und als er unsere Fragen gehört hatte, grinste er leicht und meinte ironisch: »Ich bin froh, dass ihr beide nur auf Spurensuche gehen wollt und nicht die angekündigte Verstärkung seid!«
Ich musste lächeln. Menschen mit Humor findet man nicht allzu oft. »Nein! Zu deinem Glück! Die Soldaten, auf die du wartest,

müssten in den nächsten Tagen kommen. Unsere Aufgabe ist es, zu versuchen, die Verantwortlichen für die Überfälle ausfindig zu machen. Dazu gehört, dass wir mit einigen deiner Leute sprechen müssen.«
Er nickte nachdenklich. »Das ist bisher überhaupt noch nicht geschehen. Der Kommandant der Festung hat sich zwar mit mehreren seiner Offiziere hier umgesehen, aber sie sind nur so herumgegangen und haben nichts festgestellt. Ihr könnt machen, was ihr für richtig haltet. Meine Unterstützung habt ihr.«

Nachdem wir unsere Sachen in das uns zugewiesene Quartier gebracht und die Esel versorgt hatten, machten wir erst einmal einen Rundgang durch die Mine. Es war wie in allen anderen Goldminen üblich, dass die gefangenen Verbrecher die schwere Arbeit erledigen mussten. Nur waren hier, im Unterschied zu den Minen in Ägypten, meist Farbige als Gefangene. Von den Aufsehern waren die meisten Ägypter. Mit einem kam ich ins Gespräch. Pani war derweil weitergegangen, um mit seinen Landsleuten zu reden.
Als wir uns einige Zeit über belanglose Dinge ausgetauscht hatten, kamen wir auf den Überfall zu sprechen. »Ist dir bei dem Überfall etwas Besonderes aufgefallen? Irgendetwas, auch wenn es dir unbedeutend erscheint?«
Erst schüttelte er den Kopf und meinte: »Banditen eben! Alles Schwarze glaube ich! Im Übrigen war es Nacht und man konnte nichts erkennen. Aber jetzt, wo du mich so fragst, fällt mir ein, dass die Befehle von Ägyptern gegeben wurden!«
Das war keine Neuigkeit für mich und ich hakte nach: »Bei den Einheimischen, kannst du sagen, von welchem Stamm sie eventuell waren?«
»Nein! Da kenne ich mich nicht aus. Für mich sehen sie alle gleich aus. Den einzigen Unterschied, den ich erkennen kann, ist der zwischen Männlein und Weiblein!«
Er war mir somit keine Hilfe und ich verabschiedete mich von ihm. Leider erging es mir bei den nächsten Gesprächen mit anderen Aufsehern ähnlich.
So schnell kann man nicht mit Ergebnissen rechnen, dachte ich. Vielleicht hatte Pani mehr Glück.
Wir hatten verabredet, uns in unserem Quartier zu treffen und kamen fast gleichzeitig dort an.

»Ich könnte einen Hinweis haben«, berichtete Pani. »Einer der Gefangenen gehört zum Stamm der Tutu und meint, dass er bei dem Überfall Stimmen in diesem Dialekt gehört hat.«
»Weißt du, wo das Dorf dieser Leute liegt?«, erkundigte ich mich.
»Ja!« Dazu nickte er bestätigend.
»Ich glaube, hier können wir nichts mehr erfahren«, meinte ich dann. »Was wir jetzt wissen, ist, dass der Überfall nachts stattgefunden hat und sehr gut geplant war. Jeder der Räubern wusste genau, was er zu tun hatte. Den einzigen Hinweis hast du bekommen und ich bin der Auffassung, wir sollten ihm nachgehen und zu diesem Stamm reisen.«

Nach einer ruhigen Nacht machten wir uns am nächsten Morgen auf den Weg. »In welche Richtung müssen wir?«, wollte ich von Pani wissen.
»Weiter ins Landesinnere, aber wir werden wieder in die Nähe des Nils kommen!«
Viel sprachen wir in den nächsten beiden Tagen nicht, denn die Sonne brannte unerbittlich den ganzen langen Tag auf uns herab und deswegen fehlte uns einfach die Energie, lange Gespräche zu führen. Wir schützten uns vor ihren Strahlen mit einem Kopftuch und einem langen, weißen Umhang.
Die Sonne verabschiedete sich bereits für die Nacht, als wir in dem Dorf ankamen. Erst hielten sich die Leute misstrauisch zurück, doch als Pani sie in ihrer Sprache anredete, reagierten sie freundlich und wir wurden von einigen kräftigen Männern, denen man ansah, dass sie Krieger waren, zu ihrem Häuptling geführt. Vor einer größeren Hütte mussten wir dann längere Zeit warten. Als wir eintreten durften, konnte ich sehen, warum es so lange gedauert hatte. Der Häuptling hatte sich erst für seine Besucher zurechtgemacht. Als Erstes fiel mir auf, dass er ungeheuer dick war. Dann, wie er sich aufgeputzt hatte. Um seinen Kopf hatte er eine Art Tuch gewickelt, in dem die verschiedensten Vogelfedern steckten. Sein mächtiger Körper war von einem weiten Umhang umhüllt und ich konnte die Fettmassen darunter nur erahnen. Der Umhang sah wirklich prächtig aus. Er bestand hauptsächlich aus Löwenfellen und war zusätzlich oben mit etwas Glitzerndem, das wie Gold aussah, bestäubt. Ungefähr ab seiner Taille waren auf dem Fell Krallen und Pfoten verschiedener Tiere angeheftet.

Der Häuptling saß auf einem Gebilde, das wohl einen Thron darstellen sollte, und da dieser erhöht stand, konnte er gut auf uns herabblicken. Das tat er dann auch lange und ausgiebig, ohne etwas zu sagen.
Gerade wollte ich Pani bitten: »Begrüße ihn und danke ihm, dass er uns empfangen hat«, als er anfing zu reden. Pani übersetzte: »Was wollt ihr Fremden bei uns und wer seid ihr?«
»Sage ihm, wir kommen aus Ägypten, und dass wir weiter zur nächsten Goldmine reisen wollen«, beauftragte ich Pani.
Die nächste Frage kam sofort, er wollte wissen, zu welcher Mine und was wir dort wollten.
»Sag ihm, ich sei Experte für Goldminen und hätte vom Pharao den Auftrag, festzustellen, wo es sich lohnen könnte, neue Minen einzurichten.«
»Er fragt, ob du den Pharao persönlich kennst«, übersetzte Pani.
Ich nickte. »Frag ihn, ob er die Goldminen in der weiteren Umgebung kennt.«
Er nickte heftig und Pani übersetzte seinen anschließenden Redeschwall. »Ich kenne sie alle! Aber ich war lange nicht mehr dort, da mir das Reisen zu beschwerlich geworden ist. Außerdem soll ich dich darauf hinweisen, wenn du hier in der Gegend eine Stelle findest, wo du Gold vermutest, müsstest du ihm das unverzüglich melden, da er der Besitzer und Herrscher dieses Gebietes sei!«
Ganz verkneifen konnte ich es mir nicht, ihn zu fragen: »Ich dachte, der Pharao sei der Herrscher des gesamten Landes?«
Panis Augen schienen zu fragen: »Soll ich das wirklich sagen?«
Ich bestand nicht darauf, sondern überließ es ihm, eine passende Antwort zu geben. Ich hatte den Eindruck, dass er etwas Belangloses übersetzte und nicht das, was ich angemerkt hatte.
Auf jeden Fall schien der dicke Häuptling vorerst genug von uns zu haben, denn er winkte unseren Begleitern zu, uns hinauszubringen. Wir waren in Gnaden entlassen. Doch wegen des Zwecks unserer Reise waren wir keinen Schritt weitergekommen.
Als wir allein waren, fragte Pani aufgeregt: »Ist es dir aufgefallen?«
»Was?« Ich wusste nicht, was er meinte.
»Na, die Krüge und Becher in seiner Hütte! So etwas gibt es hier normalerweise nicht! Es sind Gegenstände aus Ägypten! Ganz eindeutig!«

Mir war nichts aufgefallen, wahrscheinlich weil ich aus Ägypten kam und es als selbstverständlich ansah. Er hatte recht, es könnte etwas zu bedeuten haben. Trotzdem war ich skeptisch. »Können sie diese Sachen nicht ganz normal im Tausch erworben haben?«
»Vielleicht«, gab er zu. »Doch ich denke anders darüber. Es sind nicht die wertvollsten Krüge und Becher. Eher aus ärmeren Haushalten. Und solche Dinge gab es auch in den überfallenen Minen!«
Ich war nicht restlos überzeugt, wollte das aber nicht so direkt sagen. »Möglich. Für heute sollten wir erst einmal schlafen gehen.«
Wir waren abends angekommen und inzwischen war es so spät geworden, dass uns vor Müdigkeit fast die Augen zufielen.

Am nächsten Morgen, nach dem Frühstück, machten wir uns auf und taten so, als ob wir in der Umgebung tatsächlich etwas suchen würden. Einige Male hatte ich den Eindruck, wir würden beobachtet, obwohl wir niemanden entdecken konnten. Insofern war es besser, dass wir uns so verhielten, als ob wir im Sinne unseres Auftrages handelten.
Als die Mittagshitze richtig einsetzte, wurden wir das vorgetäuschte Suchen leid und machten Rast. Wir achteten darauf, dass wir weit genug von dem Dorf entfernt blieben und fanden eine Stelle mit hohen Felsen, die einen weiten Schatten warfen.
Zu trinken und zu essen hatten wir genug mit und als wir satt waren, legten wir uns hin, um auszuruhen. Irgendwann wurde ich wach und hatte das Gefühl, dass etwas anders war. Ich konnte nichts Außergewöhnliches entdecken, bis auf ein paar größere Vögel, die weit von uns entfernt lärmten und sich über etwas aufregten. Da musste etwas sein! Vielleicht Menschen? Aber genauso gut konnten sich die Vögel auch über ein anderes Tier, das ihnen die Beute streitig machte, aufregen.
Pani hatte von alldem nichts mitbekommen und schlief. Ich ließ ihn ruhen und machte mich allein auf den Weg dorthin, wo die Vögel den Lärm veranstalteten. In der Gegend waren so viele große Felsbrocken, dass es schwierig war, einen Überblick zu bekommen. Nach einiger Zeit wollte ich bereits aufgeben und zurückgehen, als ich ein Geräusch hörte. Vorsichtig und darauf bedacht, dass ich nicht selber Lärm verursachte, bewegte ich mich auf das Geräusch zu.

Dort waren Menschen! Je näher ich kam, desto besser konnte ich ihre Stimmen hören, und als ich nah genug war, verstehen, was sie sagten. Ägypter! Ihre Stimmen schallten so laut, dass sie dadurch die Vögel aufgeschreckt hatten.
Erst überlegte ich, auf sie zuzugehen, um sie als Landsleute zu begrüßen. Aber wusste ich denn, wer sie waren? Wenn es harmlose Reisende waren, konnte ich dies später noch tun und so entschloss ich mich, erst einmal zu lauschen, worüber sie sprachen. Sie machten es mir nicht schwer, denn sie redeten laut und unbekümmert weiter. Allerdings nur unwichtiges und belangloses Zeug. Doch dann wurde es interessant, denn einer von ihnen fragte plötzlich: »Wann treffen wir ihn denn endlich? Ich bin dieses untätige Warten langsam leid!«
»Hab ein bisschen Geduld«, antwortete eine andere Stimme, von der ich vermutete, dass sie dem Anführer gehörte. »Heute Abend soll ich zum Häuptling kommen. Es hat eine Verzögerung gegeben, weil unerwartet zwei Fremde ins Dorf gekommen sind. Sie geben vor, vom Pharao geschickt zu sein, um neue Goldminen zu finden. Der Häuptling traut ihnen nicht und vermutet eher, da er durch den General gewarnt wurde, dass es sich um diese beiden Männer handeln könnte, die den Auftrag vom Pharao haben, die Überfälle auf die Goldminen aufzuklären.«
Er schwieg kurz, um dann eindringlich fortzufahren: »Trotzdem müssen wir den geplanten Überfall durchführen. Es ist alles vorbereitet. Aber wir brauchen dafür von dem Häuptling Krieger. Er ist natürlich bereit, Männer abzustellen, nur wird der Kerl immer unverschämter und seine Forderungen werden von Überfall zu Überfall größer. Ich werde dem General vorschlagen, ein letztes Mal mit ihm zusammenzuarbeiten und beim nächsten Mal lieber mit einem anderen Stamm zu verhandeln.«
Ich hatte doch das richtige Gespür gehabt abzuwarten. Mehr konnte ich im Moment sicher nicht erfahren und ehe ich das Risiko der Entdeckung einging, machte ich mich auf den Rückweg.
Pani erwartete mich bereits aufgeregt. »Wo warst du so lange? Ich war in großer Sorge um dich!«
Ich beruhigte ihn und berichtete, was ich eben gehört hatte. Er schien erleichtert. »Dann war es ganz gut, dass wir dem Hinweis, den wir in der Mine bekommen haben, nachgegangen sind. Was denkst du, wie sollen wir weiter vorgehen?«

Darüber hatte ich unterwegs nachgedacht, aber mir war nichts Brauchbares eingefallen. »Lass uns zurück ins Dorf reiten«, antwortete ich. »Mal sehen, wie der Häuptling es anstellen will, diese Ägypter von uns ungesehen zu treffen. Dann können wir uns immer noch über unser weiteres Vorgehen Gedanken machen.«
Auf dem Weg zum Dorf war ich froh, dass Pani mich in Ruhe ließ, denn ich wollte ungestört nachdenken.
Der Anführer der Männer hatte zweimal von dem General gesprochen. Ich war fest davon überzeugt, dass es sich um den ›General‹ handeln musste! Er war also in Kusch! Genau, wie es Thutmosis und Nehi vermutet hatten. Es schien, als ob er jetzt nicht nur im Hintergrund die Fäden zog, sondern auch selber die Überfälle organisierte. Vielleicht gelang es mir, ihn zu enttarnen. Merkwürdig war allerdings, dass der Häuptling von zwei Männern wusste, die der Pharao geschickt hatte, um die Überfälle auf den Goldminen aufzuklären. Das Nachrichtensystem in Kusch schien nicht das schlechteste zu sein.

Abends im Dorf angelangt, tat ich so, als ob ich unbedingt den Häuptling sprechen müsse. Dies wurde höflich, doch sehr bestimmt abgelehnt mit der Begründung, er habe wichtige Regierungsgeschäfte.
Was das für Regierungsgeschäfte waren, konnte ich mir denken. Der Halunke! Er machte durch seine Fettleibigkeit einen so gutmütigen und friedlichen Eindruck. Wir mussten abwarten, was weiter geschah.
Gerade als wir mit dem Essen fertig waren, bekamen wir überraschend Besuch. Zwei Wachsoldaten des Häuptlings standen plötzlich vor uns. Nach einigem Palaver mit Pani übersetzte der: »Sie haben von dem Häuptling den Auftrag bekommen, uns eine Stelle zu zeigen, wo er Goldvorkommen vermutet.«
»Was soll das?«, knurrte ich innerlich wütend auf mich, weil ich den dicken und so träge wirkenden Häuptling unterschätzt hatte. Er wollte uns auf diese elegante Art und Weise für heute Abend aus dem Dorf entfernen. »Sag ihnen, im Dunkeln können wir nichts erkennen. Morgen früh schauen wir gern nach. Momentan macht es keinen Sinn.«
»Das habe ich bereits versucht zu erklären«, antwortete Pani. »Sie

lassen sich aber nicht abweisen. Es sei ein Befehl des Häuptlings und sie müssten gehorchen.«
Was sollten wir tun? Ich informierte Pani: »Ich bekomme jetzt einen Wutausbruch und werde herumbrüllen. Übersetze ihnen das Wichtigste.«
Dann sprang ich auf, wedelte wie wild mit den Armen und schrie laut: »Geht man so mit dem Abgesandten des Pharaos um? Nennt ihr das Gastfreundschaft? Ich habe morgen früh gesagt und dabei bleibt es! Richtet das eurem Häuptling aus!«
Zwischen den einzelnen Sätzen machte ich immer wieder eine Pause, um Pani Gelegenheit zum Übersetzen zu geben. Mein Wutausbruch schien zu nützen, denn die beiden Wachen zogen sich zurück.
»Was ist, wenn sie zurückkommen?«, wollte Pani wissen.
Ich zuckte die Achseln. »Warten wir es ab. Wenn, werden sie sicher mit mehreren Männern kommen. Dann haben wir sowieso keine andere Wahl.«
Lange Zeit geschah nichts und ich wollte gerade draußen schauen, ob von den Besuchern bereits etwas zu sehen war, als plötzlich lautlos mehrere Krieger in unsere Hütte eindrangen. Ohne dass wir eine Gelegenheit zur Gegenwehr hatten, wurden wir gefasst und gefesselt. Dann ließ man uns unter Bewachung von zwei Kriegern in der Hütte liegen.
Ich hatte die Entschlossenheit des dicken Häuptlings erneut unterschätzt. Um Pani zu beruhigen, sagte ich: »Ich denke, spätestens morgen früh wird man kommen und uns losbinden. Man wird behaupten, das Ganze sei ein Missverständnis gewesen.«
Doch Pani schien die Lage genauso realistisch einzuschätzen wie ich, denn er meinte: »Sei nicht zu optimistisch, denn der Häuptling hat einen recht grausamen Zug in seinem fetten Gesicht. Der erste Eindruck täuscht bei ihm. Ich glaube, unsere einzige Hoffnung auf Befreiung können nur die Ägypter sein, die er treffen will. Ich hoffe, sie werden sich für uns einsetzen.«
Da war ich allerdings nicht seiner Meinung, aber ich schwieg, vor allem, weil die beiden Wachen eine drohende Haltung wegen unserer Unterhaltung einnahmen. Es war besser, den Mund zu halten, ehe wir uns unnötigen Grausamkeiten aussetzten.

Der General

Wir dösten lange in unserer unbequemen Haltung vor uns hin. Erst als die Sonne aufging, hörte ich Stimmen, die sich unserer Hütte näherten. Eine der Stimmen erkannte ich sofort, ich hätte sie unter Tausenden erkannt! Nemitz! General Nemitz! Wie Schuppen fiel es mir von den Augen! Bei den Göttern! Er war der General!
»So sieht man sich wieder«, höhnte er, als er in unsere Hütte trat. »Du wolltest ja unbedingt allein reisen. Damit hattest du bereits auf der Hinreise nach Kusch dein frühes Todesurteil gesprochen. Aber ich kann dich trösten, getötet hätten wir dich auf jeden Fall! Nur eben später. Jetzt siehst du, was du mit deinem Starrsinn erreicht hast! Vielleicht denkst du einmal darüber nach, was Bek dir kurz vor seinem Tod angedroht hat. Gut, dass du es mir so leicht gemacht hast, dich zu fassen, denn eigentlich hatte ich es mir schwerer vorgestellt. Meine Einschätzung von Menschen bewahrheitet sich wieder einmal, sie scheitern meist an Selbstüberschätzung und Dummheit!«
Er wartete darauf, dass ich etwas erwiderte. Erst wollte ich ihm antworten, dass er besser selbst darauf achten sollte, nicht daran zu scheitern. Doch es war sicher klüger, zu schweigen und abzuwarten, denn ich war in der schlechteren Position. Warum sollte ich ihn zu meinem Schaden unnötig reizen?
»Du hast unserer Organisation großen Schaden zugefügt. Bilde dir nur nichts darauf ein! Du hattest einfach nur Glück!«, fauchte Nemitz. »Bek hatte von mir den Auftrag bekommen, dich zu töten! Nur, weil er versagt hat, konntest du einige Erfolge erzielen. Aber das verspreche ich dir: Jetzt hast du das Ende deiner irdischen Reise erreicht! Bereits in Theben, als bekannt wurde, dass du mit nach Kusch reisen würdest, war dein Tod beschlossene Sache. Sicherheitshalber werden wir das nicht hier an Ort und Stelle erledigen, da der Häuptling uns sonst wegen seiner Goldgier im Nachhinein Schwierigkeiten machen könnte.«
Mir wurde es sehr mulmig zumute, denn von Nemitz hatte ich keine Gnade zu erwarten. Allerdings, ganz ohne Hoffnung war ich nicht, eventuell eine Gelegenheit zu finden, um mich zu befreien, weil er gesagt hatte, dass es an einem anderen Ort geschehen sollte.

Zu verlieren hatte ich bestimmt nichts mehr und so fragte ich: »Was hast du vor?«
»Du wirst es früh genug erfahren«, knurrte er.
Ich gab nicht auf, denn möglicherweise konnte ich etwas von ihm erfahren, was für unsere Befreiung nützlich sein konnte, und so versuchte ich ihn zu reizen und stichelte: »Musst du erst Senmen fragen, was du machen darfst?«
Sein Gesicht wurde rot vor Zorn und er schrie wütend: »Senmen und ich sind einer Meinung! Ich muss ihn nicht fragen! Er ist nur der Geldgeber. Ich bestimme, was gemacht wird!«
Das war interessant! Er schien nicht zu wissen, dass Senmen vor einigen Monden in der Nähe von Memphis getötet wurde.
Da hatte ich wirklich seine schwache Stelle getroffen. »Warum fügt ihr eurem Heimatland Ägypten Schaden zu? Seid ihr nicht beide reich und in hohen Ämtern? Was wollt ihr damit erreichen? Ich kann es nicht verstehen, vielleicht könntest du mich aufklären, damit ich nicht dumm sterben muss!«
Er schaute mich auf eine merkwürdige, ausdruckslose Art an. Ich bekam Sorge, dass ich den Bogen überspannt hatte.
»Ich bin sonst nicht so redselig, doch bei einem Todeskandidaten mache ich gern mal eine Ausnahme. Wahrscheinlich kannst du ruhiger sterben, wenn du es weißt«, meinte er zynisch und grinste hämisch. »Du siehst, ich kann sogar ein Menschenfreund sein. Du fragst nach dem Warum? Ich will es dir sagen! Du weißt, was mit Senmut passiert ist. Aber warum Thutmosis damals gleich dessen Bruder Senmen verhaften ließ, um auch ihm den Prozess zu machen, nur weil er mit dem Frevler Senmut verwandt war, diese Frage kannst du sicher nicht beantworten. Nur gut, dass Senmen Freunde hatte, die ihn befreien konnten. Klugerweise hatte er lange vor diesen Ereignissen einen großen Teil seines Vermögens an einem sicheren Ort versteckt, denn nach seiner Verhaftung wurde sein gesamtes Vermögen durch Thutmosis konfisziert. Senmen hat geschworen, es sich von Ägypten mit Zins und Zinseszins zurückzuholen.«
Nemitz hatte sich in eine große Erregung hineingesteigert.
»Und dir«, hakte ich nach, »was hat Ägypten dir Schlimmes angetan, dass du es verrätst?«
Er lachte bitter auf. »Glaube nicht, dass du mich provozieren

kannst. Wenn ich etwas preisgebe, dann will ich es auch! Du willst wissen, was ich damit zu tun habe? Ich habe Senmen befreit! Er hat mir einmal in einer sehr schwierigen Situation geholfen. Das ist übrigens das Stichwort für meine Gründe! Nach dem Warum habe ich mich in den Jahren davor oft genug gefragt! Warum wurde Nehi Vizekönig Nubiens und nicht ich? Warum bin ich bei meinen Fähigkeiten nur ein kleiner unbedeutender General geblieben? Warum bekommen in der Armee die erfolgversprechenden Aufträge nur die Offiziere mit den besten Beziehungen nach oben? All dies und mehr musste ich mich immer wieder fragen! Glaubst du, man hätte wenigstens einmal anerkannt, was ich für Ägypten geleistet habe? Niemals! Und der Grund: Ich habe keine Freunde, die mit Hatschepsut oder Thutmosis groß geworden sind. Oder sogar mit ihnen verwandt sind! Deshalb und wegen vieler anderer Dinge hole ich mir auf diese Art und Weise meine Anerkennung selbst. Ägypten wird zahlen müssen!«
Seine Erregung behielt die Oberhand und er atmete ein paar Mal tief durch, um sich zu beruhigen.
»Aber was rede ich?«, fuhr er dann fort. »Obwohl es egal ist! Du kannst ruhig alles erfahren und musst dann wirklich nicht dumm sterben. Denn allein dein Wissen um meine Person ist dein zweites Todesurteil und zwar in allernächster Zeit!«
Nach diesen Worten verschwand er und ließ uns im Unklaren darüber, was genau er mit uns vorhatte.

Der Tag ging vorüber und trotz der Hitze bekamen wir nichts zu trinken und nichts zu essen. Reden konnten Pani und ich auch nicht, denn man hatte uns den Mund mit einem Tuch zugebunden. Das Atmen fiel mir schwer und die Zeit kam mir unendlich lang vor.
Irgendwann, ich musste wohl vor Erschöpfung eingeschlafen sein, riss mich jemand mit rauer Stimme aus dem Schlaf. Man nahm mir die Fußfesseln und das Tuch um den Mund ab, dann wurde ich nach draußen geführt und auf einen Esel gesetzt. Erst konnte ich wegen der herrschenden Dunkelheit nichts erkennen. Doch nach und nach wich sie, um dem Tageslicht Platz zu machen. Es waren zehn Männer, die mich begleiteten. Alles Schwarze, keine Leute aus dem Dorf. Sie mussten zu einem anderen Stamm gehören. Zu-

sätzlich zu ihren Reittieren führten die Männer eine große Anzahl weiterer Esel mit, die mit viel Gepäck beladen waren. Ich befand mich bei einer Karawane!
Als wir längere Zeit unterwegs waren, versuchte ich meine Handfesseln zu lösen. Sie waren aber so fest verknotet, dass es lange Zeit dauern würde, bis es mir eventuell gelingen könnte. Dabei schaute ich zu allen Seiten, um nach Pani zu sehen. Er war nicht bei der Karawane! Ich bekam einen riesigen Schreck! Was hatte man mit ihm gemacht? Wütend und die Gefahr missachtend, schrie ich: »Wo ist mein Begleiter? Was habt ihr mit ihm gemacht?«
Sofort kam einer der Reiter auf mich zu. Von Weitem schwang er eine Lederpeitsche und schrie in einem schlechten Ägyptisch: »Schweig, du elender Mörder! Sonst bekommst du die Peitsche zu spüren!«
Ich konnte mich nicht beruhigen und brüllte: »Was ist mit meinem Begleiter? Habt ihr ihn umgebracht, ihr Mörder?«
Der Schlag mit der Peitsche kam sofort. Es tat entsetzlich weh und mein Rücken brannte. Dabei rief der Schwarze: »Einem Mörder gebe ich eigentlich keine Auskunft. Nur damit du Bescheid weißt, dein Begleiter ist wertvoller als du! Er wird im Gegensatz zu dir gebraucht!«
Jetzt schwieg ich wohlweislich, denn noch einen Schlag wollte ich nicht riskieren. Außerdem konnte ich mir vorstellen, warum Pani für diese Leute wertvoll war. Er sprach mehrere Sprachen und einige zusätzliche Dialekte der Eingeborenen in Kusch.

Unsere Reise dauerte mehrere Tage. Abends löste man für kurze Zeit meine Handfesseln, sodass ich trinken und essen konnte. Anschließend wurde ich sofort wieder gefesselt und ein Mann blieb ständig in meiner Nähe, um mich zu beaufsichtigen.
Hatten die Männer der Karawane von Nemitz den Auftrag, mich zu töten? Und wann würden sie es tun? Ich zwang mich, nicht andauernd daran zu denken, und konzentrierte mich auf die Gegend. Vielleicht ergab sich eine Möglichkeit zur Flucht. Das Reiten fiel mir diesmal besonders schwer, denn bei jeder unbedachten Bewegung riss meine Rückenwunde von dem Peitschenhieb erneut auf, die aber sonst gut zu verheilen schien.
Ein Gespräch kam während der ganzen Zeit nicht zustande, wahr-

scheinlich weil die Schwarzen, bis auf den Anführer, der mir den Peitschenhieb versetzt hatte, kein Ägyptisch sprachen. Doch es musste auch einen anderen Grund geben, dass niemand versuchte, mit mir zu reden. Der General hatte den Leuten bestimmt Horrorgeschichten über mich erzählt, damit sie bereit waren, mich ohne Skrupel zu töten. Warum sonst hatte der Anführer mich einen Mörder genannt?

Als einige Tage in immer gleichem, eintönigem Rhythmus verstrichen waren, erreichten wir ein großes Eingeborenendorf. Meine Begleiter, oder besser gesagt meine Gefangenenaufseher, waren dort gut bekannt, denn sie wurden bereits weit vor dem Dorf mit lautem Geschrei begrüßt. Als wir näher kamen, fiel mir sofort der hohe Zaun auf, der aus Baumstämmen angefertigt war und das ganze Dorf umschloss. Ein ausgezeichneter Schutz gegen eventuelle Feinde oder wilde Tiere, dachte ich.
Als wir durch das Eingangstor kamen, konnte ich sehen, dass der Zaun auch von innen her als Schutz gedacht war und deswegen hatten hier die Sklavenhändler eine Sammelstelle für ihre lebende Ware eingerichtet. Im Inneren des Dorfes, auf einem freien Platz, standen oder saßen bestimmt hundert Männer, jeweils zu zweit aneinander gefesselt. Später sollte ich erfahren, dass Frauen und Kinder bereits unterwegs zu einem anderen Sammelplatz waren.
Meine Begleiter brachten mich zu den Sklaven hinüber. Dann prüfte der Anführer, mit wem er mich zusammenbinden könnte, und sprach in einer für mich unverständlichen Sprache einen der Aufseher an. Der zeigte auf zwei Männer, von denen einer lang ausgestreckt am Boden lag. Sie wurden losgebunden und erst dann konnte ich erkennen, dass der am Boden liegende Mann tot war. Er wurde weggetragen und sein Leichnam ein Stück von uns entfernt in ein bereits ausgegrabenes Erdloch geworfen. Vermutlich lagen dort schon mehrere Leichen. Ein Menschenleben galt hier nichts!
Als die Aufseher sich entfernt hatten, schaute ich mir den Mann, mit dem man mich zusammengebunden hatte, genauer an. Seine Herkunft konnte ich nicht deuten. Es war ein Schwarzer, aber ich vermutete, dass er nicht aus Kusch kam. Er war älter als ich und seine krausen Haare wurden an den Schläfen bereits grau. An der Stirn hatte er zwei senkrechte Narben. Rein körperlich schien er

ein kräftiger Kerl zu sein, obwohl er nicht groß war. Er war ungefähr einen Kopf kleiner als ich. Er musterte mich genauso aufmerksam wie ich ihn.
»Wie bist du in diese Lage gekommen? Und wer bist du?«
Er antwortete nicht und ich dachte, er versteht mich nicht, als er dann doch in einem sehr schlechten Ägyptisch zischte: »Du Mörder! Wir auf dich gewartet!«
Ich war verblüfft, einerseits weil ich gar nicht mehr mit einer Erwiderung gerechnet hatte, andererseits weil er mich einen Mörder nannte.
»Wie kommst du darauf?«, wollte ich wissen.
»Der Aufseher hat mit mir gesprochen.«
»Glaubst du ihm etwa?«
Er zuckte die Schultern. »Warum sollte er es sonst sagen?«
Wütend schüttelte ich den Kopf. »Es stimmt nicht! Ich bin kein Mörder! Da du mir sowieso nicht glauben wirst, beantworte wenigstens meine Frage! Wieso bist du hier? Hat man dich aus einem Gefangenenlager geholt?«
Ich wusste aus Ägypten, dass dort oft Gefangene, die zu langjährigen Gefängnisstrafen verurteilt waren, zu Sklaven gemacht wurden, um sie dann zu schweren und gefährlichen Arbeiten heranzuziehen.
»Ich war kein Gefangener. Mein Name ist Butu und ich war immer ein freier Mann. Meine Karawane wurde von diesen Banditen überfallen. Die meisten meiner Leute wurden getötet. Den Letzten von ihnen hast du eben gesehen, als man ihn weggetragen hat!«
Bei den ersten Worten trat ein stolzer Zug in sein Gesicht, doch als er von dem Toten sprach, sah er sehr verzweifelt aus.
Butu hieß er also. Weiterreden wollte er nicht und so schwiegen wir zusammen. Zwischendurch schlief ich ein und wurde erst wach, als mein Nachbar sich umdrehen wollte und ich diese Bewegung mitmachen musste da wir aneinander gefesselt waren. Er hatte wohl auch geschlafen und nun waren wir beide wach geworden.
»Weißt du, was mit uns geschieht?«, versuchte ich erneut, mit ihm ins Gespräch zu kommen.
Er nickte und schien jetzt zugänglicher zu sein. »Wir reisen weiter nach Süden. Dort ist eine große Sammelstelle für Sklaven. Ich denke,

dass wir dort in Gruppen aufgeteilt werden, so, wie Bestellungen von den umliegenden Königreichen vorliegen.«
»Königreiche?«, fragte ich erstaunt und ungläubig zugleich, denn meine angeborene Neugierde war mir trotz meiner misslichen Lage nicht abhandengekommen.
Genauso erstaunt fragte er zurück: »Ja, Königreiche! Weißt du nichts darüber?«
Ich schüttelte den Kopf. »Nein. Und ich bin mir sicher, in meinem Heimatland Ägypten hat bisher niemand davon gehört.«
»Ihr Ägypter seid nicht so schlau, wie ihr immer denkt! Es gibt im Süden einige Königreiche, die von der Landfläche weitaus größer als Ägypten sind. Allerdings haben sie nicht so riesige und schöne Tempel, Gräber und Häuser wie ihr.«
Er dachte wohl, ich würde ihm nicht glauben, denn zur Bekräftigung seiner Worte setzte er hinzu: »Du kannst es mir ruhig abnehmen! Dort leben mächtige Könige, die große Armeen befehligen.«
Nach einer kurzen Pause wollte ich von ihm wissen: »Was meinst du, könnte es sein, dass wir dorthin verkauft werden?«
»Ja! Wenn wir so lange am Leben bleiben! Es ist ein weiter Weg bis dorthin. Viele von uns werden es nicht schaffen.«
Das waren ja herrliche Aussichten. Es wurde Zeit, dass ich eine Möglichkeit zur Flucht fand. Ich wollte schon spontan meinen Nachbarn darauf ansprechen, aber dann ließ ich es vorerst, denn um eine so heikle Frage zu stellen, musste ich ihn erst besser kennenlernen.
Wir schliefen ein und wurden erst durch das Geschrei der Aufseher geweckt. Jeweils zehn Sklaven wurden losgebunden und zum Nil geführt, wo sie sich waschen konnten. Dann gab es einen dickflüssigen Hirsebrei zu essen und danach wurden die Männer wieder zusammengebunden, weil die nächste Gruppe die gleiche Prozedur vor sich hatte.
Ehe die Karawane gegen Mittag aufbrach, wurden wir losgebunden und ich freute mich, weil es eine ungemeine Erleichterung bedeutete. Ich hatte mich zu früh gefreut. Der Karawanenführer trieb nicht nur Menschenhandel, sondern wollte auch Waren verkaufen oder tauschen. Die Sachen waren in großen Stoffballen verpackt und einen davon bekam ich zum Transportieren. Meine Leidensgenossen kannten das bereits, denn ohne weitere Worte zu verlieren,

nahmen sie den Ballen und hoben ihn auf ihren Kopf. Ich machte es ihnen nach und wirklich, es schien die einzige Möglichkeit zu sein, ihn zu tragen. In der ersten Stunde schaffte ich es ganz gut. Aber dann spürte ich die Last immer mehr. Ein Schwächling war ich bestimmt nicht, doch von den letzten Tagen geschwächt und außerdem war ich das Tragen auch nicht gewohnt. Ich sehnte eine Rast herbei, die gab es erst gegen Abend, als wir einen geeigneten Lagerplatz gefunden hatten.
Nachdem wir die Ballen abgelegt hatten, wurden wir wieder gefesselt. Diesmal war es nicht Butu, mit dem ich zusammengebunden wurde, sondern mit einem anderen Mann, mit dem ich mich wegen der Sprachprobleme überhaupt nicht unterhalten konnte. Ich nahm mir vor, morgen zu versuchen, mit Butu zusammenzukommen.
Das klappte am nächsten Abend. Der Tag war ähnlich wie der vorherige abgelaufen, nur dass wir nicht zum Baden geführt wurden, obwohl es möglich gewesen wäre.
Diesmal war er es, der zuerst sprach. »Wie kommt es, dass du den ganzen Tag die Last tragen konntest? Ägypter aus höheren Kreisen können das normalerweise nicht!«
Das Tragen hatte mich genauso mitgenommen wie am ersten Tag und ich knurrte erschöpft: »Mir reicht es! Ich bin ganz schön kaputt!«
Es war das erste Mal, dass ich ihn lächeln sah, obwohl er eigentlich keinen Grund dazu hatte. Dann meinte er: »Ich habe andere Männer gesehen, die es auch nicht gewohnt waren. Sie sind gleich am ersten Tag umgekippt und nachher nicht mehr aufgestanden. Du scheinst sehr zäh zu sein!«
Das klang anerkennend und es tat mir gut. Er schien heute überhaupt redseliger zu sein und so fragte ich: »Kannst du mir sagen, warum wir uns mit den Ballen so plagen müssen? Der Nil fließt in der Nähe. Warum nehmen die Dummköpfe kein Schiff?«
»Nein, nein, sie sind keine Dummköpfe! Die Waren sind gestohlen. Auf dem Nil sind zu viele andere Schiffe. Oft mit ägyptischen Soldaten. Es wäre für sie zu gefährlich!«
»Du weißt eine Menge«, meinte ich beeindruckt.
Er nickte. »Ich passe auf, was die Aufseher so reden. Sie denken, wenn sie sich in ihrer eigenen Sprache unterhalten, versteht sie niemand. Aber ich verstehe ihren Dialekt einigermaßen.«

Ich hätte mich gern weiter mit ihm unterhalten, denn beim Schleppen der Lasten am Tag war das nicht möglich. Einer der Aufseher kam auf uns zu und schwang dabei drohend seine Peitsche und schrie, wir sollten ruhig sein! Natürlich stellten wir unser Reden sofort ein. Ich wusste schließlich aus eigener Erfahrung, welche Schmerzen ein Peitschenhieb verursachte. Dieser eine Schlag hatte mir gereicht.
So ging es Tage weiter. Nach und nach fiel mir das Tragen nicht mehr so schwer. Es half sicher auch, dass wir im Großen und Ganzen gut mit Essen und Trinken versorgt wurden. Leider konnte ich mich in diesen Tagen kaum mit Butu unterhalten, da einer der Aufseher es besonders auf uns abgesehen hatte. Er schaute oft zu uns herüber und blieb die meiste Zeit in unserer Nähe.
Eines Abends nach dem Essen, ich war gerade dabei einzuschlafen, stupste Butu mich an und flüsterte: »Kennst du den Aufseher?«
Verneinend schüttelte ich den Kopf. Dann fiel mir ein, dass er dies bei der Dunkelheit nicht sehen konnte, deswegen raunte ich: »Ich kenne ich nicht! Warum fragt du?«
»Er war es, der damals behauptete, du seiest ein Mörder! Als wir aneinander angebunden wurden, meinte er, ich solle aufpassen, sonst könne es passieren, dass du mir die Kehle zudrückst. Inzwischen denke ich anders darüber und glaube nicht, dass es stimmt, was er gesagt hat. Ich bin der Ansicht, dass er den Auftrag erhalten hat, dich zu töten. Doch der Karawanenführer hat mittlerweile anders entschieden, denn ich habe gehört, wie er betonte, du seiest ein guter Träger, und er denkt, dass er auf dem großen Sklavenmarkt viel Gold für dich bekommen kann. Darüber scheint der Mann sehr verärgert und ich habe den Eindruck, er will auf jeden Fall seinen Auftrag durchführen, nämlich dich zu töten.«
Wir mussten schweigen, denn der Aufseher schaute erneut zu uns herüber. Ich überlegte. Kannte ich den Mann? Ich konnte mich nicht erinnern, ihm jemals begegnet zu sein. Nach längerem Grübeln konnte ich mir nur vorstellen, dass er persönlich von dem General den Auftrag erhalten hatte, mich umzubringen.

Es passierte in der nächsten Nacht. Ich wollte gerade einschlafen und auch Butu lag so ruhig, dass er im Land der Träume weilte, als ich durch ein Geräusch aufgeschreckt wurde. Da musste etwas

sein! Ich zog an den Fesseln, sodass Butu wach wurde. Schlaftrunken murrte er: »Lieg ruhig! Ich schlafe!«
»Psst! Leise! Da ist jemand«, flüsterte ich. Er verstand sofort und an seiner angespannten Körperhaltung merkte ich, dass er hellwach war.
Jetzt konnte ich etwas erkennen! Ein Schatten bewegte sich auf uns zu. Ein Mensch! Etwas Helles blitzte in seiner Hand auf. Ein Dolch oder ein langes Messer? War nun der Moment gekommen, den mir der General angekündigt hatte?
Fieberhaft überlegte ich, wie ich den feigen Überfall abwehren konnte, als Butu plötzlich laut aufschrie! Was er genau schrie, konnte ich nicht verstehen. Dafür war es so laut und eindrucksvoll, dass alle im Lager wach wurden und ein großes Geschrei und Durcheinander entstand. Das war unsere Rettung! Der Schatten des Mannes war in dem allgemeinen Chaos nicht mehr zu sehen. Nach einigem Hin und Her, man wusste ja erst nicht, wer so laut geschrien hatte, kam der Anführer zu uns.
In seinem gebrochenen Ägyptisch wandte er sich an mich. »Warum schreit ihr: Überfall? Hier ist außer uns niemand!«
Vermutlich war es der Aufseher, der mich töten wollte. Aber das sagte ich nicht, sondern: »Wir haben einen Mann ganz in der Nähe gesehen, der mit einer Lanze bewaffnet auf unser Lager zuschlich! Allem Anschein nach waren es sogar mehrere Männer! Sei froh, dass Butu euch durch sein Schreien gewarnt hat! Ich verstehe sowieso nicht, warum ihr keine Wachen aufgestellt habt. Schick einige von deinen Leuten mit Fackeln aus, sie werden sicher noch Spuren entdecken!«
Erst antwortete er nicht, sondern schaute mich nur nachdenklich an. Dann meinte er: »Komisch, dass niemand von uns etwas bemerkt hat! Glaube mir, wer täglich mit der Gefahr lebt, hat für so etwas ein Gespür. Ich brauche von dir keinen Rat, was ich tun soll. Also schweig!«
Seine Worte klangen sehr bestimmt, wahrscheinlich weil seine Leute zuhörten. Seinem durch Fackeln gut beleuchteten Gesicht konnte ich ansehen, dass er sich sehr wohl Gedanken machte.
»Gehen wir wieder schlafen! Morgen ist ein anstrengender Tag!«, rief er seinen Leuten zu. »Das war falscher Alarm!«, übersetzte Butu mir.

Insgeheim musste ich schmunzeln, als er vier Männer zur Wache einteilte.
Als wir allein waren, flüsterte Butu: »Es war der Aufseher! Ich habe ihn erkannt, ehe er weglief!«
Meine Vermutung stimmte also.
Am nächsten Tag, wir waren längere Zeit unterwegs, sprach mich der Karawanenführer das erste Mal auf der Reise an. Er saß dabei bequem auf seinem Reitesel und schaute auf mich herab.
»Übermorgen kommen wir zum Dorf[7] der zwei Flüsse. Euer ägyptischer Nil wird dort von einem mächtigen Fluss gespeist, der in bestimmten Monaten viel Wasser aus den Bergen mitbringt. Einige Zeit später ist in Ägypten dann Hochwasser. Das Wasser bringt den wertvollen Schlamm, mit dem euer Niltal bei der jährlichen Überschwemmung so fruchtbar wird.«
Was redet der da?, dachte ich. Jedes Kind in Ägypten weiß, dass die Götter für das Hochwasser sorgen.
Warum er mir das erzählte, wusste ich nicht. Mir schien, als ob er mir in Wirklichkeit etwas anderes mitteilen wollte und dies nur eine Einleitung war.
»Nicht weit von dem Dorf entfernt ist ein großer Handelsplatz für Sklaven. Ich habe mich entschieden, dich dort zu verkaufen. Ab dem Dorf der zwei Flüsse brauche ich nicht mehr so viele Träger, da wir mit einem Schiff weiterreisen werden. Wir haben zwar den Auftrag erhalten, dich unterwegs zu töten, aber du bist ein kräftiger Kerl, der schwere Lasten tragen kann und ich denke, dass ich für dich einen guten Preis erzielen kann. Aber freue dich nicht zu früh, ein Sklavenleben in den südlichen Königreichen ist nicht leicht. Die meisten der Sklaven dort haben keine hohe Lebenserwartung! Also verhalte dich auf dem Sklavenmarkt vernünftig, denn wenn du verkauft wirst, verlängerst du damit dein Leben. Ansonsten werde ich sofort dem Wunsch des Generals nachkommen und dich töten lassen.« Nach diesen Worten lenkte er seinen Reitesel wieder an die Spitze der Karawane.
Butu hatte natürlich mitgehört und meinte: »Siehst du, ich hatte recht!«

Ich hatte den Gedanken an Flucht immer noch nicht aufgegeben und nahm mir vor, bei passender Gelegenheit mit Butu darüber zu

sprechen. Ich kannte ihn genügend, um zu wissen, dass ich ihm vertrauen konnte.
In der nächsten Nacht konnte ich erst nicht einschlafen. Meine Gedanken an eine Flucht und an den morgigen Sklavenmarkt hielten mich wach. Irgendwann schlief ich ein und träumte von Merit. Ihr Gesicht erschien mir erst klein und weit entfernt. Dann kam es ruckartig ein Stück näher und wurde dabei größer und größer. Bei jedem Stück des Näherkommens rief sie: »Wo bist du? Wann kommst du endlich zurück? Ich brauche dich!«
Zum Schluss stand sie so groß vor mir, dass ich aufwachte. Aber dann merkte ich, dass Butu es war, der mich wachgerüttelt hatte.
»Was ist mit dir?«, flüsterte er. »Du hast laut gesprochen und dich hin und her gewälzt. Wir sollten leise sein! Die Wachen sind in der Nähe und haben bereits zu uns geschaut.«
Einschlafen konnte ich nicht mehr. Meine Gedanken weilten bei Merit. Dabei betrachtete ich einen Stern, der ganz hell im Norden schimmerte. Sicher konnte sie ihn auch in Ägypten sehen. Irgendwann hatten wir uns einmal versprochen, jeden Abend an den anderen zu denken und dabei zum Himmel zu schauen. Was machte sie jetzt? Hatte sie Nachricht über mein Verschwinden erhalten? Wahrscheinlich, denn es war davon auszugehen, dass Nehi mein plötzliches Verschwinden Thutmosis gemeldet hatte. So etwas blieb im Palast nicht geheim und somit würde es Merit erfahren.
Butu wälzte sich hin und her und knurrte: »Bei Vollmond schlafe ich immer schlecht!«
Leise sprach ich ihn an: »Hast du schon einmal über eine Flucht nachgedacht? Ich habe mir vorgenommen, es bei der ersten sich bietenden Gelegenheit zu versuchen!«
»Was glaubst du? Darüber habe ich oft nachgedacht! Bisher war es unmöglich. Ich schlage vor, wir sollten unbedingt zusammenbleiben und versuchen, gemeinsam eine Gelegenheit zu finden, denn zu zweit ist es auf jeden Fall besser. Doch damit hätten wir nur den ersten Schritt erreicht! Unterwegs würden wir bestimmt auf weitere Sklavenkarawanen und auf Krieger des Landes Kusch treffen, die jeden Ägypter töten möchten!«
Wir schwiegen nachdenklich. Es hatte mir gutgetan, mit Butu darüber zu reden, und da wir die gleichen Gedanken hatten, kam ich mir nicht mehr ganz so einsam und verlassen vor.

Nach längerer Zeit flüsterte Butu: »Das Wichtigste ist, dass wir zusammenbleiben. Was meinst du?«
»Auf jeden Fall! Aber was passiert, wenn wir morgen beim Sklavenmarkt getrennt werden?«
Butu seufzte und gähnte ausgiebig, ehe er antwortete: »Wir müssen abwarten! Es nützt nichts, wenn wir uns vorher verrückt machen. Irgendwann werden uns die Götter zur Seite stehen. Warum nicht ab morgen? Versuch zu schlafen.«
Er hatte recht, im Moment brachte es nichts, sich den Kopf darüber zu zerbrechen. Wenn sich eine Möglichkeit ergeben würde, dann war es immer noch früh genug, sich Gedanken zu machen.
Beim Aufstehen war ich längst nicht so frisch und ausgeschlafen wie in den Tagen zuvor. Selbst das Tragen fiel mir heute schwerer als sonst. Ich war froh, als es Abend wurde und ein Lager eingerichtet wurde. Nach längerer Zeit wurden wir heute endlich zum Baden geführt. Die Erfrischung war angenehm und ich fühlte mich danach so gut wie lange nicht mehr. Ich war mir klar darüber, dass die Sklavenhändler das bestimmt nicht für unser Wohlbefinden machten. Ein Großteil von uns sollte morgen auf dem Sklavenmarkt verkauft werden. Das war der Grund! Mir war's im Moment egal und in dieser Nacht schlief ich ohne zu träumen durch.

Am nächsten Tag war es nicht mehr weit bis zu der Handelsstation. Eigentlich hatte ich mir die Karawanenstation viel weitläufiger vorgestellt. Doch es waren nur drei oder vier Karawanen da, die ihre Ware Sklaven verkaufen wollten. Allerdings waren eine Menge Menschen aus der näheren Umgebung da, die sich alles interessiert anschauten.
»Ich hatte mir den Platz imposanter vorgestellt«, gestand ich Butu.
»Das ist nicht der richtige Markt«, korrigierte er mich. »Einige Tagesreisen weiter ist ein wesentlich größerer Sklavenmarkt. Dort wird außer mit Sklaven auch noch mit vielen anderen Dingen gehandelt. Dahin reist dann unsere Karawane weiter.«
Mehr redeten wir vorerst nicht, denn unsere Sklavenhändler waren sehr aufgeregt und es war besser, auf ihre Befehle zu hören, denn ihre Peitschen saßen locker. Als wir ankamen, riefen sie den anderen Händlern etwas zu. Man kannte und begrüßte sich lautstark. Wir wurden zu einer Stelle gebracht, wo mehrere Pfähle aufrecht und

fest verankert im Boden standen. In dem Gedränge beim Lösen der Fesseln und Anbinden an den Pfählen schafften Butu und ich es, dass wir an denselben Pfahl gebunden wurden. Fliehen war hier unmöglich!
Viele der Schaulustigen waren mit uns zu dem Platz gegangen, an den wir Sklaven zur Begutachtung gebracht wurden.
Erst standen sie nur herum und gafften. Nach und nach kamen sie vereinzelt näher, um unsere Muskeln zu befühlen. Manche von uns mussten den Mund öffnen. Man wollte sehen, in welchem Zustand sich die Zähne befanden.

Daya, die Königstochter

So verging viel Zeit. Unser Karawanenführer stand vor uns und bei jedem, der auch nur ein bisschen Interesse zeigte, pries er lautstark seine gute Ware an. Anta fiel mir ein, wie ich sie in der gleichen Lage das erste Mal auf dem Sklavenmarkt in Memphis gesehen hatte. Was war seit damals alles geschehen! Inzwischen war sie tot. Ich war mit meinen Gedanken so nah bei ihr, dass ich um mich herum alles andere nicht mehr bemerkte und erst wieder aufmerksam wurde, als Butu mich anstieß. Vor mir stand der Sklavenhändler und um ihn herum sechs hochgewachsene Schwarze. Vor ihnen stand eine gut aussehende schwarze Frau. Sie schien ihre Anführerin zu sein, denn sie redete als Einzige in einer mir unverständlichen Sprache auf den Händler ein.

»Sie hat Interesse!«, übersetzte Butu. »Gerade hat sie gefragt, woher du kommst und wie viel der Händler für dich haben will!«

Wortreich erklärte der Händler etwas. Dabei schaute ich mir die Frau genauer an. Sie war schlank und hochgewachsen, allerdings nicht so groß wie die Männer, die bei ihr standen. Sie hatte ein zartes, gleichzeitig sehr ausdruckstarkes Gesicht. Dunkle Augen musterten mich lebhaft. Ihre Haare trug sie hochgesteckt und deswegen wirkte sie größer, als sie in Wirklichkeit war. Ihr Busen war klein. Ich fand ihn genau passend und sehr schön. Um ihre Hüften trug sie einen Lendenschurz aus Federn. Mit dem Blick eines Mannes dachte ich anerkennend: ein vollkommener Körper! Eine junge, sehr schöne Frau!

Jetzt musste ich aufpassen, denn die Frau wandte sich mit einer tiefen und rauen Stimme an mich. Butu übersetzte: »Sie will wissen, wie du heißt und woher du kommst. Ich glaube, sie will dich nur sprechen hören, denn das hat sie bereits alles von dem Sklavenhändler erfahren. Außerdem sollst du sie nicht so unverschämt ansehen! Schließlich bist du nur ein Sklave!« War mein Eindruck richtig, dass Butu bei seinen letzten Worten ein wenig grinste? Es war aber mehr ein Gefühl, denn anschauen konnte ich ihn nicht, da wir durch unsere Fesselung Rücken an Rücken standen.

Ich nehme an, dass mein Gesicht ein wenig Farbe bekam. Sie hatte recht und weil mir das unangenehm war, antwortete ich knurriger,

als ich eigentlich wollte: »Ich bin aus Ägypten und mein Name ist Sen. Und wer bist du?«
Blitze schossen aus ihren dunklen Augen auf mich zu. »Schweig, Sklave! Du hast keine Fragen zu stellen!«
Dann redete sie längere Zeit mit dem Händler. Ich vermutete, dass es um meinen Preis ging. Überraschend wandte sie sich erneut an mich. »Sie will wissen, ob du wirklich ein verurteilter Mörder bist!« Butus Stimme klang vorsichtiger als sonst.
Ich schaute fest in ihre dunklen Augen. So intensiv, dass sie als Erste ihre Augen niederschlug. Dabei schüttelte ich meinen Kopf und sagte: »Nein!«
Sie überlegte kurz, ehe sie sich weiter mit dem Sklavenhändler unterhielt.
Butu flüsterte: »Es ist gut gelaufen! Sie sind sich über den Preis einig geworden und sie hat auch mich gekauft, weil ich mehrere Sprachen kann!«
Unser Wunsch, zusammenzubleiben, schien in Erfüllung zu gehen. Dann machte die Frau eine Handbewegung und einer ihrer Leute überreichte dem Sklavenhändler etwas. Der Handel war abgeschlossen. Man band uns los und wir wurden sofort von den Kriegern weggeführt.
Es ging denselben Weg, den wir heute Morgen hierher gekommen waren, zurück zum Nil. Dort am Ufer waren einige Bootsstege, an denen mehrere kleinere Boote lagen. Von den Kriegern wurden wir zu einem der Boote gebracht, in dem höchstens zehn Personen Platz hatten.
Butu und ich mussten uns setzen und dann wurden wir von innen an dem Bootsrand festgebunden. Es war Abend geworden. Die Frau sagte etwas zu den Kriegern. Daraufhin setzten sich zwei von ihnen zu uns ins Boot, während sie mit den anderen Männern fortging. Die Nacht war ungemütlich, denn wir saßen nicht gerade bequem, denn so, ohne sich anlehnen zu können, war es nicht einfach, Schlaf zu finden. Morgens tat mir mein Kreuz weh und geschlafen hatte ich kaum. Dementsprechend war meine Laune.
Butu erging es ähnlich, denn er stöhnte: »Ich würde lieber Lasten tragen, als nur so krumm zu sitzen. Mein Rücken schmerzt! Hoffentlich kommt die Frau bald zurück und befiehlt, uns loszubinden!«
»Sie hat sicher hervorragend gespeist und dann beim Schlafen bequem gelegen«, murrte ich genauso unwirsch zurück.

Es dauerte nicht mehr lange, bis sie mit den Kriegern zurückkam. Wir wurden losgebunden und mussten uns mit an die Ruder setzen. Sie schaute mich nur einmal an und würdigte mich danach lange keines Blickes mehr. Die Männer verstauten einige Beutel mit Stoffballen im Boot und ich ging davon aus, dass sie diese gestern Abend gekauft hatten. Ein Ruf und das Boot legte ab. Die sechs Männer hatten sich, genau wie wir, zu zweit an die Ruder gesetzt und zogen sie kräftig an. Das Boot hatte zwar ein Segel, aber man konnte es nicht benutzen, denn der Nil hatte hier eine zu starke Gegenströmung.
Ich war froh, als der Abend kam und meine Hände und Arme zur Ruhe kamen. Meine Handflächen hatten offene Stellen bekommen und außerdem hatte ich das Gefühl, meine Arme seien so lang, dass ich im Stehen, ohne mich zu bücken, mit den Händen den Boden berühren konnte. Butu erging es ähnlich, denn er zeigte mir seine Handflächen, stöhnte leicht und rollte dabei mit seinen großen Augen.
Tagsüber hatten die Krieger und die Frau öfter miteinander gesprochen. Sie lachten häufig und schienen einen guten und lockeren Umgangston untereinander zu haben. Wenn sie die Frau ansprachen, wurde stets das Wort ›Daya‹ gebraucht. Das musste ihr Name sein. »Kennst du ihren Namen?«, fragte ich Butu.
»Sie haben es bisher nicht ausdrücklich gesagt und sprechen untereinander einen Dialekt, den ich nicht verstehe. Ich glaube, sie heißt Daya!«
Hatte ich doch richtig vermutet.

Heute Abend ließ man uns ungefesselt und wir bekamen das erste Mal von ihnen zu essen und zu trinken. Ohne mich mit Butu abzusprechen, zeigte ich auf meine Hände, als die Frau einmal zu mir herüberschaute, und murmelte: »Daya!«
Erstaunt kam sie zu mir. Als ich ihr meine Hände zeigte, schüttelte sie den Kopf und sagte etwas zu Butu. Der grinste und zeigte ihr seine Hände.
»Was meint sie?«, wollte ich wissen.
»Wir seien Weicheier!« Das hatte sie sicher nicht verächtlich gemeint, denn sie kam sofort zurück und hielt Butu etwas hin. Der hielt seine Hände auf und sie schmierte eine Paste darauf. Dann

kam sie zu mir und machte das Gleiche. Als sie aufstand, berührte sie unabsichtlich mein Gesicht. Leicht erschreckt sah sie mich kurz an und ging dann schnell weg. Mir wurde es ganz heiß und ich schlug meine Augen nieder, denn ich hatte Sorge, dass sie in ihnen meine Gedanken lesen konnte.
Ein wenig später kam sie zu uns und sprach Butu an. »Sie lässt uns heute nicht fesseln und will wissen, ob wir fliehen würden?« Ich bekannte offen: »Heute Nacht nicht, denn dafür bin ich viel zu erledigt. Ob mit oder ohne Fesseln, wenn sich in den nächsten Tagen eine Gelegenheit ergeben sollte, werde ich fliehen!« Er übersetzte.
Sie antwortete nicht, aber in ihre Augen trat ein merkwürdiges Glitzern. Dann setzte sie sich wieder zu ihren Leuten.
Gut, dass es Nacht wurde und wir uns erholen konnten. Ich dachte mit einiger Sorge an morgen. Darüber, dass Rudern so anstrengend sein könnte, hatte ich mir bisher nie Gedanken gemacht. Aber in den nächsten Tagen ging es immer besser, zum einen weil wir uns daran gewöhnten, zum andern weil die Paste von Daya half. Gut für uns war auch, dass sie und ihre Krieger es nicht eilig hatten und häufig zwischendurch eine Rast einlegt wurde. Daya hatte am Heck zwei Angeln ausgelegt. Ab und zu biss ein Fisch an, die dann abends für alle zubereitet wurden.
Nach einigen Tagen kamen wir in eine Gegend, wo ein größerer Fluss in den Nil mündete. Dort in der Nähe schlugen wir unser Nachtlager auf.
»Nicht weit von hier entfernt ist der große Sklavenmarkt. Ich war einige Mal dort«, erzählte mir Butu.
Doch Daya und ihre Leute blieben bei uns im Lager und am nächsten Morgen ging es gleich weiter. Zu meinem Erstaunen wurden Butu und ich nicht ans Ruder gesetzt. Stattdessen bekamen wir jeder eine lange Stange und einer der Männer machte uns vor, was wir damit machen sollten. Ich hatte bisher nicht so bewusst darauf geachtet, aber der Nil veränderte sich nach und nach. Schilf, Papyrus und Sträucher standen immer enger im Wasser.[8] Mit Rudern war es irgendwann vorbei, denn der Nil schien sich in den morastigen Ufern zwischen Schilf und Papyrus zu verlieren. Wir mussten die langen Stangen immer wieder in den verschlammten Nilboden stecken, um das Boot durch unsere Körperkraft weiter-

zubewegen. Ich kannte dies aus der Zeit, als ich im Nildelta war. Dort hatte ich es bei den ansässigen Fischern und Jägern gesehen, die es genauso machten.
Wenn es gar nicht mehr weiterging, sprangen einige der Männer in das seichte Wasser oder gingen an Land, um das Boot mit Seilen weiterzuziehen. Ich war froh, dass Butu und ich im Boot bleiben konnten, denn hier gab es viele Krokodile und es war nicht ungefährlich. Deshalb standen stets zwei der Männer am Bootsrand und hielten ihren Speer wurfbereit.
Es war ein mühseliges Weiterkommen. Abends waren alle todmüde und es wurde nur schnell etwas gegessen, ehe man sich ohne viel zu reden gleich zum Schlafen niederlegte. Kurz bevor ich einschlief kam mir der Gedanke, dass jetzt eigentlich eine günstige Gelegenheit zur Flucht sei, weil wir ungefesselt waren. Doch ich war so erschöpft, dass ich über diesen Gedanken einschlief.

Der nächste Tag verlief ähnlich wie der gestrige. Gegen Mittag mussten einige der Krieger ins Wasser, um das Boot mit einem Seil durch dichtes Schilf und Papyrus zu ziehen. Da geschah es urplötzlich: Ein riesiges Krokodil schoss, vorher für uns unsichtbar, aus den dicht stehenden Wasserpflanzen hervor! Durch unsere Schreie aufmerksam gemacht, retteten sich die im Wasser befindlichen Krieger ins Boot. Nur einer von ihnen, der am weitesten entfernt war, schaffte es nicht mehr. Wir versuchten mit verstärkten Kräften, das Boot näher an ihn heranzubringen, und ein kurzes Stück schafften wir auch, aber das Krokodil war schneller! Als es den Mann fast erreicht hatte, schwirrten zwei Speere durch die Luft! Beide trafen! Für einen gezielten Wurf, um die empfindlichen Stellen des Tieres zu treffen, standen die beiden Krieger zu ungünstig. Das Krokodil, geschützt durch seine dicke Haut, bemerkte die Speere anscheinend nicht einmal. Der Mann schien verloren, denn das Vieh riss bereits direkt vor ihm sein großes Maul auf, um seine Beute unter Wasser zu ziehen. Die messerscharfen Reißzähne waren deutlich zu sehen. Alle schrien durcheinander, am lautesten der Mann im Wasser. Ich auch, gleichzeitig schaute ich zu allen Seiten, um eventuell eine Möglichkeit zu finden, den Mann zu retten. Dort, mitten im Boot, lag ein Speer! Blitzschnell sprang ich hin und packte ihn. Daya hatte es als Einzige gesehen und riss erschreckt

ihre Augen auf, weil sie wohl dachte, dass ich die Situation ausnutzen wollte, um zu fliehen. Aber daran verschwendete ich keinen Gedanken. Den Speer fest an meinen Körper gepresst, damit er nicht wegrutschen sollte, sprang ich in das schlammige Wasser. Das Krokodil war so nah, dass ich im Sprung mit meinem vollen Körpergewicht den Speer in sein geöffnetes Maul stoßen konnte. Das war für das Vieh zu viel, es drehte sich, um den Angreifer ausfindig zu machen und ließ dadurch von dem Mann ab. Ich war nun genau neben dem Krieger im Wasser und durch die Bewegung des Tieres wurden wir beide leicht von seinem langen, starken Schwanz getroffen. Ich hatte das Gefühl, als ob mir mehrere Rippen gebrochen würden und bekam kurz keine Luft mehr.
Doch jetzt war das Boot bei uns und hilfreiche Hände streckten sich mir entgegen und zogen mich hoch. Durch den Ruck landete ich unsanft auf dem Boden. Im gleichen Moment fiel etwas Schweres auf mich. Es war der Mann, den man fast gleichzeitig hochgezogen hatte. Er stöhnte laut auf, als wir zusammenstießen. Zumindest waren wir beide in Sicherheit!
Als Erstes sah ich Butu. Sein besorgtes Gesicht war ganz nah vor mir. »Bist du heile geblieben? Oder hast du dich irgendwo verletzt?«
»Zieh mich hoch! Ich weiß es selbst nicht«, murmelte ich, von dem Geschehen ganz benommen. Vorsichtig zog er mich an den Händen hoch. Die Stelle, an der mich der Schlag des Tieres getroffen hatte, schmerzte zwar, aber als ich auf den Beinen stand, ging es.
»Scheint alles in Ordnung zu sein«, gab ich Butu kurz Bescheid, denn in diesem Augenblick war Daya zu uns getreten und redete atemlos und schnell auf Butu ein, sodass der sich ganz auf sie konzentrieren musste.
»Sie sagt, dass sie nicht weiß, wie sie dir danken kann! Nun sei sie ganz sicher, dass du kein heimtückischer Mörder bist, wie es ihr der Sklavenhändler beim Kauf erzählt hat. Sie hätte von Anfang an ihre Zweifel gehabt und dich aus einem spontanen Gefühl heraus gekauft.«
Ich wusste nicht, was ich darauf antworten sollte und um sie abzulenken, fragte ich: »Was ist mit dem Mann? Ist er verletzt?«
Als Butu übersetzt hatte, nickte sie und winkte mir, nach ihm zu schauen. Er hielt sich die Seite, an der ihn das Krokodil getroffen hatte und nahm, als er uns sah, die Hand dort weg. Er musste sich

mehrere Rippen gebrochen haben, denn an seiner Seite waren einige Beulen zu sehen.
Doch jetzt geschah etwas Merkwürdiges: Trotz seiner offensichtlich starken Schmerzen stand er auf, um sich vor mir hinzuknien. Dabei berührte er mit seinem Kopf meine Füße und sagte etwas. Daya musste seinen Dialekt erst Butu übersetzen, ehe der mir verraten konnte, was der Mann mit seinem seltsamen Gebaren ausdrücken wollte.
»Sein Name ist Mago! Er sagt, dass er von diesem Augenblick an dein Sklave sei, denn ohne dich wäre er tot. Deswegen gehört sein Leben dir!«
Dieser Mago schien es ernst zu meinen, denn er blieb trotz seiner Verletzung liegen. Was sollte ich machen? Ich war ja selbst ein Sklave. Eine eigenartige Situation, die ich gerne aufgelockert hätte, aber alle machten so ernste und feierliche Gesichter, dass es bestimmt unpassend gewesen wäre.
Um das Ganze zu Ende zu bringen, winkte ich Daya energisch zu und bestimmte: »Butu, sag ihm, er soll aufstehen, damit man seine Verletzungen versorgen kann, denn er scheint starke Schmerzen zu haben.«
Butu brauchte nicht zu übersetzen. Daya verstand sofort, was ich wollte und gab ihren Leuten ein Zeichen, die daraufhin dem Mann hoch halfen. Sie nahm aus ihrem Stoffbeutel ein langes, schmales Tuch und wickelte es stramm um den Oberkörper des Mannes.
»Was hältst du davon, dass ich als Sklave selbst einen Sklaven habe?«, grinste ich Butu an.
Er ging nicht auf meine lässige Art ein und präzisierte: »Es ist so Brauch bei den Leuten und durchaus ernst gemeint! Er wird nicht den ganzen Tag hinter dir hergehen, um dir jeden Wunsch zu erfüllen, aber sollte Daya zum Beispiel befehlen, dich zu töten, würde er sie bitten, dass man ihn, anstatt dich töten soll.« Er schwieg und schaute mich eine Zeit lang eigentümlich an, ehe er weiterredete: »Du bist ein mutiger Mann! Hätte ich dir gar nicht zugetraut. Du kannst kein Mörder sein! Mir ist es übrigens so ähnlich gegangen wie Daya. Je länger ich dich kannte, desto weniger habe ich daran geglaubt, was die Männer von der Sklavenkarawane von dir behauptet haben.«
Ich nickte ihm zu, weil ich keine Worte fand. Ihn in meinem Unglück

kennengelernt zu haben, war gut, denn er war mir inzwischen ein Freund geworden.

Abends saßen wir beim Essen das erste Mal mit Daya und ihren Leuten zusammen. Bei jedem Blick und jeder Geste merkte man den Leuten an, dass sie mir jetzt viel Sympathie entgegenbrachten. Bei ihrem Reden untereinander trafen mich oft ihre Blicke. Sie sprachen über mich und ich bedauerte sehr, ihre Sprache nicht zu verstehen. Butu verstand ebenso wenig den Dialekt, den sie benutzten.
»Butu, wir haben über Sen gesprochen. Wir möchten wissen, wie er Sklave geworden ist«, erkundigte sich Daya.
Es war das erste Mal, dass sie meinen Namen aussprach. Ich nickte ihr zu, dass ich verstanden hatte. In Kurzform erzählte ich, wie ich den Auftrag von Thutmosis und Nehi bekommen hatte, festzustellen, wer für die Überfälle der Goldminen verantwortlich war, dass ich den Verräter enttarnt hatte, wie er mir zuvorgekommen war und dafür gesorgt hatte, dass ich gefangen genommen und Sklave wurde.
Als ich fertig war, ging die Fragerei los. Daya wollte wissen, wer Thutmosis und Nehi waren. Dazu brauchte ich selber nicht viel zu sagen, denn das übernahm Butu. Er war stolz über sein Wissen und ich hatte den Eindruck, dass er sehr übertrieb, denn er hatte seine Zuhörer richtig in seinen Bann gezogen, so gespannt hörten sie zu.
Es war für mich seit langen Wochen der erste fröhliche Abend. Die Krieger ließen ein scharfes und berauschendes Getränk herumgehen. Dadurch wurden wir immer lauter und lachten viel. Als ich am nächsten Morgen wach wurde, brummte mir der Kopf.

Unsere Fahrt ging in den nächsten Tagen langsamer voran, denn der verletzte Mago konnte beim Steuern des Bootes nicht helfen. Ich ebenfalls nicht, denn als ich am nächsten Morgen meine Stange nehmen wollte, wurde Daya energisch und nahm sie mir aus der Hand.
Ich hatte nichts dagegen, denn meine Prellungen behinderten mich und auch sonst fühlte ich mich schlapp. Ich dachte: Hättest du bloß nicht so viel aus dem Krug getrunken. Doch die anderen schienen deswegen keine Probleme zu haben.

Während unserer Fahrt kam Daya öfter zu mir und versuchte, sich in einer Zeichensprache mit mir zu unterhalten, denn das Einzige, was ich verstehen konnte, war, wenn sie mit ihrer tiefen Stimme meinen Namen sagte.
Eines Abends im Lager - ich wollte mich gerade auf meine Schlafstätte legen, weil ich mich immer noch erschöpft fühlte, obwohl ich tagsüber nichts getan hatte - winkte sie Butu und mir zu. Sie wollte mit mir reden und Butu sollte übersetzen.
»Ihr seid ab sofort keine Sklaven mehr! Ich habe zusammen mit den Kriegern so entschieden!«
Erstaunt sah ich sie an. »Warum? Du hast eine Menge Gold für uns bezahlt!«
»Du bist ein sehr mutiger Mann und hast das Leben eines wichtigen Kriegers gerettet«, war ihre Antwort. »Wenn du möchtest, kannst du zurück in deine Heimat reisen oder du kommst mit uns. Es ist deine Entscheidung! Bis morgen früh muss ich Bescheid wissen.« Dabei schaute sie mich merkwürdig traurig an.
Im ersten Moment brachte ich kein Wort heraus, denn ich war überwältigt vor Glück. Frei! Zurück nach Ägypten! Zu Merit! Ich wollte spontan antworten, aber Daya hatte sich von mir unbemerkt entfernt, um mich mit meinen Gedanken allein zu lassen. Alles, was in den letzten Wochen passiert war, ging mir durch den Kopf. Irgendwie konnte ich mich nicht richtig konzentrieren. Alles war so unklar und schemenhaft. Ich fühlte mich ausgelaugt und ohne Schwung. Außerdem wurde es mir mal heiß und dann wieder kalt, sodass ich am ganzen Körper zitterte.

Träumte ich oder waren es Gedanken im Halbschlaf? Merit lächelte mich traurig an. Dann drohte mir der General, dass ich mein Ziel niemals erreichen würde. Meine Freunde Mat und Mennon kamen auf mich zu, um mir zu helfen. Dann sah ich die Gesichter von Daya und Butu, die sich über mich beugten.
Irgendwann in der Nacht wurde ich wach. Die Sterne am Himmel waren so klar und deutlich zu sehen wie schon lange nicht mehr. Es musste heute Nacht sehr kühl sein, denn mir war kalt. Als ich zur Seite schaute sah ich, dass Daya neben mir saß. Ihr Kopf war nach vorn gebeugt und die Augen waren geschlossen. Sie schlief im Sitzen. Warum? Durch eine Bewegung von mir wurde sie wach

und bemerkte, dass ich sie ansah. Ein Lächeln kam in ihr Gesicht, sie nahm ein Tuch und tupfte meine Stirn damit ab.
»Was machst du da?«, wollte ich wissen. »Und warum schläfst du neben mir im Sitzen?«
Als ich hinter mir die Stimme von Butu hörte fiel mir ein, dass sie mich nicht verstehen konnte. »Na, bist du endlich wach? Du warst sehr krank und hattest tagelang starkes Fieber!«
»Ja, gestern war es mir auch so komisch. Es wird wohl eine leichte Erkältung sein. Ich bekomme sie regelmäßig einmal im Jahr.«
»Gestern? Du bist seit mehreren Tagen krank und es ist keine Erkältung!«, klärte mich Butu auf. »Wir sind durch das Fiebergebiet[9] gekommen. Viele Leute, die durch diese Gegend reisen, werden krank und bekommen hohes Fieber. Die meisten sterben! Im Allgemeinen sind es Sklaven, die es nicht schaffen, da sie durch die Strapazen, durch Hunger und Krankheiten geschwächt sind. Nur Menschen, die dieses Klima gewohnt sind, werden nicht so schnell krank.«
Das Reden und Zuhören hatte mich sehr angestrengt, und wenn dies überhaupt möglich war, fror ich noch mehr. Gerade wollte ich fragen, ob man mir etwas Wärmendes geben könne, als ich sah, dass man mich bereits mit mehreren geknüpften Schilfmatten zugedeckt hatte. Butu war inzwischen so weit vorgekommen, dass ich ihn sehen konnte.
»Wer hat mich zugedeckt?«, wollte ich von ihm wissen.
»Sie!« Er deutete mit einer Kopfbewegung auf Daya. »Sie hat alles für dich gemacht! Medizin gegeben und dich öfter mit einem Tuch abgerieben und einiges mehr.«
Ich wollte Daya rufen, um ihr zu danken, dann fiel mir ein, dass sie mich ohnehin nicht verstehen konnte. Und so viel Energie, es von Butu dolmetschen zu lassen, hatte ich nicht mehr. Im Halbschlaf versuchte ich Dayas Hand zu drücken, um ihr zu danken. Ob ich es geschafft hatte, merkte ich nicht mehr, der Schlaf war stärker.
Als ich erneut wach wurde, war es Nacht. War es dieselbe Nacht? Ich wusste es nicht! Daya saß immer noch neben mir. Oder schon wieder? Sie hielt meine Hand und ich hatte das Gefühl, dass es mir besser ginge. Diesmal schlief sie nicht. Es schien, als ob sie meine Gesichtszüge studiert hätte, denn sie lächelte sofort, als sie sah, dass ich wach war.

»Du wach? Besser gehen?« Wieso konnte sie plötzlich meine Sprache? Als ob sie mir meine Frage angesehen hätte, antwortete sie: »Ich lernen von Butu! Gut?« Von der Aussprache konnte es wirklich Butus ägyptisches Kauderwelsch sein.
Ich war sehr überrascht und konnte im Moment nur sagen: »Gut, ja! Sehr gut!«
Ein Strahlen kam in ihr Gesicht, sie freute sich über das Lob. Als sich meine Überraschung gelegt hatte, wollte ich wissen: »Konntest du bereits vorher etwas Ägyptisch? So schnell lernt man es normalerweise nicht!«
Ihre dunkle Gesichtsfarbe wurde womöglich noch dunkler. War dies eventuell das Gleiche, wenn wir Hellhäutigen rot wurden?
»Ich wollte mit dir sprechen können!« Sie klang wie ein trotziges kleines Mädchen. »Und ich lerne vor allem Sprachen sehr schnell! Deswegen schickt mich mein Vater oft auf Reisen, weil ich mich bei anderen Stämmen und in fernen Ländern gut verständigen kann!«
Das Reden hatte mich angestrengt, doch diesmal wurde ich nicht müde, sondern verspürte Hunger. »Kann ich etwas zu essen haben?«
»Ah, das ist kein schlechtes Zeichen, wenn du Appetit hast!« Sie klatschte in die Hände und rief etwas in ihrer Sprache. Kurz darauf kam jemand von ihren Leuten und brachte mir eine Art Brei. Hirse konnte ich herausschmecken.
Inzwischen war Butu zu uns gekommen. Er grinste und wollte wissen: »Bin ich nicht ein ausgezeichneter Sprachenweitergeber?«
»Du bist ein fantastischer Lehrer!«, meinte ich ganz ehrlich. »Ich muss dir danken, dass du mich während meiner Krankheit nicht im Stich gelassen hast. Du hast gehandelt wie ein Freund!«
Er strahlte und drückte meine Hand. »Ich lasse dich nicht allein! Wir sind jetzt Freunde!« Dann grinste er womöglich noch breiter und scherzte: »Außerdem reisen die Leute genau in meine Richtung! Warum also sollte ich allein reisen? Es wäre viel zu langweilig und zu gefährlich!« Wir mussten beide lachen.
Daya, die bei uns war, hatte zwar nicht alles verstanden, aber sie lächelte auch. »Wie lange bin ich überhaupt krank gewesen?«, fragte ich.
Butu antwortete, denn so schnell konnte Daya nicht die richtigen Worte finden: »Mindestens drei mal eine Woche!«
Ich erschrak. So lange? »Sind wir weitergereist?«

Butu schaute ernst, als er erwiderte: »Wir mussten weiterreisen. Daya und ihre Männer konnten nicht warten.«
Er hatte recht und dennoch fragte ich ziemlich niedergeschlagen, weil mir klar wurde, dass meine Rückreise zu Merit nach Ägypten länger dauern und immer beschwerlicher werden würde: »Und, wo sind wir jetzt? Sind wir bereits in der Nähe von Dayas Heimat?«
Daya, die merkte, dass ich sehr betrübt war, wollte mich aufheitern: »Wir kommen in einigen Tagen zu einem großen Wasserfall! Das Wasser des Nils fällt ganz tief zwischen zwei riesigen Felsen in eine Schlucht. Du wirst staunen! Allerdings können wir ab dort nicht mehr mit dem Boot fahren. Du solltest unbedingt weiter mit uns ziehen, denn allein zurückzureisen ist viel zu gefährlich. In der Nähe gibt es Dörfer und Stämme, die fast immer Krieg gegeneinander führen. Außerdem gibt es Stämme, die Menschenfleisch essen! Hinzu kommt, dass du noch sehr geschwächt bist. Es geht nicht anders! Ab sofort müssen wir auf der Weiterreise sehr vorsichtig sein.«

Ich erholte mich schnell und bereits drei Tage später, wenn das Boot am Ufer für eine Rast anlegte, konnte ich mit an Land gehen. Bei einem dieser Landgänge - es war gegen Abend und wir suchten gerade einen geeigneten Lagerplatz - standen plötzlich, wie aus dem Boden gewachsen, eine Gruppe mit Pfeil und Bogen bewaffneter Männer vor uns! Aber was waren das für Menschen? Zwergmenschen! Ich glaube, sie waren nur etwa halb so groß wie ich. Den Bogen hielten sie gespannt und ihre Pfeile waren auf uns gerichtet! Halblaut rief Daya uns zu: »Bleibt ruhig stehen! Ich rede mit ihnen!«
Sie wandte sich an einen der Männer, wahrscheinlich an den Anführer, und redete in einer sehr merkwürdigen Sprache auf ihn ein. Es klang, als ob sie, anstatt zu reden, nur mit ihrer Zunge schnalzen würde. Im Gegensatz zu vielen anderen Stämmen trugen die Zwergmenschen keine Kleidung. Dafür waren sie praktisch am ganzen Körper tätowiert. Die meisten von ihnen trugen eine Art Stock im Haar und erst beim genauen Hinschauen konnte ich erkennen, dass es ein Tierknochen war.
Nach einigem Hin und Her übersetzte Daya: »Sie sind auf der Jagd und ungefähr fünf Tagesreisen von ihrem Dorf entfernt. Die Jagd

war gut, sie haben unterwegs mehrere Tiere erlegt und ihre Frauen aus dem Dorf sind gekommen, um sie zu zerlegen und dann nach Hause zu bringen. Dort wird das meiste Fleisch getrocknet, um für die Zeiten ausreichend Nahrung zu haben, wenn die Jagd nicht so erfolgreich ist.«
Die Zwergmenschen hatten inzwischen ihre Bogen gesenkt, aber als Butu sich bewegen wollte, warnte Daya: »Bleibt stehen, ich muss weiter mit ihnen verhandeln. Also, Vorsicht! Achtet nicht nur auf Pfeil und Bogen, sondern auch auf ihre Blasrohre. Die kleinen Pfeile, die sie damit abschießen, haben ein sofort wirkendes, tödliches Gift!«
Als ich mich umschaute sah ich, dass ihre Warnung sehr berechtigt war, denn hinter uns standen Zwergmenschen, die ihre Waffen bereithielten. Die Lage entspannte sich nach und nach. Dann winkte uns Daya zu. Wir konnten uns setzen und danach ging ein Krug mit einem scharfen Getränk herum, aus dem alle einen Schluck nahmen. Das Getränk hatte ich vor einigen Wochen gekostet und davon einen ziemlichen Brummschädel bekommen. Darum setzte ich den Krug nur zum Schein an meine Lippen, ohne zu trinken. Doch die anderen teilten meine Befürchtung nicht, denn der Krug wurde schnell leer. Aber das war kein Problem, denn auch die Zwergmenschen hatten ein ähnliches Getränk, das sie uns anboten. Es wurde lauter und fröhlicher. Trotzdem war man vorsichtig, denn ich stellte fest, dass Daya zwei ihrer Krieger als Wache am Boot gelassen hatte und die Zwergmenschen hatten einige von ihren Männern etwas abseits stehen, die sich von der immer lauter werdenden Runde fernhielten und aufpassten.
Später fasste einer der kleinen Männer in mein Gesicht. Es schien, als ob er meine Wangen streicheln wollte. Daya, die neben mir saß, bekam sich vor lauter Lachen nicht mehr ein und meinte, zwischen mehreren Lachanfällen: »Lass ihn! Er denkt, du hättest eine helle Farbe in dein Gesicht geschmiert, und wollte sehen, wie du darunter aussiehst.«
Der Kleine schaute erstaunt auf seine Hand, als er merkte, dass die Farbe nicht von meinem Gesicht abging. Das war für alle anderen Zwergmenschen ebenso interessant, denn der Kleine schnalzte etwas in seiner Sprache und alle blickten mich erstaunt an. Jetzt gab es viel zu schnalzen und Daya war als Auskunftsperson sehr gefragt.

»Ich musste von dir erzählen und habe dann zum Schluss gesagt, dass ganz weit entfernt, wesentlich weiter als Ägypten, Menschen mit einer weitaus helleren Hautfarbe leben und außerdem sogar goldenes Haar haben.«
»Ja«, bestätigte ich. »Ich habe in Ägypten eine weiße Frau mit goldroten Haaren gesehen, die bei einem hohen ägyptischen Würdenträger Sklavin ist.«
Zum Abendessen wurden wir von den Zwergmenschen eingeladen. Sie hatten in der Nähe ein Flusspferd erlegt und dadurch gab es genügend Fleisch für alle.
Daya saß während des Essens neben mir und als wir genug gegessen hatten, forderte sie mich auf: »Du hast über dein Heimatland Ägypten und was du dort machst, nie gesprochen. Ich weiß nur, was Butu erzählt hat. Willst du nicht darüber reden?«
»Doch, wenn es dich interessiert!« Daya nickte und wartete geduldig. »Eigentlich bin ich kein geborener Ägypter«, fing ich an und sprach zuerst über meine Kindheit und wie ich nach Ägypten gekommen war. Von Senmut, der mich gefördert hatte und warum er bei Thutmosis in Ungnade gefallen war. Wie ich ihm zur Flucht verholfen hatte und dadurch enorme Probleme bekam. Ich redete über viele andere Begebenheiten, denn wir hatten Zeit und Daya war eine gute Zuhörerin. Sie unterbrach mich vor allem dann, wenn sie wegen meiner Erlebnisse so erstaunt war, dass sie die eine oder andere Zwischenfrage stellte.
So saßen wir lange zusammen und ich erzählte ihr das meiste aus meinem Leben. Allerdings nicht alles, denn sie war ein Naturkind und hätte sicher vieles nicht verstanden. Und über einiges wollte ich auch nicht sprechen. Ich redete so lange, bis einer der Krieger kam und ihr ausrichtete, dass der Anführer der Zwergmenschen sie sprechen wollte.
Als sie nach einiger Zeit zu mir zurückkam, sagte sie: »Als ich dich auf dem Sklavenmarkt sah, habe ich gleich geahnt, dass du etwas Besonderes bist. Ich musste dich einfach kaufen, obwohl ich nur als Bote meines Vaters zu dem Dorf der zwei Flüsse gekommen war und gar nicht vorhatte, Sklaven zu kaufen. Jetzt weiß ich, warum!«
Sie schaute mich aus ihren klugen und einfühlsamen Augen aufmerksam an und ich wurde wegen ihrer aufrichtigen Worte verlegen. Natürlich war ich mir darüber im Klaren, dass ich nichts ›Be-

sonderes‹ war, denn ich kannte meine Fehler durchaus, aber das sagte ich nicht, da ich mich sehr geschmeichelt fühlte.
Um sie abzulenken, fragte ich: »Wieso bist du mit den Zwergmenschen eigentlich so ungewöhnlich schnell klargekommen? Als sie so plötzlich vor uns standen, mit den giftigen Pfeilen in ihren Blasrohren, hatte ich Sorge, ob das gut ausgeht.«
»Ich kenne die Zwergmenschen von verschiedenen Begegnungen. Es ist immer besser, wenn man zumindest einigermaßen die Sprache des anderen beherrscht. Du musst wissen, es gibt hier im Umkreis von einer Tagesreise mehrere Dörfer der Zwergmenschen. Jedes Dorf handelt zwar für sich und hat seinen eigenen Häuptling, trotzdem ist die Verständigung untereinander hervorragend. Ich musste nur sagen, wer mein Vater ist, denn er konnte einem der Dörfer vor längerer Zeit einmal helfen und von da an war es leicht.«
»Ist dein Vater ein Häuptling?«, wollte ich wissen.
Sie lächelte leicht, ehe sie antwortete: »Ja, so ähnlich kann man nennen! Mein Vater ist Ibuki, König der Baluk!«
Bei dem letzten Satz klang ein bisschen Stolz in ihrer Stimme. Ich musste ihre Antwort erst verdauen. Unterwegs hatte ich mitbekommen, dass sich öfter kleine Dorfvorsteher oder Häuptlinge König nannten. Deswegen warf ich vorsichtig ein, weil ich sie nicht beleidigen wollte: »Bei uns in Ägypten und in anderen Ländern herrscht ein König über ein sehr großes Land. Darin gibt es unzählige Dörfer und riesige Ländereien, die alle diesem König unterstehen!«
Sie schaute mich befremdet an und reagierte gelassen: »Genau wie bei meinem Vater.«
Ich war ein bisschen beschämt, sie so falsch eingeschätzt zu haben. Um von meiner Verlegenheit abzulenken, fragte ich: »Dann hast du eine Art Regierungsgeschäft im Dorf der zwei Flüsse abgewickelt?«
Sie nickte. »Ja, so kann man es bezeichnen. Ich muss öfter Botschaften in andere Länder überbringen. Mein Vater weiß, dass er sich auf mich verlassen kann. Er erklärt mir exakt, worum es geht und ich gebe dies dann ziemlich wortgetreu weiter.«
Wortgetreu! Erst wusste ich nicht, was sie meinte und als sie meinen fragenden Blick sah, setzte sie erklärend hinzu: »Ja, ich versuche, das, was er mir aufgetragen hat, genau weiterzugeben.«

Ich sagte erst nichts, denn ich wollte nicht wieder ins Fettnäpfchen treten. Aber mir war soeben klar geworden, dass man in Dayas Heimat nicht wusste, was Schreiben und Lesen ist.
Neugierig, wie ich war, hakte ich nach: »Du hast sicher Geschwister. Haben sie ähnliche Aufgaben wie du?«
»Das ist sehr unterschiedlich! Du musst wissen, mein Vater hat unzählige Kinder, ich kenne sie gar nicht alle. Er hat sie mit vielen Frauen gezeugt. Allerdings seine Hauptfrau, meine Mutter, hat nur zwei Kinder. Mein Bruder, der Nachfolger des Königs werden soll, und mich.«
Das war ähnlich wie in Ägypten. Auch der Pharao hatte eine Hauptfrau und etliche Nebenfrauen.
»Eine so wunderschöne Frau wie du hat sicher einen Mann oder haufenweise Verehrer!«, wollte ich sagen, aber irgendwie brachte ich diese Schmeichelei nicht über meine Lippen. Übrigens hatte ich das nie gekonnt, obwohl ich wusste, dass es bei vielen Menschen gut ankommt!
»Und du? Hast du einen Mann?«, fragte ich stattdessen.
Zum Glück hatte ich meine Frage sachlich gestellt, denn sie schien ihr unangenehm zu sein. Als sie antwortete, war ihr Gesicht um eine Schattierung dunkler geworden, bei ihr ein Zeichen von Verlegenheit. »Nein, ich habe keinen Mann, obwohl mein Vater es gern möchte, denn er hatte bereits zwei ernsthafte Bewerber für mich ausgesucht. Ich wollte sie nicht!«
Wir schwiegen länger, obwohl ich den Eindruck hatte, dass sie eigentlich gern weiter mit mir reden würde. Mir fehlten im Moment die Worte. Ihr schien es ähnlich zu gehen. Wir waren beide befangen. Über unsere Unterhaltung war es spät geworden und wir mussten uns von unseren neuen Freunden, den Zwergmenschen, verabschieden, sie wollten jetzt aufbrechen.

In den nächsten Tagen kamen wir noch einigermaßen mit unserem Boot voran, aber nach und nach wurde die Gegenströmung so stark, dass das Rudern zu anstrengend wurde. Der Nil war mit dem Boot nicht mehr befahrbar und wir lenkten es zum Ufer. Dort wurde alles ausgeladen und jeder von uns bekam etwas zu tragen. Selbst Daya, die Königstochter, trug etwas.
Der Weg am Ufer entlang war sehr beschwerlich, da wir oft Felsen

oder umgestürzten Bäumen ausweichen mussten. Allerdings war es gut, dass wir die meiste Zeit durch die Schatten hoher Bäume und Sträucher gegen die Gluthitze geschützt waren. Am Ufer waren immer wieder Krokodile zu sehen, die im prallen Sonnenlicht lagen und die Hitze nicht zu spüren schienen. Auch Flusspferde tauchten öfter laut prustend aus dem Wasser auf. Aus dem Wald hörte man unterschiedliche Tierstimmen, die nach und nach von einem Rauschen übertönt wurden. Der Wasserfall, von dem Daya erzählt hatte, war nicht mehr weit! Als wir aus dem Wald traten, konnte ich sehen, wie zwischen zwei riesigen Felsen gewaltige Wassermassen in eine enge Schlucht stürzten![10] Das Wasser schien aus kochendem Schaum zu bestehen. Es war so laut, dass man sein eigenes Wort nicht mehr verstehen konnte.
Wir blieben eine Weile stehen, um zu schauen und zu staunen. Butu schrie laut in mein Ohr und trotzdem hatte ich Mühe, ihn zu verstehen: »Was wollten die Götter damit sagen, die das erschaffen haben?«
Ich zuckte nur mit meinen Schultern, denn eine Antwort hatte er nicht erwartet. Lange konnten wir uns das Schauspiel nicht ansehen, da die Dunkelheit nahte und wir bald einen geeigneten Lagerplatz finden mussten.

Vor Aufbruch an einem der nächsten Tage geschah etwas Seltsames! Die Krieger Dayas gingen zum Ufer und rieben ihren gesamten Körper mit Nilschlamm ein. Erstaunt wollte ich Daya fragen, was es zu bedeuten hätte. Sie hatte wohl bereits auf meine Frage gewartet, denn sie lachte, als sie meinen Blick sah. Dann wurde sie ernst und erklärte: »Wir kommen nachher in die Nähe des Gebietes der stechenden Fliegen. Wenn ein Mensch von ihnen gestochen wird, kann er sehr krank werden. Erst hat er Kopfschmerzen, dann bekommt er Schwindelgefühle und danach überkommt ihn eine große Müdigkeit. Später kann er nicht mehr sprechen und hat Krämpfe. Meist wird er dann bewusstlos und stirbt. Deswegen bitte gut einreiben! Auch das Gesicht und auf dem Kopf, einfach alles! Der Schlamm wird in der Sonne trocken und ist dann ein wirksamer Schutz gegen die Todesfliegen!«[11]
Wie sich das anhörte. Todesfliegen! Innerlich musste ich mich schütteln. Wir gingen mit Daya zum Flussufer und rieben uns sorg-

fältig mit dem Nilschlamm ein. Was Fieber bedeutet, hatte ich vor kurzer Zeit selber leidvoll erfahren müssen. Als wir nachher einige Zeit unterwegs waren, kam Daya an meine Seite. Trotz des nicht gerade leichten Gepäcks, war ihr Gang locker und leichtfüßig. Sie zeigte zurück und erläuterte: »Drüben auf der anderen Seite des Wasserfalls teilt sich der Nil. Ein Teil fließt in einen großen See.[12] Wir nehmen allerdings den anderen Abzweig, der in den Wasserpflanzensee mündet.[13] Von da an beginnt das Königreich meines Vaters. Es reicht bis zu einem riesigen See[14], in dem der Nil verschwindet.«

Ich hörte zwar zu, weil mich eigentlich alles interessierte, aber meine Gedanken waren weit weg bei Merit und ich dachte: Was mache ich hier? Warum gehe ich mit diesen Menschen weiter? Wieso kehre ich nicht einfach um? Warum sollte ich es nicht schaffen, allein zurückzureisen?

Als ob Daya meine Gedanken lesen könnte, sagte sie plötzlich: »Du hast zurzeit nur die Möglichkeit mit uns zu gehen. Ich könnte es verstehen, wenn du umkehren möchtest. Glaube mir, allein schaffst du es nicht! Du hast es unterwegs wahrscheinlich nicht bemerkt. Wir wurden die ganze Zeit beobachtet! Immer, wenn wir in das Gebiet eines neuen Königreiches oder eines Stammes kamen, gingen die Trommeln! Die Nachricht über uns Reisende wurde weitergegeben! Doch man kennt mich und meine Krieger und lässt uns in Ruhe reisen. Mit König Ibuki, dem König der Baluk, will es sich niemand verderben!«

»Und was denkst du, wie kann ich zurückreisen? Gibt es nach deiner Meinung überhaupt eine Möglichkeit?«

Mit einem hintergründigen Lächeln schaute sie mich an, als sie antwortete: »Vielleicht gefällt es dir bei uns so gut, dass du gar nicht mehr zurück möchtest.«

Als sie daraufhin meinen entsetzten Gesichtsausdruck sah, setzte sie schnell hinzu: »Es geht natürlich! Zweimal im Jahr kommt eine Karawane bei uns vorbei, die bis zu der Stadt der zwei Flüsse reist. Zudem schickt mein Vater, je nach Bedarf, ab und zu Boten in diese Richtung.«

Das klang schon besser und meine Niedergeschlagenheit ließ nach. Daya sah mich nachdenklich an und für mich völlig überraschend platzte sie heraus: »Liebst du sie sehr?«

Ich war so perplex, dass ich ohne nachzudenken antwortete: »Merit? Ja!«
Ging ein Schatten über ihr Gesicht? »Merit ist also ihr Name! Ist sie deine Frau?«
Ich schüttelte den Kopf und sprach aus, was mir in der ganzen Zeit, seit meiner Gefangennahme, mindestens einmal täglich durch den Kopf gegangen war. »Ich bin jetzt über ein Jahr, ohne ihr eine Nachricht zukommen zu lassen, von zu Hause weg. Sie wird denken, ich sei zu den Göttern gegangen!«
Daya merkte mir meine erneute depressive Stimmung an und ließ mich vorerst mit weiteren Fragen in Ruhe.
Später gesellte sich Butu zu mir. »Du weißt, dass wir keine Sklaven mehr sind. Hast du dir inzwischen Gedanken über deine Heimreise gemacht?«
Ich erzählte ihm, was Daya über eine Rückreise gesagt hatte und fragte zum Schluss: »Und du, was hast du vor?«
»Hm«, er schien nachzudenken. »Ich reise mit bis zu Dayas Dorf und warte ab, bis eine Karawane kommt. Allerdings liegt meine Heimat entgegengesetzt zu deiner.«
Er hatte recht. Es war vernünftig, abzuwarten und mit einer Karawane zurückzureisen. Darum entschloss ich mich, genau wie er, bis zu Dayas Heimat mitzureisen. Als ich diese Entscheidung für mich getroffen hatte, ging es mir besser.
Ich nickte Butu zu. »Dann bleiben wir zumindest bis dorthin zusammen.« Er strahlte.
Vielleicht kann ich ihn überreden, mit mir nach Ägypten zu gehen, dachte ich und nahm mir vor, bei passender Gelegenheit mit ihm darüber zu sprechen.

Gut, dass wir schnell durch das Gebiet der Todesfliege kamen, denn der Schlamm auf meiner Haut fing an, erbärmlich zu jucken. Kratzen durfte man sich nicht, weil sich dadurch kleinere Stellen vom Körper lösten. Deswegen waren alle froh, als sie am Abend baden und den Schlamm von ihrem Körper abspülen konnten.
In den nächsten Tagen wechselte die Landschaft vom Regenwald zur Steppe. Es gab viele Tiere und jeden Abend hatten wir frisches Fleisch zu essen, da die Krieger Dayas gern zwischendurch jagten. Ich wäre gern mit ihnen gegangen, doch niemand forderte mich

dazu auf, da sie mir dies bestimmt nicht zutrauten. Und anbiedern wollte ich mich nicht.
Irgendwann erkundigte sich Daya: »Geht ihr in Ägypten auch zur Jagd?«
Eigentlich hatte ich heute meinen besonders redefaulen Tag, aber konnte man Daya etwas abschlagen? So erzählte ich ihr von Ägypten. Von den vielen Menschen, die als Bauern Getreide und Gemüse anpflanzen, es nach der Ernte verkauften und dadurch leben konnten. Berichtete von den großen Städten, wie Theben und Memphis, in denen man alle Lebensmittel und allerlei andere Dinge jederzeit kaufen konnte. Von den Fischern und Jägern im Nildelta und von den Gesellschaften des Pharaos, die aus Vergnügen zur Jagd gingen. Zum Schluss erzählte ich ihr, wie ich als Kind mit Ram zur Jagd gegangen war und er mir das Spurenlesen beigebracht hatte.
Als ich geendet hatte, meinte sie verwundert: »Obwohl du nicht sehr alt bist, hast du bereits ein aufregendes Leben hinter dir. Falls du immer noch Spuren lesen kannst, wäre das sicher unseren Jägern willkommen.«
Ich nickte ihr zu und antwortete höflich: »Sie können es sicher wesentlich besser. Ich glaube nicht, dass meine Fähigkeiten an ihre heranreichen.«

An einem der nächsten Tage, kamen wir zu dem See, von dem Daya gesprochen hatte.[13]
»Hier ist meine Heimat!«, rief sie. »Heute Abend bin ich zu Hause!«
Ihre Krieger redeten aufgeregt durcheinander und Mago, dem ich das Leben gerettet hatte, schlug mir vor Freude auf die Schulter und sagte etwas, was ich natürlich nicht verstand. Es hatte sicherlich mit seiner Begeisterung zu tun, bald nach langer und gefahrvoller Reise wieder nach Hause zu kommen.
Unser Weg führte uns die meiste Zeit an dem See entlang. Er war stark von Seerosen, Schilf und Papyrus bewachsen. Ihn mit einem Boot zu befahren, würde bestimmt schwierig sein, wenn es überhaupt möglich ist, dachte ich.
Daya hatte es richtig vorhergesagt. Es war noch nicht dunkel, als wir ihr Dorf erreichten. Zuerst konnte ich nur einen hohen Palisadenzaun sehen, der das ganze Dorf in einem riesigen Kreis umschloss. Als wir wenig später durch das bewachte breite Ein-

gangstor kamen, stellte ich fest, dass die Hütten weit verteilt in einer kleinen hügeligen Landschaft lagen. Es waren, im Gegensatz zu dem, was ich unterwegs in den Dörfern zu Gesicht bekommen hatte, ziemlich große Hütten, die aus Schilf und Papyrus gefertigt waren. An einer Seite des Dorfes standen einige Rundhäuser von beachtlichem Ausmaß, die ganz anders aussahen als die anderen Hütten.

Ehe wir eins dieser großen Häuser erreichten, begann ein Höllenlärm. Erst dachte ich, es donnert, und schaute zum Himmel nach dem Blitz. Doch eigentlich war dies nicht möglich, denn der Himmel leuchtete in einem strahlenden Blau, obwohl die Sonne bereits langsam hinter einem Hügel verschwand. Ein anderer Ton, ein schrilles Geräusch, der das Donnern übertönte, kam hinzu. Als wir ein kurzes Stück weitergegangen waren, konnte ich sehen, woher der Lärm kam. Vor dem eindruckvollsten Haus des Dorfes standen mehrere Männer. Einige hatten Trommeln und schlugen mit aller Kraft zu, das war das Donnern. Andere bliesen in Hörner, die, wie es mir schien, aus Elfenbein waren und diese schrillen Töne verursachten. Das sollte Musik sein! Gern hätte ich mir mit beiden Händen die Ohren zugehalten, aber das wäre sicher sehr unhöflich gewesen und so ließ ich es.

Ich schaute zu Daya, die freudestrahlend mit schnellen Schritten zu einem der großen Häuser ging. Drinnen saß ein Mann auf einer Art Thron. Er trug eine hohe Federkrone. Um seinen Körper hatte er ein Leopardenfell gewickelt. Als Daya sich näherte, stand er auf und ein warmes freundliches Lachen kam in sein vorher ernstes Gesicht. Sie umarmten sich herzlich. Das musste Dayas Vater, König Ibuki, sein.

Neben seinem Thron waren mehrere Sitzgelegenheiten, die allerdings ein ganzes Stück niedriger waren. Dieses Haus schien der Versammlungsraum des Dorfes zu sein. Daya setzte sich zu ihm. Ich konnte ihren Vater von meinem Platz aus gut beobachten. Er war groß und schlank. Auch eine Ähnlichkeit mit Daya konnte ich feststellen. Das krause Haar war an den Schläfen bereits grau. Das Gespräch der beiden dauerte lange und so hatte ich Zeit, mich umzuschauen.

Viele der Dorfbewohner standen in unserer Nähe. Aber so laut es bei unserer Ankunft war, jetzt herrschte völlige Stille. Auch die

sechs Krieger, unter ihnen Mago, der eigentlich gern redete, standen still vor uns. Allerdings konnte ich sehen, dass deren Blicke oft zu bestimmten Personen gingen. Wahrscheinlich ihre nächsten Angehörigen.
Wir standen ungefähr in der Mitte des Dorfes auf einem kleinen Hügel und so hatte ich einen guten Überblick. Aus Langeweile versuchte ich, die Hütten zu zählen. Ohne diese Rundhäuser kam ich auf ungefähr zweihundert. Für hiesige Verhältnisse sicher außergewöhnlich. Mir imponierte es nicht, denn wer Theben, Memphis oder Städte in Syrien gesehen hatte, für den waren dies nur die Hütten eines Dorfes.
Endlich regte sich etwas. Die sechs Begleiter Dayas durften vortreten. Sie warfen sich zur Begrüßung lang auf den Boden.
Wie beim Pharao, dachte ich. Doch sie durften sofort wieder aufstehen. Das Gespräch, das dann folgte, schien locker und fröhlich zu sein, denn es wurde oft gelacht. Dann merkte ich, dass der König mehrmals zu mir schaute. Also wurde gerade über meine Person gesprochen. So war es, denn es dauerte nicht lange, bis Butu und ich in den Versammlungsraum gerufen wurden.
Sie hatten wohl angenommen, dass wir uns ebenfalls lang hinwerfen würden. Aber wir blieben beide stehen und warteten ab. Einer der Krieger kam mit einer Lanze auf uns zu und hatte wohl die Absicht, unserer Höflichkeit nachzuhelfen. Der König winkte ab und sagte etwas, was Daya dann übersetzte: »Mein Vater heißt euch willkommen, obwohl ihr euch nach unserer Sitte vor dem König niederzuknien habt. König Ibuki will darüber hinwegsehen, denn ihr seid ja Fremde!«
»Bei uns in der Heimat ist es üblich, dass man sich nur vor dem eigenen König niederkniet«, antwortete ich. »Mein König lebt in Ägypten und heißt Hatschepsut!«
Als Daya übersetzt hatte, runzelte König Ibuki leicht die Stirn und ließ uns durch sie wissen: »Meine Tochter war sehr großzügig zu euch, indem sie euch die Freiheit gegeben hat. Ich werde es nicht rückgängig machen, obwohl ich ihre Entscheidung nicht in Ordnung finde. Also verhaltet euch entsprechend, nicht dass ich es mir anders überlegen muss.«
Damit waren wir entlassen. Nicht gerade ein freundlicher Empfang. Aber konnte ich das überhaupt erwarten? Mago hatte die

Aufgabe bekommen, uns zu einer der kleineren Hütten zu bringen, die während des Aufenthalts unsere Unterkunft sein sollte.
Wir richteten uns ein und nach einiger Zeit wurde von einer Frau etwas zu essen gebracht. Sonst ließ man uns zumindest für heute in Ruhe. Uns war das nur recht, denn der Tag war anstrengend gewesen und wir legten uns früh schlafen.

Ich hatte mir eigentlich vorgestellt, dass sich Daya in den ersten Tagen unseres Aufenthalts um uns kümmern würde. Doch sie ließ sich nicht sehen. War sie beleidigt, weil ich ihren Vater, nach ihrer Ansicht, vielleicht nicht ehrfurchtsvoll genug begrüßt hatte? Dafür kam mein ›Sklave‹ Mago jeden Tag zu uns. An einem der nächsten Tage kam er und redete auf Butu ein, der für mich übersetzte: »Wir sollen mit ihm und anderen Kriegern zur Jagd! Da wir keine Gäste seien, müssten wir selber für unser Essen sorgen.«
Ich fand das merkwürdig, unterließ jeden Kommentar und antwortete: »Gut! Wann soll es losgehen?«
Butu übersetzte: »Er kommt nachher mit mehreren Jägern. Sie bringen Speere, Pfeil und Bogen für uns mit.«
Ich ließ es mir nicht anmerken, wie enttäuscht ich war, dass wir so behandelt wurden. Wir waren keine Gäste und man gab uns durch diese Aufforderung zu verstehen, dass wir nur geduldet waren.
Was soll's, dachte ich. Bei der nächsten sich bietenden Gelegenheit reise ich sowieso zurück nach Ägypten.
Butu sah mir an, dass ich darüber ärgerlich war und beschwichtigte: »So ist es wirklich bei vielen Stämmen, nur wer eingeladen wurde, wird als Gast behandelt.«
Mir blieb keine Zeit, mich zu ärgern, da Mago mit einigen Männern zurückkam und wie zugesagt, brachten sie Jagdwaffen für uns mit.
»Wollen wir ein bestimmtes Tier jagen?«, fragte ich und Butu übersetzte.
»Elefant!« Mago strahlte, als er das verkündete. Danach zu urteilen hatte er bestimmt schon öfter eines dieser großen Tiere gejagt. Da ich keine Erfahrung hatte, wie Elefanten gejagt wurden, schaute ich mir erst einmal die Waffen an, die man uns mitgebracht hatte. Die Lanze war nicht, wie in Ägypten aus Bronze, sondern aus Holz, allerdings wirkte sie sehr hart und stabil. Inzwischen sollten die Hethiter sogar ein Metall haben, das sie Eisen nannten und das weitaus besser und härter als Bronze sein sollte.

Ich sagte nichts zu Mago, da ich wusste, dass die meisten Völker diese Materialien nicht kannten. Trotzdem konnte ich es mir nicht verkneifen zu fragen: »Mit dieser Lanze? Meinst du, sie ist stabil genug?«
Er grinste über das ganze Gesicht, als Butu mir seine Antwort mitteilte: »Du hast sie doch selber ausprobiert. Für ein Krokodil war sie stabil genug! Dann reicht es erst recht für Elefanten! Allerdings wird die Spitze der Lanze mit einem Gift getränkt, das schnell wirkt. Ein Problem ist nur die dicke Haut des Elefanten. Erst wenn die Lanze sie durchdringt, ist es um das Tier geschehen. Deswegen ist es bei der Jagd wichtig, dass der Elefant nach Möglichkeit von mehreren Lanzen getroffen wird, damit wenigstens eine von ihnen die dicke Haut durchdringt.«
Das klang beruhigend. Aber Gift? Damit hatte ich überhaupt keine Erfahrung und fragte: »Ihr wollt das Fleisch des Elefanten essen, ist das Gift für den Menschen denn nicht gefährlich?«
Magos Grinsen wurde womöglich noch breiter, als er stolz erwiderte: »Das Gift baut sich schnell ab. Es geht sofort ins Blut und von da aus zum Herzen. Wenn es dort ankommt, hört es augenblicklich auf zu schlagen und wird nicht von uns gegessen. Du kannst wirklich beruhigt sein, man kann das Fleisch ohne Probleme genießen! Allerdings kann ich dir über die Zusammensetzung des Giftes nichts verraten, unsere Medizinmänner halten es geheim!«
Jetzt wusste ich Bescheid und war gespannt, wie die Krieger der Baluk weiter vorgehen würden. Unterwegs hatte ich Spuren und den Kot dieser großen Tiere gesehen. Ich äußerte mich nicht dazu, denn Mago schien ein ausgezeichneter Führer und Spurenleser zu sein. Er ging unbeirrt in eine Richtung und ich sah, dass er mehreren Abdrücken folgte, wir hatten eine Herde Elefanten vor uns. Wir waren inzwischen weit von dem See und vom Dorf entfernt. Die Jäger legten ein beachtliches Tempo vor, doch Butu und ich konnten ohne Weiteres mithalten, denn durch unsere lange Reise, die wir ja auch teilweise zu Fuß gemacht hatten, waren wir einiges gewohnt. Als wir zu einer weiten, grasbewachsenen Ebene kamen, hielt Mago um die Mittagszeit an. Aber nicht um Rast zu machen, wie ich vermutete, sondern er teilte uns in drei Gruppen ein. Zwei davon, mit je fünf Männern, gingen voraus und Mago mit unserer Gruppe wartete ab, bis wir uns dann, immer den Spuren nach, auf den Weg

machten. Mago hatte uns gut geführt, denn als wir über einen kleinen Hügel kamen, sahen wir die Herde vor uns. Die Tiere standen mit erhobenem Rüssel vor einigen Bäumen und rissen Blätter und Zweige von den Ästen, um sie zu fressen. Es war eine kleine Herde. Meist Muttertiere mit ihren Jungen. Außerdem sah ich zwei jüngere Bullen.
Mago schaute längere Zeit in die Ebene hinein, so, als ob er etwas suchen würde. Dann bedeutete er uns, aufzustehen und in einer Reihe nebeneinander aufzustellen. Wir sollten durch Rufe und unser Erscheinen die Herde in eine bestimmte Richtung treiben. Ich konnte mir nun den weiteren Ablauf vorstellen. Und so kam es. Als die Herde uns hörte, lief sie von uns weg zu einem Wäldchen. Urplötzlich kamen dann dort, von zwei Seiten, unsere Jäger heraus und warfen, als sie nah genug an die Tiere heran waren, mit voller Kraft ihre Lanzen. Mit wütendem und gleichzeitig mit vor Schmerzen schrillen Schreien wollte das getroffene Tier, einer der jungen Bullen, auf die Männer los. Jetzt waren wir heran. Der Jungbulle hatte uns bisher nicht bemerkt, weil er sich ganz auf die Angreifer vor sich konzentriert hatte. Wieder trafen ihn mehrere Lanzen. Auch meine war dabei. Sofort knickte er mit den Vorderbeinen ein. Auf einen Ruf von Mago gingen wir alle ein paar Schritte zurück. Das Tier war dem Tod geweiht und dann ging alles sehr rasch. Der Elefant trompetete ein letztes Mal laut und qualvoll, fiel zur Seite und rührte sich nicht mehr.
Mago wartete eine Weile, ehe er sich vorsichtig dem Bullen näherte. Dann stach er mit einer Lanze in den empfindlichen Rüssel des Tieres, aber es bewegte sich nicht mehr, das Gift hatte gewirkt. Jetzt konnten auch wir näher herankommen. Einer der Männer stimmte eine Art Singsang an und die anderen umkreisten das Tier mit schnellen Schritten und machten dabei merkwürdige Verrenkungen.
»Sie tanzen«, erklärte Butu. »Das ist der Dank an die Götter. Es wird einige Zeit dauern. Komm, wir legen uns unter einen Baum, dort können wir uns solange ausruhen.«
Er ging vor. Ich besah mir das Tier genauer. Es tat es mir leid und seine gebrochenen Augen schienen zu klagen: »Wer seid ihr? Warum habt ihr mir das angetan?«
Ich wandte meinen Blick ab und ging zu Butu hinüber.

Der Tanz dauerte lange und irgendwann war ich eingeschlafen, bis ich durch den lauten Klang einer Trommel geweckt wurde. Der Tanz schien zu Ende zu sein, denn Mago kam zu uns und erklärte: »Die Trommel ruft unsere Leute aus dem Dorf. Sie können kommen, um das Tier auszuschlachten und dann zum Dorf bringen.«
»Sollen wir dabei helfen?«, fragte ich.
»Nein, das ist nicht nötig. Unsere Leute machen das oft und sind sehr flink.«
Den Göttern sei Dank, dachte ich, denn das war eine Arbeit, die mir überhaupt nicht lag.
»Gerade ist die Antwort gekommen, sie sind morgen früh hier«, übersetzte Butu den Trommelschlag aus der Ferne. »Dann können wir zurück.«

Der Regenmacher

Einige Tage nach der Elefantenjagd - Daya hatte sich immer noch nicht bei uns sehen lassen - kam Mago abends zu uns. »Ihr sollt zum Versammlungshaus kommen. Heute ist das große Fest des Regenmachers!«, richtete er uns aus.
Ah, dachte ich, der wird sicher einen großen Zauber veranstalten. Von den Jagdbegleitern hatte ich gehört, dass es hier ungewöhnlich lange nicht mehr geregnet hatte.
Als wir bei dem Versammlungshaus ankamen, setzte gerade die schreckliche Musik der Trommeln und Elfenbeinhörner ein. Dayas Vater, König Ibuki, saß wie bei unserer Ankunft auf seinem Thron und trug die Federkrone und das Leopardenfell. Inzwischen wusste ich, dass er diese Sachen nur bei offiziellen Anlässen anlegte. Doch er war heute nicht Mittelpunkt des Geschehens, sondern ein älterer, weißhaariger Mann, um den die Leute des Dorfes einen weiten Halbkreis gebildet hatten.
Von Mago wurden wir so weit nach vorn gebracht, dass wir in der ersten Reihe der zuschauenden Dorfbewohner zu stehen kamen. Jetzt sah ich Daya nach längerer Zeit wieder. Sie stand neben ihrem Vater. Ich musste lange zu ihr hinüberschauen. Obwohl ich es mir nicht eingestehen wollte, ich hatte sie in den letzten Tagen sehr vermisst. Sie trug lediglich einen winzig kleinen Lendenschurz. Aufs Neue bewunderte ich ihre wunderschöne perfekte Figur. Das Gesicht konnte ich nicht erkennen, denn es lag im Schatten des Hauses und wurde nicht von dem flackernden Feuer, das auf dem freien Platz brannte, angeleuchtet.
»Was haben sie vor?«, flüsterte ich unwillkürlich Butu zu, weil die Menschen um uns zunehmend ruhiger wurden und schließlich ganz verstummten. Ich hätte es genauso laut fragen können, denn die Musik dröhnte nach wie vor.
Der zuckte nur seine Achseln und meinte: »Ich habe keine Ahnung.« Mago konnte ich nicht fragen. Er stand einige Schritte seitwärts von uns bei seiner Familie.
Plötzlich verstummte die Musik. Der alte Mann mit dem weißen Haar, der die ganze Zeit mit gekreuzten Beinen auf dem Boden gesessen hatte, stand nun auf und streckte seine Arme zum Himmel.

Ob er die Götter anruft?, dachte ich. Dann geschah etwas Merkwürdiges: Zwei Männer traten aus dem Halbkreis zu dem weißhaarigen Alten. Er senkte seine Arme und drehte sich zu ihnen um. Einer der beiden hatte eine längere Baumwollschnur in der Hand und legte sie langsam und feierlich um den Hals des alten Mannes. Der zweite Mann knotete die Schnur so, dass eine Schlinge den Hals des Alten umschloss.
Ich wurde unruhig. Was bedeutete das? Inzwischen war Mago zu uns gekommen und Butu übersetzte, was er uns zuflüsterte: »Die Haare des Regenmachers sind bleich. So hell, wie trockenes Gras, wenn es lange nicht mehr geregnet hat. Es ist mittlerweile zu alt, um Regen zu machen!«
Erneut schlugen die Trommeln an und ich schaute unwillkürlich zu dem Lärm hin. Ich bemerkte, dass alle anderen ihren Blick nicht von dem alten Mann ließen. Als ich wieder zu ihm schaute, erschrak ich so heftig, dass ich ohne zu überlegen einen Schritt zur Mitte des Platzes machte und Butu bereits seinen Arm ausstreckte, um mich zurückzuhalten.
Die beiden Männer zogen so heftig an den Enden der Schnur, dass sie damit den Alten erdrosselten! Ein Schauer lief über meinen Rücken und ehe ich mich umwenden konnte, um eine Erklärung von Mago zu fordern, übersetzte Butu seine leise gesprochenen Worte: »Er kann keinen Regen mehr machen! Deswegen muss er zu den Göttern gehen und ein neuer Regenmacher wird kommen! So ist es seit Urzeiten bei uns gewesen.«
Der alte Regenmacher war tot! Seine Zunge hing ihm weit aus dem Mund und die Augen schienen aus ihren Höhlen zu quellen. Ich konnte nicht mehr hinschauen und wandte mich ab.
Jetzt setzten zusätzlich zu den Trommeln die Elfenbeinhörner ein. Diesmal war ich froh, dass mich der Lärm ablenkte. Die Menschen standen regungslos. Als die Leiche des alten Mannes aus dem Halbkreis getragen wurde, dachte ich, dass es endlich vorbei war. Doch das schien nicht der Fall zu sein, denn die Menschen rührten sich immer noch nicht. Abrupt endete die Musik. Nach dem Lärm wirkte die Ruhe fast ein wenig unheimlich.
Es dauerte nur kurze Zeit, dann betrat ein Mann in mittleren Jahren den Halbkreis. Er blieb in der Mitte des Platzes stehen und hob genau wie der Alte vorhin seine Arme zum Himmel.

Erschreckt dachte ich: Wollen sie den ebenfalls umbringen?
»Neuer Regenmacher!« Butu übersetzte im Flüsterton. »Er hat Wochen in der Einsamkeit die Götter um Regen angefleht. Jetzt kommt für ihn eine sehr wichtige Zeremonie, und zwar wie viele Monde er zur Probe als Regenmacher ernannt wird. Selbst wenn es in dieser Zeit nicht regnen sollte, bleibt er der Regenmacher. Erst danach müsste er eventuell zu den Göttern.«
Leise setzten die Trommeln ein. Der Mann stand regungslos, die Arme zum Himmel gestreckt, so lange, bis sich eine Gestalt neben dem Thron des Königs aus dem Schatten des Hauses löste und sich auf den Mann zubewegte. Daya! Es sah aus, als ob sie schweben würde, so leicht und beschwingt war ihr Gang. In ihrer Hand hielt sie ein Gefäß und als sie vor dem Regenmacher stand, hielt sie es ihm hin. Die Trommeln verstummten.
Ob sie ihm etwas zu trinken anbietet?, dachte ich.
Mago erklärte es uns auch diesmal: »In dem Gefäß sind Kieselsteine. Der Regenmacher wird hineingreifen und je nachdem wie viele Steine er in seiner Hand hält, so viele Monde beträgt dann seine Probezeit als Regenmacher.«
Tatsächlich, der Mann griff mit einer Hand in das Gefäß. Die Anzahl der Steine, die er zu fassen bekam, konnte ich von meinem Platz aus nicht erkennen. Eigentlich war es mir sogar egal. Genau in dem Moment, als er die Hand öffnete, um zu sehen, wie viele Steine sie enthielt, setzten mit einem unbeschreiblichen Getöse die Trommeln und Elfenbeinhörner ein und die Menschen erwachten aus ihrer Erstarrung. Sie redeten praktisch alle auf einmal, lachten und schlugen sich gegenseitig auf die Schultern.
»Jetzt feiern wir ein großes Fest«, erklärte Mago. »Kommt mit nach drüben, dort gibt es für alle Palmenwein!«
Auf den Schreck hin etwas zu trinken, war sicher nicht die schlechteste Idee. Ich glaube, wir hatten bereits zwei oder drei Becher von dem starken Wein getrunken, als Daya plötzlich vor mir stand. Sie lächelte mich in ihrer typischen Art an und sagte ganz nebenbei, so als ob wir uns jeden Tag einige Male gesehen hätten: »Schmeckt der Wein?«
Ich konnte im Moment nur nicken, weil ich gerade den Mund voll hatte und weil ich mir wegen der Überraschung, sie so unverhofft zu sehen, erst eine passende Antwort einfallen lassen musste.

Ziemlich lahm sagte ich: »Nach so etwas Schrecklichem tut ein starkes Getränk gut.«
Ihr Lächeln verschwand und etwas schnippisch hielt sie dagegen: »Als Ägypter musst du so etwas gewohnt sein! Hängt ihr eure Feinde nicht kopfüber an eure Stadtmauern, bis sie tot sind?«
Ich glaube, mir blieb vor Erstaunen einige Zeit der Mund offen stehen, ehe ich erwidern konnte: »Wie kommst du darauf? So oft passiert das bestimmt nicht. Ich selber habe es niemals gesehen. Ägypten hat unter Pharao Hatschepsut lange keine Kriege mehr geführt, und wenn, sind es nur Mörder und einige Schwerverbrecher, die zur Abschreckung so hingerichtet werden, weil sie eine Gefahr für die Allgemeinheit bedeuteten.«
Sie lächelte. »Du kannst dich ja richtig aufregen. Doch wir wollen uns nicht streiten. Nicht heute! Komm, lass uns tanzen!«
Bei ihren letzten Worten hakte sie sich bei mir ein und zog mich von den anderen weg. Tanzen sollte ich? Das hatte ich nie richtig gekonnt! Merit hatte es erfolglos versucht mir beizubringen.
Erst jetzt, als sie mich mit sich zog, sah ich, dass viele Leute tanzten. Einige der Männer sangen rhythmisch zum Klang der Trommeln, die nun in einem ganz anderen Takt schlugen. Jeder tanzte für sich und als mich Daya einige Schritte geführt hatte, tanzte ich, als ob ich es seit eh und je gekonnt hätte. Allerdings merkte ich auch, dass der Palmenwein sehr stark war und seine Wirkung zeigte und mir half, meine Hemmungen abzulegen. Mal tanzte ich allein, mal in einer Gruppe von Männern und kam dann wie von selbst in Dayas Nähe. Ich musste sie immer und immer wieder anschauen, wie sie sich bewegte. Sie kreiste mit den Hüften und dabei wehte ihr kleiner Lendenschurz hin und her, ihre Brüste wippten im Takt, sie klatschte mit den Händen hoch über ihrem Kopf im Gleichklang der Trommelschläge. In den kurzen Pausen tranken wir zusammen den süßlichen und starken Palmenwein. Ich weiß nicht, was er enthielt. Er schmeckte und ich wurde nicht so berauscht wie sonst, sondern hatte diesmal das Gefühl, dass ich alle Menschen mochte und alles wunderschön fand. Ich war von allem Schlechten dieser Welt weit entfernt. War vielleicht etwas in dem Wein, das dieses Glücksgefühl verursachte? Ich dachte nicht darüber nach, es war mir egal. Für mich gab es nur Daya!
Beständig spielten die Trommeln diesen Rhythmus, der mich mehr und mehr in einen Rausch versetzte.

Alle tanzten. Alt und Jung, sogar der König. Ich sah hingegen nur Daya, wie sie tanzte und sich bewegte. Daya, ihr Lächeln und ihre Blicke, die sie mir zuwarf. Daya, Daya und immer wieder Daya, Daya riefen die Trommeln!
Irgendwann waren wir beide allein. Wir hielten uns fest umschlungen und liebten uns wie selbstverständlich. Mir gehörte jetzt alles, was ich die ganze Zeit während des Tanzes haben wollte. Ihren Mund, die Brüste, den Lendenschurz streiften wir gemeinsam ab. Später schien es mir so, als ob wir uns während der ganzen Nacht ununterbrochen geliebt hätten.

Als ich das erste Mal richtig zu mir kam, lagen wir eng umschlungen in einer Hütte. Wie wir dorthin gekommen waren, wusste ich nicht. Daya lag halb auf mir, ihre Hände hatte sie hinter meinen Kopf gelegt. Sie schlief nicht, sondern schaute mich ernst und mit einem, wie ich fand, feierlichen Blick an.
»Shango wollte es! Der Herr über Blitz und Donner hat es so bestimmt!«, flüsterte sie. »Ich weiß es, denn ich habe zu ihm gesprochen und ihm gesagt, dass ich mir ein Kind von dir wünsche!«
Shango, ihr höchster Gott, der Herr über Blitz und Donner! Sie hatte wegen mir zu ihm gebetet. Ich konnte nichts erwidern, weil ich nicht wusste, was ich antworten sollte, aber auch weil ich gerührt war. Ich streichelte ihr Haar, ihren Rücken, ihren ganzen Körper. Nachher schliefen wir und wurden erst wach, als sich der Tag für die Nacht verabschiedete.
Das Fest ging weiter oder fing es wieder an? Wir tranken erneut von dem berauschenden Wein. Ich wusste nicht, was Butu und Mago machten, denn ich hatte nur Augen für Daya. Ich war ihr verfallen, alles andere, mein Wunsch nach Ägypten zurückzureisen, Merit, ich hatte alles vergessen!

Das Fest wurde mehrere Tage gefeiert, und dann kam der Regen. Erst wurde der Himmel dunkel und es donnerte und blitzte. »Shango ruft!«, jubelten die Menschen. Dann fing es an zu regnen. Die Leute kamen aus ihren Hütten, tanzten und freuten sich.
»Jetzt kommt die Regenzeit«, erklärte mir Daya. »Der Regen war mehrere Wochen überfällig. Wir haben lange auf ihn warten müssen. Fast schon zu lange.«

So heftige Schauer waren für mich neu, denn von Ägypten her kannte ich sie nicht in diesem Ausmaß. Einmal, bei meinen Reisen in Syrien, an der Grenze zu Mitanni, hatte es einige Tage hintereinander geregnet, aber längst nicht mit dieser Intensivität.

Von diesem Zeitpunkt an war ich oft mit Daya zusammen. Jedes Mal, wenn wir mit Magos Gruppe zur Jagd gingen, kam sie mit. Sie war eine erstklassige Jägerin und konnte ausgezeichnet mit Pfeil und Bogen umgehen.
Butu schien sich wegen unserer Beziehung gewaltige Sorgen zu machen. Als wir einmal für längere Zeit allein waren, sagte er: »Ich glaube, es ist nicht gut, dass du mit der Königstochter zusammen bist! Ich habe gehört, der König sei nicht begeistert! Sogar der Zauberer hätte Einwände! Du solltest langsam wieder zu Verstand kommen und versuchen mit ihr Schluss zu machen! Wir könnten sonst große Probleme bekommen!«
Natürlich sah ich das nicht so und blockte ab: »Was soll schlimm daran sein? Daya will es und ich auch. Wenn der König etwas dagegen hat, warum sagt er es mir nicht?«
Butu schüttelte nur den Kopf über meinen Unverstand. Innerlich konnte ich ihm allerdings nicht ganz unrecht geben, denn der König vermied es tunlichst, mit mir zu sprechen oder mich gar in sein Haus einzuladen. Ich wollte es im Grunde gar nicht wahrhaben, was Butu andeutete, denn hatte ich jemals ein schöneres und ungezwungeneres Leben gehabt? Und so lebte ich, wie in einem Rausch, Wochen weiter. Wir gingen regelmäßig zur Jagd und sonst gab es für mich praktisch nur Daya. Allerdings hatte ich manchmal Träume. Ich wachte dann schweißgebadet auf. Was ich genau geträumt hatte, wusste ich nachher nicht mehr, nur an Merits vorwurfsvollen Blick konnte ich mich erinnern.
Ich weiß nicht, ob Daya etwas von meinen Träumen ahnte, die um Merit kreisten. Gesagt hatte ich ihr wenig. Ab und zu schaute sie fragend und klagte: »Was ist mit dir? Du bist mit deinen Gedanken weit weg von mir.«
»Das ist nicht wahr«, lenkte ich ab. »Es sieht nur so aus, weil ich nicht gern viel rede.«
Sie drängte dann nicht weiter, doch ihre Augen glänzten in diesem Moment nicht mehr so fröhlich und glücklich wie sonst.

Es kam, wie es kommen musste. Ich hatte es ja nicht wahrhaben wollen. Zornig und erregt kam Daya eines Morgens zu uns und platzte gleich mit der Nachricht heraus: »Du sollst mit einer Abordnung von Kriegern zur anderen Seite des großen Sees[14] reisen!«
Ich war heute etwas begriffsstutzig und meinte, weil ich mir ihren Zorn nicht erklären konnte: »Ja, warum nicht? Wenn es dein Vater so will, dann reisen wir eben.«
Wütend verbesserte sie mich: »Nicht wir! Für mich hat er etwas anderes vorgesehen. Ich werde nicht mitkommen!«
Jetzt erst hatte ich es richtig verstanden, wir sollten getrennt werden!
»Soll ich mit deinem Vater reden?«, fragte ich.
Sie schüttelte nur den Kopf und fauchte aufgebracht: »Was glaubst du, was ich ihm alles an den Kopf geworfen habe! Er will nicht mit dir reden. Du bist für ihn ein Fremder, der ihm seine Tochter wegnehmen will!«
Ich hielt mich zurück, denn ehrlich gesagt, ein bisschen Verständnis hatte ich für die Maßnahme des Königs. Daya war seine Lieblingstochter und er zog sie sogar, wie Mago einmal nebenbei erwähnte, seinem Sohn vor. Und da kam ich, ein völlig Fremder, daher und sie schien sich nur noch für den zu interessieren.
Beim Abschied schaute Daya mich mit einem unbestimmten Blick an, ehe sie sich zum Gehen wandte, und immer noch wütend: »Alles Nähere erfährst du von Mago!«
Kurz nach ihrem Abgang kam Mago und erklärte: »Wir reisen bis zum Ende des großen Sees. Der König dort, ein Verbündeter von uns, soll sehr krank sein. Deswegen schickt König Ibuki unseren Medizinmann zu ihm, vielleicht kann der helfen.«
»Und warum soll ich mit? Ich bin kein Zauberer und kann bestimmt nicht helfen!«
Er wurde verlegen, als er ausweichend antwortete: »Der König hat es so befohlen. Du gehörst zu meinen Jägern und wir sollen die Krieger und den Zauberer begleiten, um unterwegs zu jagen, damit sie gut versorgt werden.«
Er wollte und konnte nicht mehr sagen und so unterließ ich es, weitere Fragen zu stellen.
Am nächsten Tag sollte es losgehen. In dieser Nacht waren Daya und ich noch einmal zusammen. Bisher hatte ich sie nie weinen sehen. Doch mitten in der Nacht, ich war gerade eingeschlafen,

hörte ich sie schluchzen. Liebte sie mich tatsächlich so oder war es nur die vorübergehende Laune einer schönen und stolzen Frau, mit einem Fremden zusammen zu sein? Ich war unsicher und wusste nicht, was ich tun sollte. Weil ich diese Zweifel hatte, was sie wirklich über unser Zusammensein dachte, fand ich keine Worte, um sie trösten. Ich nahm sie stumm in meine Arme. Nach längerer Zeit beruhigte sie sich und schlief ein.

Die Reise zum Anfang des Nils

Am Morgen brachen wir mit fünf Booten auf. In jedem saßen zehn Männer und da ich mit Mago und Butu zusammen war, konnte ich fragen: »Warum so viele Männer?« Die Frage konnte ich inzwischen selber stellen, da ich mir in den letzten Wochen einiges von der Sprache des Königreiches angeeignet hatte.

»Wir kommen durch Gegenden, die für uns nicht ungefährlich sind. In einigen Gebieten wohnen Feinde von uns. Wir werden natürlich versuchen, dort, wo es bedrohlich werden könnte, weit entfernt vom Ufer vorbeizupaddeln. Doch es gibt so viele Unwägbarkeiten, dass man vorher nie genau weiß, ob es auch immer gelingt!«

Ich hatte bereits die nächste Frage auf der Zunge, doch ich sprach sie nicht aus. Ich hatte Zweifel, ob fünfzig Männer ausreichten, um mit einem ganzen Stamm fertig zu werden. Andererseits wusste ich aus Erfahrung, wie schwierig es war, genug Nahrung für eine große Anzahl Menschen herbeizuschaffen.

Für die ersten Tage auf dem Nil hatten wir reichlich Vorräte, die wir aus dem Dorf mitgenommen hatten. Nachher, als wir auf dem großen See waren, gab es meist Fisch, denn der See war sehr fischreich. Am Heck der Boote wurden Netze befestigt und dadurch ging der Fischfang praktisch wie von selbst.

Durch den gleichmäßigen Takt der Paddel, die von den zehn Männern im Boot durch das Wasser gezogen wurden, hatten wir trotz Windstille eine flotte Fahrt. Im seichten Wasser am Ufer waren unzählige, nach Nahrung suchende Flamingos zu sehen. Wasservögel, wie Enten und Ibisse, bevölkerten den See. Sie ließen sich von uns nicht stören und wenn wir uns zu sehr näherten, schwammen sie einfach ein kleines Stück zur Seite und tauchten dann, so, als ob wir nicht da wären, weiter nach Nahrung.

Mir tat die Bewegung an frischer Luft gut, denn ich hatte wochenlang keine richtige Beschäftigung mehr gehabt, außer an den wenigen Tagen, an denen wir zur Jagd gingen. Ich hatte das Gefühl, als ob mein Kopf nach einem langen Rausch von Stunde zu Stunde freier wurde. Ich genoss die körperliche Anstrengung des Ruderns. Langsam wurden meine Gedanken klarer und ich fand durch den

Kraftaufwand mehr und mehr zu mir selbst. Für mich hatte es in den letzten Wochen nur Daya und sonst nichts gegeben.
Jetzt fragte ich mich: Was machst du eigentlich hier? Soll das dein zukünftiges Leben sein? Willst du bis zu deinem Tod bei diesen Menschen leben? Und was ist mit Daya? Liebe ich sie wirklich? So wie Merit?
Sicher, ich begehrte Daya körperlich, wie bisher wohl keine andere Frau. War das Liebe? Sollte da nicht mehr sein? Sicher mochte ich sie, aber anders als Merit. Nach langem Nachdenken musste ich mir eingestehen, ich war süchtig, sie körperlich zu lieben, doch eine tiefer gehende Liebe war es nicht.
Meine Gedanken wanderten ständig zu Merit. Hatte sie die Mitteilung über mein spurloses Verschwinden bekommen? Hielt sie mich für tot? Oder hatte sie noch Hoffnung, dass ich trotz schlechter Nachrichten zurückkommen könnte? Was machte sie jetzt? Wollte sie mich vergessen und hatte sich vielleicht einem anderen zugewandt?
Je länger ich an sie dachte, desto größer wurde meine Sehnsucht, sie zu sehen. Mir fehlte ihr fröhliches Lachen, ihre schelmischen Blicke, wenn sie mich necken wollte und mich dabei aus den Augenwinkeln beobachtete, wie ich darauf reagierte. Der funkelnde Blick aus ihren grünen Augen, wenn sie zornig war. Wie sie ihre, manchmal so widerspenstigen, dunklen Haare mit der Hand aus dem Gesicht strich. Ihre krause Stirn, wenn sie schwere Gedanken wälzte.
Mein Verlangen nach ihr wurde fast übergroß und meine Augen wurden, ohne dass ich es wollte, ein bisschen feucht. Ich musste zurück zu Merit! Es schien wirklich das einzutreffen, was Anta mir damals in Syrien, einige Tage vor ihrem Tod prophezeit hatte: Jede andere Frau, die ich kennenlernte, würde ich mit Merit vergleichen. Und keine - auch Daya nicht - könnte diesem Vergleich standhalten, das wurde mir in diesem Moment klar.

Ich war mit meinen Gedanken so weit weg, dass ich erst nicht mitbekam, wie Mago an meinem Arm zerrte. »He, Sen, was ist mit dir los? Ich habe dich bereits ein paar Mal angesprochen! Ist etwas mit deinen Ohren?«
Ehe ich antworten konnte, rief Butu lachend von hinten aus dem Boot: »Wenn Sen so ist, brütet er über etwas Bestimmtes!«

»Was ist? Was willst du?«, wollte ich von Mago wissen.
»Ich habe gesagt, wir müssten unbedingt zur Jagd gehen. Unsere Männer sind den Fisch langsam leid. Wir müssen für Abwechslung sorgen!«
Gut, dass er mich angesprochen hatte und ich dadurch aus meinen sentimentalen Gedanken herausgerissen wurde. »Dann rudern wir also an Land, um dort zu jagen?«, fragte ich zurück.
Mago grinste über das ganze Gesicht und zeigte dabei seine strahlend weißen Zähne. »Warst du schon einmal auf einer Flusspferdjagd?«, erkundigte er sich.
Er hatte sofort meine volle Aufmerksamkeit. »Nein, bisher nicht.«
Er zeigte mit der Hand nach vorn. »Hier in Ufernähe sind viele kleinere Sümpfe. Außerdem gibt es dort große Weideflächen. Die Tiere brauchen, um satt zu werden, jede Menge Gras, Kräuter und Wasserpflanzen. Normalerweise sind dort immer Flusspferde anzutreffen. Wir sollten es mit zwei Booten und nur mit meinen Jägern versuchen. Alle anderen Männer müssen wir an Land bringen.«
Unsere Boote nahmen die Richtung, die Mago angezeigt hatte, und als wir näher kamen und nicht mehr weit vom Ufer entfernt waren, konnte ich sehen, dass Mago recht hatte. Eine größere Herde Flusspferde war vor uns. Es schienen mehrere Muttertiere mit ihren Jungen zu sein. Die Tiere tauchten tief ins Wasser hinein, um dann prustend wieder aufzutauchen. Ich wusste natürlich, dass sie dort nach Wasserpflanzen suchten. Es hatte den Anschein, als ob sie, wie wir als Kinder, das Tauchen übten. Es sah alles friedlich und spielerisch aus und mir tat es fast leid, gleich Jagd auf sie zu machen. Ich war froh, als Mago den Männern ein Zeichen gab, weit an den Tieren vorbeizurudern, um sie nicht zu stören.
»Jetzt nicht«, meinte er. »Wir bringen erst die Krieger und den Zauberer an Land. Als Nächstes werden wir zwei Boote entladen, damit sie für die Jagd beweglicher sind, denn die Tiere können gefährlich werden. Sie bewegen sich an Land zwar ziemlich plump und langsam, aber im Wasser sind sie uns weit an Schnelligkeit überlegen. Allerdings greift ein Flusspferd den Menschen nur selten an. Eigentlich nur während der Paarungszeit oder dann, wenn ein Weibchen sein Junges schützen will. Natürlich auch, wenn sich ein Unvorsichtiger in das Revier des Rudels wagt. Dann kann es passieren, dass das Leittier den Eindringling angreift.«

Durch unser Reden hatten wir nicht auf unsere Umgebung geachtet und erst als wir lautes Schreien hörten, wurden wir aufmerksam. Mit Schrecken sahen wir, dass eines unserer Boote in der Nähe des Ufers umgekippt war und kieloben schwamm. Die Insassen planschten wie wild im Wasser herum und riefen laut um Hilfe. Einige Boote, die nicht weit entfernt waren, schienen ihre Ruderschläge zu verdoppeln, um schnell zu Hilfe zu kommen. Was war geschehen? Erst durch das aufgeregte Rufen der anderen erfuhren wir, was passiert war. Das Boot musste mit einem auftauchenden Flusspferd kollidiert sein und in diesem Moment tauchte das Tier erneut auf. Es stieß wütende Laute aus, die mich an das Wiehern eines Pferdes erinnerten. Welch ein wütender und angriffslustiger Koloss mit zwei riesigen Eckzähnen! Ein großer Bulle, der sein breites Maul weit aufriss. Ich wusste zwar, Flusspferde waren keine Fleischfresser, aber wenn diese gewaltigen Eckzähne einen der Männer im Wasser treffen würden, nicht auszudenken!
Jetzt kam uns die Weitsicht von Mago zustatten, dass seine Jäger alle in unserem Boot saßen, das wie ein Pfeil, angetrieben von den Männern, auf die Unglücksstelle zuschoss. Auf einen Ruf von Mago hin wurden die Ruder, als wir nur einige Schläge von dem Flusspferd entfernt waren, eingezogen. Durch seinen Schwung glitt das Boot weiter, bis kurz vor das Tier. In der Zwischenzeit hatten die Männer ihren Speer zur Hand genommen. Die ersten Speere trafen den Bullen. Auch der von Butu und von mir war dabei. Fast wären wir beide ins Wasser gestürzt, denn das Boot machte eine plötzliche Drehung. Erst jetzt sah ich, dass nicht alle Männer im Boot zu den Waffen gegriffen hatten. Zwei hielten ihr Ruder in der Hand und hatten im letzten Moment dafür gesorgt, dass wir nicht mit dem Koloss zusammenstießen. Mago und seine Männer verstanden sich blind. Wieder wurde das Tier, diesmal von den Pfeilen, getroffen. Nur die von Butu und mir waren nicht dabei, denn wir hatten es nur mit großer Mühe geschafft, bei der Drehung des Bootes nicht über Bord zu fallen.
Der Bulle wandte sich nun, laute Schreie ausstoßend, unserem Boot zu. Es wurde allmählich Zeit, dass er sich auf uns konzentrierte, denn an der Stelle, an der das Tier einen der Männer angegriffen hatte, färbte sich das Wasser bereits rot. Butu und ich waren die Ersten, die ein Paddel zur Hand hatten und halfen, das Boot, nach

dem Befehl von Mago, zurückzurudern. Erst dachte ich, wir würden es nicht schaffen, doch dann wurden die Bewegungen des Tieres langsamer und langsamer. Das Gift der Pfeilspitzen wirkte. Zwar hat das Flusspferd eine sehr dicke Haut, die es vor vielem schützt, aber wenn nur einer dieser, mit so großer Wucht geworfenen Speere durch die Haut drang, hatte es verloren.
Eine Meisterleistung von Mago und seinen Männern! Sie hatten trotz dieser kritischen Situation einen kühlen Kopf bewahrt. Jeder Befehl von Mago wurde schnell und genau ausgeführt. Auch jetzt, als er rief: »Drehen und zurück zum Ufer!« Ich war stolz, dass ich zu ihnen gehörte.
Das Flusspferd versuchte uns immer noch zu erreichen, obwohl es bereits sehr geschwächt war.
»Es wird in Ufernähe verenden!«, rief Mago. »Lenkt das Boot auf direktem Weg dorthin. Wenn das Tier dort liegt, können wir es nachher besser ausnehmen!«
Zunächst mussten wir uns um den Verletzten kümmern, den man an Land gebracht hatte. Ich konnte sehen, dass der Medizinmann bei ihm war. Nachdem unser Boot angelegt hatte und wir an Land kamen, sah ich, wie schlimm die Verletzungen des Mannes waren! Die Eckzähne hatten ihn praktisch vorn, von unten nach oben, aufgeschlitzt! Es sah sehr schlimm aus und der Mann schrie seine schrecklichen Schmerzen laut heraus. Ich sah Mago an. Er schüttelte nur den Kopf. Er sah es genauso wie ich, der Mann hatte keine Chance. Nach und nach wurden die entsetzlichen Schreie leiser. Ich wusste nicht, ob der Medizinmann durch eine Medizin seine Schmerzen lindern konnte oder ob der Tod, die Erlösung aller Qualen, gekommen war.
Mir wurde schlecht und ich lief schnell von dem Uferstreifen in den angrenzenden Wald und musste mich dort übergeben.
Als es mir ein wenig besser ging und ich gerade zurück zu den anderen wollte, hörte ich ein leises Knacken, so, als ob jemand auf einen kleinen Zweig tritt. Eigentlich hatte ich einen guten Sichtschutz, da ich hinter einem dichten Gebüsch stand, trotzdem fuhr ich erschreckt herum, allerdings ohne das geringste Geräusch zu verursachen. Mir lief es kalt über den Rücken, als ich plötzlich nur einige Schritte von mir entfernt mehrere Männer sah, die ihr Gesicht merkwürdig angemalt hatten. Außerdem konnte ich an ihren

Oberkörpern große Narben erkennen. Sie zeigten zu unserem Rastplatz und unterhielten sich dabei im Flüsterton. Kleidung trugen sie nicht, aber sie waren mit Speer und Bogen bewaffnet.
Mich hatten sie zum Glück nicht bemerkt. Was sollte ich tun? Ohne Lärm zu verursachen, konnte ich nicht zurück zum Lager! Lief ich einfach los, um meine Freunde zu warnen, so konnte ich sicher damit rechnen, einen Speer oder Pfeil in den Rücken zu bekommen. Die Männer im Lager waren alle auf den Verletzten konzentriert. Sie hatten keine Waffen in ihrer Nähe, um sich zu wehren. Es würde ein grauenvolles Blutbad geben. Was sollte ich also tun? All dies ging mir blitzartig durch den Kopf.
Mir fiel nur eine Möglichkeit ein, und zwar direkt auf diese Männer zuzugehen, um meine Freunde nicht zu gefährden. Das müsste ich so laut und auffällig machen, dass Mago und seine Leute im Lager dadurch aufmerksam wurden. Bei dem Gedanken wurde es mir fast schon wieder schlecht, denn die Fremden hatten für ihre Waffen bestimmt auch diese vergifteten Pfeilspitzen! Hoffentlich ging das gut!
Ich durfte nicht weiter darüber nachdenken und ehe ich es mir anderes überlegte, trat ich schnell hinter dem Gebüsch hervor und rief dabei so laut ich konnte, in der Sprache der Baluk, die ich inzwischen einigermaßen beherrschte: »Ich bin ein Freund! König Ibuki von den Baluk ist ein Freund eures Häuptlings!«
Ob das stimmte, wusste ich natürlich nicht, aber wenn einer von ihnen die Sprache der Baluk verstand, hatte er wenigstens für einige Zeit etwas zum Nachdenken und würde hoffentlich solange die anderen Krieger davon abhalten, ihre Pfeile auf mich abzuschießen!
Erschreckt durch mein plötzliches Auftauchen hoben sie alle ihre Speere. Das konnte brenzlig werden! Doch als sie sahen, dass ich allein und unbewaffnet war, senkten sie ihre Waffen ein wenig und einer von ihnen, wohl der Anführer, wollte wissen: »Wer bist du? Du bist kein Baluk!«
Meine allergrößte Aufregung ließ nach. Wenn erst einmal geredet wurde, dauerte es meist einige Zeit und bis dahin würden hoffentlich meine Leute kommen.
»Du hast recht«, rief ich lauter als nötig zurück, da ich nicht sicher sein konnte, dass man mich im Lager gehört hatte. »Ich bin Gast von König Ibuki! Er ist mein Freund!«, setzte ich in gleicher Lautstärke hinzu.

»König Ibuki kenne ich, wir waren dort öfter zu Besuch und er bei uns«, erwiderte der Anführer. »Wieso soll ich dir glauben? Du bist unser Gefangener! Wir werden später entscheiden, was wir mit dir machen!«
So hätte ich es sicher auch gemacht, wenn er allein gewesen wäre. »Das ist nicht schwer!«, brüllte ich, denn es wurde höchste Zeit, dass Mago mit seinen Leuten kam. »Du siehst, ich bin unbewaffnet.« Ich hob meine Arme, um es anzuzeigen.
Ich hatte gerade ausgeredet, als sich, wie aus dem Nichts, unsere Leute aus dem dichten Schilf ganz in unserer Nähe erhoben. Sie hatten unbemerkt einen Kreis um uns gebildet und ihre Pfeile in dem gespannten Bogen auf die Fremden gerichtet.
Endlich! Ich merkte erst jetzt, wie schnell mein Herz raste, und dass ich vor ausgestandener Angst stark schwitzte.
Die Fremden sahen, dass sie zumindest für den Moment verspielt hatten und legten auf ein Zeichen ihres Anführers hin sofort die Waffen auf den Boden. Das entspannte die Lage, hinzu kam, dass Mago plötzlich seine strahlend weißen Zähne zeigte und in einer Sprache, die ich nicht verstand, auf die fremden Krieger einredete. Nachher übersetzte er und lachte dabei, als er sagte: »Dass du ein mutiger Mann bist, weiß ich seit der Sache mit dem Krokodil, und nun weiß ich, dass du schlau und listig sein kannst. Besser hättest du uns nicht warnen können. Zufällig hattest du sogar recht, denn unsere Stämme kennen sich wirklich. Wir sind keine Feinde. Ich habe sie übrigens gerade eingeladen, Flusspferdfleisch mit uns zu essen, wir haben ja genug.«
Als wir zusammen mit unseren Gästen zum Strand kamen, wurde das Flusspferd mit vereinten Kräften an Land gezogen und die besten Stücke aus ihm herausgeschnitten. Es dauerte nicht lange, da roch es überall nach gebratenem Fleisch. Damit alle zur gleichen Zeit essen konnten, hatte man mehrere Feuer angezündet. Zum Essen tranken die Männer ein sehr scharfes Getränk, ähnlich wie in Ägypten der Dattelschnaps. Nach und nach wurden die Stimmen der Männer lauter. Ich hielt mich allerdings mit dem Trinken zurück, sonst würde ich morgen mit gewaltigen Kopfschmerzen aufwachen.
Mago saß in meiner Nähe und als ich wissen wollte, wie es dem verletzten Mann geht, schüttelte er den Kopf und antwortete: »Er

ist zu den Göttern gegangen. Der Medizinmann kümmert sich um alles Weitere.« Dann schwieg er und da ich den Eindruck hatte, er wollte nichts weiter dazu sagen, weil es mit ihrem Totenkult zu hatte, fragte ich nichts mehr.
Das Flusspferdfleisch schmeckte mir sehr gut und ich wunderte mich, dass Butu, der direkt neben mir saß, so wenig davon nahm. Als ich ihn darauf ansprach, rollte er seine Augen, und wenn er von Natur aus nicht so schwarz gewesen wäre, hätte man meinen können, er sei blass. Etwas schien ihm auf den Magen geschlagen zu sein. Als ich ihn darauf ansprach, war es aber etwas anderes. »Unsere neuen Freunde, ich mag sie nicht«, verkündete er für mich völlig überraschend.
»Wieso? Warum?«
»Hast du ihre Augen gesehen?«
Ich verneinte, allerdings hatte ich nicht besonders darauf geachtet, schließlich waren keine hübschen Mädchen dabei. Butu beantwortete seine Frage selbst. »Sie sind blutunterlaufen! Die Männer haben außerdem den wilden Blick. Ich bin ganz sicher, sie sind Menschenfresser!«
Ein leichtes Kribbeln ging über meinen Rücken. Davon hatte ich bereits öfter gehört und hier in dem Seengebiet sollte es angeblich Stämme geben, die bei besonderen Anlässen Menschenfleisch aßen. Aber dann wäre Mago sicher nicht so freundlich zu den Fremden und deswegen flachste ich: »Schau sie dir an! Im Moment essen sie mit großem Appetit, genau wie alle anderen, Flusspferdfleisch! Du solltest dir also keine Sorgen machen, sie werden davon ausreichend satt!«
Er ging nicht auf meinen lockeren Ton ein. »Ich habe keinen Hunger! Mir ist der Appetit vergangen!«
Er trank schnell mehrere kräftige Züge des scharfen Getränks. Wie es schien, vertrug er einiges davon.
Ich nahm mir vor, bei passender Gelegenheit mit Mago darüber zu sprechen, denn ich wollte auf jeden Fall wissen, ob wir durch das Gebiet dieser Menschen reisen würden.
Nach dem Festessen wurde es immer lauter und schließlich wurde auch getanzt. Das schienen die Menschen hier bei jeder Gelegenheit zu machen. Aber es war natürlich nicht so ein Tanz, wie ich ihn vor einigen Wochen in Dayas Dorf gesehen hatte. Sie waren alle

betrunken und wollten ihrer lauten Fröhlichkeit damit nur noch zusätzlich Ausdruck verleihen. Dabei wurde ein Lied gegrölt, das wohl einen unanständigen Text hatte, denn nach jeder Strophe brachen die Männer in lautes Gelächter aus und sie machten eindeutige Gesten.

Am nächsten Morgen, ich war früh wach, konnte ich sehen, dass die Mehrzahl der Männer krank war. Ehrlich gesagt erfüllte mich dies mit einer gewissen Schadenfreude, weil ich daran denken musste, wie oft ich selber genauso gelitten hatte. Trotzdem hoffte ich, dass wir bald aufbrechen konnten und schlenderte zu den Booten. Mago hatte es bemerkt, denn er kam hinter mir her und teilte mir mit: »Heute können wir wohl nicht mehr aufbrechen. Die Männer sind krank, du siehst es ja!« Ich nickte, es passte mir zwar nicht, doch was sollte ich machen? »Übrigens, unsere Gäste sind bereits fort! Ich weiß nicht, ob du es bemerkt hast.«
»Nein!« Ich konnte es mir nicht verkneifen zu fragen: »Vertragen sie mehr als deine Leute? Sie können reisen!«
Man sah ihm an, dass es ihm unangenehm war. »Sie wollten früh aufbrechen und haben aus dem Grund wenig getrunken. Ihre Boote lagen nur einige hundert Schritte weiter. Sie haben uns eingeladen. Wir werden morgen in der Nähe ihres Dorfes sein und eine Nacht dort rasten.«
Warum nicht, dachte ich, und fragte: »Und die Totenfeier für euren Freund, wann haltet ihr die ab?«
»Der Medizinmann sorgt für alles, wir brauchen uns nicht darum zu kümmern!«, wich er aus.
Die Männer erholten sich, anders als ich es bei mir kannte, erstaunlich schnell. So konnten wir wider Erwarten, kurz nachdem die Sonne ihren höchsten Stand überschritten hatte, aufbrechen. Leider mussten wir den größten Teil des Flusspferdfleisches zurücklassen, da wir keine Zeit hatten, es zu trocknen und so nahmen wir für den Abend nur einige wenige besonders gute Stücke mit.
Beim Aufbruch bemerkte ich, dass eines unserer Boote fehlte, und als ich daraufhin Mago ansprach, meinte er: »Der Medizinmann ist bereits im Morgengrauen losgefahren. Er muss einiges vorbereiten, da wir nicht mehr allzu viel Zeit verlieren dürfen, denn der König der Baku braucht dringend Hilfe.«

Die Überlegung war sicher richtig, denn wir würden durch den Besuch bei unseren neuen Freunden reichlich Zeit verlieren. Genauso wie bei der Jagd auf das Flusspferd.
Wir kamen zügig voran und erreichten das Dorf unserer Gastgeber um die Mittagszeit des nächsten Tages. Mit einer feierlichen Prozedur wurden wir freundlich empfangen. Außer einem Lendenschurz trugen die Menschen nichts. Erst mussten wir das übliche Palaver über uns ergehen lassen, das Mago und ein älterer, grauhaariger Mann aus dem Dorf führten. Später erklärte mir Mago, dass dies der Häuptling des Dorfes sei. Danach wurden Schalen aus Holz gereicht, die ein sehr scharfes Getränk enthielten. Es dauerte nicht lange und es wurde tatsächlich wieder getanzt. Alle, außer Butu und mir, machten mit. Später, es war inzwischen Abend geworden, kam Mago zu mir und sagte: »Ihr wisst, dass wir hier übernachten wollen?«
Ich nickte und antwortete: »Eigentlich hätten wir am Nachmittag gut weiterreisen können, da wir doch schnell zu den Baku kommen wollen!«
Er schien ein wenig verlegen zu sein. »Man hat uns eingeladen und wir konnten nicht einfach absagen und sie dadurch beleidigen. Eine Nacht müssen wir mindestens bleiben. Ich habe eine Bitte an euch! Da ich gesehen habe, dass ihr euch nicht viel aus unserer Feier macht, könntet ihr nicht heute Nacht bei den Booten wachen? Ich möchte sichergehen, dass sie uns nicht abhandenkommen. Die Leute sind zwar unsere Freunde, aber man kann nie wissen!«
Für mich war das in Ordnung, nicht an ihrem Sauffest teilnehmen zu müssen, und von Butu wusste ich, dass er den Leuten sowieso nicht traute, und deswegen stimmte ich zu. Er schien sehr erleichtert und entfernte sich, um mit den anderen zu feiern.
Irgendwann am späten Abend roch es nach gebratenem Fleisch. Allerdings, so fand ich, roch es merkwürdig süßlich. Ob das Flusspferdfleisch durch die feuchte Hitze schlecht geworden ist?, dachte ich, als Butu, der geschlafen hatte, plötzlich hochfuhr, seine Augen rollte und angstvoll flüsterte: »Das ist Menschenfleisch! Ich rieche es, da bin ich ganz sicher!«
»Quatsch! Das Flusspferdfleisch ist nur verdorben. Zum Glück haben wir nicht davon gegessen, allein der Geruch ist mir zuwider!«, beruhigte ich ihn.

»Das ist Menschenfleisch!« Butu ließ sich nicht beirren. »Wir waren einmal vor längerer Zeit bei einem Stamm, der Menschenfleisch gegessen hat. Damals hing auch so ein süßlicher Geruch in der Luft!«
Er war nicht zu besänftigen und seine Angst nahm zu. Erst ging er unruhig hin und her und machte dann Anstalten, auf einen der hohen Bäume zu klettern.
»Lass den Unsinn!«, fuhr ich ihn ziemlich wütend an, denn inzwischen hatte er mich verunsichert und nervös gemacht. Als ich in sein vor panischer Angst verzerrtes Gesicht sah, tat es mir leid, dass ich ihn so angefahren hatte. »Pass auf, ich werde zu ihnen gehen und nachschauen, was los ist, aber so, dass sie mich nicht bemerken.«
Das war genau das Verkehrteste, was ich hätte sagen können, denn nun schrie er fast vor Panik: »Lass mich bloß nicht allein!« Dabei zitterte er am ganzen Körper.
Was sollte ich nur mit ihm machen? Ich musste heimlich ins Dorf, denn er hatte mich durch seine Angst so angesteckt, dass ich unbedingt dort nachschauen wollte. Da kam mir eine Idee, wie ich ihm in der Zeit meiner Abwesenheit ein Gefühl der Sicherheit geben konnte.
»Du setzt dich jetzt in ein Boot und ruderst einige hundert Schritte auf den See hinaus und kommst erst zurück, wenn du mich morgen früh hier bei Tageslicht sehen kannst. Ist alles in Ordnung, werde ich dir zuwinken.«
Nach einigem Zögern stimmte er zu und stieg schnell in eines der Boote. Ich schob es an, damit es besser vom Land wegkam, um es gleich aus den Augen zu verlieren, denn es verschwand sofort in der Dunkelheit der Nacht.
Mit einem Gefühl, dass ich unseren Gastgebern mit dem Verdacht Butus Unrecht tat, schlich ich heimlich zu ihrem Dorf. Allerdings nahm ich mir vor, wenn ich entdeckt wurde, nichts von Butus Vermutung zu sagen, sondern eine Ausrede zu gebrauchen, warum ich zurück ins Dorf kam.
Ich musste nicht weit gehen und nicht einmal besonders vorsichtig sein, denn die Leute waren so mit ihrer Feier beschäftigt, dass sie auf sonst nichts zu achten schienen. Die meisten von ihnen tanzten nach dem Schlag der Trommeln. Einige saßen am Feuer, redeten laut und tranken dabei.

Ich konnte nichts Besonderes entdecken. Auch nicht, als ich um das Dorf herumging. Doch es war schwer, etwas bei dem flackernden Feuerschein zu erkennen. Entweder musste ich das Tageslicht abwarten oder mitten in das Dorf hineingehen. Genau das wollte ich nicht, denn ohne Grund hatte Mago uns nicht gebeten, bei den Booten zu bleiben. Es hatte bestimmt mit der Feier im Dorf zu tun. Hinter einem dichten Gebüsch wartete ich ab, ob sich etwas tat. Langsam kehrten die Männer von ihrem wilden Tanz zurück ans Feuer. Es wurde heftig getrunken. Dann erst fiel mir auf, dass keine Frauen und Kinder zu sehen waren. Bei einem Dorffest sehr ungewöhnlich. Wenn gefeiert wurde, waren alle dabei. Ob es mit bestimmten religiösen Riten zu tun hatte?
Dann geschah etwas! Zwei Krieger, mit Speeren bewaffnet, führten einen Mann zum Lagerfeuer. Er musste an den Händen gefesselt sein, denn er hielt seine Arme merkwürdig nach hinten auf den Rücken. In direkter Nähe des Feuers blieben sie stehen und der Gefangene wurde aufrecht an einen Pfahl gebunden.
Um besser sehen zu können verließ ich meinen Platz hinter dem Gebüsch und versuchte, eine Stelle zu finden, von der ich einen besseren Überblick hatte. Ein Mann, der in der Nähe des Feuers saß, stand auf und ging auf die Gruppe zu. Den kannte ich doch! Unser Medizinmann! Hatte Mago nicht gesagt, er sei vorgefahren? Aufgrund dessen war ich davon ausgegangen, er sei direkt zu den Baku gereist, um dort den König zu behandeln. Was machte er nun hier?
Direkt vor dem gefesselten Mann blieb der Medizinmann stehen. Er hob seine Arme hoch, wie es die Priester tun, wenn sie die Götter anrufen. Dabei schien er etwas zu sagen und dann ging alles sehr schnell! Er bückte sich, etwas blinkte in seiner Hand auf, die dann blitzschnell, für mich fast unsichtbar, zustieß. Der gefesselte Mann schrie kurz in Todesangst auf, dann war er sofort still und sackte langsam in sich zusammen. Nur die Fesseln hinderten ihn daran, dass er zu Boden fiel und so hing er, in sich zusammengesunken, an dem Pfahl.
Der Medizinmann nahm eine größere Schale und hielt sie unter die offene, blutende Wunde. Was soll das?, dachte ich, als er die inzwischen volle Schale wegnahm und sie auf einen erhöhten Platz ans Feuer stellte. Ganz leise und langsam setzten die Trommeln ein

und zu ihrem Rhythmus begann der Medizinmann, um die Schale herum zu tanzen. Ein zweiter Mann, bestimmt der Medizinmann des Dorfes, trat zu ihm und machte die gleichen Tanzschritte. Die Trommeln erhöhten das Tempo und die Tanzenden passten sich diesem Rhythmus an. Schneller und schneller und immer wilder! Ganz plötzlich verstummten die Trommeln. Die Männer taumelten, so sehr hatten sie sich verausgabt. Sie mussten gestützt werden. Es dauerte einige Zeit, bis sie ohne Hilfe stehen konnten. Dann kam ein Mann zum Feuer, kniete sich nieder und hielt dabei die volle Schale mit dem Blut hoch. Unser Medizinmann nahm sie ihm ab, hob sie an seinen Mund und trank. Dann reichte er sie an den Medizinmann des Dorfes weiter. Der trank und gab sie den Männern am Feuer. Alle tranken! Auch Mago und unsere Männer!
Mit Schaudern wandte ich mich ab und machte mich auf den Rückweg zu den Booten. Mehr konnte ich nicht mit ansehen. Mir wurde fast wieder schlecht! Was sollte ich bloß tun? Wenn ich das Butu erzählte, nicht auszudenken, wie er reagieren würde. Er hatte jetzt schon panische Angst. Sollten wir überhaupt mit den Männern weiterreisen? Wie sicher waren wir eigentlich in ihrer Begleitung? All diese Gedanken gingen mir auf dem Rückweg durch den Kopf. Doch hatten wir eine andere Wahl oder konnte ich eventuell allein mit Butu zurückreisen? Sicher nicht! Es war nicht möglich, nur zu zweit eines der großen Boote auf eine lange Strecke zu steuern. Und zu Fuß am Ufer des Sees lang und dann weiter am Nil? Daya hatte gesagt, dies sei viel zu gefährlich und wir sollten abwarten, bis eine Karawane in diese Richtung reisen würde. Schlafen konnte ich nicht und als der Morgen graute, war ich immer noch unsicher, wie ich mich verhalten sollte.

Nach und nach wurde es so hell, sodass ich das Boot mit Butu weit draußen auf dem See erkennen konnte. Ich winkte ihm zu und hoffte, dass er mich erkennen würde und an Land kam, denn es war bestimmt besser, wenn Mago und seine Männer nicht mitbekommen würden, dass er die Nacht dort draußen auf dem See verbracht hatte. Es dauerte nicht lange, bis er mich bemerkte und zurückkam.
Bei seiner Ankunft am Ufer wollte er sofort wissen: »Habe ich recht? Hast du etwas Genaues erfahren?«

Ich wollte seine Angst nicht vergrößern, denn ich hatte Sorge, dass er sonst bei der Rückkehr von Mago und seinen Männern völlig durchdrehen würde. Wir mussten unbedingt einen kühlen Kopf bewahren und versuchen, irgendwie mit der Situation fertig zu werden, und so entgegnete ich: »Ich habe nicht gesehen, dass sie Menschenfleisch gegessen haben!«
Das war nicht einmal gelogen und ob sie Menschenblut getrunken hatten, war nicht seine Frage. Als ich sein ungläubiges Gesicht sah, fügte ich hinzu: »Sie waren bereits mit dem Essen fertig und tranken nur noch reichlich von diesem scharfen Zeug. Aber was du über den Geruch des Fleisches gesagt hast, damit könntest du recht haben! Wir sollten vorsichtig und klug sein und uns so verhalten, dass man uns diesen Verdacht nicht anmerkt. Also, reiß dich zusammen!«
Er antwortete nicht, sondern blieb niedergeschlagen im Boot sitzen. Nach einiger Zeit bat ich ihn: »Kannst du wach bleiben? Ich möchte versuchen zu schlafen, denn heute Nacht habe ich kein Auge zugetan.«
Er nickte und so legte ich mich auf den Bootsboden und schlief augenblicklich ein. Wach wurde ich erst, als ich mehrere Stimmen hörte. Mago und seine Männer waren wieder zurück.
»War etwas Besonderes?«, wollte er wissen.
»Nein, bei uns nicht! Und bei euch? Gibt es etwas, was du uns sagen solltest?«, stellte ich die Gegenfrage.
Ihm schien es nicht sehr gut zu gehen, denn er murmelte nur: »Nein, nein, nichts! Wir haben alle zu viel getrunken. Lass uns sofort aufbrechen, der Wind und die Luft auf dem Wasser werden uns wohltun.«
Hatten wir eine andere Wahl? Wir mussten mitreisen. Bei unserer Weiterfahrt beobachtete ich diesmal Magos Männer genauer. Die Nacht schien für sie sehr anstrengend gewesen zu sein, denn es wurde, im Gegensatz zu sonst, kaum geredet. Ich musste daran denken, was Butu gesagt hatte: »Sie sehen so wild aus und ihre Augen sind blutunterlaufen.« Das bezog sich auf den Stamm, bei dem wir zu Gast waren, aber traf das nicht zumindest heute Morgen ebenso auf Magos Männer zu? Allerdings konnten die roten Augen auch von dem wenigen Schlaf kommen.
Butu verriet ich natürlich nichts von meinen Gedanken, stattdessen nahm ich mir vor, sie ab jetzt besonders aufmerksam zu beobachten.

Wir übernachteten noch einmal, ehe wir am anderen Tag gegen Mittag bei den Baku eintrafen. Ein Mann in mittleren Jahren begrüßte uns und nachher informierte mich Mago, dass er einer der Söhne des Königs sei. Danach machte sich der Medizinmann sofort auf den Weg, um nach dem kranken König zu schauen. Warum er seit gestern wieder bei uns war, fragte ich nicht und tat so, als sei es selbstverständlich.
Wir hatten gerade die uns zugewiesenen Schilfhütten bezogen, als der Medizinmann zurückkam, und ich konnte sehen, dass er mit sehr ernstem Gesicht auf Mago einredete. Ich wartete ab, bis er sich entfernt hatte, um Mago zu fragen, wie es um den König steht.
»Nicht gut!« Er wiegte, wie es seine Art war, den Kopf hin und her. »Der Medizinmann meint, er wird nicht mehr lange leben.«
Mago schien mittlerweile wieder der Alte zu sein, ruhig und ausgeglichen. Gestern hatte er auf mich einen wilden und geistesabwesenden Eindruck gemacht. Wahrscheinlich hatte er da unter dem Bann der Kulthandlung der vergangenen Nacht gestanden. Eigentlich wollte ich mit ihm mehrere Dinge besprechen, aber in diesem Moment kam der Sohn des Königs, um Mago abzuholen, und deswegen hielt ich mich bewusst im Hintergrund. Die Menschen hier hatten sicher wegen der schweren Erkrankung ihres Königs andere Probleme, als mit einem neugierigen Fremden zu reden. Ich bemerkte, dass mich der Sohn des Königs im Vorbeigehen genau musterte. Doch das war normal, denn wegen meiner helleren Hautfarbe war ich für die Menschen hier sehr auffällig. Am Beginn meiner Reise hatte mich das gestört, inzwischen hatte ich mich daran gewöhnt.

Am späten Abend kam Mago in unsere Hütte. Butu und ich wollten uns gerade zum Schlafen hinlegen. Er entschuldigte sich, weil wir bei dem Empfang im Dorf nicht dabei waren. »Durch die lange Krankheit des Königs ist die sonstige Ordnung durcheinandergeraten. Ich denke, wenn der König wirklich stirbt, sollten wir sofort aufbrechen!«
Erst sollten wir hierher und dann so schnell wieder aufbrechen? Erstaunt fragte ich: »Warum? Erfordert es nicht die Höflichkeit, bei den Trauerfeierlichkeiten dazubleiben?«
»Nein!« Das klang sehr bestimmt. Dann redete Mago im normalen

Tonfall weiter: »Wir würden nur stören. Ihr habt es nicht mitbekommen, doch hier herrscht eine merkwürdige niedergedrückte Stimmung.«
»Wegen der Erkrankung ihres Königs?«, hakte Butu nach.
»Nicht nur!« Mago wiegte erneut den Kopf hin und her. »Es hat auch einen anderen Grund. Sollte der König sterben - und unser Medizinmann ist davon überzeugt, dass es bald sein wird -, sterben eine große Anzahl von Menschen mit ihm!«
»Noch mehr?« Ich erschrak. »Grassiert hier eine ansteckende Krankheit und willst du deshalb fort?«
»Nein, nein, das ist es nicht«, wehrte er ab. »Es ist so, der König braucht im Jenseits sein Gefolge. Das heißt, viele von seinen Frauen und seinen Dienern und andere aus seinem Gefolge werden mit ihm in den Tod gehen!«
Er schwieg. Butu und ich konnten vor Entsetzen nichts sagen. Warum waren die Götter so grausam, dass sie den unwissenden Menschen diese Gedanken eingaben? Nur weil ein Mensch starb, selbst wenn er ein König war, mussten deswegen Menschen umgebracht werden?
Ich dachte an die Nacht, als ich Mago und seine Männer bei dem befreundeten Stamm Menschenblut trinken sah, und erkundigte mich: »Würde das bei euch auch so geschehen, wenn König Ibuki einmal sterben würde?«
»Nein!«, belehrte uns Mago. »Bei uns nicht! Unsere Toten werden verbrannt und ihre Asche wird in alle Winde verstreut, damit aus ihr wieder neues Leben entstehen kann.«
Bei seiner Erwiderung sah ich Butus ungläubiges und ängstliches Gesicht, in dem sich die großen Augen zu verdrehen schienen. Mir war klar, was er in diesem Moment dachte. Das Gleiche wie ich. Sie hatten Menschenfleisch gegessen! Wir wussten es! Bei welchem Anlass würde es sonst gemacht, wenn nicht bei diesem? Jetzt wollte ich es wissen! Vorsichtig fragend versuchte ich, eine entsprechende Antwort zu bekommen. »Macht ihr das mit euren Feinden, die ihr getötet oder gefangen habt, genauso?«
»Nein! Natürlich nicht!«, empörte sich Mago.
»Und was wird mit ihnen gemacht?«, hakte ich nach. »Lasst ihr sie einfach liegen, dort wo der Kampf stattgefunden hat?«
Erstaunt blickte er mich an. »Wie kommst du denn darauf?« Er

stockte und besann sich. Man sah seinem Gesicht an, dass er jetzt nicht die Wahrheit sagte: »Ja, ja, ich hatte dich falsch verstanden. Du hast selbstverständlich recht! Wir lassen sie einfach liegen!« Man sah ihm die Lüge förmlich an. Ich fragte nicht weiter, denn mehr hätte er mir bestimmt nicht anvertraut. Er wollte auch dieses Thema nicht mit mir erörtern, denn er erklärte, im Moment keine Zeit zu haben, da er unbedingt mit dem Medizinmann sprechen müsse.

Es war an einem der nächsten Tage, als mir das Warten im Dorf zu langweilig wurde und mir Idee kam, eventuell einen Ausflug zu machen, um die Gegend zu erkunden.
»Mago, wir sind auf unserer Reise bis zu deinem Königreich stets auf dem Nil oder, wenn es mit dem Boot nicht möglich war, in seiner Nähe gereist?«, vergewisserte ich mich.
Er nickte bejahend und schaute mich dabei fragend an, weil er nicht wusste, worauf ich hinauswollte.
Erklärend fuhr ich fort: »Wenn ich mich recht erinnere, ist der Nil zweimal in einen See geflossen. Bei dem ersten See habe ich gesehen, dass er an dessen Ende auch wieder ausgetreten ist und weiterfloss. Auf unserer Reise zu den Baku hier in dem großen See, habe ich nur gesehen, wo er hineinfließt. Doch wo tritt er aus? Kannst du mir Näheres darüber sagen?«
Mago zuckte die Schultern. »Wenn du meinst, es sei immer euer Nil gewesen, ich weiß es nicht. Bei uns hat der Fluss einen anderen Namen. Ob er an einer Stelle des großen Sees weiterfließt, glaube ich nicht, denn das müssten wir Baluk wissen, da wir hier öfter zur Jagd und zum Fischen waren. Wir kennen den See ziemlich gut. Allerdings weiß ich von den hiesigen Jägern, dass dort oben in den Mondbergen[15] ein Fluss entspringen soll, der am Anfang sehr klares und kaltes Wasser führt und in einen See mündet. Du kannst die Berge mit ihren weißen Spitzen deutlich sehen. Manchmal, so sagen die Leute, sollen die Götter zu den Bergen herunterkommen. Dann sind die Bergspitzen in tiefe Wolken gehüllt, und wenn die Luft danach klar wird und die Wolken verschwunden sind, kann man sehen, dass die Götter die Bergspitzen strahlend weiß gemacht haben.«
Mir waren die weit entfernten, hohen Berge natürlich bei unserer

Reise hierher aufgefallen. Ich wusste, dass auf manchen, sehr hohen Bergspitzen weißer, gefrorener Regen lag. Das hatten mir hethitische Händler, die öfter Theben besuchten, erzählt.
Mago berichtete weiter: »Im Tal ist außerdem ein Fluss[16] an dem wunderschöne Blumen und Sträucher und besonders hohe Palmen wachsen. Das ganze Tal ist dicht belaubt und die Leute denken, dass dies von dem kühlen und klaren Wasser kommt. Aber ob der Fluss und die Seen, von denen du gesprochen hast, mit deinem Nil zu tun haben, kann ich nicht sagen. Ich denke, es ist auch egal, denn für uns Menschen bedeutet Wasser, dass wir zu trinken haben, es mit unseren Booten befahren können und dass es hoffentlich sehr fischreich ist.«
Ich teilte seine Meinung und nur aus der mir angeborenen Neugier heraus hatte ich mich erkundigt.

Am nächsten Tag starb der König. Ich hatte mir bereits ernsthaft überlegt, wenn unser Aufenthalt länger dauern sollte, eine Reise entlang des Flusses zu machen, von dem Mago mir erzählt hatte. Deswegen konnte ich meinen Plan nicht ausführen, da Mago sein Vorhaben wahrmachen wollte, gleich abzureisen, sobald der König gestorben war.
Bei den Vorbereitungen für die Abreise berichtete er: »Leider konnte unser Medizinmann dem König nicht mehr helfen. Ich mag ihn zwar nicht besonders, doch von seinem Fach versteht er einiges, denn er konnte dem König für mehrere Tage das Leben verlängern und von seinen großen Schmerzen befreien. Übrigens, hat er dem hiesigen Medizinmann das Leben gerettet. Er hat dem Rat der Weisen, der für die Neuwahl eines Königs zuständig ist, bestätigt, dass ihr Medizinmann seine Arbeit gut und richtig gemacht hat. Für den bedeutet dies, dass er am Leben bleibt, denn bei einem Königstod hat eigentlich immer der Medizinmann Schuld und wird deswegen meist mit dem Tod bestraft.«

Ich war froh, dass wir am nächsten Tag abreisen konnten, denn hier wirkte alles bedrohlich und düster. Die anstehenden Feierlichkeiten und dabei als Höhepunkt das Töten der nächsten Angehörigen, damit der König im Jenseits auf nichts verzichten muss - ich hätte es nicht ertragen.

Zügig und ohne unnötige Aufenthalte ruderten wir Richtung Heimat der Baluk. Wenn unsere Krieger auf der Hinfahrt schweigsam waren, hatte es meist daran gelegen, dass sie vom vielen Feiern und Trinken müde oder krank waren. Ihre Wortkargheit auf der Rückfahrt hatte sicher mit dem Tod des Königs zu tun.

Als wir bereits mehrere Tage wieder zurück bei den Baluk waren, bekam ich überraschend durch Mago die Aufforderung überbracht, der König wolle mich sprechen. Daya hatte ich bisher noch nicht gesehen, sie sei im Auftrag ihres Vaters unterwegs zu einem befreundeten Stamm, hieß es.
Als ich in die Hütte des Königs trat, sah ich, dass er diesmal nicht wie sonst herausgeputzt, sondern nur mit einem Lendenschurz bekleidet war. Er winkte mir zu, mich zu setzen und sagte lächelnd: »Wie ich gehört habe, sprichst du unsere Sprache?«
Wahrheitsgemäß antwortete ich: »Ein bisschen! Ich erlerne Sprachen leider nicht sehr schnell.«
»Von meiner Tochter habe ich erfahren, Ägypten soll ein großes und mächtiges Land sein, da ist es sicher nicht so wichtig, viele Sprachen zu können. Die Menschen der kleineren Länder müssen sich eben dem Mächtigeren anpassen. Bei uns ist das anders, hier kann es lebensnotwendig sein, mehrere Dialekte der hiesigen Völker zu sprechen.«
Ich nickte ihm zu, zum einen, weil ich nicht alles richtig verstanden hatte, zum anderen, weil ich nicht wusste, worauf er hinauswollte. Er nahm gerade einen Anlauf, um etwas zu sagen, als ich hinter mir leichte Schritte hörte. Ein warmes Leuchten kam in König Ibukis Augen und dann trat Daya in den Raum. Sie war gerade von ihrer Reise zurückgekehrt. Dunkle Augen schauten mich fragend und vielversprechend an, als wollten sie fragen: »Bist du zu mir zurückgekehrt, Fremder? Willst du mich immer noch, so, wie vor deiner Reise?«
Für eine Weile schien ich für die beiden einfach nicht mehr da zu sein. Sie unterhielten sich, und es dauerte lange, bis der König sich an mich zu erinnern schien. »Du siehst, jetzt haben wir eine Dolmetscherin. Du kannst mir in deiner Sprache alles über das große Ägypten erzählen!«
Das war es, was er wissen wollte! Wo nur sollte ich anfangen und

was interessierte ihn am meisten? Daya war es, die mit half, denn sie kannte in groben Zügen meine Lebensgeschichte.
»Berichte kurz über deine Kindheit und wie du nach Ägypten gekommen bist. Dann über die Pracht des Pharaos und Thebens. Am wichtigsten für ihn sind sicher die Waffen und die Ausrüstung der Krieger in Ägypten.«
So fing ich mit meiner Kindheit an und als ich damit endete, wie ich als Kind unter die Obhut Nefers kam, sah ich so etwas wie Sympathie in seinen Augen. Das anfängliche Misstrauen des Königs war gewichen und ich wurde in den nächsten Wochen fast täglich zu ihm gerufen, um ihm über Ägypten zu berichten. Daya war jedes Mal dabei, denn ich hätte mich in der Sprache der Baluk bei so vielen Worten nur sehr schlecht und langsam ausdrücken können.
Am meisten interessierten den König die Waffen der ägyptischen Soldaten. Ich erzählte ihm von den Lederharnischen, die von Bronze überzogen waren. Von den Bogen, Piken, Krummsäbeln und Dolchen, aber auch von den Schilden, die aus Holz hergestellt und mit Fell überzogen wurden. Als ich dann über die von zwei Pferden gezogenen Kampfwagen berichtete, wollten die beiden es erst gar nicht glauben, dass es so etwas gab. Als ich sie davon überzeugt hatte, musste ich ihnen alle Einzelheiten darüber erzählen. Ich beschrieb den Wagen, der von einem Krieger gelenkt wurde und auf dem noch ein oder zwei Krieger standen, die ihre Pfeile oder Lanzen auf die Angreifer abschossen. Ebenso, wie sich die Krieger vom Wagen aus im Nahkampf verhielten. Zum Schluss sprach ich über meine Erfahrungen, die ich bei der Fahrt mit Mat und Tanus gemacht hatte und wie mir dabei schlecht wurde, da brachen sie in fröhliches Gelächter aus.

Daya merkte nach unseren ersten gemeinsamen Nächten, dass sich meine Gefühle ihr gegenüber verändert hatten. Sie schien gekränkt und kam nicht mehr oft zu mir. Aber manchmal, wenn es sie überkam, konnte sie völlig überraschend mitten in der Nacht auftauchen. Obwohl ich innerlich einen großen Abstand zu ihr gewonnen hatte, konnte und wollte ich ihrer Leidenschaft nicht widerstehen. Sie brachte mich durch ihre natürliche Wildheit zu bisher nie gekannten Höhepunkten. Danach wirkte sie oft traurig, ohne über den

Grund zu sprechen. Wir redeten wenig miteinander und wenn, dann nur über allgemeine Dinge.
Nach einer dieser Nächte deutete sie plötzlich auf das kleine Medaillon, das ich immer an einer schmalen Goldkette um den Hals trug. »Ist es von ihr? Was bedeutet das Bild des alten Mannes?«
»Das Bild ist von dem einzigen Gott, an den ich als Kind geglaubt habe. So, wie ich ihn mir vorgestellt habe.« Von Merit sagte ich nichts. Sie wusste es auch so. Nachdenklich und schweigend schaute sie mich an, ehe sie sich verabschiedete.

Abschied

Eines Tages kam Butu ganz aufgeregt zu mir und hatte Neuigkeiten. »Es kommen zwei Karawanen! Eine aus der Stadt der zwei Flüsse und die andere aus meiner Heimat. Sie sollen in den nächsten Tagen hier eintreffen!«
Spontan fragte ich ihn: »Was hast du vor? Willst du zurück in deine Heimat oder kommst du mit mir nach Ägypten?«
Nachdenklich schüttelte er den Kopf und antwortete langsam: »Du gehst zurück nach Ägypten? Ich dachte, dass du wegen Daya hierbleiben würdest.«
Er hatte sich also Gedanken über unsere Beziehung gemacht, obwohl er sie nicht guthieß und mich vor längerer Zeit davor gewarnt hatte.
»Ich muss zurück nach Ägypten! Hier gehöre ich nicht hin. Ich würde immer ein Fremder bleiben! Meine Zuneigung zu Daya ist nicht stark genug, um mich zurückzuhalten.«
Er nickte zustimmend. »Gut, dass du es einsiehst! Ich habe es dir bereits vor einiger Zeit gesagt. Nur, da hast du mir überhaupt nicht zugehört.«
»Und was ist mit dir? Du hast mir nicht erzählt, was du vorhast.«
Butu schaute mich ernst an. »Zuerst wollte ich mit dir gehen. Doch dann bin ich zu der Überzeugung gekommen, es ist besser, wenn ich bleibe oder zurück in meine Heimat reise. Vielleicht werde ich dort als Händler arbeiten. Eines habe ich mir geschworen: Ich werde nie wieder mit Sklaven handeln, obwohl man in diesem Geschäft viel Gold verdienen kann!«
Insgeheim hatte ich gehofft, dass er mit mir reisen würde. Ihn als Reisebegleiter zu haben, hätte zusätzliche Sicherheit bedeutet. Natürlich respektierte ich seinen Wunsch und versuchte nicht, ihn zu überreden.

Daya kam in den nächsten Tagen nur einmal zu mir. Nachher fragte sie: »Du hast davon gehört, dass die Karawane kommt?«
Ich nickte und wusste nicht, wie ich es ihr beibringen sollte, dass meine Entscheidung, mit der Karawane zu reisen, gefallen war. Aber es war nicht nötig, denn sie sagte ganz ruhig und sachlich:

»Du wirst mitreisen, zurück zu ihr! Ich werde nicht versuchen, dich zurückzuhalten, denn ich kann nur mit einem Mann zusammenleben, wenn ich überzeugt bin, dass er mich liebt! Trotzdem wünsche ich dir, dass du gesund zurück in deine Heimat kommst. Ich werde versuchen, dich zu vergessen und hoffe, es wird mir schnell gelingen!«
Mir fehlten die richtigen Worte, um darauf etwas zu erwidern. Dies war eine Situation, in der ich mich sehr unwohl fühlte, weil ich Daya gegenüber große Schuldgefühle hatte und meine Antwort war sicher nicht gut und überzeugend. »Es war eine sehr schöne Zeit mit dir, aber ich kann nicht anders! Ich bin Ägypter, ich muss zurück in meine Heimat!«
Wir schwiegen beide. Als das Schweigen unangenehm wurde, fragte ich: »Und du? Tut dir die Zeit mit mir leid?«
Sie schaute mich mit unergründlichen, traurigen Augen an, ehe sie aufstand, um zu gehen. Als sie antwortete, klang ihre Stimme so, als ob sie bald ihren Dienst aufgeben würde, und leise, sodass ich genau hinhören musste, um etwas zu verstehen, raunte sie: »Nein, mir tut nichts leid! Ich mache immer, was ich will! Und ich wollte dich!«
Dann drehte sie sich schnell um und ging. Täuschte ich mich oder hatte ich in ihren Augen Tränen gesehen? Doch was sollte ich machen? Kann man Liebe erzwingen? Meine Gedanken an Merit waren mit jedem Tag stärker geworden und manchmal hatte ich das Gefühl, sie würde mich rufen und ihre Rufe wurden zunehmend dringender!

In den nächsten Tagen wartete ich ungeduldig und unruhig darauf, dass die Karawane eintraf. Einmal - ich kam gerade von Mago zurück und hatte einen kleinen Umweg zum See gemacht - hörte ich Daya singen. Sie fühlte sich völlig unbeobachtet. Ich blieb versteckt hinter einer kleinen Anhöhe stehen und hörte zu. Es war ein trauriges Lied mit mehreren Strophen, das stets denselben Refrain hatte.

Wer ist die Fremde, die dein Herz gefangen hält?
Was hat sie, das ich dir nicht geben kann?
Bleib doch hier bei mir, in meiner Welt.

Der Wind ist mein Freund, denk an mich,
wenn sein heißer Atem deine Haut berührt.
Er wird mir Antwort geben, doch bleibt er stumm,
muss ich nicht fragen nach dem Warum.
Ich weiß, dein Herz gehört immer noch der anderen.
Doch bist du für mich bereit
auch nach einer für mich unendlich langen Zeit,
wird er nicht mehr bleiben stumm und zurück zu mir fliegen.
Ich kann nicht anders, ich werde dich immer lieben.

Du musst meine Liebe zu dir doch spüren!
Doch die Antwort von dir ist nur Schweigen!
Warum kann meine Liebe nicht dein Herz berühren?

Der Wind ist mein Freund, denk an mich,
wenn sein heißer Atem deine Haut berührt.
Er wird mir Antwort geben, doch bleibt er stumm,
muss ich nicht fragen nach dem Warum.
Ich weiß dein Herz gehört immer noch der anderen.
Doch bist du für mich bereit
auch nach einer für mich unendlich langen Zeit,
wird er nicht mehr bleiben stumm und zurück zu mir fliegen.
Ich kann nicht anders, ich werde dich immer lieben.

Vielleicht ist es aber auch nur ein Abschied auf Zeit,
da ihr Zauber für deine Liebe einmal erlischt.
Dann komm zurück zu mir, meine Liebe zu dir bleibt.

Der Wind ist mein Freund, denk an mich,
wenn sein heißer Atem deine Haut berührt.
Er wird mir Antwort geben, doch bleibt er stumm,
muss ich nicht fragen nach dem Warum.
Ich weiß dein Herz gehört immer noch der anderen.
Doch bist du für mich bereit
auch nach einer für mich unendlich langen Zeit,
wird er nicht mehr bleiben stumm und zurück zu mir fliegen.
Ich kann nicht anders, ich werde dich immer lieben.

Ich verließ mein Versteck so vorsichtig und so schnell es ging, da ich auf keinen Fall wollte, dass sie mich entdeckte. War ich tatsächlich der Grund ihrer Traurigkeit? Die Unsicherheit und das Gefühl meiner Hilflosigkeit setzten mir sehr zu.

Später beim König, er hatte natürlich davon gehört, dass ich abreisen wollte, war auch Daya anwesend. Von Traurigkeit oder Niedergeschlagenheit war ihr nichts anzusehen, doch sie vermied es tunlichst, mich anzuschauen und sah nur zur Seite oder zu ihrem Vater. Dann musste sie seine Abschiedsrede übersetzen und zum Schluss seiner Rede kam sie zu dem, was er wirklich wollte. Zu meinem größten Erstaunen hatte er Forderungen an den ägyptischen Pharao!
Wie selbstverständlich forderte König Ibuki: »Bestelle deinem König, den man Pharao nennt, Grüße von dem großen König Ibuki! Durch deinen Untertan Sen habe ich von der Größe und Macht Ägyptens gehört und von den merkwürdigen Waffen, die ihr besitzt! Weil wir deinen Untertan Sen aus der Sklaverei befreit haben, hast du uns als Dank, dass wir ihm die Freiheit zurückgegeben haben, folgende Geschenke zu schicken!«
Erstaunt sah ich Daya an. Was sagte sie dazu? Es schien ihr überhaupt nicht recht zu sein. Nach wie vor hielt sie ihre Augen gesenkt und vermied es, mich anzusehen. Was sie dachte und ob sie mit dem, was ihr Vater forderte, einverstanden war, konnte ich deswegen nur ahnen. Aber ich musste mich wieder konzentrieren, denn jetzt kam der König zu dem, was er haben wollte!
»Zuerst brauche ich einen Kampfwagen mit den Tieren, die ihr Pferde nennt. Dann mehrere Sklaven, die diesen Wagen bauen und meine Krieger in seinem Gebrauch unterrichten. Des Weiteren einige von diesen Lederpanzern und von euern neuen Bogen. Ebenso interessieren mich eure Lanzen und Dolche.«
Er äußerte seine Wünsche mit einer solchen Selbstverständlichkeit, dass es wie ein Befehl klang. Ich machte bei seinen Worten ein völlig ernstes Gesicht, obwohl ich seine Bedingungen lächerlich fand. Als er dann schwieg, wartete ich erst ab, ob er weitere unverschämte Forderungen äußerte, doch er schaute mich nur erwartungsvoll an. Ich musste mich erst einmal räuspern, ehe ich ihm antworten konnte, denn seine Dreistigkeit hatte mir fast die Sprache verschlagen.

»König Ibuki, ich werde deine Wünsche dem ägyptischen Pharao vortragen, wenn ich die Gelegenheit dazu bekomme«, äußerte ich mich vorsichtig. »Bedenke bitte, dass ich im Grunde nur ein ›Nichts‹ in Ägypten bin! Ich kann nicht sagen, wie der Pharao reagieren wird, wenn ich ihm dein Anliegen vortrage.«
Daya übersetzte, täuschte ich mich oder sah ich dabei in ihren Augen ein amüsiertes Lächeln? Ich musste weitersprechen, denn sie war mit ihrer Übersetzung fertig und die beiden schauten mich erwartungsvoll an und so fuhr ich fort: »Der Pharao ist unberechenbar, vielleicht akzeptiert er sofort deine Wünsche oder er schreit mich an, dass ich unverschämt sei und lässt mich einsperren!«
König Ibukis längliches Gesicht wurde bei meiner Antwort womöglich noch länger. Ehe ich es mir ganz mit ihm verdarb, hatte ich eine Eingebung. Warum war ich nicht eher darauf gekommen? Wieso sollte ich den Pharao überhaupt damit belasten? Hatte ich nicht selber genug Gold, um diese Dinge, die Ibuki haben wollte, zu kaufen und dann zu versuchen eine Karawane zu finden, die diese Geschenke mitnahm? Das Problem war natürlich, den Kampfwagen und die dazugehörigen Pferde zu bekommen. Auf dem Nil könnte man sie eventuell transportieren. Doch der war an vielen Stellen mit dem Boot unpassierbar. Einmal die großen Felsbarrieren (Katarakte) und dann das riesige Sumpfgebiet, wo man nur Schilf und Papyrus sehen konnte und man das Gefühl hatte, der Nil würde in diesem großem Gebiet versiegen. Unmöglich!
Deswegen sagte ich zu König Ibuki: »Ich denke, dass ich so viel Einfluss habe, dafür zu sorgen, dass deine Wünsche erfüllt werden!« Sein Gesicht nahm daraufhin wieder seine normale Länge an. »Allerdings«, schränkte ich ein, »den Kampfwagen mit den Pferden kann ich dir nicht schicken! Sie sind unmöglich auf so einem langen und schwierigen Weg zu befördern. Hinzu kommt, dass der Pharao verboten hat, sie außer Landes zu geben. Ägypten wäre ja dumm, Kampfwagen wegzugeben, da unsere Feinde sicher versuchen würden, diese Wagen nachzubauen, um sie dann bei einem Krieg gegen uns einzusetzen.«
Das verstand er, denn nach einer Weile des Überlegens nickte er und sagte lächelnd: »Ich verstehe und denke, du wirst dein Möglichstes tun. Außerdem vertraue ich dir, denn du wirst das Königreich, in dem dein Sohn zu Hause ist, nicht betrügen!«

Was meinte er bloß? Ich schaute zu Daya, die aber wandte ihre Augen nach wie vor von mir ab. Im Moment konnte ich mir keine weiteren Gedanken über seine merkwürdigen Worte machen, denn er winkte mir huldvoll zu, was bedeutete, dass ich entlassen sei, und er wünsche, ich möge mich entfernen.

Es dauerte zwei Tage, bis die erste Karawane eintraf. Eine Sklavenkarawane! Daran hatte ich schwer zu kauen. Das hatte ich mir anders vorgestellt. Hatte ich hingegen eine andere Wahl? Sollte ich deswegen versuchen, allein zu reisen? Nein! Allein, hätte ich keine Chance, Ägypten zu erreichen.
Als ich sah, dass Mago mit dem Anführer der Karawane verhandelte, ging ich auf sie zu, da ich den Eindruck hatte, dass sie über mich sprachen, weil ihre Blicke öfter zu mir herüberwechselten. So war es auch, denn als ich dort ankam, begrüßte Mago mich mit den Worten: »Das ist Hewa, der Anführer der Karawane. Er ist damit einverstanden, dass du mit seiner Karawane reist.«
Der Angesprochene grinste und sagte etwas in einer Sprache, die ich nicht verstand. Er war ein hochgewachsener Schwarzer mit sehr grausamen Gesichtszügen. Mago übersetzte: »Er will dafür einen Beutel Gold haben. Wie sieht es aus, kannst du bezahlen?«
»Ja! Allerdings erst in der Stadt der zwei Flüsse.«
Das war die Wahrheit, doch selbst wenn ich das Gold bei mir gehabt hätte, ich würde auf jeden Fall erst am Ende der Reise bezahlen. Der Anführer war damit einverstanden und von seinem Gesicht konnte ich ablesen, dass er dachte: Wenn nicht, dann habe ich einen zusätzlichen Sklaven. Ich gehe so oder so kein Risiko ein.
Mago war, als meine Abreise bekannt wurde, zu mir gekommen und machte im Gegensatz zu sonst, ein sehr feierliches Gesicht. Er legte er sich lang auf den Boden, so wie damals, als ich ihn vor dem Krokodil gerettet hatte, und beteuerte: »Ich werde dich in deine Heimat Ägypten begleiten, denn ich bin dein Sklave! Auch wenn meine Frauen und Kinder deswegen weinen, ich werde es tun!«
Man sah ihm an, dass er es ernst meinte und dabei gleichzeitig sehr unglücklich wirkte. Ich wusste inzwischen von den Bräuchen der Baluk so viel, dass er nicht anders handeln konnte. Natürlich wollte ich ihn nicht mitnehmen, ich konnte ihm das nur nicht direkt mitteilen, ohne seine Ehre zu verletzen. Da ich mir jedoch gedacht

hatte, dass er mir seine Dienste als Sklave anbieten würde, hatte ich mir inzwischen eine ablehnende Antwort überlegt, die er und sein Stamm akzeptieren konnten. »Ich würde dich gern in mein Heimatland mitnehmen. Aber leider muss ich dir gestehen, dass es nicht geht.«
Seine Gesichtszüge spiegelten die große Erleichterung wider, die er nicht in Worte fassen durfte. Er stand auf und wollte wissen: »Warum sagst du das? Du weißt, dass ich mitkommen muss. Unsere Sitten verlangen es so.«
Gut, dass ich ihm einen triftigen Grund nennen konnte, denn was er sagte, war sein tiefster Ernst. Bei meiner Antwort setzte ich mein traurigstes Gesicht auf, das ich in dieser Situation machen konnte. »Du weißt, ich war selbst ein Sklave. Damals habe ich den Schwur abgelegt, falls mich die Götter aus meiner schrecklichen Lage befreien, würde ich niemals selbst Sklaven halten! Würde ich jemals diesen Schwur brechen, sollen sie dafür sorgen, dass ich sofort tot umfalle!«
Seine Augen leuchteten ob dieser für ihn guten Nachricht und er verbeugte sich tief vor mir. »Ich verstehe. Doch dies muss ich erst mit dem Medizinmann besprechen. Nur er kann, nachdem er Verbindung zu unseren Göttern aufgenommen hat, mich eventuell von dieser Verpflichtung befreien.«
Am nächsten Tag kam er und teilte mir mit, dass er von dem Medizinmann die Erlaubnis bekommen hatte, hierzubleiben.

Daya hatte ich zuletzt bei ihrem Vater gesehen. Sie schien wie vom Erdboden verschwunden zu sein. Ich ging öfter unauffällig durch das Dorf und an ihrem Lieblingsplatz vorbei, um nach ihr Ausschau zu halten. Sie war nirgends zu entdecken und fragen, wo sie sein könnte, wollte ich nicht, weil es eine Sache zwischen Daya und mir war.
Seitdem Butu wusste, dass ich abreisen würde, suchte er jede sich bietende Gelegenheit, um in meiner Nähe zu sein. Er wirkte niedergeschlagen. Auch mir ging es sehr nahe, dass wir uns bald trennen würden. Er war ein Freund geworden. Sollte ich erneut versuchen, ihn zu überreden, mit mir zu kommen? Es wäre nämlich nicht schlecht gewesen, wenn wir zusammen nach Ägypten hätten reisen können. Aber dann entschied ich mich dagegen, weil ich seine

Entscheidung nicht beeinflussen wollte, obgleich es mir schwerfiel. Die letzte Nacht kam und ich hatte Daya immer noch nicht gesehen. Hatte ich sie durch meine Absicht abzureisen, so gekränkt, dass sie mir nicht einmal Lebewohl sagen wollte?
Ich war allein in der Hütte, denn Butu schlief seit ein paar Wochen in der Hütte einer Frau, die ihren Mann bei einem Jagdunfall verloren hatte. Sie und Butu schienen sich gut zu verstehen.
Ich war kurz vor dem Einschlafen und schreckte hoch, als ich ein leises Geräusch wahrnahm. Daya! Als ich etwas sagen wollte, legte sie einen Finger auf ihren Mund, damit ich schweigen sollte. Sie kam auf mich zu und ihr Körper drängte sich ganz nah an den meinen. Wir liebten uns mit einer Intensität, wie zwei Menschen es tun, die wissen, dass es das letzte Mal ist. Als wir zur Ruhe kamen, fiel mir wieder ein, was König Ibuki zum Abschied erwähnt hatte.
»Was meinte dein Vater, als er andeutete, dass ich hier einen Sohn zurücklassen werde?«
Als sie antwortete, ahnte ich ihr Lächeln mehr, als ich es bei der herrschenden Dunkelheit sehen konnte: »Ob es ein Junge wird, kann man vorher natürlich nicht wissen, aber er hofft es sehr!«
Ich wurde Vater! Oder? Trotzdem fragte ich unnötigerweise: »Ist es wirklich von mir? Warum hast du mir nichts davon erzählt?«
Dann erst merkte ich, was für ein dummes Zeug ich redete, und hoffte, dass sie sich durch diese Fragen nicht beleidigt fühlte. Ich wollte mich bereits herausreden, aber ihr schien es egal zu sein oder sie hatte nicht richtig zugehört, denn sie schmiegte sich an mich.
»Ich wollte deine Entscheidung, zurück nach Ägypten zu reisen, nicht dadurch beeinflussen! Auch wenn du mich jetzt verlässt, es ist das schönste Geschenk, das du mir machen konntest. Durch unser gemeinsames Kind werde ich täglich an dich erinnert und kann dich dadurch nie vergessen. Es ist ein Geschenk für uns alle und die Freude bei uns im Dorf ist sehr groß. Vor allem bei meinem Vater. Er hofft so sehr, dass es ein Junge wird.«
Ihre Worte hatten mich sehr berührt. Wartete sie nun darauf, dass ich sagen würde: »Das ist wunderbar und ich bleibe bei dir, damit wir unser Kind gemeinsam großziehen?«
Sie lächelte nur glücklich und schien es akzeptiert zu haben, dass ich für immer Abschied nahm. Wortlos drückte ich mein tränen-

nasses Gesicht gegen ihres, denn mein Gefühl für Merit und nach Ägypten zu müssen war stärker. Warum nur konnten es mir die Götter nicht einfacher machen?
Ehe am nächsten Tag die Karawane aufbrach, nahm ich Abschied von meinen Freunden. Butu hielt eine längere, bewegende Ansprache und zum Schluss seiner feierlichen Abschiedsworte betonte er: »Ich überlege hierzubleiben, da ich eine gute Frau gefunden habe. Außerdem bin ich nicht mehr der Jüngste, um ständig auf gefährliche Reisen zu gehen.«
Alle waren gekommen, um Abschied zu nehmen. Mago mit seiner Familie und die Männer mit ihren Familien mit denen ich zur Jagd gegangen war. Sogar König Ibuki winkte mir gnädig zu. Nur Daya zeigte sich nicht. Sie hatte in der letzten Nacht Abschied genommen und war dann heimlich, als ich eingeschlafen war, fortgegangen.

Die Karawane war monatelang unterwegs. Als wir in der Stadt der zwei Flüsse ankamen, lebten von den hundert Sklaven lediglich noch ungefähr die Hälfte und von den Sklavenhändlern hatten einige die lange und gefahrvolle Reise ebenfalls nicht lebend überstanden. Die mörderische, feuchtwarme Hitze, aber in erster Linie die Todesfliege hatten ihren Tribut gefordert. Auch waren einige Sklaven über die Aussichtslosigkeit ihres weiteren Lebens so verzweifelt, dass sie bei einer sich ergebenen Möglichkeit in den Nil sprangen. Die Krokodile schienen nur darauf gewartet zu haben. Wenn wir an Land reisen mussten oder abends die Boote zur Übernachtung an Land gelenkt wurden, ging ich des Öfteren mit einigen der Sklavenhändler zur Jagd. Das war das Einzige, was ich im Grunde für die Sklaven tun konnte. Sie hatten dadurch wenigstens ausreichend Fleisch zu essen, denn meistens fand ich Spuren jagdbarer Tiere, die wir dann aufspüren konnten, um sie zu erlegen.

Vizekönig Nehi

Bei der Ankunft in der Stadt der zwei Flüsse wollten mich die Sklavenhändler erst nicht ohne Weiteres gehen lassen, weil ich nicht sofort das versprochene Gold zahlen konnte. Aber wir hatten uns in der langen Zeit der Reise so gut kennengelernt, dass sie mir vertrauten, als ich ihnen erklärte, dass ich erst zu dem Vizekönig weiterreisen müsse, um an das Gold zu kommen. Sicherheitshalber schickten sie mir zwei Aufpasser mit, die angeblich in der Festung, wie sie versicherten, wichtige Dinge im Auftrag des Karawanenführers zu erledigen hatten.
Unterwegs wäre es mir ein Leichtes gewesen, sie abzuhängen, doch ich wollte zu meinem Versprechen stehen, obwohl ich ihren Handel mit Menschen verabscheute. Wir kamen nach vielen Tagen gemeinsam in der Festung an.
Im Gegensatz zu meinen beiden ›Begleitern‹ suchte ich mir keine Herberge, sondern ging direkt zum Palast des Vizekönigs.
Es hatte sich in den Jahren meiner Abwesenheit nichts verändert und da ich den Weg zu den Räumen des Vizekönigs Nehi kannte, wollte ich mich gleich zu ihm begeben. An meinem Vorhaben wurde ich jedoch von zwei Wachsoldaten gehindert. Das war neu, denn sonst konnte man fast ungehindert den Palast betreten. Ein Soldat stieß mir seinen Speer leicht in den Rücken, bereit, bei einer falschen Bewegung zuzustechen. Der andere baute sich währenddessen vor mir auf und schrie: »He, du hergelaufener Bettler! Was hast du hier zu suchen?«
Meinte er damit wirklich mich? Ich sah an mir herunter. Meine Kleidung, die ich in meiner Gefangenschaft getragen hatte, war längst verschlissen und ich hatte sie weggeworfen. Ich trug nur einen nicht besonders sauberen Lendenschurz. Außerdem hatte ich mich nicht einmal gewaschen und mich so schmutzig und staubig, wie ich heute von der Reise angekommen war, gleich zum Palast begeben. Für mich war es einfach selbstverständlich gewesen, dass ich dort sofort wieder mein Zimmer beziehen konnte.
Ich versuchte zu erklären, wer ich war. Aber entweder war der Soldat, wie ich fand, ein wenig beschränkt, weil er mich nicht verstehen wollte, oder wirkte ich tatsächlich so unglaubwürdig? So

kamen wir nicht weiter und zu allem Überfluss verstärkte der andere Soldat den Druck seines Speeres in meinem Rücken. Gerade wollte ich die Soldaten in einem sehr lauten und bestimmten Ton auffordern, ihren Vorgesetzten zu holen, als ich von Weitem ein bekanntes Gesicht sah. Nehi! Er ging über den Palasthof und wurde wohl aus Sicherheitsgründen von einem Trupp Soldaten eskortiert. Jetzt gab es nur eines: Ich musste mich lautstark bei Nehi bemerkbar machen. »Nehi!«, schrie ich. »Kennst du mich nicht mehr? Deine Soldaten wollen mich nicht zu dir lassen!«
Er hatte mich gehört, seine Schritte wurden langsamer und er schaute zu mir herüber. Allerdings schien er mich nicht zu erkennen und war unschlüssig, ob er mit mir reden sollte.
Gerade wollte ich ihm erneut etwas zurufen, als sich der Druck des Speeres in meinem Rücken löste und dabei hörte ich ein Geräusch hinter mir. Schnell drehte ich mich um, gerade noch passend, um zu sehen, dass der hinter mir stehende Soldat mit dem Speer weit ausholte, um auf mich einzustechen.
Wer eine so lange und gefahrvolle Reise wie ich hinter sich hatte, bei dem entwickelte sich fast wie von selbst eine Art siebter Sinn für eine Gefahr. Blitzschnell sprang ich zur Seite und der Speer des Soldaten ging ins Leere. Mit zwei, drei Schritten sprang ich auf ihn zu und schlug dabei meine Faust in seinen Magen. Damit hatte er nicht gerechnet, denn er war sich einfach zu sicher gewesen. Er ließ den Speer los und fasste mit beiden Händen an die Stelle, an der ihn der Schlag getroffen hatte.
Für einen Soldaten ein tödliche Reaktion, dachte ich. In einem richtigen Kampf würde ihm der Feind in diesem Moment den Todesstoß versetzen.
Aber mit dem Gedanken konnte ich mich nicht länger beschäftigen, denn der andere Soldat machte gerade Anstalten, sich auf mich zu stürzen. Ein Befehl Nehis ließ ihn innehalten. Jetzt kam Nehi direkt auf uns zu. Er wirkte sehr zornig, weil sich seine Soldaten so stümperhaft angestellt hatten oder wegen mir, war nicht zu erkennen.
Er schrie: »Was soll das?« Dann herrschte er die Soldaten an: »Steht stramm und erstattet sofort Bericht!«
Umständlich wollte der unverletzte Soldat beginnen, als ich einfach dazwischenredete: »Nehi, ich bin es, Sen! Erinnerst du dich nicht? Du, General Nemitz und ich sind zusammen im Auftrag von Thutmosis hierher nach Nubien gereist!«

»Sen!?« Sein Gesicht sah in diesem Augenblick nicht besonders intelligent aus. Es war ein einziges Fragezeichen. Er schaute mich genau an. »Tatsächlich, du könntest es sein! Obwohl mir vor Jahren gemeldet wurde, du seiest tot.«
Er schüttelte ungläubig den Kopf. Darum fügte ich schnell hinzu: »Ich muss dich unbedingt sprechen! Es ist sehr wichtig!«
Er hatte sich wieder gefangen. »Bringt ihn zum Badehaus und gebt ihm neue Kleidung!«, befahl er. Bei seinen nächsten Worten kam ein leichtes Grinsen in sein Gesicht. »Anschließend führt ihn in meine Privatzimmer. Ich will doch mal sehen, ob ich ihn besser erkenne, wenn der Schmutz von seinem Körper herunter ist!« Damit wandte er sich ab und eilte mit seiner Eskorte zum Palasteingang.

Es war herrlich, in warmem Wasser zu baden und dabei von Sklaven umsorgt zu werden. Zum Schluss wurde ich mit Tüchern trocken massiert, sodass meine Haut brannte. Auch saubere Kleider lagen anschließend für mich bereit. Als ich fertig war, begleitete mich ein Sklave zu Nehis Privaträume und es dauerte nur einen kurzen Moment, bis ich eintreten durfte. Eigentlich hätte ich nach dem Bad lieber erst etwas gegessen, denn seit unserem Aufbruch heute Morgen hatte ich nichts mehr zu mir genommen. Als ich in Nehis Räume geführt wurde, sah ich, dass meine Befürchtung, lange bis zur nächsten Mahlzeit warten zu müssen, unbegründet war. Nehi saß vor einem reich gedeckten Tisch und trank aus einem Weinkrug. Er winkte mir zu und ich konnte mich ganz formlos zu ihm setzen. Selbstverständlich war das nicht, denn immerhin war er der Vizekönig Nubiens und damit der Stellvertreter des Pharaos. »Du hast sicher Hunger«, begann er. »Iss erst, danach kannst du mir alles berichten!« Das war genau die Reihenfolge, die mir behagte und ich ließ mich nicht zweimal bitten, zuzulangen.
Beim Essen redete er wenig und wenn, dann nur über belanglose Dinge. Als wir fertig waren, meinte er: »Du bist es wirklich! Doch du hast dich sehr verändert. Eigentlich bestehst du nur noch aus Haut und Knochen und in deinem Gesicht sehe ich Falten, die vorher nicht da waren. Erzähle! Wie ist es dir ergangen?«
Ehe ich ihm meine Erlebnisse über meine Gefangenschaft und über meine Zeit als Sklave berichtete, musste ich erfahren, was der Mann machte, der den Auftrag gegeben hatte, mich zu töten. »Zuerst muss ich wissen, wo ist General Nemitz?«

Nehi schaute mich erstaunt an, denn er war es nicht gewohnt, dass er aufgefordert wurde, unverzüglich eine Frage zu beantworten. Aber er gab bereitwillig Auskunft: »Er ist mit den Soldaten hier von der Festung aufgebrochen. Wir haben endlich einen Hinweis bekommen, wo sich die Streitmacht der Aufständischen aufhalten soll! General Nemitz wird sie hoffentlich endgültig vernichten. Darum haben wir extra alle verfügbaren Soldaten in Nubien zusammengezogen. Wie gesagt, Nemitz ist mit dem gesamten Heer den Aufständischen entgegengezogen.«
Mir wurde es bei seinen Worten ganz heiß, wenn ich daran dachte, welche Möglichkeit sich Nemitz geschaffen hatte. Da er jetzt das Heer Ägyptens in Nubien anführte, konnte er es leicht in eine Falle locken, um es dann von den Aufständischen vernichten zu lassen. Es war somit bis heute nicht bekannt, dass er der Anführer der Aufständischen und der Hauptverantwortliche für die begangenen Verbrechen und Aufstände in Syrien war.
Aber so direkt konnte ich Nehi mit meinen Anschuldigungen nicht kommen. Erst musste er alles von Anfang an von mir erfahren. So berichtete ich, wie zuerst der dicke Häuptling Pani und mich im Auftrag von Nemitz, in eine Falle gelockt hatte. Dann erzählte ich ihm, was Nemitz mir über seine Gründe und weiteren Absichten gesagt hatte, weil er sicher war, dass ich mein Wissen nie mehr weitergeben konnte, da ich getötet werden sollte. Natürlich berichtete ich auch von meiner Reise als Sklave. Wie wir mit einem Boot auf dem Nil durch das riesige Sumpfgebiet und weiter bis zu dem großen Wasserfall gereist waren. Und dann weiter bis zu dem See, in dem der Nil verschwand.
Nehi hatte die ganze Zeit schweigsam zugehört. Nur an seinem Gesicht konnte ich sehen, wie ihn der Bericht über Nemitz mitnahm. Er rutschte unruhig auf seinem Sitzkissen hin und her und bestimmt nicht deswegen, weil er Sitzbeschwerden hatte. Ob er ähnliche Gedanken hatte wie ich vorhin? Aus dem Grund sprach ich jetzt unverblümt das aus, was ich dachte: »Du sagtest, Nemitz ist mit fast allen verfügbaren Soldaten aufgebrochen, um die Aufständischen zu besiegen?«
Er nickte unbehaglich und versuchte dabei, seine aufkommende Unruhe zu verbergen. Seine Stimme verriet ihn, denn sie klang lange nicht mehr so selbstsicher wie vorhin. »Wenn du wirklich

recht hast, dass Nemitz der Kopf dieser Verbrecher ist, dann stellt sich für mich die Frage, was hat er mit meinen Soldaten vor? Sollen sie getötet werden? Übrigens war es Nemitz, der von einem Überläufer die Informationen über den Aufenthaltsort der Aufständischen erhalten hat, nachdem der die entsprechende Behandlung im Kerker bekommen hatte.«
Spontan sprang ich auf. »Komm, lass uns sofort mit dem Überläufer reden!«
Nehi blieb sitzen und schüttelte den Kopf. »Es geht nicht! Er ist nach der Folterung gestorben!«
Ich gab nicht auf, sondern bedrängte ihn mit weiteren Fragen: »Weißt du, wohin Nemitz mit deinem Heer will?«
»Ja! Ungefähr drei Tagesreisen von hier entfernt. Du erwähntest vorhin diesen dicken Häuptling, der euch in eine Falle gelockt haben soll. Dort in der Nähe soll sich das Heer der Aufständischen befinden.«
Ich überlegte, das konnte sogar stimmen, denn der Häuptling dort hatte oft genug Krieger für Nemitz' Raubzüge zur Verfügung gestellt.
»Was denkst du, hat Nemitz vor?«, wollte ich wissen.
Er wirkte im Moment hilflos und zuckte die Achseln. »Ich weiß ehrlich nicht, was ich davon halten soll. Nemitz war immer ein guter Soldat. Es will mir nicht in den Kopf, was du über ihn gesagt hast! Ich kann es einfach nicht glauben!«
Er verstummte und ich ließ ihn in Ruhe, denn er brauchte Zeit. Als mir sein Schweigen zu lange dauerte, drängte ich: »Ich habe Verständnis für deine Zweifel und nehme es dir auch nicht übel, dass du mir keinen rechten Glauben schenken willst. Aber wenn ich recht habe, dann beantworte mir bitte eine Frage: Willst du die Verantwortung dafür übernehmen, wenn Nemitz dein gesamtes Heer vernichtet? Du musst etwas tun und zwar schnell! Und wenn es nur für dich ist, um Gewissheit zu haben!«
Als er sich nicht äußerte und wie gelähmt vor sich hinstarrte, beantwortete ich ihm meine Frage selber, da er es anscheinend nicht über sich bringen konnte, das Schlimme auszusprechen. »Er wird deine Soldaten ins Verderben führen! Sie werden von ihm in eine Falle gelockt und die Aufständischen werden sie niedermetzeln! Und was glaubst du, geschieht dann weiter? Es wird wie ein Lauf-

feuer durch das ganze Land gehen und die Aufständischen werden von den Stämmen einen enormen Zulauf von Kriegern bekommen, die ihr Land von der ägyptischen Herrschaft befreien wollen. Der nächste Schritt von Nemitz wird sein, dass er mit einem weitaus größeren Heer hier zur Festung aufbricht, um sie einzunehmen. Und was hast du ihm dann mit deinen wenigen Soldaten, die dir noch verblieben sind, entgegenzusetzen? Wenn Nemitz das erreicht hat, wird es nicht mehr lange dauern, bis ihm ganz Nubien gehört!«
Ich hatte alles gesagt, was mir vorhin durch den Kopf gegangen war. Mehr konnte ich nicht tun. Alles andere lag in der Verantwortung von Nehi. Ihm schien es schlecht zu gehen. Seine Gesichtszüge sahen nicht mehr tiefschwarz aus, sie hatten mehr eine schmutzig graue Farbe angenommen. Dicke Schweißperlen bedeckten seine Stirn.
»Das kann alles nicht wahr sein!«, keuchte er entsetzt. »Es muss ein Albtraum sein!« Langsam fing er sich wieder und wurde der Nehi, den kannte. »Was schlägst du vor?«, wollte er wissen.
Ohne lange zu überlegen, sprudelte ich hervor: »An deiner Stelle würde ich unverzüglich die nächste ägyptische Garnison informieren, damit sie dir umgehend ihre Soldaten schicken. Ohne Verzögerung! Sofort! Ganz wichtig ist, dass gute und verlässliche Offiziere dabei sind. Außerdem sollten wir uns ohne Verzug mit deinen dir hier verbliebenen Soldaten auf den Weg zu den Aufständischen machen. Vielleicht kommen wir gerade noch rechtzeitig und können das Schlimmste verhindern!«
»Ja!« Er hatte seine Entschlusskraft zurückgewonnen. »Es befindet sich ein Heer aus Ägypten in Grenznähe. Sie halten dort Übungen mit ihren Kampfwagen ab. Ich kenne die leitenden Offiziere. Sie sind vertrauenswürdig und fähig. Ich werde schleunigst einen Boten zu ihnen schicken.«
»Schick lieber mehrere«, riet ich, denn mir fiel ein, mit welcher Raffinesse Nemitz bereits in Syrien gearbeitet hatte. »Und achte darauf, dass nicht alle denselben Weg nehmen! So wie ich Nemitz kennengelernt habe, halte ich es für sehr wahrscheinlich, dass er sich hier ein Spionagenetz aufgebaut hat, um über alle wichtigen Entscheidungen von dir informiert zu werden!«
Nehi schaute mich erstaunt an. »Du hast vielleicht Einfälle! Doch das kann ich mir wirklich nicht vorstellen! Ich hätte es bestimmt erfahren.«

Trotz seiner Skepsis schickte er drei Boten los. Außerdem ordnete er an, dass sie nicht gleichzeitig, sondern jeweils um eine Stunde versetzt aufbrachen.
Ich hatte nur einen Wunsch: Ich wollte schlafen. Aber ehe ich dazu kam, musste ich dafür sorgen, dass der Karawanenführer das versprochene Gold erhielt. Nehi entsprach sofort meiner Bitte und schicke einen Soldaten zu der Unterkunft meiner Begleiter, um es ihnen auszuhändigen. Als das erledigt war, verabredete ich mit Nehi, morgen in aller Frühe aufzubrechen. Gut, dass es bis dahin einige Stunden waren und ich solange ausruhen konnte.

Wir brachen zu siebt auf. Nehi, fünf seiner Soldaten und ich. Am Anfang unserer Reise ließ Nehi sorgenvoll verlauten: »Hoffentlich finden wir meine Soldaten! Wenn alles stimmt, was du mir erzählt hast, können wir nicht einmal sicher sein, dass Nemitz die Wahrheit über den Aufenthaltsort der Aufständischen gesagt hat.«
Ich beruhigte ihn: »Schau, dort die vielen Spuren von Fußtritten. Sie sind von deinen Soldaten und werden uns führen.« Ansonsten wurde kaum geredet, denn es war Nehi anzumerken, dass er sich große Sorgen machte.
»Wie werden die Soldaten reagieren, wenn sie dich sehen? Werden sie deinen Befehlen gehorchen?«, fragte ich unterwegs.
»Ja, sofort! Davon bin ich fest überzeugt. Nemitz ist zwar ein guter Offizier, aber wegen seiner Härte und seines aufbrausenden Wesens nicht sonderlich beliebt.«
Wir ritten schnell und gönnten uns nachts nur einige wenige Stunden Schlaf. So kamen wir bereits nach zwei Tagen in die Nähe des Dorfes der Tutu. Wir ließen unsere Tiere reichlich Wasser aus dem Nil trinken, ehe wir uns aufmachten, weg vom Nil in das Landesinnere zum Dorf des dicken Häuptlings zu reiten.
»Wie willst du vorgehen?«, sprach ich den schweigsamen Nehi an.
»Nun, wir reiten direkt zum Dorf. Dort werden wir hoffentlich etwas über meine Soldaten erfahren.«
Das behagte mir überhaupt nicht. Diplomatisch versuchte ich ihn davon abzubringen. »Ich habe den Häuptling in schlechter Erinnerung. Vielleicht entsinnst du dich? Ich hatte dir davon berichtet.«
»Richtig. Was schlägst du also vor?«, fragte er.

»Ein Stück hinter dem Dorf befindet sich eine lang gezogene Schlucht. Wir sollten versuchen, sie ungesehen bei Tageslicht zu erreichen. Sie bietet uns ein ausgezeichnetes Versteck und wir könnten da übernachten. Außerdem ist das Dorf von dort in ungefähr einer Stunde zu erreichen.«
Er nickte. »Einverstanden.«
Ich führte unseren kleinen Trupp an dem Dorf vorbei hin zu der Schlucht, wo ich damals die ägyptischen Goldminen-Räuber entdeckt hatte. Dass sie mit den aufständischen Nubiern gemeinsame Sache machten, darüber gab es für mich inzwischen keine Zweifel mehr. Mein Plan war, wenn wir die Schlucht erreicht hatten, die restlichen Stunden bis zum Anbruch der Dunkelheit auszuruhen. Danach sollten wir gemeinsam zum Dorf reiten. Dass wir eventuell nachts entdeckt werden könnten, befürchtete ich nicht, da ich wusste, dass die Menschen hier Angst vor bösen Geistern hatten. Sie gingen nach Anbruch der Dunkelheit nicht aus ihrem Dorf.

Wir kamen ungehindert voran und ich freute mich darauf, dass ich nach unserer Ankunft einige Stunden schlafen konnte. Die Reise von Dayas Heimatland bis zu der Festung des Vizekönigs hatte meine Körperkräfte einschließlich der letzten Reserven aufgebraucht. Das unerklärliche Fieber, das ich auf der Hinreise bekommen hatte, war wieder einige Male zurückgekommen, sodass ich mich oft müde und schlapp fühlte.
Trotz meiner Müdigkeit entging mir nicht ein leicht aufkommender Verwesungsgeruch. Ein Tier, dachte ich und meine Gedanken schweiften ab, hin zu anderen Dingen. Aber irgendetwas stimmte nicht! Mehr im Unterbewusstsein fiel mir auf, dass keine Geier über diesem Tierkadaver kreisten in der Hoffnung, einen Teil von dieser Mahlzeit abzubekommen.
Der Geruch wurde nach und nach stärker, sodass Nehi und seine Soldaten ihre Nasen rümpften.
»In welche Gegend führst du uns?«, meinte Nehi. »Besonders gut riecht es hier nicht!«
Ich wollte etwas erwidern, als mich ein fürchterlicher Verdacht beschlich! Dieser süßliche Verwesungsgeruch kam nicht von Tieren, sondern von Menschen!
»Lasst uns vorsichtig sein«, flüsterte ich unwillkürlich. »Es sind Menschen! Tote Menschen!«

Nehi wurde vor Schreck fahl im Gesicht. Er machte den Mund auf, so als ob er etwas sagen wollte, schloss ihn wieder, weil er vor Entsetzen keine Worte fand. Die Gedanken, die jetzt durch seinen Kopf gingen, mussten katastrophal sein. Mir ging es nicht besser und ich hoffte nur, dass meine schlimmen Befürchtungen nicht zutrafen.
Doch was uns dann erwartete, als wir über einen kleinen Hügel ritten, der uns erst vor dem schrecklichen Anblick verschont hatte, übertraf bei Weitem unsere ärgsten Befürchtungen. In dem Tal lagen die Leichen der ägyptischen Soldaten! Die Geier, die sonst mit viel Geschrei das Aas in der Luft umkreisten, saßen satt und voll gefressen überall zwischen den Toten. Hyänen und Schakale schlichen umher. Die Tiere zeigten untereinander keinen Futterneid. Es war ja genug da!
Mein Pferd musste ich oben auf dem Hügel nicht mehr anhalten, es wollte von sich aus nicht weiter und stieg abrupt mit den Vorderbeinen hoch, sodass ich fast herunterfiel.
Neben mir hörte ich ein entsetzliches Stöhnen. Nehi sprang vom Pferd, warf sich auf die Knie und schrie: »Ihr Götter, warum habt ihr mir das angetan? Es sind doch Menschen!«
Wie von Sinnen schwang er sich in seinem Schmerz dann wieder aufs Pferd und zwang es brutal, als es sich erst weigerte, weiterzugehen. Träge stiegen einige der Geier in die Höhe, weil er ihnen zu nahe kam. Sie waren so voll gefressen, dass sie Mühe hatten hochzukommen. Bei den Leichen angekommen, stieg Nehi ab und ließ sein Pferd frei, das sich umdrehte und zu uns zurückkehrte.
Nehi rannte wie irre hin und her, riss einigen der Toten die Lanze aus dem Körper, um dann ganz plötzlich umzufallen. Seine fünf Soldaten standen mit vor Schreck verzerrten Gesichtern neben mir und schienen wie gelähmt. Ich selber fühlte mich hundeelend und hätte am liebsten laut losgeheult. Über hundert Männer waren hier in eine ganz hinterhältige Falle gelockt und dann meuchlings, ohne dass sie eine richtige Chance hatten sich zu wehren, niedergemetzelt worden.
Nachdem ich meinen ersten Schock einigermaßen überwunden hatte, stieg eine unbeschreibliche Wut in mir hoch. Ich schrie die neben mir vor Schock wie starr stehenden Soldaten an: »Was steht ihr hier dumm herum? Ihr seid Soldaten! Nun merkt ihr, welch

fantastischen Beruf ihr euch ausgesucht habt! Lauft und helft Nehi! Bringt ihn hierher zurück! Sofort!«
Tatsächlich, sie liefen los, als hätten sie nur auf den Befehl gewartet. Nach kurzer Zeit kamen sie mit dem ohnmächtigen Nehi zurück. Ich wusste nicht, was ich mit ihm machen sollte. Einer der Soldaten schien sich auszukennen. Er nahm einen mit Wasser gefüllten Beutel und kippte den Inhalt über Nehis Kopf - er kam wahrhaftig zu sich. Zuerst schien er sich an nichts zu erinnern, nach einem kurzen Augenblick war die Erinnerung wieder da und er setzte sich auf, schüttelte eine Weile nur seinen Kopf und jammerte: »Ich möchte sterben! Was soll der Pharao denken, wenn er dies erfährt und dass ich, der Hauptschuldige, noch lebe?«
Meine Wut war längst nicht verraucht, und dass Nehi der Vizekönig Nubiens und somit der Stellvertreter des Pharaos war, interessierte mich im Moment überhaupt nicht. Ich fuhr ihn an: »Was redest du für einen Unsinn? Der von Thutmosis und dir so hoch geschätzte General Nemitz ist der Schuldige! Er ganz allein ist für dieses Massaker verantwortlich!«
Der irre Blick in Nehis Augen verschwand und er hörte jetzt aufmerksamer zu. Ich war in Rage und das half mir, dieses schreckliche Ereignis einigermaßen zu verkraften. Ich musste etwas tun und so forderte ich Nehi auf: »Lass uns sofort entscheiden, was wir unternehmen! Nemitz und seine gedungenen Verbrecher müssen so schnell wie möglich vernichtet werden. Sollten wir sie nicht schleunigst zu fassen bekommen, wird aufgrund dieser Niederlage des ägyptischen Heeres, bald in ganz Nubien ein Aufstand entstehen und das ganze Land könnte sich gegen Ägypten erheben!«
Nehi hatte sich endlich gefangen und ich glaubte, dass in seinen Augen ein Funken Dankbarkeit zu erkennen war, weil ich ihm mit meinem Wutausbruch einen Weg gewiesen hatte, wie er seinen Fehler, Nemitz zu sehr zu vertrauen, wiedergutmachen konnte.
»Das Heer an der ägyptischen Grenze, das ich angefordert habe, muss bereits unterwegs zu uns sein. Wir sollten ihm entgegenreiten und hierher führen!« Man sah ihm an, dass er sich sehr zusammenriss, um klar denken zu können.
»Was nützt es, wenn du das Heer hierhin führst?«, widersprach ich ruhiger werdend. »Sollen sie die Toten bestatten?« Ich schwieg kurz und als ich merkte, dass er mir nun aufmerksam zuhörte, fuhr

ich fort: »Du solltest mit zwei von deinen Leuten dem Heer entgegenreiten. Berichte den Offizieren, was geschehen ist, und befehle ihnen, auf der Hut zu sein. Sie sollen mehrere Späher ausschicken und nachts Wachen aufstellen, damit ihnen nicht das Gleiche wie ihren Kameraden hier passiert.«
»Und du, was machst du?«, wollte Nehi wissen. Jetzt schien es ihm nicht zu passen, dass ich ihm quasi das Denken abgenommen hatte.
»Ich werde mit den anderen Männern versuchen, die Verbrecherbande zu finden. Wenn das geschehen ist, schicke ich dir die Soldaten nach, damit du weißt, wohin du das Heer führen musst. Wenn die Boten bei dir angekommen sind, sende bitte umgehend einen der Offiziere zu mir, am besten jemanden, der sich hier auskennt, damit ich weiß, dass die Nachricht bei dir angekommen ist.«
»Hierhin, zu den Toten?«
»Ja«, erwiderte ich. »Eine andere Stelle kann ich dir leider nicht nennen, da ich sicherheitshalber weit genug von dem Dorf entfernt bleiben möchte. Ich vermute, dass Nemitz noch dort ist! Zum einen, weil seine Leute ihren Sieg feiern wollen, und zum anderen, weil sie denken, dass die Nachricht über das Verbrechen längst nicht bis zu dir gedrungen ist.«
Wir ritten sofort, wie wir es besprochen hatten, ohne auszuruhen los. Beim Wegreiten musste ich daran denken, dass Nehi vorhin ganz spontan gesagt hatte: »Dann führe ich das Heer hierher.« Ich rechnete es ihm hoch an, dass er die Absicht hatte, seine Soldaten zu beerdigen. Natürlich wollte ich das auch, aber gingen nicht die Lebenden vor?

Ich ritt mit meinen drei Begleitern einen großen Kreis um das Gelände der Schlucht. Wir mussten die Spuren der abgerückten Verbrecher finden. Es gelang verhältnismäßig schnell, denn so viele Menschen hinterlassen Spuren. Wie ich es vermutet hatte, führten sie zum Dorf des dicken Häuptlings. Sollte dort die Siegesfeier stattfinden? Vermutlich! Ich überlegte gerade, einen der Soldaten hinter Nehi herzuschicken, um ihm über meine Vermutung zu berichten. Aber dann schalt ich mich einen Narren. Auf eine Vermutung hin konnte ich Nehis Heer nicht einfach zum Dorf dirigieren. Ich musste Gewissheit haben.

Gut, dass jetzt der Abend mit seiner Dunkelheit einsetzte. Es wurde angenehm kühler und als wir höchstens einige hundert Schritte von dem Dorf entfernt waren, ließ ich die Soldaten anhalten, denn ich hatte gesehen, dass es hier einen versteckten Platz für ein Nachtlager gab. Den Männern sagte ich, sie sollten sich für die Nacht einrichten, und dass ich später zu ihnen kommen würde. Zum Dorf wollte ich allein gehen, da es mir sicherer erschien. Die Soldaten hatten verständlicherweise nichts dagegen, denn die letzten Tage waren für sie anstrengend gewesen und so hatten sie eine gute Gelegenheit, sich auszuruhen.
Als ich losging, ließ ich mein Pferd zurück, schärfte den Männern ein, vorsichtig zu sein und dass sie auf jeden Fall eine Wache aufstellen sollten, damit sie vor unangenehmen Überraschungen verschont blieben.
Es war inzwischen ganz dunkel und da heute weder Mond noch Sterne zu sehen waren, musste ich aufpassen, die Richtung nicht zu verfehlen. Ich war zwar damals, zusammen mit Pani, einmal im Dorf gewesen, doch bei der Dunkelheit war es unmöglich, etwas zu erkennen. Es wurde leichter, als sich der Wind gedreht hatte, denn nun hörte ich laute Stimmen, die nur von dem Dorf her kommen konnten. Wenn mich nicht alles täuschte, war die Siegesfeier im vollen Gang.
Es dauerte eine Weile, bis ich in die direkte Nähe des Dorfes kam, weil ich aufpassen musste und nur langsam gehen konnte. Aber dann merkte ich, dass meine Vorsicht eigentlich unnötig war, denn als ich zu dem von Fackeln hell erleuchteten Dorf kam, sah ich, dass die Feier weit vorgeschritten war und viele der Männer nur noch taumelten. Andere wiederum saßen oder lagen am Boden und schienen nicht mehr in der Lage zu sein, auf irgendetwas zu achten. Was ich nicht erkennen konnte: Waren das nur Männer aus dem Dorf oder befanden sich auch Soldaten der Aufständischen unter ihnen? Bei dem flackernden Fackellicht war dies von meinem Platz aus nicht zu erkennen. Es gab nur eines: Ich musste in das Dorf hinein, um Gewissheit zu bekommen.
Erst war es leicht, an den teilweise schlafenden oder sturzbetrunkenen Männern unbehelligt vorbeizuschleichen. Als ich in die Nähe einer Gruppe wild diskutierender Leute kam, fasste mich einer von ihnen am Arm und redete in einer mir unverständlichen

Sprache auf mich ein. Ich tat so, als ob ich sehr betrunken sei und taumelte absichtlich hin und her. Daraufhin ließ mich der Mann los und seiner Geste nach zu urteilen, äußerte er etwas Abfälliges. Mein Ziel war es, bis zu der großen Hütte des dicken Häuptlings zu kommen. Wenn Nemitz und seine leitenden Offiziere noch nicht fort waren, dann vermutete ich sie dort.
Als ich nah genug heran war, hörte ich eine Stimme, die mir fast das Blut in den Adern gefrieren ließ. Diese Stimme würde ich unter Tausenden erkennen: Nemitz! Ich wäre gerne näher an die Hütte herangegangen, leider ging es nicht, denn dort war ein Kommen und Gehen, sodass man mich leicht hätte entdecken können. Das Wichtigste, nämlich dass Nemitz anwesend war, hatte ich in Erfahrung gebracht.
Von meinem Platz aus konnte ich ihn, trotz des sich hin und her bewegenden Fackellichtes, gut erkennen. Neben ihm saßen einige Männer. Von ihnen kannte ich jedoch nur den dicken Häuptling. Da war noch jemand, mir mit dem Rücken zugewandt. Es musste ein Ägypter sein, ein kleiner, etwas dicklicher Mann. Wenn er seinen Kopf beim Reden zur Seite bewegte, konnte ich sein Profil sehen und einmal dachte ich sogar, ich hätte ihn bereits einmal gesehen. Aber eine Erinnerung, wer es sein könnte, kam mir nicht.
Ich hatte genug gesehen und machte mich so schnell es ging, auf den Rückweg zu den Soldaten. Sie mussten sofort aufbrechen um Nehi zu informieren.
Bis auf die Wache schliefen sie bei meiner Rückkehr. Nachdem ich sie gemeinsam mit der Wache geweckt hatte, erklärte ich ihnen, was genau sie Nehi berichten sollten und schärfte ihnen ein, auf dem Weg dorthin vorsichtig zu sein, damit sie nicht den Aufständischen in die Hände fielen. Außerdem schlug ich vor, dass sie nicht zusammen reiten sollten, sondern hintereinander und zwar so weit voneinander entfernt, dass sie sich gerade noch sehen konnten.
Nach ihrem Aufbruch gab es für mich nur eines: Ich musste mich hinlegen und ausruhen, denn seit meiner Ankunft in der Festung war ich bis auf wenige Stunden kaum zur Ruhe gekommen. Ich war so erschöpft, dass ich nichts mehr essen konnte und augenblicklich einschlief.

Als ich aufwachte, ging es mir besser und ich machte mich nach einem kurzen Frühstück auf den Weg. Um das Dorf ritt ich in einem weiträumigen Bogen, damit ich nicht durch einen dummen Zufall entdeckt wurde. Ungefähr nach einem halben Tagesritt hatte ich die Stelle erreicht, die ich den Soldaten beschrieben hatte, um dort auf Nehis Heer zu treffen. Es war eine leicht hügelige Landschaft, die ich damals als Gefangener Nemitz' auf der Reise zum Nil kennengelernt hatte. Eine ideale Landschaft, um nicht so rasch entdeckt zu werden. Trotzdem band ich mein Pferd sicherheitshalber an einem Strauch hinter einem großen Felsen an, damit es nicht von eventuell vorbeikommenden Reisenden gesehen wurde. Ich setzte mich in den Schatten des Felsens, um abzuwarten.
Meine Gedanken schweiften ab und gingen heim nach Theben, zu Merit. Immer wenn ich mir ihr Gesicht vorstellte, verblasste es sehr schnell. Was machte sie? Dachte sie überhaupt noch an mich? Was hatte man ihr über mein plötzliches Verschwinden gesagt? War ich für sie tot oder hatte sie noch Hoffnung, dass ich zurückkommen würde? Alles Fragen, die mir sehr zusetzten und mich in den letzen Wochen oft beschäftigt hatten.
Ich war mit meinen Gedanken so weit weg und überhörte dabei, dass sich mein Pferd seit geraumer Zeit durch leichtes Schnauben bemerkbar machte. Ein Zeichen dafür, dass ein Lebewesen in der Nähe sein musste. Als ich endlich aufmerksam wurde, war es zu spät. Eine Karawane mit vielen bepackten Eseln kam gerade über die Hügelkette aus der Richtung des Dorfes, in dem die Aufständischen ihre Siegesfeier abhielten. Ungesehen verschwinden konnte ich nicht mehr, da sie mich erspäht hatten. Ich konnte es daran erkennen, weil sie aufgeregt zu mir zeigten und zwei der wohl zehn Männer auf mich zu ritten. Ich ärgerte mich, weil ich so unaufmerksam gewesen war.
Als sie herangekommen waren, redete mich einer von ihnen in einem gebrochenen Ägyptisch an: »Bist du der Bote, auf den Nemitz wartet?«
Besonderes schlau sind sie wohl nicht, dachte ich erleichtert, denn gleich einem Fremden direkt eine so aufschlussreiche Frage zu stellen, zeugte nicht gerade von hoher Intelligenz.
Ich tat ein wenig mürrisch und nickte ihnen vage zu. »Warum willst du das wissen?«

Das war genau die richtige Art, die bei den Männern ankam, denn der Mann ging gar nicht auf meine Frage ein, sondern sagte: »Nemitz wartet dringend auf deine Ankunft. Er hat mir extra aufgetragen, wenn ich dich treffen sollte, dir auszurichten, dass du dich beeilen sollst, da er brennend auf deine Nachricht wartet!«
Was das wohl für eine eilige Nachricht war, auf die Nemitz wartete? Um Zeit zu gewinnen und um eventuell mehr zu erfahren, fragte ich: »Ist er noch im Dorf und feiert den großen Sieg?«
»Mehr seine Leute«, antwortete der Karawanenbegleiter. »Eigentlich rennt er wie ein gefangener Löwe hin und her, weil er nichts unternehmen kann. Er muss erst wissen, ob die Aktion seines zweiten Heeres bei der Festung genauso erfolgreich war wie seine, um dann zu entscheiden, wo sich die beiden Heere vereinen sollen. Erst dann können sie gemeinsam zur ägyptischen Grenze ziehen, um dort gegen das stationierte Heer der Ägypter zu kämpfen. Zurzeit halten die ägyptischen Soldaten dort eine große Übung ab, um sich mit den neuen Kampfwagen vertraut zu machen. Sie werden sich wundern, wenn sie plötzlich von Nemitz' Heer angegriffen werden. Sollten sie geschlagen und vernichtet werden, ist ganz Nubien von der ägyptischen Herrschaft befreit.«
Ich bekam einen riesigen Schreck, weil diese wichtige Festung Ägyptens an der Grenze zu Nubien erobert werden sollte. Die wenigen dort verbliebenen Soldaten würden sie bestimmt nicht verteidigen können. Wieder einmal hatte Nemitz bewiesen, welche strategischen Fähigkeiten er besaß und dass er über ausgezeichnete Informationen verfügte. Nur gut, dass er nicht wusste, dass Nehi mit dem Heer, das er vernichten wollte, auf dem Weg hierher war. Zu dem Mann aber sagte ich in einem freundlichen Ton: »Gut, dass ich euch getroffen habe und du mich daran erinnerst, wie bedeutsam meine Nachricht für Nemitz ist. Ich werde sofort aufbrechen, obwohl mein Pferd eigentlich eine längere Ruhepause benötigt, da ich Tag und Nacht durchgeritten bin.«
Er war zufrieden, verabschiedete sich winkend und ritt mit seinem Begleiter der inzwischen weitergezogenen Karawane nach. Mich ließen sie allerdings ratlos zurück. Was sollte ich bloß machen? Die Festung war sicher bereits verloren. Sollte ich jetzt Nehi entgegenreiten, um ihn über die neue Situation zu informieren? Doch da war auch der Bote, auf den Nemitz so sehnsüchtig wartete.

Er musste, wenn er zum Dorf wollte, hier in meiner Nähe vorbeikommen. All diese Gedanken gingen mir durch den Kopf und ich wusste erst nicht, was ich tun sollte.
Nach langem Abwägen entschied ich mich hierzubleiben, weil ich versuchen wollte, den Boten abzufangen. Wenn mir das gelänge, bliebe Nemitz mit seinen Soldaten bestimmt längere Zeit in dem Dorf. Zum anderen hatten die Aufständischen die Festung gewiss längst erobert. Es half den Menschen dort nichts mehr, wenn Nehi darüber einige Tage eher informiert war. Und da er sowieso - hoffentlich bald - hier eintreffen würde, reichte es aus, wenn ich ihn erst dann davon in Kenntnis setzen würde. Den Boten abzufangen, um von ihm etwas über Nemitz' Heer zu erfahren, war eindeutig im Moment wichtiger, da ich davon ausging, von ihm etwas über die Zahl der Aufständischen und ihrer Bewaffnung zu erfahren.
Als ich das für mich entschieden hatte, entschloss ich mich, meinen Standort zu wechseln, denn hier in dem hügeligen Gelände könnte es sehr leicht passieren, dass der Bote von mir ungesehen vorbeikam. Nach einigen hundert Schritten kam eine große weite Ebene. Ich blieb oben auf einem kleinen Hügel, denn von dort hatte ich einen weiten und guten Überblick. Diesmal achtete ich darauf, dass meine Gedanken nicht zu sehr abschweiften, denn ein zweites Mal wollte ich nicht überrascht werden.
Nach und nach setzte die Dämmerung ein und ich machte mir Sorgen, weil dadurch meine Chancen, den Boten abzufangen, immer schlechter wurden. Es wurde Nacht und nichts passierte. Wenn er jetzt durch das Tal kam, könnte er leicht von mir unbemerkt vorbeireiten. Anderseits war auch die Wahrscheinlichkeit groß, dass er des Nachts nicht ritt, weil er ruhen wollte. So entschloss ich mich, zu schlafen.

Ich wurde erst am nächsten Morgen wach und meine Sorgen, den Boten verpasst zu haben, wurden noch größer. Der nächste Abend kam und ich überlegte bereits, Nehi am nächsten Morgen entgegenzureiten.
Trotz der untergehenden, tief stehenden Sonne sah ich plötzlich in der Ferne etwas blinken. War das der Bote? Das Blinken war zu weit entfernt, um Genaueres zu erkennen. Dann wurde ich zusätzlich dadurch verunsichert, da diese Lichtreflexe gleichzeitig in einer

Reihe an mehreren Stellen auftauchten. Das konnte kein einzelner Reiter sein, es mussten mehrere sein! Nehis Armee?
So war es, denn langsam konnte ich mehr Einzelheiten erkennen. Mehrere Reiter bildeten die Vorhut. Dahinter waren tatsächlich Kampfwagen zu erkennen, die inmitten der Fußsoldaten ihren Weg nahmen.
Es dauerte nicht mehr lange, bis sie in meine Nähe kamen. Ich machte mich bemerkbar, indem ich ihnen entgegenritt, und als sie mich sahen, blieben die Reiter der Vorhut auf einen Befehl hin stehen. Ein Mann löste sich aus ihrer Reihe und kam mir entgegen. Nehi!
»Sind sie noch da?«, rief er schon von Weitem. »Wir sind Tag und Nacht marschiert, sonst wären wir nicht so schnell hier!«
»Ja«, entgegnete ich. »Nach meinen Informationen müssten sie im Dorf des dicken Häuptlings sein!«
»Ah, den Göttern sei Dank!« Nehi atmete erleichtert durch. Dann rief er seinen Leuten zu: »Wir rasten hier! Veranlasst alles Nötige!« An mich gewandt: »Es ist besser, mit ausgeruhten Soldaten in den Kampf zu ziehen. Außerdem denke ich, haben wir einiges zu besprechen.«
Er lächelte leicht und drehte sich winkend um, als er hinzufügte: »Da ist noch etwas. Ich habe eine Überraschung für dich!«
Einer der Kampfwagen setzte sich in Bewegung und kam auf uns zu. Kurz vor uns hielt der Wagen an und zwei Soldaten in voller Kampfmontur sprangen heraus. Ihre Bewegungen kannte ich doch! Tatsächlich, als sie ihren Lederhelm vom Kopf nahmen, sah ich, dass meine Vermutung richtig war. Es waren meine Freunde Mat und Tanus!
Wir umarmten uns und Mat, mit dem ich zusammen seit frühester Kindheit so viel gemeinsam erlebt hatte, wollte mich gar nicht mehr loslassen. Tanus hingegen schrie in seiner lauten und poltrigen Art: »Bei den Göttern, Sen! Wo hast du so lange gesteckt? Als Nehi uns sagte, du lebst, konnten wir es erst gar nicht glauben, denn du warst für uns tot und bist jetzt anscheinend aus dem Jenseits zurückgekommen!«
Die Überraschung, meine Freunde so plötzlich und unerwartet zu treffen, hatte mir die Sprache verschlagen. Als die beiden anfingen, Fragen zu stellten, war ich erst nicht in der Lage, zu antworten, da in meinem Hals ein dicker Kloß steckte.

Unbewusst half mir Nehi, mich wieder zu fangen, als er sagte: »Ehe ihr euer Wiedersehen feiert, sollte uns Sen alles Wichtige über Nemitz berichten. Vielleicht gibt es etwas, was wir sofort wissen sollten.«
Er hatte natürlich recht, das war im Moment dringender, obwohl ich viel lieber mit meinen Freunden zusammen gewesen wäre.
Außer Nehi, Mat und Tanus waren bei dem Gespräch noch zwei Offiziere dabei, die ich nicht kannte. Ich berichtete kurz, was ich im Dorf des dicken Häuptlings gesehen und was ich von dem Karawanenbegleiter erfahren hatte. »Es tut mir leid, dass ich nicht sagen kann, ob dieser Bote nachts an mir vorbeigekommen ist und eventuell bereits im Dorf bei Nemitz ist.«
Die Offiziere waren über meinen Bericht sehr geschockt und erschüttert, doch am meisten Nehi, denn als er antwortete, klang seine Stimme leise und bedrückt: »Was dieser Nemitz alles angerichtet hat! Jetzt auch noch die Festung! Wie er es verstanden hat, in den Jahren so viele Verbündete zu finden, um ein so großes Heer aufzustellen, ohne dass wir es gemerkt haben, ist mir schleierhaft! Bei den Göttern, wir dürfen keine Fehler mehr machen, sonst ist alles verloren! Nemitz und sein Heer müssen vernichtet werden!«
Er redete sich langsam immer mehr in Zorn. »Ich gebe hiermit den Befehl, in der Schlacht alle Aufständischen zu töten! Wir machen keine Gefangenen! Es wird keine Gnade geben! Ganz Nubien soll erfahren, was mit Verrätern geschieht! Das Dorf und die andern Dörfer, überall dort woher die Verbündeten von Nemitz kommen, sollen dem Erdboden gleichgemacht werden! Es soll ein Exempel statuiert werden, so hart und grausam, dass die Nubier nie wieder auf die Idee kommen, sich gegen Ägypten zu erheben!«
Schwer atmend schwieg Nehi und man sah ihm an, wie erregt er war und dass seine Worte ernst gemeint waren.
Mat warf ein: »Wir haben doch diesen Mann aufgegriffen, der allein in dieselbe Richtung reisen wollte, wie wir. Da Sen von diesem Boten berichtet hat, kommt mir der Gedanke, dass er es sein könnte. Ich finde es merkwürdig, dass er allein durch diese gefährliche Gegend reist!«
»Ah, ja! Das könnte sein«, stimmte Nehi ihm zu, der sich etwas beruhigt hatte.
»Lass ihn am besten gleich holen«, schlug ich vor.

Nehi winkte einem Soldaten zu und gab den entsprechenden Befehl. Es dauerte nicht lange, bis ein Mann, von zwei Soldaten eskortiert, zu uns geführt wurde. Ein großer, kräftiger Nubier, der uns aufmerksam und überhaupt nicht ängstlich aus seinen dunklen Augen anschaute. Nehi überließ es Mat, den Mann zu befragen. Der ging, so, wie er es von jeher gemacht hatte, direkt auf sein Ziel los. »Wir haben gehört, dass du als Bote zu Nemitz reisen wolltest.« Er machte eine kurze Pause, um ihn dann heftig anzufahren: »Warum hast du uns das verschwiegen? In deinem eigenen Interesse solltest du uns sofort sagen, welche Nachricht du Nemitz überbringen sollst!«
Ich hatte den Mann genau beobachtet. Bei den ersten Worten Mats, flackerten seine Augen erschreckt auf und er wirkte auf einmal längst nicht mehr so selbstsicher wie zuvor. Aber er schwieg, wohl auch, weil alles so plötzlich für ihn kam. Mat hakte nach: »Also, was ist? Wir warten!«
In einem schlechten Ägyptisch antwortete er: »Ich weiß nicht, was du meinst. Ich bin ein ganz normaler Reisender!«
Mat ging überhaupt nicht darauf ein. Er rief einen der Soldaten zu sich und zischte ihm etwas zu, was ich nicht verstehen konnte. Kurz darauf kam der Soldat mit einer sogenannten Sklavenpeitsche zurück.
»Bindet den Mann!«, befahl Mat. Dann an den Boten gewandt: »Ich werde dir jetzt mehrere Fragen stellen. Jede Frage, die du nicht zu meiner Zufriedenheit beantwortest, wird mit einem Peitschenhieb bestraft. Ich frage dich ein letztes Mal: Wolltest du als Bote zu Nemitz?«
Der Mann schwieg und schaute ängstlich und wie gebannt zu dem Soldaten mit der Peitsche. Mat gab ihm einige Augenblicke Bedenkzeit. Als der Mann sich nicht entschließen konnte zu sprechen, rief er dem Soldaten zu: »Gib ihm erst einmal fünf Peitschenhiebe, so kann er sich daran gewöhnen!« Der zögerte nicht und schritt gleich zur Tat.
Ich glaube, es war beim dritten Schlag, als der Mann schrie: »Halte ein! Ich werde reden!«
Der Soldat hielt kurz inne und schaute zu Mat. Der schüttelte den Kopf und beharrte: »Fünf habe ich gesagt!«
Nach dem letzen Schlag wankte der Mann bereits. Die tief gehenden Wunden würde er lange spüren. Das konnte ich gut beurteilen,

denn in meiner Zeit als Sklave hatte ich selber einen Peitschenhieb abbekommen. Irgendwie hatte ich den Kerl härter eingeschätzt, denn als er vorhin zu uns geführt wurde, machte er einen selbstsicheren und robusten Eindruck. Andererseits, lohnte es sich, sich halb tot schlagen zu lassen?
Der Mann brüllte förmlich: »Ja, ja, ich bin der Bote!«
»Gut!« Mat nickte ihm richtig freundlich und wohlwollend zu. »Meine nächste Frage ist, wie lautet deine Nachricht? Ich gebe dir einen guten Rat: Lass dir nicht einfallen, uns anzulügen, wir werden es merken und glaube mir, der Tod durch die Peitsche ist qualvoll und dauert lange.«
»Ja, ja!« Er würde die Wahrheit sagen, davon war ich überzeugt. »Man hat mich nach der Eroberung der Festung mit der Nachricht zu Nemitz geschickt, dass sich die beiden Heere am zehnten Tag nach meiner Ankunft eine Tagesreise vor der Grenze treffen sollen.«
Alle weiteren Fragen von Mat beantwortete er sofort und ohne zu zögern. Danach schaute Mat in die Runde, ob eventuell jemand von uns den Boten befragen wollte.
»Warum kommst du eigentlich so spät? Nemitz hat dich viel früher erwartet«, erkundigte ich mich.
Er starrte mich erst wegen meines Wissens überrascht an, aber dann fiel ihm wieder die Peitsche ein und er erwiderte schnell: »Die Festung! Die Eroberung hat länger gedauert als geplant.«
»Was ist mit den Menschen in der Festung geschehen?«, hakte ich nach.
Erst zögerte er mit einer Auskunft, man spürte förmlich, dass er große Angst davor hatte. »Sie sind alle tot! Da sie sich nicht ergeben wollten, wurde befohlen, alle, ohne Ausnahme, zu töten.«
Wir schwiegen bedrückt. Einige unserer Männer hatten Angehörige in der Festung und mussten auf diese Weise erfahren, dass sie tot waren. Auch unter den weiter weg sitzenden Soldaten sprach sich die Information in Windeseile herum, denn von ihnen hörte man verzweifelte und zornige Stimmen.
Mat fand als Erster Worte und befahl den beiden Soldaten: »Bringt den Boten weg. Passt gut auf ihn auf, damit er nicht entkommt und achtet darauf, dass ihm keiner von unseren Leuten zu nahe kommt, um seine berechtigte Wut an ihm auszulassen.«
Um Nehi und die Offiziere abzulenken und weil wir rasche Ent-

scheidungen treffen mussten, fragte ich: »Wie wollen wir weiter vorgehen? Wir haben es mit zwei Horden Aufständischer zu tun!«
Nehi antwortete nach kurzem Nachdenken: »Zuerst müssen wir Nemitz und seine Verbündeten vernichten! Ich hatte eben kurz überlegt, unser Heer eventuell aufzuteilen, doch wir würden dadurch zu sehr geschwächt. Das Risiko gleichzeitig an zwei Fronten zu kämpfen, erscheint mir zu hoch. Außerdem sagte der Bote, dass wir zehn Tage Zeit haben. Es würde ausreichen, um dann, wenn wir Nemitz vernichtet haben, zurück zur Grenze zu marschieren und die andere Horde zu vernichten!« Er wandte sich an seine Offiziere. »Oder hat jemand von euch eine andere Idee, die ihm besser erscheint? Dann sollten wir jetzt darüber sprechen!«
Eine sachliche Diskussion unter den Offizieren setzte ein, aber zum Schluss blieb es bei dem Vorschlag Nehis. Ich hatte mich nicht daran beteiligt, denn dies war Sache der Offiziere und ich wollte mich nicht einmischen. Dabei hatte ich Zeit, meine Freunde Mat und Tanus, die ich seit einigen Jahren nicht mehr gesehen hatte, zu beobachten. In ihren Bewegungen und ihrer Sprechweise waren sie die Alten geblieben. Doch sie schienen reifer und selbstbewusster geworden zu sein. Sie waren nach Nehi die ranghöchsten Offiziere und ich merkte bei der Diskussion, dass Nehi sie sehr schätzte. Zum Schluss der Besprechung legte Nehi fest, dass morgen früh bei Sonnenaufgang der Angriff erfolgen sollte. Er schickte einige Späher los, um feststellen zu lassen, wie sich die Aufständischen im Dorf verhielten und um die örtlichen Gegebenheiten zu überprüfen.
Endlich fand ich Zeit, mit meinen Freunden Mat und Tanus zu reden. Meine erste Frage an sie war natürlich: »Was macht Merit und wie geht es ihr?«
Mat antwortete in seiner ruhigen und überlegten Art: »Als damals die Nachricht von Nehi kam, dass du spurlos verschwunden seiest, war sie lange geschockt und hat sehr unter dieser Ungewissheit gelitten. Eigentlich hat sie nie ganz die Hoffnung aufgegeben, dich wiederzusehen. Einmal verriet sie mir: ›Wenn ich nachts zum Himmel schaue, ist da ein bestimmter Stern, über den Sen und ich einmal gesprochen haben. Dann sagt mir mein Gefühl, dass auch Sen zur gleichen Zeit wie ich zu ihm aufschaut und an mich denkt. Das gibt mir Kraft und ein starkes Gefühl der Hoffnung, dass er zu mir

zurückkommt.‹« Mat holte tief Luft. »Dann, einige Wochen später kam die Nachricht, du seiest tot. Man hatte deinen Begleiter, den Verwandten von Hor, tot aufgefunden.«
»Pani!«, murmelte ich erschüttert. »Er war ein guter und zuverlässiger Begleiter. Auf der Reise wurden wir Freunde.« Mat und Tanus merkten, dass mir die Nachricht über Panis Tod sehr naheging.
Als Mat weiterredete, hatte ich den Eindruck, dass er, der geborene raue Krieger, sich bemühte, seine Worte sehr behutsam zu wählen. »Wie gesagt, der Bote brachte die Nachricht von deinem Tod. Zu der Zeit waren wir in Theben und haben versucht, so oft unser Dienst es ermöglichte, mit Merit zu reden. Am Anfang suchte sie förmlich das Gespräch mit uns, denn es schien ihr zu helfen. Nach außen hin wirkte sie gefasst und meinte: ›Solange man seine Leiche nicht gefunden hat, ist er für mich nicht gestorben.‹ Aber innerlich waren da die nagenden Zweifel und bei unseren weiteren Treffen redete sie nicht mehr sehr viel. Dann zog sie sich nach und nach immer mehr von uns zurück und begründete es mit Hatschepsuts Krankheit, weil sie deswegen praktisch Tag und Nacht im Palast bleiben müsse. Das stimmte sicher auch zum Teil, denn einige Monde später verstarb Hatschepsut.«
Mat schwieg. Er war einfühlsam genug, um zu merken, dass ich im Moment nicht mehr aufnehmen konnte. Es waren für mich so schlimme Nachrichten, dass ich nicht mehr zuhören konnte. Am liebsten wäre ich jetzt allein gewesen. Da dies unmöglich war, brauchte ich wenigstens eine kurze Zeit, um mit meinen Gedanken allein zu sein. Am liebsten hätte ich vor Hilflosigkeit schreien oder weinen mögen, aber ich blieb stumm und spürte dabei ganz intensiv, wie verzweifelt und unglücklich Merit gewesen war. Dann der Tod Hatschepsuts! Ich hatte sie sehr verehrt und gemocht. Nicht als starker Pharao, sondern so, wie ich sie das erste Mal in meiner Kindheit erlebt hatte und in der Zeit nach Senmuts Tod, der sie so getroffen hatte. Im Nachhinein konnte ich feststellen, dass sie nie richtig darüber hinweggekommen war und ihre Macht in Ägypten von diesem Zeitpunkt an so rapide abnahm, wie die von Thutmosis zunahm. Und gerade die schwächere, oft verzweifelte Frau hatte ich gemocht. Außerdem hatte sie mir einige Male in sehr brenzligen Situationen geholfen.
Meine Freunde spürten, was in mir vorging und ließen mich eine

Weile in Ruhe. Erst als ich sie wieder direkt anschaute, begann diesmal Tanus: »Nach den großen Trauerfeierlichkeiten für Hatschepsut und der Beisetzung in ihrer Grabstätte, wurden wir zur Grenze nach Nubien versetzt, um hier die Soldaten im Gebrauch der Kampfwagen zu unterrichten. Das ist ungefähr ein Jahr her. Kurz bevor wir abreisen mussten, habe ich Merit besucht. Weret, meine Frau, war auch dabei. Du kennst sie ja!«
Tanus hielt kurz inne, so, als ob er sich die Begegnung mit Merit noch einmal genau in Erinnerung bringen wollte. »Zum Abschied sagte sie damals: ›Vielleicht könnt ihr dort etwas über ihn in Erfahrung bringen. Fragt die Leute da und hört euch um. Manchmal denke ich, da ist seine Stimme, die mich ruft. Seitdem sind wir die ganze Zeit hier im Grenzgebiet zu Nubien gewesen. Von dir haben wir nichts Neues in Erfahrung bringen können, obwohl wir jede Gelegenheit wahrgenommen haben, mit den Einheimischen über dich zu sprechen. Als Nehi mit der Nachricht kam, dass du lebst, konnten wir es erst nicht glauben!«
Ich hatte zwar oft während meiner Abwesenheit von Ägypten an Merit gedacht und geahnt, dass sie verzweifelt war, aber es jetzt aus dem Munde meiner Freunde genau beschrieben zu bekommen, warf mich fast um. Innerlich haderte ich mit allen Göttern die ich kannte und mit dem Schicksal, dem ich so hilflos ausgeliefert war. Es dauerte lange, bis ich mich halbwegs beruhigt und gefangen hatte, sodass ich in der Lage war, meinen Freunden zu erzählen, warum ich damals so plötzlich verschollen war, und berichtete über meine Gefangennahme durch die Leute von Nemitz. Dann schilderte ich die Zeit als Sklave und die sich daraus ergebende Reise auf dem Nil oder in seiner Nähe auf dem Landweg, hin bis zu dem großen See, in den er hineinfloss und verschwand.
Da meine Gedanken ständig zu Merit gingen und ich mich daher schlecht konzentrieren konnte, fiel mein Bericht verhältnismäßig kurz aus. Vor allem deshalb, weil sich ein Gedanke immer mehr bei mir festsetzte: Ich musste so schnell wie möglich abreisen, hin zu Merit! Ich wollte unbedingt allein sein, darum bat ich meine Freunde: »Lasst uns schlafen gehen, wir haben morgen alle einen schweren Tag vor uns.«
Wir verabredeten, uns nach der Schlacht zu treffen, um weiterzureden. Dann ging jeder zu seiner Schlafstätte.

Natürlich konnte ich nicht sofort einschlafen. Es waren zu viele schlechte Nachrichten auf mich eingestürmt. Am meisten machte mir die von meinen Freunden geschilderte Verzweiflung Merits zu schaffen. Ich sah sie förmlich vor mir. Tapfer und gefasst, wenn sie mit jemandem über mich sprach. Ihre Verzweiflung und Tränen, wenn sie allein war und nicht mehr ein und aus wusste. Trotzdem hatte ich den Eindruck, dass meine Freunde mir nicht alles gesagt hatten. Hatten sie den Eindruck, mehr könne ich im Moment nicht verkraften? Auch dieser Gedanke ging mir durch den Kopf. Gut, dass meine Erschöpfung so groß war und die Müdigkeit die Oberhand gewann und mich in einen tiefen, traumlosen Schlaf schickte.

Wach wurde ich erst, als ich Stimmen der Soldaten hörte, die sich für die Schlacht gegen den Verbrecher Nemitz und seine Verbündeten rüsteten. Nehi saß mit Mat und Tanus zusammen. Als ich auf sie zuging, hatte ich das Gefühl, sie hätten über mich gesprochen. Und so war es, denn Nehi begrüßte mich mit den Worten: »Wir haben eine große Bitte an dich, und zwar, dass du für uns den genauen Standort des zweiten Heeres der Aufständischen ausfindig machst.«
Ich musste nur kurz zu Mat und Tanus schauen, um zu wissen, dass der Vorschlag von ihnen kam. Sie machten zwar ein völlig unbeteiligtes und ausdrucksloses Gesicht, doch mir konnten sie nichts vormachen, ich kannte sie zu gut. Im Grunde war es mir egal, denn der Vorschlag kam mir sehr entgegen, da ich schleunigst zu Merit wollte, und da sich das andere Heer der Aufständischen in der Nähe zur Grenze Ägyptens aufhielt, passte das hervorragend in meine Überlegungen. Hinzu kam natürlich auch, dass ich kein Krieger war. Allein bei dem Gedanken an die schlimme Metzelei, die man Krieg nannte, drehte sich mir fast der Magen um. Ich war eben kein Soldat und hasste den Krieg.
Nehi hatte geduldig auf meine Antwort gewartet, obwohl seine Zeit knapp bemessen war und hörte aufmerksam zu, als ich entgegnete: »Selbstverständlich, wenn das dein Wunsch ist. Ich habe ebenfalls eine Bitte. Wenn ich den Auftrag ausgeführt habe, möchte ich anschließend so schnell wie möglich zurück nach Ägypten reisen!«
Alle drei schienen erleichtert zu sein. Nehi stimmte mir zu: »Ja, das solltest du tun, du hast dort sicher eine Menge zu klären!«
Als das besprochen war, versuchte ich unser bisher so ernstes Gespräch ein wenig aufzulockern, denn mir war klar, dass sie sich Sorgen um mich machten. »Dein Befehl mich zur Grenze zu schicken ist sicher gut gemeint, da ich nicht gerade als brillanter Soldat bekannt bin. Außerdem denke ich, dass deine Entscheidung mithilfe meiner angeblich besten Freunde gefallen ist. Sie haben dir bestimmt von meiner bisherigen einzigen Kampfwagenfahrt berichtet, bei der es mir sauschlecht ging.«

Sie lachten erleichtert auf, obwohl sie in einigen Stunden in eine schwere Schlacht zogen und nicht wussten, ob sie danach noch unter den Lebenden weilen würden.
Es wurde nun wenig geredet. Jeder sah zu, dass er fertig wurde. Alle waren mit ihren Gedanken bei der bevorstehenden Schlacht, aus der jeder heil und unbeschadet zurückkommen wollte. Die Soldaten wussten aus Erfahrung, dass viele von ihnen getötet oder verletzt würden. Obwohl ich mit meinen Gedanken die meiste Zeit bei Merit war, war ich froh, dass ich sie nicht begleiten musste.

Als das Heer kurz vor Sonnenaufgang aufbrach, begann ebenso meine Reise, allerdings in die entgegengesetzte Richtung. Meine Freunde hatten mir noch einmal zugewinkt. Sie waren Krieger und kannten die Gefahr, in die sie sich begaben, doch sie machten deswegen keine großen Worte.
Nehi hatte mir zwei Soldaten mitgegeben, die ich als Boten einsetzen sollte. Gleich am Anfang unserer Reise sagte ich ihnen, sie sollten aus Sicherheitsgründen so weit hinter mir bleiben, dass sie mich knapp sehen konnten. Aber der wirkliche Grund war, dass ich allein sein und keine Gespräche nur um des Redens willen wollte.
Wir ritten drei Tage, ohne dass es besondere Vorkommnisse gab. Nach der letzten Nachtruhe instruierte ich die beiden Männer: »Ihr bleibt hier! Ich werde allein versuchen, die Spuren der Aufständischen zu finden. Achtet darauf, dass euch niemand entdeckt. Es könnte durchaus sein, dass Boten zu den beiden Heeren der Aufständischen geschickt werden und hier vorbeikommen. Also, seid vorsichtig und unternehmt nichts!«
Sie nickten, ohne weitere Fragen zu stellen und akzeptierten, was ich gefordert hatte. Ich hatte keine Ahnung, ob Nehi ihnen besondere Befehle gegeben hatte, anderseits wussten sie ja schließlich, wer ich war.
Als ich losritt, war meine Überlegung, dass die Aufständischen von der eroberten Festung aus auf direktem Weg zur Grenze marschiert wären. Darum wollte ich versuchen, ihre Spuren auf dem von mir vermuteten Weg zu finden, um ihnen dann nachzureiten. Ich hatte Glück! Nach nur ungefähr einem halben Tagesritt fand ich reichlich Fußspuren, die alle in eine Richtung führten. Wenn hier, in dieser einsamen Gegend, so viele Menschen in dieselbe

Richtung gingen, konnte es sich nur um die Truppen der Aufständischen handeln. Jetzt hatte ich es einfach und konnte den gut sichtbaren Spuren ohne Schwierigkeiten folgen. Da mein Pferd ausgeruht war, ritt ich auch bei der einbrechenden Dunkelheit weiter, denn die Nacht war sternenklar und der Mond schien von einem wolkenlosen Himmel, sodass ich den Weg problemlos erkennen konnte. Irgendwann um Mitternacht machte ich Rast und schlief einige Stunden, um am Morgen erfrischt und ausgeruht weiterzureiten.

Es war am Abend desselben Tages, als die Abdrücke immer deutlicher zu erkennen waren und ich ging davon aus, dass das Heer nicht mehr weit entfernt sein konnte. Bei der einbrechenden Dunkelheit machte ich diesmal Rast, denn es hatte keinen Sinn, so wie gestern Abend weiterzureiten, da die Gefahr zu groß war, unerwartet auf eine Wache zu stoßen. Darum ruhte ich einige Stunden, um mich dann zu Fuß auf den Weg zu machen, denn ich wollte unbedingt versuchen, in dieser Nacht den Rastplatz der Aufständischen zu finden. Das Gelände war erst hügelig, um dann nach und nach flacher zu werden. Inzwischen musste ich bereits die Grenze nach Ägypten überschritten haben und der Nil konnte nicht mehr weit entfernt sein. Es schien, als ob das flache Gelände bis zum Flussufer reichen würde und hervorragend für einen Kampf geeignet sei. Außerdem war der Boden so fest, dass Nehi seine Kampfwagen einsetzen konnte. Noch in Gedanken versunken, hörte ich unverhofft Stimmen, die, je weiter ich ging, immer lauter wurden. Ich war so auf diese Stimmen konzentriert, dass ich heftig erschrak, als sich plötzlich vor mir etwas bewegte!
Sie haben Wachen aufgestellt!, fuhr es mir durch den Sinn. Aber warum hatten sie mich nicht bemerkt? Dann vernahm ich ein Knurren! Da war kein Mensch, sondern eine ausgewachsene Löwin, die wütend fauchte, da ich sie wohl beim Fressen oder bei ihren Jungen gestört hatte, und die jetzt geduckt, bereit zum Sprung, auf mich zukam. Was sollte ich tun? Meine Waffen hatte ich, bis auf einen kleinen Dolch, bei meinem Pferd gelassen. Doch damit konnte ich die Löwin nicht einmal ernsthaft verletzen, geschweige denn mich richtig verteidigen. Mir blieb nur eine Wahl: Ich musste weglaufen und hoffen, dass ich schleunigst einen stabilen Baum fand, um ihn

zu erklimmen. Außerdem wollte ich versuchen, in Richtung des Nils zu laufen, und wenn ich es schaffen würde, mich mit einem Sprung in das Wasser zu retten. Gedacht, getan! Ich rannte um mein Leben! Gut, dass hier so viel kleines Gebüsch war und dadurch die Löwin nicht ihre volle Laufgeschwindigkeit entwickeln konnte. Dann hatte ich Glück im Unglück: Ich sah im Mondschein, nicht sehr weit entfernt, eine kleine Baumgruppe. Wenn ich die erreichen konnte, war ich gerettet! Ich verdoppelte meine Anstrengungen und schaffte es gerade, mich an einem dicken Ast hinaufzuziehen, ehe die Löwin zum Sprung ansetzte und mich dabei nur ganz knapp verfehlte. Schnell stieg ich zwei Äste nach oben, um vor ihr ganz sicher zu sein. Die Löwin reckte sich hoch, sodass sie nur auf ihren Hinterbeinen stand. Dabei lehnte sie ihre Vordertatzen an den Baumstamm und fauchte wütend, weil sie mich nicht erreichen konnte.
Als ich wieder zu Atem gekommen war, überlegte ich, was ich tun konnte. Doch solange die Löwin Appetit auf mich hatte, konnte ich nichts unternehmen und musste mich gedulden, bis sie aufgab. Nach einigen weiteren vergeblichen Versuchen, den Baum zu erklimmen, gab die Löwin auf und trottete langsam, sich einige Male umsehend, davon. Sicherheitshalber blieb ich sitzen, wo ich war, denn es konnte möglich sein, dass die Katze, die eine hervorragende Sicht in der Nacht hatte, sich nur einige Schritte in die Dunkelheit zurückgezogen hatte und nur darauf wartete, dass ich herunterkam. Den Gefallen wollte ich ihr natürlich nicht tun und so wartete ich bis zum Morgengrauen.
Es war eine unangenehme Nacht. Schlafen oder richtig ausruhen konnte ich nicht, denn so breit und bequem waren die Äste nicht. Ich kam mir vor wie ein Affe und war heilfroh, als ich endlich heruntersteigen konnte.

Im Nachhinein war ich fürchterlich wütend auf mich und schalt mich innerlich einen Narren, weil ich so unachtsam und gleichgültig gewesen war. Ich hatte durch diese Dummheit kostbare Stunden verloren und außerdem wurde es jetzt immer heller und die Gefahr, entdeckt zu werden, war viel größer. Auch die beiden Soldaten, die auf mich warteten, würden sicher langsam unruhig. Es nützte nichts, ich konnte es nicht mehr ändern und so entschloss ich mich,

trotz der Helligkeit weiter zu versuchen, nach den Aufständischen Ausschau zu halten. Dabei kam mir eine Idee, wie ich unentdeckt bleiben könnte. Ich würde meinen Weg am Ufer des Nils fortsetzen. Sollte ich plötzlich Menschen sehen, konnte ich mich im Schilf verstecken oder zur Not einige Zeit im Nil schwimmen. Die Gefahr dort entdeckt zu werden, war auf jeden Fall geringer, als wenn ich meinen bisherigen Weg in der weiten Ebene fortsetzen würde.
Es war nicht schwer, den Nil zu finden. So wie ich es mir gedacht hatte, war am Ufer ein unterschiedlich breiter Schilfstreifen, der immerhin so breit war, dass ich auf meinem Weg ausreichenden Sichtschutz hatte. Zwischendurch fielen mir die Krokodile ein, die es fast überall im Nil gab, aber ich redete mir ein, dass ich ja am Ufer oder zumindest in dessen Nähe blieb und deswegen jederzeit schnell genug vor ihnen fliehen konnte. Die Richtung, in der ich gehen musste, war mir von gestern Abend bekannt, als ich die Stimmen gehört hatte. So dauerte es gar nicht lange, bis ich die Aufständischen entdeckte. Sie hatten ihren Lagerplatz so gewählt, dass eine Seite des Lagers direkt am Nil lag. Für mich war das gut, denn ich konnte versteckt im Schilf bleiben und von dort alles beobachten.
Ich verstand zwar nichts von Kriegführung, doch hätte ich nicht befohlen, hier den Lagerplatz aufzuschlagen, denn bei einem überraschenden Angriff war es wegen des vorbeifließenden Nils nicht möglich, sich zurückzuziehen.
Zuerst sah ich nur einheimische Krieger. Unter ihnen mussten außerdem die Verräter aus Ägypten sein, die diese Männer aufgehetzt hatten, denn Nemitz war bestimmt nicht allein aus Ägypten gekommen. Inzwischen wusste ich, dass er dort viele Anhänger hatte, die ihm sicher in größerer Anzahl nach Nubien gefolgt waren. Die Frage war nur, ob sie hier bei diesem Heer waren oder bei dem, das jetzt hoffentlich von Nehis Soldaten vernichtet worden war. Ich ging davon aus, dass Nemitz sie in beide Truppenteile eingesetzt hatte, um die Nubier zu führen. Diese Leute hätte ich gern gesehen, vielleicht kannte ich ja jemanden? Noch lieber würde ich sie natürlich belauschen, um etwas über ihre Pläne zu erfahren. Aber das Risiko, mich näher an das Lager heranzupirschen oder sogar hineinzugehen, war zu groß, man hätte mich garantiert entdeckt. Die Dunkelheit konnte ich nicht abwarten, denn die beiden

Soldaten, die Nehi mir mitgegeben hatte, waren wegen meiner langen Abwesenheit bestimmt schon sehr beunruhigt. Im Grunde hatte ich den Auftrag von Nehi erfüllt, das zweite Heer ausfindig zu machen. Ich wollte mich gerade zurückziehen, als ich plötzlich ein leises Knacken von kleinen Zweigen und ganz in meiner Nähe Schritte hörte. Drei Männer kamen auf mich zu. Eindeutig Ägypter! Entdeckt hatten sie mich nicht, denn sonst hätten sie sich anders verhalten. Sie gingen nur wenige Schritte an mir vorbei, direkt bis zum Ufer des Nils. Dort blieben sie stehen und unterhielten sich einige Zeit. Ich wäre ihnen gern gefolgt, um zu lauschen, was sie sagten, aber das war leider unmöglich.
Nach kurzer Zeit kamen sie zurück, auch wieder dicht an mir vorbei. Dabei hörte ich, wie einer von ihnen murrte: »Wenn der Bote von Nemitz nicht bis heute Abend kommt, werden wir einen Mann zu ihm schicken. Wir müssen unbedingt wissen, woran wir sind.« Dann waren sie vorbei und ich konnte ihre weiteren Worte nicht mehr verstehen. Jetzt war der richtige Zeitpunkt gekommen, mich zurückzuziehen, denn mehr konnte ich nicht tun, sonst wäre das Risiko zu groß, entdeckt zu werden.
Der Satz des Ägypters ging mir nicht aus dem Kopf. Sie würden heute Abend einen Boten zu Nemitz schicken, wenn dessen Bote nicht bis zum Abend eintraf. Das konnte unter Umständen für Nehis Heer gefährlich werden. Zum einen durch den Boten, der von Nemitz kam. Er konnte eventuell etwas von der Schlacht mitbekommen haben oder er hatte Nehis Streitmacht unterwegs von einem Versteck aus gesehen und konnte sich unschwer vorstellen, was sie vorhatten. Zum anderen der Bote, der heute Abend von hier losgeschickt würde, konnte unterwegs leicht Nehis Truppe begegnen. Auch er konnte sich ausmalen, welche Absicht das Heer hatte und ungesehen zurückeilen, um die Aufständischen hier zu warnen. Zumindest war dann der Überraschungseffekt hin, den Nehi einkalkuliert hatte.
Jetzt hatte ich es eilig, zu den beiden Soldaten zurückzukommen, um mich mit ihnen zu beraten. Der direkte Weg war gar nicht so weit, wie ich es auf dem Hinweg in der Nacht empfunden hatte. Die beiden waren in heller Aufregung, als ich eintraf, und sparten nicht mit Vorwürfen, weil ich so lange fortgeblieben war. Nach einiger Zeit schnitt ich ihnen das Wort ab und berichtete kurz, was

ich erfahren hatte und endete: »Wir müssen augenblicklich handeln! Du«, dabei zeigte ich auf einen der Männer, »reitest direkt zu Nehi und berichtest ihm, was ich gerade geschildert habe.«
Er zögerte erst kurz und schaute dabei Hilfe suchend zu seinem Kameraden. Da von dem keine Hilfe kam, machte er sich sofort fertig und ritt los. »Pass auf!«, rief ich ihm nach. »Du könntest den Boten treffen! Am besten lässt du ihn, ohne mit ihm zu reden, vorbeireiten.« Er hob seinen Arm, um mir anzuzeigen, dass er verstanden hatte.
»Wir müssen versuchen, den Boten möglichst weit vom Lager entfernt abzufangen!«, schärfte ich dem anderen Soldaten ein. Und weil ich die Soldaten und ihre Vorgehensweise zur Genüge kannte, setzte ich hinzu: »Nach Möglichkeit lebend! Er könnte wichtige Informationen für Nehi oder für uns haben!«
Der Mann nickte mir zu. Er machte einen intelligenten Eindruck und wirkte nicht so stupide und nur auf Befehle wartend wie viele seiner Kameraden. Er wollte wissen: »Wie sollen wir vorgehen? Das infrage kommende Gebiet ist sehr groß und den Boten zu treffen, wäre mehr als ein Zufall.«
»Du hast leider recht«, musste ich zugeben. »Zumindest sollten wir es probieren, denn so können wir uns ungefähr ausrechnen, welchen Weg er vom Lager aus nehmen wird. In dem Bereich müssen wir versuchen, ihn abzufangen, auch wenn die Erfolgsaussichten gering sind!«
»Doch der Mann, der von Nemitz kommt, könnte zum Beispiel in diesem Moment ganz in unserer Nähe vorbeikommen und wir würden es nicht einmal merken«, wandte er ein.
»Ja«, knurrte ich, weil mir nichts Besseres einfiel.
»Vielleicht könnten wir so vorgehen!« Der Soldat schien laut nachzudenken. »Wir müssen eine Stelle bestimmen, am besten diese hier, wo wir jetzt stehen! Jeder von uns geht, sagen wir einmal tausend Schritte, in eine Richtung und dann hierher zurück. Damit würden wir eine verhältnismäßig große Strecke kontrollieren und uns jedes Mal treffen, um uns zu besprechen.«
Schlecht war die Idee nicht, fand ich. Mir fiel auf jeden Fall nichts Besseres ein. Wenn der Bote zum Lager wollte, vorausgesetzt er wusste, wo es sich befand, musste er eigentlich in diesem Bereich vorbeikommen. Außerdem hatten wir den Vorteil, dass die unzäh-

ligen kleinen Büsche, die es in der Nähe des Nils gab, gut als Sichtschutz dienten.
So entschloss ich mich schnell und bestimmte: »Wir machen es so, wie du es vorgeschlagen hast! Du nimmst die tausend Schritte nach links und ich nach rechts. Dann gehen wir zurück und treffen uns an dieser Stelle. Sollten wir nicht gleichzeitig da sein, warten wir jeweils auf den anderen.«
Der Soldat war sichtlich erfreut, dass ich seinen Rat angenommen hatte und schien froh zu sein, endlich etwas unternehmen zu können.

Wir waren bereits etliche Male hin- und hergegangen, ohne dass sich etwas getan hatte. Ich war nahe daran aufzugeben, weil langsam die Dämmerung nahte. Aber dann wartete ich ab, weil der Soldat so voller Tatendrang war und nicht abbrechen wollte. Ich war müde und nicht gerade in bester Stimmung, denn mir fehlte der Schlaf der letzten Nacht. Kurz bevor die Dunkelheit richtig hereinbrach, hörte ich ein Geräusch und sah fast gleichzeitig einen Schatten, der genau auf mich zukam. Es war fast am äußersten Punkt meiner tausend Schritte. Der Soldat war jetzt am weitesten von mir entfernt und deswegen musste ich allein etwas unternehmen. Ich stand hinter einem Gebüsch und konnte einen Mann auf einem Reitesel sehen. Trotz der Dämmerung konnte ich erkennen, dass er nicht besonders groß, dafür reichlich dick war. Er schien nicht sehr kräftig zu sein. Kurz entschlossen trat ich aus meinem Versteck hervor. Erschreckt hielt der Reiter seinen Esel an und rief: »Wer bist du und was schleichst du hier in der Dunkelheit herum?!«
Um ihn in Sicherheit zu wiegen, antwortete ich schnell: »Ich bin hier als Wache eingeteilt! Bist du der Bote der von Nemitz kommen soll?«
Das schien ihn zu beruhigen, trotzdem klang seine Stimme vor Schreck ziemlich atemlos. »Ja! Gut, dass ich dich treffe, ich dachte schon, den Weg verfehlt zu haben. Führe mich sofort zu deinen Offizieren!«
Etwas an dem Mann kam mir bekannt vor. Es war der Mann, den ich im Dorf des dicken Häuptlings gesehen hatte, als er neben Nemitz saß! Jetzt erkannte ich ihn auch! Das war Minhotep! Der

Amun-Priester und Bruder Senmuts. Einer der engsten Vertrauten des Verräters Bek!
Er war immer noch dick und rund, doch längst nicht mehr so, wie ich ihn in Erinnerung hatte. Bilder aus meiner Kindheit kamen hoch. Er war mein Lehrer in Theben gewesen. Zwar kein Lehrer, den ich gemocht hatte, aber er konnte fesselnd über die vielen Götter Ägyptens erzählen. Ich erinnerte mich weiter. Damals, bei der großen Feier für die Teilnehmer der erfolgreichen Expedition aus dem Land Punt, hatten meine Freunde Tanus, Thotmes und ich ihn aus einer Schleuder mit kleinen Steinen beschossen. Dann, Jahre später, sah ich ihn in Syrien wieder, wo er sich der Verbrecherbande Beks angeschlossen hatte, die den Mord an Anta begangen hatte. Dies alles ging mir in wenigen Augenblicken durch den Kopf, ohne dass ich mir etwas anmerken ließ.
»Komm, ich werde dich führen!«, bot ich an.
Unterwegs sprachen wir nicht. Minhotep wohl, weil es unter seiner Würde war, mit einem einfachen Soldaten zu reden, für den er mich hielt. Ich sah ebenfalls keine Veranlassung dazu und außerdem überlegte ich, was wir nachher am besten mit ihm machen sollten. In dem Moment kam der Soldat auf uns zu. Als er uns sah, rief er gedämpft, aber es war trotzdem ein kleiner triumphierender Unterton in seiner Stimme zu hören: »Hast du jemanden getroffen? Ist es der Bote?«
Ich musste nicht antworten, denn Minhotep schnauzte uns verdrießlich an: »Redet hier nicht so herum! Ich bin lange geritten und müde. Führt mich sofort zu dem leitenden Offizier! Ich habe wichtige und dringende Nachrichten für ihn.«
»Welche Nachrichten denn?« Ich tat sehr interessiert und wartete gespannt auf seine Reaktion.
Und prompt bekam ich gleich mein Fett weg. Zornig fauchte er: »Ich werde eure Vorgesetzten über das ungebührliche Verhalten berichten! Quatscht nicht dumm herum, sondern führt mich unverzüglich zu den leitenden Offizieren! Es ist keine Zeit zu verlieren, denn für uns alle ist große Gefahr im Verzug!«
Schade, dass er nicht mehr gesagt hat, dachte ich. Jetzt war es höchste Zeit zu handeln. Mit dem Soldaten konnte ich mich nicht abstimmen, denn dazu war es zu dunkel. Ich packte Minhotep ohne Vorwarnung von hinten und zog ihn mit einem Ruck zu Boden. Schnell

setzte ich mich mit meinem ganzen Körpergewicht auf ihn und packte fast gleichzeitig seine Arme, damit er sich nicht wehren konnte. Nun bekam ich Hilfe. Der Soldat hatte irgendwoher blitzschnell ein dünnes Seil zur Hand und fesselte Minhotep an Händen und Füßen.
Der erholte sich überraschend schnell von seinem Schreck und empörte sich: »Wer seid ihr? Ihr kennt mich nicht, aber ich sage euch, bringt mich zu euren Offizieren! Sie kennen mich! Ich verspreche, es wird nicht euer Schaden sein!«
Ich brauchte Zeit, um in Ruhe überlegen zu können, und rief dem Soldaten zu: »Steck ihm etwas in den Mund! Ich kann sein Gejammer nicht mehr hören!« Dabei hielt ich Minhoteps Mund zu und knurrte ihn an: »Wenn ich nachher deine Stimme wieder hören will, gebe ich dir Bescheid. Doch dann werde ich dir Fragen stellen und wehe, du antwortest nicht zu meiner Zufriedenheit!«
So langsam wurde ihm anscheinend klar, dass wir nicht zu den Aufständischen gehörten.
Mehr brauchte ich nicht zu tun, denn der Soldat war rasch bei uns und steckte Minhotep etwas in den Mund, sodass man ihn nur noch durch die Nase schnaufen hörte.
»Binde ihn drüben an den kleinen Baum«, wandte ich mich an den Soldaten. »Wir müssen gleich wieder los, denn der andere Bote könnte jeden Moment kommen. Drüben im Lager wartet man dringend auf Nachricht von Nemitz. Da diese längst überfällig ist, erwarte ich, dass von dort jederzeit ein Reiter zu ihm geschickt wird!«
Ich konnte sehen, dass er Minhotep nicht gerade zimperlich behandelte. Zwischendurch kam mir der Gedanke, ich könnte selber in das Lager der Aufständischen gehen und mich dort als Bote von Nemitz ausgeben. Aber was sollte das bringen? Außerdem bestand die Gefahr, dass mich einer der dort anwesenden Ägypter kannte. Ob ich wohl den Soldaten an meiner Stelle schicken konnte? Bei meinen Überlegungen musste ich ihn wohl sehr intensiv angestarrt haben, denn es schien ihm dabei ungemütlich zu werden und er fragte: »Ist etwas? Du schaust so grimmig!«
»Nein, nein«, blockte ich ab. »Ich habe nur über etwas nachgedacht. Es ist alles in Ordnung. Im Übrigen muss ich dir sagen, dass ich mit deinem Verhalten sehr zufrieden bin. Ich werde Nehi davon berichten.«

Er freute sich und machte keinen Hehl daraus. Dann wollte er wissen: »Machen wir weiter wie vorhin, dass wir die Strecke auf und ab gehen?«
»Ja! Ich denke, so haben wir die besten Chancen, ihn zu fassen«, antwortete ich. Meine Gedanken von eben hatte ich inzwischen verworfen.
So gingen wir, nach dieser Unterbrechung durch die Gefangennahme von Minhotep, unsere tausend Schritte hin und dann zurück bis zu unserem Lagerplatz. Ob wir wohl wieder Erfolg haben würden? Erst war ich sehr skeptisch gewesen. Doch der Soldat hatte mit seinem Vorschlag recht behalten und so hoffte ich, dass wir ein zweites Mal Glück haben würden.
Ich war in der jetzt stockfinsteren Nacht einige Male den Weg hin- und hergegangen, als ich plötzlich von Weitem erregte Stimmen und andere Geräusche hörte. War der Soldat auf den zweiten Boten getroffen? So schnell es in der Dunkelheit möglich war, kehrte ich um und ging den Geräuschen entgegen. Die Stimmen wurden lauter und ich dachte: Hoffentlich sind nicht noch andere Männer der Aufständischen unterwegs! Sie könnten, genau wie ich, diesen ungewöhnlichen Lärm hören und wenn es das Pech wollte, uns entdecken.
Ich beschleunigte meine Schritte und so passierte es, als ich einige Zeit gegangen war, dass ich über etwas ins Straucheln kam und beim Fallen mit meinem Kopf gegen etwas Hartes aufschlug. Von den lauten Stimmen und den Geräuschen war nichts mehr zu hören. Mit einem leichten Brummschädel, verursacht durch den Sturz, versuchte ich mich zu erheben und als ich mich dabei mit den Händen auf dem Boden abstützen wollte, berührte ich mit einer Hand etwas Weiches. Als ich genau hinschaute, konnte ich wegen der Finsternis nur die Umrisse eines Menschen erkennen, der regungslos am Boden lag. Etwas blitzte an seinem Körper auf. Mehr durch Tasten, als durch Sehen konnte ich feststellen, dass dieses Blitzende ein Dolch war, der in der Brust des Menschen steckte. Der Mond kam langsam hinter einer Wolke hervor und ich konnte für einen Moment das Gesicht sehen - der Soldat! Seine gebrochenen Augen schienen mich vorwurfsvoll anzustarren. Ich fühlte seine Halsschlagader, es war kein Puls zu spüren. Er war tot! Ein Kribbeln ging über meinen Körper und ich hatte das Gefühl, dass sich meine Nackenhaare sträubten.

Vor Schreck konnte ich keinen klaren Gedanken fassen. Ich musste daran denken, dass er für mich bisher nur einer der Soldaten gewesen war und ich ihn nicht einmal nach seinem Namen gefragt hatte.
Nach und nach überwand ich meinen Schreck und konnte wieder klar denken. Mir wurde bewusst, dass ich selbst in großer Gefahr schwebte. Ich wandte mich um und versuchte, die Dunkelheit mit meinen Augen zu durchdringen. Weilte der Mörder des Soldaten in unmittelbarer Nähe? Zu entdecken war nichts. Zu allem Überfluss verschwand der Mond ausgerechnet jetzt hinter einer Wolke. Das Kribbeln an meinem Körper verstärkte sich. Wenn der Mörder in der Nähe war, musste er sich nur still verhalten und konnte abwarten, bis sich für ihn eine günstige Gelegenheit bot, mir ein Messer oder Ähnliches in den Rücken zu stoßen. Schnell stand ich auf und bewegte, wie in einem Reflex meinen Oberkörper hin und her, damit ich kein leichtes Ziel bot.
Was sollte ich tun? Versuchen, den oder eventuell sogar die Mörder zu fassen? In der Dunkelheit war es unmöglich, nach vorhandenen Spuren zu suchen. Damit könnte ich frühestens bei Tagesanbruch beginnen. Ich war zwar davon überzeugt, dass der Bote, den die Offiziere der Aufständischen zu Nemitz geschickt hatten, den Soldaten getötet hatte, aber ganz sicher konnte ich natürlich nicht sein. Der Mörder würde logischerweise den Aufständischen von diesem Vorfall berichten! Ich hoffte, dass sie dies als einen Zufall ansehen könnten und den Mann, den sein Gegner getötet hatte, nicht in Zusammenhang mit Nehis Heer brächten.
Ich entschloss mich, zu unserem Rastplatz zurückzugehen, den Gefangenen zu holen und dann aufzubrechen, um Nehis Heer entgegenzureiten.
Den Weg zu unserem Rastplatz und Minhotep zu finden, war kein Problem, aber ich hatte die ganze Zeit unterwegs das Gefühl, ich würde beobachtet. Allerdings kam ich völlig unbehelligt dort an, nur meine Stimmung war aufgrund des Ereignisses auf dem Nullpunkt. Ich löste Minhoteps Fesseln vom Baum und knurrte ihn an:
»Los, rauf auf den Esel! Beeil dich gefälligst!«
Er gehorchte augenblicklich. An meinem Ton hatte er bestimmt gemerkt, dass etwas passiert sein musste und es nicht ratsam war, mir jetzt Fragen zu stellen. Wir brachen sofort auf und ritten schwei-

gend in die dunkle Nacht hinein. Es wurde nur ab und zu ein wenig hell, immer dann, wenn der Mond hinter einer Wolke hervorkam. So ging es weiter bis zum Morgengrauen und als das Tageslicht heller wurde, merkte ich, dass Minhotep mich längere Zeit von der Seite musternd anschaute und plötzlich höhnte: »Ah, endlich weiß ich, wer du bist! Sen! Allerdings wurde mir von Nemitz berichtet, du hättest deine verdiente Strafe bekommen und seiest tot!«
Ich hatte nicht die Absicht, mit ihm zu reden, und antwortete einsilbig: »Wie du siehst, ist das ein Irrtum!«
»Du hast uns großen Schaden zugefügt. Auch wenn, wie es aussieht, unsere Organisation fast vernichtet ist, hast du dir damit am meisten selbst geschadet«, stichelte er.
Dabei schaute er mich an, um zu sehen, ob ich jetzt mehr Interesse zeigte, ihm zuzuhören. Wer mich kannte, wusste, wie neugierig ich war. Doch das versuchte ich mir nicht anmerken zu lassen, sondern sagte betont beiläufig: »Was redest du für einen Unsinn? Von deinem Gequatsche stimmt nur eins: Eure Organisation ist so gut wie zerstört. Du kommst gerade als Bote von Nemitz und müsstest mitbekommen haben, dass sein Heer von Nehis Truppen vernichtet wurde.«
»Ja, es war schlimm!«, bestätigte er. »Ich habe es mitbekommen. Nemitz hatte mich soeben verabschiedet und mit einer Nachricht an sein zweites Heer geschickt, als der Überfall von Nehis Soldaten begann. Ich konnte versteckt beobachten, wie Nemitz' Leute vernichtet wurden. Allerdings hoffe ich, dass sich Nemitz und einige seiner Offiziere retten konnten.«
Er schwieg und man konnte sehen, wie ihn das alles mitnahm. Eigentlich war es genau das, was ich wissen wollte. Er hatte, ohne dass ich ihn direkt danach gefragt hatte, meine wichtigste Frage beantwortet. Die Schlacht hatte stattgefunden und Nehis Truppe hatte gesiegt. Ich war davon ausgegangen, diese Nachricht nur unter großen Schwierigkeiten aus Minhotep herauspressen zu können. Wahrscheinlich war es die Hoffnungslosigkeit seiner Situation, die seine Worte lenkte.
Dann fing er wieder an zu reden: »Als ich vorhin anmerkte, dass du dir am meisten selber geschadet hast, habe ich dies nicht nur so dahingesagt. Lass mich dir eine Geschichte erzählen. Ich bin sicherlich der Letzte aus unserer Organisation, der alle Zusammen-

hänge kennt. Und, wenn ich es richtig einschätze, weile ich bald nicht mehr unter den Lebenden.«
Er sagte das ganz ruhig und ohne Emotionen. Ich hatte den Eindruck, dass er bereits innerlich mit seinem Leben abgeschlossen hatte.
»Wenn du unbedingt willst, dann rede! Wie du siehst, habe ich im Moment, außer auf einem Esel zu reiten, nichts Besseres vor«, antwortete ich ironisch, denn er sollte nicht merken, wie neugierig er mich gemacht hatte. Selbst meine Ironie prallte an ihm ab, er schaute mich nur an und wartete, dass er beginnen konnte. Er wusste, dass er bald sein Todesurteil zu erwarten hatte. Vielleicht war es eine Art Vermächtnis?
Als er anfing zu reden, klang seine Stimme so monoton und gleichgültig, dass ich genau zuhören musste, um alles zu verstehen. »Wir wollten ein besseres Ägypten! Für die Priester und für die Menschen. Nicht das Ägypten von Hatschepsut und Thutmosis! Bek, Nemitz und Senmen waren zwar unsere Anführer, aber glaube mir, es gibt viele andere, die zu uns gehören, vor allem bei den unzufriedenen Amun-Priestern. Du warst ja ein Schützling meines Bruders Senmut, dem Geliebten von Pharao Hatschepsut. Auch wenn er mein Bruder war, muss ich leider sagen, er hat entscheidend dabei mitgewirkt, dass die Macht der Amun-Priester stark beschnitten wurde. Das wurde ihm speziell von den hochgestellten Priestern nie verziehen, denn innerhalb der Amun-Priesterschaft gibt es eine mächtige Gruppe, die dagegen ankämpft. Beinahe hätten sie damals vor Jahren die Möglichkeit gehabt, Hatschepsut zu stürzen. Sie bekam ein Kind von Senmut! Die Geburt fand heimlich statt, doch die Priester wussten trotzdem davon. Sie sorgten dafür, dass das Kind entführt wurde, um Hatschepsut und Senmut damit erpressen zu können. Es wurde auf ein Schiff gebracht, das sofort in See stach. Die Priester dachten, dort sei es vor dem Zugriff von Senmuts Schergen sicher. Dann ging etwas schief, weil wir einen Verräter in unseren Reihen hatten. Auf dem Meer, nicht sehr weit von dem Land Punt entfernt, wurde das Schiff überfallen und alle unsere Leute getötet. Wir gingen davon aus, auch das Kind, aber das wusste niemand so genau, denn wie gesagt, keiner von unseren Leuten überlebte.«
Er ließ mir Gelegenheit, über das Gesagte nachzudenken. Mir fiel

ein, dass Hatschepsut mir etwas Ähnliches erzählt hatte. Ich hatte es damals verdrängt, weil es mir zu abwegig erschien. Jetzt, da Minhotep so emotionslos davon sprach, hörte ich immer gespannter werdend zu.
»Übrigens, als die Männer nach der erfolgreichen Expedition aus dem Land Punt zurückkamen, brachten sie dich mit. Damals wurden bei uns Stimmen laut, die vermuteten, du könntest wegen deiner hellen Hautfarbe das Kind sein. Senmut und Hatschepsut haben sich einmal in diesem Sinne unterhalten. Wir wussten es, da einer unserer Priester, der viel im Palast zu tun hatte, dieses und andere Gespräche zwischen den beiden belauscht hatte. Allerdings ist er einmal unvorsichtig gewesen, denn eines Tages fand man seine Leiche mit einem Messerstich in der Brust in einem kleinen Park des Palastes.
Es wurden damals Überlegungen unserer Oberen angestellt, Einfluss auf dich zu nehmen, um dich eventuell später einmal gegen Thutmosis auszuspielen, wenn der als Pharao nicht so kooperativ sein sollte, wie es sich die hohen Amun-Priester vorstellten. Dazu kam es nicht, weil Senmut und Hatschepsut sehr darauf achteten, dass du in ihrem Einflussbereich bliebst.«
Minhotep schwieg nun endgültig und weil wir lange geritten waren, befahl ich ihm anzuhalten, damit die Tiere und wir eine kurze Erholungspause einlegen konnten. Die Pause war nötig, denn in erster Linie wollte ich in Ruhe über das, was Minhotep gesagt hatte, nachdenken. War ich wirklich Senmuts und Hatschepsuts Sohn? Als Kind fühlte ich mich stets zu den beiden hingezogen, obwohl ich vor Senmut enormen Respekt und manchmal sogar Angst hatte. Natürlich war das kein Beweis, dass ich ihr Kind war. Dagegen sprach sicher, dass Hatschepsut und Senmut selber große Zweifel hatten. Andererseits hatten sie für meine Erziehung gesorgt und gerade Senmut hatte sehr darauf geachtet, dass ich eine gute Bildung vermittelt bekam. Doch all dies war Vergangenheit. Wichtiger war jetzt, was würde es für meine Zukunft bedeuten, wenn es stimmte? Hatschepsut und Senmut waren tot! Hatten sie vielleicht mit einigen Vertrauten darüber gesprochen? Und was würde geschehen, wenn ich nach Ägypten zurückkam? Könnte es sein, dass sich nach Hatschepsuts Tod diese Leute zu erkennen gaben? Mir wurde es ganz heiß, als ich dann daran dachte: Was passiert, wenn

Thutmosis davon erfährt? Könnte er zu der Ansicht kommen, dass ich eine Gefahr für ihn werde? Das wollte ich gar nicht zu Ende denken, denn wie hart und entschieden er handeln konnte, hatte Thutmosis oft genug bewiesen!
Ich merkte, dass Minhotep mich aufmerksam beobachtete und als er sah, wie ich ihn anschaute, fragte er mit einem hämischen Grinsen: »Na, habe ich dir etwas zum Nachdenken gegeben? Überlege einmal die Konsequenzen für dich, wenn das die richtigen Leute erfahren! Die Kerze deines Lebens, könnte schnell ausgepustet werden.«
»Halt's Maul!«, machte ich mir wütend Luft, weil es mir fast so schien, als ob er Gedanken lesen könnte. »Auf deine Lügen wird niemand etwas geben! Du solltest lieber zusehen, dass du mit den Göttern ins Reine kommst, denn dein Kerzenlicht wird sehr viel kürzer scheinen als meines! Los, aufsitzen! Wir reiten weiter!«
Hätte er nur seinen Mund gehalten, denn beim Weiterreiten musste ich dauernd daran denken, was er gesagt hatte. Natürlich hatte ich Fragen dazu, aber den Gefallen wollte ich ihm auf keinen Fall tun, zu zeigen, wie sehr mich dies alles interessierte und innerlich aufgewühlt hatte. Stimmte es überhaupt? Ich dachte daran, wer er war. Ein Amun-Priester, der mehrfach gemordet und sein Vaterland Ägypten auf das Schändlichste verraten hatte. Konnte ich bei so einem Menschen überhaupt sicher sein, dass er jetzt die Wahrheit gesagt hatte? Andererseits war er sich darüber im Klaren, dass seine Tage gezählt waren. Warum also sollte er mich belügen? Nehi, der Vizekönig Nubiens, würde ohnehin bald über ihn urteilen.
Ich versuchte ganz entschieden, nicht mehr daran zu denken. Alles, was geschehen würde, konnte ich zum größten Teil sowieso nicht beeinflussen. Warum sollte ich mich bereits vorher verrückt machen?
Bei unserem Weiterritt gelang mir dies nur teilweise und ich war froh, dass wir gegen Abend auf die Streitmacht Nehis trafen und ich dadurch abgelenkt wurde. Nehi entdeckte uns als Erster und rief erstaunt: »Wen hast du denn da? Wenn ich es richtig sehe, ist das Minhotep! Dass er zu Nemitz' Gefolgschaft gehört, brauche ich dir sicher nicht zu erläutern!«
Er zitierte zwei Soldaten herbei, die in der Nähe standen und befahl ihnen: »Passt gut auf ihn auf! Er ist einer der schlimmsten Verbre-

cher, die je in Ägypten gelebt haben, zudem ist er Priester und sollte nur den Göttern dienen. Für ihn wird es nur eine Strafe geben: die Todesstrafe!«
Er winkte mir zu und zeigte auf das Essen, das er gerade zu sich nehmen wollte. »Du hast einige sehr beschwerliche Tage hinter dir. Stärke dich erst einmal! Danach kannst du mir alles berichten.«
Ich hatte wirklich Hunger und langte ordentlich zu. Kauend erzählte ich, was ich in den letzten Tagen erlebt hatte, wo genau ich das Heer der Aufständischen entdeckt hatte, wie es dazu kam, dass wir Minhotep gefangen nehmen konnten und dass der getötete Soldat großen Anteil daran hatte. Zum Schluss äußerte ich meine Vermutung, dass der zweite Bote, der den Soldaten getötet hatte, wahrscheinlich auf dem Weg war, um Nemitz zu treffen.
Als ich mit dem Bericht fertig war, schwieg Nehi längere Zeit, ehe er sagte: »Das mit dem Soldaten ist sehr schade, wesentlich schlimmer ist, dass der Bote auf seinem Weg hier bei uns vorbeikommen und uns sehen könnte. Er wird bestimmt seine Rückschlüsse daraus ziehen, dann umkehren, um die Aufständischen zu warnen. Wir sind ihnen zwar in einem Kampf überlegen, doch ich hatte auf einen Überraschungsangriff gesetzt, weil sich dadurch die Verluste bei meinen Leuten in Grenzen halten würden.«
Ich verstand seine Worte nicht als Tadel, sondern es waren Gedanken, die sich ein verantwortungsvoller Heerführer machen sollte. Nach einer längeren Pause des Überlegens fügte er hinzu: »Wir werden, anders als vorgesehen, gleich morgen früh aufbrechen. Die eintägige Rast wird somit ausfallen. Vielleicht sind wir dann früh genug dort, um so anzugreifen, wie wir es vorhatten.« Dann lächelte er plötzlich. »Es wird langsam Zeit, dass ich dich zu deinen Freunden entlasse. Sie bekommen vor lauter Herschauen schon lange Hälse. Gehe zu ihnen und teile ihnen mit, dass wir morgen früh aufbrechen. Sie sollen die nötigen Befehle dazu geben!«
Ich hatte zuvor einige Male zu Mat und Tanus geschaut und erleichtert festgestellt, dass sie die Schlacht unverletzt überstanden hatten. Aber ich konnte dem Vizekönig Nubiens natürlich nicht sagen, so, jetzt habe ich dir genug berichtet, ich muss erst zu meinen Freunden. Damit bewies Nehi einmal mehr, dass er auch ein Mann mit Feingefühl war.
Wie es so unter Freunden üblich ist, fiel die Begrüßung ziemlich

flapsig aus. Mat rief von Weitem: »Na, du alter Rumstromer, wieder da?«
Ich antwortete im gleichen Tonfall: »Und ihr? Seid ihr echte Helden? Oder seid ihr bereits vor der Schlacht weggelaufen?«
Sie machten Anstalten aufzustehen, um mit mir einen freundschaftlichen Ringkampf zu veranstalten, und da sie mir darin bestimmt überlegen waren, setzte ich rasch hinzu: »Ich soll euch von Nehi ausrichten, wir brechen bereits morgen früh auf! Ihr sollt alles Nötige dazu veranlassen.«
Deswegen beruhigten sie sich gleich wieder und setzten sich. Mat war mit seinen Gedanken wie üblich schneller als Tanus und wollte wissen: »Was ist passiert?«
So erzählte ich noch einmal das Gleiche, was ich eben Nehi berichtet hatte. Als ich geendete hatte, war es erneut Mat, der sagte: »Nun verstehe ich, warum Nehi seine Befehle geändert hat.«
Tanus schaltete sich ein und meinte: »Komm, lass uns gleich mit den anderen Offizieren und Unteroffizieren sprechen, dann haben wir nachher genügend Zeit, Sen über die Schlacht zu berichten.«

Als Mat und Tanus weg waren, überlegte ich, mich schlafen zu legen, doch obwohl ich in den letzten Nächten nicht sehr viel Gelegenheit dazu hatte, war ich eigentlich nicht richtig müde. Mir fiel Minhotep ein und was er mir erzählt hatte. Ich machte mich auf den Weg, um nach ihm zu schauen.
Er lag gefesselt am Boden. Nehi und mehrere Soldaten standen bei ihm.
»Was habt ihr mit ihm vor?«, wandte ich mich an Nehi.
»Er wird hier an Ort und Stelle für seine Untaten bestraft! Im Gegensatz zu seinen zahlreichen Opfern, die er hat umbringen lassen, bekommt er sogar eine kleine Chance, am Leben zu bleiben. Schau, diese Grube haben die Soldaten ausgehoben! Er wird aufrecht gefesselt dort hineingestellt. Dann wird die Grube wieder zugeschüttet.«
»Das kannst du nicht machen!« Ich war so erschrocken, dass ich das ganz spontan ausstieß. »Hier gibt es eine Menge Tiere! Du sagtest doch, er bekäme eine Chance!«
»Schweig!«, fuhr Nehi mich an. »Du kennst die meisten seiner Schandtaten! Er hat den Tod mehrfach verdient! Übrigens, mit den Tieren hast du vollkommen recht. Ich hoffe und rechne sogar damit,

dass sie kommen. Und um dem nachzuhelfen, dass die kleineren Tiere, wie Ameisen zum Beispiel, Geschmack an ihm finden, haben wir uns die Mühe gemacht, seinen Kopf mit Honig einzureiben.«
Damit wandte er sich ab, um den Soldaten die entsprechenden Befehle zu geben. Die minimale Chance Minhoteps bestand nur darin, dass nach dem Aufbruch des Heeres jemand zufällig vorbeikam und ihm half. Das war natürlich sehr unwahrscheinlich und wie gering Minhotep diese Chance selbst einschätzte, konnte ich an seinem vor Angst und ohnmächtiger Wut verzerrten Gesicht ablesen. Er schaute mich an, dabei leckte er mit der Zunge über seine Lippen, es sah aus, als ob ihm der Honig schmecken würde. Er grinste plötzlich höhnisch, ehe er dann mit einer merkwürdig anzuhörenden Stimme krächzte: »Warum tust du so scheinheilig? In Wirklichkeit freust du dich über meinen Tod und kannst kaum abwarten, bis es so weit ist. Dein Ziel war es von jeher, unsere Organisation zu vernichten. Endlich hast du es erreicht! Aber glaube mir, du wirst nichts davon haben. Vorteile bringt es nur den jetzt schon Mächtigen. Sie haben, zumindest für lange Zeit, in Ägypten nichts mehr zu befürchten. Thutmosis wird für etliche Jahre die unumschränkte Macht haben. Ich prophezeie dir, es wird für die Menschen nicht gut sein. Sein Ziel wird sein, noch mehr Macht zu bekommen. Er wird Kriege führen, angeblich zum Wohle Ägyptens. Eine Menge Menschen werden dafür sterben! Selbstverständlich ausschließlich zum Wohle Ägyptens. Ich brauche dir sicher nicht zu sagen, dass sie lieber im hohen Alter auf ihrer Schlafstätte, ohne vorher Schmerzen zu erleiden, sanft für immer einschlafen möchten. Glaube mir, wir Priester hätten für die Menschen ein besseres Ägypten geschaffen!«
Er hatte sich sehr in Erregung gesprochen und schwieg einen Augenblick, um sich wieder zu beruhigen. Dann redete er in einem normalen Ton weiter: »Du hattest maßgeblichen Anteil an unserem Untergang. Bist du nun zufrieden? Glaubst du etwa, man wird es dir danken? Klar, man wird dir mit hochtrabenden Worten versichern, dass du dich für Ägypten verdient gemacht hast! Doch wie wird die Wirklichkeit aussehen? Erst einmal, dass weißt du ja selbst, halten dich alle für tot! Du wirst nach Ägypten zurückkehren und sie werden erfreut tun. Sind sie es tatsächlich? Dein Freund Hor zum Beispiel, wird er begeistert sein, dir dein Vermögen zurückzu-

geben? Vielleicht! Freuen wird sich hingegen kaum Pharao Thutmosis und ein Großteil seiner hohen Würdenträger. Es würde mich sehr wundern, wenn er den ehemaligen Liebhaber seiner zweiten Frau, der Mitanni-Prinzessin Merit, strahlend begrüßen würde.«
Minhotep redete weiter und weiter und obwohl ich vor Schreck über das von ihm zuletzt Gesagte nicht mehr zuhören konnte, spürte ich den tiefen Hass aus seinen Worten.
Was hatte er eben gesagt? Ich, der Liebhaber der zweiten Frau des Pharaos Thutmosis? Das würde ja bedeuten, er hätte Merit geheiratet. Das konnte nicht sein! Sie und ich, wir gehörten seit unserer frühesten Jugend zusammen. Sie war mein Leben. Jedes Mal, wenn ich in Bedrängnis gewesen war oder wenn es mir schlecht ging, hatte ich an sie gedacht und sofort schien alles leichter und besser zu gehen. Wegen ihr hatte ich vor einigen Monden eine wunderschöne Frau verlassen, die ein Kind von mir unter ihrem Herzen trug. Mein Gefühl, zu Merit zurückkehren zu müssen, war so übermächtig geworden, dass ich es dort nicht mehr ausgehalten hatte. Es durfte einfach nicht wahr sein, was Minhotep offenbart hatte, denn ohne sie wäre ich ein Nichts! Ein Mann, für den die Zukunft keine Bedeutung mehr hatte, weil sein Lebensinhalt nicht mehr da war.
Mein Herz schien plötzlich stillzustehen. Dann schien es schneller und schneller zu schlagen, um dann wieder langsamer zu werden. Ich musste tief Luft holen, da ich das Gefühl hatte, eine kalte Hand berührte es. Nachdem ich ein wenig freier atmen konnte, war das Einzige, woran ich denken konnte: Merit und Thutmosis! Es konnte nicht sein! Es durfte nicht sein! So etwas konnten die Götter nicht zulassen.
Als ich einigermaßen klar denken konnte, sah ich zu Minhotep. Sollte ich seinen Redeschwall unterbrechen, um ihm dazu Fragen zu stellen? Er hatte es so einfach, wie selbstverständlich, dahingesagt. Vielleicht hatte ich es falsch verstanden! Doch als ich ihn genau anschaute, merkte ich, dass es keinen Sinn mehr hatte, mit ihm zu reden. Minhotep schien dem Wahnsinn verfallen. Er redete nicht mehr richtig, sondern lallte nur noch vor sich hin, während ihm der Speichel aus dem Mund tropfte. Seine Augen schienen aus ihren Höhlen zu quellen. Die Angst hatte ihn verrückt gemacht. Ich drehte mich um und ging weg. Es war das letzte Mal in meinem Leben, dass ich ihn sah.

Die Schlacht, mit dem Tod als Erlösung

Mat und Tanus, sie mussten etwas darüber wissen! Warum hatten sie mir nichts erzählt? War es doch nicht so, wie es Minhotep geschildert hatte? Zum Schluss war er ja nicht mehr ganz bei Verstand gewesen. Meine Schritte wurden zunehmend schneller und schließlich lief ich, dass einige Soldaten erstaunt aufsahen. Ich musste zu Mat und Tanus! Sie waren meine besten Freunde. Auf ihr Wort konnte ich mich verlassen. Außer Atem erreichte ich das Lager und traf zuerst auf Mat.
»Was ist los? Warum rennst du so? Ist etwas passiert?«, wollte er wissen.
»Merit! Was ist mit ihr?«, keuchte ich nach Luft schnappend. »Ist sie mit Thutmosis verheiratet?«
Mat schien um einige Nuancen blasser zu werden. Er wollte etwas erwidern, schien aber nicht gleich die richtigen Worte zu finden. »Setz dich, hier trink einen Schluck Wein.« Er hielt mir einen Krug hin.
Ich stieß den Krug weg und herrschte ihn an: »Ich will nicht trinken! Rede endlich und rück mit der Wahrheit raus. Du bist mein Freund!«
Er sah todunglücklich aus, als er antwortete: »Es stimmt! Sie hatte keine andere Wahl! Außerdem musste sie davon ausgehen, dass du tot bist. Tanus und ich haben dir vor einigen Tagen geschildert, wie unglücklich und verzweifelt sie war. Was sollte sie machen? Wir wollten es dir nicht so grausam direkt sagen, sondern es dir nach und nach schonend beibringen. Dann kam der Befehl Nehis dazwischen und du musstest fort, um das andere Heer der Aufständischen ausfindig zu machen.«
Tanus war hinzugekommen und ergänzte: »Sie wollte es nicht. Alle ihre Freunde und die es gut mit ihr meinten haben ihr zugeredet. Stell dir nur ihre Situation vor! Du bist tot, dann wünscht der Pharao, auf Drängen ihres Bruders, des Mitanni-Königs, sie zu heiraten. Du weißt, dass dies eigentlich ein Befehl ist, nur in nettere Worte gekleidet. Was sollte sie tun?« Er schwieg und schaute mich genauso unglücklich an wie Mat.

Mein Kopf war leer. Heiser flüsterte ich: »Ihr seid meine Freunde und hättet es mir sofort mitteilen müssen!« Sonst fiel mir nichts ein,

ich stand einfach nur da. Ich konnte nichts sagen, mich nicht bewegen und nichts tun oder denken. Meine Arme hingen wie erschlafft an meinem Körper herunter. Mat kannte mich am besten und schien zu wissen, dass ich jeden Moment zusammenbrechen würde. Vorsichtig führte er mich zu einem Sitz am Lagerfeuer. Dann drückte er einen Krug Wein in meine willenlosen Hände und half mir, den vollen Krug zum Mund zu führen. Wie von selbst und ohne nachzudenken, trank ich ihn in kurzer Zeit leer. Ich weiß nicht mehr, wie viele Krüge ich auf diese Art und Weise leerte. Aber sie halfen mir einige Zeit später, in einen tiefen und traumlosen Schlaf zu fallen. Zusätzlich kam mir jetzt zugute, dass ich in den letzten Tagen so wenig zum Schlafen gekommen war.
Ich glaube, dass der tiefe Schlaf, den man ja auch den kleinen Tod nennt, mich davor bewahrte, verrückt zu werden. Irgendwann nach Stunden wachte ich auf. Als ich meine Augen aufschlug, sah ich den Vollmond und um ihn unzählige Sterne. Die Erinnerung setzte ein und mit ihr der Schmerz. Nur diesmal war es anders, nicht der Schreck überwog, sondern ein tiefer und verzweifelter Schmerz machte sich in mir breit. Obwohl ich es eigentlich nicht wollte, wurden meine Augen feucht. Es war ein lautloses Weinen, das niemand sehen konnte und keinem etwas anging.
Als ich mich einigermaßen beruhigt hatte, ging es mir besser und ich schaute mich um. Ich lag allein am Feuer, jemand hatte mich mit einem Fell zugedeckt. Etwas weiter entfernt schnarchte ein Mann. Vom Ton her konnte es gut Tanus sein.
Meine Gedanken wanderten erneut zu Merit. Ich sah ihr trauriges Gesicht vor mir und einige unserer gemeinsamen Erlebnisse fielen mir ein. Wie wir uns in frühester Jugend kennengelernt hatten. Es war eine feuchte Angelegenheit gewesen, denn ihr Boot war gekentert und ich hatte sie aus dem Wasser des Nils gezogen. Später, als wir uns besser kannten, hatten wir Pläne für eine gemeinsame Zukunft gemacht.
Meine Gedanken glitten von der Vergangenheit in die Zukunft ohne Merit. Alles war mit einem Schlag hinfällig geworden: für immer mit Merit zusammen zu sein, sie zu lieben und Kinder mit ihr zu haben. Alle anderen Dinge waren im Hintergrund geblieben oder nebensächlich gewesen. Hatte mein Leben jetzt überhaupt noch einen Sinn? Sie war stets der ruhende Stern in meinem abenteuerli-

chen Leben gewesen. Bei allen Reisen, die ich bisher unternommen hatte, war es mein Ziel, so schnell wie möglich zu ihr zurückzukehren! Auch das Gefühl zu haben, da ist jemand, der an dich denkt und auf deine Rückkehr wartet, hatte mir in vielen schwierigen Situationen geholfen. Das alles sollte vorbei sein? Ein Gefühl der Leere war in mir und ich fragte mich: Was sollte ich ohne sie tun?
Es wurde langsam hell und die Soldaten standen auf, um sich für den Aufbruch vorzubereiten. Mat und Tanus schälten sich aus ihren Decken und schauten zu mir herüber. Sie schienen beruhigt, als sie sahen, dass ich am Feuer saß. Mir fiel die bevorstehende Schlacht ein. Könnte sie nicht für mich die Lösung bedeuten? Doch ich konnte den Gedanken im Moment nicht zu Ende denken, da mich ein Soldat störte, der mir das Frühstück brachte. Komischerweise konnte ich einiges essen, denn ich war ruhiger geworden. Der Gedanke an eine endgültige Lösung hatte meinen Schmerz gelindert.
Mat hatte gesehen, dass ich zu ihm herübergeschaut hatte. Er stand auf und kam zu mir. »Geht es wieder einigermaßen?«, wollte er wissen.
Obwohl es mir ganz anders zumute war, nickte ich ihm zu, denn er meinte es gut und wollte mir auf seine raue Soldatenart zu verstehen geben, dass ihm alles sehr naheging. Aus eigener Erfahrung wusste ich, wie schwer es ist, tröstende Worte zu finden. Ich half ihm und fragte: »Brechen wir bald auf?«
Man sah es ihm an, wie froh er war, über ›normale‹ Dinge sprechen zu können, denn er entgegnete ziemlich hastig: »Nehi wird bald den Befehl zum Aufbruch geben! Du sollst übrigens mit ihm an der Spitze reiten, da du den Weg kennst.«
»In Ordnung.« Ich stand auf. »Dann will ich mal sofort zu ihm gehen! Er wartet sicher nicht gern.«
Mat nickte zustimmend und rief mir im Weggehen zu: »Wir sollen mit unseren Kampfwagen die Nachhut bilden! Also, bis heute Abend!«
Als Nehi sah, dass ich auf ihn zukam, hob er den Arm und rief seinen Offizieren einen Befehl zu, den diese sofort weitergaben. Das Zeichen zum Aufbruch! Es sah so aus, als hätte er nur auf mich gewartet. Aber er sagte nichts zu mir, sondern unterhielt sich weiter mit einem der Offiziere. Einige Zeit später lenkte er sein

Pferd an meine Seite und erkundigte sich: »Wird der Weg für unsere Kampfwagen schwierig?«
Ich musste mich zusammenreißen und sehr konzentrieren, um die Frage zu beantworten. »Es gibt auf dem Weg ein Gelände, das viel Strauchwerk aufweist. Wir können es leicht umgehen, ohne dass es einen großen Umweg bedeuten würde. Ansonsten dürfte es eigentlich ohne Probleme gehen.«
Nehi schien zufrieden. Ich hatte den Eindruck, dass er mich öfter verstohlen anschaute. Ob er etwas von dem ahnte, was in mir vorging? Ihm war nichts anzumerken und was sollte ausgerechnet er, der Stellvertreter des Pharaos in Nubien, mit mir darüber reden? Selbst wenn er es gewollt hätte, seine Position erlaubte es ihm nicht.

Wegen der Fußtruppe dauerte der Rückweg länger als meine Hinreise zu Nehi. Unterwegs berichteten mir Mat und Tanus von der stattgefundenen Schlacht! Nemitz und seine leitenden Offiziere waren getötet worden. Von ihren Soldaten hatten nur wenige überlebt und waren geflüchtet. Nehi hatte vor der Schlacht angeordnet, keine Gefangenen zu machen und seine Leute hatten sich danach gerichtet.
Er selbst sagte später zu mir: »Ich wollte in Nubien ein warnendes Exempel statuieren. Die Eingeborenen sollen spüren, dass ein Aufstand gegen Ägypten auf das Härteste bestraft wird! Außerdem schränken Gefangene meine Soldaten nur ein, weil sie sie bewachen müssen, und ich brauche jeden Einzelnen für die bevorstehende nächste Schlacht.«

Mat und Tanus versuchten so oft wie möglich mit mir zu reden. Ich hatte mich so weit gefangen, dass ich ihnen den Eindruck vermitteln konnte, meinen größten Schmerz überwunden zu haben und zeigte auch wieder Interesse für andere Dinge. Aber tief in mir hatte sich der Gedanke festgesetzt, unbedingt an der bevorstehenden Schlacht teilzunehmen. Ich wollte nicht mehr weiterleben! Ohne Merit erschien mir das Leben sinnlos. Meinen Freunden gegenüber tat ich so, als sei ich fast wieder der Alte. Die Schwierigkeit bestand jetzt für mich darin, Nehi und meinen Freunden, ohne dass sie Verdacht schöpften, beizubringen, dass ich an dem Kampf teilnehmen wollte, denn sie wussten, dass ich ein überzeugter Kriegsgegner war und absolut keine Erfahrung in solchen Dingen hatte. Ich musste mir auf jeden Fall etwas sehr Überzeugendes einfallen lassen, um in die Nähe des Kampfgeschehens zu kommen. Aus Erfahrung wusste ich, meine Freunde hatten bei ähnlichen Gelegenheiten bisher immer einen Grund gefunden, mich anderweitig einzusetzen. Obwohl ich mir den Kopf zermarterte, mir fiel kein überzeugender Grund ein, warum meine Teilnahme notwendig sein sollte.

Wir erreichten um die Mittagszeit das hügelige, mit einigen Bäumen und vielen Sträuchern bewachsene Gebiet, dort, wo wir Minhotep gefangen hatten. Nehi gab sofort Befehl, ein paar Wachen aufzustellen, die mehrere hundert Schritte entfernt von uns Position bezogen, damit wir keine unangenehmen Überraschungen erleben sollten. Kurz danach wurden alle Offiziere zu einer Lagebesprechung befohlen. Obwohl ich nicht ausdrücklich aufgefordert wurde, daran teilzunehmen, setzte ich mich zu den Offizieren. Dies wurde ohne Weiteres akzeptiert und niemand hatte etwas dagegen. Meine Absicht war natürlich, etwas über die genaue Vorgehensweise bei der Schlacht zu erfahren.

Nehi, so fand ich, machte das sehr gut. Er hielt erst eine Einführung, wie er sich den Ablauf vorstellte, und bat dann seine Offiziere um ihre Stellungnahme und darum, ihrerseits Vorschläge zu machen. Eine lebhafte Diskussion setzte ein, an der ich mich nicht beteiligte, denn von kriegerischen Dingen, wie Taktik, Waffen und was sonst alles dazugehörte, verstand ich zu wenig. Dafür waren meine Freunde Mat und mit einigen Abstrichen auch Tanus Wortführer der Unterredung. Einmal mehr wurde mir klar, dass beide in den Offizierskreisen hoch angesehen waren.

Nach längerer Diskussion wurde schließlich festgelegt, dass die Fußtruppe den ersten Angriff beim Morgengrauen machen sollte. Sobald die Aufmerksamkeit des Gegners auf sie gerichtet war, sollten die Reiter, allerdings waren das nicht sehr viele, von der Seite her angreifen. Gleichzeitig sollten die Kampfwagen, unter der Führung von Mat, von der anderen Seite kommen. Blieb, wenn alles so klappte, nur der Rückzug des Gegners und genau der war nicht möglich, denn die Aufständischen saßen in einer Falle, da hinter ihrem Lager der Nil floss. Vielleicht könnten ein paar versuchen zu flüchten, um sich schwimmend zu retten. Aber da waren dann die

Krokodile unsere Verbündeten. So jedenfalls sahen es alle verantwortlichen Offiziere. Und auch ich dachte im Stillen, dass die geplante Vorgehensweise perfekt sei.
Unbewusst half mir Mat, mein Vorhaben in die Tat umzusetzen, in die Nähe des Kampfgeschehens zu kommen, als er Nehi vorschlug: »Es wäre sinnvoll, wenn Sen uns den Weg für die Kampfwagen zeigt. Es ist wichtig, dass unser Angriff über ein flaches Gelände erfolgt, um die volle Wirkung der Wagen zu erzielen.«
Nehi schaute mich fragend an. »Ja, ich weiß, was Mat meint und kenne kurz vor dem Lager der Aufständischen ein entsprechendes Gelände«, gab ich Auskunft.
»Sobald du Mat und seine Leute dorthin geführt hast, kommst du zurück«, kommandierte Nehi. »Ich habe danach eine andere Aufgabe für dich, die mit der Schlacht selbst nichts zu tun hat!« Sein Blick ließ mich nicht los und so zwang er mich, ihm zuzunicken, dass ich verstanden hätte. Ob er meine Absicht ahnte? Unmöglich, denn ich hatte, so fand ich jedenfalls, mich in den letzten zwei Tagen gut gehalten. Doch musste ich zu ihm zurück? Wohl kaum! Und nach der Schlacht eine Ausrede zu finden, warum ich seinen Befehl nicht befolgt hatte, erübrigte sich bestimmt.

Es waren nur wenige Stunden, die wir bis zur Schlacht zum Schlafen hatten. Die meisten Soldaten versuchten diese zu nutzen. Aber es gab genügend, die in dieser Nacht zusammensaßen und sich bemühten, ihre Angst vor dem Kampf durch Reden mit anderen zu vergessen. Bier oder Wein zu trinken, war verboten. Ich hatte mir vorgenommen, meine letzte Nacht wach zu bleiben, um über mein Leben nachzudenken. Doch dazu kam es nicht, denn ich schlief verhältnismäßig schnell und so tief ein, dass ich erst wach wurde, als wir alle von den Unteroffizieren geweckt wurden. Es lag sicher daran, dass ich mit meinem Leben abgeschlossen hatte und deswegen innerlich zur Ruhe gekommen war. Auch Angst hatte ich nicht. Gleich nach dem Aufstehen begab ich mich zu Mat und seinen Leuten. Sie waren dabei, die Pferde vor ihren Kampfwagen zu spannen. Die Tiere schienen zu spüren, dass etwas Besonderes in der Luft lag, denn sie schnauften und bewegten sich unruhig hin und her.
»Sie verhalten sich ganz anderes als sonst«, sagte Mat. »Normaler-

weise versuchen sie immer etwas Leckeres von ihrem Wagenführer zu bekommen. Heute verweigern sie es sogar!«
Als wir zum Aufbruch bereit waren, stieg ich auf den Wagen von Mat. Den Weg für die Kampfwagen kannte ich gut, denn das Gelände hatte ich mir vor einigen Tagen aus der Nähe angesehen. Aber dann konnte wir nicht sofort aufbrechen und mussten warten, denn zuerst gab Nehi den Fußtruppen Befehl abzurücken, da sie bis zu ihrem Einsatzgelände die meiste Zeit benötigten.
»Was ist, wenn wir von den Gegnern gehört oder von ihnen gesehen werden?«, wollte ich von Mat wissen.
»Das spielt keine große Rolle mehr«, gab er mir Bescheid. »Die Hauptsache ist, dass sie nicht mehr abrücken können. Ich hoffe sogar, dass sie es früh genug merken, sonst ist es für mich kein richtiger Kampf!«
Mat und ich waren seit unserer frühesten Kindheit Freunde. Damals schon war seine Lieblingsbeschäftigung ›Krieg spielen‹. Er war einfach der geborene Soldat. Ich hatte mich anders entwickelt. Ich war ein Zweifler, der seine Talente laufend infrage stellte. Der oft unsicher wegen seines Tuns war. Der stets nach dem Warum fragte und sich deshalb oft unbeliebt machte. Das war bei Mat anders. Er war von dem überzeugt, was er tat!
Für die kleine Reitertruppe und für die Kampfwagen erteilte Nehi dann gleichzeitig den Befehl zum Abrücken. Gut, dass ich nicht lange in dem Streitwagen fahren muss, dachte ich, denn er schaukelte ganz schön. Ich erinnerte mich kurz an meine erste längere Fahrt mit diesem Gefährt und wie schlecht es mir damals geworden war.
Den Weg fand ich ohne Probleme. Mat lenkte den Wagen und als wir angekommen waren, übergab er die Zügel einem der beiden Soldaten, die mit uns auf den Wagen gestiegen waren. Das hieß, er würde zusammen mit dem anderen Soldaten vom Wagen aus kämpfen.
Wir hatten noch Zeit. Jeder hatte genügend mit sich selbst zu tun, mit seinen Gedanken, seiner Angst oder Freude auf den Kampf. Da aus kriegerischen Gründen nicht geredet werden durfte, überlegte ich, wie ich vorgehen sollte, um mein Ziel zu erreichen. Mir war natürlich klar, dass mich Mat oder einer der anderen Wagenführer auf keinen Fall mitnehmen würde. Zudem hatte ich den Befehl

Nehis, dass ich sofort zu ihm zurückkommen sollte. Seit gestern Abend wusste ich, dass ich die Wagen eine Strecke führen sollte, so hatte ich Zeit genug gehabt, mir zu überlegen, wie ich vorgehen sollte. Zuerst würde ich ein Stück zurückgehen, damit es so aussah, ich käme der Order Nehis nach. Dann wollte ich umkehren und versteckt den Kampfbeginn abwarten. Sobald einer der Soldaten auf dem Kampfwagen ausfiel, wollte ich versuchen, für ihn einzuspringen. Ich hatte zwar keine Waffen, wusste aber, dass auf dem Wagen immer ein Ersatzschild und ein Schwert bereitlagen.

Wir verabschiedeten uns wortlos, denn die Anspannung auf das Bevorstehende wuchs. Gut, dass der Rückweg nach der großen Ebene, zu der ich die Streitwagen geführt hatte, in eine hügelige und sträucherbewachsene Gegend führte. So musste ich nicht weit gehen und bald konnte ich von einer kleinen Anhöhe aus ungesehen auf die Kampfwagen schauen. Den Feind konnte ich allerdings nicht erspähen, da das Lager in einer tieferen Senke direkt vor dem Nil lag. Ich musste auf das Angriffszeichen von Mat warten.
Ich dachte an Merit und an das, was ich vor mir hatte. Sollte ich meinen Entschluss, hier mit dem Leben abzuschließen, ändern? Nein! Ich war fest entschlossen und wollte unbedingt mitkämpfen. Mir blieb keine Zeit mehr zum Nachdenken, denn Mat stieß plötzlich einen lauten Schrei aus und die Kampfwagen setzen sich daraufhin in Bewegung. Sie hatten nebeneinander Aufstellung genommen und fuhren nun gleichmäßig und immer schneller werdend an.
Für mich gab es kein Halten mehr! Ich lief den Hügel hinunter über die weite Ebene, bis ich deren Ende erreichte. Der Anblick der sich mir dort bot, ließ meinen Atem stocken. Die Schlacht war im vollen Gange! Die Bodentruppen kämpften Mann gegen Mann. Etliche Verletzte lagen bereits am Boden und schrien ganz entsetzlich. Die Bogenschützen hatten zu Beginn der Schlacht ganze Arbeit geleistet.
Jetzt war es so weit, dass die Reiter von drüben und die Streitwagen von dieser Seite fast gleichzeitig eingriffen. Erst dachte ich, die Aufständischen würden in Panik geraten und wild auseinanderrennen. Das war keineswegs der Fall. Sie schienen darauf vorbereitet zu sein und bildeten, wie oft eingeübt, mit jeweils einem Teil ihrer

Männer eine Linie, in der der Abstand zwischen den Soldaten einige Schritte war. Nachher begriff ich, dass sie diese Taktik wählten, um für sich genügend Platz zu haben, um ausweichen zu können, wenn ein Reiter oder Streitwagen auf sie zukam. Sie konnten natürlich nicht immer ausweichen. Einige von ihnen wurden einfach umgefahren. Andere wiederum wurden von den Schwertern und Lanzen der Soldaten, die oben auf dem Wagen standen, niedergemacht. Trotzdem schafften es mehrere todesmutige Aufständische, sich auf einen der Streitwagen zu schwingen und lieferten sich dann mit den Soldaten auf dem Wagen einen erbitterten Kampf. Den meisten der Streitwagen gelang es durchzukommen und zu ihrem eigentlichen Ziel, den kämpfenden Bodentruppen, zu kommen. Was dann geschah war weitaus schrecklicher, sodass ich nach einigen Augenblicken wegschauen musste. Die Fußtruppe des Feindes stand so eng, dass jeder der durchgekommenen Wagen eine Todesschneise durch sie pflügte.
Diese Schlächterei und Verstümmlungen der Männer waren so schlimm, dass mir kurz entfallen war, warum ich eigentlich hier war. Als ich wieder einigermaßen klar denken konnte, bekam ich mit, dass mehrere der Kampfwagen ohne Besatzung waren. Die angespannten Pferde rasten jetzt ohne Führung wie wild in einem Zickzackkurs über das Schlachtfeld.
Dort musste ich hin! Obwohl die Schlacht so schlimm war, wie ich sie mir in meinen schlimmsten Fantasien nicht vorgestellt hatte, rannte ich, ohne weiter zu überlegen, auf das Schlachtfeld. Als ich dort ankam, merkte ich, dass ich keine Chance hatte, einen dieser Wagen zu erreichen. Die wild gewordenen Pferde waren zu schnell. Am Boden lagen Leichen und Verletzte und da ich eine Waffe brauchte, bückte ich mich, um einem der toten Ägypter das Schwert abzunehmen. Das rettete mir mein Leben, denn in dem Moment als ich mich niederbeugte, sauste etwas ganz knapp neben mir vorbei und schlug in den Körper des Toten. Wie aus dem Nichts war einer der Aufständischen hinter mir aufgetaucht und hatte mich töten wollen. Obwohl ich genau aus dem Grund den Kampf gesucht hatte, ließ mich wohl der angeborene Selbsterhaltungstrieb handeln, denn der Mann erhob nach seinem Fehlschlag erneut das Schwert, um auf mich einzuschlagen. Als er es gerade über seinen Kopf hob, um es mit Schwung auf mich niederzuschmettern, be-

kam ich das Schwert des Toten in meine Hand. Ich stieß es in einem halbhohen, schrägen Winkel hoch und traf etwas Weiches und da so wenig Widerstand zu spüren war, drückte ich fest nach.
Für einen Moment sah es so aus, als ob der Mann es sich überlegen wolle, auf mich einzuschlagen, denn beim Ausholen schien er überrascht innezuhalten. Dann ließ er die Waffe abrupt aus der erhobenen Hand fallen. Er stieß einen fürchterlichen Schrei aus, fasste mit beiden Händen an seinen Unterleib und fiel dann um.
Ich hatte einen Menschen getötet! Aber Zeit, diesen Schreck zu überwinden hatte ich nicht, denn gerade kam ein reiterloses Pferd auf mich zu. Es lief nicht besonders schnell und so schaffte ich es mit einiger Mühe, mich an ihm hochzuziehen und auf ihm zu sitzen. Das blutige Schwert hielt ich in meiner Hand, als ich das Pferd zu den Bodentruppen lenkte. Mir kam es vor, als sei ich plötzlich ein anderer Mensch, denn wie von selbst hob ich das Schwert, um damit vom Rücken des Pferdes aus auf die Aufständischen einzuschlagen. Ob ich traf oder jemanden verletzte oder gar tötete, sah und merkte ich nicht, denn ich befand mich wie in einem Rausch. Ich sah nur den Feind und wieder und immer wieder schlug ich zu.
Einmal kam ich kurz zu mir, als ich Mats Kampfwagen ganz in meiner Nähe wahrnahm und ich seinen erstaunten und gleichzeitig erschreckten Gesichtsausdruck sah. Aber wir wurden getrennt und mussten, jeder für sich, den Kampf fortsetzen. Dann war ich durch die Reihe der Kämpfenden hindurch bis zu der Stelle gekommen, an der nur Verletzte und Tote lagen. Ich wollte mein Pferd wenden, um zurückzureiten. Dabei musste ich mich zweier Männer erwehren, die auf mich zukamen und versuchten, mein Pferd in ihre Mitte zu nehmen, damit sie mich beidseitig angreifen konnten. Ich konnte sie gut abwehren, indem ich mein Pferd sich einmal im Kreis drehen ließ und dabei einen der Männer mit meinem Schwert traf. Als ich mich gerade dem anderen Mann zuwenden wollte, bekam ich plötzlich einen Schlag gegen den Kopf und spürte gleichzeitig einen Schmerz in meinen Oberschenkel. Ich wollte mein Schwert heben, um mich zu wehren, doch ich wurde so kraftlos, dass es mir aus der Hand fiel. Ich merkte noch, wie ich langsam von dem Pferd heruntersackte und dann hüllte mich die Dunkelheit ein. Mein letzter Gedanke war: Ist jetzt mein irdisches Leben zu Ende?

Rückkehr zu den Lebenden

Meine Ka[1] stieg zum Himmel empor. Mir schien es, als ob der Sternenhimmel näher und näher kommen würde und ich mir dort meinen Platz für die Ewigkeit suchen könnte.

Irgendetwas hinderte mich auf dem Weg dorthin. Da war eine irdische Stimme, die dauernd etwas rief. Nach einer Weile konnte ich auch die störenden Worte verstehen. »Sen! Wach auf! Komm zu dir!«

War das nicht Mat? Was wollte er noch von mir? Ich wollte auf meinem Weg in die Unendlichkeit nicht mehr behelligt werden. Mats Stimme klang sehr eindringlich und rief ständig nach mir. Ich ärgerte mich und damit hatte er erreicht, dass ich versuchte, mühsam meine Augen zu öffnen. Aber etwas blendete mich und ich konnte nichts erkennen. Mat belästigte mich weiter, er schien jemandem zuzurufen: »Er ist wach und hat kurz einmal seine Augen geöffnet!«

In diesem Moment war mir klar, dass mein Aufsteigen zum Sternenhimmel, um dort einen Platz für die Ewigkeit zu finden, nur ein schöner Traum war.

»Was schreist du hier so herum?«, wollte ich Mat fragen und merkte, dass ich nur ein Krächzen ausstieß, das sicher niemand verstehen konnte. Selbst mein Krächzen schien eine größere Begeisterung auszulösen, denn ich hörte eine zweite Stimme, die erfreut sagte: »Er versucht zu sprechen. Ein sehr gutes Zeichen! Er hat das Schlimmste überstanden!«

Diese Stimme konnte ich niemandem zuordnen und deswegen konzentrierte ich mich darauf, meine Augen zu öffnen, denn meine angeborene Neugierde siegte wieder einmal. Ich wollte wissen, wer außer Mat bei mir war.

Nach einigen Versuchen gelang es mir tatsächlich. Mat konnte ich erkennen. Den Mann neben ihm kannte ich jedoch nicht. Die beiden schienen sich riesig zu freuen, weil ich sie anschaute.

»Er ist Arzt! Sei froh, dass er bei Nehis Truppen war. Du wärest sonst tot! Du hattest so ein großes Loch im Kopf!«, klärte Mat mich auf und zeigte mit der Hand ungefähr die Größe eines kleinen Apfels.

Weil jetzt meine Erinnerung an das Geschehene einsetzte, hielt sich meine Dankbarkeit in Grenzen, denn mein Wunsch, in der Schlacht gegen die Aufständischen meinem Leben ein Ende zu setzen, hatte sich nicht erfüllt. Ein Leben ohne Merit, die inzwischen die Frau des Pharaos geworden war, machte es für mich nicht mehr lebenswert.
Vor Anstrengung musste ich eingeschlafen sein, denn als ich erneut wach wurde und meine Augen öffnete, blendete mich keine Sonne. Es war dunkel und ich konnte den Mond und die Sterne sehen. Vorsichtig bewegte ich meinen Kopf. Niemand war in meiner Nähe. Als ich anfing, über meine verlorene Chance nachzudenken, dort am Sternenhimmel einen Platz zu haben, kam jemand, um nach mir zu schauen. Mat!
»Wie geht's dir?«, erkundigte er sich, als er sah, dass ich wach war. Ich versuchte zu sprechen und diesmal gelang es mir auch einigermaßen. »Was ist passiert? Ich habe gekämpft und dann einen Schlag gegen den Kopf bekommen. Mehr weiß ich nicht.«
»Du hattest eine schwere Kopfverletzung und eine Wunde am Oberschenkel, die nicht so schlimm war und inzwischen gut verheilt ist.«
»Wieso? Liege ich denn schon länger hier?«
»Mann, seit einigen Wochen! Ich habe von Nehi den Auftrag bekommen, dich auf einem Schiff nach Theben zu bringen. Der Arzt meinte, du könntest reisen und bis wir in Theben sind, wärst du sicher im Großen und Ganzen wieder der Alte.«
»Was ist mit den Aufständischen passiert?«, fragte ich, weil mir einfiel, dass ich das Ende der Schlacht nicht mehr mitbekommen hatte.
»Wir haben sie vernichtend geschlagen! Es gibt keine Aufständischen mehr, vor allem, weil Nemitz tot ist, und die anderen Anführer sind entweder gefallen oder wurden später hingerichtet. Die Überfälle auf unsere Goldminen haben seitdem aufgehört. Das ist in erster Linie dein Verdienst! Nehi lässt dir ausrichten, dass er deine Leistung in seinem Bericht an Thutmosis ausdrücklich hervorgehoben hat.«
Ich winkte ab, denn ich brauchte kein Lob, mir war es egal. Aber das waren Neuigkeiten, die ich erst einmal überdenken musste und deswegen war ich froh, als Mat sich verabschiedete. »Das

Schiff legt morgen früh ab und vorher habe ich noch einiges zu erledigen.«
Er entfernte sich und ich hatte Ruhe über das Gehörte nachzudenken. Die Überfälle auf die ägyptischen Goldminen hatten aufgehört und somit war mein Auftrag erfüllt, den ich von dem jetzigen Pharao Thutmosis erhalten hatte. Für mich war nur die Bestätigung wichtig, dass es General Nemitz nicht mehr gab. Dadurch könnte bestimmt mein weiteres Leben einen normaleren Verlauf nehmen. Die Suche nach dem General, der den Auftrag für den Mord an Anta gegeben hatte und dann der Befehl Thutmosis, ihn als den Verantwortlichen für die Überfalle auf Goldminen in Nubien zu finden, hatten mich mehrere Jahre meines Lebens gekostet. Den Preis, den ich dafür zahlen musste, war, dass Merit, meine große Liebe, die Zweitfrau Thutmosis' geworden war, weil sie mich für tot hielt.

Als wir einige Tage unterwegs waren, ging es mir bereits besser und Mat setzte sich wieder einmal zu mir. Erst redete er von allgemeinen Dingen und ich merkte, er wollte mir etwas Bestimmtes sagen. Entgegen seiner sonstigen Gewohnheit steuerte er nicht direkt auf sein Ziel los, sondern redete hin und her und schien sich nicht richtig zu trauen. Ich konnte ihm nicht helfen, weil ich keine Ahnung hatte, was er wollte. Auf Umwegen kam er endlich zu dem, was er mir sagen wollte. »Du, ich muss dir etwas anvertrauen, ehe du es von anderen erfährst! Ein entfernter Verwandter von Mamose hat mich adoptiert. Ich heiße jetzt Amenemheb!«
Abwartend sah er mich an. Mir hatte es einen Moment lang die Sprache verschlagen und ich starrte ihn erstaunt mit halb geöffnetem Mund an.
»Du weißt, dass wir Schwarzen aus Punt und aus Nubien im Allgemeinen für die Ägypter nur Menschen zweiter Klasse sind«, fuhr er fort. »Für dich ist das nie ein Problem gewesen, weil du wie einer von ihnen aussiehst. Und nun schau mich an! Glaubst du, ich hätte eine Chance, in der Offizierslaufbahn höher zu steigen, da ich die Fähigkeiten dazu habe? Niemals!«, beantwortete er seine Frage selbst.
Ich wusste erst nicht, was ich erwidern sollte. Doch je länger ich darüber nachdachte, desto mehr musste ich ihm recht geben. Da-

durch, dass ich in meiner Kindheit und Jugend mehrere Jahre im Palast gewohnt hatte, wusste ich, dass es bis auf wenige Ausnahmen stimmte, was er gesagt hatte.
Ich nickte bedächtig und grinste. »Ich verstehe dich. Doch du kannst von mir aus Thutmosis heißen, ich werde dich immer Mat nennen!«
Er grinste genauso freundschaftlich zurück. »Du hast Glück, dass du ein Freund von mir bist. Nur die bekommen in Zukunft die Erlaubnis dazu!«
Auf der weiteren Reise suchte Mat oft das Gespräch mit mir. Es tat mir gut, mit ihm zu reden, denn dadurch stieg meine Zuversicht, auch ohne Merit mein weiteres Leben sinnvoll führen zu können. An einen Freitod verschwendete ich keine Gedanken mehr. Ob Mat geahnt hatte, dass ich in der Schlacht den Tod gesucht hatte, konnte ich ihm nicht anmerken. Er erwähnte es mit keinem Wort.

Die Reise nach Theben verlief ansonsten ohne besondere Ereignisse. Es war so, wie es der Arzt prophezeit hatte, als wir in Theben ankamen, war ich wieder genesen. Nur ab und zu überfielen mich schlimme Kopfschmerzen, die manchmal sogar ein Erbrechen zur Folge hatten. Dann half nur eins: in einem abgedunkelten Raum versuchen zu schlafen. Das gelang aber nicht jedes Mal, denn der Schlaf wollte oft nicht kommen. Später konnten mir die Ärzte helfen, besser einzuschlafen, da sie mir eine Arznei aus Mohnsaft verschrieben.
Wir kamen in Theben, der unvergleichlichsten aller Städte, an. Der Geruch des Hafens nach Fisch und den Garküchen, vermischt mit vielen Gewürzen aus fremden Ländern empfing uns. Wir hörten das Geschrei der Marktleute, die ihre Waren anpriesen. Wir sahen Menschen aus fernen Ländern, die hier, genau wie viele Ägypter, ihren Geschäften nachgingen. Dies waren die ersten Eindrücke, die der Reisende gewann, wenn er seine Schritte von den Schiffsplanken auf den Boden Thebens setzte.
Früher freute ich mich sehr, wenn ich von einer langen Reise zurückkam. Diesmal war alles anders. Es ließ mich fast gleichgültig, denn zu der Erinnerung an Theben gehörte in erster Linie Merit, die jetzt mit Pharao Thutmosis verheiratet war.
Nachdem wir angelegt hatten, verabschiedete ich mich von Mat, der zu den Kasernen des Palastes musste, um dort die Schriftrollen

Nehis abzugeben, die er über die Ereignisse in Nubien verfasst hatte. Ich wollte zu meinem Haus, das in der Nähe des Hafens lag. Wir verabredeten, uns morgen Abend in der Kneipe ›Zum Nilschwanz‹ zu treffen.

Beim Einschlafen dachte ich an Merit, wie wir uns getroffen hatten, wenn ich sonst von einer Reise zurückkehrte. Wie wir uns umarmten und uns am liebsten nicht mehr losgelassen hätten. Wie wir uns anschauten und nicht genug davon bekamen, den anderen anzusehen. Ohne viele Worte waren wir glücklich, wieder vereint zu sein.
Der Gedanke an sie und das Wissen, sie nicht sehen und sprechen zu können, wurde immer unerträglicher. Ich konnte nicht einschlafen und wälzte mich auf meiner Schlafstätte hin und her. Vielleicht war ich auch nicht richtig müde, denn auf dem Schiff hatte ich wochenlang wenig Gelegenheit gehabt, mich richtig zu bewegen. Allerdings waren dort ständig Menschen in meiner Nähe gewesen, die mich von meinen trüben Gedanken abgelenkt hatten. Ich bekam allmählich das Gefühl, als ob mein Schlafraum enger und die Decke langsam auf mich herunterkommen würde. Meine Gedanken rasten und ich kam nicht zur Ruhe. Ich musste raus und unter Menschen kommen.
Mir fiel der Nilschwanz ein. Warum sollte ich bis morgen warten, wie ich es mit Mat besprochen hatte? Schnell machte ich mich auf den Weg. Bei meinem Eintritt in den Nilschwanz schien es, als ob die Zeit stehen geblieben sei. Es sah genauso aus, wie ich es von früher her kannte. Der gleiche ohrenbetäubende Lärm der Musiker und der vielen Menschen, die teilweise angetrunken aufeinander einredeten. Ich blieb an der langen Theke stehen, bestellte mir einen Krug Bier und schaute mir das Treiben an. Von meinem Platz aus konnte ich gut beobachten, wie sie redeten und sich dabei sehr wichtig nahmen. Einige grell geschminkte Frauen schlenderten zwischen den Männern hin und her und versuchten, sie in ein Gespräch zu verwickeln. Wenn sie sich einig wurden, stiegen sie zusammen eine Treppe hoch, die zu den Zimmern führte. All diese Beobachtungen lenkten mich von meinen Problemen ab. Ich fühlte mich wohler und bestellte mir erneut einen Krug Bier.
An einem Tisch in meiner Nähe saß eine Gruppe von Männern, die

sich angeregt beim Biertrinken unterhielten. Ich achtete nicht auf ihr lautes Gerede, sie fielen mir erst auf, als einer von ihnen einer jungen Frau, die zur Bedienung gehörte, kräftig auf das wohlgerundete Hinterteil schlug. Das bekam ihm aber schlecht, denn blitzschnell drehte sich die Kleine um und gab dem Mann eine saftige Ohrfeige. »Du Hurensohn!«, fluchte sie erbost. »Machst du das noch einmal, kratze ich dir die Augen aus! Das darf niemand bei mir, nicht einmal der Pharao!«

Die Männer am Tisch grölten begeistert und bekamen sich vor Lachen fast nicht mehr ein. Auch der Geohrfeigte lachte mit und schrie: »Diese Wildkatze möchte ich einmal auf meiner Schlafstätte haben! Was meint ihr, wie gut ich sie zureiten würde!«

Sie blieben friedlich und tranken weiter. Doch wenn die junge Frau wieder Bier zu ihrem Tisch brachte, wurde sie jetzt in Ruhe gelassen. Nur ihre Blicke, wie es oft bei betrunkenen Männern der Fall ist, sprachen eine deutliche Sprache.

Die Kleine sieht wirklich hübsch aus, fand ich. Sie hatte lockiges, schwarzes Haar, das ihr bis zu den Schultern reichte. Mein Blick glitt von dem wohlgeformten Hinterteil zu ihren schönen Beinen. Auch ihr Busen unter der Kleidung wirkte prall und fest. Als ich sie in Gedanken versunken betrachtete, trafen sich unsere Blicke. Kluge, aufmerksame Augen schauten mich aus einem sehr jungen Gesicht an. Ich schätzte sie auf vierzehn oder fünfzehn Jahre. Ein wenig erschreckt wegen meiner Gedanken und ihrer Jugend wandte ich mich ab, denn ihre Gesichtszüge wirkten auf mich trotz ihres fraulichen Körpers sehr kindlich.

Als ich wieder in meiner Wohnung war, legte ich mich hin und schlief von dem vielen Biergenuss sofort ein. Erst am späten Nachmittag wurde ich wach und trotz des Alkohols ging es mir beim Aufwachen gut. Ich überlegte, was ich machen sollte und fand, dass es sich nicht mehr lohnte, etwas zu unternehmen, da ich mich am frühen Abend mit Mat im Nilschwanz treffen wollte.

Mat war bereits da, als ich eintraf. »Ich habe leider wenig Zeit«, begrüßte er mich. »Auf Befehl von Wesir Rechmire muss ich morgen weiterreisen. Der Grund dafür ist, dass Pharao Thutmosis zurzeit in Memphis weilt und ich mit einem Schnellboot zu ihm reisen soll, um ihm die Nachrichten von Nehi zu überbringen und zu

erläutern.« Er nahm einen großen Schluck aus seinem Krug und vergewisserte sich: »Kommst du in der Zwischenzeit ohne mich klar?«
Ich wusste, was er meinte. Er machte sich Sorgen um mich, wollte das aber nicht so direkt sagen. Ich beruhigte ihn: »Was denkst du? Hier in Theben habe ich das Gefühl, dass ich völlig gesund bin.« Ich machte eine Pause und fragte dann: »Gibt es etwas Neues im Palast?«
Insgeheim hoffte ich, dass er mir etwas über Merit berichten würde. Doch entweder verstand er meine Frage nicht dahingehend oder er wollte sich nicht darüber äußern.
Er beugte sich zu mir, sah sich um, um sich zu überzeugen, dass niemand mithörte und flüsterte: »Es gibt eine ganz brandneue Nachricht! Sie ist streng vertraulich! Ich verrate sie dir nur, weil ich weiß, dass du schweigen kannst. Pharao Thutmosis ist deswegen in Memphis, um den Krieg gegen die Stadtstaaten und die Mitanni vorzubereiten. Es dauert nur wenige Wochen, bis die Vorbereitungen dazu abgeschlossen sind.«
Erwartungsvoll blickte er mich an. Ich konnte seine Begeisterung nicht teilen und dachte bitter: schon wieder Krieg! Ob die Menschen in Ägypten das wirklich wollen? Ich zuckte nur kurz meine Schultern, um ihm damit zu zeigen, dass ich eine andere Meinung dazu hatte. Leider hatten wir keine Zeit, darüber ausgiebig zu sprechen, denn Mat konnte nicht länger bleiben und musste sich verabschieden.
Als er weg war und ich gerade aufstehen wollte, um zu gehen, setzte mir jemand, ohne dass ich bestellt hatte, einen Becher Bier hin. »Diesen einsamen Menschen kenne ich doch!«, vernahm ich eine laute und sonore Männerstimme. Ein großer und sehr kräftiger Mann stand vor mir. Obwohl er, genau wie ich, um einiges älter geworden war, erkannte ich ihn sofort: Harrab! Wir hatten uns als Kinder kennengelernt, als er Gefangener in einer Goldmine war und ich ihm bei seiner Flucht von dort helfen konnte.
»Harrab!« Ich freute mich riesig, ihn hier zu treffen. Wir umarmten uns.
»Bist du von den Toten auferstanden?«, fragte er ausgelassen.
Nun kam ich nicht umhin, ihm über meine Erlebnisse in Nubien zu berichten. Zwischendurch tranken wir einige Krüge Bier, die

uns heute Abend meist die Bedienung brachte, die mir bereits gestern aufgefallen war.
Als ich ihm alles erzählt hatte, wollte er wissen: » Sag mal, wenn ich dich zum Schluss richtig verstanden habe, bist du auf den Pharao nicht besonders gut zu sprechen?«
»Natürlich nicht«, antwortete ich spontan und wollte zur Begründung etwas hinzufügen, da ich seine Frage ziemlich merkwürdig fand. Ich unterließ es, weil die Bedienung kam und uns erneut zwei Krüge Bier brachte und sie nicht mithören sollte. Sie ging nicht wie sonst wieder weg, sondern wandte sich an Harrab. »Chef, da will dich jemand sprechen. Dort an der Theke, er meinte, du wüsstest Bescheid.«
»Ah ja.« Harrab überlegte kurz und bat: »Warte ein Weilchen, ich komme gleich zurück, denn ich hatte mich eigentlich mit jemand anderem verabredet.«
Er stand auf und ging mit großen Schritten in Richtung Theke. Obwohl ich hinter ihm herschaute, konnte ich nicht erkennen, mit wem er sich dort traf. Ich trank einen Schluck Bier und wollte gerade aufstehen, damit ich ihn besser sehen konnte, da bemerkte ich die Kleine, die immer noch an meinem Tisch stand. »Willst du etwas?«, fragte ich.
Sie nickte. »Hast du einen Moment Zeit für mich? Meine Dienstzeit ist für heute zu Ende und ich könnte mich einen Augenblick zu dir setzen, bis der Chef zurückkommt.«
»Ja, mach das«, antwortete ich, denn sie sah wirklich sehr nett aus und ich war neugierig, was sie von mir wollte.
Trotz ihres kecken Auftretens wirkte sie jetzt verlegen und wusste nicht so recht, wie sie beginnen sollte. Weil sie schon gestern einen sympathischen Eindruck auf mich gemacht hatte, half ich ihr und fragte locker: »Habe ich gestern meine Zeche nicht bezahlt oder habe ich etwas anderes angestellt?«
Sie ging nicht auf meinen Ton ein, sondern schien sich innerlich einen Ruck zu geben und platzte heraus: »Ich habe eine große Bitte an dich. Ich weiß, dass ich nur eine Fremde für dich bin, trotzdem hoffe ich, dass du mir helfen kannst, weil ich sonst niemanden kenne, der die Möglichkeit dazu hätte.« Sie schaute mich an, wohl um abzuschätzen, wie ich reagierte. Ich nickte ihr aufmunternd zu.
»Um es kurz zu machen: Mein Wunsch ist es, eine Stelle im Palast

zu bekommen!« Hastiger werdend fuhr sie fort: »Ich muss hier weg. Immer diese betrunkenen Kerle, die mich betatschen wollen. Ich kann es nicht mehr ertragen! Für eine Frau, die keine Verbindungen hat, ist es nicht einfach, eine vernünftige Stelle zu finden. Kannst du mir helfen?« Erwartungsvoll schaute sie mich an.
Darauf war ich nicht gefasst. Verblüfft fragte ich: »Wie kommst du zu der Annahme, dass ausgerechnet ich dir helfen kann?«
Ihre Verlegenheit nahm zu. »Ich habe mich über dich erkundigt. Du bist ein wichtiger Mann, kennst den Pharao und seine zweite Frau sehr gut.«
Jetzt war ich es, der verlegen wurde, weil sie es mit so viel ehrlicher Überzeugung sagte. Doch ich wollte bei der Wahrheit bleiben, auch wenn es für das Mädchen eine Enttäuschung sein würde. »Ich kenne den Pharao zwar, allerdings kann ich nicht einfach zu ihm gehen und ihn um etwas bitten. Er befiehlt und ich habe zu gehorchen! Ja, und dann ist da seine zweite Frau Merit. Als wir jung waren, kannten wir uns gut. Ich war lange weg und weiß nicht, ob sie mich überhaupt noch kennen will!«
Sie war enttäuscht, gab aber nicht auf und antwortete: »Sie war deine Freundin. Ich weiß es, denn die Leute haben darüber gesprochen. Wenn sie dich wirklich einmal geliebt hat, wird sie dich nie vergessen und bestimmt öfter an dich denken.«
Ich musste schlucken und irgendwie halfen mir ihre Worte, als ich an Merit dachte. Ehe ich etwas erwidern konnte, hörte ich hinter mir die dröhnende Stimme Harrabs: »Na, du alter Schwerenöter, suchst du dir immer noch die hübschesten Mädchen aus?«
Die Kleine stand auf, um zu gehen, und deswegen sagte ich schnell: »Ich bin öfter hier, wir werden bestimmt später einmal darüber sprechen.«
»Sie sieht verdammt gut aus«, meinte Harrab. »Wenn du sie haben willst, musst du es allerdings mit ihr selber klären, denn sie ist nur zum Bedienen hier. Sie ist keine von den Huren.«
»Ja, ja, sie ist recht hübsch, nur viel zu jung für mich. Aber da ist etwas anderes, was ich dich fragen wollte. Das Mädchen sprach dich vorhin mit Chef an.«
»Ja und?«
»Chef? Wovon bist du der Chef? Hast du ein Geschäft gegründet?«
Erst jetzt ging ihm auf, was ich meinte, und er wurde tatsächlich

ein bisschen unsicher. »Ach, das ist so ein Name, den die Leute mir wegen meines Auftretens gegeben haben«, wich er geschickt aus. Ich kannte Harrab gut genug, um zu wissen, dass er nicht die Wahrheit sagte. Er hatte vor Jahren schon einmal versucht, mir etwas vorzumachen und mir verschwiegen, dass er zu einer Bande von Grabräubern gehörte. Wie sich später herausstellte, war er im Auftrag Senmuts als eine Art Spion für ihn unterwegs.
Er schien sich wegen seiner lahmen Anwort selber nicht richtig wohlzufühlen und schaute etwas verdrießlich drein.
»Mann, Harrab, sag mir einfach, was los ist! Oder hältst du mich für blöd?«
Wütend werdend knurrte er: »Du hattest von jeher so eine Art, mich auszufragen. Ja, ich bin, wenn du es so ausdrücken willst, der Chef einer Vereinigung geworden!«
Wir schwiegen beide, weil wir uns über den anderen neue Gedanken machen mussten. Dann redete er weiter, weil er meinte, sich rechtfertigen zu müssen: »Ist mir völlig egal, was du von mir denkst! Bei meiner Vergangenheit, was meinst du, welche Chancen im Leben ich sonst gehabt hätte? Denk einmal daran, du hattest mehr Glück, denn für dich hat Senmut gesorgt. Ich hatte niemanden!«
Er hatte sich in Rage geredet und schaute mich jetzt richtig zornig an. Ich blieb ganz ruhig, als ich einwarf: »Ehrlich gesagt, glaube ich, dass ich in deiner Situation wahrscheinlich das Gleiche gemacht hätte. Was mich vorhin geärgert hat, ist, dass mein Freund Harrab mir nicht traut und mir etwas vormachen wollte!«
Meine Antwort entspannte die Situation sofort, denn Harrabs wütend gefurchte Stirn glättete sich und er lachte laut. Dann rief er der Bedienung zu: »Zwei Nilschwänze!«
Eigentlich wollte ich dieses starke Getränk nie wieder trinken. Ich kannte es von früher. Doch konnte ich meinem Freund Harrab das antun und ihn beleidigen? Erst tranken wir nur einen Nilschwanz. Dann noch einen und dann zählte ich nicht mehr mit.
Als ich halbwegs zu mir kam, lag ich auf meiner Schlafstätte und trotz angestrengtem Nachdenken wollte mir nicht einfallen, wie und wann ich nach Hause gekommen war. Außerdem war ich ziemlich krank und musste von dem verdammten Nilschwanz erbrechen. Als es mir ein wenig besser ging, nahm ich mir fest vor, den Nilschwanz vorerst nicht mehr zu besuchen oder zumindest auf das Getränk, das seinen Namen trug, zu verzichten.

Bisher hatte ich es vermieden, meine Freunde von früher aufzusuchen. Mir war klar, dass es mit Merit zu tun hatte. Ich wusste, der Grund war, dass ich versuchte, alles zu vermeiden, was Erinnerungen an gemeinsame Erlebnisse hervorrufen konnte. Der Schmerz, sie an den Pharao verloren zu haben, war zu groß. Trotzdem wurde es langsam Zeit, mit meinen Freunden zu sprechen und ich nahm mir vor, mit Hor anzufangen, der ja auch gleichzeitig mein Vermögensverwalter war.
Es war an einem Spätnachmittag, als ich mich auf den Weg zu ihm machte. Sein prächtiges Haus kannte ich ja bereits. Als ich den Vorhof betrat, schien es, als ob ich in eine andere Welt eintauchte. Ein krasser Unterschied, wenn man von der staubigen, heißen Straße plötzlich im Vorhof stand. Überall blühende Blumen, hohe Bäume, Statuen und dazu ein großer Springbrunnen, der wohl auch gleich zur Bewässerung der Pflanzen diente.
Vor so viel Pracht versunken, hatte ich nicht bemerkt, dass sich ein Mann vor mir aufgebaut hatte und mich barsch anschnauzte: »Was willst du hier? Bist du bei meinem Herrn gemeldet?«
»Sage deinem Herrn, Sen will ihn sprechen.«
Er schaute mich misstrauisch an und meinte: »Ich glaube nicht, dass mein Herr gestört werden will. Er hat viel zu tun!«
So langsam stieg mein Wutpegel. Nach außen hin blieb ich verhältnismäßig ruhig, obwohl sich mein Ton verschärfte. »Melde mich sofort, wenn dir deine Beschäftigung bei ihm lieb ist. Ich gebe dir den guten Rat, beeile dich, denn meine Geduld geht langsam zu Ende.« Mein Ton gab ihm anscheinend zu denken, denn wortlos verschwand er eilig im Haus.
Kurz darauf hörte ich Schritte und aus dem halbdunklen Eingang des Hauses kam ein großer und kräftiger Mann auf mich zu. Jetzt trat er in das Abendsonnenlicht. Hor! Seine strahlend weißen Zähne leuchteten genau wie damals aus seinem schwarzen Gesicht. Er hatte ordentlich an Gewicht zugelegt. Das war fast der doppelte Hor wie vor meiner Abreise!
Begeistert sprudelte er hervor: »Du sein es wirklich! Ich heute Morgen von Harrab gehört, du leben! Ich können erst nicht glauben!« Sein Ägyptisch war noch genauso schlecht wie vor Jahren, als ich ihn kennenlernte.
Antworten konnte ich vorerst nichts, denn kräftige Arme hielten

mich fest umschlungen und drückten mich an einen mächtigen Bauch. »Ich kann es immer noch nicht glauben! Sen lebt und ist wieder zurück!«

Als er mich losließ, musste ich erst einmal tief durchatmen, dazu hatte ich Zeit genug, denn sagen musste ich vorerst nichts, da Hor das Reden übernahm. »Komm herein! Wir müssen reden!« Dabei zog er mich förmlich ins Haus, zerrte mich zu einer Sitzgruppe und trug einem Diener auf: »Bring Essen und Trinken!«

Wie bestellt kamen kurz danach zwei junge Frauen, die das Gewünschte brachten. Inzwischen konnte ich einen Blick auf die prächtige Einrichtung werfen. Doch Hor ließ mir keine Zeit, mich lange umzuschauen, denn nach seiner Wiedersehensfreude, fragte er: »Warum wurde damals von offizieller Seite behauptet, du seiest tot? Erzähle! Ich muss genau wissen, wie es dazu gekommen ist.« Erwartungsvoll schaute er mich an.

Lieber wäre es mir allerdings gewesen, wenn er etwas von dem berichtet hätte, was sich in den letzten Jahren in Theben ereignet hatte. Aber hatte ich eine andere Wahl? Sicher nicht.

Hors Augen wurden feucht, als ich ihm schilderte, wie sein Neffe Pani und ich getrennt und verschleppt wurden. Er hatte die Reise mit dem Leben bezahlt.

Als ich geendet hatte, schwieg Hor längere Zeit und schüttelte den Kopf. »Du hast viel Unglück gehabt. Warum musst du eigentlich immer reisen? Du solltest ernsthaft überlegen, ob du weit weg von Theben deinen Wohnsitz nehmen kannst. Nur ich und eventuell einige wenige, sehr vertraute Freunde von dir dürften erfahren, wo du dich aufhältst. Glaube mir, es wäre das Beste für dich!« Er erwartete keine Antwort, denn nach einer kurzen Pause setzte er hinzu: »Du willst sicher wissen, wie es mit deinem Vermögen aussieht?«

»Vielleicht ein anderes Mal«, räumte ich ein, denn eigentlich interessierte es mich nicht besonders.

»Nein! Nein, nicht ein andermal!« Hor zog irritiert seine Augenbrauen hoch. »Du musst doch Bescheid wissen. Erinnerst du dich? Als du dich damals von mir verabschiedet hast, sagtest du zu mir: ›Wenn ich nicht zurückkomme, soll mein Vermögen zwischen meinen Freunden und Merit aufgeteilt werden.‹ Als dein Tod gemeldet wurde, weigerten sich Merit und deine Freunde, daran zu glauben. Sie wollten nichts! Merit hat damals sogar mit mir geschimpft und

gesagt: ›Vielleicht kommt er doch zurück. Du machst weiter wie bisher!‹« Er schaute mich streng an und vergewisserte sich: »Hörst du mir überhaupt richtig zu?«
Seine Frage war nicht unberechtigt, denn erst hatte ich gedacht, jetzt fängt er an, alle Dinge aufzuzählen, die mir gehörten und ein dementsprechend gelangweiltes Gesicht hatte ich aufgesetzt. Als er jedoch meine Freunde und Merit erwähnte, war ich gleich aufmerksamer geworden.
»Ja, ich höre zu!«, beeilte ich mich zu versichern.
»Ich habe also so weitergemacht, wie es Merit wollte. Genau kann ich dir auf die Schnelle keine Einzelheiten angeben, doch du bist mindestens doppelt so reich wie vor Jahren, als du deine Reise angetreten hast. Mein Schreiber wird dir in den nächsten Tagen eine exakte Aufstellung geben!« Dann wollte er, wie es seine Art war, mit einem treuherzigen Augenaufschlag wissen: »War ich gut? Bist du mit mir zufrieden?«
Ich war gerührt. Wie Hor mein Vermögen verwaltet hatte, war nicht selbstverständlich! »Du bist ein treuer Freund«, bestätigte ich ihm. Als das geklärt war, tauschten wir einige gemeinsame Erinnerungen aus. Gerade als ich überlegte, mich zu verabschieden, wurde ich hellhörig, als Hor fragte: »Du hast gestern mit Harrab gesprochen?«
»Ja, wir haben uns im Nilschwanz getroffen und über alte Zeiten geredet. Warum fragst du?«
»Hm«, er schien an etwas Schwierigem zu kauen. »Du hast sinngemäß zu ihm gesagt, Pharao Thutmosis könnte nie dein Freund werden?«
Was soll das, dachte ich und antwortete: »Na ja, so direkt sicher nicht. Du weißt, Thutmosis scheint den Krieg zu lieben, und bei mir ist das, gelinde ausgedrückt, nicht der Fall!«
Er grinste und zeigte wieder einmal seine strahlend weißen Zähne. »Du denkst bestimmt immer noch, alle Menschen sind gut. Thutmosis ist Realist und weiß, dass es nur wenige - wenn überhaupt - selbstlose Menschen gibt. Die allermeisten denken nur an sich und an ihren Vorteil.«
»Mann«, knurrte ich, »du drückst das sehr vereinfacht aus. Sag mir endlich, was soll deine Frage?«
»Ja, ja, Moment. Auch wenn Harrab ein prima Geschäftspartner von mir und dein Freund ist, solltest du bei seinen Fragen nach dem Pharao oder nach hohen Beamten vorsichtiger sein.«

»Wieso? Denkst du, Harrab ist ein Spion?«
»Nein, nein«, wehrte er ab. »Das sicher nicht! Harrab ist ein sehr bekannter Mann in Theben. Er ist Chef einer großen Vereinigung! Sie machen alles, womit man zu Gold und Vermögen kommen kann. Er sucht für seine Vereinigung Leute mit Verbindungen. Nach Möglichkeit bis hin in die höchsten Kreise! Du wärest für ihn genau der richtige Mann. Bei seiner Frage hat er bestimmt an deine Freunde und Bekannten von früher gedacht.«
Jetzt war mir klar, warum er nicht direkt wie sonst auf sein Ziel losgegangen war. Harrab war der Chef einer Bande, die für Gold alles machte. Nach Hors Meinung wollte er mich werben, um eine Art Spion für ihn zu werden, der Kontakte zu hohen Kreisen hatte. Das Gespräch fing an mich zu langweilen, weil ich wusste, dass ich bestimmt nicht der richtige Mann dafür war. Eigentlich müsste Harrab das wissen. Ich nahm mir vor, ihn bei nächster Gelegenheit darauf anzusprechen.
»Die letzte Nacht war anstrengend, Hor. Ich bin müde und möchte wieder einmal richtig ausschlafen. Aber danke, dass du mich warnen willst. Du solltest dich allerdings einmal fragen, warum ich Harrab helfen sollte? Du weißt, dass ich die letzten Jahre damit verbracht habe, gegen solche sogenannten Vereinigungen zu kämpfen. Denkst du etwa, ich hätte plötzlich alle meine Überzeugungen über den Haufen geworfen?«
Hor schüttelte nachdenklich den Kopf und bewies bei seiner Antwort, dass er nicht dumm war und viel Menschenkenntnis besaß. »Merit ist nicht mehr deine Freundin. Sie ist die Frau des Pharaos. Harrab weiß, dass du, na sagen wir einmal, nicht darüber erfreut bist und vielleicht inzwischen anders denkst!«
Kannten die beiden mich etwa besser als ich mich selbst? Ich wollte nicht mehr weiter darüber reden. Ich stand auf und verabschiedete mich. »Ich werde in den nächsten Tagen vorbeikommen. Wenn ich dann Fragen zu der Aufstellung habe, die mir dein Schreiber macht, könntest du mir diese dann beantworten.«

An einem der nächsten Abende ging ich doch in den Nilschwanz. Tagsüber war ich bei Hor gewesen und hatte einen leichten Schreck bekommen, als er mir die Aufstellung über mein Vermögen erklärte. Ohne mein Zutun besaß ich jetzt noch mehr Häuser, die gut

vermietet waren, und außerdem waren ein Landgut und einige Getreidesilos hinzugekommen.
Das war auch der Grund, warum ich heute den Nilschwanz aufsuchte. Wir hatten nur über geschäftliche Dinge gesprochen und mir brummte der Schädel von den vielen Zahlen und obendrein hatte ich vom Reden eine trockene Kehle.
Beim Biertrinken gingen mir etliche Gedanken durch den Kopf. Was sollte ich mit dem großen Vermögen? Es gab sicher genug Menschen, die etwas davon gebrauchen könnten. Vielleicht bestand die Möglichkeit, zumindest den jährlichen Gewinn für Arme auszugeben. Ich nahm mir vor, mit Hor darüber zu sprechen. Doch ich konnte diese Idee nicht zu Ende durchdenken, denn es kam eine Gruppe Männer herein, die sich nicht weit von mir entfernt an einen Tisch setzten und ich dadurch abgelenkt wurde.
Einer der Männer, die alle ungefähr in meinem Alter waren, kam mir bekannt vor. Er hatte mir zwar den Rücken zugewandt, doch diese Bewegungen und die lebhafte Art beim Sprechen, seine Arme und Hände zu bewegen, kannte ich. Jetzt drehte er sich einmal um und ich konnte sein Gesicht sehen. Das war Thotmes! Ein Schulfreund aus Theben, mit dem ich früher oft zusammen war. Unser größtes gemeinsames Abenteuer war, dass wir eine Bande von Grabräubern entdeckt hatten, die nachher von dem jetzigen Pharao und General Intef gefangen und getötet wurden. Thotmes' größter Wunsch war damals, Architekt zu werden. Und dabei konnte ich ihm behilflich sein. Er war durch seine Begleiter so abgelenkt, dass er nicht mehr in meine Richtung schaute.
Natürlich wollte ich gern mit ihm sprechen, aber da ich nicht wusste, mit wem er zusammensaß, konnte ich ihn nicht so direkt ansprechen. Als ich mein Bier ausgetrunken hatte, schlenderte ich ganz in der Nähe des Tisches vorbei, an dem die Männer saßen. Ich blieb absichtlich einen Augenblick stehen und tat so, als ob ich überlegen würde, zu welcher Seite der Theke ich gehen sollte. Aus den Augenwinkeln konnte ich Thotmes gut beobachten. Er starrte mich an und gleich, nach einem kurzen Moment des Erstaunens, erkannte er mich. Er sprang von seinem Stuhl auf und schrie so laut, dass einige Leute zu ihm herüberschauten: »Sen! Sen, hier! Schau hier herüber!« Dabei winkte er mir aufgeregt zu. Wir sahen uns an, machten einige Schritte aufeinander zu und umarmten uns.

»Seit wann bis du in Theben?«, waren seine ersten Worte.
»Oh, nicht sehr lange. Erst einige Tage.«
»Und dann hast du dich noch nicht bei mir gemeldet?«, fragte er vorwurfsvoll.
»Du weißt, wie das ist. Wenn man so lange weg war, hat man viele Dinge zu erledigen, man kann nicht alles gleichzeitig schaffen.«
»Bleibst du eine Weile im Nilschwanz?«, wollte er wissen. »Ich will mich nur von meinen Bekannten verabschieden, dann komme ich zu dir.«
Ich nickte ihm zu. Selbstverständlich hatte ich Zeit und insgeheim hoffte ich, über ihn etwas von Merit zu erfahren.
Thotmes kam schnell zurück und es war wie in den Tagen vorher. Ich musste wieder einmal über meine Erlebnisse berichten. So langsam bekam ich Routine darin und konnte in immer kürzerer Zeit alles berichten.
Als ich fertig war, schüttelte Thotmes mehrmals den Kopf und meinte: »Was du so alles erlebst! Mein Leben ist dagegen langweilig. Ständig auf den Baustellen, dann Zeichnungen erstellen. Mit Handwerkern reden. Aber so ein aufregendes Leben wie du haben sicher auch nur wenige Menschen. Es ist unsere Bestimmung, so zu leben. Die Götter wollen es so.«
Nur zur Bestätigung wollte ich wissen: »Dann bist du also Architekt geworden, so, wie es damals dein Wunsch war?«
»Ja! Es ist ein guter Beruf und ich bin zufrieden, dass ich ihn ausüben kann. Es gibt natürlich manchmal Dinge, die mir nicht gefallen, aber ist das nicht überall so?«
»Woran arbeitest du zurzeit?«
Er schaute mich einen kurzen Augenblick abwägend an, als ob er dabei meine Vertrauenswürdigkeit besser einschätzen könnte. »Es ist geheim! Was ich dir sage, musst du für dich behalten! Ich arbeite mit einigen anderen Baumeistern und Architekten an dem Grab von Pharao Thutmosis. Außerdem an dem von Ahsat, der ersten königlichen Gemahlin.«
Ich freute mich für Thotmes, dass man ihm eine so schwierige, verantwortungsvolle und sinnvolle Aufgabe anvertraut hatte.
Ein bisschen stolz gestand er: »Thutmosis und Ahsat haben mich persönlich ausgesucht, ihre Gräber zu bauen, weil ihnen meine Entwürfe gut gefielen. Im Übrigen habe ich, den Göttern sei Dank,

auch ein ausgezeichnetes Verhältnis zu dem obersten Baumeister Puimre, der mich sehr gefördert hat.«
Wir leerten unsere Krüge. Zu meinem Leidwesen hatte er nichts von Merit erzählt. Sollte ich vorsichtig versuchen, das Gespräch auf sie zu bringen? Doch ich wusste nicht wie, darum entschloss ich mich, ihn direkt zu fragen. »Sag mal, hast du noch Kontakt zu Merit?«
Erstaunt schaute er mich an. »Natürlich! Ich sehe sie öfter. Unser Hauptthema bist du! Es war eine schlimme Zeit für Merit. Was sagt sie übrigens zu deiner Rückkehr?«
Ich musste schlucken und wusste nicht, was ich antworten sollte. Thotmes war schon früher ein heller Kopf und ehe ich etwas erwidern konnte, rief er vorwurfsvoll: »Sag bloß, du warst noch nicht bei ihr!« Dann fasste er sich an den Kopf und redete in normaler Lautstärke weiter: »Fast hätte ich es vergessen. Sie ist ja erst seit vorgestern wieder da und hat wahrscheinlich gar nichts von deiner Rückkehr gehört.«
»Meinst du, ich kann einfach so zum Frauenpalast gehen und verlangen, dass ich sie sprechen möchte?«
»Mann!« Thotmes ereiferte sich. »Was fragst du? Du hast selbst einige Jahre dort gewohnt und kennst dich aus. Klar kannst du dorthin. Nicht direkt zu ihren Privatgemächern, aber wenn du dich meldest, wird sie dich bestimmt sofort empfangen.«
Thotmes hörte auf zu reden und schaute mich an. Er erkannte, wie unglücklich ich war. Er legte einen Arm um meine Schultern. Seine Stimme wurde weicher. »Sen, selbst wenn es dir schwerfällt, du musst es jetzt so akzeptieren! Die Götter wollten es! Merit wollte es ganz bestimmt nicht. Sie hat lange geglaubt und gehofft, dass du zurückkommst, trotz der offiziellen Nachricht, du seiest tot. Einmal, als wir über dich sprachen, verlor sie die Fassung, was sonst eigentlich nie vorkam, und flüsterte unter Tränen: »Wenn er da wäre, kein Pharao könnte mir befehlen, seine Frau zu werden.«
Thotmes schwieg und schaute mich mitfühlend an. Ich konnte im Moment nicht sprechen. Es ging nicht und damit Thotmes nicht merkte, dass mir zum Heulen zumute war, beschäftigte ich mich intensiv mit meinem Bierkrug. Doch seine Worte hatten mir auch gutgetan. Er hatte mir offen und ehrlich gesagt, wie die Situation für Merit gewesen war.

Eine Antwort schien er nicht zu erwarten, denn er fuhr nach kurzer Pause fort: »Ich werde mich gleich morgen früh bei Merit melden lassen. Und das verspreche ich dir: Wenn sie erfährt, dass du zurück bist, wird sie keine Gnade kennen und dich sofort von den Wachsoldaten holen lassen!«

Nach dem nächsten Krug, der uns gebracht wurde, fiel mir die Bedienung auf, die mich vor einigen Tagen wegen einer Stelle im Palast angesprochen hatte. Sie sprach mich lächelnd an: »Ich habe dir bereits einige Bier gebracht, aber du warst mit deinem Freund so im Gespräch vertieft, dass ich nicht stören wollte. Hast du Zeit gehabt, wegen meiner Bitte etwas zu unternehmen?«

Ich schüttelte den Kopf, denn ich hatte sie schlichtweg vergessen. Als ich ihr enttäuschtes Gesicht sah, log ich: »Ich habe dich natürlich nicht vergessen, ich hatte bisher einfach keine Gelegenheit, mich darum zu kümmern.«

Ein strahlendes Lächeln belohnte meine Lüge und sie verschwand, denn die Gäste riefen nach Bier.

»Na, hast du eine neue Eroberung gemacht?«, meinte Thotmes lächelnd. »Ich glaube, so wie sie dich angesehen hat, sie mag dich. Geschmack hast du. Die Kleine sieht wirklich gut aus.«

»Was redest du da?«, brummte ich unwirsch. »Du siehst doch selber, dass sie fast noch ein Kind ist. Sie sucht nur eine Stelle im Palast und sie denkt, ich könnte ihr helfen.«

»Und? Dann tu ihr den Gefallen, du kennst dort genügend Leute. Vielleicht benötigt jemand ein Dienstmädchen. Sie macht auf mich einen netten und sauberen Eindruck und ich denke, arbeiten ist sie gewohnt.«

Es war spät geworden und außerdem hatten wir genug Bier getrunken. Als wir uns verabschiedeten, musste ich Thotmes fest versprechen, ihn morgen um die Mittagszeit im Palast aufzusuchen. Er hätte dort einen Raum zugewiesen bekommen, in dem er an seinen Zeichnungen und Berechnungen arbeiten konnte.

Wiedersehen mit der königlichen Gemahlin

Wie versprochen, machte ich mich am nächsten Tag auf, um Thotmes zu besuchen. Am Eingangsbereich des Palastes musste ich warten, da ich keine Passiermarke besaß. Ein Bote wurde zu Thotmes geschickt, der meinen Besuch anmeldete.
Beim Warten dachte ich daran, wie ich hier als Kind bei meiner Ziehmutter Nefer gewohnt hatte und im Palast ein und aus gegangen war. Ich musste mich nicht lange gedulden, bis der Bote zurückkam und mich dann zu Thotmes begleitete. Die langen schattigen Gänge mit den vielen Rundbögen, die nach draußen führten, kannte ich von früher. Ich erinnerte mich, dass man von dort in mehrere wunderschöne Parkanlagen, mit Springbrunnen, Wasserläufen, vielen Blumen und großen Schatten spendenden Bäumen kam.
Thotmes hatte bereits auf mich gewartet und empfing mich mit den Worten: »Hier ist mein Reich. Sieh dich ruhig um, ich habe nur kurz etwas zu erledigen. Wenn du willst, schau auch in die Nebenräume dort. Es sind alles Arbeitszimmer.«
Er verschwand hinter einem Vorhang, der in ein anderes Zimmer führte. Wenn Thotmes gestern gesagt hatte, er habe einen bescheidenen Arbeitsraum im Palast, stimmte das nicht, denn er war groß und lichtdurchflutet. Als ich in einen der Nebenräume blickte, stellte ich fest, dass er ebenso groß und ähnlich eingerichtet war. Auf einem Tisch lagen Zeichnungen und unzählige Rollen Papyri. Ich sah genauer hin, auf ihnen hatte jemand schwierige Maß- und Gewichtsformeln geschrieben, die ich aber nicht verstand. Der Nebentisch war für mich interessanter, denn dort waren verschiedene Modelle von Gräbern und Tempeln.
Ich war so vertieft, dass ich erst wieder aufmerksam wurde, als ich Schritte hörte. In der festen Annahme, es sei Thotmes, drehte ich mich zur Seite, um ihn zu fragen, für wen dieses Grab gebaut werden sollte. Doch es war nicht Thotmes. Merit stand mitten in dem Zimmer! Gut, dass ich mich mit meinen Händen auf dem Tisch abgestützt hatte, denn durch diese Überraschung wurde mir leicht schwindelig. Merit! Sie schaute mich ernst und gleichzeitig prüfend aus ihren grünen Augen an. Wir blieben beide eine Weile wie erstarrt stehen. Dann, als ob wir gegenseitig von etwas angezogen

wurden, gingen wir aufeinander zu. Merit war schneller, nach zwei, drei Schritten warf sie sich förmlich in meine Arme. Wir streichelten und küssten uns und es war für eine kurze Zeit so wie früher, wenn wir uns nach langer Abwesenheit das erste Mal trafen. Ich roch ihr Parfüm und den Duft ihrer Haare, gleichzeitig fühlte ich ihren Körper. In diesem Moment gab es für mich nichts anderes auf der Welt, nur Merit und das Glücksgefühl, sie nach so langen Jahren wieder in meinen Armen halten zu dürfen.
Irgendwann kam mir zu Bewusstsein, dass ich die Frau des Pharaos umschlungen hielt. Abrupt ließ ich sie los und drückte sie ein Stück von mir weg. Ich fasste ihre Hände und sah sie an. Ich fand, sie war noch schöner und begehrenswerter geworden. Doch da war auch etwas anderes. In ihren Augen lag eine Traurigkeit und gleichzeitig eine gewisse Härte, die ich von früher nicht kannte. Dies alles dauerte nur einen kurzen Moment, dann fragte sie mit dem für sie typischen, leicht ironischen Lächeln: »Du schaust mich so prüfend an. Habe ich mich so verändert, dass du Zweifel hast, ob ich es bin?« Dabei funkelten ihre Augen fast so übermütig, wie zu der Zeit, als ich sie kennenlernte.
Ich schüttelte den Kopf, weil jetzt all meine schlimmen Gedanken zurückkamen und stammelte: »Ich halte die Frau des Pharaos in meinen Armen! Was wird er dazu sagen, wenn er es erfährt?«
Ihr Gesicht verdunkelte sich leicht. »Er wird es nicht erfahren!« Sie löste ihre Hände aus den meinen und schmiegte sich so an mich, dass sie dabei ihr Gesicht in meiner Halsbeuge halten konnte. Es schien, als ob sie mich einatmen wollte. Kurz und abgehackt stieß sie hervor: »Du kamst nicht zurück! Erst erhielt ich überhaupt keine Nachricht! Dann die Zweifel und dann das Schlimmste: du seiest tot!«
Sie zitterte leicht und ob ich wollte oder nicht, ich musste meine Arme um sie legen und sie an mich drücken. Nach und nach hörte das Zittern auf und sie wurde ruhiger. Sie löste sich von mir und zog mich zu einer Sitzgruppe. »Komm, ich will alles wissen! Erzähle!«
Sie kannte mich und wusste, wie ungern ich manchmal redete und ein schelmischer Ausdruck kam in ihr Gesicht, als sie sagte: »Und wehe, du lässt etwas aus! Ich merke es. Ich will ganz genau im Bilde sein.«

Merit schien keine Eile zu haben, denn immer, wenn ich versuchte etwas abzukürzen, merkte sie es und ich musste alles haarklein schildern. Einmal stand sie zwischendurch auf, nahm meinen Kopf in ihre Hände und streichelte meine inzwischen gut verheilte Narbe am Kopf und flüsterte: »Nicht nur durch diese schlimme Narbe siehst du verändert aus. Auch deine Magerkeit und die Falten auf deiner Stirn gab es sonst nicht! Viel, viel schlimmer scheint mir jedoch der Schmerz in dir zu sein, den von all deinen Freunden wahrscheinlich nur ich allein erkennen und nachfühlen kann.«
Nachdem ich alles berichtet hatte, schwiegen wir, schauten uns an und wussten, die Liebe zu dem anderen hatte uns niemand nehmen können.
Bald darauf kam Thotmes ins Zimmer. Er nickte Merit zu. Das schien das Zeichen zu sein, dass sie aufbrechen musste, denn sie stand auf und sagte: »Wundere dich nicht, wenn du in den nächsten Tagen von der zweiten königlichen Gemahlin eine Aufforderung erhältst, sie aufzusuchen. Allerdings ist das mehr ein Wiedersehen für die Leute im Palast. Ich habe zwar auch etwas davon, weil ich dich sehe, doch ich denke, es ist wichtig, dass wir kein Geheimnis aus unserer gemeinsamen Vergangenheit machen.«
Bei ihren letzten Worten ging sie zu dem Vorhang, sah noch einmal zu mir zurück und verschwand. So schnell ich konnte, verabschiedete ich mich von Thotmes, denn das Gespräch mit Merit hatte mich innerlich so aufgewühlt, dass ich unbedingt allein sein wollte.

In der folgenden Zeit ging ich öfter in den Nilschwanz, da ich Abwechslung und Zerstreuung brauchte. Eines Abends - es war dunkel, als ich aufbrach - kam mir ein Amun-Priester entgegen und fragte mich nach dem Weg zu einem Töpfergeschäft. Als ich gerade ansetzte, um ihm die gewünschte Auskunft zu geben, wurde ich plötzlich hinterrücks von kräftigen Händen gepackt. Ehe ich mich wehren konnte, stülpte mir jemand etwas über die Augen, sodass ich nichts mehr erkennen konnte. Etwas Hartes, wahrscheinlich ein Messer, wurde mir an die Kehle gedrückt und eine Stimme zischte: »Wenn dir dein Leben lieb ist, wehr dich nicht länger und sei ruhig, dann wird dir nichts geschehen!«
Der Überfall war für mich so überraschend gekommen, dass ich

einsah, im Augenblick keine Chance zu haben. Ich hielt still und nickte leicht, um zu bestätigen, dass ich die Warnung verstanden hätte. Die Männer hatten den Überfall gut geplant, denn in diesem Moment hörte ich ein Pferdefuhrwerk heranrollen. Ich wurde gepackt und ziemlich unsanft auf das Gefährt gehoben. Etwas wurde über mich gedeckt und sofort rollte das Fuhrwerk an.
So einigermaßen hatte ich mich inzwischen von meinem Schreck erholt und redete mir ein, wenn sie mich töten wollten, hätten sie es an Ort und Stelle getan.
Da meine Hände auf dem Rücken gefesselt waren, versuchte ich, indem ich meinen Kopf auf den Boden des Wagens hin und her bewegte, das Tuch, mit dem man mir die Augen verbunden hatte, abzustreifen. Auch wenn es dunkel war, vielleicht gelang es mir den Weg zu erkennen, den das Fuhrwerk nahm. Doch ehe es mir gelang, mich des Tuches zu entledigen, bekam ich einen leichten Schlag in den Nacken. Um die Männer nicht noch mehr zu provozieren, unterließ ich weitere Versuche.
Es musste ungefähr das Zeitmaß einer halben Stunde gewesen sein, als der Wagen anhielt und man mich wieder unsanft hinunterzog. Dann führte man mich zu Fuß weiter. Unterwegs drückte jemand einmal meinen Kopf hinunter und ich hatte den Eindruck, dass es deswegen geschah, weil wir durch eine niedrige Öffnung in ein Haus eintraten. Kurz danach hielten wir an und das Tuch wurde mir abgenommen. Ich hatte erwartet, in irgendeiner dunklen Behausung zu sein. Aber das Gegenteil war der Fall. Der Raum war groß und von vielen Fackeln hell erleuchtet, sodass ich erst blinzeln musste, um mich an die Helligkeit zu gewöhnen. Meine Begleiter hatten mich verlassen und so wusste ich auch jetzt nicht, wer mich hierher gebracht hatte. Ich schien in dem großen Raum allein zu sein und da meine Hände immer noch gefesselt waren, wollte ich gerade versuchen sie zu lösen, als plötzlich hinter mir jemand sagte: »Warte, ich helfe dir! Dann ist es nicht zu anstrengend für dich und es geht schneller.«
Erschreckt drehte ich mich um. Hinter mir stand ein großer, hagerer Amun-Priester. Wenn er nicht seine blanke Priesterglatze gehabt hätte, hätte man ihn für einen Beduinen halten können. Es fehlte nur das typische Beduinentuch auf seinen Kopf. Seine gebogene Nase verlieh seinem Gesicht etwas Raubvogelhaftes. Er half mir

tatsächlich, meine Fesseln zu lösen. Ich rieb meine Handgelenke, die von der starken Fesselung Hautabschürfungen hatten. Ich stand auf, um mit dem Priester auf gleicher Höhe zu sein, damit ich mich gegebenenfalls besser verteidigen konnte.
»Du musst dich nicht bemühen!«, spottete er. Er ahnte wohl meine Absicht, denn seine Stimme klang ziemlich überheblich. »Dir wird nichts geschehen! Wenn wir dich hätten töten wollen, wäre das längst passiert. Also sei beruhigt, denn wir gehen davon aus, dass du lebend viel nützlicher für uns sein kannst.«
»Was soll das Geschwätz?«, fuhr ich ihn wütend an. »Sag mir lieber, warum ihr mich überwältigt und hierher verschleppt habt!«
Er blieb gelassen. »Reg dich nicht auf. Wir wollen nur mit dir reden. Allerdings können wir dabei keine Zeugen gebrauchen, deswegen diese Unannehmlichkeiten für dich.«
»Was heißt wir?«, hakte ich nach. »Ich sehe nur dich, einen Amun-Priester, der lediglich die Aufgabe hat, den Göttern zu dienen und nicht dafür zu sorgen, dass Menschen überfallen werden.«
Er schien langsam ärgerlich zu werden, denn als er antwortete, war seine Stimme um einige Nuancen schärfer: »Du solltest eigentlich wissen, wie es im wirklichen Leben zugeht. Vieles ist nur Schein. Die Wirklichkeit sieht meistens anders aus.«
Ich wartete ab, dass er zur Sache kam, weil ich den Grund meiner Entführung wissen wollte.
Das Vorgeplänkel war zu Ende, denn der hagere Priester schien sich auf seine weiteren Worte zu konzentrieren. »Du kennst Minhotep?«, fragte er plötzlich und schaute mich dabei aufmerksam an.
Er hatte sofort meine volle Aufmerksamkeit, denn ich hatte nicht vergessen, was Minhotep mir kurz vor seinem Tod über die Vermutung einiger Amun-Priester wegen meiner Herkunft gesagt hatte.
»Ich kannte ihn! Er ist tot!«, gab ich zu.
»Wir ahnten es, aber genau wussten wir es nicht! Warst du dabei?«
»Soll ich jetzt über Minhotep ausgefragt werden? Wolltest du mir nicht den Grund meiner Entführung mitteilen?«
Er ließ sich jedoch nicht ablenken und meinte: »Das hängt auch damit zusammen. Ich habe den Eindruck, dass du bisher ehrlich warst, das wird, wenn es so bleibt, unser Gespräch erleichtern. Du hast es sicher an meiner Reaktion gemerkt, dass wir über den Tod

Minhoteps bis heute nichts wussten. Überhaupt sind Nachrichten aus Nubien, was die Aufständischen anbetrifft, bisher nur sehr spärlich geflossen.«
Ich wartete ab. Wenn er etwas wissen wollte, sollte er eine präzise Frage stellen.
»Was genau ist dort geschehen?«, hakte er nach.
Er wollte bestimmt etwas über Minhotep und Nemitz hören. Deswegen redete ich bewusst nur von Nehi und von seinen Erfolgen, wie er die Aufständischen vernichtet hatte. Nemitz und Minhotep erwähnte ich nicht.
Irgendwann ging ihm mein Gerede auf den Geist und er unterbrach meinen Redefluss ziemlich abrupt. »Was genau ist mit Minhotep und Nemitz passiert?«
»Sie sind tot«, antwortete ich lakonisch, ohne irgendwelche näheren Erklärungen dazu zu geben.
Langsam wurde er ungeduldig wegen meiner vermeintlichen Begriffsstutzigkeit und stirnrunzelnd wollte er wissen: »Ja, aber wie sind sie gestorben und haben sie noch etwas vor ihrem Tod gesagt?«
Ich stellte mich weiter dumm. »Wolltest du mir nicht den Grund meiner Entführung mitteilen?«
»Ich muss erst erfahren, ob sie vor ihrem Tod etwas über uns Priester oder etwas anderes Wichtiges gesagt haben!«
»Hattet ihr denn etwas mit den Aufständischen zu tun?«, fragte ich naiv tuend zurück, ohne auf seine Ungeduld zu reagieren.
»Nein, nein, natürlich nicht! Wir kannten Nemitz selbstverständlich und wir verurteilen, was er und seine Verbündeten getan haben.«
So kamen wir nicht weiter und außerdem schien er bald vor Ungeduld zu platzen und ich durfte nicht vergessen, dass ich als Gefangener hier war. Ich wollte mein Frage-und-Antwort-Spiel nicht auf die Spitze treiben und kam ihm ein Stück entgegen. »Bei dem Tod von Nemitz war ich nicht dabei. Ich weiß nur, dass er leider einen sehr schnellen Tod hatte. Verdient hätte er ihn tausendfach, wenn es so etwas gäbe!«
Das Raubvogelgesicht des Priesters verzog sich, so unbefriedigend musste meine Antwort für ihn gewesen sein.
»Und«, half er mir, »was ist mit Minhotep?«
Ich zuckte die Schultern und tat gleichgültig. »Er hat nur wirres

Zeug geredet, als er von seiner Todesstrafe erfuhr. Ich glaube, die Angst hatte seinen Geist umnebelt!«
Jetzt konnte der Priester die Frage, die ihn am meisten zu interessieren schien, nicht mehr zurückhalten. »Hat er eventuell etwas über deine Herkunft verlauten lassen? Einer unserer Aufträge lautete, bei passender Gelegenheit mit dir darüber zu sprechen.«
Endlich hatte ich ihn aus der Reserve gelockt. Als Minhotep in Nubien darüber gesprochen hatte, ich könnte der Sohn aus der Verbindung von Pharao Hatschepsut und ihrem ersten Berater und Liebhaber Senmut sein, hatte mir dies damals einige unruhige Nächte bereitet. Mir war schnell klar geworden, wenn der jetzige Pharao Thutmosis davon Kenntnis erhielt, könnte es für mich gefährlich werden, denn er war nicht der Mann, der einen möglichen Konkurrenten für den Thron dulden würde.
»Ja, so etwas Ähnliches hat er vor Furcht wegen seines baldigen Todes von sich gegeben. Doch ehrlich gesagt, ich konnte es nicht ernst nehmen, denn er schien vor Panik irre zu sein!« Ich hatte bewusst so gleichgültig und abwertend gesprochen, weil ich mehr zu erfahren hoffte.
Tatsächlich ging der Priester darauf ein. »Es war nicht die Angst vor dem Tod, die Minhotep reden ließ. Einige ältere Amun-Priester, die damals bei der Entführung des Kindes ihre Hände im Spiel hatten, glauben daran.«
Ich hoffte, dass er mir nicht ansehen konnte, wie neugierig er mich gemacht hatte und auch wie meine Ängste von damals wieder auflebten. Zum einen, weil ich dabei an Thutmosis dachte, zum anderen, weil ich mir darüber klar wurde, dass die Priester deswegen etwas von mir wollten.
Er redete weiter: »Hat Minhotep dir erklärt, welche Möglichkeiten sich dadurch für dich auftun könnten?«
Wahrscheinlich mehr für euch Priester, dachte ich, wenn Thutmosis seine Politik gegenüber der Amun-Priesterschaft nicht so ausübt, wie ihr es möchtet.
Dem Priester gegenüber stellte ich mich dumm. »Ich kann mich nicht erinnern, dass Minhotep etwas Ähnliches geäußert hat, wir hatten alle den Eindruck, er würde nur noch Schwachsinn reden.«
Er schüttelte den Kopf und antwortete ernst: »Einige Amun-Priester denken wie Minhotep und sie sind überzeugt davon, dass dies

alles realistisch ist! Thutmosis verfolgt eine Politik, die für die Amun-Priesterschaft...« Plötzlich hörte er abrupt auf zu reden, weil er wohl darauf kam, er hätte oder könnte mir zu viel anvertrauen. Dann schwieg er längere Zeit und schaute mich aufmerksam an, ehe er sagte: »Du scheinst intelligent zu sein. Ich habe deine Absicht erkannt, mir durch dein einfältiges Tun, einige unbedachte Äußerungen zu entlocken. Aber glaube mir, alles was ich bisher preisgegeben habe, wollte ich auch ausplaudern. Doch lassen wir das. Ich werde dir nachher eine Frage stellen, vorher möchte ich dir etwas zeigen! Komm mit!«

Ohne sich umzuschauen ging er voraus, genau auf eine Wand in dem Raum zu. Was sollte ich machen, ich folgte ihm. Kurz bevor wir zu der Wand kamen, konnte ich eine kleine versteckte, schmale, mannshohe Öffnung erkennen, durch die der Priester verschwand. Meine Neugier war so groß, dass ich ohne zu zögern folgte. Wir kamen in einen riesigen Saal! Ein Tempel! An seinem anderen Ende konnte ich eine große Götterstatue sehen. Sie stellte Amun, den Hauptgott Ägyptens dar. Hier in diesem Tempel hatte man Amun, den Welterschaffer, in Menschengestalt dargestellt. Auf dem Kopf trug er eine hohe Krone mit Doppelfedern und in der Hand hielt er ein Zepter. Es sah aus wie ein langer Rohrstab, der unten gegabelt war. Auf dem Stab befand sich ein stilisierter Hundekopf mit langen Ohren. Ich kannte andere Tempel, in denen man die Statue Amuns mit einem Widderkopf versehen hatte.

Endlich wusste ich, wohin man mich entführt hatte: zu dem riesigen Tempelbezirk in Theben, in dem die meisten Amun-Priester wohnten. Der Priester ging auf den Gott Amun zu. Kurz davor hielt er an. »Sieh auf Amun!«, wandte er sich mich. »Ich werde dir jetzt eine Frage stellen und Amun wird bei deiner Antwort Zeuge sein, denn was du für uns tun sollst, ist in erster Linie für ihn, für den Gott aller Götter. Wage es also nicht, ihn vor seinem Angesicht anzulügen! Seine Strafe würde fürchterlich sein! Nicht nur auf Erden, sondern es wird auch die ewige Verdammnis auf dich warten!«

Was sollte das? Bin ich nicht bereits wegen Merits Heirat mit Pharao Thutmosis genug bestraft? Könnte ich schlimmer bestraft werden? Der Gedanke verflog so schnell, wie er gekommen war und machte Platz für eine mir unerklärliche, bleierne Angst, wie ich sie bisher in meinem Leben selten erlebt hatte. Obwohl die riesige Tempelhalle kühl war, traten Schweißperlen auf meine Stirn.

»Man kennt dich bei uns zwar nicht als fleißigen Tempelbesucher, doch glaube mir, Amun ist mächtig. Er belohnt die Gläubigen, bestraft hingegen die Menschen besonders hart, die ihm Schaden zufügen wollen.« Bei seinen letzten Worten schaute mich der Priester hart an. Obwohl ich eigentlich zu der Statue Amuns schauen wollte, hielten mich seine stechenden Augen davon ab und ich musste, ob ich wollte oder nicht, ihn weiter ansehen. Dann fuhr er mit veränderter Stimme fort: »Schau ihn an, den obersten Gott der Götter!«
Nun gelang es mir, meinen Kopf Amun zuzuwenden. Mein Unwohlsein verstärkte sich und ich hatte das Gefühl, Amun würde mit seinem kalten Blick genau auf mich herabschauen. Hatte er nicht sogar seinen Kopf bewegt, um mich besser sehen zu können? Der Tonfall des Priesters wurde feierlich: »Ich, Remram, ein überzeugter Diener Amuns, frage dich vor dem Angesicht des höchsten Gottes: Bist du bereit, ihm als legitimer Nachfolger Hatschepsuts auf dem Pharaonenthron zu dienen? Sprich jetzt!«
Dadurch, dass ich nicht mehr den Priester ansehen musste, klärten sich meine Gedanken. Meine Angst ließ nach und ich konnte richtig durchatmen. Ich musste etwas erwidern, aber dabei wollte ich Amun nicht ansehen, weil ich verunsichert war. Vielleicht stimmten doch einige der Lehren, die die Priester über ihn verbreiteten? Sicherheitshalber wandte ich mich dem Priester zu, um ihm, dem Menschen, zu antworten. Auch wenn ich wieder in seine stechenden Augen schauen musste, nun war ich besser darauf vorbereitet. Es gelang mir sogar, meine Stimme ruhig und einigermaßen gelassen klingen zu lassen, obwohl mein Herz schnell und laut klopfte. »Es wäre Unrecht von mir, wenn ich jetzt zustimmen würde, Amun in dieser Angelegenheit zu dienen!« Das klang recht gut, fand ich und fuhr fort: »Du sagtest, einige eurer Priester behaupten, ich könnte ein Sohn Hatschepsuts und Senmuts sein. Ich glaube es nicht! Ja, eigentlich bin ich von meinem Gefühl her ganz sicher, dass es nicht sein kann! Ich bin ein großer Bewunderer von Pharao Thutmosis«, log ich, »und konnte für ihn einige schwierige Missionen erfolgreich erledigen. Ihr habt euch den falschen Mann für eure Pläne ausgesucht. Ich schlage vor, wir vergessen am besten unser heutiges Treffen für alle Zeit!«
Remram sah mich durchdringend an. Aber diesmal konnte ich

seinem Blick standhalten. Schließlich senkte er seine Augen und sagte: »Von diesem Treffen weiß niemand. Sprichst du darüber, dann ist es auch egal. Man wird dir sowieso nicht glauben. Doch es ist sicher in deinem eigenen Interesse, darüber zu schweigen. Es wird nicht das letzte Gespräch zwischen uns sein. Wir werden dich weiter beobachten und unser Ziel nicht aus den Augen verlieren.«
»War das der einzige Grund, warum du auf diese merkwürdige Art und Weise das Gespräch mit mir gesucht hast?«
Er nickte und wies mit ausgestrecktem Arm in eine Richtung. »Dort ist der Ausgang. Du kannst gehen.«
Eine ziemlich abrupte Beendigung unserer Unterredung, fand ich. Betont langsam, damit er mir meine Erleichterung nicht anmerken sollte, ging ich in die angegebene Richtung.
Als ich nach draußen trat, sah ich, dass ich mit meiner Vermutung recht hatte. Ich befand mich wirklich in dem großen Tempelbezirk Thebens. Obwohl es dunkel war, fand ich ohne Probleme aus ihm hinaus und machte mich auf den Weg zum Hafenviertel. Unterwegs überlegte ich, zu meinem eigentlichen Ziel, dem Nilschwanz zu gehen, aber mein Bedarf an Abwechslung war für heute gedeckt und so ich ging direkt zu meiner Wohnung.
Das Einschlafen fiel mir sehr schwer, weil ich über die Begegnung mit dem Priester Remram grübelte. Erst als es mir gelang, an Merit zu denken, wurde ich ruhiger, blieb aber trotzdem wach. Ob es Sinn machte, mit ihr über diese Angelegenheit zu sprechen? Doch ich verwarf den Gedanken so schnell, wie er gekommen war. Warum sollte ich sie damit belasten? Mit wem könnte ich sonst darüber reden? Alle meine Freunde marschierten vor meinem geistigen Auge auf. Nach langem Überlegen blieben nur Mat und Intef übrig. Zum einen, weil ich ihnen am meisten vertraute, zum anderen, weil sie die entsprechenden Verbindungen hatten, um mich gegebenenfalls zu schützen. Denn darüber war ich mir im Klaren, die Priester würden bestimmt nicht so rasch aufgeben. Mir war durchaus bewusst, wenn sie ihr Ziel nicht erreichten, könnten sie mir große Probleme bereiten. Nach langem Nachdenken entschied ich mich, vorerst allen gegenüber zu schweigen. Ich wollte abwarten, was weiter geschah. Mir fiel der Hohepriester Menkheperreseneb ein. Ob er davon wusste? Bei der Wahl zu seinem Amt als Hohepriester

hatte ich ihm entscheidend dazu verholfen. Damals hatte er sinngemäß gesagt, dass er in meiner Schuld stehe und mir jederzeit einen Gefallen tun würde. Vielleicht könnte er mir helfen? Auch diesen Gedanken verwarf ich. Was wusste ich denn, wie weit die Verbindungen innerhalb der Priesterschaft gingen? Möglicherweise war er sogar an dieser Aktion beteiligt? Selbst wenn er nicht informiert war, bestand die Gefahr, dass andere Priester durch gezielte Indiskretionen über meine vermutete Herkunft dafür sorgten, dass Thutmosis davon erfuhr. Was dann passieren konnte, darüber wollte ich erst gar nicht nachdenken.
Was wäre, wenn ich auf den Vorschlag der Priester einginge? Was genau hatten sie überhaupt vor? Davon hatte Remram nichts gesagt. Wie konnte ich Pharao werden? Was wurde mit Thutmosis? Sollte er ermordet werden? Und was war dann mit Merit? Sie wäre wieder frei und ich könnte, so wie früher, mit ihr zusammen sein! Würde ich dann wirklich der mächtigste Mann Ägyptens? Sicher nicht, denn die wahren Herrscher wären die Amun-Priester, die mich zum Pharao gemacht hätten. Ich dürfte nur nach ihren Befehlen handeln, da ich jederzeit erpressbar wäre und würde nur eine Pharao-Marionette in ihren Händen sein.

Es war zwei Tage später, als ein Bote des Palastes zu meinem Haus kam und mir die Nachricht überbrachte, ich möge mich morgen Abend, nach Sonnenuntergang, dort einfinden, da Pharao Thutmosis mich zu sprechen wünsche.
Ganz wohl fühlte ich mich nicht, als ich mich auf den Weg dorthin machte. Ich war davon ausgegangen, dass sich der Pharao in Memphis aufhalten würde, weil Mat dorthin gereist war, um ihm Nachrichten von Nehi aus Nubien zu überbringen. Wenn Mat zur gleichen Zeit wie der Pharao zurückgekehrt wäre, hätte er sich bestimmt bei mir gemeldet. Irgendetwas musste ihn dort aufgehalten haben. Insofern war ich über die Anordnung, Thutmosis' aufzusuchen, überrascht worden.
Als ich, geführt von einem Soldaten der Palastwache, in einen Raum der Privatgemächer Thutmosis' eintrat, sah ich, dass der Pharao nicht allein war. Er stand mit einem Mann in seinem Alter vor einer großen Landkarte, die auf einem der Tische lag. Gut, dass der Wachsoldat Meldung machte und die beiden dadurch auf mich aufmerksam wurden.

»Ah Sen!«, rief der Pharao. »Setz dich hierher zu uns!«
Ich ging direkt zu der Sitzgruppe und machte sicherheitshalber eine Verbeugung vor Thutmosis, ehe ich mich setzte, weil mich der andere Mann aufmerksam musterte.
»Kennst du Rechmire?«, fragte Thutmosis anstatt einer Begrüßung. Ich hatte bisher nur von ihm gehört. Er war vor Kurzem von Thutmosis zum Wesir Oberägyptens ernannt worden. Damit stand er an der Spitze des gesamten Verwaltungswesens in Ägypten. Ich hatte außerdem gehört, dass sich die beiden seit ihrer frühesten Kindheit kannten und teilweise auch zusammen zur Schule gegangen waren.
Doch Thutmosis ließ mir keine Zeit zu antworten und redete gleich weiter: »Wir haben von deinem Unglück gehört und freuen uns, dich wohlbehalten vor uns zu sehen.«
Er schwieg und schaute mich aufmerksam an, genau wie der Wesir Rechmire. Ich wartete ab und das war gut so, denn jetzt meldete sich Rechmire zu Wort. »Wir haben den Bericht von Nehi gelesen. Er hat in ihm ausdrücklich auf deine Verdienste bei der Vernichtung der Aufständischen mit ihrem Führer und Verräter Nemitz hingewiesen. Darum ist es der ausdrückliche Wunsch des Pharaos, dir für deine Verdienste um Ägypten eine Belohnung zukommen zu lassen. Wenn du einen besonderen Wunsch hast, dann äußere ihn.«
Was sollte ich dazu sagen? Es war zu schwierig abzuwägen, welche Größenordnung infrage kam. Zu anspruchslos durfte ich nicht sein, ebenso wenig zu unbescheiden. Da ich nicht wusste, wie ich mich verhalten sollte, tat ich überrascht und zuckte mit den Schultern. Die Reaktion fand Rechmire wohl angemessen, denn er fuhr gleich fort: »Sei nicht so bescheiden. Wir schätzen deine Verdienste sehr hoch ein. Du kannst ganz offen reden!«
Was würden die beiden wohl für ein Gesicht machen, wenn ich fordern würde: »Gib mir Merit zurück!« Ich riss mich zusammen und antwortete: »Das kommt so überraschend! Ich habe mir nie Gedanken darüber gemacht, darum kann ich mich nicht dazu äußern. Bitte handle nach deinem Gutdünken!«
Ich hatte den Eindruck, als ob das bei Rechmire gut ankam, denn anerkennend sagte er: »Wenn du es wünschst. Es muss deinen großen Verdiensten angemessen sein. Ich habe gehört, dass dein

Verwalter Hor sich in deinem Namen nach einem Landgut erkundigt hat. Es liegt ungefähr eine halbe Tagesreise von Theben entfernt. Er hat allerdings wieder Abstand von dem Kauf genommen, da ihm der Preis anscheinend zu hoch war. Wenn du es besitzen willst, soll es dir gehören. Was meinst du dazu?«
Hor hatte mich nicht davon unterrichtet, doch wenn er sich dafür interessiert hatte, war es sicher in Ordnung. Mich wunderte nur, wie gut Rechmire über meine Angelegenheiten Bescheid wusste.
»Wenn der Pharao so großzügig sein will, bin ich natürlich gern einverstanden«, beteuerte ich.
Thutmosis fand wohl, dass genug Worte der Anerkennung gesagt waren, denn ungeduldig schaltete er sich wieder ein: »Wir kennen zwar den Bericht Nehis, trotzdem möchte ich deine persönliche Sicht über die Geschehnisse in Nubien hören. Vielleicht ergeben sich dadurch für uns Erkenntnisse, damit so etwas nicht noch einmal passiert!«
Sollte ich über alle meine Erlebnisse in Nubien sprechen oder wollte er nur davon hören, was im direkten Zusammenhang mit den Aufständischen stand? Thutmosis schien zu ahnen, welche Gedanken mir durch den Kopf gingen, denn er lächelte leicht als er ergänzte: »Wir wollen alles hören, ebenso, warum man dich für tot gehalten hatte. Wir haben uns extra Zeit dafür genommen.« Er zeigte zu einem der Tische. »Ich habe Wein kommen lassen, damit du zwischendurch etwas für deine Stimme tun kannst.«
Die beiden grinsten sich an. Mir half es auch, weil ich den Eindruck hatte, dass die Stimmung insgesamt lockerer und entspannter wurde. Bis dahin war ich doch sehr verkrampft gewesen. Schließlich sprach ich nicht jeden Tag mit dem Pharao.
Jetzt kam es mir zugute, dass ich bereits einige Male über meine Erlebnisse gesprochen hatte und inzwischen eine gewisse Routine darin besaß. Ich fing an und berichtete zuerst über meine Gefangennahme, die Zeit als Sklave und dann über den Aufenthalt im Königreich der Baku. Zum Schluss, wie dann die Aufständischen unter Führung des Verbrechers Nemitz vernichtet wurden. Zwischendurch konnte ich es mir nicht verkneifen zu erwähnen, dass die wahren Schuldigen des Aufstandes aus Ägypten stammten, aber die Nubier dafür büßen mussten.
Von einigen Dingen sagte ich allerdings nichts. Meine Liebe zu der

Königstochter Daya und dass sie bei meiner Abreise ein Kind von mir unter ihrem Herzen trug, ließ ich aus. Das ging niemand etwas an. Natürlich auch nicht von dem Schock, als ich davon hörte, dass Merit die Frau des Pharaos geworden war und mir mein Leben deswegen nicht mehr lebenswert erschien.
Als ich geendet hatte, konnte ich an ihren Gesichtern ablesen, dass sie mein Bericht gefesselt hatte. Dann fiel mir ein, welche Geschenke Ibuki, der König der Baku, von Pharao Thutmosis haben wollte. Das passte hervorragend, um die Stimmung wieder aufzulockern, denn sie war aufgrund meiner Schilderung ziemlich ernst geworden. Als ich die Wünsche von Ibuki vorgetragen hatte, schmunzelte Thutmosis. »Du hast ihm damals richtig geantwortet. Kampfwagen und Pferde zu schicken, ist unmöglich. Aber wenn sich eine Gelegenheit bietet, schicke ihm einige von den gewünschten Dingen. Du hast meine ausdrückliche Genehmigung dazu!«
Thutmosis und Rechmire stellten Fragen. Dabei ging es ganz locker zu, fast so, als ob ich mit Mat oder Thotmes zusammen war.
Am meisten interessierten sie die Länder und Menschen, die ich auf der Reise kennengelernt hatte. Zum Schluss wollte Thutmosis wissen: »War es nicht dieser Butu, der dir gesagt hat, dass es dort weitere große Königreiche gibt? Bis zu einem großen Meer?«
»Ja.« Ich nickte ihm zu, obwohl mir der ermordete Pani mehr davon berichtet hatte. »Die Königreiche sollen von der Fläche her riesige Gebiete sein, größer als Ägypten. Allerdings seien sie weitaus weniger bevölkert als bei uns.«
»Konnte er dir sagen, was sich hinter dem großen Meer befindet? Gibt es dort Inseln oder sogar weitere große Länder?«
Das war eine Frage, die ich mir bisher nicht gestellt hatte. Meines Wissens hatten Butu und Pani nicht davon gesprochen.
»Keine Ahnung!«, antwortete ich. »Davon hat niemand geredet. Ich denke, dass auch Butu nichts darüber wusste.«
Er nickte nachdenklich. »Was denkst du, wie lange würde eine Reise bis zu diesem großen Meer dauern?«
»Hm.« Ich überlegte laut. »Ich war bei der Rückreise von den Baku ungefähr ein Jahr lang unterwegs. Dort erzählte man mir, dass es bis zu dem Meer vielleicht noch einmal die gleiche Zeit dauern würde. Also müsste man mindestens zwei Jahre rechnen, wenn alles gut geht und unterwegs nicht allzu viele Probleme auftreten,

durch den großen Sumpf, durch die tödlichen Stechmücken oder durch die einheimischen kriegerischen Stämme.«
Ab und zu hatte ich, genau wie Thutmosis und Rechmire, öfter einen Schluck Wein getrunken. Ich fühlte mich wegen der langen Anspannung erschöpft. Thutmosis schien nichts dergleichen zu spüren, er wandte sich an Rechmire. »Du musst morgen früh abreisen und solltest vorher ein paar Stunden schlafen. Ich werde allein mit Sen weiterreden.«
Es war wohl so zwischen den beiden abgesprochen, denn ohne viele Worte zu machen, verabschiedete sich Rechmire.
»Schau dir einmal die Landkarte dort drüben an!« Thutmosis wies auf den Tisch, an dem er und Rechmire bei meiner Ankunft gestanden hatten. Als ich näher trat, konnte ich erkennen, dass es sich um eine Karte der Stadtstaaten Syriens und Mitanni handelte.
»Du warst vor fünf oder sechs Jahren dort.« Thutmosis schaute auf die Karte. »Welchen Weg hast du damals genommen?«
Jetzt wurde es interessant. Würde er über seine Absicht, gegen diese Länder Krieg zu führen, etwas sagen? Mat hatte mir bereits vor seiner Abreise nach Memphis erzählt, dass dies geplant war. Meine leichte Erschöpfung war wie weggeweht und wich meiner Neugierde. Ich ließ mir nichts anmerken, dass ich davon gehört hatte, sondern zeigte auf der Karte, welchen Weg wir damals genommen hatten.
»Die meiste Zeit sind wir mit dem Schiff gereist. Ab hier«, ich deutete auf Gaza, »bin ich mit Fürst Kaba und seiner Tochter weiter an Land gereist.«
»Ah, ja.« Er schien sich zu erinnern. »Die Tochter wurde von abtrünnigen ägyptischen Soldaten ermordet. Ich entsinne mich. Das ist wohl auch ausschlaggebend dafür, dass der Hass dieser Fürsten auf Ägypten so groß ist, dass sie jetzt die Stadtstaaten gegen uns aufgewiegelt haben. Sie wollen keinen Tribut mehr an uns zahlen und haben unsere Steuereintreiber getötet. Kannst du dich an den Weg erinnern, den ihr genommen habt?«
»Ja, zuerst von Gaza über Askalon bis nach Megiddo. Nach der Ermordung Antas war ich in Sidon und Byblos.«
»Was meinst du? Sind aus deiner Sicht die Wege für eine Armee gut zu bewältigen? Auch unter dem Aspekt, dass Kampfwagen dabei sind?«

»Ich denke schon«, antwortete ich nachdenklich, denn ich musste erst die mir bekannte Strecke vor meinem geistigen Auge passieren lassen.
»Was hier besprochen wird, bleibt unter uns!«, sagte er plötzlich übergangslos und sah mich streng an.
Genauso direkt und ohne besondere Beteuerungen darüber zu schweigen, schaute ich ihn nur fest an und antwortete: »Ja!«
Er nickte und beugte sich wieder über die Karte. »Ich denke, im Umkreis von Megiddo wird es zur Entscheidungsschlacht kommen. Alles, was vorher an Kämpfen stattfindet, ist mehr oder weniger Geplänkel. Kennst du die Gegend und die Wege dorthin?«
Ich wusste zwar nicht genau, was er wollte, aber das Gebiet um Megiddo war mir vertraut. »Es gibt drei Wege, die von Yehem nach Megiddo führen. Wenn ich es richtig beurteilen kann, sind diese beiden«, dabei zeigte ich mit meinem Finger auf die Landkarte, »ungefährlich zu begehen. Sie enden im Norden Megiddos. Allerdings würden beide Strecken zu Umwegen zwingen.«
»Was ist?«, hakte Thutmosis nach. »Du hast von drei gesprochen?«
»Ja!« Ich nickte ihm zu. »Doch für mich ist es schwer zu beurteilen, ob der dritte Weg von einer Armee begehbar ist! Der direkte Weg zur Stadt führt über den Pass von Aruna, südlich von Megiddo. Er endet im Tal des Kina-Bachs. Es ist eine Passstraße, schmal und an den Seiten sind oftmals tiefe Abgründe. Vielleicht, wenn Mann hinter Mann und Pferd hinter Pferd gehen würden, könnte es klappen. Allerdings kann die Armee eventuell unter Beschuss von den umliegenden Höhen geraten, wenn der Feind ihr Vorgehen bemerkt!«
Nachdem ich geendet hatte, schaute ich Thutmosis fragend an. Er überlegte längere Zeit, ehe er dann mehr für sich murmelte: »Ich müsste es gegebenenfalls prüfen lassen und auf jeden Fall mehrere Späher vorausschicken!« Laut sagte er: »Ich danke dir, Sen! Du wirst gelegentlich von mir hören. Wir werden uns sicher eine Weile nicht sehen, auch nicht, wenn du in den nächsten Tagen im Palast bist, um Merit aufzusuchen.«
War der Klang seiner Stimme bei seinem letzten Satz anders als vorher? Ich konnte mich genauso gut täuschen, denn er schaute mich dabei nicht unfreundlich an. Beim Hinausgehen konnte ich sehen, dass er sich bereits wieder über die Landkarte beugte. Selt-

sam, jedes Mal, wenn ich von Thutmosis kam, hatte ich das Gefühl, obwohl er sich freundlich gab, dass zwischen uns eine gewisse Spannung herrschte.

Ein paar Tage später erhielt ich eine offizielle Einladung, die zweite königliche Gemahlin aufzusuchen. Als ich am Palast ankam, wurde ich nicht hineingeführt, sondern zu einem großen Gartenhaus in einem schönen Park dirigiert. Das Haus war umgeben von Schatten spendenden Sykomoren, Dumpalmen und Granatbäumen. Eingefriedet in Beeten standen Papyrusstauden, Korn- und Mohnblumen. Auf der anderen Seite des Gartens war, eingerahmt von blühenden Sträuchern und blauen Lotosblüten, ein kleiner See. Das Treffen, wenn es hier stattfand, war, den Göttern sei Dank, wohl doch nicht so hochoffiziell.
Vor dem Haus stand, mir mit dem Rücken zugewandt, eine Frau, die auf etwas zu warten schien. Erst durch das Räuspern des Mannes, der mich hierher geführt hatte, wurde sie auf uns aufmerksam und drehte sich um. Nefer! Meine ehemalige Ziehmutter Nefer, die mich als Kind von acht oder neun Jahren, als mich die Ägypter aus dem Land Punt entführt hatten, liebevoll aufgenommen und bei der ich für einige Jahre im Palast gewohnt hatte. Mit einem spitzen Aufschrei kam sie auf mich zu und warf sich in meine Arme.
»Junge, was hat man dir alles angetan!« Sie schluchzte ein bisschen. Ich hielt sie fest in meinen Armen, damit sie sich beruhigen konnte und gab dem Diener, der mich begleitet hatte, durch eine Kopfbewegung zu verstehen, er solle verschwinden, denn er stand wie angewurzelt da ob dieser Begrüßung im Frauenpalast.
An Nefer waren die Jahre nicht spurlos vorübergegangen. Ihre Haare waren grau geworden und es kam mir vor, als ob sie auch kleiner und zerbrechlicher aussah als früher. Sie schien ähnliche Gedanken zu haben, denn sie streichelte mein Gesicht, dort, wo Merit bereits tiefe Falten entdeckt hatte.
»Komm herein«, forderte sie mich auf. »Man erwartet uns.«
»Sind viele Menschen da?«
»Nein, nein.« Sie schüttelte den Kopf. »Du kennst doch Merit! Sie setzt, wenn sie es will, ihren Kopf durch. Es sind nur so viele Gäste geladen, wie unbedingt nötig, damit euer Zusammentreffen einen schicklichen Eindruck macht.«

Als wir eintraten, sah ich als Erstes eine jüngere Frau, die mir bekannt vorkam. Sie kam freudestrahlend auf mich zu. Den Göttern sein Dank, fiel mir ein, woher ich sie kannte. Weret, die Frau von Tanus! Ich lächelte sie an und fragte: »Wo treibt sich dein Ehemann Tanus eigentlich herum? Ist er noch in Nubien?«
»Ja! Aber er wird bald nach Theben versetzt. Er hat noch nicht einmal seinen Sohn gesehen und der wird jetzt bereits ein halbes Jahr alt. Komm«, sagte sie und lächelte verständnisvoll, »man wartet ungeduldig auf dich!«
Der Vorhang, der uns vom nächsten Raum trennte, wurde zur Seite geschoben und dann sah ich Merit! Ein Sonnenstrahl berührte ihr Haar genau in dem Moment, als sie sich umdrehte, weil sie von jemandem in ihrer Nähe auf uns aufmerksam gemacht wurde. Da stand sie in einem langen golddurchwirkten Gewand, das ihr dunkles Haar richtig zur Geltung brachte. Sie sah aus wie eine wahre Königin. Eine leichte Röte überzog ihr Gesicht, als sie mich sah und ich hatte den Eindruck, sie wollte spontan einige Schritte auf mich zukommen. Im letzten Augenblick schien sie sich anders zu besinnen und blieb stehen.
Nachdem mich Nefer und Weret bis auf zwei, drei Schritte zu ihr geführt hatten, bedeutete Nefer mir, stehen zu bleiben. Bisher war kein Wort gefallen. Erst jetzt fiel mir auf, dass sich weitere Frauen in dem Raum befanden. Ich konnte spüren, dass eine gewisse Anspannung herrschte, denn die anderen Frauen ließen uns nicht aus den Augen. Merits und meine Blicke trafen sich. Sie schien Mühe zu haben, sie von mir abzuwenden und die passenden Worte zu finden. Doch Merit hatte von jeher einen starken Willen.
»Wir grüßen dich, Sen!« Ihre Stimme war nicht so frisch und natürlich wie sonst, sie klang ein wenig belegt. »Wir sind sehr erfreut, dich unversehrt bei uns begrüßen zu dürfen. Von deinem Freund, unserem Architekten Thotmes, haben wir gehört, welche schrecklichen Erlebnisse du auf deiner Reise hattest.«
Mir war klar, dass diese Begrüßungsrede für die anwesenden Frauen gedacht war. Sie schien sich gefangen zu haben: »Komm, lass uns drüben zu der Sitzgruppe gehen. Dort können wir in Ruhe reden.«
Ich sah nur vier Sitzgelegenheiten. Als ich Nefer anschaute und sie mir schnell zuzwinkerte, wusste ich, dass es bewusst so geplant

war. Merit setzte sich und ich musste ihr gegenüber Platz nehmen. Seitlich von uns setzten sich, wie abgesprochen, Nefer und Weret. Den anderen Frauen blieb nichts anderes übrig, als im Hintergrund zu bleiben.
Eigentlich hätte ich gern nur immer Merit angeschaut, doch das Hüsteln von Nefer machte mich darauf aufmerksam, dass dies nicht schicklich und außerdem den anderen gegenüber unhöflich war. Von zwei Dienerinnen wurden Gebäck und Getränke gebracht. Es waren meist Leckereien dabei, die ich bereits als Kind gern gemocht hatte. Ich musste nur zu Nefer schauen, die mich glücklich anlächelte, um zu wissen, dass sie dafür gesorgt hatte.
Merit war, da wir im kleineren Kreis zusammensaßen, lockerer und nahm das Gespräch wieder auf. »Du kannst dir sicher denken, dass wir alles über deine Erlebnisse in Nubien erfahren wollen. Alles!«, betonte sie ausdrücklich, denn sie wusste, dass ich im Grunde sprechfaul war. Ihre Augen blitzten übermütig. Mit einem verschwörerischen Blick auf Nefer gab sie sich großzügig und fügte hinzu: »Erst darfst du dich gerne stärken, du siehst ja wie viel Gebäck für dich hier steht.«
Ich schaute verblüfft. Meinte sie das im Ernst? Ich hatte ihr doch bei dem Treffen, das Thotmes arrangiert hatte, alles berichtet. Sie wusste genau, was ich dachte, denn mit einem spitzbübischen Lächeln, das ich von früher her nur zu gut kannte, sagte sie: »Wir haben uns viel Zeit genommen. Wenn wir merken, dass du etwas abkürzt, werden wir nachfragen.«
Sie meinte es tatsächlich so, denn als ich zu Nefer und Weret sah, konnte ich erkennen, dass mir nichts erspart blieb, denn die beiden blickten mich erwartungsvoll an.
Jetzt brauchte ich zur Stärkung erst einige von den kleineren Gebäckstücken, ehe ich beginnen konnte. Ich fühlte mich nicht besonders wohl, denn aus dem Hintergrund wurde jedes Wort, jede Geste von mehreren Augenpaaren ganz genau beobachtet. Es passierte schließlich nicht jeden Tag, dass der frühere Freund und Liebhaber der zweiten königlichen Gemahlin im Palast empfangen wurde.
Und es kam so, wie ich es vermutet hatte: Ich hatte keine Chance, meine Erlebnisse in Kurzform zu berichten. Merit und Nefer stellten sofort Zwischenfragen, wenn sie glaubten, ich hätte etwas ausge-

lassen oder abgekürzt und dann dauerte es umso länger, weil ich alle Einzelheiten erklären musste. Sie erfuhren dadurch alles, bis auf meine Liebe zu Daya. Die ging nur Daya und mich etwas an, obwohl Merit mich aufmerksam musterte, als ich unsere gemeinsame Reise schilderte. Mit dieser Beschreibung, bei der ich in meiner Wortwahl sehr vorsichtig war, sodass keine Zwischenfrage von den Damen kam, endete ich.
Jetzt war Merit wieder die zweite königliche Gemahlin. Sie stand auf und sagte: »Wir danken dir, Sen. Es war ein Bericht, der uns sehr naheging. Wie ich gehört habe, hat dir mein Gemahl für deine Verdienste ein angemessenes Geschenk zukommen lassen. Ich kenne das Gut und war bereits einige Mal dort. Schau es dir in den nächsten Tagen an, es wird dir gefallen.«
Sie stand auf und ging schnell in Richtung Garten, sodass Weret, ihre Hofdame, die ihr folgte, kaum mitkam. Als sie fort war, schien es mir, als ob sich der Raum verdunkeln würde, weil die strahlende Sonne entschwunden war.
Beim Abschied von Nefer musste ich natürlich versprechen, sie in den nächsten Tagen zu besuchen. Ich war so müde, dass ich mich auf den direkten Weg zu meinem Haus begab. Unterwegs gingen mir die Einzelheiten der Begegnung mit Merit durch den Kopf. Es waren eigentlich nur offizielle Worte, die sie an mich gerichtet hatte, bis auf den letzten Satz. Warum hatte sie das Landgut erwähnt und betont, ich möge es in den nächsten Tagen aufsuchen? Hatte das etwas zu bedeuten? Ich verwarf den Gedanken wieder. Trotzdem nahm ich mir vor, möglichst bald mit Hor darüber zu sprechen, er musste wegen der Verwaltung auf jeden Fall Bescheid wissen.

Gleich am nächsten Tag ging ich zu Hor. Ich hatte Glück, dass ich den viel beschäftigten Mann zu Hause antraf. Er rollte erstaunt die Augen, als ich ihm berichtete, dass Thutmosis mir das Gut als Geschenk für meine Verdienste vermacht hatte.
»Das Landgut!«, rief er. »Ich wollte es für dich kaufen, weil der frühere Besitzer vor längerer Zeit in Ungnade gefallen ist. Es sei jetzt unverkäuflich, hieß es, weil es im Besitz der königlichen Familie sei. Ich habe daraufhin nicht einmal nach dem Preis gefragt. Doch merkwürdigerweise habe ich später ein Gerücht gehört, wir hätten es nicht gekauft, weil uns der Preis zu hoch war. Da muss

jemand im Hintergrund sein, der von deinem Interesse gehört hat und will, dass du es bekommst!«
»Und warum?«, fragte ich perplex.
»Mann, kannst du dir das nicht denken? Merit natürlich!«
Ich schüttelte ungläubig den Kopf. »Warum sollte sie? Ich glaube es nicht. Es gibt keinen Grund dafür.«
Er zuckte die Schultern. »Frauen eben. Es ist nicht immer logisch, was sie machen. Bei dieser Aktion hat sie sich bestimmt etwas gedacht. Frag sie mal danach!«
»Ja«, meinte ich nachdenklich, weil mir gerade eine Idee kam. »Das sollte ich. Vorher schaue ich mir das Gut an und zwar allein als normaler Reisender, der zufällig dort vorbeikommt.« Ich wartete ab, ob Hor Gegenargumente vorbrachte. Da er sich nicht dazu äußerte, fragte ich: »Könntest du an einem der nächsten Tage als mein offizieller Beauftragter dorthin reisen, um alles in Augenschein zu nehmen?«
»Klar.« Er nickte zustimmend. »Gleich morgen. Ich werde wegen der Hitze früh aufbrechen, dann bin ich um die Mittagszeit da.«
»Danke, das ist gut. Wir treffen uns in ein paar Tagen wieder bei dir, um das Weitere zu besprechen.«
Ich wollte mich gerade auf den Heimweg machen, als Hor mir nachrief: »Wenn du einen Reitesel für deinen Ausflug brauchst, bei mir stehen mehrere Tiere im Stall. Such dir einen aus. Auch wenn ich nicht da bin, meine Diener kennen dich ja inzwischen.«

Ich wartete mit der Abreise bewusst einen Tag länger als Hor. Vielleicht ergab es sich, dass wir uns zufällig bei seiner Rückreise treffen würden. Der Reitesel, den ich mir aus Hors Stall ausgeliehen hatte, war ein gutmütiges Tier und schritt zügig voran. Ich entfernte mich bei dem Ritt nie weit vom Nil und versuchte, nur die vielen Biegungen und Windungen des Flusses auszulassen. Dabei kam ich flott voran, auch deswegen, weil manche Wege schattig waren, da in der Nähe des Nils öfter kleinere Palmenhaine standen.
Als ich inmitten einiger Felder ritt, auf denen Gerste und Weizen wuchs, Getreide, das man in erster Linie für die Brot- und Bierzubereitung benötigte, sah ich einen Bauern, der auf einem der Felder arbeitete.
»Wächst es gut?«, sprach ich ihn an, um mit ihm ins Gespräch zu kommen.

»Ja, ich bin zufrieden«, antwortete er. »Aber ohne die kleinen Kanäle, die durch die Felder gehen und Wasser vom Nil bringen, würde alles verdorren.«
Da hatte er natürlich recht, denn Regen, den es in vielen anderen Ländern gab, gab es bei uns höchst selten. Ich hatte gehört, dass es dieses Bewässerungssystem in Ägypten bereits seit Hunderten von Jahren gab.
»Gehören all diese Felder dir?«, wollte ich wissen.
»Nein, sie gehören zum Gut. Ich habe ungefähr anderthalb Hektar gepachtet. Mehr bekommt ein Bauer nicht, weil er allein nicht mehr bewirtschaften kann.« Er zuckte entsagungsvoll die Schultern. »Es ist sehr knapp, um damit eine Familie zu ernähren. Vor allen Dingen darum, weil wir die Hälfte des Ertrages als Steuern an den Pharao zahlen müssen.«
»Ist das Gut noch weit entfernt?«, fragte ich weiter und war erstaunt darüber, dass diese Felder dazugehören sollten, denn Hor hatte mir gesagt, dass man ungefähr bis zur Mittagszeit reiten müsste, um es zu erreichen, und nach dem Sonnenstand zu urteilen, hatte ich noch eine ordentliche Strecke vor mir.
Der Bauer schien froh zu sein, dass er mit jemanden reden konnte. »Alles, was du rundherum siehst, gehört zu dem Gut. Allerdings, um bis zu den Haupthäusern zu kommen, musst du bis zum Mittag durchreiten.« Er wies mit dem Arm in eine Richtung, um mir den Weg anzuzeigen.
Bei meinem Weiterritt kam ich nach einiger Zeit durch Felder, auf denen Flachs angebaut wurde, den man zur Herstellung von Stoffen benötigte. Zwischendurch standen immer wieder Dattelpalmen, Feigen und Granatapfelbäume. Jetzt wechselte die Anpflanzung und ich sah Gemüsefelder und eines mit Weinstöcken. Ob man diese Äcker bewusst in die Nähe der Häuser angelegt hatte, dachte ich, denn von Weitem waren mehrere flache Gebäude zu erkennen, die in einem parkähnlichen Garten standen und von einer Mauer eingegrenzt waren. Beim Näherkommen konnte ich feststellen, dass alles sehr gepflegt aussah. Trotzdem fragte ich mich die ganze Zeit: Was soll ich damit? Das ist nicht meine Welt! Auch Hor, das wusste ich, verstand nichts von Landwirtschaft. Bliebe eventuell, einen guten und zuverlässigen Verwalter für das Gut einzustellen. Vielleicht konnte Hor mir aufgrund seines offizi-

ellen Besuches sagen, ob man den jetzigen Verwalter übernehmen konnte.
Ich überlegte, zu den Häusern zu reiten, um die Leute dort kennenzulernen. Aber möglicherweise kannte mich jemand und als neuer Besitzer wollte ich mich im Moment nicht vorstellen. Deswegen entschloss ich mich vorbeizureiten, um mich weiter umzuschauen. Da die Sonne jetzt am höchsten stand, ritt ich in Richtung des Nils, um eine schattige Stelle zu suchen, wo ich rasten konnte. Als ich durch ein Schilffeld ritt, fand ich ein passendes Plätzchen und stieg von dem Esel, um auszuruhen.
Hier, wo ich lag und zu dem blauen Himmel schauen konnte, fühlte ich mich zunehmend wohler und erinnerte mich an meine frühe Jugend, wo ich außerhalb Thebens eine Angelstelle hatte und gern hingegangen war, um zur Ruhe zu kommen.
Ganz in der Nähe standen mehrere hohe Palmen und spendeten Schatten. Die völlige Stille wurde nur ab und zu von Vogelgezwitscher unterbrochen. Je länger ich darüber nachdachte, desto mehr fand ich Gefallen daran, das Gut zu übernehmen, um dort manchmal zu wohnen und das Angeln wieder aufzunehmen. Kurz bevor ich einschlief, war ich fest entschlossen das Geschenk des Pharaos anzunehmen, unter der Voraussetzung, einen geeigneten Verwalter dafür zu finden.

Beim Aufwachen hatte ich gleich das merkwürdige Gefühl, als ob etwas anders sei. Ich wusste nicht, was, aber in den letzten Jahren meines an Abenteuer so reichen Lebens hatte sich bei mir eine Art siebter Sinn für Gefahr entwickelt. Bewusst blieb ich ruhig liegen und rührte mich nicht. Aus den Augenwinkeln versuchte ich etwas zu entdecken, sah jedoch nur meinen Reitesel. Er graste friedlich in der Nähe des Nils hinter einem Gebüsch, wo ich ihn lose angebunden hatte. In meiner unmittelbaren Nähe konnte nichts sein, sonst wäre das Tier nicht so ruhig. Das Vogelgezwitscher von vorhin war immer noch da, obwohl ich den Eindruck hatte, dass da manchmal aufgeregtere Laute der Vögel zu hören waren. Oder bildete ich mir das nur ein? Ich erhob mich, um einen besseren Überblick zu bekommen. Mir fiel auf, dass nicht weit entfernt, in der Nähe des großen Schilffeldes, ab und zu kleinere Vogelschwärme ärgerlich kreischend aufflogen. Das konnte nur bedeuten, dass sich dort ein

größeres Tier oder ein Mensch aufhielt. Es hatte bestimmt nichts mit meiner Neugier zu tun, als ich mich vorsichtig anpirschte, denn ich wollte wissen, was dort los war. Dann konnte ich erkennen, warum die Vögel gezetert hatten. Hinter dem Schilffeld, am Anfang der Felder des Gutes, standen zwei Männer zusammen.
Durch die hohen und dicht stehenden Schilfpflanzen war es kein Problem, bis auf einige Schritte an die Männer heranzuschleichen. Einer von ihnen konnte eventuell vom Gut kommen, so wie er aussah und gekleidet war. Der andere hatte ein weißes Gewand an und trug als Schutz gegen die Sonne ein Kopftuch, sodass man ihn auch von Nahem nicht so schnell erkennen konnte. Er war ziemlich groß und hager. Als ich seine Stimme hörte, konnte ich nur mit Mühe einen Ruf des Erstaunens unterdrücken. Es war der Priester Remram, mit dem ich vor einigen Tagen bei meiner Entführung gesprochen hatte. Ihr Gespräch dauerte sicher bereits einige Zeit. Als ich nah genug herangekommen war, konnte ich zwar nicht alles verstehen, was gesprochen wurde, aber Bruchstücke der Unterhaltung bekam ich doch mit. Der wie ein Bauer gekleidete Mann berichtete gerade: »Er war gestern da und erklärte, er sei der Beauftragte des neuen Besitzers. Ich habe sehr interessiert getan und ihm Honig um den Bart geschmiert, sodass ich davon ausgehe, ein Angebot von dem neuen Besitzer zu erhalten, als Verwalter zu bleiben.«
Remram antwortete: »Das wäre gut. So könnten wir diesen Sen kontrollieren, ohne dass er etwas davon weiß. Sind noch Leute auf dem Gut, die über Senmen, dem ehemaligen Besitzer, Bescheid wissen?«
Der Bauer, besser gesagt der Verwalter, nickte. »Ja. Fast alle Männer kannten ihn. Sie wissen ebenso, dass er zu der Verschwörergruppe um Nemitz gehörte. Es wäre nicht schlecht, wenn sie alle bleiben könnten. Bei Bedarf hätten wir dann alles unter Kontrolle. Ich gehe davon aus, dass der neue Besitzer zumindest einen Teil der Leute behalten wird.«
Die beiden schwiegen und ich hatte den Eindruck, zwischen ihnen war das meiste erörtert. Leise und vorsichtig zog ich mich ein Stück zurück. Es dauerte nicht mehr lange, bis die beiden in Richtung des Landguts gingen.
Es war natürlich für mich ein Glücksfall, dass ich gerade zu dieser

Zeit hier Rast gemacht hatte und die Männer belauschen konnte. Für mich war klar, dass wir alle Leute, die auf dem Gut arbeiteten, entlassen müssten. Jetzt war ich sehr gespannt, welche Eindrücke Hor bei seinem Besuch auf dem Gut gewonnen hatte. Trotz der einsetzenden Dämmerung machte ich mich auf den Heimweg.

Gegen Mitternacht kam ich zu Hause an und nachdem ich den Esel versorgt hatte, legte ich mich schlafen. Sofort am nächsten Morgen machte ich mich auf den Weg zu Hor. Er war soeben aufgestanden, als ich ankam und nicht gerade bester Laune. »Lass uns in Ruhe frühstücken«, begrüßte er mich. »Erst danach bin ein Mensch, mit dem man sprechen kann.«
Ich hatte nichts dagegen, weil ich Hunger hatte, denn bei mir im Haus war nichts Essbares.
Hor aß mindestens doppelt so viel wie ich. Bei dem Appetit musste er ja zunehmen, dachte ich und fragte: »Erzähle, welches Bild hast du von dem Gut?«
»Ein ausgezeichnetes«, brachte Hor es auf den Punkt. »Es scheint vernünftig geführt zu sein. Ich habe zumindest nichts Negatives entdeckt. Außerdem habe ich einige Papyri über ihre Buchführung mitgenommen und lasse sie von meinen Schreibern prüfen. Wie gesagt, auf den ersten Blick scheint alles in Ordnung zu sein!«
Von dem, was ich auf den Feldern und Anpflanzungen gesehen hatte, war dies auch mein Eindruck.
»Und was hältst du von den Leuten, speziell von dem Verwalter?«
»Hm.« Er wiegte den Kopf nachdenklich hin und her. »Er scheint tüchtig zu sein, denn das Gut macht einen gepflegten Eindruck und das spricht für ihn.«
»Was meinst du, können wir ihn übernehmen?«, erkundigte ich mich.
»Ja, ich denke schon. Er hat zwar wegen seiner Leistungen und Fähigkeiten ziemlich dick aufgetragen, aber das kann ich verstehen, weil er sicher gerne dort bleiben möchte.«
So konnte man getäuscht werden. Obwohl Hor eigentlich ein guter Menschenkenner war und auch wegen seiner vielen Geschäfte sein musste, hatte er den Verwalter falsch eingeschätzt. Doch das hätte mir sicher, ohne meine Informationen, genauso passieren können. Um ihn nicht in allzu große Verlegenheit zu bringen, berichtete ich

ihm von meinem Zusammentreffen mit dem Verwalter und dem Priester Remram.
Mit vor Erstaunen offenem Mund hörte Hor zu, als ich über das Gespräch zwischen den beiden berichtete.
»Verdammt! Hat der Kerl mich reingelegt! Wirklich ein toller Schauspieler! Das hatte ich ihm, außer einer gewissen Bauernschläue, nicht zugetraut.« Er schüttelte sprachlos den Kopf und es dauerte eine Weile, bis wir auf die sich dadurch neu ergebene Situation zu sprechen kamen.
»Ich muss mich erst erkundigen«, meinte er. »Denn leider kenne ich niemanden, der das Gut für uns verwalten könnte. Das kann dauern. Nur, was machen wir in der Zwischenzeit ohne Verwalter?«
Ich überlegte. »Was spricht dagegen, wenn wir vorerst alles beim Alten lassen? Wenn wir demnächst jemanden gefunden haben, ist es immer noch früh genug, die Leute auszuwechseln. Man weiß dort ja nicht, dass wir über ihre Verbindungen zu Senmen und den Priestern informiert sind.«
»Ja, genau!«, stimmte Hor zu. »Ich denke, sie werden sich gerade jetzt große Mühe geben, weil sie hoffen, von uns übernommen zu werden.« Er schaute mich aufmerksam an. »Sag mal, du wusstest den Namen des Priesters, den du mit dem Verwalter belauscht hast. Woher kennst du ihn? Von ihm habe ich noch nie gehört!«
Wieder einmal bewies Hor mir damit, welch ein aufmerksamer Zuhörer er sein konnte, weil er genau auf den Punkt zu sprechen kam, der ihm in meinem Bericht unklar war.
Sollte ich von dem Überfall berichten und von der Vermutung der Priester, wer meine Eltern sein könnten? Eigentlich wollte ich alles für mich zu behalten, weil ich davon ausging, dass mir in dieser Sache niemand helfen konnte. Andererseits kannte Hor so viele Leute und hatte durch seine Geschäfte Verbindungen bis in die höchsten Kreise. Außerdem wusste ich, dass ich ihm voll vertrauen konnte.
Hor hatte mich die ganze Zeit abwartend angesehen und akzeptierte, dass ich erst überlegen und nicht sofort antworten wollte. Dann hatte ich mich entschieden. »Du musst mir zuerst schwören, über das zu schweigen, was du jetzt erfährst!«
Er nickte und antwortete: »Du weißt, dass du dich auf mich verlassen kannst!«

Dann erzählte ich zuerst von dem Überfall, der in den vergangenen Tagen auf mich verübt worden war, und wie ich dabei den Priester Remram kennengelernt hatte. Zum Schluss informierte ich ihn darüber, wie mich einige Amun-Priester mit ihrer Vermutung über meine Herkunft, erpressen wollten.
»Mann!« Seine erste Reaktion war Fassungslosigkeit und auch leichtes Entsetzen. Als er dann wieder Worte fand, kam er sofort auf die sich dadurch für mich ergebenden Probleme zu sprechen.
»Das ist mit das Schlimmste, was dir passieren konnte. Egal, was du machst, von einer Seite wirst du immer Schwierigkeiten bekommen. Du solltest vor allen Dingen daran denken, wie Thutmosis reagieren könnte, wenn er davon erfährt! Kannst du dich daran erinnern, dass ich dir einmal empfohlen habe, aus Ägypten wegzuziehen, um dadurch aus dem Einflussbereich von Thutmosis zu kommen, damit er dich nicht mehr auf Reisen schicken kann? Jetzt ist der Zeitpunkt gekommen, wo du handeln solltest! Weit weg und niemand dürfte wissen, wo du bist! Nur dann bist du sicher!«
Leise seufzte ich, weil ich an Merit dachte. »Du weißt, dass es nicht geht!«
»Ja, ja, du bist ein fürchterlich sentimentaler Bursche und kannst nicht aus deiner Haut. Ich für meine Person wüsste genau, was ich tun würde!« Freundschaftlich schlug er auf meine Schulter. »Die einzige Möglichkeit, wie ich dir helfen könnte, sehe ich darin, wenn es für dich keinen Ausweg mehr geben sollte, dir zur Flucht zu verhelfen. Ich habe da bestimmte Möglichkeiten. Du müsstest mir nur Bescheid geben. Ich würde für alles Weitere sorgen!«

Auf dem Nachhauseweg ging mir das Gespräch mit Hor noch einmal durch den Kopf. Auch wenn er mir keine Patentlösung bieten konnte, hatte mir das Gespräch gutgetan. Doch was konnte ich selber tun? Mir fiel nichts ein, außer abzuwarten und meine Reaktion von der jeweiligen Situation abhängig zu machen.
Meine Gedanken gingen zu Merit. Obwohl ich sie vor einigen Tagen gesehen hatte, wurde meine Sehnsucht zu ihr übergroß. Bei Problemen hatte es mir sonst immer geholfen, wenn ich an sie gedacht hatte. Diesmal nützte es nichts, ganz im Gegenteil, jetzt musste ich daran denken, dass sie für mich und meine Zukunft verloren war. Warum hatte sie eigentlich so ein großes Interesse an dem

Landgut bekundet? Ich musste sie sprechen! Gleich morgen nahm ich mir vor, zu Thotmes zu gehen. Er musste ihr von mir eine Nachricht zukommen lassen.

Leider ging es dann nicht so reibungslos vonstatten, wie ich es geplant hatte. Ich musste wegen der Überschreibung des Landguts mehrere Verwaltungen aufsuchen und das dauerte länger, als ich gedacht hatte. Aber als ich dies nach zwei Tagen erledigt hatte, konnte mich nichts mehr zurückhalten und ich machte mich auf den Weg zu Thotmes.
»Wo warst du denn?«, begrüßte er mich, als ich in sein Arbeitszimmer im Palast geführt wurde. »Ich wollte dich sprechen! Du solltest jemanden in deinem Haus haben, der weiß, wo du zu erreichen bist. *Man* ist beunruhigt«, setzte er ein bisschen anzüglich lächelnd hinzu.
Mein Herz schlug sofort schneller. Die Anspielung konnte nur auf Merit gemünzt sein. Ich ging auf seinen heiteren Ton ein und fragte: »Warum ist *man* denn so beunruhigt?«
Er zuckte die Schultern. »Ich weiß es nicht. Am besten fragst du sie selbst. Geht es morgen um die gleiche Zeit? Wieder hier im Arbeitszimmer?«
Ich nickte glücklich, weil ich Merit früher sehen würde, als ich gehofft hatte. Leider hatte Thotmes im Moment keine Zeit für mich, denn er musste mit einem Mann, der nebenan wartete, zu einer Baustelle.

Die Zeit bis zum nächsten Tag kam mir sehr lange vor. Nachts schlief ich unruhig und war froh, als der Morgen kam und ich mich auf den Weg zum Palast machen konnte.
Es lief so ab wie beim letzten Mal. Thotmes verschwand hinter einem Vorhang und nach einer Weile trat Merit in den Raum. Sie schaute sich kurz einmal um, als ob sie sich vergewissern wollte, dass wir allein waren. Dann lief sie auf mich zu und kuschelte sich in meine Arme. Wir streichelten und küssten uns. Gut, dass Merit damit anfing, ich hatte mich erst nicht getraut. In dieser Situation musste ich an Thutmosis denken. Ich sprach Merit bewusst nicht darauf an. Darüber wollte ich auf keinen Fall Näheres wissen! Am liebsten hätte ich sie gleich zu einer Schlafstätte getragen. Doch leider mussten wir uns beherrschen.

»Wo hast du dich nur herumgetrieben?«, fragte sie ein bisschen vorwurfsvoll. »Zweimal hat Thotmes einen Boten zu deinem Haus geschickt!«
Ich grinste sie bewusst frech an, um sie wütend zu machen, weil ich es mochte, wenn aus ihren Augen Funken sprühten und sie rote Wagen bekam. So war es auch diesmal.
»Du hast Schuld, denn du hattest mir aufgetragen, so bald wie möglich das Gut anzuschauen«, beruhigte ich sie rasch.
Das schien genau die richtige Antwort zu sein, denn auf einmal lächelte sie und meinte ein bisschen schnippisch: »Früher hast du nicht so brav gehorcht!«
Wir mussten beide lachen, um dann schnell wieder ernst zu werden, denn unsere Zeit hier in Thotmes' Arbeitsraum war zu kostbar, als dass wir lange herumalbern konnten.
»Gefällt es dir denn?«, wollte sie wissen.
»Ja schon. Ich verstehe nur nicht, warum du dich so sehr dafür interessierst?«
Sie schien verlegen zu werden. »Bei unserem letzten Treffen habe ich dir bereits gesagt, dass ich öfter dort war. Im Gegensatz zu Theben und dem Palast ist es dort wunderbar ruhig und nicht so hektisch. Man kann zur Jagd oder zum Angeln gehen, wenn man möchte. Aber für mich ist deswegen am schönsten, weil man dort von allem abschalten und zu sich selbst finden kann. Und außerdem«, sie zögerte kurz, ehe sie weitersprach, »wenn es dir gehört, könnte ich dich öfter besuchen. Es würde praktisch niemandem auffallen, wenn ich mit nur wenigen vertrauten Bediensteten eine Reise auf dem Nil mache. Und dann bei dem Gut eine Rast einzulegen, wäre die normalste Sache der Welt. Selbst wenn bekannt wird, dass ich dich dort besuche, ist es nicht gang und gäbe, einen Freund zu besuchen? Damit die Klatschmäuler in Theben nicht allzu viel Stoff zum Tratschen haben, habe ich für die Schicklichkeit meine Begleiterinnen im Schlepptau.«
»Ah!« Mehr brachte ich im Moment vor Erstaunen nicht heraus.
Als ich vor Freude keine Antwort fand, meinte sie ein wenig spitz: »Oder gefällt dir mein Vorschlag nicht?«
Ich nahm sie in meine Arme und murmelte in ihr Ohr: »Ach Merit, warum ist bei uns nur alles so kompliziert?«
Doch dann gewann meine Vernunft wieder die Oberhand. »Meinst

du denn, du könntest ohne Weiteres so reisen? Und deine Bediensteten, was werden sie im Palast erzählen?«
»Mach dir keine Sorgen! Die Ruderer sind angemietet und haben keinen Kontakt zum Palast. Die Dienerinnen, die mich begleiten werden, suche ich selber aus. Sie reden nicht, denn im Gegensatz zu vielen ihrer Kolleginnen im Palast werden sie bei mir gut behandelt und wissen, dass es ihnen, wenn ich es möchte, weitaus schlechter gehen könnte. Nefer, Weret und einigen langjährigen Freundinnen, die mich abwechselnd begleiten werden, kann ich absolut vertrauen!«
Das klang vernünftig. Ich wollte auch im Moment nicht mehr an eventuelle Schwierigkeiten denken, denn ich fand den Vorschlag von Merit so gut, dass es einfach klappen musste. Allerdings nahm ich mir vor, die Idee von Merit in einer stillen Stunde auf Schwachstellen zu überdenken.
Dann fiel mir der Verwalter des Landgutes ein und ich wollte wissen: »Kennst du den Verwalter des Gutes?«
»Ja, er war stets freundlich. Du weißt, dass Senmen, der Bruder von Senmut, einmal der Vorbesitzer des Gutes war?«
Ich nickte, musste aber nicht antworten, denn Merit hatte sich, wie es bei Frauen oft der Fall ist, warm geredet und es war schwer, sie zu unterbrechen. »Ich habe eigentlich an einen anderen Verwalter gedacht. Er ist bisher Stellvertreter in einem königlichen Gut und möchte weiterkommen. Außerdem ist seine Frau bei mir als Dienerin beschäftigt. Was hältst du davon?«
»Wunderbar«, platzte ich heraus, »denn von dem jetzigen Mann halte ich überhaupt nichts!«
Und dann erzählte ich, was ich durch das belauschte Gespräch zwischen dem Verwalter und dem Priester erfahren hatte. Ich war zwar in meiner Wortwahl vorsichtig, denn Merit sollte über meine, von den Priestern vermutete Herkunft nichts erfahren. Aber leider war ich nicht vorsichtig genug und außerdem hatte ich vergessen, dass man Merit nichts vormachen konnte.
Als ich fertig war, hakte sie nach: »Woher kennst du den Priester? Du verschweigst mir doch etwas!«
»Lass uns ein andermal darüber reden«, blockte ich ab. »Im Moment ist es nicht so wichtig. Das mit dem Verwalter ist eiliger! Wann kann ich mit dem Mann sprechen?«

Sie ließ sich ablenken, weil ihre Zeit knapp bemessen war, denn sie schaute bereits zum zweiten Mal zu dem Vorhang, um sich zu vergewissern, dass Thotmes noch nicht zurück war.
»Ich werde meiner Dienerin Ama Bescheid sagen, dass sich ihr Mann in den nächsten Tagen bei dir melden soll. Er heißt übrigens Sentib!«
»Schick ihn am besten gleich zu Hor«, bat ich. »Ich möchte das Gespräch zusammen mit ihm führen, denn er wird mehr mit dem Mann zu tun haben als ich.«
Sich leicht räuspernd kam Thotmes aus dem Nebenzimmer herein. Das Zeichen für Merit, dass sie aufbrechen musste. Thotmes schaute diskret weg, als Merit mir einen Kuss auf die Wange hauchte und flüsterte: »Ich lasse dich in den nächsten Tagen rufen. Wehe, du bist wieder einmal nicht da!«
»Hor weiß immer, wo ich zu erreichen bin. Wenn ich nicht zu Hause bin, soll der Bote gleich zu ihm gehen. Ich erfahre dann auf jeden Fall davon.« Sie verschwand und am liebsten hätte ich gerufen: »Bleib hier! Geh nicht zu ihm!« Doch ich wusste, wir waren alle Gefangene der Götter und mussten uns ihrem Willen unterordnen.
Ich musste mich zusammenreißen, denn Thotmes wollte wissen: »Was gibt es Neues? Kann ich etwas für euch tun?«
Ich berichtete ihm kurz darüber, dass ich das Gut übernehmen wollte und Merit eventuell einen geeigneten Verwalter dafür hatte. Von dem Plan, uns dort öfter zu treffen, sagte ich nichts, obwohl er mein Freund war.
»Du hast das Geschenk des Pharaos wirklich verdient«, meinte er. »Hoffentlich hast du auch oft Gelegenheit, dich dort aufzuhalten. Die Ruhe auf dem Land wäre für dich das Richtige. Und wenn du einmal Abwechslung brauchst, Theben ist nicht weit. Allerdings wäre es wesentlich besser, wenn das Gut weiter weg wäre, zum Beispiel an der Landesgrenze, sodass du für gewisse Leute nicht so schnell zu erreichen wärst!«
Hatte sich Hor nicht vor Kurzem ähnlich geäußert? Aber ohne Merit? Was sollte ich weit weg, ohne sie?
»Ja, ja«, antwortete ich ein bisschen geistesabwesend, denn meine Gedanken waren weiter bei Merit. »Sie will mich übrigens wegen dem Verwalter in den nächsten Tagen sprechen.« Und weil mir

einfiel, dass er den Boten beauftragen könnte, mir die Nachricht zu überbringen, setzte ich hinzu: »Wenn ich nicht zu Hause zu erreichen bin, soll der Bote die Nachricht zu Hor bringen. Er wird dafür sorgen, dass ich informiert werde.«
Thotmes war ein viel beschäftigter Mann und darum verabschiedete ich mich. Wir verabredeten uns für einen der nächsten Abende.

Am Abend desselben Tages war ich nach längerer Zeit wieder einmal im Nilschwanz. Es war verhältnismäßig früh, sodass es nicht so voll war wie am späteren Abend. An der Theke wollte ich nicht stehen, weil die Bedienung dort angehalten war, dafür zu sorgen, dass leere oder auch nur halb leere Bierkrüge der Gäste schnell durch volle ersetzt wurden. Ich setzte mich allein an einen kleinen Tisch und kurz darauf brachte mir Tama, die junge Bedienung, das Getränk. Fragende Blicke trafen mich und mir fiel ein, dass ich wegen ihrer Frage nach einer Stelle im Palast bislang nichts unternommen hatte. Doch jetzt kam mir ein anderer Gedanke und ich sprach sie an: »Hast du heute irgendwann Zeit, um mit mir zu reden?«
Ein Leuchten kam in ihr Gesicht. »Ja, mein Dienst endet gleich. Die Nachtschicht übernimmt jemand anders. Soll ich mich dann zu dir setzen?«
Ich nickte, denn sie musste fort, an einem anderen Tisch wurde nach Bier gerufen. Es dauerte nicht lange, bis sie zurückkehrte und sich setzte.
»Hast du etwas für mich?«, fragte sie gleich. Ihre lebhaften Augen musterten mich aufmerksam. Sie sah wirklich gut aus, fand ich, und wer so hübsch war wie sie, durfte sich nicht wundern, wenn sie in der Kneipe von den Männern angemacht wurde.
»Willst du immer noch hier weg?«, vergewisserte ich mich.
»Ja, so schnell wie möglich! Aber ohne Beziehungen ist es nicht leicht, im Palast eine Stelle zu bekommen.«
Um ein wenig Zeit zu gewinnen, da ich meine spontane Idee von eben noch einmal überdenken wollte, fragte ich: »Wie alt bist du eigentlich und was hast du vorher gemacht? Du warst bestimmt nicht dein ganzes Leben lang als Bedienung im Nilschwanz.«
»Ich bin siebzehn!« Die Antwort klang sehr bestimmt.
»Tatsächlich?«, wunderte ich mich, denn ich hatte sie jünger eingeschätzt.

»Glaubst du mir etwa nicht?« Etwas beleidigt und gleichzeitig sehr temperamentvoll funkelte sie mich aus ihren dunklen Augen an.
»Doch, doch«, beschwichtigte ich sie. »Warum sollte ich nicht?« Und um sie nicht unnötig länger warten zu lassen, sagte ich: »Mir ist vorhin ein Gedanke gekommen, dass ich dir eventuell bei mir eine Stelle anbieten könnte.«
Über ihr Gesicht ging ein Schatten und aus ihren Augen sprach eine Erfahrung, die ein so junges Mädchen eigentlich nicht haben sollte. »Was meinst du damit genau?«
Mir wurde vor Verlegenheit heiß, als ich mir vorstellte, was sie gerade von mir dachte. »Nicht, was du denkst«, knurrte ich sie an. Aber ich fing mich schnell, denn aus ihrer Sicht hatte sie sicher recht, vorsichtig zu reagieren und sagte freundlich: »Pass auf! Ich werde in den nächsten Tagen oder Wochen ein Gut übernehmen. Es liegt ungefähr eine halbe Tagesreise von Theben entfernt. Wir suchen dafür vertrauenswürdiges Personal. Könntest du dir vorstellen, dort zu arbeiten?«
»Ah, das meinst du!« Ihre Stimme klang erleichtert. Dann bewies sie, dass sie aufmerksam zugehört hatte. »Du sagtest *wir* suchen?«
Ich hatte Merit gemeint, aber das ging sie nichts an. »Mein Verwalter Hor kümmert sich um das Gut. Doch hättest du überhaupt Interesse? Menschen, die in der Stadt leben, fühlen sich auf dem Land oft nicht besonders wohl, weil es nicht viel Abwechslung gibt.«
Sie lächelte. »Das würde mir nichts ausmachen. Ich komme vom Land. Meine Eltern sind Bauern. Ich musste deswegen von zu Hause weg, weil wir so viele Kinder waren, dass meine Eltern nicht alle ernähren konnten.« Sie schwieg in Erinnerung versunken. Ich ließ sie in Ruhe und hoffte, dass sie von sich aus weitersprechen würde, denn aus Erfahrung wusste ich, am meisten erfährt man etwas von einem Menschen, wenn man ihn reden lässt.
Sie hatte sich wieder gefangen und erklärte: »Ich hätte seinerzeit durchaus in der Nähe meiner Eltern bleiben können, weil ich ein Angebot von dem Gutsbesitzer bekommen hatte. Er hatte leider andere Absichten, das habe ich sogar als junges und unerfahrenes Mädchen sofort gemerkt, und bin aus dem Grund nach Theben gegangen. Entschuldige bitte, darum war meine Reaktion so zurückhaltend, als du sagtest, ich könnte bei dir eine Stelle antreten. Ich musste an den Gutsbesitzer von damals denken. Als ich dann

nach Theben kam, hatte ich es mir leichter vorgestellt, eine gute Stelle zu finden. Ein junges Mädchen ohne Beziehungen, da war ich froh, als Bedienung im Nilschwanz arbeiten zu können.«
Jetzt, wo sie so frei erzählte, wurde sie mir richtig sympathisch. Wenn sie nicht gerade zu den betrunkenen Männern im Lokal kratzbürstig war, schien sie nett und unkompliziert zu sein.
Der Nilschwanz hatte sich inzwischen gefüllt. Ich hatte plötzlich den Eindruck, dass an der Theke jemand war, der mich genau musterte. Mein Blick ging dorthin, um zu sehen, wer es war und ob ich ihn kannte. Harrab! Er saß an der Theke, lachte mich an und hob seinen Krug zur Begrüßung.
Tama hatte es mitbekommen. Sie wollte aufstehen und sich verabschieden. »Warte«, hielt ich sie auf. »Lass uns so verbleiben, dass ich mich in den nächsten Tagen bei dir melde, damit wir alles Nähere besprechen!«
»Ja, ich danke dir. Es wäre wunderbar, wenn es klappen würde. Aber jetzt will ich lieber gehen, der Chef wartet nicht gern!«
Mir fiel ein, mit dem Chef meinte sie Harrab. Er schien nur darauf gewartet zu haben, dass sie ging, denn er kam sofort mit seinem vollen Krug Bier in der Hand zu mir herüber.
»Deine kleine Freundin?«, wollte er wissen.
Ich winkte ab. »Sie ist zu jung für mich. Es ging darum, dass sie eine Stelle im Palast sucht und ich ihr dabei helfen soll. Schön, dass wir uns treffen, so können wir mal wieder in Ruhe reden!«
Er nickte. »Ich hatte gehofft, dich hier zu treffen, denn ich wollte mit dir über etwas Bestimmtes sprechen.«
Mir kam Hor in den Sinn, der vermutete, dass Harrab mich als eine Art Spion für seine Bande - er nannte sie Vereinigung - werben wollte. Vielleicht hatte Hor ja recht. Und so wartete ich ab, was er mit mir besprechen wollte. Doch Harrab hielt sich zunächst bedeckt. »Ich habe gehört, der Pharao hat dir für deine Verdienste um Ägypten ein Gut geschenkt. Gefällt es dir?«
»Ja, sehr«, erwiderte ich und wunderte mich ein bisschen, dass er davon wusste.
Er schien zu ahnen, was ich dachte, denn er lächelte. »Ich glaube, vor Jahren habe ich es bereits einmal erwähnt, wir im Hafenviertel sind meistens sehr gut informiert!« Für mich völlig überraschend, hakte er nach: »Und wirst du das Gut annehmen? Mit seinen Leuten?«

Worauf wollte er nur hinaus? »Zur ersten Frage ein klares Ja! Die zweite kann ich dir zurzeit nicht beantworten«, wich ich vorsichtig aus. Das war zwar nicht die ganze Wahrheit, aber so richtig gelogen war es auch nicht.

Er rieb sich nachdenklich die Nase. Ich vermutete, er wusste nicht, wie er mir irgendetwas beibringen sollte. Dann gab er sich einen Ruck und bot mir an: »Falls dir Leute fehlen sollten, ich hätte einige gute und erfahrene Männer, die etwas von Landwirtschaft verstehen und für die ich meine Hand ins Feuer legen würde.«

Jetzt brachte er mich tatsächlich in Verlegenheit. Wollte er etwa einige Bandenmitglieder auf dem Gut unterbringen? Da half nur die direkte Art, um sich zu vergewissern. »Willst du Männer deiner Vereinigung bei mir unterbringen? Das kann nicht dein Ernst sein! Willst du mir schaden?«

Nun war er es, der in Verlegenheit geriet. »Mann, du kannst fragen! Natürlich will ich dir nicht schaden! Freunde helfen sich und ich bin dein Freund! Schon vergessen? Allerdings will ich nicht verschweigen, dass ich froh wäre, wenn du aufgrund deiner Möglichkeiten und Verbindungen mir ab und zu gewisse Informationen geben könntest. Es wäre nur eine Sache zwischen uns beiden und niemand müsste davon erfahren. Und glaube mir, es wäre nicht zu deinem Schaden. Die Vereinigung hat großen Einfluss und kann dir in schwierigen Situationen helfen.«

Vor einigen Jahren hätte ich ein ähnliches Anliegen empört zurückgewiesen. Inzwischen hatte ich so viel erlebt, dass ich zumindest darüber nachdenken wollte. Könnte ich eventuell als Gegenleistung eine Art Schutz erwarten, wenn mir die Priester um Remram noch mehr zusetzen würden? Davon sagte ich besser nichts, sondern lenkte ab: »Darüber habe ich mir bisher keine Gedanken gemacht. Ich müsste es in Ruhe überdenken. Vielleicht sollten wir zu einem späteren Zeitpunkt darüber sprechen. Außerdem habe ich einige Dinge von euch gehört, die ich auf keinen Fall gutheißen kann!«

Er schien vorerst mit meiner Antwort zufrieden zu sein, denn er nickte zustimmend. »Mehr habe ich für den Moment auch nicht erwartet. Ich möchte noch einmal auf die Männer zu sprechen kommen, die ich gern bei dir unterbringen würde. Es ist so, zu unseren Leuten gehören ebenso ganz normale Bauern, die manchmal bestimmte Dinge für uns erledigen müssen. Nichts Schlimmes! Wirk-

lich! Nur im Rahmen ihrer Möglichkeiten. Du hast mein Wort darauf. Sie sind bisher verstreut auf verschiedenen Gütern als Pächter beschäftigt. Ich hätte sie gern mehr in der Nähe von Theben angesiedelt.«
»Wenn sie Familie haben, könnte ich sie eventuell als Pächter einstellen. Allerdings müsstest du mir dein Ehrenwort geben, dass ich durch ihre gelegentliche Beschäftigung bei euch keine Probleme bekomme!«
Er nickte mir zu. »Ich garantiere es dir!«
»Das hätten wir somit geklärt. Kommen wir zum nächsten Punkt: Könnte ich mich auf diese Leute verlassen, wenn ich von einer bestimmten Seite Schwierigkeiten bekäme?«
Seine Gesichtszüge wurden jetzt sehr aufmerksam, als er wissen wollte: »Was meinst du damit? Du musst dich deutlicher ausdrücken!«
Ich fixierte ihn mit meinem Blick. »Du bist mein Freund und nur zu dem sage ich das Folgende: Es könnte sein, dass ich mit einigen wichtigen Amun-Priestern Ärger bekomme. Vielleicht sogar durch Verleumdungen mit Soldaten des Pharaos, obwohl ich das für ziemlich unwahrscheinlich halte. Doch immerhin, es könnte passieren und ich will es dir nicht verschweigen.«
»Mann, was ist los mit dir?« Er bekam einen leichten Hustenanfall, weil er sich wohl vor Erstaunen beim Trinken verschluckt hatte.
»Du kannst dir sicher denken, dass einige Amun-Priester mir wegen der Geschichte in Syrien und wegen der Sache mit Nemitz nicht gerade wohlgesonnen sind. Aus Erfahrung, gerade in der letzten Zeit, habe ich gemerkt, dass ich vorsichtig sein muss. Wenn ich Leute auf dem Gut beschäftige, wäre es gut, dass ich mich auch in schwierigen Situationen auf sie verlassen kann. Ich überlege im Moment ernsthaft, auf dem Gut meinen Hauptwohnsitz zu nehmen. Der Grund ist, weil ich mich dort am sichersten fühle.« Das Letzte war mir beim Reden eingefallen und je länger ich darüber nachdachte, umso besser fand ich die Idee. Auf dem Gut würde es nicht passieren, dass man mich auf einer dunklen Straße, wie in Theben, überfiel, davon war ich überzeugt. Ich hatte eine kurze Pause gemacht, um Harrab Gelegenheit zu geben, sich dazu zu äußern.
»Ja, ja«, antwortete er nachdenklich. »Glaube mir, es sind die rich-

tigen Leute, die ich dir schicken würde. Sie können schweigen und wenn es sein muss, mit Waffen umgehen!«
Ich war mit dem Verlauf des Gespräches zufrieden, denn einiges, was ich zu Harrab gesagt hatte, war mir erst beim Reden eingefallen. Es hatte sich so ergeben und ich war mir darüber im Klaren, der Hintergrund dafür war, dass mir die Erpressung wegen meiner vermuteten Herkunft durch die Priester zu schaffen machte. In ersten Linie, weil ich nicht wusste, wie ich mich dagegen wehren konnte. Wenn diese Leute bei mir nicht mit Verleumdungen weiterkamen, sie würden sich nicht scheuen, Gewalt anzuwenden. Jetzt war ich froh, mit Harrab gesprochen zu haben. Ich hatte den ersten und sicher nicht den letzten Schritt getan, um mich gegebenenfalls wehren zu können. Verlässliche Männer auf dem Gut zu haben, würde Sicherheit für mich und für die anderen Bewohner bedeuten. Ich verabschiedete mich mit den Worten: »Schick die Männer, an die du gedacht hast, zu Hor. Er weiß, wo ich zu erreichen bin oder er wird gegebenenfalls in meinem Sinn handeln. Wegen der anderen Sache brauche ich Zeit. Wenn wir demnächst darüber sprechen, solltest du mir klar und deutlich unterbreiten, was du von mir erwartest!« Und um ihm zu zeigen, dass ich große Zweifel hatte, sein Informant zu werden, fügte ich hinzu: »Es gibt für mich Grenzen und ich habe von einigen Dingen gehört, für die eure Organisation verantwortlich sein soll, die ich nicht gutheißen kann. Selbst dann nicht, wenn mein Freund ihr Anführer ist!«

Es war am nächsten Tag, als ich mit Hor über das Angebot Harrabs sprach, einige Männer seiner Vereinigung bei mir als Pächter auf dem Gut zu beschäftigen.
Er nickte. »Ich würde sie einstellen! Auch wenn du nicht zu Harrabs Organisation gehörst, du hättest verlässliche Männer um dich. Ich muss dir ehrlich sagen, was du mir von dem Priester Remram berichtet hast, macht mir Angst um dich.«
Er schwieg und so hatte ich Gelegenheit, ihn darüber zu informieren, dass die infrage kommenden Männer in den nächsten Tagen bei ihm vorstellig würden. Dann kam ich auf Tama zu sprechen.
Er grinste leicht. »Ich weiß, die Kleine aus dem Nilschwanz. Wenn du mich fragst, sie mag dich. Aber im Ernst, eigentlich sehe ich zwei Möglichkeiten, sie bei dir unterzubringen. Entweder als Haus-

hälterin, wenn du in deinem Haus in Theben wohnen bleibst, oder auf dem Gut. Als was, müsste man sehen. Wenn ihre Eltern Bauern sind, ist sie sicher eine gute Arbeitskraft.«

Einige Wochen zogen ins Land. Der Verwalter, seine Frau und die Männer Harrabs waren bereits auf dem Gut und hatten sich mühelos eingearbeitet. Tama hatte großes Interesse bekundet, in meinem Haus in Theben zu arbeiten und sie war seit mehreren Tagen dort. Jetzt passierte es nicht mehr, wenn ich nach Hause kam, dass nichts zu essen da war. Wenn ich zurückkam, meldete sie sich augenblicklich, um sich nach meinen Wünschen zu erkundigen. Auch die Einrichtung in der Wohnung veränderte sich nach und nach. Tama handelte dabei sehr selbstständig und ich sah keine Veranlassung, sie zu bremsen, denn was sie veränderte hatte, gefiel mir. Als ich so darüber nachdachte, fragte ich mich, wie sie bloß all diese Dinge ohne Gold erworben hatte? Sofort suchte ich sie und fragte: »Wie hast du alle diese neuen Sachen bekommen, ohne zu bezahlen? Ich habe ganz vergessen, dir Gold für den Haushalt zu geben.«
Warum schaute mich das junge Ding so verständnisvoll, ja fast mütterlich an? »Ich weiß von Hor, dass dich so etwas nicht besonders interessiert. Also musste er mir das Gold geben. Manchmal scheint er ein wenig geizig zu sein und ich musste ihn erst überzeugen, dass diese Dinge, die ich für deine Wohnung gekauft habe, notwendig sind. Außerdem habe ich ihn daran erinnert, dass er nur dein Verwalter ist und das zu tun hat, was du willst! Oder?«
Ich war über das, was sie sagte, ziemlich verblüfft, denn ich konnte mich nicht erinnern, ihr diesbezüglich einen Auftrag gegeben zu haben, und schärfte ihr ein: »Wenn du meinst, dass wir diese Gegenstände benötigen, kaufe sie. Aber du solltest mich vorher fragen! Stell dir vor, Hor spricht mich darauf an und ich weiß nicht Bescheid, das könnte für uns alle peinlich werden!«
»Wieso?«, fragte sie in aller Unschuld. »Ich bin deine Haushälterin. Du hast schließlich andere Dinge im Kopf. Warum soll ich dich damit belasten?« Dann bekam ihr Gesicht einen leicht zornigen Ausdruck. »Du denkst hoffentlich nicht, ich wollte dich betrügen? Sag das ja nicht! Dann schmeiße ich auf der Stelle alles hin und arbeite lieber wieder im Nilschwanz!«

Der Gedanke, dass sie mich betrügen könnte, war mir bisher überhaupt nicht gekommen und deswegen schaute ich sie jetzt offen und durchdringend an, denn eine leichte Röte überzog ihr Gesicht.
»Ich vertraue dir! Du wirst es sicher bald merken. Ich kann all meinen Freunden blind vertrauen. Doch tu mir bitte den Gefallen, wenn du vorhast, größere Sachen zu kaufen, informiere mich vorher. Ich möchte es so!«
Sie schien beruhigt, denn als sie weitersprach, hatte ihre Stimme nicht mehr diesen schrillen Klang. »Da ist noch etwas. Es war jemand vom Palast hier. Ich soll dir ausrichten, dass dich heute Abend nach Einbruch der Dunkelheit jemand besuchen würde. Du wüsstest Bescheid!«
Ein Glücksgefühl durchströmte mich. Merit! Nur sie konnte es sein, die mir diese Nachricht geschickt hatte. Ich riss mich zusammen, als mir bewusst wurde, dass Tama mich sehr aufmerksam musterte und dann ganz unschuldig tat, als sie fragte: »Muss ich etwas vorbereiten, wenn sie kommt?«
»Wieso kommst du darauf, dass es eine Sie ist?«, fuhr ich Tama an, denn ich hatte gerade überlegt, sie heute Abend wegzuschicken und wollte es damit begründen, dass sie einmal frei haben müsste.
»Dein Gesicht«, erwiderte sie. »Auch wenn du darüber nicht sprechen willst, es verrät alles. Seitdem ich dich kenne, so glücklich habe ich dich noch nie gesehen.«
Um das Thema zu beenden, überlegte ich, wie ich sie heute Abend loswerden könnte, ohne sie zu beleidigen, als sie ganz energisch sagte, so, als ob sie Gedanken lesen könnte: »Bis heute Abend habe ich eine Menge zu tun. Und falls du es mir anbieten würdest: Ich nehme heute auf keinen Fall frei!«
Danach entschwand sie und ließ mich ziemlich ratlos zurück. Einmal deswegen, weil sie mir mein Glück vom Gesicht abgelesen hatte, und zum anderen, weil ich mir nicht ganz sicher war, ob ich ihr wirklich vertrauen konnte. Merits Besuch sollte geheim bleiben. Was sollte ich tun? Merit war eine ausgezeichnete Menschenkennerin. Vielleicht könnte sie mit Tama sprechen, um sie zu beurteilen.

Bei Beginn der Dunkelheit wartete ich gespannt auf meinen Besuch und dabei kamen mir Erinnerungen aus unserer gemeinsamen Zeit. Wie ich Merit als Kind kennengelernt hatte, als sie von einem Ball

am Kopf getroffen, in einen Teich fiel und ich sie herausgezogen hatte. Nachdem wir uns dann in der Kinderzeit längere Zeit aus den Augen verloren hatten, war auch unser Wiedersehen in der Jugendzeit eine feuchte Angelegenheit. Ich hatte sie, als das Boot mit mehreren Palastdamen auf dem Nil gekentert war, triefend nass aus dem Wasser gefischt. Unsere gemeinsame Reise ins Nildelta, zusammen mit Mat und Intef, kam mir in den Sinn. Auf der Reise hatten Merit und ich entscheidenden Anteil daran, dass der Wunschkandidat von Thutmosis, Menkheperreseneb, zum Hohepriester Amuns bestimmt wurde.
Jetzt hatte ich sogar den Eindruck, ihre Stimme direkt neben mir zu hören. Ein schöner Traum, doch die Beschwerde passte nicht zu meinen Träumen: »Da besucht ihn heimlich die zweite königliche Gemahlin und anstatt sie aufgeregt zu erwarten, liegt er auf seiner Schlafstätte und schläft in aller Ruhe!«
Sie war es wirklich! Vor freudigem Schreck fuhr ich aus dem Schlaf kommend hoch und vergaß dabei, dass sich meine Schlafstätte unter einer Dachschräge befand. Prompt stieß ich mit dem Kopf dagegen.
»So war er von jeher«, hörte ich trotz meines Schmerzes Merit zu jemandem sagen. »Oft etwas ungestüm und manchmal will er mit dem Kopf durch die Decke!«
Außer Merit kicherte da noch jemand. Merit stand vor meiner Schlafstätte und strich leicht mit einer Hand über meinen Kopf, dort wo ich mich gestoßen hatte. Im Eingangsbereich des Zimmers stand Tama. Die beiden lächelten sich - so fand ich jedenfalls - verschwörerisch an. Sie hatten sich also bereits kennengelernt und schienen sich gut zu verstehen. Aus den Augenwinkeln bekam ich mit, dass Tama hinaushuschte. Ich wollte etwas sagen, doch Merit verschloss meinen Mund mit Küssen. Auf diese angenehme Weise war ich lange nicht mehr geweckt worden. Ich zog sie zu mir auf meine Schlafstätte, streichelte sie erst vorsichtig und liebevoll, um ihr die Möglichkeit zu geben, sich zurückzuziehen. Aber das Gegenteil war der Fall. Merit kam mir entgegen und meine Leidenschaft wurde so groß, dass ich nicht mehr anders konnte. Wir liebten uns das erste Mal so gierig und wild, als ob wir dadurch all die verlorenen Jahre nachholen könnten. Nachher, als wir wieder ruhiger waren und uns erholt hatten, erforschten wir in Ruhe und mit viel

Liebe den Körper des anderen. Erst lange Zeit später fanden wir Zeit zu reden.
»Dürfen wir das überhaupt? Was sagen deine Götter dazu? Und wie würde sich Thutmosis verhalten, wenn er davon erfährt?«
Sie kuschelte sich in meine Arme. »Er wird es nie erfahren. Außerdem ist er nicht an mir interessiert. Seine Liebe gehört Ahsat. Doch seine wirkliche Leidenschaft ist Krieg spielen.«
»Und du? Wie stehst du zu ihm?«
Mit ihrer Hand erforschte sie gerade die in den letzten Jahren dazugekommenen Fältchen in meinem Gesicht und schien sich dabei nur ungern unterbrechen zu lassen. Sie hielt abrupt inne und versicherte: »Ich achte ihn. Er will für Ägypten das Beste! Sein Ziel ist es, Ägypten noch größer zu machen. Alle anderen Dinge in seinem Leben müssen sich dem unterordnen. Zu seinen anderen Frauen ist er großzügig und lässt ihnen alle Freiheiten. Ich kann und will nichts Schlechtes über ihn sagen.«
Mehr wollte ich im Moment überhaupt nicht wissen, denn es war für mich ohnehin schwer genug, wenn ich daran dachte, dass er ihren Körper berühren, sie streicheln und küssen könnte. Dies hatte mir, seitdem ich wusste, dass Merit seine Frau und zweite königliche Gemahlin geworden war, viele schlaflose Nächte bereitet. Manchmal waren mir deswegen Mordgedanken gekommen. Leider! Denn letztendlich hatte er ja nicht einmal Schuld. Man hatte mich damals für tot gehalten und Merit hatte ihn, auf anraten ihrer Freunde, geheiratet. Mir wurde klar, dass dies der Grund war, warum ich ab und zu mit dem Gedanken spielte, zum Schein auf das Angebot des Priesters Remram einzugehen, obwohl ich es ihm gegenüber strikt abgelehnt hatte. Ich wehrte mich zwar gegen diese düsteren Gedanken, nur manchmal gewannen sie die Oberhand.
»Du ziehst deine Stirn so kraus«, meldete sich Merit ein bisschen vorwurfsvoll, weil ich sie einige Zeit nicht beachtet hatte. »Lass es sein, du hast in den Jahren deiner Abwesenheit bereits genug Fältchen bekommen. Und außerdem brütest du dann meist etwas aus! Was ist es diesmal?« Sie strich mit ihrer Hand über meine Stirn, als ob sie sie damit glätten könnte.
Darüber, dass der Priester Remram versuchte, mich wegen meiner vermuteten Herkunft zu erpressen, wollte ich Merit nichts erzählen. Mit meinen Sorgen in dieser Angelegenheit wollte ich sie auf gar keinen Fall belasten.

»Was hältst du von Tama? Denkst du, wir könnten ihr vertrauen?«, wechselte ich das Thema.
Sie ließ sich ablenken und meinte nachdenklich, wobei sie sich im Liegen auf ihre Ellbogen aufstützte. »Ja. Sie ist eine Frau und kann sich denken, warum wir uns hier treffen. Ich bin sicher, dass sie auf unserer Seite ist. Wenn wir uns demnächst für mehrere Tage auf deinem Gut treffen, sollte sie vielleicht als meine Dienerin mitkommen. Sie ist sehr aufgeweckt und...« Sie schaute mich mit einem wissenden Lächeln aufmerksam an.
»Was wolltest du sagen?«, fragte ich. »Sie ist aufgeweckt und was noch?«
Ihr Blick wurde weicher, doch ihr Lächeln blieb. »Du dummer, lieber Sen! Ist dir wirklich nicht bewusst, dass du eine Eroberung gemacht hast? Sie liebt dich! Aber sie weiß und akzeptiert, dass ich die älteren Rechte habe, und hat sich vorerst damit abgefunden. Davon bin ich überzeugt. Wenn das Unwahrscheinliche einmal eintreten sollte, dass ich dich nicht mehr liebe, dann würde sie ernsthaft versuchen, dich zu erobern.«
»Was redest du für einen Unsinn?«, murmelte ich, denn es war nicht leicht zu antworten, weil ich gerade leidenschaftlich geküsst wurde und nur zwischen zwei Küssen reden konnte. »Sie ist fast noch ein Kind. Und wehe dir, wenn du mich nicht mehr lieben würdest!«
Mehr konnte ich nicht dazu sagen, denn jetzt bewies sie mir, dass ihr Interesse an mir recht groß war.
Leider ging die Nacht viel zu schnell vorbei. Als ich Merit zum Abschied nach draußen begleitete, kam aus den unteren Räumen des Hauses eine Frau auf uns zu und legte Merit einen Umhang über Kopf und Schultern. Tama musste sie im Haus untergebracht haben. Wer es war, konnte ich wegen der herrschenden Dunkelheit nicht erkennen. Nefer war es auf keinen Fall, denn ich hätte sie an ihren Bewegungen erkannt.
Merit und ich hatten uns zuvor im Haus verabschiedet. Wortlos ging sie mit der Frau in Richtung Palast. Wir hatten vorher eine kleine Auseinandersetzung gehabt, weil ich sie begleiten wollte. Sie hatte es glatt abgelehnt und da sie sich so energisch weigerte, hatte ich es akzeptieren müssen.

Kriegsplanungen

Es war nur ein paar Tage später, als Tama einen Boten aus dem Palast meldete. Zuerst dachte ich freudig, er brächte eine Nachricht von Merit, denn zu einer zweiten Begegnung mit ihr war es bisher nicht gekommen. Meine Enttäuschung war groß, als ich die Order erhielt, mich sofort bei dem Wesir Rechmire zu melden.
Nachdem der Bote gegangen war, wollte Tama wissen: »Wann kommt sie?«
Ich schüttelte den Kopf. »Er kam nicht von Merit! Der Wesir hat mich zu sich befohlen! Er ist der Stellvertreter des Pharaos.«
Es war das erste Mal, dass sie mich wegen Merit angesprochen hatte.
Aufgrund des Befehls machte ich mich gleich auf den Weg. Bei meinem Eintreffen am Palast wurde ich von einer Wache zu den Arbeitsräumen des Wesirs gebracht. Als wir eine große Halle erreichten, bedeutete mir der Diener zu warten. Mit Erstaunen sah ich die vielen Menschen, die geschäftig hin und her gingen. Am anderen Ende der Halle konnte ich den Wesir Rechmire an seiner Amtstracht erkennen. Er trug den vorgeschriebenen langen Leinenschurz, der ihm bis unter die Brust reichte und der auf den Schultern von zwei schmalen Trägern gehalten wurde.
Wegen der Entfernung war es leider nicht möglich, alles genau zu erkennen und zu hören. Aber ich bekam mit, dass eine Gerichtsverhandlung stattfand, die er leitete. Eine der Pflichten des Wesirs war das Amt des höchsten Richters. Außerdem war er erster Beamter der Polizei und Steuerbehörde. Unter anderem stand der gesamte Verwaltungsapparat unter seiner Kontrolle. Natürlich hatte er etliche Aufgaben delegiert, doch letztendlich war er allein dem Pharao gegenüber für alles verantwortlich.
Diese Machtfülle durfte nur in den Händen eines äußerst vertrauenswürdigen Mannes liegen. Thutmosis und Rechmire kannten sich seit ihrer frühesten Kindheit. Wahrscheinlich hatte er deswegen eines der wichtigsten Ämter Ägyptens bekommen. Überhaupt hatte Thutmosis es verstanden, Männer in die höchsten Ämter zu erheben, mit denen er seit seiner Jugend freundschaftlich verbunden war.

Bei dieser Gerichtsverhandlung ging es um Steuerabgaben des Schatzhauses an den Amun-Tempel. Zwischen den beiden Parteien gab es darüber Streit. Gerade setzte sich der Amun-Priester wieder hin, der die Sache für den Tempel vertrat. Für einen kurzen Moment konnte ich ihn gut sehen und mein Schreck war ziemlich groß, als ich in ihm den Priester Remram erkannte. Wenn er so eine wichtige Aufgabe wahrnahm, musste er in der Hierarchie der Amun-Priester sehr weit oben stehen.
Ich konnte das Gerichtsverfahren nicht weiter verfolgen, da der Diener zurückkam und mir bedeutete, ihm zu folgen. Er führte mich zu einem kleineren Nebenraum, in dem mehrere große Tische standen, auf denen viele Papyrusrollen lagen. Auf einem der Tische sah ich wertvolle Lederrollen, die, im Gegensatz zu den Papyrusrollen, wohlgeordnet waren. Da der Diener mir gesagt hatte, dass es einige Zeit dauern könne, bis Rechmire käme, zählte ich aus Langeweile die Rollen und kam auf vierzig Stück. Mir fiel ein, dass ich, als ich noch ein Kind war, in der Schule gelernt hatte, dass auf vierzig Lederrollen die wichtigsten Gesetze Ägyptens geschrieben seien. Wahrscheinlich handelte es sich dabei um diese wertvollen Rollen.
Ich war neugierig und wollte gerade eine von ihnen ein Stück aufrollen, um nachzuschauen, als ich Schritte hörte. Schnell setzte ich mich hin und tat unbeteiligt. Rechmire trat ein und entschuldigte sich: »Ich hoffe, du musstest nicht allzu lange warten. Doch was ich dir zu sagen habe, kann nicht aufgeschoben werden.« Ehe er fortfahren konnte, trat ein Diener ein und brachte Wein und Gebäck. Obwohl ich nicht erfreut war, ihn aufsuchen zu müssen, rechnete ich es ihm hoch an, dass er so höflich war, denn er war immerhin der Stellvertreter des Pharaos.
Rechmire bediente sich sofort. Er schien durstig und hungrig zu sein. Der Diener hatte mir auch einen Becher voll Wein eingeschenkt. Als ich ihn probierte, schmeckte er schwer, süß und hatte ein zugesetztes Aroma. Ich mochte lieber einen leichten, fruchtigen Wein und so hielt ich mich beim Trinken zurück.
»So, jetzt geht es mir besser«, fuhr Rechmire fort. »Diese Gerichtsverhandlungen strengen sehr an. Vor allen Dingen dann, wenn die streitenden Parteien nicht kompromissfähig sind. Nun zu dir! Ich habe dich rufen lassen, weil Thutmosis aus Memphis einen

Schnellboten geschickt hat. Du sollst unverzüglich per Schiff zu ihm nach Memphis kommen!«
Ich musste schlucken. Wieder einmal hatte mich ein Befehl Thutmosis', eine Reise zu machen, plötzlich und völlig unvorbereitet ereilt. Rechmire musste wohl meinem Gesicht ansehen, wie überrascht ich war. Hoffentlich nicht auch, wie sehr ich mich darüber ärgerte, dass ich nicht den Ratschlag von Hor und Thotmes beherzigt hatte, weit weg von Theben meinen Wohnsitz zu nehmen, ohne ihn bekannt zu geben. Ich schalt mich innerlich einen riesengroßen Trottel!
Rechmire meinte mit einem freudlosen Lächeln: »So geht es uns allen. Die Anordnungen von Thutmosis erreichen uns meist unverhofft. In Memphis will er dir übrigens selbst sagen, welche Order er für dich hat. Sollte er zwischenzeitlich mit dem Heer aufgebrochen sein, ist euer nächster Treffpunkt Gaza. Spätestens dort, so lautet sein Befehl, musst du ihn erreichen!«
Nach meinem ersten Schreck hatte ich mich so weit gefasst, dass meine Vernunft die Oberhand gewann. »Du sagtest, dass ich mit einem Schiff reisen soll. Hat man bereits dafür gesorgt, dass eines abfahrbereit ist?«
Er lächelte freundlich. »Du wirst zufrieden sein. Dein Freund, Kapitän Mennon, hat den Auftrag bekommen, alles vorzubereiten. Das Schiff kann heute Abend ablegen. Da die Anweisung des Pharaos lautet, sofort aufzubrechen, solltest du versuchen, bis dahin deine Angelegenheiten zu regeln.«
Damit war ich entlassen. Ziemlich niedergeschlagen wollte ich mich auf den Heimweg machen, als mir Merit einfiel. Da ich mich im Bereich des Palastgebietes befand, ging ich zu den Arbeitsräumen von Thotmes, um ihn zu bitten, sie darüber zu unterrichten. Einer der Diener, den ich bat, mich bei ihm zu melden, informierte mich, er befände sich in einer wichtigen Besprechung und dürfe nicht gestört werden. Erst nach einigem Hin und Her konnte ich ihn überreden, ihm zu melden, Sen sei da und wollte ihn kurz sprechen.
Es dauerte nicht lange, bis sich etwas weiter entfernt eine Hand zwischen die Öffnung eines Vorhanges schob und mir zuwinkte, einzutreten. Als ich nah genug heran war, packte mich die Hand und zog mich in den Raum hinein. Zwei Arme schlangen sich um

meinen Hals und ich wurde heiß und leidenschaftlich geküsst. Merit! Atemlos wollte ich wissen: »Was machst du hier bei Thotmes? Sei vorsichtig, es könnte uns jemand sehen!«
»Ach was!« Sie winkte ab. »Hier sind wir sicher. Ich bin gerade bei Thotmes, weil er dir eine Nachricht von mir überbringen soll. Was willst du von ihm?«
In kurzen Sätzen erklärte ich ihr, welchen Befehl ich von Thutmosis erhalten hatte. Sie seufzte. »Manchmal denke ich, er ahnt, dass wir uns immer noch lieben, und sorgt auf diese Art und Weise dafür, dass jeder von uns andere Wege geht.«
Wir hielten uns eng umschlungen. Keiner wollte den anderen loslassen, weil er wusste, dass es für lange Zeit das letzte Mal war. Es gab nichts, womit wir uns gegenseitig trösten konnten. Wieder einmal wurden wir auseinandergerissen. Keiner wollte es aussprechen, in unserem Inneren hingegen war die Angst riesengroß, dass es auch bei dieser Trennung so gravierende Einschnitte in unserem Leben gab wie bei der vergangenen Reise.
Merit redete da weiter, wo sie vorhin aufgehört hatte: »Woher sollte er es wissen? Normalerweise hat er kein Feingefühl für solche Dinge. Er ist der geborene Kriegsführer und nur das ist seine wahre Leidenschaft, große Dinge für Ägypten zu schaffen! Es müssen die Götter sein, die uns für etwas bestrafen wollen! Doch waren es nicht sie, die diese Liebe füreinander in unsere Herzen gegeben haben?«
Ihr Kopf war gegen meine Schulter gelehnt und ich merkte, dass mein Gewand an dieser Stelle von ihren Tränen feucht wurde. Sie fasste sich wieder und flüsterte, obwohl wir allein waren: »Lass mir öfter eine Nachricht zukommen. Schick sie am besten zu Hor, der sie an Thotmes weiterleiten soll. Direkt zum Palast an Thotmes wäre vielleicht zu auffällig. Man kann ja nie wissen!«
Im Hintergrund räusperte sich eine Frauenstimme. Merit musste aufbrechen. Noch einmal streichelten ihre Hände mein Gesicht und es schien, als ob sie sich meine Gesichtszüge für immer einprägen wollte. Dann drehte sie sich um und verschwand schnellen Schrittes.

Auf dem Weg zu meiner Wohnung musste ich mich sehr zusammenreißen, so hatte mich der Abschied von Merit mitgenommen.

Eigentlich hatte ich bis zum Abend unzählige Dinge zu erledigen, doch ich hatte einfach keine Kraft mehr dazu.
Tama erwartete mich bereits, als ich zu Hause ankam. »Bei den Göttern!«, rief sie erschreckt, als sie in mein Gesicht sah. »Du bist ja leichenblass! Was ist mit dir? Bist du plötzlich krank geworden?«
»Nein, nein, mich hat nur ein Befehl des Pharaos unerwartet erreicht. Er befiehlt, dass ich für längere Zeit verreisen muss. Sonst ist nichts«, brachte ich heraus.
Jetzt wurde sie blass und ich hatte den Eindruck, dass sie nur mit Mühe ihre Tränen zurückhalten konnte. »Und was wird mit mir?«, fragte sie leise.
»Du bleibst hier. Ich bin froh, während meiner Abwesenheit eine verlässliche Frau im Haus zu haben.«
Sie schien nicht antworten zu können, ihr Schreck war zu groß. Ich wollte nur noch allein sein und mich hinlegen, da fielen mir Hor und Harrab ein.
»Bring mir Papyrus und etwas zu schreiben!« Ich hatte bewusst einen rauen Ton angeschlagen, um sie aus ihrer Erstarrung zu holen. Die beiden musste ich über den Befehl des Pharaos informieren und außerdem hatte ich für Hor Instruktionen, die mein Vermögen betrafen. Die Kraft, sie zu Hause aufzusuchen, hatte ich nicht.
In bemerkenswertem Tempo brachte Tama mir das Gewünschte. Schnell schrieb ich einige erklärende Sätze auf die Papyrusrollen und gab Tama den Auftrag, sie persönlich an Hor und Harrab auszuhändigen. »Es ist sehr wichtig, dass ausschließlich sie die Rollen bekommen! Ich verlasse mich auf dich!«

Ehe ich mich am Abend zum Hafen aufmachte, händigte Tama mir einen großen Beutel mit meinen Sachen aus, den sie für mich gepackt hatte. Eine Haushälterin zu haben, hatte durchaus angenehme Seiten, sonst hatte ich so etwas immer selbst machen müssen. Unerwartet schlang Tama ihre Arme um meinen Hals, küsste meine Wange und flüsterte: »Komm bald und heile zurück!« Danach huschte sie eilig in das angrenzende Zimmer, sodass ich keine Gelegenheit mehr hatte zu antworten.

Mennon erwartete mich bereits am Landungssteg. Seit meiner Kindheit, als ich von den Ägyptern aus dem Land Punt nach Ägypten

entführt wurde, war er mir ein väterlicher Freund. Er machte keine großen Begrüßungsworte, sondern sagte nur kurz und knapp, weil er ahnte, wie mir zumute war: »Komm, bring deine Sachen in die Kabine. Ich habe dir einen großen Krug Wein bereitstellen lassen. Trink und versuche dann zu schlafen! Wir werden sofort ablegen.« Es war genau richtig, wie er mich behandelte. Er kannte mich und wusste, dass ich allein sein wollte und mir nicht danach war, zu reden. Den Weinkrug hatte ich fast leer getrunken, als ich endlich einschlief und dadurch kamen meine Gedanken zur Ruhe.
Beim Aufwachen verspürte ich ein leichtes Kopfbrummen und deswegen stand ich gleich auf, um an Deck zu gehen. Die frische Luft würde mir guttun. Es war sehr früh, die Sonne war noch nicht aufgegangen und die Besatzung des Schiffes schien zu schlafen, denn ich konnte nur den Mann am Steuerruder entdecken. Mein Kopf wurde klarer und ich versuchte, nicht mehr an Merit zu denken. Um auf andere Gedanken zu kommen, zwang ich mich zu überlegen, was Thutmosis von mir wollte. Es konnte nur mit dem bevorstehenden Feldzug zu tun haben. Aber was genau, konnte ich mir nicht vorstellen.
Hinter einem Palmenwald stieg die Sonne glutrot auf. Einige der Besatzungsmitglieder kamen, sich reckend und gähnend, von ihrer Schlafmatte hoch, um ihre Arbeit an Deck aufzunehmen. Alle diese selbstverständlichen und sich ständig wiederholenden Dinge halfen mir, mit meiner Situation fertig zu werden. Irgendwann stand Mennon neben mir. Ich war so in Gedanken vertieft, dass ich sein Kommen gar nicht bemerkt hatte.
»Na, geht's halbwegs?«, wollte er wissen.
»Ich glaube, so langsam habe ich innerlich meine Lage akzeptiert und versuche, das Beste daraus zu machen. Die Order kam einfach zu plötzlich und irgendwie war ich davon überzeugt, dass meine Reise nach Nubien und den angrenzenden Ländern am Nil zumindest für sehr lange Zeit die letzte war.«
Sonst bedurfte es nicht vieler Worte zwischen uns, denn wir kannten uns lange genug, um den anderen zu verstehen.
»Was will der Pharao von dir?« Fragend schaute mich Mennon an. »Hat es etwas mit dem bevorstehenden Feldzug zu tun?«
»Ich weiß es nicht! Aber ich vermute, nur das kann der Grund sein. In Memphis will er mir seine Instruktionen geben. Mehr weiß ich auch nicht.«

Mennon zuckte die Achseln. »Ich würde dir raten, denke nicht die ganze Zeit darüber nach. Ruhe dich hier an Bord aus, wer weiß, welche Strapazen dich demnächst erwarten.«
In den nächsten Tagen befolgte ich seinen Ratschlag. Außer ab zu meine Angel auszuwerfen, zu essen und zu schlafen, machte ich nichts.

Als wir an dem Anlegesteg in Memphis festmachten, sah ich einen Kampfwagen an Land, vor dem zwei Pferde gespannt waren. Er schien auf uns gewartet zu haben, denn gleich nach unserer Ankunft stieg ein Mann von dem Wagen, gab einem Bediensteten die Zügel und kam auf uns zu. Aufgrund seines Ganges hätte ich ihn unter Tausenden erkannt! Mat, mein Freund seit Kinderzeit! Wir umarmten uns.
»Du solltest Soldat werden«, flachste er. »Immer, wenn etwas los ist, wird der ›Soldat‹ Sen als Erster eingesetzt!« Er grinste leicht, doch seine Augen lachten nicht mit. Er kannte meine Einstellung und wusste, was ich vom Krieg und seinen Begleiterscheinungen hielt.
»Der Pharao weiß eben, dass ihr ohne mich total hilflos seid«, gab ich im gleichen Ton zurück.
»Genau das ist es«, lachte er. »Und deswegen habe ich den Auftrag, dich umgehend zu ihm zu bringen. Er scheint nur auf dich gewartet zu haben, bis er den Befehl zum Abmarsch des Heeres gibt.«
Mit einigen Bedenken stieg ich auf den Wagen und wirklich, nach kurzer Zeit waren die ersten Anzeichen da, dass mir schlecht werden könnte. Ich musste an die Fahrt vor einigen Jahren denken, wo ich einen ganzen Tag auf so einem Gefährt verbracht hatte und es mir fürchterlich schlecht gegangen war. Mat hatte wohl die gleiche Erinnerung, er hatte damals zusammen mit Tanus den Wagen geführt, denn er rief mir während der Fahrt zu: »Es dauert nicht mehr lange! Halte durch!«
Den Göttern sei Dank, dass es stimmte, was er gesagt hatte. Wir waren nicht zum Palast gefahren, sondern zu den Kasernen, wo die Soldaten ausgebildet wurden. Als wir von dem Streitwagen stiegen, wurden die Pferde von mehreren Stallknechten gehalten und dann weggebracht. Mat führte mich zu einem Gebäude, in

dem, wie es schien, die Verwaltung untergebracht war. Auf jeden Fall konnte ich mehrere Schreiber sehen, die über ihre Papyrusrollen gebeugt saßen.
Thutmosis stand, zusammen mit mehreren Offizieren, in einem größeren Raum, an dessen Wänden verschiedene Landkarten angebracht waren. Selbst wenn man es nicht gewusst hätte, wer der Pharao war, ein Blick auf die Runde genügte, um zu erkennen, wer nur Thutmosis sein konnte. Wir blieben am Eingang des Raumes stehen, um abzuwarten, dass der Pharao uns bemerkte. Es dauerte nicht lange, bis er uns durch ein Kopfnicken zeigte, dass er uns gesehen hatte. Als er nach verhältnismäßig kurzer Zeit mit seinen Ausführungen fertig war, verabschiedeten sich die Offiziere und wir drei waren allein.
»Setzen wir uns!« Thutmosis kürzte dadurch unsere Ehrenbezeugungen abrupt ab. Er kam gleich in seiner direkten Art, die mich oft an Mat erinnerte, zur Sache: »Sen, du wirst dich sicher über meinen Befehl, mich hier aufzusuchen, gewundert haben. Ich kann mir zwar vorstellen, dass du noch nicht ganz die Strapazen deiner letzten Reise überwunden hast., aber aus eigener Erfahrung weiß ich, eine neue Aufgabe lenkt ab, weil man seine Gedanken dem Neuen zuwenden muss!« Er wandte sich an Mat. »Amenemheb, du kennst das Ziel unseres Feldzuges und weißt auch um die Aufgabe, die ich für Sen habe. Ich wiederhole einiges für ihn, was ich euch Offizieren schon mitgeteilt habe. Du hattest inzwischen Zeit darüber nachzudenken. Wenn du einen Verbesserungsvorschlag hast, unterbrich mich. Für gute Ideen bin ich immer zu haben!«
Daran, dass Mat den Namen Amenemheb angenommen hatte, würde ich mich nie gewöhnen. Meine Gedanken wollten abschweifen, doch ich musste mich konzentrieren, da Thutmosis gerade sagte: »So, Sen, nun zu dir! In den letzten Jahren der Regierung Hatschepsuts bereitete sich in Syrien ein Aufstand gegen die ägyptische Herrschaft vor. Bei deiner Reise vor mehreren Jahren hast du selber einiges davon mitbekommen. Einer deiner Verdienste bei dieser Reise war, dass wir durch dich wissen, wer die Hintermänner dieser Aufstände sind. Geschürt werden sie von der Großmacht Mitanni! Die dortigen Herrscher wollen den ägyptischen Königen ihren Einfluss in Syrien streitig machen. Inzwischen ist es so weit,

dass unter Führung des Fürsten von Kadesch sich alle syrischen Stadtstaaten erheben. Mit ihren vereinten Truppen marschieren sie jetzt gen Süden und bedrohen bereits die ägyptische Grenze!«
Thutmosis nahm einen Schluck Wein und schaute uns dabei aus seinen dunklen, manchmal so bedrohlich wirkenden Augen an. »Das ist im Moment die Lage, wie sie sich für Ägypten darstellt. Nun zu deiner Aufgabe! Du wirst in Begleitung von Amenemheb mit dem Schiff schnellstens weiterreisen. Mein Auftrag lautet: Erkundet den kürzesten Weg von Yehem nach Megiddo! Sen, du wirst dich erinnern, als du mir von deiner damaligen Reise berichtet hast, sprachst du von drei Wegen zwischen den beiden Städten. Der direkte Weg nach Megiddo soll durch den Pass von Aruna, südlich von der Stadt, führen und im Tal des Kina-Flusses enden. Ihr sollt feststellen, ob diese schmale und gefährliche Passstraße für eine Armee begehbar ist. Mein Plan ist, den Feind damit zu überraschen, denn wegen des Risikos, das darin liegt, wird er nicht erwarten, dass wir von dort kommen. Ihr sollt nur prüfen, ob es möglich ist, dass unsere Armee diesen Weg nehmen kann. Mehr nicht! Ich werde dann an Ort und Stelle selbst entscheiden, was wir machen. Wichtig ist natürlich, dass euch von syrischer Seite niemand sieht oder gar erkennt, denn das könnte den ganzen Plan zunichte machen!«
Er trank einen Schluck Wein und wartete ab, ob wir etwas dazu sagen wollten. Meine Gedanken schweifen kurz ab, hin zu Anta, die man dort in der Nähe ermordet hatte. Ich riss mich zusammen, denn ich musste überlegen, ob ich Fragen an Thutmosis hatte. Aus Erfahrung wusste ich, dass Mat sich bei hochgestellten Persönlichkeiten meist schwertat, zu reden, und es lieber mir überließ. Ich war erst unsicher wegen meiner Wortwahl, weil ich oft genug diese langen und schwülstigen Reden an den Pharao-Gottkönig gehört hatte. Dann entschied ich mich, genau den sachlichen Ton zu wählen, in dem auch Thutmosis zu uns gesprochen hatte. Ich erinnerte mich, in sehr jungen Jahren hatte Thutmosis einmal sinngemäß zu mir gesagt: »Erhalte dir deine direkte Art und rede, wenn wir allein sind, ganz normal mit mir!« Hoffentlich hatte er es nicht vergessen, denn inzwischen war eine Menge geschehen und viel Wasser im Nil geflossen.
»Wenn ich dich richtig verstanden habe, treffen wir uns demnächst

in Yehem. Was denkst du, wann du mit dem Heer dort eintriffst? Mir geht es darum«, erläuterte ich, »wie viel Zeit wir haben, um den Weg zu erkunden.«
»Hm«, brummelte er. »Genau kann ich es nicht vorhersehen. Es ist eine lange Strecke und die Marschgeschwindigkeit der Fußtruppen abzuschätzen, ist unmöglich, vor allem, weil ich nicht weiß, wie oft und wie groß die Widerstände sein werden, auf die wir unterwegs treffen.« Er runzelte die Stirn. »Wir verbleiben so: Eure Aufgabe müsst ihr auf jeden Fall erfüllen. Ihr werdet warten, bis wir eintreffen. Ich hatte gerade überlegt, einen Boten von Gaza aus zu euch zu schicken. Doch es ist Feindesland und er könnte abgefangen werden. Das wäre ein unnötiges Risiko!«
Jetzt meldete sich Mat oder wie Thutmosis ihn nannte, Amenemheb: »Ich gehe davon aus, dass wir durch die schnelle Schiffsreise Zeit haben auch andere Erkundungen durchzuführen, vorausgesetzt es gibt keine unvorhersehbaren Probleme. Hast du da bestimmte Befehle?«
Thutmosis nickte anerkennend und schien das Für und Wider einer Entscheidung abzuwägen. »Mir sind zwar einige Dinge eingefallen, doch lassen wir es bei dieser einen Aufgabe. Sie ist schwierig genug, denn ich möchte viele Einzelheiten des Weges wissen. Du als Offizier hast gelernt, Karten von Landschaften zu zeichnen. Ich möchte eine detaillierte Landkarte über die Gegend, die ihr erkundet. Also nutzt die Zeit, wenn ihr sie habt!«
Einen Moment lang überlegte jeder, ob alles Notwendige gesagt war. Von draußen konnte man Stimmen hören, die Befehle riefen. Die Rekruten wurden gedrillt.
Thutmosis brach das Schweigen. »Ich denke, ihr wisst Bescheid. Vergesst nicht, euer Auftrag muss unter allen Umständen ausgeführt werden! Egal, was passiert! Wenn das Heer in Yehem eintrifft, will ich einen Bericht von euch.« Damit waren wir entlassen.
»Komm«, Mats Stimme klang leicht belegt. »Ich kenne hier in der Nähe eine kleine Kneipe. Mein Hals ist ganz trocken. Ich brauche unbedingt einen Becher Wein!«
Er schien genauso erleichtert zu sein wie ich. Ein Gespräch mit dem Pharao war immer aufregend und anstrengend.
Erst nachdem wir einige Schlucke aus dem Becher getrunken hatten, redeten wir. »Ich weiß praktisch nichts von dem Weg, den wir

erkunden sollen. Eigentlich nur das wenige, was Thutmosis gesagt hat. Als du mir damals davon erzählt hast, ist es wegen der Ermordung Antas bei mir untergegangen.«
So schilderte ich ihm, wie wir damals unter der Führung des Mitanni-Fürstensohnes Kratas mit einem kleinen Reitertrupp in einem höllischen Tempo diesen Weg genommen hatten. Zum Schluss meines Berichts wollte ich wissen: »Hast du genaue Anweisungen, wann wir aufbrechen sollen?«
»So schnell wie möglich! Ich schlage vor, du gehst zurück zum Schiff und informierst Mennon. Ich hole in der Zeit meine Sachen und komme nach. Dann sollten wir sofort ablegen.«
Gut, dass Mat auf der Schiffsreise dabei war. Nach einigen Tagen wurde es mir immer langweiliger. So hatte ich wenigstens einen Gesprächspartner, dem es ähnlich ging wie mir, denn auch er war ein Mann der Tat. Unsere einzige Abwechselung war, die Landschaft anzuschauen.
Wir waren richtig froh, als das Schiff in Gaza anlegte. Unterwegs hatten wir uns entschlossen, von Gaza aus die Reise an Land fortzusetzen. Ursprünglich war Askalon unser Ziel gewesen, denn von dort aus war es bis Yehem wesentlich näher. Doch wir hatten uns anders entschieden, um auf dem Landweg die Stimmung der Menschen zu erleben. Nach unserer Ankunft steuerten wir gemeinsam mit Mennon die nächste Hafenkneipe an, um noch einmal in Ruhe mit ihm zu reden, da er am nächsten Tag mit dem Schiff die Rückreise nach Ägypten antreten wollte.
Als wir die Kneipe erreichten und eintraten, hatte ich den Eindruck, dass uns die wenigen Leute, die dort an den Tischen saßen, merkwürdig anschauten. Ich achtete nicht weiter darauf, sondern trottete hinter Mennon her, der zielstrebig zu einem Tisch ging, der ein bisschen abseits stand. Auf unseren Wunsch hin brachte der Wirt drei Krüge Bier und stellte sie mit Schwung auf den Tisch, sodass das Bier leicht überschwappte. Dadurch hatte er sofort unsere Aufmerksamkeit, die er wohl so erreichen wollte.
»Trinkt den Krug aus und verschwindet«, drängte er. »Ägypter sieht man nicht mehr gern in Gaza! Und ich mag keine Schlägereien in meiner Wirtschaft. Drüben ist gerade ein Mann aufgestanden und ich bin mir sicher, er holt mehrere seiner gleichgesinnten Kumpanen, die nur auf so eine Gelegenheit warten!« Als er das gesagt hatte, verschwand er schnell hinter seiner Theke.

Erstaunt sahen wir uns an. Mennon, der älteste und besonnenste von uns murmelte: »Ich glaube, er hat recht! Die Leute schauen wirklich sonderbar. Machen wir uns aus dem Staub! Eine Prügelei zu riskieren, wäre Schwachsinn.«
Wir tranken unser Bier aus und begaben uns zurück zum Schiff. Dort teilte Mennon mehrere Männer der Besatzung als Wache ein. Als das geklärt war, setzten wir uns zusammen, und kopfschüttelnd sagte ich: »Damals bei meinem Besuch mit Anta in der Stadt gab es überhaupt keine Probleme. Alle gingen freundschaftlich miteinander um. Was meinst du«, wandte ich mich an Mat, »sollten wir nicht lieber bis Askalon segeln, damit der Auftrag des Pharaos nicht gefährdet wird?«
»Ich denke, es ist besser, von hier aus den Landweg nehmen. In Askalon werden die Menschen sicher eine ähnliche Einstellung zu Ägypten haben wie hier. Doch vielleicht sehen wir unterwegs Dinge, die für Thutmosis wichtig sein könnten!«, hielt Mat dagegen.
»Ihr solltet während der Reise diese langen syrischen Gewänder tragen und euch außerdem einen Bart wachsen lassen, so wie viele Syrer ihn haben«, warf Mennon ein. »Ich habe einen Mann an Bord, der die hiesige Sprache perfekt spricht. Er ist vertrauenswürdig. Ich kann ihn gleich losschicken, um Kleidung für euch zu besorgen. Sobald er zurück ist, sollte das Schiff ablegen. Es ist schließlich ein ägyptisches Schiff und ich möchte kein unnötiges Risiko eingehen. Euch ›Syrer‹ muss ich dann allerdings allein zurücklassen.« Bei dem letzten Satz lächelte er leicht, trotzdem sah man ihm an, dass er sich Sorgen machte. Für ihn waren wir irgendwie immer noch die Kinder, die er damals im Land Punt bereits als gestandener Kapitän kennengelernt hatte.
Wir hatten genügend Zeit, die Sachen auszusuchen, die wir für unsere weitere Reise mitnehmen wollten, ehe der Mann mit der syrischen Kleidung zurückkam. Der Abschied von Mennon und der Besatzung war kurz. Mat und ich wollten die Dunkelheit der Nacht nutzen, um aus Gaza herauszukommen. Pferde und Dinge, die wir für die Reise an Land benötigten, wollten wir in kleineren Orten in der Nähe besorgen.
Gaza unbehelligt zu verlassen, war kein Problem. Es kam für uns auch passend, dass es in der nächsten kleineren Ansiedlung einen Pferdehändler gab, bei dem wir vier Pferde kauften. Eigentlich be-

nötigten wir nur ein Packpferd, doch wir wollten sichergehen. Falls eines der Reitpferde den Anforderungen des Rittes nicht gewachsen war, hatten wir ein Tier in Reserve.

Die Nacht war angenehm kühl. Nach und nach setzte die Tageshitze ein. Hier wehte keine frische Meeresbrise, wie wir sie in den letzten Tagen gewohnt waren. Wir nahmen den Weg, den ich vor einigen Jahren zusammen mit Kaba und Anta geritten war. Im Gegensatz zu damals sahen wir oft Gruppen von Männern, die in dieselbe Richtung ritten wie wir. Ein sicheres Anzeichen dafür, dass die Mitanni ihre Verbündeten aus Syrien zusammenzogen, um sie, wie Thutmosis vermutet hatte oder es wahrscheinlich sogar durch seine Spione wusste, nach Megiddo zu beordern, damit sie für die Entscheidungsschlacht zur Verfügung standen. Wir bemühten uns, nicht mit ihnen zusammenzutreffen, denn wir konnten kein Aufsehen gebrauchen.

Am nächsten Tag hatten Mat und ich im Schatten eines Hügels eine kurze Mittagsrast eingelegt, als von Weitem ein Trupp Reiter auf uns zukam. Da die Männer genau auf uns zusteuerten, zogen wir uns gut sichtgeschützt hinter mehreren hohen und dichten Büschen zurück.
»Das sind ja Ägypter!«, wunderte sich Mat.
Von den zehn Männern, die in unsere Richtung ritten, waren mindestens sechs unsere Landsleute. Ausgerechnet auf unserem Lagerplatz, den wir vor einigen Augenblicken verlassen hatten, rasteten sie. Erst hatte ich Sorge, dass sie aufgrund der vorhandenen Spuren merken könnten, dass dort vor kurzer Zeit jemand war. Doch das war nicht der Fall, denn sie unterhielten sich ziemlich lautstark und machten ein Feuer, um das Essen zu kochen.
»Kennst du jemanden von den Ägyptern?«, wollte ich von Mat wissen, denn mir schienen sie unbekannt zu sein.
»Nein, ich vermute, es sind abtrünnige Soldaten, die man gegen Gold überredet hat, für die Mitanni zu spionieren.«
Jetzt schaute ich mir die vier Begleiter der Ägypter an. Es waren Mitanni. Ganz sicher! Einen von ihnen kannte ich! Ich hatte ihn damals im Lager des Mitanni-Fürsten Kaba gesehen und einmal kurz mit ihm gesprochen.

»Sollen wir etwas unternehmen?« Mat schien ratlos. »Es ist bestimmt beabsichtigt, sie in das ägyptische Heer einzuschleusen. Unter Umständen könnte das die Schlacht zugunsten der Mitanni beeinflussen!«
»Was willst du denn machen?«
»Am liebsten würde ich die Verräter umbringen«, knurrte Mat. »Wer sein Land für Gold verrät, hat den Tod verdient!«
»Hör auf!«, fuhr ich ihn an. »Wie stellst du dir das vor? Sollen wir uns etwa auf die zehn Männer stürzen? Vielleicht töten wir dann wirklich zwei oder drei von ihnen und dann? Meinst du, sie würden sich nicht wehren?«
»Ja, ja, ich weiß ja, dass du recht hast. Ich habe nur das gesagt, was ich am liebsten machen würde.«
»Das einzige Sinnvolle, was mir einfällt, ist, sich die Gesichter der Verräter zu merken, um sie bei nächster Gelegenheit zu enttarnen«, murmelte ich. »Oder hast du eine bessere Idee?«
»Nein«, schnaubte er wütend, weil er nicht einfach seinen Wünschen entsprechend losschlagen konnte.
Ehe wir uns weiter zurückzogen, betrachtete ich eingehend die Männer, um mir ihre Gesichter einzuprägen. Dabei fiel mir ein kleiner Mann auf und blitzartig kam mir die Erinnerung! Ich hatte ihn bereits einmal gesehen und zwar in Priesterkleidung und mit Vollglatze! Jetzt trug er normale Kleidung und hatte sich die Haare wachsen lassen. Es war im Wohngebiet des Tempelgeländes, als ich nach meiner Entführung von dem Priester Remram kam. Spontan wollte ich Mat davon berichten. Doch was sollte ich ihm sagen, warum ich in dem Wohngebiet der Priester gewesen war? Unbefugte hatten dort nichts zu suchen! Ich entschied mich, nichts von dem Priester Remram und seiner Erpressung verlauten zu lassen. Mat war ein Bewunderer Thutmosis' und ich konnte nicht absehen, wie er reagieren würde, wenn er über meine vermutete Herkunft erfuhr.

Ohne besondere Vorkommnisse erreichten wir nach einigen Tagen Yehem. Dort begaben wir uns umgehend zu einer Herberge, um zu übernachten. Die ägyptische Garnison wollten wir nicht aufsuchen, denn Thutmosis hatte uns aufgetragen, grundsätzlich über den Auftrag zu schweigen. Die dortigen Offiziere hätten uns be-

stimmt mit Fragen gelöchert und gerade Mat wäre als ihr Offizierskamerad in eine unangenehme Situation gekommen.
Abends bei einem Krug Bier wollte Mat wissen: »Du sprachst davon, dass es von hier drei Wege nach Megiddo gibt. Damit ich besser vorbereitet bin, erzähle mir davon.«
Meine Erinnerung ging zurück bis zu der Zeit, als ich mit dem Mitanni-Fürsten Kaba und später, als das Unglück Antas bekannt wurde, mit seinem Sohn Kratas zwei dieser Wege bereist hatte. Ich nahm schnell einige Schluck Bier aus meinem Krug, ehe ich anfing, denn mir war klar, dass Mat Einzelheiten wissen wollte und ich länger reden musste.
»Von meiner damaligen Reise habe ich dir bereits berichtet. Auf dem Hinritt nach Megiddo haben wir die Straße von Taanach genommen, die nördlich von Megiddo endet. Sie ist breit, gut ausgebaut und endet in der Ebene von Esdralon.«
»Dieser Weg bietet sich eigentlich für eine Armee an, aber er birgt auch Gefahren, weil es so offensichtlich ist, dass die Armee diesen Weg nehmen wird. Es ist fast davon auszugehen, dass der Feind sie an einer für ihn passenden Stelle erwarten wird«, mutmaßte Mat.
»Den anderen Weg, die nördliche Straße von Djefti, kenne ich nur vom Hörensagen! Er soll ebenfalls für eine Armee gut begehbar sein und endet im Norden Megiddos. Allerdings zwingt er zu einigen Umwegen, die dem Feind die Möglichkeit bieten würden, Dispositionen zum Empfang des ägyptischen Heeres zu treffen«, gab ich zu bedenken.
»Jetzt verstehe ich, warum der Pharao unbedingt einen genauen Bericht über den dritten Weg haben will!«
Ich hatte meinen Krug ausgetrunken und dem Wirt angezeigt, dass er ihn erneut füllen sollte. »Der dritte Weg führt über den Pass von Aruna, südlich von Megiddo. Er endet im Tal des Kina-Bachs. Die Passstraße ist schmal und gefährlich, denn sie würde eine Armee zu einem langsamen Vorgehen zwingen. Mann hinter Mann und Pferd hinter Pferd! Außerdem könnte man leicht von den umliegenden Höhen unter Beschuss geraten, wenn der Feind das Vorgehen bemerkt.«
Ich ließ das Gesagte auf Mat wirken, ehe ich hinzufügte: »Es wird für dich nicht leicht sein, zu beurteilen, ob eine Armee wirklich

diesen Weg nehmen kann. Ich bin kein Experte, aber ich würde es fast bezweifeln. Thutmosis hat dir eine große Verantwortung aufgeladen. Ich beneide dich nicht darum.«
Er nickte und schaute mich mit seinen dunklen Augen selbstbewusst an. »Der Pharao weiß, dass ich es einschätzen kann! Lass uns gleich morgen früh aufbrechen. Ich muss mir die Örtlichkeiten anschauen. Denke nur an die Breite unserer Kampfwagen. Wir haben garantiert keine Zeit mehr, sie schmaler zu bauen.« Bei dem letzten Satz grinste er mich wie früher an. Angst kannte er nicht. Auch nicht vor großer Verantwortung!

Der Pass von Aruna

Zwei Tage später erreichten wir den Pass von Aruna. Als wir unser Nachtlager aufgeschlagen hatten und aßen, meinte Mat: »Die Armee wird von Yehem bis zu diesem Punkt ungefähr einen Tag länger als wir benötigen. Wir sind zwar langsam geritten, doch wenn ich an die Fußtruppen denke, schneller können sie es keineswegs schaffen. Gut wäre es, wenn sie hier in der Nähe von Aruna übernachten und ausruhen könnten. Wenn ich dich richtig verstanden habe, kommt nun der gefährliche und schwierigste Teil der Strecke.«

»Normalerweise brauchen wir ungefähr eine halbe Tagesreise, um die Ebene von Megiddo zu erreichen«, antwortete ich. »Allerdings dürften wir dann keine größeren Pausen einlegen. Ich nehme an, dass wir länger benötigen, weil ich davon ausgehe, dass du einige Abstecher auf die umliegenden Höhen machen willst.«

Mat, der über einen Papyrus gebeugt saß und auf der Karte, die er von dem bisherigen Weg angefertigt hatte, einige Ergänzungen einzeichnete, erwiderte: »Ja, einmal möchte ich den Weg reiten, den eventuell das Heer nimmt. Aber dann möchte ich auch versuchen, über den Höhenzug zu reiten oder meinetwegen zu gehen, damit ich erkennen kann, wo uns dort der Feind auflauern könnte.«

Wir legten uns früh schlafen und mit dem Gedanken an Merit schlief ich schnell ein.

Der Weg, den wir am nächsten Tag nahmen, ging steil bergauf, um dann genauso steil wieder abzufallen. Ich ritt voraus, denn auf dem schmalen Weg konnten wir nur hintereinander reiten. Immer wenn es eine Einbuchtung oder Nische in der Felswand gab, hielt ich an, damit wir Gelegenheit hatten, um uns zu beraten und Mat die Möglichkeit bekam, Eintragungen in seiner Landkarte vorzunehmen.

»Bis jetzt kann die Armee den Weg im Großen und Ganzen gut bewältigen«, meinte er bei einer Rast. »Allerdings wird sie nur langsam vorankommen. Was mir bisher am meisten Sorgen macht, sind die Anhöhen. Von dort könnte man leicht unter Beschuss geraten.«

Ich glaube, es war bei der nächsten Pause, als einige kleinere Steine

in unserer unmittelbaren Nähe über uns herunterfielen. Mat bemerkte nichts davon, denn er war gerade mit seiner Wegekarte beschäftigt.
»Komm«, flüsterte ich. »Lass uns die Pferde leise nah an die Felswand führen, damit sie nicht von oben bemerkt werden!«
Mat sagte nichts, sondern handelte sofort und schaute mich dabei fragend an. »Es sind mehrere kleine Steine heruntergerollt. Hast du nichts bemerkt?«
Er schüttelte nur stumm den Kopf.
»Es muss nicht unbedingt etwas zu bedeuten haben«, raunte ich. »Doch es könnte durchaus jemand dort sein!«
Schweigend warteten wir ab. Unser Glück war, dass wir unter einem Felsvorsprung standen und deswegen nicht von oben gesehen werden konnten. Ich überlegte hochzuklettern, um nachzuschauen, aber die Felswand war an dieser Stelle zu steil.
Wir wollten gerade unseren Weg fortsetzen, da es längere Zeit ruhig blieb, als plötzlich wieder kleinere Steine herabprasselten. Diesmal hatte Mat sie zuerst bemerkt. Dann vernahmen wir Stimmen, die so weit entfernt waren, dass bei uns nur ein leichtes Gemurmel zu hören war und wir nichts verstehen konnten.
»Wir müssen abwarten«, flüsterte Mat. »Kennst du in der Nähe eine Stelle, von der aus wir nach oben kommen?«
Ich dachte angestrengt nach, denn es waren inzwischen Jahre vergangen, dass ich den Weg zusammen mit Kratas und seinen Leuten geritten war. Aus meiner Erinnerung heraus antwortete ich: »Ab und zu besteht eine Möglichkeit sogar verhältnismäßig leicht hinaufzukommen. Aber wo genau, weiß ich nicht mehr!«
Wir überlegten einige Zeit, wie wir vorgehen sollten. »Ich denke wir sollten weiterreiten«, schlug ich vor. »Selbst wenn uns diese Leute sehen, dürfte es kein Problem sein, denn es ist ja ganz normal, dass Reisende diesen Weg nehmen. Und außerdem tragen wir syrische Kleidung. So leicht sind wir bestimmt nicht als Ägypter zu erkennen. Gefährlicher könnte es werden, wenn wir auf diesem Weg Mitanni treffen. Allein schon wegen unserer Sprachprobleme müssen wir versuchen, das unbedingt zu vermeiden. Was denkst du?«
Er nickte. »Ja, du hast recht. Lass uns sofort aufbrechen!«

Wir hatten Glück, denn wir trafen niemanden. Auch nicht auf dem Rückweg, bei dem wir, wenn sich die Gelegenheit ergab, auf die umliegenden Anhöhen stiegen, um festzustellen, wo der Feind eventuell einen Hinterhalt aufbauen konnte.
Am letzten Tag unserer Reise, ehe wir wieder Yehem erreichten, unterhielten wir uns noch einmal über den Auftrag, den Thutmosis uns gegeben hatte. Mat hatte seine Karte fertig gezeichnet und erläuterte sie mir.
»Vielleicht solltest du die Stellen kennzeichnen, wo der Feind am ehesten zuschlagen könnte«, riet ich. »Außerdem sollten wir Thutmosis unbedingt empfehlen, vor dem Heer mehrere Späher vorauszuschicken, damit er bei dem Marsch keine unangenehmen Überraschungen erlebt.«
»Ja!« Mat war einverstanden. »Ich würde gern die Späher anführen! Mal sehen, was der Pharao dazu sagt.«

Am Abend erreichten wir die kleine ägyptische Garnison in Yehem. Unsere Frage, ob eine Nachricht vom Pharao eingetroffen sei, verneinte der leitende Offizier. Uns blieb nichts anderes übrig, als abzuwarten, denn Thutmosis hatte befohlen, dass wir uns in Yehem treffen sollten. Mat hatte damit keine Probleme. Er war jetzt der ranghöchste Offizier in der Garnison und dadurch ziemlich beschäftigt. Ich hingegen langweilte mich. Die Soldaten mussten zwar manchmal Übungen abhalten und ich hätte mich ohne Weiteres daran beteiligen können, aber das Soldatenleben war nichts für mich. So ritt ich öfter allein aus, um Bewegung zu haben und um mir die Gegend anzuschauen.
Es war am dritten oder vierten Tag unseres Aufenthalts in Yehem, als mir weiter vom Ort entfernt ein Trupp Mitanni entgegenkam. Ich zählte zehn Männer. Als sie mich sahen, kamen sie in einem Halbkreis auf mich zu geritten. Ausweichen konnte ich nicht. Einer von ihnen, wohl der Anführer, rief in seiner Muttersprache: »Sieht der Bursche nicht aus, wie einer von diesen verdammten Ägyptern?«
Ich tat so, als würde ich nichts verstehen, lächelte sie freundlich an und versuchte weiterzureiten, um an ihnen vorbeizukommen. Doch sie suchten Streit! Der Anführer lästerte: »Dieser Kerl will nicht einmal mit uns sprechen! Wir sind ihm wohl nicht fein genug! Ich

kenne genug Methoden, um jemanden zum Reden zu bringen.«
Inzwischen hatten sie einen Kreis um mich gebildet und eine Flucht schien nicht mehr möglich. Den Göttern sei Dank, dass ich meinen Speer mitgenommen hatte. Ich fasste ihn mit beiden Händen und wartete ab.
»Packt ihn!«, brüllte der Anführer. Sie kamen alle fast gleichzeitig auf mich zu. Ich veranlasste mein Pferd, sich im Kreis zu drehen. Dann nahm ich meinen Speer, aber nicht um ihn zu schleudern, sondern ich drehte ihn über meinen Kopf, sodass jeder, der in meine Nähe kam, ihn zu spüren bekam. Zwei von ihnen traf ich. Sie schrien auf und wendeten ihr Pferd zur Seite, um ihre Wunden anzuschauen. Jetzt hatte ich die Wut der Männer herausgefordert. Der Anführer tobte: »Tötet ihn!«
Meine einzige Chance sah ich nur noch darin, mit meinem Pferd direkt auf einen der Leute loszureiten, um dadurch eine Gelegenheit zur Flucht zu bekommen. Ich schaute schnell, ob ich eine kleine Lücke zwischen den Pferden erkennen konnte, als plötzlich eine weibliche Stimme herrisch rief: »Hört sofort auf! Wer ist euer Anführer? Unverzüglich Meldung machen!«
Tatsächlich, auf der Stelle trat Ruhe ein und die Angreifer zügelten ihre Pferde. Jetzt konnte ich die Frau sehen. Eine junge schwarzhaarige, schlanke Frau auf einem rotbraunen Pferd. An ihrer Seite ritten zwei Männer, die ihre Schwerter blankgezogen hatten. Was ich nicht für möglich gehalten hatte, trat ein! Der Anführer der Mitanni ritt allein auf die Frau zu und sagte etwas. Ich konnte es leider nicht verstehen, doch es schien mir, als ob er einen ziemlich zerknirschten Eindruck machte.
Sie wandte sich mir zu. »Komm her zu mir!«, kommandierte sie in der Mitanni-Sprache.
Ich behielt meine Linie bei und tat weiter so, als ob ich sie nicht verstehen konnte. Sie versuchte es erneut auf Ägyptisch. Sie sprach es sehr gut, nur mit einem kleinen Akzent. Aber ihren Ton konnte ich so nicht akzeptieren. Er war genauso dominant wie vorher auf Mitanni. Wer sie wohl war?
In dem gleichen scharfen Tonfall, in dem sie mich angesprochen hatte, fuhr ich sie an: »Sind das etwa deine Leute? Warum greifen sie wie Banditen grundlos einen einzelnen Mann an?«
Ihre Augen sprühten Blitze, als sie zornig fauchte: »Ist das der Dank, dass ich die Männer zurückgerufen habe?«

Sie hatte nichts an Arroganz verloren. Ich trieb mein Pferd näher zu ihr. »Gehört ihr etwa nicht zusammen? Warum sonst gehorchen die Männer einem Weib?«, provozierte ich sie, zum einen, weil ich mich über ihre Überheblichkeit ärgerte, zum anderen, weil ich hoffte, dass sie so eventuell etwas Unüberlegtes ausplaudern würde, was für mich interessant sein könnte.
Doch ich hatte mich getäuscht, genau das Gegenteil trat ein. Gelassen sah sie mich aufmerksam aus dunkelbraunen Augen an.
»Ägypter sollten nicht ohne Genehmigung durch unser Land reisen«, maßregelte sie mich. »Und zu deiner Information: Ich bin Ranut, die Tochter des Fürsten von Kadesch!«
Sie machte eine kurze Pause, um ihre Worte auf mich wirken zu lassen. Ich war in der Tat beeindruckt, obwohl ich versuchte, es mir nicht anmerken zu lassen. Der Fürst von Kadesch war der Anführer aller aufständischen Stadtstaaten in Syrien, der Mann, der das Heer gegen Ägypten anführen würde. Dass er eine Tochter und möglicherweise auch andere Kinder hatte, war mir bisher nicht bekannt.
Sie hatte mitbekommen, dass ihre Worte Wirkung bei mir zeigten, allerdings anders als sie es sich vorstellte. »Würdest du nun die Güte haben, uns mitzuteilen, wer du bist und was du hier zu suchen hast?«, spottete sie. » Ich hoffe für dich, dass du keiner dieser ägyptischen Spione bist!«
Die Frau war nicht dumm. Ich wusste, wenn die Mitanni mich für einen Spion hielten, konnte es für mich gefährlich werden. So antwortete ich fast wahrheitsgemäß: »Ich gehöre zu der ägyptischen Garnison in Yehem. Mein Name ist...« Mir fiel ein, dass der Name Sen bei einigen wichtigen Leuten in Syrien und in Mitanni nicht gerade unbekannt war und so sagte ich schnell, ehe sie mein Überlegen bemerkte: »Ahmes!« Diesen Namen hatte ich damals bereits einmal benutzt, als ich bei Thutmosis in Ungnade gefallen war und flüchten musste.
»Das habe ich mir gedacht. Bist du einer der Offiziere dort?«
Jetzt durfte ich nicht zögern, damit meine Antwort glaubwürdig klang, denn die Tochter des Fürsten von Kadesch sah mich aufmerksam an.
»Ich bin kein Offizier und kein Soldat des Pharaos.« Ich schwieg und überlegte fieberhaft, was ich sagen sollte, in welcher Eigen-

schaft ich hier in Syrien war. Dann kam mir eine Idee, vielleicht nicht ganz ungefährlich, aber andererseits konnte ich dadurch erkennen, wie weit diese Leute gingen.
Ranut wurde ungeduldig und hakte nach: »Und was hast du hier zu suchen?«
»Ich bin ein Bote des Pharaos und habe der hiesigen Garnison Nachrichten überbracht!«
»Ah!« Sie war einen Augenblick lang überrascht. »Eigentlich hast du bisher den Eindruck eines klugen Mannes auf mich gemacht. Darum bin ich jetzt über deine Antwort erstaunt. Hast du keine Angst, dass wir die Nachricht, die du überbracht hast, von dir erfahren wollen? Wenn nötig, auch mit Gewalt!«
Ehe ich doch Schwierigkeiten bekam, blockte ich ab: »Warum soll ich euch belügen? Ihr habt bestimmt Leute von euch in unserer Garnison, die ihr danach fragen könntet. Außerdem, wenn du wirklich die Tochter des Fürsten von Kadesch bist, wirst du wissen, dass Boten nur Nachrichten auf Papyrus überbringen und nur in Ausnahmefällen über deren Inhalt informiert sind. Sie müssen nicht einmal des Lesens kundig sein, sondern nur schnell und gut reiten können. Oder ist das bei euch etwa anders?«
Sie überging meine Frage und blieb gelassen. »Im Grunde passt es hervorragend, dass ich dich treffe. Richte deinen Leuten in der Garnison von meinem Vater aus, dass wir ihnen nur noch eine Frist von vier Wochen geben, ehe wir sie aus Syrien jagen werden!«
Genauso ruhig, wie sie vorher ihre Worte gewählt hatte, schaute sie mich an und wartete ab, wie ich darauf reagieren würde.
»Habt ihr keine Angst, dass der Pharao euch deshalb zur Verantwortung ziehen und bestrafen wird?«
Ihre Augen blitzten und ihr Temperament schien einen Moment lang mit ihr durchzugehen. »Was soll's? Er ist mit seinem Heer bereits auf dem Weg nach Syrien. Warum sollten wir Angst haben? Er ist ein junger und in Kriegführung unerfahrener Pharao. Ihr Ägypter werdet euch wundern, was demnächst alles auf euch zukommt!«, trumpfte sie auf.
Unrecht hatte sie nicht. Thutmosis hatte bisher wirklich noch kein Heer in eine richtige Schlacht geführt. Um sie vielleicht zu weiteren Äußerungen zu veranlassen, konterte ich: »Täuscht euch nicht. Er ist gut ausgebildet und außerdem verfügt er über erfahrene Generäle.«

Sie machte eine verächtliche Handbewegung. »Dummschwätzer! Sie wagen es nicht einmal, ihm ihre ehrliche Meinung zu sagen!«
»Wie kommst du darauf?«, forschte ich, in der Hoffnung, ihr etwas Unbedachtes zu entlocken. »Wenn es tatsächlich stimmt, würde das niemals an die Öffentlichkeit dringen.«
»Euer Gott hat es uns zugeflüstert«, belustigte sie sich.
»Man merkt, dass du eine Frau bist. Du redest über etwas, was du nicht verstehst und auch nicht wissen kannst!«, forderte ich sie frech heraus.
»Nicht euer Gott Amun hat gesprochen, sondern seine Priester!«, schleuderte sie mir zornig entgegen. Sie schwieg abrupt und schaute mich prüfend an. »Ich habe das Gefühl, du wolltest mich absichtlich wütend machen, damit ich einige unbedachte Worte wähle. Aber was ich bisher gesagt habe, kann jeder wissen!« Doch ihre Mimik ließ darauf schließen, dass sie wegen ihrer unkontrollierten Äußerungen ärgerlich auf sich selbst zu sein schien.
Während der gesamten Unterredung hatten wir auf unseren Pferden gesessen. Jetzt riss sie ihr Tier herum und ehe sie im vollen Galopp zusammen mit ihren Leuten fortritt, rief sie: »Vergiss nicht! Vier Wochen und keinen Tag länger für die Menschen in der Garnison. Bis dahin müssen sie verschwunden sein!«
Auf dem Rückritt ging mir das Bild nicht aus dem Kopf, wie sie ihr Pferd herumriss und mit wehenden Haaren davonritt. In der Garnison suchte ich gleich nach Mat und es passte gut, dass er mit dem dortigen Kommandanten zusammensaß. Als ich von meiner Begegnung berichtet hatte, nickte der Kommandant und sagte: »Ein Bote des Fürsten hat uns vor einigen Tagen diese Nachricht überbracht. Ich nehme sie sehr ernst. Sie werden kommen. Hoffentlich ist bis dahin der Pharao mit seinem Heer eingetroffen. Sonst müsste ich die Garnison mehrere Tage vor Ablauf des Ultimatums evakuieren.«
Mat stimmte ihm zu und fügte an: »Wir haben bereits über diese Angelegenheit gesprochen. Ich kann dir nur beipflichten und werde dich unterstützen. Sonst würde man die Menschen nur sinnlos opfern. Doch ich gehe davon aus, dass Thutmosis und der größte Teil des Heeres bis dahin eingetroffen sind.«
»Was kann wohl die Tochter des Fürsten von Kadesch damit gemeint haben, als sie sagte: ›Die Priester wissen viel!‹«, fragte ich.

Mat antwortete: »Wir haben keinen Anhaltspunkt, dass Amun-Priester Informationen über die geplante Vorgehensweise des Pharaos haben und ich kann es mir auch nicht vorstellen.«
Ich war nicht seiner Meinung, schwieg aber, weil ich keine Beweise hatte. Über Intrigen und Lügen am Hof des Pharaos hatte ich genug mitbekommen. Doch Mat war Soldat, solche Dinge waren ihm fremd.

Am nächsten Tag kam der erwartete Bote des Pharaos und brachte die Nachricht, dass die geplante Ankunft des Heeres in ungefähr zwei Wochen sein würde. Gut für uns, denn so musste die Garnison nicht geräumt werden.
Jetzt hatten die Soldaten und auch die Zivilisten genug damit zu tun, Lebensmittel und andere Dinge des täglichen Gebrauchs für so viele Soldaten zu organisieren. Ich glaube, der Kommandant der Garnison war heilfroh, Mat an seiner Seite zu haben, denn er schien mir dabei überfordert zu sein.
Die Strategen im Heer des Pharaos hatten die Zeit der Ankunft des Heeres richtig berechnet. Nach zwei Wochen traf der Großteil der Armee ein.
Gleich am ersten Abend nach der Ankunft wurden Mat und ich zum Pharao befohlen. Wir wurden in ein großes Zelt geführt und als wir eintraten, stand Thutmosis zusammen mit einem Offizier über eine Karte gebeugt an einem der Tische. Der Diener meldete uns und Thutmosis winkte uns, damit wir uns setzten, um zu warten. Er redete noch eine Weile mit dem Mann.
»Das ist Simri! Er ist gebürtiger Syrer, lebt aber schon lange in Ägypten und ist bis zu einem der engsten Berater Thutmosis' aufgestiegen«, flüsterte Mat mir zu.
Das Gespräch war zu Ende. Der Offizier verabschiedete sich und als er an uns vorbeikam, nickte er Mat zu. Mich musterte er nur kurz und aufmerksam. Ich kannte den Mann nicht und hatte nie von ihm gehört. Ich verschwendete keine weiteren Gedanken an ihn, denn der Pharao setzte sich zu uns und als wir höflich aufstehen wollten, winkte er ab. Er wollte kein höfisches Getue.
»Berichtet über eure Aufgabe!«, forderte er knapp.
Ich wusste, dass Mat sich am Anfang meist schwer damit tat, bei hochgestellten Persönlichkeiten länger zu reden und so fing ich

an. »Wir haben auf deinen Befehl hin den Pass von Aruna erkundet. Bis zu dem Pass selbst ist es für eine Armee kein Problem vorwärtszukommen. Danach wird es sehr schwer. Mat...« Mir fiel ein, dass Mat ja jetzt den Namen Amenemheb trug und so berichtigte ich mich: »Amenemheb meint, dass es durchaus möglich sei, wenn Mann hinter Mann, Pferd hinter Pferd gehen und Streitwagen hinter Streitwagen fahren. Er hat mir zwar alle Einzelheiten erklärt, doch ich bin kein Soldat und er als Fachmann sollte dir die Einzelheiten berichten.«

Ich wollte, dass Mat weitersprach. Einmal hatte er ohnehin mehr Ahnung von diesen Dingen und zum anderen wollte ich, dass der Pharao auf seine Kenntnisse aufmerksam wurde. Für die Karriere eines Offiziers konnte das nur von Vorteil sein.

Da ich den Anfang gemacht hatte, fiel es Mat leichter, dort anzuknüpfen, wo ich aufgehört hatte. »Sen hat recht«, begann er. »Es geht nur, wenn alle hintereinander gehen. Der Weg ist schmal und teilweise ist an einer Seite ein tiefer Abgrund. Ich würde empfehlen, unsere Späher vorauszuschicken, damit sie feststellen, ob der Weg frei ist. Gleichzeitig sollten einige unserer Soldaten, die schwindelfrei sind und klettern können, auf die seitlichen Anhöhen steigen, um den Weg von oben zu sichern. Von dort darf auf keinen Fall ein Angriff erfolgen, denn unten auf dem schmalen Weg wären unsere Soldaten einem Angriff fast hilflos ausgeliefert.« Mat redete weiter und Thutmosis stellte ab und an gezielte Fragen.

Meine Gedanken schweiften ab. Hoffentlich konnte ich bald nach Theben zurückreisen. Merit fehlte mir. So wie früher würde es nie mehr sein. Ich wäre schon glücklich, wenn wir uns wenigstens manchmal treffen könnten und ich wüsste, dass sie mich liebte. Sie wollte es bestimmt auch, denn umsonst hatte sie nicht dafür gesorgt, dass ich das Landgut für meine Verdienste um Ägypten überschrieben bekommen hatte, weil sie fand, dass dort ein geeigneter Treffpunkt für uns sei.

Der Amun-Priester Remram kam mir in den Sinn. Bis jetzt hatte er sich nicht wieder gemeldet. Seine Drohung, dem Pharao etwas über meine vermutete Herkunft mitzuteilen, machte mir trotzdem Angst. Dadurch gingen meine Gedanken zu der Tochter des Fürsten von Kadesch und was sie über die Priester gesagt hatte. Ich riss mich von meinen Überlegungen los, um aufmerksam zuzuhören.

Mat hatte aufgehört zu sprechen. Der Pharao starrte konzentriert auf die vor ihm liegende Landkarte. Ich räusperte mich, um mich bemerkbar zu machen.

»Ja?« Thutmosis schaute mich fragend an.

»Ich weiß nicht, ob es wichtig ist, aber ich möchte gern etwas hinzufügen.«

Er nickte. »Deswegen bist du hier. Wenn es Unklarheiten gibt, ist es besser, wenn sich mehrere Leute Gedanken darüber machen.« Dabei kam ein kleines anerkennendes Lächeln in sein Gesicht.

»Ich hatte vor ein paar Tagen ein Erlebnis.« Kurz schilderte ich das Zusammentreffen mit der Tochter des Fürsten von Kadesch und fragte dann: »Was kann sie damit gemeint haben, als sie sagte: ›Die Priester Amuns wissen viel!‹? Außerdem haben wir auf dem Weg nach Syrien einen Trupp Reiter beobachtet. Mitanni und mehrere Ägypter zusammen! Amenemheb vermutet, dass es ehemalige Soldaten sind, und dass man versuchen wird, sie als Spione in unser Heer einzuschleusen. Für mich heißt das, egal, für welchen Weg du dich entscheidest, es sollten nur wenige Vertraute davon wissen. Und wenn die Entscheidung gefallen ist, sollte das Heer sofort aufbrechen, ehe eventuell anwesende Spione die Nachricht weitergeben können.«

Thutmosis stand auf und ging auf und ab. Ich wurde leicht nervös und schaute zu Mat. War es von mir vermessen, dem Pharao Ratschläge zu geben? In seinen Gesichtszügen konnte ich nur so etwas wie Anerkennung sehen, was mich ein wenig beruhigte.

Thutmosis hielt die Hände hinten auf dem Rücken verschränkt, und marschierte hin und her. Später hörte ich, dass er es gern so machte, wenn er überlegen wollte.

Plötzlich blieb er stehen. »Es ist gut, dass du davon berichtet hast. Auch deine Schlussfolgerung halte ich für richtig. Wenn der Feind frühzeitig erfahren sollte, dass wir diesen Weg nehmen, könnten uns nicht einmal mehr die Götter helfen!« Nun klang seine Stimme sehr entschlossen, so, als ob er eine Entscheidung getroffen hätte. »Wir werden gleich morgen früh aufbrechen! Sollte es Spione in unseren Reihen geben, hätten sie so bestimmt keine Chance, ihren Auftraggebern darüber zu berichten, denn die Zeit wäre zu kurz. Ihr könnt gehen. Schweigt für immer über unser Gespräch! Dich, Amenemheb, werde ich nachher noch einmal zusammen mit den anderen Offizieren zu mir befehlen. Auch ihnen gegenüber kein Wort von dem, was wir gerade besprochen haben.«

In dieser Nacht schlief ich schlecht und unruhig. Erst am frühen Morgen war ich einmal kurz eingenickt und wurde dann durch laut gerufene Befehle geweckt. Der Aufbruch erfolgte so früh, wie es Thutmosis gestern angeordnet hatte. Als ich aus dem Zelt trat, winkte Mat und kam dann zu mir. »Du sollst vorerst mit mir reiten!« Im Stillen hatte ich gehofft, dass ich zurück nach Ägypten reisen könnte. Gleichzeitig war mir klar, dass es nur ein Wunschgedanke war. Als wir einige Zeit nach dem Aufbruch geritten waren, lenkte Mat sein Pferd an meine Seite. Ehe er etwas sagte, drehte er sich um. Ein Zeichen dafür, dass er keine Zuhörer wollte.
»Gestern Abend hat es bei dem Pharao eine heiße Diskussion gegeben. Alle höheren Offiziere haben ihm eindringlich abgeraten, den Weg über den Pass von Aruna zu nehmen. Doch Thutmosis ließ sich nicht von seiner Meinung abbringen. Seine Argumente waren, dass von dort die ägyptischen Truppen am wenigsten erwartet würden, eben wegen des Risikos der schmalen und gefährlichen Wege. Würde der Feind aber versäumen, den Weg aus dem Pass zu blockieren, wäre die ägyptische Armee auf dem schnellsten und direkten Weg vorgerückt und käme außerdem an der rechten Flanke der feindlichen Truppen heraus. Dann hätte der Feind keine andere Wahl, als den Bewegungen der ägyptischen Armee zu folgen und die Initiative den ägyptischen Heerführern zu überlassen. Dieser große Vorteil, der sich durch die Wahl des Aruna-Passes ergeben könnte, schien ihm das Risiko wert. Als die Offiziere weiter versuchten, ihm die Nachteile seines Planes darzulegen, wurde er richtig zornig und rief zum Schluss der Unterredung: ›Ich schwöre, so wahr die Götter Re und Amun mich lieben, und so wahr ich mit Leben und Glück beschenkt wurde, wir werden vorrücken!‹«
Mat grinste, als er ergänzte: »Diesem endgültigen Entschluss des Königs hatten die Offiziere natürlich nichts entgegenzusetzen. Zum Schluss beteuerten sie unter tiefen Verbeugungen: ›Wir folgen deiner Majestät! Wohin du auch immer gehst!‹«

Bis zu der Stadt Aruna kamen wir ohne besondere Vorkommnisse. Allerdings hatte ich ein unangenehmes Erlebnis. Als ich mein Pferd einmal zügelte, um einen Teil des Heeres an mir vorbeiziehen zu lassen, sah ich inmitten einer Fußtruppe mehrere Amun-Priester. Mein Schreck war groß, als ich unter ihnen den Priester Remram erkannte. Er hatte mich ebenfalls gesehen. Seine stechenden Augen waren lange und durchdringend auf mich gerichtet, bis die Fußgruppe vorüber war.

Kurze Zeit später traf ich wieder auf Mat, der mich aufmerksam musterte. »Du siehst so blass aus. Hast du einen Geist gesehen?«, spottete er freundschaftlich.

»Nein, es war nur ein Mensch!«

Mat ging nicht weiter darauf ein, weil er mir einen Befehl des Pharaos zu überbringen hatte. »Ich soll dir ausrichten, dass du bereits heute Abend weiterreiten sollst! Dein Auftrag, den der Pharao selbst gegeben hat, lautet: ›Ich will wissen, ob der Feind Späher ausgesandt hat, um festzustellen, ob wir diesen Weg nehmen. Hauptmann Amenemheb wird dir später mit einer Hundertschaft folgen. Solltet ihr Fremde auf dem Weg treffen, sorgt dafür, dass sie keine Möglichkeit haben, den Feind zu informieren.‹«

Durch diese Anweisung konnte ich mich im Moment gedanklich nicht mehr mit dem Priester Remram beschäftigen, weil ich mich für den Weiterritt fertig machen musste.

»Ich reite sofort los. Mat, gib mir zehn Soldaten mit. Ich werde sie dir als Boten zurückschicken, dann bist du stets auf dem Laufenden.«

Mat war einverstanden. »Ich brauche einige Zeit, bis ich mit den hundert Soldaten aufbrechen kann. Thutmosis will mit dem Heer morgen früh bei Sonnenaufgang losziehen. Er geht davon aus, dass die Strecke bis Megiddo bis um die Mittagszeit zu schaffen sei.«

Kurz danach meldeten sich die zehn Soldaten bei mir. Ich schaute zu Mat, nickte ihm zu und gab dann das Zeichen zum Aufbruch.

Was hatte der Pharao genau damit gemeint, als er mir durch Mat befahl: ›Solltest du Fremde treffen, sorge dafür, dass sie keine Möglichkeit haben den Feind zu informieren!‹ Sollte ich sie etwa töten? Ich musste abwarten, welche Situationen sich ergeben würden.

Ich musste den Gedanken verdrängen und mich auf meine Aufgabe konzentrieren. Es war schwierig genug, bei der herrschenden Dunkelheit auf dem schmalen Weg zu reiten. Vom Rücken des Pferdes aus war der Weg praktisch nicht zu erkennen. Kurz entschlossen

stieg ich ab und führte das Pferd am Zügel und bedeutete den Soldaten das Gleiche zu tun. Wie sollte ich so nach Spähern Ausschau halten? Ich hatte genug damit zu tun, mein Pferd zu führen und darauf zu achten, auf dem schmalen Weg keinen Fehltritt zu machen. Ich kam zu der Erkenntnis, dass uns die Pferde bei der Dunkelheit nichts nützten. Im Gegenteil! Ich hielt an und befahl dem hinter mir gehenden Soldaten zu dessen größter Überraschung: »Binde die Pferde zusammen und bringe sie zum Heer zurück. Sag Hauptmann Amenemheb, dass sie uns bei Nacht nur behindern. Richte ihm zudem aus, dass bisher nichts Besonderes los war. Wir anderen gehen zu Fuß weiter.«
Zu Fuß kamen wir jetzt bei der Dunkelheit besser und schneller vorwärts. Wenn Thutmosis mit seinem Heer im Morgengrauen aufbrechen wollte, mussten wir uns sputen. Sollte der Feind wirklich Späher ausgesandt haben, um festzustellen, ob das Heer der Ägypter diesen Weg nimmt, mussten wir sie unbedingt dingfest machen.
Auf unserem Weg blieben wir ab und zu still stehen, um zu lauschen, ob wir Stimmen oder andere Geräusche hören konnten. Doch es blieb ruhig und außer unserem eigenen Atem hörten wir nichts. Dort, wo es möglich war, auf die seitlichen Anhöhen zu steigen, gab ich den Soldaten abwechselnd Anweisung, sie zu ersteigen, um von oben Ausschau zu halten.
Wir waren ungefähr das Zeitmaß von vier Stunden unterwegs, als ich durch das erschreckte Kreischen eines Vogels aufmerksam wurde. Die Vogelstimme war ungewöhnlich mitten in der Nacht. Was hatte das Tier aufgeschreckt? Ich schaute auf die Soldaten. Ihnen war nichts aufgefallen. Für sie schien so ein Geräusch nichts Außergewöhnliches zu sein. Oder hatten sie es vielleicht einfach überhört? Durch ein Handzeichen bedeutete ich ihnen anzuhalten und sich ruhig zu verhalten. Vorsichtig schlich ich allein in die Richtung, aus der ich das Gekrächze wahrgenommen hatte. Gut, dass ein großer Vollmond mir half, die Konturen des Weges und der Felsen an den Seiten zu erkennen. Da! Ich konnte im fahlen Mondlicht Schatten erkennen, die sich auf mich zu bewegten. Als sie näher kamen, sah ich, dass es drei Reiter waren, die ihre Pferde am Zügel führten. Eng an die Felswände gedrückt, ging ich zu meinen Leuten zurück und informierte sie kurz. Dann zeigte ich

auf vier von ihnen und befahl: »Ihr geht bis zu den Sträuchern zurück! Sobald ihr Kampfgeräusche hört, kommt ihr uns zu Hilfe. Wir anderen bleiben versteckt hinter dieser Felsnische stehen und lassen die Leute erst vorbeigehen, dann stürzen wir uns auf sie. Immer zwei Mann von uns auf einen von ihnen. Achtet aber darauf, dass ihnen nichts Ernsthaftes passiert, denn es können ganz harmlose Reisende sein!« Dann bestimmte ich schnell die Paare, die zusammen kämpfen sollten. Der Zweck, meine Leute in zwei Gruppen aufzuteilen war, dass dadurch den Fremden beide Fluchtwege abgeschnitten wurden.
Als die Fremden fast an uns vorbei waren, gab ich durch einen kurzen Ruf das Zeichen zum Angriff. Wir stürzten uns auf sie, doch der Kampf, wenn man ihn überhaupt so nennen konnte, war gleich vorüber. Die Leute waren von der Attacke so überrascht, dass sie sich kaum wehrten. Die Soldaten, die sich weiter von uns postiert hatten, brauchten nicht mehr einzugreifen, denn als sie ankamen, waren wir bereits dabei, die Fremden zu fesseln. Niemand von uns und soweit ich es erkennen konnte, auch keiner der Unbekannten war verletzt worden.

Als wir zur Ruhe gekommen waren, schaute ich mir bei dem milchigen Vollmondlicht die drei gefangenen Männer an. Mein Erstaunen war groß, als ich sah, dass eine Frau unter ihnen war. Ranut, die Tochter des Fürsten von Kadesch!
»So sieht man sich wieder!«, sprach ich sie an. Sie wandte den Kopf in meine Richtung. Aber ich hatte den Eindruck, dass sie meine Stimme nicht einordnen konnte und stellte mich deswegen so hin, dass das Mondlicht mein Gesicht beschien.
»Du! Jetzt erkenne ich dich! Warum überfallt ihr uns? Dann bist du also nur ein Wegelagerer? Es wäre besser gewesen, wenn meine Männer dich bei unserem letzten Treffen getötet hätten. Nur war ich so dumm, dir zu glauben!«
Ich zuckte die Schultern. »Frauen sollten nicht auf so gefährlichen Wegen reiten. Ich muss leider dafür sorgen, dass du für mehrere Tage unsere Gefangene bleibst. Ich gehe davon aus, dass man dich später freilässt.«
Sie zerrte an ihren Fesseln und fluchte: »Du ägyptischer Hund! Das wirst du mir büßen! Denk an meine Worte!«

Obwohl es mir gegen den Strich ging, dass ich sie gefangen genommen hatte, zischte ich: »Wenn du nicht sofort ruhig bist, bekommst du einen Knebel in deinen hübschen Mund gesteckt. Also schweig in deinem eigenen Interesse!« Ich konnte es mehr fühlen, als sehen, dass sie mich hasserfüllt anstarrte.
Was sollte ich mit den Gefangenen machen? Töten lassen würde ich sie auf keinen Fall! Auch wenn Thutmosis mir indirekt durch Mat den Befehl dazu gegeben hatte. Sie auf dem weiteren Erkundungsgang mitzunehmen, ging eigentlich nicht. Oder? Und hierzulassen, unter der Bewachung von einem oder zwei Soldaten? War das Risiko nicht zu groß, wenn jemand diesen Weg nahm? Nicht auszudenken, wenn man sie befreien würde. Ehe ich eine Entscheidung traf, sollte ich vielleicht versuchen zu erkunden, warum sie des Nachts auf diesem gefährlichen Weg unterwegs waren. Wahrscheinlich würden sie nicht einmal auf meine Frage antworten, doch es war einen Versuch wert.
Ich wandte mich bewusst an einen der gefangenen Männer.
»Den kannst du lange fragen«, hörte ich ihre spöttische Stimme. »Er hat, genau wie die anderen, nie Wert darauf gelegt, eure dumme Sprache zu erlernen.«
»Schön, dass du so dumm warst«, konterte ich. »Dann beantworte du meine Frage.«
Sie lachte leise. »Na, was denkst du denn? Gehe einfach mal davon aus, dass wir hier spazieren gehen wollten.«
So eine ähnliche Erwiderung hatte ich erwartet. Seit meiner Zeit mit Anta hatte ich mich nicht mehr in der Mitanni-Sprache unterhalten. Nun sprach ich einen der Männer so an. Er verstand mich, aber seine Antwort brache mich nicht weiter: »Wir wissen nichts und sind nur die Begleitung der Fürstentochter.«
Obwohl ich mit der Reaktion unserer Gefangenen gerechnet hatte, war ich ein bisschen enttäuscht und wollte mich abwenden, als mir eine andere Idee kam.
»Durchsucht ihre Packtaschen!«, befahl ich meinen Männern.
Ranut hatte mich verstanden und bäumte sich trotz ihrer Fesseln auf. Wegen meiner Warnung ihr einen Knebel zu verpassen, drohte sie sehr gedämpft: »Wagt nicht, mich anzurühren!«
Die Soldaten schauten in alle Taschen, die auf dem Rücken der Pferde angebunden waren. Sie konnten nichts entdecken. Blieb die

von Ranut, doch auch sie enthielt nichts Interessantes. Ich hatte sie die ganze Zeit nicht aus den Augen gelassen und als wir unsere Suche ergebnislos abbrachen, kam ein triumphierender Ausdruck in ihr Gesicht. Bei meinen Beobachtungen war mir aufgefallen, dass sie ihren Blick ein-, zweimal von meinen Männern abwandte und auf eine kleine Umhängetasche schaute, die an ihrem Gürtel befestigt war.
Ich ging auf sie zu und nahm dabei mein Messer zur Hand. Ihr Blick wurde ängstlich und sie zerrte an ihren Fesseln. »Das hätte ich nicht von dir gedacht«, zischte sie, und wenn ich mich nicht sehr irrte, konnte ich in ihren Augen eine gewisse Enttäuschung erkennen. Was sie jetzt wohl von mir dachte? Ich machte zwei, drei Schritte auf sie zu und ehe sie richtig merkte, was ich vorhatte, war ihr Gürtel durchgeschnitten und ich streifte den kleinen Beutel ab. Ich glaube, wenn sie die Möglichkeit gehabt hätte, mich zu erwürgen, sie hätte es getan. Ihr Gesichtsausdruck und ihre funkelnden Augen sprachen eine eindeutige Sprache.
Als ich den Beutel öffnete, fand ich darin eine kleine Papyrusrolle. Ich rollte sie auf. Verärgert stellte ich fest, dass ich im fahlen Mondlicht kaum etwas darauf erkennen konnte. War es eine fremde Schrift?
»Was bedeuten diese Zeichen?«, knurrte ich Ranut an.
Sie zuckte nur die Schultern und strafte mich mit Schweigen.
Der Mond verschwand gerade ganz hinter den Wolken. Nun konnte ich überhaupt nichts mehr erkennen. Sollte ich den Soldaten sagen, dass sie ein Feuer anzündeten? Die Gefahr, dadurch entdeckt zu werden, war dann natürlich um ein Vielfaches größer. Andererseits würde es sicher nicht lange dauern und ich wollte unbedingt wissen, ob ich etwas auf dem Papyrus erkennen konnte.
Als das Feuer brannte, nahm ich ein kleines brennendes Holzscheit zur Hand und hielt es direkt über den Papyrus. Jetzt konnte ich es erkennen: Es war keine Schrift, sondern eine Zeichnung! Eine Landkarte, und wenn ich es richtig deutete, war dort eine große Ebene eingezeichnet. Es musste die Ebene von Esdralon sein. Aufgrund der Eintragungen konnte man sicher davon ausgehen, dass der Feind die ägyptische Armee dort erwarten würde. Das passte genau zu dem Plan von Thutmosis, dass die gegnerischen Truppen an diesem Punkt lagerten und die Straße nach Taanach

nördlich von Megiddo bewachten, weil sie die Ägypter von dort erwarteten. Das hieß auch, dass das Tal des Kina-Baches frei war, wenn die ägyptische Armee aus dem Pass von Aruna kam. So, wie es Thutmosis geplant hatte.
Ranut starrte mich an und schien auf eine Reaktion zu warten. Ich tat so, als ob ich enttäuscht sei und rief den Soldaten zu: »Scheint wertlos zu sein! Ich kann nichts Wichtiges darauf erkennen. Macht euch fertig! Wir haben uns hier sowieso zu lange aufgehalten.«
Ich wandte mich ab und ging weiter vom Feuer weg, das die Soldaten gerade löschten. Als ich einige Schritte von Ranut entfernt war, gab ich einem der Soldaten den Befehl: »Bring diesen Papyrus zurück zur Armee! Erkläre Hauptmann Amenemheb, unter welchen Umständen wir es erhalten haben. Sag ihm außerdem, dass auf ihm die Ebene von Esdralon eingezeichnet ist und man davon ausgehen kann, dass die feindliche Armee dort lagert.«
Ich war bewusst mehrere Schritte von Ranut weggegangen. Sie sollte nicht mitbekommen, dass ich den Wert der Papyrusrolle erkannt hatte. Ehe sich der Soldat auf den Weg machte, überlegte ich, ob ich Ranut und ihre Begleiter mit zur Armee schicken sollte. Allerdings könnte es gut sein, dass Thutmosis eine harte Entscheidung über ihre Zukunft fällen würde. Das wollte ich auf keinen Fall, denn mir war Ranut sympathisch. Deswegen entschied ich, sie vorerst auf unserem weiteren Weg mitzunehmen. Vielleicht konnte ich sie später freilassen, kurz bevor wir auf die ägyptische Armee trafen. Selbst wenn sie dann schnell zurückreiten würden, um die Nachricht ihren Freunden mitzuteilen, dass die Armee Thutmosis' das Undenkbare wahr machte und den Weg über den Pass nahm, es wäre auf jeden Fall zu spät.
»Du kannst losreiten«, gab ich dem Soldaten Bescheid und an die anderen gewandt rief ich: »Fertig machen! Wir brechen sofort auf. Die Gefangenen nehmen wir mit. Bindet sie so, dass sie nicht fliehen können!«
Ob die Soldaten erstaunt waren, weil ich die Order gab, Ranut und ihre Begleiter mitzunehmen, konnte ich wegen der Dunkelheit nicht erkennen. Aber aus Erfahrung wusste ich, Soldaten führten grundsätzlich nur Befehle aus. Über deren Sinn nachzudenken, war nicht ihre Stärke.

Ich ging an der Spitze unserer kleinen Truppe. Den Zügel von Ranuts Pferd hielt ich beim Weitergehen in meiner Hand. Wortlos gingen wir fast den Rest der Nacht durch. Als der Morgen graute, konnte ich von meinem Platz aus gut das Tal des Kina-Bachs erkennen. Ich überlegte, Thutmosis wollte um diese Zeit die Anweisung zum Aufbruch des Heeres geben. Mat war mit einer Hundertschaft Soldaten ungefähr eine Stunde später als wir aufgebrochen. Sollte ich ihn darüber informieren, dass ich das Tal des Kina-Bachs frei von Soldaten des Feindes vorgefunden hatte? Kurz entschlossen befahl ich zwei der Soldaten, zurückzureiten und Mat diese Botschaft zu überbringen. Weiter beschloss ich, mit den verbliebenen Soldaten und den Gefangenen hier in der Nähe an einem sichtgeschützten Platz zu bleiben. Zurückzureiten machte keinen Sinn und wenn jemand von hier über den Pass reisen wollte, konnten wir gegebenenfalls etwas unternehmen. Als wir einen geeigneten Platz zum Rasten gefunden hatten, legte ich fest, in welcher Reihenfolge meine Leute Wache halten sollten, so erhielten wir die Möglichkeit, zumindest einen Teil des Schlafes der vergangenen Nacht nachzuholen.

Kurz vor der Mittagszeit, als die Schatten sich wendeten, kam der Soldat, den ich einige hundert Schritte in den Pass Richtung Aruna postiert hatte, zurück, um zu melden, dass die Vorhut des Heeres nahen würde. Thutmosis ritt an ihrer Spitze, und als er sich ungefähr auf gleicher Höhe wie wir befand, hielt er kurz an, schaute mich aus seinen dunklen Augen an und nickte mir zu. Er wollte wohl so seine Anerkennung für unsere geleisteten Späherdienste ausdrücken. Dann ritt er weiter und als ich mich nach meinen Soldaten umschaute, sah ich, dass sie flach auf dem Boden lagen und sich nicht trauten, ihren Blick zu erheben, da der Pharao noch in ihrer Nähe sein konnte.
»Meldet euch bei eurer Einheit«, sprach ich sie an. »Ich werde euren Offizieren melden, dass ich mit euch sehr zufrieden war.« Ich wollte sie loswerden, da mir eingefallen war, dass sich die Gefangenen in unserem Versteck befanden. Eigentlich hatte ich vorgehabt, sie freizulassen, kurz bevor Thutmosis eintraf. Ich hatte es verschlafen.
Die Männer packten schnell ihre Sachen zusammen. Einer von

ihnen wollte wissen: »Sollen wir dir nicht bei den Gefangenen helfen?«
»Nein, das ist nicht nötig«, antwortete ich. »Jetzt ist ja genug Hilfe da.« Dabei machte ich eine weitausholende Armbewegung und zeigte auf das anrückende Heer.
Er ging nicht auf meine lockere Art ein, sondern schaute mich, genau wie seine Kameraden, mit Bewunderung an, wahrscheinlich deshalb, weil der Pharao mir zugenickt hatte und ich bei seinem Vorbeiritt aufrecht stehen geblieben war.

Nachdem sich die Soldaten aufgemacht hatten, um sich bei ihrer Einheit zurückzumelden, war mein erster Weg zu der Felsennische, hinter der wir die Gefangenen gebracht hatten. Sie saßen an den Händen gefesselt auf dem Boden. Ich band sie los und knurrte Ranut an: »Steigt auf eure Pferde und reitet dann direkt hinter mir her!«
Meine Überlegung war, vornweg zu reiten, um eine Möglichkeit zu suchen, um sie freizulassen, ohne dass es den ägyptischen Offizieren auffiel.
Ranut fragte: »Eure Armee ist über den Pass von Aruna gekommen. War das der Grund, warum wir eure Gefangenen wurden?«
»Ja, ich konnte euch nicht weiterreiten lassen. Ihr hättet es zu früh erfahren und dann die Möglichkeit gehabt, es euren Verbündeten zu melden.«
Sie ging nicht, so, wie ich es angeordnet hatte, zu ihrem Pferd, sondern stellte sich mir in den Weg, als ich aufsitzen wollte. »Wirst du uns nun zu deinem Pharao bringen, damit er dich für deine Verdienste belohnen kann?«
»Wir haben keine Zeit für lange Reden«, fuhr ich sie an, weil sie mich so falsch einschätzte und auch, weil ich im Moment nicht wusste, wann und wie ich sie freilassen konnte. Den besten Zeitpunkt dazu, kurz bevor das Heer eintraf, hatte ich verpasst.
Ich konnte die Ebene von Megiddo und weiter entfernt das Feldlager der Syrer und ihrer Verbündeten ausmachen.
Ranut schaute mich immer noch fragend an, sie wartete auf meine Antwort. Vielleicht wäre jetzt eine gute Gelegenheit, sie freizulassen, schoss es mir durch den Kopf. Wenn sie ihre Pferde seitlich zu den Büschen lenken würden, hätten sie für längere Zeit einen ausge-

zeichneten Sichtschutz. Außerdem war im Moment bei den Soldaten des Pharaos ein größeres Durcheinander, da sie genug damit zu tun hatten, die Befehle ihrer Offiziere auszuführen, um ein Lager zu errichten.
»Ranut, reite mit deinen Leuten in Richtung dieser Büsche dort. Nicht im Galopp, sondern ganz normal, so, als ob ihr Zeit hättet oder einen Befehl ausführen würdet. Ihr seid frei!«
»Warum tust du das? Du wirst keine Belohnung erhalten! Du bekommst möglicherweise sogar Schwierigkeiten! Du hast die Tochter des Fürsten von Kadesch gefangen und dein Pharao könnte mich als Geisel gegen seinen ärgsten Feind, meinen Vater, benutzen. Hast du dir das richtig überlegt?«
Innerlich musste ich ihr recht geben. Andererseits hatten die Soldaten, die mich begleitet hatten, nicht einmal mitbekommen, wer sie war. Musste ich dem Pharao denn auf die Nase binden, wer sie war? Und die Landkarte, die ich per Boten an Mat geschickt hatte? Er hatte sie bestimmt an den Pharao weitergeleitet. Hatte ich sie nicht einem ganz ›normalen‹ Späher abgenommen? Auf jeden Fall könnte ich mich im Bedarfsfall irgendwie herausreden.
Ich lächelte Ranut an. »Du bringst mich mit deinem Gerede auf einen guten Gedanken. Ich rate dir, verschwinde schnell, sonst überlege ich es mir garantiert anders!«
Sie schaute mich ernst an und murmelte: »Das werde ich dir nie vergessen! Jetzt weiß ich, dass ich mich nicht in dir getäuscht habe. Hoffentlich wird es dir nicht schaden.«
Leise rief sie ihren Begleitern etwas zu und so, wie ich es gesagt hatte, ritten sie unauffällig in die von mir angegebene Richtung.

Einige Stunden später wurde ich zu Mat gerufen. »Der Pharao ist mit unserer Leistung sehr zufrieden!«, begann er strahlend und wartete auf meine Reaktion. Eigentlich hätte er wissen müssen, dass die Zeit, da ich stolz auf solch eine Auszeichnung war, längst vorbei war.
Er redete weiter und ich merkte, dass seine nächsten Worte der Grund für seine Euphorie waren. »Ich habe eine neue Aufgabe bekommen. Und zwar soll unter meinem Befehl der Nordflügel der Armee in dieser Nacht vorrücken, so weit, dass die syrische Armee dadurch von Megiddo abgeschnitten wird. Gleichzeitig soll der

Südflügel der Armee, unter Leitung von General Intef, in eine Stellung im Südosten der Stadt vorrücken. Wenn das gelingt, ist der Feind umzingelt und vor allen Dingen ist dadurch die Festung Megiddo vom Heer ihrer Verbündeten abgeschnitten.«
»Eine ehrenvolle Aufgabe für dich«, nickte ich ihm freundlich und anerkennend zu. Ich gönnte es ihm, denn er war der geborene Soldat. »Gibt es sonst noch etwas vom Pharao zu berichten?«, fragte ich.
»Nach der Zusammenkunft mit den wichtigsten Offizieren wollte er sich zurückziehen, um den Göttern zu opfern und sie um ihren Beistand zu bitten.«
Wie viele Menschen wohl für diese Sache sterben müssen, ging mir durch den Kopf. War sie das wert? Warum hatten die Syrer und die Stadtstaaten bloß diese Aufstände geschürt? Die Ägypter hatten somit keine andere Wahl, sie mussten ihre Stärke demonstrieren. Und die Ägypter, was wollten sie hier in Syrien? So weit weg von ihrer Heimat. War Ägypten nicht reich und mächtig genug? Warum können die Völker nicht in Frieden miteinander leben?
Mat unterbrach meine Gedanken. »Sen, General Intef hat vorgeschlagen, dass du und einige Soldaten versuchen sollen, in die Festung Megiddo hineinzukommen! Beobachte die Schlacht! Sie wird bestimmt zu unseren Gunsten ausgehen. Da bin ich mir sicher! Sobald du siehst, dass syrische Soldaten in die Festung flüchten wollen, solltest du versuchen, mit ihnen in die Stadt zu gelangen. Übrigens lobte dich in dem Zusammenhang Intef bei Thutmosis: ›Sen ist der Beste für diese Aufgabe! Er ist ein Mensch, der sich bei Schwierigkeiten prompt etwas einfallen lässt. Er weiß sich in jeder Lage zu helfen und braucht keine Befehle, weil er aus der Situation heraus genau das Richtige macht. Außerdem solltest du einigen Soldaten denselben Befehl geben. Es sollten Männer sein, die Sen kennen, damit sie sich mit ihm am dritten Haus nach dem Stadttor treffen können. Unter Sens Leitung sollen sie dann versuchen, die Stadttore für das Heer zu öffnen.‹«
Mat musste sich verabschieden. Wir hoben den rechten Arm, ballten die Hand zur Faust, um uns für die bevorstehenden Ereignisse Glück zu wünschen. So hatten wir es stets als Kinder gemacht.

Die Schlacht von Megiddo

Es war der Morgen vor der großen Schlacht! Würde Thutmosis, der junge Pharao, der bislang in Kriegsdingen unerfahren war, sein Heer in eine siegreiche Schlacht führen?
Ich hatte, genau wie Mat, ein gutes Gefühl, da der Pharao sein Heer in eine vorteilhafte Ausgangsposition bringen konnte, weil er wider Erwarten mit ihm durch den gefährlichen Pass von Aruna gekommen war. Der Feind konnte jetzt höchstens reagieren und nicht mehr agieren, weil er den Ägyptern entgegenkommen musste.
Trompetensignale der Ägypter bliesen zum Angriff, die Standarten der Götter flatterten über die einzelnen Truppen. Das Kriegsgeschrei der Soldaten und das Wiehern der Pferde erfüllte die Luft. Der Pharao war schon in seinem prächtigen Streitwagen an der Spitze des Hauptteils der Armee bereit zum Sturm auf das Lager der Syrer.
All dies konnte ich von meinem Platz auf einem Hügel beobachten. Glücklicherweise musste ich nicht mitkämpfen. Ich war kein Soldat und hasste den Krieg. Das einzige Mal, dass ich bei einer Schlacht mitgekämpft hatte, war von einigen Monden in Nubien. Und das nur deswegen, weil ich über Merits Heirat mit dem Pharao so verzweifelt war und den Tod gesucht hatte.
Was Merit jetzt wohl machte? Hatte sie Angst um ihren Gemahl, den Pharao? Dachte sie manchmal auch an mich?
Die Zangenbewegungen der ägyptischen Truppen schlossen sich immer enger und nach wenigen Stunden der Kampfhandlungen mussten die Syrer und ihre Verbündeten einsehen, dass ihre Sache verloren war. In Panik versuchten sie nun, den Ring der ägyptischen Truppen zu durchbrechen, der ihnen den Weg zurück in die Stadt versperrte. Der einzige Fluchtweg, außer in die Stadt, befand sich nach Nordosten von Megiddo. Ihm schenkten die Ägypter wenig Aufmerksamkeit, denn eine Flucht mit Pferd und Wagen ließ sich hier nicht bewerkstelligen, da das Gelände zu hügelig war und die Syrer auf diesem Weg ihr eigenes Lager durchqueren mussten. So ließen viele Flüchtlinge ihre Streitwagen stehen und rannten zu Fuß um ihr Leben.

Es wurde für mich Zeit, etwas zu unternehmen, da ich erkennen konnte, dass die Flüchtenden in Richtung Festung liefen. Ich hatte nach dem Gespräch mit Mat meinen Platz gewechselt, weil ich eine Stelle brauchte, von der aus ich die Schlacht besser beobachten konnte. Dadurch war ich der Festung ein ganzes Stück näher gekommen. Trotzdem musste ich ein Teil des Feldes überqueren, wo gerade die letzten Kampfhandlungen stattfanden. Mein Weg führte mich vorbei an Toten, die seltsam verkrümmt auf dem Boden lagen, an Verwundeten, die wegen ihrer Schmerzen und ihrer Todesangst schrecklich schrien. Bei vielen von ihnen steckte die Lanze oder das Schwert im Körper. Einige versuchten verzweifelt, die Waffe aus ihrer Wunde zu ziehen. Aber am schlimmsten sahen die Soldaten aus, deren Körper förmlich aufgerissen war und die Innereien herausquollen. Dies und das geflossene Blut verströmten einen entsetzlichen Gestank und ließ mein Entsetzen über das Abschlachten, das man Krieg nennt, noch größer werden.
Während ich weitereilte, fiel mir mehr im Unterbewusstsein auf, dass sich kein ägyptischer Soldat um mich kümmerte. Ich hätte ja ebenso ein Feind sein können, den sie abwehren mussten. Als ich mehr darauf achtete, sah ich mit Schrecken, dass sie sich eine andere Beschäftigung gesucht hatten. Statt den Feind in die Festung zu verfolgen, vergeudeten sie kostbare Zeit mit dem Plündern des syrischen Lagers. Denn als die Syrer mit ihren Anführern in kopfloser Flucht nach allen Seiten strömten, ließen sie ihr Lager mit all seinen Schätzen zurück. Man muss wissen, dass ein großer Teil der Truppen des Pharaos aus Söldnern bestand, die in erster Linie an einem Feldzug teilnahmen, um reiche Beute zu machen. Auch Gefangene, die sie bei dieser Gelegenheit machten, wurden ihnen häufig als Sklaven zugesprochen, die dann später von deren Angehörigen gegen ein ordentliches Lösegeld freigekauft werden konnten. Die Kriegsbeute, um die es vielen ägyptischen Soldaten ging, sollte ihren Reichtum in der Heimat begründen.
Vergeblich versuchten einige Offiziere, die Truppen wieder in Marschordnung zu bringen, denn erst durch die Einnahme Megiddos würde es ein vollständiger Sieg.
All dies sah ich im Vorbeilaufen, bis ich die Stadtmauer erreichte. Nur, was sollte ich jetzt in der Festung? Es war ein fürchterliches Durcheinander, weil die Bewohner Megiddos nicht das Stadttor

für ihre Landsleute öffneten, sondern nur improvisierte Stricke von der Stadtmauer, teilweise aus Kleidungsstücken gefertigt, hinunterwarfen, damit die Männer an ihnen hochklettern konnten.
Einige ägyptische Soldaten überschütteten sie deswegen mit Schmährufen und höhnischem Gelächter. Andere von ihnen machten sich einen Spaß daraus, mit ihren Speeren auf die an den Stricken hängenden Menschen einzustechen.
Ich drückte mich mit dem Rücken ganz eng an die Mauer, weil ich dadurch einigermaßen geschützt stand. Ich benötigte einen Moment, um über mein weiteres Vorgehen nachzudenken. Was sollte ich tun? Den Befehl durchzuführen und zu versuchen, in die Stadt zu kommen, darin sah ich keinen Sinn mehr. Zwar wäre es bei dem herrschenden Durcheinander ein Leichtes gewesen, an einem der Stricke hochzuklettern. Nur, was sollte ich in Megiddo? Von den Soldaten, die zu meiner Unterstützung kommen sollten, war nichts zu sehen. Geplant war, dass ich mit ihnen versuchen sollte, eines der Stadttore von innen zu öffnen. Nur das Probleme war, es würden keine ägyptischen Soldaten hereinströmen! Die waren anderweitig beschäftigt und zwar mit Plündern! Aufgrund meiner fehlenden syrischen Sprachkenntnisse konnte ich mich auch nicht länger in der Stadt aufhalten. Man hätte mich schnell als Spion enttarnt. Ich kam zu dem Entschluss, den Rückzug anzutreten, um wieder mit Mat in Kontakt zu kommen.
Um nicht erneut das Schreckliche auf dem Schlachtfeld sehen zu müssen, machte ich diesmal einen Umweg, weit weg von dem Gebiet, wo die Toten und Verletzten lagen. Am Anfang meines Weges hörte ich noch vereinzeltes Schreien der Verwundeten, das aber nach und nach verstummte. Entweder, weil ich inzwischen weit genug entfernt war oder weil die Verletzten ihren letzten Atemzug getan und dadurch Erlösung von ihren entsetzlichen Schmerzen gefunden hatten.
Ich hatte auf meinem Weg, im Gegensatz zu sonst, nicht auf die Umgebung geachtet, da meine Gedanken bei den Verwundeten und Toten waren, als ich hinter einem kleinen Hügel ein scheunenähnliches Gebäude entdeckte. Ein Bauernhof, dachte ich, als plötzlich hinter einem Gebüsch vier Männer mit erhobenen Speeren hervortraten.
»Was hast du hier zu suchen?«, fuhr mich einer von ihnen in ägyp-

tischer Sprache barsch an. »Bist du einer von den verdammten Syrern?«
Ehe ich etwas erwidern konnte, wurde ich von mehreren kräftigen Händen gepackt und zu dem Gebäude gezerrt. Richtig zu mir kam ich erst, als ich im Inneren der Scheune eine Stimme vernahm. »Wen haben wir denn da?«
Die Männer ließen mich los, sodass ich mich dem Sprecher zuwenden konnte. »Das gibt es doch nicht! Sen!«
Als ich den Mann sehen konnte, der mich angesprochen hatte, riss ich erstaunt die Augen auf. »Harrab!«, brachte ich nur heraus.
Mein Freund Harrab, dem ich, als wir noch Kinder waren, zur Flucht aus einer Goldmine verholfen hatte. In den Jahren danach war er zum wichtigsten und mächtigsten Mann des Hafenviertels aufgerückt, der bei den meisten illegalen Geschäften und auch bei vielen Raubzügen der Mann im Hintergrund war.
»Was machst du denn hier?« Wir stellten beide gleichzeitig dieselbe Frage.
Harrab wandte sich an die Männer, die mich in das Gebäude gebracht hatten. »Geht nach draußen und passt weiter auf, dass keine Unbefugten zum Haus kommen!«
»Du zuerst«, forderte mich Harrab auf. Schnell berichtete ich ihm, wie ich auf Befehl von Thutmosis bis nach Megiddo gekommen war.
»Und du?«, fragte ich, als ich fertig war.
»Nun ja!« Er schien erst nicht so recht zu wissen, wie er anfangen sollte. Das kannte ich, er hatte sich immer schwer damit getan, mir etwas von seinen illegalen Aktivitäten preiszugeben. Inzwischen hatte ich begriffen, warum die Männer bei diesem einsamen Haus Wache hielten. Es war voller Wertgegenstände wie Gold und Silber. Doch das konnte keine Beute sein, die aus der Schlacht stammte. Sie war ja erst seit kurzer Zeit zu Ende und so flink hätte man die geplünderten Dinge nicht hierher bringen können.
Langsam wurde mir einiges klar. Die Leute von Harrab befanden sich auf einem ihrer Raubzüge und die hier eingelagerten Wertgegenstände stammten davon. Eine bessere Gelegenheit gab es eigentlich nicht, jetzt wo das ägyptische Heer bis Syrien gezogen war. Wenn Harrab und seine Leute sich im Hintergrund hielten und das Heer weitergezogen war, kam die beste Gelegenheit, einen

Raubzug in dem gerade vom Heer ›befreiten‹ Bauernhof oder Ort durchzuführen.
»Du kennst mich«, hob Harrab an. »Momentan ist die beste Gelegenheit, etwas zu unternehmen. Wir mussten gar nicht viel selber machen, denn die unangenehmen Dinge hat das Heer für uns erledigt. Wenn du dich umschaust, siehst du, dass sich unser Kriegszug gelohnt hat!« Er sagte tatsächlich Kriegszug und nicht Raubzug! Ich wusste, dass er auch so dachte und wartete ab.
Er grinste, als er weiterredete. »Und die meiste Beute wird noch kommen! Was meinst du, warum die Soldaten nach der siegreichen Schlacht den Gehorsam verweigerten und anfingen zu plündern? Es waren unsere Leute im Heer, die den Auftrag hatten, direkt nach der Schlacht damit anzufangen. Du kennst die Menschen, ihre Gier wird so groß, dass sie sich dann nicht zurückhalten können. Ich selbst wäre nicht einmal auf die Idee gekommen, so zu handeln. Es waren Priester, unter der Führung von diesem Remram, die mich auf den Gedanken gebracht hatten! Dafür haben sie ihren Anspruch auf einen Teil der Beute geltend gemacht.« Er wurde verlegen. »Übrigens, sie kommen gleich, um mit mir über die Übergabe und den Transport der Beute nach Ägypten zu reden. Ich freue mich natürlich riesig, dich hier so unverhofft zu treffen. Aber mir wäre es lieb, wenn sie dich nicht sehen würden. Ich schlage vor, dass wir uns, wenn es bei dir geht, morgen Abend bei Anbruch der Dunkelheit wieder hier treffen.«
Für mich wäre es ohnehin besser gewesen, nicht auf den Priester Remram zu treffen. Es setzte mir immer noch sehr zu, wenn ich daran dachte, dass er mich wegen meiner vermuteten Herkunft erpresste.
»Du hast recht! Es ist vorteilhafter, wenn sie mich nicht bei dir finden. Wir sehen uns morgen Abend.«

Schnell machte ich mich auf den Weg zum Lager der ägyptischen Armee, wo ich Mat treffen wollte. Mir ging nach der Begegnung mit Harrab einiges durch den Kopf. Musste ich nicht melden, dass ich gestohlene Beute in Harrabs Besitz entdeckt hatte? Doch ich verwarf den Gedanken sofort, weil ich wusste, dass ich es allein wegen Harrab nicht machen würde. Dann gingen meine Gedanken zu dem Priester Remram. Dass er mit den Verbrechern des Hafenviertels zusammenarbeitete, wunderte mich nicht. Er hatte mir damals in Theben, als man mich in seinem Auftrag überfallen und zu ihm gebracht hatte, gesagt, seine Absicht sei, den Pharao töten zu lassen. Anstatt Thutmosis sollte ich wegen meiner Herkunft als Pharao eingesetzt werden. Diese Gedanken waren weitaus schlimmer als die Verbrechen, die Harrab und seine Leute ausübten. Damals war mir sofort klar, dass er mich nur als seine Marionette benutzen wollte, um sicher noch schlimmere Verbrechen gegen Ägypten zu begehen.

All dies ging mir durch den Kopf und plötzlich hatte ich eine vage Idee, sodass ich abrupt stehen blieb, um sie in Ruhe zu überdenken. Hatte Harrab nicht erwähnt, dass er die Beute mit den Priestern teilen müsse? Ich musste versuchen herauszufinden, wie und wann das ablaufen würde, denn ich sah eine Möglichkeit, wie ich auf einen Schlag meine Probleme mit den Priestern lösen könnte.

Meine Idee war, die Information an die richtige Stelle weiterzugeben, dass die Priester mit ihrem Anführer Remram praktisch für den Ungehorsam der Soldaten verantwortlich waren, weil sie sich selber unter Mithilfe der Leute von Harrab daran bereichern wollten. Für den Pharao wären sie Kriegsverbrecher, davon war ich überzeugt. Er würde sie mit dem Tode bestrafen! Dabei musste ich sehr vorsichtig vorgehen, denn die Priester hatten mich in ihrer Hand. Wenn ich versuchen würde, deswegen um ein Gespräch mit dem Pharao zu bitten, konnte das fatale Folgen für mich haben, da meistens bei diesen Unterredungen hohe Offiziere, Berater oder Diener zugegen waren. Die Priester würden es bestimmt erfahren, davon war ich überzeugt. Ein Wort über meine vermutete Herkunft beim Pharao, dass ich ein Rivale für den Pharaonenthron sein könnte, wäre mein sicheres Todesurteil.

All dies ging mir durch den Kopf und als ich das Lager erreichte, hatte ich in groben Zügen ein Konzept, wie ich die Priester bestrafen könnte. Am besten wäre es, mit Mat oder General Intef darüber zu reden und die würde ich bestimmt im Lager treffen.

Intef lief mir als Erster über den Weg. Fluchend kam er auf mich zu. »Diese verdammten Soldaten! Konnten sie nicht mit dem Plündern warten und erst, so, wie es befohlen war, die Festung einnehmen? Sie sind wie Tiere, die nur ihre Beute sehen und alles andere vergessen. Thutmosis' Plan war, die Verwirrung zu nutzen, um einen

Sturmangriff zu befehlen, dem die Stadt garantiert nicht standgehalten hätte. Stattdessen musste er, weil es der Brauch so verlangt, die Verteilung der Beute vornehmen. Jetzt müssen wir die Bewohner durch Aushungern zwingen, die Stadt zu übergeben und das kann Monate dauern. Einen erneuten Angriff zu starten, lehnt der Pharao ab, da es dabei zu hohe Verluste unter den ägyptischen Soldaten geben würde.«
Ich wusste, dass ich für seinen berechtigten Zorn nur der Blitzableiter war. Das machte mir nichts aus, denn er gab mir dadurch das Stichwort, um auf mein Anliegen zu kommen, als er von der Beute auf dem Schlachtfeld sprach.
Als er genug gewettert hatte, erwiderte ich: »Mag sein, dass der Pharao auf dem Schlachtfeld noch viel Beute zu verteilen hatte, aber ich habe keine Zweifel, dass vorher von einigen schlauen Leuten ein Teil davon beiseitegeschafft und an einem sicheren Ort versteckt wurde.«
Er schaute mich an, als ob mir mein Verstand abhandengekommen sei, gleichzeitig wurde sein Blick sehr wachsam. »Meinst du das im Ernst?«
»Mit solchen Sachen spaße ich nicht! Du müsstest mich eigentlich besser kennen«, antwortete ich ganz ruhig.
Intefs Augen wurden hart. »Rede!«
Jetzt musste ich vorsichtig sein, da ich meinen Plan nicht bis zum Ende durchdacht hatte. »Ich habe gehört, dass von einer Gruppe Soldaten wertvolle Gegenstände beiseitegeschafft und zu einem sicheren Ort gebracht wurden und gehe davon aus, dass sie das nicht aus eigenem Antrieb machten, sondern hochgestellte Leute den Befehl dazu gaben. Allerdings brauche ich ein wenig Zeit, um Näheres zu erfahren und um herauszufinden, welche Leute dahinterstecken. Ich denke, in einigen Tagen kann ich dir mehr sagen.«
»Ist das alles, was du weißt?«
Ich schüttelte den Kopf. »Das ist zunächst nur eine Vorabinformation für dich. Gib mir etwas Zeit, dann kann ich dir bestimmt mehr erzählen.«
Er überlegte kurz. »Gut! Du hast jetzt den Befehl von mir, dich darum zu kümmern. Vorerst bleibt die Sache unter uns. Also rede mit niemandem darüber!«
Nun suchte ich Mat auf. Er lästerte gleich los, als er mich sah. »Ich

dachte, du wolltest dafür sorgen, dass die Stadttore geöffnet werden!«
Es war leicht, es ihm mit gleicher Münze heimzuzahlen: »Ihr hättet eure Soldaten besser erziehen sollen, damit sie euch wenigstens halbwegs gehorchen!«
Ich wurde schnell wieder ernst und berichtete ihm über die Unterredung, die ich eben mit Intef geführt hatte. Obwohl Intef mir verboten hatte, mit jemandem darüber zu sprechen, Mat war eine Ausnahme und das wusste auch Intef.
Mat hörte aufmerksam zu und als ich mit meinem Bericht fertig war, meinte er: »Ich kenne dich, du hast mir nicht alles gesagt! Also, was verschweigst du?«
Ich wusste, dass er mich durchschaut hatte. Sollte ich ihm alle Einzelheiten über Harrab und dem Priester Remram berichten? Wenn die Aktion, die ich plante, schiefging, bekäme er wegen seines Wissens und weil er dies nicht an höherer Stelle gemeldet hätte, bestimmt große Probleme.
»Ich weiß wirklich nur, dass viele Wertgegenstände geraubt wurden und kann nicht einmal sagen, ob von Ägyptern oder Syrern«, wich ich aus. »Nimm es mir nicht übel, aber meine Informanten kann ich dir nicht nennen!«
Er schaute zwar skeptisch drein, doch er schien meine Antwort zu akzeptieren. »Ich habe leider wenig Zeit, da ich zum Pharao befohlen wurde. Vielleicht treffen wir uns später«, verabschiedete er sich.

Abrechnung

Jetzt merkte ich erst, wie müde und hungrig ich war. Wann ich das letzte Mal in Ruhe eine warme Mahlzeit zu mir genommen hatte, wusste ich fast nicht mehr. Ich suchte die Feldküche der Soldaten auf, aber diese Idee hatten leider auch viele von den Soldaten und ich musste länger anstehen, bis ich an der Reihe war. Warten war nicht gerade eine meiner Stärken, doch mein Hungergefühl siegte. Als ich das Essen bekommen hatte, setzte ich mich auf eine der provisorischen Bänke, um es mir schmecken zu lassen. Ich war fast mit dem Essen fertig, als sich zwei Männer links und rechts von mir setzten. Ich achtete nicht auf sie, weil ich mich nur mit dem Essen beschäftigte. Einer von ihnen sprach mich an und mein Schreck war groß, als ich die Stimme von Remram erkannte. Gleichzeitig spürte ich von der anderen Seite den Druck eines spitzen Gegenstands an meinem Körper. Ein kräftiger Mann drückte grinsend einen kleinen Dolch in meine Seite, sodass ich die scharfe Spitze auf meiner Haut spürte.
»Du kommst mit uns«, flüsterte Remram. »Ich gehe vor und solltest du dazu keine Lust verspüren, wird dich mein Freund ein wenig mit seinem Dolch kitzeln!«
Was blieb mir anderes übrig, als mitzugehen? Ich musste abwarten, vielleicht ergab sich unterwegs eine Möglichkeit zu fliehen. Doch als wir ein Stück gegangen waren, hatte ich den Eindruck, dass nicht nur dieser kräftige Mann zu Remram gehörte, sondern auch einige andere Männer, die sich ständig in unserer Nähe aufhielten. Deshalb verwarf ich den Fluchtgedanken, zudem ich neugierig wurde, was Remram von mir wollte. Dass mir ernsthaft etwas passieren könnte, glaubte ich nicht.
Ich wurde zu einem großen Zelt geführt, das sich ein wenig abseits am Ende des Lagers befand. »Setz dich!«, befahl Remram.
Der Priester zog sich ein paar Schritte zurück und ich hatte den Eindruck, dass er auf etwas wartete. Nach einiger Zeit kamen zwei Männer in syrischer Kleidung herein. Zuerst unterhielten sie sich leise mit Remram, sodass ich nichts verstehen konnte. Dabei musterten sie mich öfter und ich ging davon aus, dass sie über mich redeten. Als sie dann näher kamen und mich ansprachen, wunderte ich mich, denn sie taten dies in einem akzentfreien Ägyptisch.

»Das soll der zukünftige Pharao Ägyptens werden?«, meinte einer von ihnen. »Er sieht nicht gerade sehr respekteinflößend aus!«
Ich weiß nicht, ob er mich mit seiner anzüglichen Fragestellung aus der Reserve locken wollte, es war mir im Grunde egal und ich schwieg.
»Wenn der andere nicht seine Prachtkleidung trägt, sieht er auch nicht besser aus«, meldete sich Remram. Dann wandte er sich an mich. »Du kannst dir denken, worum es geht! Damals in Theben habe ich dir mitgeteilt, was wir von dir erwarten und deswegen wiederhole ich es nicht. Du hattest Zeit genug, darüber nachzudenken, ob du freiwillig mitmachst. Jetzt ist es so weit! Der Pharao wird die nächsten Tage nicht überleben und zu den Göttern gehen. Du selber brauchst nicht einmal etwas dafür zu tun, sondern nur Amun danken, dass wir die Arbeit für dich erledigen. Spätestens übermorgen wirst du hier auf dem Schlachtfeld von den Priestern zum Pharao gekrönt. Was sagst du dazu?«
Vor Schreck bekam ich kein Wort heraus, weil sie so schnell handeln wollten. Mein schöner Plan, sie in den nächsten Tagen zu vernichten, schien dahin.
»Hat es dir die Sprache verschlagen?« Remrams Stimme klang drohend.
»Was willst du hören?«, antwortete ich. »Ich bin sicher, die Götter werden dich bestrafen! Sie werden es nicht zulassen, dass dein Vorhaben gelingt! Hast du keine Angst davor?«
Er lachte freudlos. »Die Götter lass ruhig meine Sorge sein. Sie sind auf meiner Seite, da kannst du sicher sein. Du weißt, dass du keine andere Wahl hast, als mitzumachen. Noch etwas, nur für den Fall, damit du nicht auf dumme Gedanken kommst! Vielleicht denkst du nämlich daran, deine Freunde zu bitten, dir zu helfen. Wir haben einen Mann, auf den der Pharao hört und der oft in seiner Nähe ist, für unsere Sache gewonnen. Er weiß übrigens auch über deine Herkunft Bescheid. Sollte der unwahrscheinliche Fall eintreten, dass der Anschlag misslingt, wird der Pharao von ihm über dein geplantes Attentat informiert.«
Er lachte diabolisch auf und sein Gesicht verzog sich zu einer Fratze. »Ja, du hast richtig gehört. Der Pharao wird von dem Mann darüber unterrichtet, dass du der Anführer dieser Aufständischen bist! Ich brauche dir sicher nicht zu sagen, dass dein Leben dann verwirkt ist.«

Remram schien an alle Möglichkeiten gedacht zu haben. So, wie es aussah, hatte ich keine Chance, aus dieser Situation herauszukommen.
»Ach, ich habe noch eine Kleinigkeit vergessen!« In seine Augen trat ein triumphierendes Funkeln. »Sollte ich dich bisher nicht überzeugt haben, darf ich dir mitteilen, dass wir deine königliche Freundin Merit in unseren Händen haben! Sie ist sogar hier in der Nähe!«
Mir war, als ob sich eine eiskalte Hand um mein Herz legte und es dadurch stillstehen würde. Dann schlug es plötzlich rasend schnell und mir schien, als ob es mein gesamtes Blut zum Kopf pumpte und dieser dadurch zu platzen drohte.
»Ich sehe, das letzte Argument hat dich vollkommen überzeugt«, trumpfte Remram auf. »Aber du hast ja die Möglichkeit, es für alle Beteiligten einfach zu machen! Du musst nur bei den Krönungsfeierlichkeiten ein einfaches und klares Ja sagen. Das ist alles! Ich verspreche dir, dass dann deine Freundin sofort wieder freikommt. Wenn du willst, könntest du sie gleich zur ersten königlichen Gemahlin ernennen! Sie ist eine Prinzessin und dadurch würde dein Anspruch auf den Thron untermauert. Du siehst, wir haben an alles gedacht!«
Ich zwang mich zur Ruhe, um klar denken zu können. Merit! Seltsam, sie hielt sich doch meist im Thebener Palast auf, wo ein Überfall wegen der vielen anwesenden Soldaten schier unmöglich war und jetzt sollte sie hier in der Nähe sein? Konnte das stimmen? Vielleicht wollte er mit dieser Aussage nur versuchen, seine Erpressung durchzusetzen. Das gab mir die Kraft, etwas zu erwidern: »Was redest du da für einen Unsinn! Aus dem Palast kann man keine Prinzessin entführen!«
Er lachte gehässig auf. »Man sagt, dass du klug seist, aber du hast wahrscheinlich nur vergessen, dass sie öfter eine Reise zu einem bestimmten Landgut macht, das du vor einigen Monaten erworben hast. Über den Grund, warum sie so oft dorthin reist, will ich gar nicht spekulieren. Glaubst du, dass der Pharao erfreut wäre, wenn er den tatsächlichen Grund dieser Reisen erfährt?«
Ich konnte nicht antworten, denn er schien alles zu wissen. Gab es Spione auf dem Gut?
Remram ging zu einem der Tische und suchte etwas in einer Tasche die darauf lag. »Hier habe ich eine kleine Rolle Papyrus. Lies!« Er reichte sie mir.

Das Siegel von Merit war darauf! Ich riss es auf. »Lieber Sen, es stimmt, was der Priester Remram über meine Entführung sagt. Man hat mich bis Megiddo verschleppt und hält mich dort gefangen! Merit!«
Nun bestand für mich kein Zweifel mehr, dass Remram sie entführt hatte. Ich konnte momentan weder antworten noch klar denken, sondern starrte einfach nur bewegungslos vor mich hin. Von all diesen Planungen und Vorbereitungen Remrams hatte ich nichts geahnt. Im Gegenteil! Ich war sogar davon ausgegangen, dass er von seinem Plan Abstand genommen hatte. Und jetzt diese geballten Hiobsbotschaften!
Mehr im Unterbewusstsein bekam ich mit, dass Remram sich an die Männer in syrischer Kleidung wandte. Er hatte gemerkt, dass man mit mir im Augenblick nicht reden konnte und ich Zeit brauchte, um all diese schlimmen Nachrichten einigermaßen zu verkraften. Merit und immer wieder Merit, schwirrte es durch meinen Kopf. Was sollte ich nur machen? Wenn ich mich nicht von den Priestern erpressen ließ, sondern versuchte, Merit zu befreien, und einen Weg fand, die Priester zu vernichten, blieb trotz allem der Mann, der sich in der Nähe des Pharaos aufhielt und Thutmosis darüber unterrichten würde, dass ich der Anführer der Attentäter sei. Meine Gedanken sprangen unkontrolliert von einem Problem zum anderen, ohne dass mir im Entferntesten ein brauchbarer Weg einfiel, wie ich aus dieser Situation herauskommen könnte.
Nach und nach ordnete ich die wirren Gedanken, denn ich zwang mich, gezielter über jedes einzelne Problem nachzudenken.
Wer war dieser Mann, der ständig in der Nähe des Pharaos sein sollte? Ein Diener? Oder ein Beamter? Der Wesir fiel mir ein. Doch den Gedanken verwarf ich sofort, denn Rechmire war bestimmt in Theben geblieben, um von dort die Regierungsgeschäfte für den Pharao weiterzuführen. Wer konnte es sonst sein? Vielleicht ein Offizier, denn gerade jetzt auf dem Feldzug gab es täglich Gespräche zwischen dem Pharao und den Offizieren. Ob es mir gelingen würde, Remram darauf eine Antwort zu entlocken? Ich musste abwarten, wie der weitere Verlauf des Gespräches ablief. Eventuell kam ich dadurch einer Lösung näher.
»Sehr gesprächig ist dein neuer Pharao ja nicht gerade«, stichelte einer der Männer in syrischer Kleidung.

Ich schaute mir die beiden Männer etwas aufmerksamer an. Es war schwierig, ihre Gesichter zu erkennen, da sie die Kapuze ihrer Kleidung über den Kopf gezogen hatten.
»Wir sollten ihn in Ruhe über seine Situation nachdenken lassen«, schaltete sich der andere ein. »Er hat wirklich große Probleme. Wir sollten ihm bis heute Abend Bedenkzeit geben. Bis dahin wird er bestimmt zu der Erkenntnis kommen, dass er keine andere Wahl hat!«
Als ich diese Stimme vernahm, stieg von weither eine Erinnerung in mir hoch. Hatte ich sie nicht schon einmal gehört? Mein Herz klopfte schneller, diesmal nicht vor Schreck oder Angst, sondern vor Erregung, weil ich sie jemandem zuordnen konnte. Ich hatte zwar nie mit ihm gesprochen, sondern ihn nur einmal gesehen und sprechen gehört: Simri, der Offizier, in Syrien geboren, der seit Langem in Ägypten lebte und es zu einem engen Berater Thutmosis' gebracht hatte. Jetzt konnte ich mich genau erinnern. Mat und ich waren zum Pharao befohlen worden, um über den Pass von Aruna zu berichten. Als wir von einem Diener in das Zelt des Pharaos geführt wurden, standen die beiden über eine Landkarte gebeugt und diskutierten über etwas.
Ich ließ mir nichts anmerken und wartete ab, was weiter passierte. Ob man mir ansah, dass ich mich einigermaßen gefangen hatte? Remram kam grinsend auf mich zu. »Ich weiß nicht, ob du gehört hast, was mein Freund gerade gesagt hat. Bis heute Abend musst du dich entscheiden. Du wirst einsehen, dass du keine andere Wahl hast, als dich auf unsere Seite zu stellen.«
Ich schien entlassen und Remram winkte mir, zu gehen. Als ich aus dem Zelt trat, sah ich, dass die Sonne bereits tief stand. Bis heute Abend sollte ich mich entscheiden. Es war ja praktisch Abend! Ich drehte mich um, weil ich Remram um eine Fristverlängerung bitten wollte. Er war genau hinter mir aus dem Zelt gekommen und meinte hämisch: »Du siehst, es ist Abend! Also entscheide dich!«
»Habe ich eine andere Wahl?«, fragte ich zurück.
»Nein!«
Was blieb mir anderes übrig, als zustimmend zu nicken und zu behaupten: »Ihr habt mich überzeugt! Was soll ich tun?«
»Ich wusste, dass du so ähnlich antworten würdest. Aber wenn du meinst, du könntest einen Weg finden, uns zu hintergehen, auch

wenn dir dabei dein eigenes Schicksal egal sein sollte, denke immer daran, dass wir deine Freundin Merit in unseren Händen haben!« Er schwieg, um seine Worte wirken zu lassen und schien zu überlegen, ob er etwas hinzufügen sollte. »So, du kannst gehen. Wir werden dir Bescheid geben, wenn wir dich brauchen. Vergiss nicht, du kannst uns nicht hintergehen, und damit du nichts Unüberlegtes tust, lassen wir dich beobachten! Sozusagen zu deiner eigenen Sicherheit.«

Auf dem Weg zu meinem Zelt überlegte ich, was ich tun könnte, um aus dieser schlimmen Situation herauszukommen. Sollte ich sofort Mat aufsuchen? Er und Intef waren die Einzigen, die mir helfen konnten. Doch da ich beschattet wurde, sollte ich besser damit warten. Ich blieb vorerst in meinem Zelt, um die Dunkelheit abzuwarten. Ich schaute gespannt durch den Zelteingang auf die vorübergehenden Soldaten und Zivilisten. Wer von ihnen war beauftragt, mich zu beobachten? Eigentlich müsste mir jemand auffallen, denn ganz unerfahren war ich in diesen Dingen nicht. Nach einer Weile bemerkte ich zwei Männer in Zivil, die ungefähr fünfzig Schritte von meinem Zelt entfernt, auf und ab gingen. Sollten sie den Auftrag haben, mich zu beobachten ohne dass ich es merkte, gehörten sie wegen ihrer Stümperhaftigkeit bestraft. Ich nahm eher an, dass sie sich bewusst so auffällig bewegten, um mir zu zeigen, dass sie mich jederzeit kontrollieren konnten.
Es wurde dunkel, der Mond und die Sterne hatten sich hinter den Wolken versteckt. Sollte ich jetzt bei Anbruch der Dunkelheit versuchen, an den Männern vorbeizukommen? Was war, wenn sie in mein Zelt hineinschauten? Andererseits musste ich das Risiko eingehen. Eine andere Wahl hatte ich nicht. Ich wickelte die Decken auf meiner Schlafstätte so, dass es bei einem flüchtigen Blick aussah, als ob dort jemand schlafend liege. Dann machte ich mich auf den Weg. Es war kein Problem, unentdeckt an den beiden Männern vorbeizuschlüpfen. Ich musste zu Mat, er konnte mir sicher helfen. Auch wenn ich im Augenblick nur einen vagen Plan hatte, ich musste ihn mit Mat oder Intef durchsprechen, denn ohne ihre Hilfe konnte ich nicht viel unternehmen.
Mat war zum Glück allein im Zelt. Als er mich sah, fragte er ohne seine sonst übliche Flachserei: »Ist etwas passiert?«

Ich musste erst einmal schlucken. Er war mein Freund und wusste sofort, dass ich Probleme hatte. In dem Moment, als ich antworten wollte, hörte ich eine Stimme hinter mir: »Was ist vorgefallen?« Intef war kurz hinter mir ins Zelt gekommen. Genau im passenden Augenblick, so, als ob wir uns abgesprochen hätten. Wenigstens ein bisschen Glück hatte ich heute und so musste ich nicht zweimal über die Sache berichten.
»Schau ihn an«, ereiferte sich Mat. »Es ist etwas Schlimmes geschehen, er ist kalkweiß im Gesicht! Eigentlich ist er hart im Nehmen, aber das ist ein Zeichen, dass er nicht allein mit seinen Problemen fertig wird. Wir sollten darüber reden. Setzt euch!«
Erwartungsvoll schauten mich die beiden an.
Es war gar nicht leicht für mich, ihnen die Sachlage zu schildern, denn ich hielt es für besser, wenn sie nicht erfuhren, womit die Priester mich erpressen konnten. Intef und Mat waren Thutmosis sehr zugetan, sodass dadurch vielleicht ein gewisses Misstrauen aufkommen konnte. Ich begann mit Merits Entführung, ohne den Grund zu nennen, warum man sie entführt hatte. Ehe sie weitere Fragen dazu stellen konnten, kam ich schnell zu Harrab und den geraubten Wertgegenständen, die er und die Priester in der Scheune gelagert hatten.
Sie hörten aufmerksam zu und als ich zwischendurch einmal eine Pause einlegte, meinte Intef: »Es dürfte kein Problem sein, die Verbrecher zu fassen und unschädlich zu machen!«
Ich nickte ihm zu, obwohl ich nicht wollte, dass Harrab etwas passierte. »Aber das ist nicht das Hauptproblem. Es kommt wesentlich schlimmer. Ich habe bewusst erst von Merit und den Priestern berichtet, weil es mit einer weitaus übleren Angelegenheit im Zusammenhang steht.«
»Was denn noch?«, entfuhr es Mat.
»Der Pharao soll ermordet werden!«, platzte ich heraus.
Beide schauten mich mit vor Schreck geöffnetem Mund an und Intef donnerte los: »Wer wagt so etwas?«
Mat war sprachlos und seine Gesichtsfarbe war um einige Nuancen blasser geworden.
»Leise«, warnte ich. »Was hier besprochen wird, muss auf jeden Fall vorerst unter uns bleiben!«
Intef setzte sich sofort wieder und schien ein wenig schuldbewusst,

denn es war normalerweise nicht seine Art, so unbeherrscht zu reagieren.
Jetzt musste ich improvisieren, da die zwei von meiner vermuteten Herkunft nichts erfahren sollten.
»Wann und wie es passieren soll, kann ich nicht sagen. Ich weiß nur konkret, dass sich unter den Attentätern ein Mann befindet, der oft in der Nähe des Pharaos ist.«
Intef stellte nur kurz und knapp eine Frage: »Wer ist es?«
Ehe ich sie beantwortete, berichtete ich kurz, ohne auf Einzelheiten einzugehen, von meinem Gespräch mit dem Priester Remram und den beiden Männern in syrischer Kleidung und fügte hinzu: »Einen von ihnen habe ich erkannt, obwohl ich nie selber mit ihm gesprochen habe!«
»Wer ist es?« Diesmal war es Mat, der fragte.
»Simri, der Berater des Pharaos!«
Intef schüttelte ungläubig den Kopf. »Simri?« Zögernd merkte er an: »Er ist syrischer Abstammung, aber er lebt seit vielen Jahren in Ägypten. Warum sollte er das tun?«
Ich zuckte die Schultern. »Warum, weiß ich nicht, und Vermutungen helfen uns nicht weiter. Allerdings bezweifle ich, dass er sich selber an dem Attentat beteiligen wird. Er ist mehr der Mann im Hintergrund.«
Gerade kam mir eine neue Idee und ich fragte: »Ist der Pharao in der nächsten Zeit mal länger allein oder gibt es ein Ereignis, bei dem zu einer solchen Tat wenige oder eventuell sogar nur ein Mann genügen würde?«
Intef schüttelte langsam den Kopf und strich sich ratlos über das Kinn. Mat zermarterte sich den Kopf. »Ist nicht übermorgen das Treffen mit der syrischen Delegation geplant? Es soll mit nur wenigen Leuten mitten auf dem Schlachtfeld stattfinden«, gab er an Intef gewandt zu bedenken.
»Ah, ja!«, stimmte Intef zu. »Ich kann es trotzdem einfach nicht glauben! Warum sollten die Leute das tun?«
»Keine Ahnung«, log ich. »Wenn die Syrer daran beteiligt sind, stellt sich die Frage eigentlich nicht. Stellt euch nur vor, das Attentat würde gelingen, was dies bei unserer Armee für eine Panik auslösen würde! Ich denke, für den Feind ist es dann ein Leichtes, die ägyptische Armee zu vernichten. Und nicht nur das, die Feinde

würde versuchen, unsere Schwäche auszunutzen, das könnte wie ein Flächenbrand durch ganz Ägypten laufen!«
Intef nickte nachdenklich und meinte: »Diese Überlegung ist nicht von der Hand zu weisen.«
Um von den Schwachpunkten meiner Theorie abzulenken, fragte ich schnell: »Wenn es wirklich bei dem Treffen auf dem Schlachtfeld passieren sollte, wie könnte das ablaufen?«
Mat antwortete in seiner besonnenen Art: »Vereinbart wurde, dass beide Parteien ohne Waffen zu den Verhandlungen kommen. Bei den Syrern wäre es allerdings gut möglich, dass sie unter ihren weiten wallenden Gewändern eine Waffe tragen.«
»Ja«, stimmte Intef lebhaft zu. »Sie könnten außerdem dafür gesorgt haben, dass unser Augenmerk auf etwas anderes fällt. Auch darauf müssen wir achten.«
»Weiß man, wer von unserer Seite an dem Treffen teilnimmt?«, wollte ich wissen.
»Ja«, klärte mich Intef auf. »Mit dem Pharao sind wir zehn Männer. Und mit den Syrern wurde dieselbe Zahl vereinbart. Mat und ich sind dabei. Ebenso Simri, der bei Bedarf als Dolmetscher fungieren soll.«
Jeder hing seinen Gedanken nach. Ich kann bei dem Treffen nicht dabei sein, ging mir durch den Kopf. Doch Mat und Intef gehörten zu der Gruppe und auf sie konnte ich mich voll verlassen.
Intef sprach als Erster wieder. »Mat und ich müssen versteckt Waffen mitnehmen. Sonst möchte ich niemanden einweihen, da man nicht wissen kann, wer eventuell noch zu den Attentätern gehört. Da wir zu dem Treffen unsere Pferde mitnehmen, dürfte es nicht schwierig sein, eine Waffe unter der Pferdedecke mitzunehmen. Sen, du weißt, dass du nicht dabei sein kannst. Hast du bereits eine Idee, was du weiter unternehmen willst?«
Meine Antwort kam prompt, ohne dass ich überlegen musste. »Merit! Ich muss versuchen, sie zu befreien. Das Attentat wird bestimmt misslingen, weil ihr nun darauf vorbereitet seid, und dies würde bedeuten, dass sie in größter Gefahr schwebt. Vielleicht hat sie bei ihrer Gefangenschaft in Erfahrung gebracht, wer die weiteren Hintermänner des Attentats sind. Dadurch erhöht sich das Risiko für sie enorm! Wahrscheinlich wird es besser sein, wenn der Pharao nach dem Attentatsversuch nichts von Merits Entführung erfährt.

Sie ist zwar nur eine seiner Zweitfrauen, trotzdem möchte ich nicht, dass er mehr als nötig von Merit und mir erfährt.«
»Da kann ich dir nur recht geben«, knurrte Intef, der bekanntlich überhaupt nicht damit einverstanden war, dass Merit und ich uns mochten und das auch zeigten.
»Du hast immer noch nicht gesagt, wie du weiter vorgehen willst«, erinnerte er mich.
Ich schüttelte den Kopf, weil ich es nicht wusste. »Man hält sie in Megiddo fest. Mehr weiß ich nicht. Ich müsste in die Festung hinein. Aber wie?«
Wir schwiegen hilflos. Nach einer Weile riss ich mich zusammen und nahm mir vor, obwohl es dunkel war, die Stadtmauer zu umgehen. Vielleicht hatte ich Glück und würde dort eine Möglichkeit finden.
Intef und Mat gegenüber ließ ich verlauten: »Ihr habt genug damit zu tun, das Attentat auf den Pharao zu verhindern. Am besten sollte sich einer von euch auf Simri konzentrieren. Ich denke, er wird das Zeichen für den Mordversuch geben.«
Ich musste zum Ende unseres Gespräches kommen und überlegte kurz, ob ich etwas Wichtiges vergessen hatte. »Merit und die Priester überlasst mir. Ich werde bestimmt eine Möglichkeit finden. Jetzt will ich zurück zu meinem Zelt, um zu schauen, was meine Aufpasser machen.«
Ehe ich ging, schaute ich noch einmal auf meine Freunde. Was würden die nächsten Tage bringen? Würden wir uns unversehrt wiedersehen? Den Blicken nach zu urteilen, dachten die beiden etwas Ähnliches.

Ich kam unbehelligt zu meinem Zelt. Damit meine Aufpasser merkten, dass ich mich dort aufhielt, hantierte ich beim Schein einer Fackel im Zelt herum und als ich sie löschte, sollte es so aussehen, als ob ich mich zum Schlafen legte. Vorsichtig machte ich mich dann auf, in Richtung Stadtmauer zu gehen. Ich musste einen Weg finden, um Merit zu befreien.
Von Weitem konnte ich sehen, dass man oben auf der Stadtmauer Fackeln angezündet hatte, denn die Syrer wussten, auch bei Dunkelheit konnte ein Angriff der Ägypter erfolgen. Allerdings waren keine Wachen dort oben zu erkennen. Sie hielten sich geschützt im

Hintergrund auf, damit sie nicht von den Pfeilen der Ägypter getroffen werden konnten.
Ich überlegte, auf die Mauer zu steigen. Der Gedanke kam aber mehr aus einem Gefühl der Hilflosigkeit heraus, denn die Mauer war viel zu hoch, um sie ohne Hilfsmittel, wie eine Leiter oder ein Seil, zu erklimmen und zum anderen wäre dies wegen der Wachen zu gefährlich. So setzte ich meinen Weg fort, ohne dass ich eine Idee hatte oder eine Möglichkeit sah, wie ich in die Festung hineinkommen konnte.
Es war bei meiner zweiten Umrundung der Festung, als ich nicht weit entfernt, eine menschliche Silhouette aus dem Schatten der Mauer treten sah. Es konnte nicht schaden, zu kontrollieren, wer sich außer mir so nah dort aufhielt. Die Gestalt konnte ich ziemlich gut erkennen, denn der Mond war hinter den Wolken hervorgekommen und so waren die Lichtverhältnisse einigermaßen. Die Person schien etwas zu suchen, denn sie ging gebeugt von der Stadtmauer weg, zu einem kleinem Fluss, den ich bereits tagsüber gesehen hatte. Immer im Schatten der Stadtmauer bleibend, ging ich hinterher und dachte, von den Bewegungen her könnte es eine Frau sein, als von der Seite des ägyptischen Lagers drei weitere menschliche Schatten auf uns zukamen. Im Gegensatz zu mir hatte die Frau sie nicht gesehen, da sie ihnen den Rücken zukehrte. Im Moment konnte ich nichts tun, außer zu versuchen, näher an sie heranzukommen. Auf jeden Fall wollte ich sehen, was passierte und wer die Leute waren.
Kurz bevor die drei Schatten die Gestalt vor mir erreichten, drehte sich diese um und schrie vor Schreck auf, als sie so unverhofft die Leute nur wenige Schritte von sich entfernt auftauchen sah. Von der erschreckten Stimme her war es eindeutig eine Frau. Eigentlich hatte ich gedacht, dass sich die Männer sofort auf sie stürzen würden. Doch ich konnte erkennen, dass sie einen gebührenden Abstand hielten, und als ich näher herangekommen war, sah ich auch warum. Die Frau hielt ein Schwert in der Hand und schien sogar damit umgehen zu können.
Es waren ägyptischen Soldaten, die sich anscheinend sehr sicher fühlten, denn einer von ihnen tönte: »Die Kleine scheint eine Wildkatze zu sein! Wir werden viel Spaß mit ihr haben!«
Sie waren die Sieger der Schlacht und es war durchaus üblich,

dass die siegreichen Soldaten die Frauen und Mädchen der Gegner vergewaltigen. Doch das wollte ich nicht zulassen und jetzt kam eine passende Gelegenheit für mich, um einzugreifen. Die Frau hatte einen der Männer mit dem Schwert getroffen! Wie schwer konnte ich nicht sehen. Er schrie laut auf und seine Kumpane waren dadurch einen Moment abgelenkt, den ich sofort nutzte. Auf meinem Gang um die Stadtmauer hatte ich nur einen etwas längeren Dolch mitgenommen, der musste nun reichen. Ich sprang aus meinem Versteck, rief etwas, das sich wie ein Befehl anhören sollte, damit die Männer dachten, es würde sich um mehrere Angreifer handeln. Es waren, wie gesagt, Ägypter und ich wollte keinen von ihnen ernsthaft verletzen. Deswegen schlug ich mit dem Knauf meines Dolches auf den Mann ein. Ich traf ihn so hart am Kopf, dass er wie ein gefällter Baum umfiel. Bei dem anderen war der Schreck so groß, dass er Hals über Kopf flüchtete.
Das ging leichter, als ich mir vorgestellt hatte, und ich wandte mich der Frau zu, die die Situation genutzt hatte. Sie stand zu meiner Überraschung mit ausgestrecktem Schwert direkt vor mir. Der Mond stand so, dass ihr Gesicht im Schatten lag, aber sie konnte mich gut sehen und plötzlich rief sie mit überraschter Stimme: »Schon wieder du! Jetzt treffen wir uns bereits zum dritten Mal! Was tust du hier?«
Ranut! Ihre Stimme erkannte ich auf Anhieb.
»Dasselbe könnte ich dich ebenso fragen«, antwortete ich perplex.
»Im Moment habe ich die besseren Argumente, um Fragen zu stellen!« Sie hatte diesen für sie typischen arroganten Ton angeschlagen.
Dabei fuchtelte sie mit dem Schwert hin und her, sodass ich nervös wurde und sie anknurrte: »Tu das Ding weg! Wahrscheinlich kannst du nicht einmal richtig damit umgehen und verletzt mich unabsichtlich. Vielleicht erinnerst du dich, ich habe die Männer, die dich überfallen wollten, unschädlich gemacht!«
Zu meiner Überraschung senkte sie auf der Stelle das Schwert und erwiderte: »Ja, natürlich, du hast recht! Es war nur deshalb, weil ich dich nicht sofort erkannt habe. Ich muss dir danken, denn ich weiß nicht, ob ich allein mit den Männern fertig geworden wäre.«
Das stimmte mich gleich friedlich, denn ich mochte sie. Ich ging nicht auf ihren Dank ein, sondern wollte wissen: »Mir schien es

vorhin, als ich dich beobachtet habe, dass du etwas Bestimmtes suchst. Was ist es?«
Sie schüttelte den Kopf und sagte leise: »Du bist Ägypter! Ich glaube, es ist besser, wenn du es nicht erfährst, denn ich befürchte, dass du es sonst deiner Heeresleitung melden könntest.«
Es war eine kluge Antwort und ich musste anerkennen, dass sie so ehrlich war, nur, so kamen wir nicht weiter. Ich wollte zudem keine unnötige Zeit vergeuden, weil ich ständig an Merit denken musste.
»Übrigens habe ich dir die Frage vorhin zuerst gestellt. Eigentlich erfordert es die Höflichkeit, dass du als Erster redest«, protestierte sie.
Da hätte man nun trefflich drüber streiten können, aber die Zeit drängte und spontan kam mir die Idee, warum sollte ich nicht mit Ranut über Merit sprechen? Vielleicht hatte sie sogar von ihr gehört?
»Gut, so soll es sein«, ging ich friedfertig auf ihren Wunsch ein. »Komm, lass uns nach drüben gehen. Im Schatten der Stadtmauer sind wir sicherer.« Dabei fasste ich sie unbewusst, ohne mir dabei etwas zu denken, leicht am Arm, um ihr die Richtung anzuzeigen. Sie zuckte zusammen und ich merkte, dass sie zunächst mit Abwehr reagierte. Als sie registrierte, dass ich wirklich keine anderen Absichten hatte, ließ sie es wortlos geschehen.
Als wir an der Mauer angekommen waren, wollte sie wissen: »Hast du Probleme? Deine Stimme klingt anders wie sonst. Kann ich dir helfen?« Ihre Stimme war sanft und von ihrer üblichen Arroganz war nichts mehr zu spüren.
Erst wollte ich, wie ich es meistens machte, wenn man mich durchschaut hatte, eine ausweichende Antwort geben. Doch es ging um Merit und so musste ich jetzt Ranut einiges von mir erzählen.
So bekannte ich ohne Umschweife: »Ja, ich habe große Probleme! Eines davon ist, dass man eine Freundin von mir bis hierher nach Megiddo entführt hat, um mich damit erpressen zu können!«
Ranut hörte aufmerksam zu und unterbrach mich nicht, als ich nach weiteren Worten suchte, und ich spürte, dass sie mich aufmerksam musterte.
»Es ist so«, erklärte ich, »man will mich dadurch zwingen, mich an etwas zu beteiligen, was für Ägypten in einer Katastrophe enden könnte. Was es genau ist, kann ich dir nicht anvertrauen. Du würdest bestimmt die falschen Schlüsse daraus ziehen. Ich kann dir

nur versichern, ohne diese Entführung würde ich mich garantiert nicht an dieser Sache beteiligen.«
Leise, mehr für mich selbst, sagte ich: »Aber so? Man hält sie gefangen. Wenn ich sie nicht befreien kann, habe ich dann eine andere Wahl?« Ich riss mich zusammen. »Ich muss in die Stadt hinein, um meine Freundin zu befreien. Nur dann habe ich eine Chance, unbeschadet aus einer schlimmen Sache herauszukommen! Kannst du mir helfen?«
Sie überlegte. »Im Grunde hast du mir nicht sehr viel von dir erzählt. Doch ich muss dir zugestehen, dass jetzt auch nicht die rechte Zeit dazu ist. Etwas muss ich allerdings wissen, ehe ich auf deine Frage eingehe.«
Sie schaute mich aufmerksam an und ich fragte unruhig werdend: »Was denn?«
»Ich kenne nicht einmal deinen richtigen Namen. Mir ist da etwas eingefallen, vor allem, weil du ein wenig unsere Sprache sprichst. Ist dein Name Sen?«
»Wie kommst du darauf?«, fragte ich perplex, da ich wusste, dass sie ihn nicht von mir und ebenso wenig von den ägyptischen Soldaten erfahren hatte.
Sie lächelte ein bisschen triumphierend aufgrund meiner erstaunten Reaktion und meinte: »Also habe ich recht! Vielleicht kann ich ja meinen zukünftigen Mann Kratas von dir grüßen!«
»Du und Kratas?« Ich war sprachlos und das nutzte sie und fuhr fort: »Ja, er hat mir viel von dir erzählt. Es passt eigentlich alles zu dir, was er geschildert hat. Du sagtest, man hätte deine Freundin entführt. Ist es diese Merit, von der mir Kratas erzählt hat?«
Ich konnte nur nicken, weil ich vor Verwunderung keine Worte fand. Ein Teil meiner Vergangenheit hatte mich hier wieder eingeholt. Mir fiel Anta, die Schwester Kratas ein, die man hier in Syrien ermordet hatte. Ich hatte ihr nicht mehr helfen können, sondern konnte damals nur dafür sorgen, dass die Mörder enttarnt und dingfest gemacht wurden. Kratas hatte sie dann alle töten lassen.
Als ich mich von meiner Überraschung erholt hatte, antwortete ich: »Ja, es ist Merit! Ich habe erfahren, dass man sie in Megiddo gefangen hält. Weißt du davon?«
»Nein!« Sie schüttelte heftig den Kopf. »Dafür habe ich gehört, dass einige Verräter deines Volkes die Zweitfrau des Pharaos ent-

führt haben und sie uns als Geisel angeboten haben. Was allerdings daraus geworden ist, weiß ich nicht, da ich mehrere Tage unterwegs war.«
»Das ist sie!«
»Die Zweitfrau des Pharaos ist deine Freundin Merit?« Erst sah sie mich nur erstaunt an, ehe ihr Blick nach einer Weile verständnisvoll wurde und ich in ihm eine Mischung aus Neugier und Mitleid erkennen konnte.
»Kennst du einen Weg, wie ich ungesehen nach Megiddo hineinkomme?«, fragte ich, um sie schnell wieder auf das Wesentliche zu bringen.
»Hm, ja. Möglicherweise. Doch du musst mir versprechen, mit niemandem darüber zu reden!«
Ich nickte. »Mein Ziel ist nur, Merit zu befreien. Alles andere interessiert mich nicht. Allerdings habe ich nicht mehr viel Zeit, wenn nicht andere schreckliche Dinge ihren Lauf nehmen sollen.«
»Komm!« Sie führte mich weg von der Stadtmauer, hin zu dem kleinen Fluss, an dem wir bereits vorhin waren. An einem kleinen Gebüsch, direkt an dem Bach hielt sie an. »Dort! Siehst du es?«
Erst konnte ich nichts entdecken, doch dann sah ich einige gemauerte Ziegel, die bis in das Wasser hineingingen. Mir dämmerte es! Hatte Megiddo ein Kanalsystem, das bis hier zu dem Bach führte? Ranut hatte mich die ganze Zeit beobachtet und wohl an meinen Gesichtszügen erkannt, was in mir vorging.
»Meinst du wirklich, man könnte dadurch bis Megiddo kommen? Auf allen vieren kriechend?«, fragte ich ungläubig.
»Ja!« Sie nickte energisch. »Es ist nur klares Wasser in dem Bach. Der Abwasserkanal befindet sich weiter entfernt hinter Megiddo. Man wird praktisch nur nass.«
Ich blieb misstrauisch. »Warum willst du unbedingt in die Stadt hinein?«
»Mein Vater und Kratas sind dort!«
»Ah«, entfuhr es mir. »Dann willst du ihnen bestimmt zur Flucht verhelfen?«
»Ja und?« Ihre Stimme klang trotzig. »Oder willst du mich etwa daran hindern?«
»Rede nicht so«, zerstreute ich ihre Bedenken. »Ich habe dir mein Wort gegeben. Was du machst, ist mir egal, wenn du mir nur hilfst,

Merit zu finden. Ich habe eine weitere Frage. Kennen dein Vater und Kratas nicht diese Möglichkeit, durch den Kanal zu entfliehen? Und wie geht es weiter, wenn sie es hier bis zu dem Bach schaffen?«
Trotz der angespannten und ernsten Situation kam ein leichtes Lächeln in ihr Gesicht. »Wenn ich richtig zugehört habe, waren das zwei Fragen. Kratas hat mir erzählt, dass du schon damals ziemlich neugierig warst. Wie es scheint, hat sich das bis heute nicht geändert.«
Es stimmte, das war eigentlich immer schon der Fall und so antwortete ich ein wenig verlegen und gleichzeitig selbstbewusst: »Ja, ja. Doch glaube mir, meist ist durch meine Fragerei etwas Gutes herausgekommen, weil mir oder meinen Gesprächspartnern dadurch oft Ideen gekommen sind, schwierige Situationen zu bewältigen.«
Sie nickte. »Zu deiner Frage. Sie wissen Bescheid. Sie warten nur auf meine Nachricht, ob ich ihre weiterere Flucht organisieren konnte.«
Ich wusste vorerst genug und forderte sie auf: »Dann lass es uns versuchen. Willst du vorausgehen?«
»Du meinst kriechen«, berichtigte sie mich lächelnd. »Da du ja zum angeblich stärkeren Geschlecht gehörst, bitte, nach dir. Übrigens, ich bin den Weg auch noch nicht gegangen.«
Zum Glück war das Wasser nicht so kalt. Trotzdem war es unangenehm, sich mit zunehmend nasser werdender Kleidung kriechend vorwärtszubewegen. Gerade als ich dachte, schade, dass wir keine Fackel mitgenommen hatten, zupfte Ranut an meiner Kleidung. Ehe ich fragen konnte, was sie wollte, hatte sie plötzlich eine brennende Fackel in der Hand. Dadurch konnte ich erkennen, dass sich der Kanal in einem guten Zustand befand und vor Kurzem an einigen Stellen ausgebessert worden war. Draußen hatte ich überlegt, wie der Kanal wohl verlaufen würde, denn Megiddo lag auf einem kleinen Hügel und der Bach floss unten im Tal. Trotzdem schien der der Kanal so angelegt, dass er immer ein leichtes Gefälle hatte.
In der Dunkelheit, die nur ein wenig durch das flackernde Fackellicht erhellt wurde, war mir jedes Zeitgefühl abhandengekommen. Für mein Gefühl dauerte unser Kriechen in dem engen Kanal unendlich lange. Plötzlich mündete der Kanal in einem Schacht. Den

Göttern sei Dank, dass Ranut die Fackel mitgenommen hatte, denn ohne sie hätte ich ihn vielleicht nicht gesehen und wäre hineingefallen. Nun war mir klar, wie man in der Stadt an das Wasser kam. Man hatte einen tiefen Brunnen angelegt, weil der Kanal ein Gefälle benötigte, damit das Wasser aus dem Bach bis hierher floss. Doch wie kamen wir jetzt nach oben?

»Lass mich vorbei«, flüsterte Ranut, obwohl sich außer uns hier bestimmt niemand aufhielt. »In dem Brunnen sollten an einer Seite Stufen bis nach oben führen. So hat man es mir jedenfalls beschrieben.«

Es war nicht leicht, ihr in dem engen Kanal Platz zu machen. Als sie sich an mir vorbeischlängelte, berührten sich unsere Körper und ich fühlte, obwohl ich sehr durchnässt war, eine angenehme Wärme in mir hochsteigen. Es war kein leichtes Unterfangen, bei der Dunkelheit den Brunnen nach den Aufstiegshilfen abzusuchen, da Ranut dabei die Fackel nicht mehr halten konnte, um den Brunnen auszuleuchten. Ich konnte ihr nicht helfen, obwohl sie mir die Fackel im Vorbeikriechen gegeben hatte. Es war zu eng für zwei Personen.

Einmal schien sie fast den Halt zu verlieren und ich fasste instinktiv zu, um sie zu stützen. Aber es war nicht nötig und sie sagte: »Du kannst mich loslassen. Ich habe etwas ertastet. Komm direkt hinter mir her. Mach vorher die Fackel aus und leg sie so ab, dass wir dadurch auf dem Rückweg den Eingang des Kanals wiederfinden.«

»Ja, geh du nur weiter voraus, ich komme nach.« Sie handelte sehr überlegt, fand ich.

Als ich mich vorsichtig aus dem Kanal hinauslehnte, nahm sie meine Hand und führte sie bis zu dem ersten Tritt. Von da an war es verhältnismäßig einfach, nach oben zu steigen. Erst wunderte ich mich, kein Tageslicht zu sehen, bis mir einfiel, dass es ungefähr Mitternacht sein musste.

Es dauerte einige Zeit, bis wir oben anlangten. Als Ranut fast da war, blieb sie plötzlich stehen und flüsterte: »Warte. Ich will erst kontrollieren, ob Menschen zu sehen sind.«

Am letzten kurzen Stück des Brunnens waren keine Tritte mehr angebracht, deshalb zog sie sich, nachdem sie kurz Ausschau gehalten hatte, mit Schwung hoch. Ich machte es ihr nach und wir befanden uns mitten auf dem Marktplatz von Megiddo.

Ich überlegte, wie ich weiter vorgehen sollte, als Ranut mich anstieß und wisperte: »Komm, ich weiß, wo sich mein Vater aufhält. Sag ihm nicht gleich, wer du bist. Wenn er fragt, werde ich antworten!«
Mir war es egal und so ging ich hinter Ranut her, die zielstrebig auf ein größeres Haus zuschritt. Ich konnte jetzt nur abwarten und hoffen, dass ihre Leute etwas über den Aufenthaltsort Merits wussten.
Trotz der späten Stunde war das Haus hell erleuchtet. »Bleib einen Moment draußen. Ich will erst einmal nachschauen. Dann gebe ich dir Bescheid.«
Sie verschwand in dem Haus und ich überlegte gerade, was ich tun sollte, wenn es länger dauern würde, als die Tür aufging und sie mich hineinwinkte.
Zuerst sah ich einen Mann in mittleren Jahren, mit einem langen, dunklen Bart. Das musste ihr Vater, der Fürst von Kadesch, sein. Er musterte mich kurz aus dunklen, stechenden Augen. Im Hintergrund befanden sich einige Männer, die ich nicht kannte. An dem Tisch, mitten im Raum, saß ein Mann, den ich sofort erkannte. Kratas, der Sohn des Fürsten Kaba!
Ich war durch Ranut vorbereitet, ihn in Megiddo zu treffen. Aber er nicht und es war interessant zu sehen, welche Gefühle sich nach und nach in seinem Gesicht widerspiegelten. Erst ein kurzes, gleichgültiges Mustern. Dann die Erinnerung und ehrliche Freude.
Er stand so abrupt von seinem Stuhl auf, sodass dieser mit lautem Gepolter umkippte. »Sen!«
Mit breit ausgestreckten Armen kam er auf mich zu und wir umarmten uns. Gut, dass ich jetzt nicht reden musste, vor lauter Rührung hätte bestimmt meine Stimme versagt. Kratas ging es ähnlich und er schien, genau wie ich, an seine Schwester Anta zu denken, die man damals kurz vor unserem ersten Treffen so grausam ermordet hatte.
Er fasste sich als Erster. »Sen, was in aller Welt machst du hier und woher kennst du Ranut?«
Ranut fühlte sich angesprochen und wollte zu einer längeren Erklärung ansetzen, doch ich kam ihr zuvor, weil die Zeit drängte. »Kratas, ich habe leider keine Zeit, dir alle Einzelheiten zu berichten. Nur so viel, ich gehöre zu Thutmosis' Truppe. Ich bin in Megiddo,

weil man meine Freundin Merit entführt hat und ich erfahren habe, dass man sie im Ort festhält.«
»Merit!«, rief er. »Die Frau des Pharaos ist deine Freundin?«
Als er mein unglückliches Gesicht sah, redete er gleich weiter: »Zu deiner Beruhigung, sie ist hier und es geht ihr den Umständen entsprechend gut.«
Das war natürlich schön zu hören, obwohl mein unglücklicher Gesichtsausdruck daher rührte, weil ich wieder einmal daran erinnert wurde, dass sie Thutmosis' Frau war.
»Wo ist sie? Kann ich mit ihr sprechen?«, fragte ich.
»Warte, nicht so schnell«, blockte er ab. »Ich müsste erst mit meinen Freunden darüber sprechen. Vorab muss ich dir Fragen stellen und einiges klären. Vergiss nicht, wir haben Krieg und eigentlich sind wir Feinde! Ich bin überzeugt davon, dass du wahrheitsgemäß antworten wirst. Also, bist du im Auftrag des Pharaos hier?«
»Nein!«, beteuerte ich. »Selbst wenn Merit aus bestimmten Gründen die Frau des Pharaos geworden ist, so bleibt sie trotzdem meine Freundin und ich werde versuchen, sie mit allen Mitteln zu befreien. Auch deswegen, weil man mich mit ihrer Gefangennahme erpressen will. Soweit ich informiert bin, weiß Pharao Thutmosis nicht einmal, dass sie entführt wurde.«
Kratas nickte nachdenklich. »Eines möchte ich vorab klarstellen: Wir Mitanni haben mit der Entführung nichts zu tun. Für eine bestimmte Gegenleistung waren wir bereit, sie in Megiddo zu verstecken. Die Hintergründe, warum deine Landsleute dies getan haben, kenne ich nicht! Gut, ich gehe davon aus, dass es dir nur um die Befreiung deiner Freundin geht. Mir reicht dein Wort! Du könntest im Nebenzimmer warten, während ich mit meinen Freunden darüber spreche.«
Als ich dann allein nebenan wartete, wurde mir von einer Frau Wein und etwas Gebäck gebracht. Wortlos stellte sie die Dinge auf den Tisch und verschwand sofort wieder. Aus dem anderen Raum hörte ich Stimmengemurmel, von dem ich leider nichts verstehen konnte. Gerne hätte ich gelauscht. Ich bezwang meine Neugier, denn es wäre zu peinlich gewesen, wenn jemand hereingekommen wäre. Dann wurden die Stimmen lauter und eine hitzige Diskussion schien im Gange zu sein. Kurz darauf kehrte Ruhe ein. Ranut und Kratas kamen zu mir. Ranuts Wangen waren vor Erre-

gung gerötet und ihre Augen blitzten. Hatte sie nun für oder gegen mich gesprochen? Noch immer ein wenig erregt, sagte sie: »Mein Vater hat erst große Schwierigkeiten gemacht! Aber wir«, und dabei schaute sie liebevoll auf Kratas, »konnten dann alle davon überzeugen, dass du ein ehrlicher Mann bist und nur die Befreiung deiner Freundin planst.«

Sie schaute Kratas an, er sollte weitersprechen. Der nickte ihr zu und wandte sich an mich: »Wir haben Folgendes vereinbart: Du hast gehört, dass der Fürst mit einigen seiner Leute durch den Kanal fliehen will. Weil du darüber informiert bist, hat er nur unter der Voraussetzung zugestimmt, dass ihr mit ihm gemeinsam oder später den Weg durch den Kanal nehmt. Er sagt, dadurch seien er und seine Leute vor einem Verrat durch dich sicher, denn ehe du deine ägyptischen Freunde informieren könntest, wären sie so weit entfernt, dass Thutmosis' Soldaten keine Chance hätten, sie einzuholen.«

Mein Herz schlug vor Freude schneller, denn danach schien es kein großes Problem zu sein, Merit zu befreien. Außerdem kam mir der Befehl des Fürsten von Kadesch sogar sehr entgegen, umgehend von hier zu verschwinden.

Ich nickte Kratas zu und antwortete: »Ja, das käme meinen Wünschen sehr entgegen. Am liebsten würde ich gleich mitgehen, wenn es machbar ist. Meinst du denn, Merit könnte gleich mitkommen?«

Er sah zu Ranut. Sie nickte und erst dann winkte er mir zu. »Komm mit!«

Wir gingen nicht sehr weit und ich ahnte, wohin er mich führte.

Nur zwei Häuser entfernt hielt er vor einem länglichen Gebäude, das früher vielleicht einmal als Herberge gedient hatte, denn als wir eintraten, kamen wir in einen großen Raum, der einmal der Schankraum gewesen sein konnte. Jetzt diente er als Küche, denn dort wirtschafteten mehrere Frauen, die, wie es aussah, für viele Menschen ein Essen zubereiteten. Ich konnte mir lebhaft vorstellen, dass wegen der Umzingelung Megiddos durch die Ägypter die Lebensmittel rationiert waren und es für alle Menschen in der Stadt ein einheitliches Essen gab.

»Warte kurz«, bedeutete mir Kratas und ging zu den nach hinten gelegenen Räumen des Hauses. Ich versuchte mich dadurch abzulenken, indem ich mir das Treiben in der Küche anschaute, denn

ich merkte, dass mir die Hände leicht zitterten, so nah ging mir das erhoffte Wiedersehen mit Merit. Erst in diesem Moment nahm ich den Essengeruch richtig wahr und verspürte Hunger, denn ich hatte seit einer Weile nichts Richtiges mehr zu mir genommen.
Als mir Kratas Abwesenheit zu lange vorkam, drehte ich mich zur Seite, um nach ihm Ausschau zu halten. Mein Herz schien einmal kurz auszusetzen, denn genau in meinem Blickfeld stand sie! Merit! Sie hatte mich wohl bereits einige Zeit beobachtet. Aus den Augenwinkeln sah ich kurz im Hintergrund Kratas, aber dann gab es für mich nur noch Merit. Als ich wieder klar denken konnte, lag sie in meinen Armen und schluchzte an meiner Schulter. Ich strich tröstend über ihre Haare und flüsterte Worte wie: »Ist ja gut! Du hast alles überstanden und bist in Sicherheit.«
Ich kann nicht sagen, wie lange wir wortlos dastanden, uns nur festhielten, so, als ob wir uns nie mehr loslassen wollten. Erst durch ein Räuspern kam ich in die Wirklichkeit zurück. Kratas stand in unserer Nähe und als er sah, dass ich ihn bemerkt hatte, winkte er und rief halblaut: »Die anderen warten! Kommt!«
Ich legte meinen Arm um Merit und wir folgten ihm.
»Kannst du überhaupt länger gehen?«, fragte ich Merit besorgt. »Das erste Stück unseres Fluchtweges ist ziemlich beschwerlich!«
Ich schaute sie an. Doch es war so dunkel, dass ich ihre Gesichtszüge nicht erkennen, sondern nur erahnen konnte.
»Ja!« Ihre Stimme klang belegt und sie musste sich vor dem Weitersprechen räuspern. »Es wird gehen. Man hat mich gut behandelt. Nur die Ungewissheit war schlimm. Vor allem die Frage, warum hat man mich entführt? Was wollen diese Leute damit erreichen? Komme ich überhaupt wieder frei? Das hat mich fast verrückt gemacht. Ich hatte die ganze Zeit praktisch niemanden, außer einer Dienerin, mit der ich reden konnte.« Sie zitterte und ich drückte meinen Arm fester um ihre Schultern.
Unterwegs merkte ich, dass Kratas uns nicht mehr zu dem Haus führte, in dem wir zuerst waren, sondern gleich den Weg zu dem Brunnen am Marktplatz nahm. Kurz bevor wir ihn erreichten, konnte ich erkennen, dass dort mehrere Leute auf uns warteten. Der Fürst wollte keine Zeit verlieren, da er wusste, dass Ranut für seine weitere Flucht gesorgt hatte.
Zwei der Männer zündeten Fackeln an und stiegen als Erste in den

Brunnenschacht. Durch das Licht konnte ich ein bisschen mehr erkennen und sah ganz in unserer Nähe Ranut, die neben Kratas stand. Als sie meinen Blick auf sich gerichtet sah, kam sie auf uns zu. Sie umarmte Merit und flüsterte ihr etwas zu, das ein leichtes Lächeln in Merits Gesicht zauberte. Was sie ihr zugeraunt hatte, konnte ich leider nicht verstehen und ehe ich fragen konnte, kam die Anweisung von Kratas: »Sen, du als Nächster und dann Merit! Ranut und ich folgen anschließend.«
Gut, dass er die Reihenfolge so gewählt hatte, denn so hatte ich gegebenenfalls die Möglichkeit, Merit zu helfen, wenn sie Probleme beim Hinuntersteigen bekommen würde. Wie viele Leute insgesamt mit uns flüchteten, konnte ich nicht feststellen.
Merit hielt sich hervorragend. Helfen musste ich nicht, nur als wir von dem Brunnen in den Kanal umsteigen mussten, zögerte sie, weil die Entfernung von dem Tritt bis zum Kanal ziemlich weit war und man ab dort nur noch kriechend weiterkam. Ich nahm ihre Hand und ohne zu verharren, kam sie hinter mir her in den Kanal hinein. Unterwegs überlegte ich einmal, wo wir unsere immer nasser werdende Kleidung nachher wechseln könnten. Aber außer in meinem Zelt, inmitten des ägyptischen Lagers, fiel mir nichts ein. Nach dort konnten wir bestimmt nicht. Jetzt, auf dem Rückweg, hatten wir mehr Licht und vielleicht lag es daran, dass es für mein Gefühl diesmal nicht so lange dauerte wie der Hinweg. Als der Kanal zu Ende war und wir wieder an dem Bach ankamen, sah ich, dass dort einige Pferde bereitstanden. Ranut, die direkt hinter mir aus dem Kanal kam, deutete meinen Blick richtig und sagte: »Für dich habe ich leider keine Pferde eingeplant. Dein Erscheinen war zu der Zeit, als ich sie besorgte, nicht eingeplant. Nur trockene Kleidung kann ich euch geben.«
Sie ging zu einem der Packpferde und überreichte mir zwei syrische Gewänder. Ehe ich mich bedanken konnte, meldete sich Kratas: »Wir müssen uns verabschieden. Ich wünsche euch alles Gute und hoffe, dass wir uns bald unter erfreulicheren Voraussetzungen erneut sehen.«
Wir umarmten uns, denn für mehr Worte gab es keine Zeit, der Fürst von Kadesch und seine Leute saßen bereits auf ihren Pferden und wollten losreiten. Sie hatten es eilig, von hier wegzukommen, denn die Ägypter waren nicht weit entfernt. Außer dem Fürsten,

Kratas und Ranut zählte ich weitere sechs Männer, die sofort losritten.
»Komm«, wandte ich mich an Merit. »Lass uns gehen. Dabei erzähle ich dir, wie ich von deiner Entführung erfahren habe und was man damit erreichen wollte.«
Ich wählte bewusst einen Weg weit um das Schlachtfeld herum. Den Anblick der Toten und Verletzten, die man aus Zeitgründen noch nicht behandeln konnte, wollte ich Merit ersparen. Unterwegs berichtete ich, wie ich von ihrer Entführung erfahren hatte und was der Priester Remram von mir erwartete.
»Bei den Göttern, was sind das für Menschen!« Merit war geschockt. »Und du? Bist du wirklich der Sohn Hatschepsuts und Senmuts? Was denkst du?« Sie schwieg kurz und ehe ich etwas erwidern konnte, redete sie nachdenklich weiter: »Doch wenn ich zurückdenke, erinnerst du dich an meine Ziehmutter Betau? Sie hat in dieser Sache einige Male Andeutungen gemacht. Vielleicht stimmt es tatsächlich?«
Ich schüttelte den Kopf. »Du kennst meine Geschichte. Ich glaube es nicht! Ich weiß es natürlich nicht genau. Auf jeden Fall ist es so, dass einige Priester, mit diesem Remram an der Spitze, aufgrund des Gerüchts versuchen, mich als Pharao von ihren Gnaden einzusetzen. Aber ich denke, dass wir ihre Bemühungen vereiteln können. Den Anfang habe ich gemacht und zwar dadurch, dass du nicht mehr ihre Gefangene bist. Gleichzeitig sollten Mat und Intef das geplante Attentat auf den Pharao verhindern. Ich konnte ihnen ziemlich exakt schildern, wie es ablaufen sollte, und gehe davon aus, dass die Attentäter bereits ihre gerechte Strafe erhalten haben. Hoffentlich erfahren wir bald Näheres darüber, denn es wäre sicher hilfreich, vor dem nächsten Schritt etwas darüber zu wissen.«
»Wohin gehen wir eigentlich?«
»Wir müssen versuchen, bis zu der Scheune zu kommen, in der Harrab die geraubten Wertgegenstände gelagert hat«, antwortete ich. »Ich hatte gestern Abend dort eine Verabredung mit ihm und gehe davon aus, dass wir ihn nachher auch noch antreffen werden.«
Plötzlich blieb ich stehen, um besser nachdenken zu können.
»Was ist?«, fragte Merit.
»Die Priester«, murmelte ich. »Wenn ich es richtig in Erinnerung habe, wollten sie mit Harrab darüber sprechen, wie der Transport ihrer Schätze nach Ägypten abgewickelt werden soll.«

»Ja und?« Merit verstand den Zusammenhang nicht.
»Sie werden auf jeden Fall ihre geraubten Schätze zur Scheune bringen, damit Harrab und seine Leute von dort den weiteren Transport übernehmen. Ich gehe davon aus, dass dann alle Priester anwesend sein werden. Vielleicht haben sie inzwischen über das, hoffentlich fehlgeschlagene, Attentat erfahren oder werden bald darüber informiert. Dann werden sie bestimmt versuchen, sich so schnell wie möglich in Sicherheit zu bringen, denn sie können sich zwar denken, wer sie verraten hat, aber ganz sicher dürften sie nicht sein, denn es könnte auch jemand anders als ich gewesen sein. Das heißt für sie, zurück nach Ägypten, weil sie dort die besten Möglichkeiten haben unterzutauchen. Für mich wäre dies allerdings schlecht, weil sie bestimmt von dort aus ähnliche Gerüchte über mich verbreiten werden.«
Ich schwieg kurz, ehe ich entschlossen fortfuhr: »Es muss geschehen! Ich werde dafür sorgen, dass sie es nie wieder können! Außerdem haben sie es allein deswegen verdient, weil sie das Attentat auf den Pharao geplant haben!«
»Was hast du vor?«, brachte Merit erschreckt hervor. »Willst du etwa alle töten?«
»Hast du einen besseren Vorschlag?«
»Du selber willst sie töten?«, erkundigte sie sich hartnäckig ein zweites Mal, obwohl der Schreck ihre Stimme zittern ließ.
»Nein! Es ist besser, wenn ich nicht dabei bin, sondern wenn es geschieht, dass ich von vielen Menschen weit entfernt von dem Ort des Geschehens gesehen werde! Für unsere weitere Zukunft ist es wichtig, nicht damit in Zusammenhang gebracht zu werden.«
»Und wie stellst du dir das vor?«, hakte Merit beruhigter nach, weil ich mich nicht direkt daran beteiligen wollte.
»Vielleicht werden die Soldaten des Pharaos dafür sorgen oder Harrabs Leute. Ich weiß es noch nicht genau. Das ist auch der Grund, warum ich unbedingt Harrab sprechen muss. Bisher hat er von den Informationen der Priester profitiert und dadurch auf vielen Raubzügen Schätze angehäuft. Aber wenn er hört, was die Priester wirklich geplant hatten, mal sehen, wie er reagiert!«
Zu meiner Überraschung wechselte Merit das Thema. »Hast du dir eigentlich einmal darüber Gedanken gemacht, was aus uns wird?«
Sie schaute mich fragend an, um dann unbeirrt weiterzusprechen:

»Ich gehe nicht mehr zurück in den Palast! Während meiner Gefangenschaft habe ich lange darüber nachgedacht und egal, welche Konsequenzen es haben wird, ich bleibe bei meiner Meinung! Wie denkst du darüber?«
»Warum nicht?«, fragte ich verblüfft, weil ich zu überrascht war, obwohl mein Herz vor Freude schneller schlug.
Jetzt meldete sich die kämpferische Merit, wie ich sie kannte und liebte. In einem etwas aggressiven Ton wollte sie wissen: » Wäre es dir etwa lieber, wenn ich zurückginge?«
Nun musste ich aufpassen und meine nächsten Worte mit Bedacht wählen, sonst ging ihr Temperament mit ihr durch. Ich versuchte es, obwohl ich merkte, dass auch meine Emotionen hochkochen wollten.
»Warum fragst du so etwas? Du weißt genau, dass ich mit dir zusammenleben möchte! Ständig diese Heimlichkeiten auf dem Gut in der Nähe von Theben, wo wir uns ab und zu treffen wollten. Denkst du, ich sei glücklich, wenn ich daran denke, dass ein anderer Mann, selbst wenn es der Pharao ist, dich berührt! Ich will dich allein und mit niemandem teilen! Glaubst du denn, ich hätte nicht oft darüber nachgedacht, mit dir in einem anderen Land neu anzufangen? Doch stell dir das nicht so einfach vor. Der Pharao hat überall seine Spione! Oder meinst du, er würde das hinnehmen, ohne etwas dagegen zu unternehmen? Es wird sehr schwer sein, einen sicheren Platz für uns zu finden. Und da wird kein Palast mit vielen Bediensteten sein!«
Ich atmete tief durch, um mich zu beruhigen. Jetzt war es heraus! Seit ihrer Heirat mit Thutmosis kreisten meine Gedanken dauernd um diese, für mich fast unerträgliche Situation.
Sie schaute mich mit gekrauster Stirn an. Dann kam ein Lächeln in ihr Gesicht und sie lehnte sich an mich. »Schön hast du das gesagt! So offen hätten wir längst darüber sprechen sollen, als du aus Nubien zurückkamst. Aber das lag wohl mehr an mir. Nimmst du wirklich an, dass ich zum Glücklichsein einen Palast, Bedienstete und all diese anderen Dinge benötige? Irgendwann, vor langer Zeit, habe ich dir das bereits einmal gesagt. Schon vergessen?« Wir küssten uns und vergaßen alles um uns herum und waren nur glücklich.
Wir waren so mit uns beschäftigt, dass wir fast die Stimmen in

unserer Nähe überhörten. Es war gerade noch früh genug und das brachte uns schnell in die Realität zurück. Soldaten! In diesem Moment entdeckten sie uns und kamen, sicher wegen unserer syrischen Kleidung, mit erhobenen Speeren auf uns zu. Das konnte gefährlich werden, denn ägyptische Soldaten gingen mit ihren Feinden nicht zimperlich um. Deswegen sprach ich sie sofort in unserer gemeinsamen Muttersprache an und als sie näher heran waren, erkannte ich einen von ihnen. Als ich meine Kapuze vom Kopf streifte, nickte er mir zu und wollte wissen: »Was macht ihr hier?« Das ging ihn absolut nichts an und ich antwortete: »Wir sind im Auftrag von General Intef unterwegs!« Das genügte und sie senkten ihre Waffen. Neugierige Blicke gingen zu Merit hinüber. Ich gab ihnen keine Erklärung, sondern sagte: »Meldet General Intef, oder wenn ihr ihn nicht erreicht, Hauptmann Amenemheb, dass ihr mich getroffen habt. Richtet ihnen aus, dass ich meinen Auftrag erfolgreich ausgeführt habe.«
»Wie es scheint, bist du nicht auf dem Laufenden. Hauptmann Amenemheb wurde zum General befördert. Er hat dem Pharao das Leben gerettet!«, gab der Soldat Bescheid.
Das waren Nachrichten! Mat und Intef hatten das Attentat auf den Pharao verhindern können! »Ah, das sind in der Tat Neuigkeiten. Du könntest mir einen Gefallen tun! Richte ihnen bitte aus, dass ich sie heute Abend bei Anbruch der Dunkelheit hier an dieser Stelle treffen muss! Ich habe wichtige Nachrichten für sie!«
Inzwischen hatten auch die anderen Soldaten mitbekommen, wer ich war. Sie verabschiedeten sich militärisch korrekt, wie bei ihren Offizieren.
»Wir sind vorhin leider unterbrochen worden«, wandte ich mich lächelnd an Merit und nahm sie, als die Soldaten weit genug entfernt waren, wieder in meine Arme. Sie ließ es geschehen.
»Ich glaube, ich muss eine Rast einlegen. Lange kann ich nicht mehr weitergehen. Die letzten Wochen habe ich praktisch nur in einem Zimmer verbracht. Ich fühle mich richtig schlapp und ausgelaugt!«, stöhnte sie.
Bis zu der Scheune, in der Harrab die Schätze gelagert hatte, waren es sicher zwei Stunden Fußmarsch, denn zum Lager der ägyptischen Armee konnte ich Merit nicht bringen.
»Komm, wir suchen eine Stelle, wo wir ausruhen können«, ver-

suchte ich sie aufzumuntern. Wir hatten Glück, denn nach nur ungefähr hundert Schritten fanden wir eine kleine Talmulde, in der mehrere Sträucher wuchsen, wo wir uns aufhalten konnten, ohne gleich gesehen zu werden. Merit legte sich gleich hin, sie musste ziemlich am Ende sein, denn so schnell gab sie sonst nicht auf.

Obwohl wir uns einen schattigen Platz ausgesucht hatten, war der Sand angenehm warm. Ich lag neben Merit und murmelte in ihr Ohr: »Wir sollten ganz in Ruhe über eine gemeinsame Zukunft nachdenken. Ich habe oft davon geträumt, dass du nicht mehr im Palast wohnen würdest. Andererseits war ich seit meiner Rückkehr aus Nubien unsicher, wie du reagieren würdest, wenn ich dir diese Frage stelle. Das erste und wichtigste dazu wäre, ein Land zu finden, wo wir vor den Nachforschungen Thutmosis' sicher sind.«

»Hm«, sie schien halb zu schlafen, aber ihr Verstand arbeitete noch. »Er wird irgendwann erfahren, dass ich entführt wurde. Dabei sollte man es einfach belassen. Wenn man nichts mehr von mir hört, bin ich eben auf diese Weise verschwunden und man würde nicht denken, dass du etwas damit zu tun hast. Trotzdem hast du natürlich recht, wir müssen einen Platz finden, wo wir in Sicherheit sind und unbeschwert leben können.«

Sie kuschelte sich an mich und ich merkte, dass auch ich müde war. Was Merit gesagt hatte, ging mir weiter durch den Kopf. Dann fielen mir die Soldaten ein, die uns eben gesehen hatten und der Fürst von Kadesch mit seinen Leuten und Kratas. Sie wussten ja ebenfalls Bescheid! Merit hatte nicht alles bedacht. Andererseits, die Soldaten kannten sie nicht und der Fürst, warum sollte er darüber reden? Weiter kam ich nicht, denn ich war zu müde und schlief über diese Gedanken ein.

Als ich wach wurde, hatte die Sonne bereits einen weiten Weg am Himmel zurückgelegt. Merit war schon länger wach, denn als sie merkte, dass ich die Augen öffnete, meinte sie: »Mein Sen hat einige Fältchen an der Stirn und um seine Mundwinkel, die ich früher nicht gesehen habe.«

»Die habe ich seit Längerem«, murmelte ich, weil ich im Moment schlecht sprechen konnte, da sie die Falten mit ihrem Mund erkundete. »Komisch, dass sie dir erst jetzt auffallen. Also hast du mich in den letzten Monaten nie genau angesehen.«

So redeten wir einige Zeit liebevoll hin und her. Dann siegte die Vernunft und ich bat: »Komm, lass uns aufbrechen. Wenn ich Harrab gesprochen habe, muss ich hierher zurück, um mich mit Mat und Intef zu treffen. Die Zeit könnte sonst zu knapp werden.«
Wir machten uns auf den Weg und so, wie ich es geschätzt hatte, kamen wir nach ungefähr zwei Stunden zu der Scheune, in der Harrab die Schätze gelagert hatte.
Diesmal machte ich nicht den Fehler, direkt auf sie zuzugehen. Ich bedeutete Merit, sich dicht hinter mir zu halten. Dabei achtete ich darauf, dass wir beim Gehen im Schatten der Bäume blieben. Es dauerte nicht lange, bis ich die Wachen entdeckte. Sie hatten ihre Waffen zur Hand und wie es aussah, wurden alle Seiten der Scheune von ihnen kontrolliert.
Wir schafften das Kunststück, trotz der Wachen ungesehen bis zur Scheune zu kommen. Die Tür stand halb offen. Ich sah Harrab. Er stand mitten im Raum und sprach mit einem Mann in syrischer Kleidung. Leider konnte ich ihn nicht erkennen, da er mir den Rücken zugewandt hatte.
Erst überlegte ich, gleich in den Raum hineinzugehen. Irgendetwas hielt mich davor zurück und ich bedeutete Merit, leise und vorsichtig zurückzugehen. Sie verstand und ließ mich vorausgehen. In unmittelbarer Nähe stand eine kleine Baumgruppe. Hier versteckten wir uns und ich dachte gerade, hoffentlich geht das gut, als ganz in unserer Nähe eine der Wachen vorbeikam. Aber den Göttern sei Dank, dass er sein Augenmerk mehr auf die Scheune als zu unserer Seite richtete, sonst hätte er uns unweigerlich sehen müssen.
Wir waren nicht zu früh in unserem Versteck angekommen, denn das Gespräch in der Scheune war beendet und Harrab brachte den Mann nach draußen, um ihn zu verabschieden. Mein Schreck war groß, als ich das Gesicht des Mannes sah und ihn erkannte. Der Priester Remram!
Merit schien ihn zu kennen, denn ihre Hand, die ich in meiner hielt, zitterte plötzlich. Ich bekam Sorge, dass sie eventuell vor Schreck aufschreien könnte und legte schnell einen Finger auf meine Lippen. Sie hatte sich hingegen unter Kontrolle und der Schreck spiegelte sich nur in ihren Gesichtszügen wider.
Jetzt war keine Zeit, über Remram zu reden. Erst überlegte ich, sie nicht zu Harrab in die Scheune mitzunehmen. Doch die Gefahr

war zu groß, sie allein zurückzulassen. Man konnte nicht wissen, wie die Wachen reagierten, wenn sie sie entdeckten. Auch wenn ich nicht sehr weit entfernt war, konnte ihr trotzdem etwas passieren.

Lautlos betraten wir die Scheune. Harrab schien eine Art siebten Sinn zu haben, denn blitzschnell drehte er sich um, und ich konnte einen Dolch in seiner Hand sehen. Als er uns erkannte, blieb sein Mund buchstäblich vor Erstaunen einige Zeit offen stehen.

»Wo kommt ihr denn her? Und du Merit? Was machst du hier?«, brachte er heraus.

»Das erkläre ich dir später einmal. Im Moment ist keine Zeit dazu. Du und deine Leute schweben in großer Gefahr!«

Mir war vorhin, als ich Remram erkannte, eine Idee gekommen, wie ich das Problem mit den Priestern lösen konnte, und deswegen redete ich gleich weiter: »Was hast du mit dem Priester Remram besprochen?«

Er wollte ausweichen, wirkte aber gleichzeitig verunsichert, weil er mich als ehrlichen Freund kannte, der nicht ohne Grund so direkt und ohne Umschweife fragte. »Die Sache mit den Priestern habe ich dir doch erzählt«, knurrte er brummig.

Ich ließ mich nicht dadurch stören, sondern drängte: »Wann bringen die Priester ihre Schätze hierher? Und ist es dabei geblieben, dass deine Leute den Transport dafür nach Ägypten übernehmen?«

»Mann, du stellst Fragen!«, wich er aus.

»Es ist keine Zeit zu verlieren!«, beharrte ich.

Da er mir vertraute, bequemte er sich endlich zu antworten: »Morgen im Laufe des Tages werden die Sachen gebracht. Bis zum späten Nachmittag soll alles hier sein. In der Zeit räumen wir unsere Sachen und bringen sie zu einem anderen sicheren Ort. Morgen Abend habe ich ein Treffen mit Remram vereinbart, bei dem, wie er sagte, auch alle anderen Priester dabei sein werden. Sie wollen von hier aus direkt nach Ägypten abreisen. Der Grund ist, so habe ich es jedenfalls verstanden, dass etwas mit ihren Plänen schiefgegangen ist!« Er schwieg kurz, um mich dann plötzlich hellwach anzuschauen und zu fragen: »Hast du etwas damit zu tun?«

»Ja! Sie hatten ein Attentat auf den Pharao geplant. Mat und Intef konnten es allerdings verhindern. Jetzt müssen sie befürchten, dass sie damit in Zusammenhang gebracht werden und wollen fliehen, weil es gefährlich für sie werden kann.«

Harrab war richtig geschockt. Obwohl er der Führer einer Diebesbande war, die vor anderen schlimmeren Dingen nicht zurückschreckte, doch der Pharao war für ihn ein Gott und unantastbar. Allein der Gedanke, dass ein Mensch es wagen könnte, ihn zu töten, erschreckte ihn sehr.
All dies spiegelte sich in nur wenigen Augenblicken in seinem Gesicht wider und seinen Schock ausnutzend, fuhr ich schnell fort: »Ich denke, dass der Pharao darüber informiert wurde und veranlasst hat, Remram und Genossen zu suchen. Ich möchte nicht in deiner Haut stecken, wenn er erfährt, dass du mit den Priestern etwas zu tun hast. Auch wenn du von dem Attentat nichts wusstest, niemand wird dir das abnehmen! Du solltest sofort etwas unternehmen, damit du nicht mit dieser Sache in Verbindung gebracht wirst!«
Man sah ihm förmlich an, wie er krampfhaft überlegte und nach einer Lösung suchte. »Was soll ich tun? Bis du gekommen, um mir zu helfen?«, fragte er aufgeregt.
Ich nickte ihm nur zu, weil ich merkte, dass er weitere Zeit benötigte, um das Gesagte zu verkraften. Es war zu viel in so kurzer Zeit auf ihn eingestürmt.
Ich musste ebenfalls neu überlegen und das gedanklich einordnen, was ich eben von Harrab erfahren hatte. Nach und nach wurden meine Gedanken klarer und ich schien einen Weg gefunden zu haben, um Harrab zu helfen.
»Was ist? Hörst du mir nicht zu? Was soll ich deiner Meinung nach tun?« Anscheinend hatte er wohl zum wiederholten Mal gefragt und ich hatte es gar nicht wahrgenommen, darum klang seine Stimme so ungeduldig. Ehe ich antwortete, schaute ich kurz zu Merit, die die ganze Zeit geschwiegen hatte. Wahrscheinlich war es besser, wenn sie nicht mitbekam, was ich Harrab vorschlagen wollte.
»Was ich dir jetzt anvertraue, muss für immer unter uns bleiben. Auch deine Leute dürfen es nie erfahren!«, schärfte ich ihm ein.
Harrab nickte aufgeregt. Ich wandte mich an Merit und bat: »Vielleicht ist es besser, wenn wir uns absichern. Bleib doch bitte draußen vor der Tür und achte darauf, dass Harrabs Leute nicht zu nah an die Scheune herankommen. Wenn das der Fall sein sollte, sag uns sofort Bescheid!«

Ein durchdringender Blick aus ihren grünen Augen traf mich und ich befürchtete schon, sie hätte mich durchschaut. Zum Glück nickte sie mir zu und ging nach draußen.
Harrab wirkte sehr nervös. »Was schlägst du vor?«
Erst hatte ich überlegt, ihm meine Gedanken schonend beizubringen. Nun entschied ich mich für den direkten Weg. »Du hast nur eine Chance, wenn du und deine Leute auf der Stelle von hier verschwinden! Räumt unverzüglich die Scheune und wartet nicht erst bis morgen! Wenn dich durch Zufall jemand mit den Priestern sieht, bist du ein toter Mann! Der Pharao wird denken, dass du mit dem Attentat zu tun hast und dich, wenn es sein muss, in allen Ländern der Erde suchen lassen!«
Sein Gesicht wurde aschfahl vor Angst. So hatte ich ihn bisher nur einmal gesehen und zwar als jungen Burschen, als ich ihm helfen konnte, aus der Goldmine zu fliehen. Selbst wenn er sonst ein hartgesottener Kerl war, mit dem versuchten Mord an dem Pharao in Verbindung gebracht zu werden, war etwas ganz anderes. Vor allem, weil er daran glaubte, dass ihn die Götter dafür mit ewiger Verdammnis bestrafen würden.
Erst schien er spontan zustimmen zu wollen, dann wandte er ein: »Remram lässt ab morgen früh seine Sachen hierher bringen. Wenn ich nicht da bin, wird er sicher misstrauisch werden.«
Er hatte recht! Daran hatte ich nicht gedacht und ärgerte mich, nicht selber darauf gekommen zu sein. »Gut, dass du daran denkst«, pflichtete ich ihm bei. »Räumt eure Sachen aber auf jeden Fall fort. Am besten bringt ihr sie zur nächsten Hafenstadt, nehmt ein Schiff und segelt nach Ägypten! Allerdings solltest du morgen hier anwesend sein. Die Priester könnten sonst wirklich misstrauisch werden!«
»Wie lange meinst du, soll ich mich hier aufhalten?«
Ich überlegte kurz. »Bis um die Mittagszeit. Dann verabschiedest du dich und gibst als Grund an, dass du nachschauen musst, ob deine Leute alles nach deinen Anweisungen erledigt haben. Ansonsten erinnerst du Remram daran, dass ihr euch am Abend wieder bei der Scheune treffen wollt.«
Wir schwiegen und überlegten, wo die Schwachstellen unseres Plans sein könnten. Mir fiel im Moment nichts ein. Aber Harrab hatte etwas. »Ich denke, das wird klappen! Doch was wird mit den

Priestern? Dazu hast du dich bisher nicht geäußert! Du willst ihnen hoffentlich nicht zur Flucht verhelfen? Ich habe es dir bereits öfter vorgehalten, einer deiner größten Fehler ist deine Gutmütigkeit!«
Sollte ich ihm verraten, was ich geplant hatte? Besser nicht! »Sie werden nie wieder ein Verbrechen planen oder ausüben, dafür werde ich sorgen. Mehr kann ich dir im Moment nicht preisgeben«, blockte ich ab.
Es war alles gesagt und wir verabschiedeten uns. Als ich nach draußen kam, nahm ich wortlos Merits Hand und zog sie von der Scheune weg. Die Sonne stand inzwischen sehr tief am Himmel und wir mussten uns beeilen, da wir Mat oder Intef treffen wollten.
»Du hast mich aus der Scheune geschickt, weil ich nicht hören sollte, was ihr mit den Priestern vorhabt!« Es war keine Frage, sondern eine Feststellung. Anders als sonst, war sie darüber nicht empört und ergänzte: »Ich will es auch gar nicht wissen!«
Bemerkenswert für Merit, denn sie war sonst genauso neugierig wie ich. Ich machte mir ernsthafte Sorgen um sie. Die lange Gefangenschaft hatte ihr sehr zugesetzt. Ich merkte es an etlichen Kleinigkeiten. Sie war längst nicht so lebhaft und aufgeschlossen wie früher. Manchmal wirkte sie im Gegensatz zu sonst richtig gleichgültig. Mir war klar, dass es eine Weile dauern würde, bis sie sich von der langen Gefangenschaft erholen würde. Sie hatte bisher noch nicht offen mit mir über diese Zeit gesprochen, obwohl ich einige Male versucht hatte, sie zum Reden zu bringen. Leider konnte ich ihr im Moment keine Ruhe und Zeit zur Erholung bieten, denn erst musste die Sache mit den Priestern ausgestanden sein.
Uns an den Händen haltend, gingen wir weiter bis kurz vor der Stelle, wo ich auf Mat oder Intef zu treffen hoffte. Unterwegs ging mir vieles durch den Kopf und so kam es mir entgegen, dass Merit so schweigsam war. Wie würde unsere gemeinsam Zukunft aussehen? In Theben und in der weiteren Umgebung der Stadt konnten wir uns auf keinen Fall aufhalten. Überhaupt würde es schwierig werden, in Ägypten einen Ort zu finden, wo wir ohne Angst vor einer Entdeckung bleiben könnten. Und im Ausland? Mir fiel das Angebot von Kratas ein, das er mir vor langer Zeit gemacht hatte. Ich sollte für ihn, den Mitanni-Fürsten, als Berater nach Mitanni kommen. Doch konnten Merit und ich im Ausland, weit weg von Ägypten, glücklich werden? Ich hatte starke Zweifel!

Mitten in meine Überlegungen hinein, sagte Merit plötzlich: »Es ist vielleicht besser, wenn sie mich nicht sehen.«
Ich wusste nicht gleich, was sie meinte und schaute sie erstaunt an. Sie lächelte leicht, als sie fortfuhr: »Du warst mit deinen Gedanken weit weg. Wir sollten zuerst an das Jetzt denken und das ist das Treffen mit deinen Freunden. Ich denke, sie sollten mich nicht sehen.«
Nun hatte ich verstanden. Sie nickte mir zu, als sie den Eindruck bekam, dass ich den Hintergrund erfasst hatte, und meinte: »So ist es! Wir haben bereits darüber gesprochen. Ich komme von dem Gedanken nicht los, es dabei zu belassen, dass ich entführt wurde, für den Pharao und für alle anderen Menschen, die mich kennen. Der Vorteil liegt in erster Linie darin, dass du mit meinem Verschwinden nicht in Verbindung gebracht werden kannst. Aber natürlich auch für mich. Ich denke, so schnell käme man nicht auf die Idee, mich in Ägypten zu suchen.« Sie wartete, wie bei unserem ersten Gespräch, auf meine Einwände. Als die nicht kamen, fuhr sie fort: »Einerseits sind Mat und Intef deine Freunde, andererseits sind sie dem Pharao sehr zugetan. Wenn wir uns nachher treffen würden, glaubst du, sie könnten es mit ihrem Gewissen vereinbaren, dies vor dem Pharao zu verschweigen? Ich bin immerhin seine zweite königliche Gemahlin!«
Vorhin hatte ich noch über die für mich ungewohnte Lethargie Merits nachgedacht. Jetzt bewies sie wieder einmal, wie logisch sie denken konnte. Obwohl ich mich damit nicht richtig anfreunden konnte, mussten wir ihre Idee auf jeden Fall in Erwägung ziehen. Ich schaute sie liebevoll an, sie wirkte so blass und abgespannt, dass meine Sorgen wuchsen.
»Komm, wir legen eine Rast ein«, sagte ich kurz entschlossen. Ich zeigte zu einer Stelle, die geschützt in der Nähe eines Gebüsches lag. »Du bleibst hier und ich treffe mich allein mit unseren Freunden. Wenn sie nach dir fragen, werde ich behaupten, dass ich dich nicht gefunden habe, sondern nur gehört habe, man hätte dich von Megiddo weggebracht und angeblich nach Mitanni verschleppt. Wenn wir unsere Probleme mit den Priestern gelöst haben, können wir in Ruhe überlegen, wie unsere Zukunft werden soll.«
Ich blieb einige Zeit bei Merit und als es ganz dunkel geworden war, brach ich auf, um nach Mat und Intef zu schauen. Ich ließ sie ungern allein zurück, aber es war besser so.

Als ich zu der Stelle kam, an der ich auf meine Freunde treffen sollte, hielt ich kurz vorher an, um mich zu vergewissern, dass alles in Ordnung war. Es war mehr ein Gefühl, als das Wissen, dass ein Mensch in der Nähe sein musste. Leise und vorsichtig, um ja nicht auf einen kleinen Zweig oder Ähnliches zu treten, was ein Geräusch verursachen könnte, schlich ich von Baum zu Baum weiter. Plötzlich konnte ich den Umriss eines Mannes sehen, der auf einem kleinen Hügel wartete und nach etwas Ausschau hielt. Erst als ich kurz vor ihm stand, konnte ich ihn erkennen. Er erschrak heftig, als ich so unverhofft vor ihm auftauchte. Es war der Offizier, dem ich den Auftrag gegeben hatte, Mat oder Intef hierher zu bestellen.
»Du kannst einen erschrecken! Erst bist unsichtbar und auf einmal erscheinst du wie ein Geist!« Er atmete tief durch, um sich zu beruhigen. »Ich bin gekommen, weil ich deine Freunde nicht erreichen konnte, da sie im Auftrag des Pharaos unterwegs sind.«
»Ah, das ist ärgerlich«, entfuhr es mir. »Ich brauche ihre Hilfe!«
Meine Gedanken rasten. Wie sollte ich denn meinen Plan verwirklichen, ohne deren Hilfe?
Der Offizier schien zu ahnen, was in mir vorging, denn er meinte: »Du sagtest, dass du Hilfe benötigst! Wenn du dazu Soldaten brauchst, ist das kein Problem! Alle Offiziere in Theben kennen dich und wissen um deinen Einfluss. Ein Wort von dir, und du kannst mehrere Soldaten haben!«
Das klang gut. Der Mann schien kompetent und verlässlich zu sein. Ich überlegte, vielleicht war es gar nicht schlecht, wenn Mat oder Intef nicht an dieser Aktion beteiligt waren. Wenn sich im Nachhinein herausstellte, dass keine Syrer getötet wurden, sondern Amun-Priester aus Theben, und ich den Befehl dazu gegeben hatte, war es bestimmt besser, wenn sie damit nicht in Verbindung gebracht werden konnten.
Der Offizier wartete meine Entscheidung ab. Nach einigem Zögern gab ich mir einen Ruck, weil ich keine andere Möglichkeit sah. »Ich brauche wirklich Soldaten! Zwanzig Mann, denke ich, werden für diese Aktion reichen.«
»Gut«, er nickte und militärisch knapp wollte er wissen: »Um was geht es? Und wann und wo brauchst du die Leute?«
»Sie müssen morgen Abend zur Verfügung stehen! Der Treffpunkt

ist hier. Wir marschieren dann ungefähr zwei Stunden, bis wir unser Ziel erreichen.«
»Ja, das geht«, antwortete er. »Wenn General Amenemheb oder General Intef bis dahin zurück ist, soll ich sie darüber informieren?«
Immer, wenn jemand den Namen Amenemheb erwähnte, dauerte es eine Weile, bis ich darauf kam, dass er Mat meinte. Daran würde ich mich nie richtig gewöhnen.
»Du könntest ihnen ausrichten, dass ich das Diebeslager entdeckt habe. Es wird von ungefähr zehn Männern bewacht.« Mit äußerster Vorsicht wählte ich meine nächsten Worte. »Es sind Syrer. Als ägyptische Soldaten verkleidet haben sie die Toten auf dem Schlachtfeld ausgeplündert. Damit haben sie ihr Leben verwirkt. Sag also deinen Leuten, dass sie kurzen Prozess mit ihnen machen! Ich will keine Gefangenen! Sie würden niemandem etwas nützen. Im Gegenteil, wir hätten sicher nur Schwierigkeiten mit ihnen. Ich denke, ansonsten sollten wir die Generäle Amenemheb und Intef nicht weiter damit belästigen, falls sie von ihrem Einsatz zurück sein sollten. Sie werden froh sein, einige Zeit ausruhen zu können.«
»Gut, das geht klar!« Er nickte mir zu.
»Ganz wichtig ist«, setzte ich hinzu, »dass wir morgen Abend zuschlagen, da ich gehört habe, dass das Lager am nächsten Tag geräumt werden soll.«
Ich hatte es bewusst so ausführlich geschildert, denn der Offizier sollte wissen, worum es ging. Dabei fiel mir ein, dass ich nicht einmal seinen Namen wusste, und fragte: »Ich habe dich zwar einige Mal mit Intef zusammen bei den Palastwachen in Theben gesehen, aber entweder ist mir dein Name entfallen oder ich kenne ihn nicht!«
»Tunbee!«, stellte er sich vor. »Ich bin inzwischen einer der Stellvertreter von General Intef geworden.« Ein bisschen Stolz klang in seiner Stimme.
»Ah, ja! Hast du noch Fragen, Tunbee?«
Er schüttelte den Kopf. »Nein! Morgen Abend bin ich mit meinen Leuten hier. Du kannst dich darauf verlassen!«
Wir verabschiedeten uns. Als er sich auf den Weg machte, ging mir Folgendes durch den Kopf: Eigentlich kenne ich ihn nicht! Was ist, wenn seine Angaben nicht stimmen? Das machte mich ganz kribbelig und ich beschloss, ihm nachzugehen. Es war nicht schwer,

ihm unbemerkt bis zum ägyptischen Lager zu folgen. Er schaute sich nicht einmal um, sondern steuerte direkt auf eines der größeren Offizierszelte zu.
Beruhigt machte ich mich schnell auf den Weg zurück zu Merit. Sie schlief, als ich unser Lager erreichte. Ich legte mich neben sie, um sie zu wärmen und es dauerte nicht lange, bis ich ebenfalls eingeschlafen war.
Wach wurde ich erst, als die Sonne hoch am Himmel stand.
»Lass mich bitte nie wieder draußen allein!« Merit schien bereits länger munter zu sein. Ihr Blick war vorwurfsvoll. Sie hatte recht, musste ich eingestehen, denn bei meinem Weggehen hatte ich gestern Abend auch ein ungutes Gefühl.
Ich legte meinen Arm um ihre Schultern und nickte ihr zu. Wir verstanden uns ohne Worte. Dann berichtete ich, was ich mit dem Offizier Tunbee vereinbart hatte. Dass ich ausdrücklich den Befehl gegeben hatte, die Priester zu töten, davon sagte ich allerdings nichts. Sie hätte sich nur unnötig aufgeregt und von meinem Beschluss konnte mich niemand abbringen. Doch ich hatte bisher nur kurz mit Merit über meine Probleme mit dem Priester Remram gesprochen. Vielleicht war jetzt der richtige Zeitpunkt, um ausführlich mit ihr darüber zu reden, denn ich kannte mich nur zu gut. Wenn ich es weiterhin verschwieg, hätte ich ihr gegenüber immer das Gefühl, unehrlich zu sein.
»Da ist etwas, was ich dir sagen muss«, begann ich.
Sie kuschelte sich an mich. »Erzähle, ich höre dich gern reden.«
Ich fing damit an, wie ich in Theben entführt und zu dem Amun-Tempel gebracht wurde. Dann von dem Gespräch mit dem Priester Remram über meine vermutete Herkunft. Als ich fertig war, löste sie sich aus meinen Armen und schaute mich mit weit aufgerissenen Augen an und meinte aufgeregt: »Kannst du dich daran erinnern, was dich damals meine Ziehmutter Betau gefragt hat? In deinen Augen ist jeweils ein winzig kleiner, goldener Punkt. Außerdem sagte sie, dass Senmut auch diese Punkte gehabt hätte!« Sie überlegte eine Weile, ehe sie dann langsam fortfuhr: »Was denkst du, wie würde Thutmosis reagieren, wenn er davon erfährt?«
Erneut bewies sie ihren Scharfsinn, denn das war genau der Punkt, der in meinen Überlegungen die größte Rolle gespielt hatte. Ich konnte mir nicht vorstellen, dass er dies so einfach auf sich beru-

hen lassen würde. Im Gegenteil, ich war fest davon überzeugt, er würde alles daransetzen, einen eventuellen Rivalen für den Thron unschädlich zu machen!
Aber so ausführlich wollte ich mit Merit nicht über diese Gedanken sprechen, sondern hakte nach: »Was denkst du? Du kennst ihn besser als ich.«
Ehe sie antwortete, zog sie leicht irritiert ihre Augenbrauen hoch. Wahrscheinlich wegen des bitteren Klanges in meiner Stimme, der mehr daher rührte, weil ich daran denken musste, dass sie mit ihm verheiratet war.
»Er würde bestimmt keinen gleichberechtigten Rivalen dulden«, gab sie erschrocken zu. »Wenn er es erfährt, wäre es dein Todesurteil!«
Dann kam ihr erst richtig zu Bewusstsein, was sie gesagt hatte. Sie warf ihre Arme um meinen Hals und platzte heraus: »Bei den Göttern! Und dieses Wissen trägst du so lange mit dir herum und konntest mit niemandem darüber reden?«
Sie schmiegte sich ganz eng an mich und es war angenehm, sie zu spüren. Gut war auch, dass ich endlich einmal darüber sprechen konnte. So blieben wir längere Zeit nebeneinander, bis Merit als Erste wieder Worte fand. »Wir werden uns ein Land oder einen Ort suchen, um zusammenleben zu können. Du wärst dann in Sicherheit, denn sonst müsstest du in ständiger Sorge sein, dass Thutmosis davon erfahren könnte!«
Obwohl ich die Hoffnung hegte, dass heute Abend die verantwortlichen Priester, die dieses Gerücht verbreiten könnten, getötet wurden, konnte ich ihre Gedanken nicht ausschließen und antwortete: »Du sprichst genau das aus, worüber ich in den letzten Monaten oft nachgedacht habe. Wir müssen einen Platz in Ägypten finden, wo wir vor seinen Nachforschungen absolut sicher sind.«
Warum bloß, dachte ich, können wir kein normales Leben führen, so wie viele andere Menschen? Wo nur können wir einen Platz finden, um zusammen ein ganz gewöhnliches Leben zu führen?
Ich seufzte und murmelte: »Mir fällt kein Ort in Ägypten ein, von dem ich sagen könnte, dort sind wir sicher.«
Doch plötzlich kam mir eine Erinnerung: die Oase Dachla! Dahin hatte ich damals Senmut begleitet, der dort sterben wollte. Der Ort selbst war sehr klein, dafür hatte er durch das Wasser viele Bäume

und blühende Pflanzen zu bieten und rundherum war nur kahle und unwirtliche Wüste und das mehrere Tagesreisen zu allen Seiten. Besonders gefiel mir mein Einfall trotzdem nicht. Gerade wollte ich Merit davon erzählen, als sie aus tiefstem Nachdenken kommend einwarf: »Im Delta, in der Nähe des Orakeltempels, dort wo Mari und Saka leben!«
Tatsächlich! Dass ich nicht darauf gekommen war. Der Tempel bekam zwar ab und zu Besuch von Priestern und anderen Gläubigen, doch die wurden durch das Trommelwarnsystem, das die Menschen im Delta vor Jahren entwickelt hatten, so früh angekündigt, dass man darauf vorbereitet war.
»Wie kommst du jetzt darauf?«, wollte ich wissen.
»Ich habe damals, als wir von dort zurück nach Theben kamen, oft daran gedacht. Als du dann in Nubien[2] vermisst und für tot erklärt wurdest, ist es mir entfallen. Überlege mal! Die schöne Gegend dort und die netten Menschen, die wir teilweise bereits kennengelernt haben. Du könntest mit Saka zur Jagd gehen. Dann diese Abgeschiedenheit von dem übrigen Ägypten, aber ohne dass man einsam wäre. Ich halte den Ort für ideal!«
Sie hatte sich richtig in eine freudige Erregung gesprochen und schaute mich erwartungsvoll an. Ich hatte mich von Merits Euphorie anstecken lassen und umarmte sie. »Gut, dass ich dich habe! Ich weiß nicht, ob ich darauf gekommen wäre!« Je länger ich über ihre Idee nachdachte, desto besser fand ich sie.
Wir waren glücklich und redeten über unsere gemeinsame Zukunft, bis die Sonne weit über ihrem höchsten Stand hinweg war. Langsam musste ich mich auf das Treffen mit den Soldaten und den Einsatz gegen Remram und den anderen Amun-Priester vorbereiten. Mit dem Offizier Tunbee hatte ich vereinbart, dass wir uns mit seinen Soldaten bei Einbruch der Dunkelheit treffen würden. Was sollte ich in der Zwischenzeit mit Merit machen? Ich konnte sie nicht allein hier zurücklassen. Ebenso wenig konnte ich sie in das Heerlager der Ägypter bringen. Es blieb nur eines, sie musste mit zu der Scheune, in der die Schätze der Priester lagerten. Der Gedanke, dass sie mitbekommen könnte, wie die Priester getötet wurden, behagte mir überhaupt nicht. Auch Tunbee und seine Soldaten durften sie nicht sehen. Wenn es dabei bleiben sollte, dass sie seit ihrer Entführung verschollen blieb, ging das natürlich nicht. Ich ärgerte mich, denn die Zeit wurde knapp.

»Was ist?«, meldete sich Merit. »Du ziehst deine Stirn so kraus. Gibt es Probleme?«
»Komm schnell!«, trieb ich sie zur Eile an. »Wir müssen für dich ein Versteck in der Nähe der Scheune suchen. Die Soldaten dürfen dich nicht sehen!«
Sie verstand und sprang sofort auf, damit wir uns auf den Weg machen konnten. Unterwegs maulte sie ein bisschen und meinte: »Ein Versteck suchen, dass heißt, ich muss wieder längere Zeit allein bleiben. Findest du das gut?«
Natürlich war ich nicht davon begeistert, aber welche Alternative hatten wir? Keine! Genau das machte ich ihr klar. Diesmal nahm ich die Strecke, die in der Nähe des Schlachtfeldes vorbeiführte, weil sie ein ganzes Stück kürzer war. Inzwischen, so hoffte ich, waren alle Toten und Verletzten geborgen. Als wir am Rand der Ebene, wo die Schlacht stattgefunden hatte, vorbeikamen, konnte ich sehen, dass man die Verwundeten mittlerweile alle weggebracht hatte. Allerdings waren mehrere Trupps Soldaten unterwegs und mir schien, dass es ihre Aufgabe war, die Toten zu bestatten. Wir waren so weit davon entfernt, dass man es nicht genau erkennen konnte. Merit schien sich darüber, dass dort Soldaten waren, keine Gedanken zu machen und ich hütete mich, darüber zu sprechen.
Wir waren höchstens einige hundert Schritte von der Scheune entfernt, als wir hinter einem kleinen Hügel einige Hütten erkennen konnten. Ob sie bewohnt waren? Als wir näher kamen, konnten wir sehen, dass dort mehrere Kinder spielten. Das wäre eine Möglichkeit, Merit unterzubringen, ging mir durch den Kopf. Man müsste nur sehen, was das für Leute sind, die dort wohnten.
Merit schien den gleichen Gedanken zu haben, denn sie meinte: »Besser, als allein irgendwo im Freien!« Sie sah ziemlich erschöpft aus und ich machte mir Vorwürfe, weil ich einen so flotten Schritt eingeschlagen hatte und weil ich den kürzeren Weg, der um einiges schwieriger zu begehen war, gewählt hatte.
Als die Kinder uns kommen sahen, liefen sie schnell zu eine der Hütten. Kurz darauf erschienen drei Frauen. Misstrauisch blickten sie uns entgegen. Ich bat Merit: »Rede du! Meine Aussprache in Mitanni ist grauenhaft!«
Alles konnte ich nicht verstehen, was Merit sagte, aber sie schien ihre Sache gut zu machen, denn nach und nach wurden die Mienen

der Frauen entspannter. Jetzt schaltete ich mich ein und fragte in meinem schlechten und holprigen Mitanni: »Meine Frau ist von dem langen Weg sehr erschöpft. Besteht eventuell die Möglichkeit, dass sie einige Stunden bei euch bleiben kann, um sich auszuruhen? Ich werde derweil Pferd und Wagen holen.«
Das mit dem Wagen war mir gerade passend eingefallen, da ich wusste, dass in diese abgelegenen Gegenden öfter fahrende Händler vorbeikamen. »Ich bin Händler. Meinen Wagen musste ich wegen der Schlacht zurücklassen. Doch ich denke, dass keine Gefahr mehr besteht, ihn aus seinem Versteck zu holen.«
Das verstanden sie und eine von ihnen antwortete: »Ah, ja! Die Schlacht ist vorbei! Du solltest allerdings die Nähe von Megiddo meiden, weil die Stadt von den Ägyptern belagert wird. Unsere Männer sind übrigens in der Festung, weil sie bei der Verteidigung helfen sollen. Deswegen sind wir Frauen mit den Kindern allein hier.«
»Ist das nicht gefährlich für euch?«, wollte ich wissen und dachte dabei in erster Linie an Merit.
»Nein«, entgegnete die Frau. »Wir stehen unter dem Schutz eines hohen ägyptischen Offiziers, weil wir dem Heer Lebensmittel liefern konnten.«
Merit und ich schauten uns an. Sie nickte mir ihr Einverständnis zu. Große Worte zum Abschied waren nicht nötig, denn es sollte ja nicht lange dauern. Außerdem hatte ich es eilig, denn die Zeit bis zu dem Treffen mit den Soldaten wurde knapp. Trotzdem bekam ich einen Kuss und ich flüsterte Merit zu: »Sei artig, Kleine!«
So, wie es seit ihrer Kindheit ihre Art war, streckte sie mir frech die Zunge heraus.

Kurz darauf war ich auf dem Weg zurück, um Tunbee mit seinen Soldaten zu treffen. Ich kam gerade passend zu der verabredeten Stelle, als die Sonne unterging. Tunbee war bereits mit zwanzig Soldaten dort.
»Wissen die Männer worum es geht?«, fragte ich nach unserer Begrüßung.
»Nur, dass es um einen Einsatz gegen syrische Räuber geht! Dass dort Wertgegenstände sind, sehen sie früh genug, sonst kommen sie nur auf dumme Gedanken!«

Wenn ich daran dachte, wie sich der größte Teil der Soldaten nach der Schlacht verhalten hatte, als sie sich auf die Toten und Verletzten stürzten, um sie auszuplündern, hatte er bestimmt recht. Ich nickte ihm anerkennend zu. Dann führte ich die Soldaten den gleichen Weg, den ich eben genommen hatte, zurück. Die Dunkelheit hatte schnell eingesetzt und ich musste sehr darauf achten, ihn nicht zu verfehlen.
Unterwegs wollte ich von Tunbee wissen: »Kennst du inzwischen Einzelheiten, wie Amenemheb und Intef dem Pharao das Leben gerettet haben?«
Er schien froh zu sein, mir darüber berichten zu können und fing mit lebhafter Stimme an zu erzählen. »Es war bei den Übergabeverhandlungen für Megiddo, die mitten auf dem geräumten Schlachtfeld stattfanden. Die Syrer, unter der Leitung eines ihrer Fürsten, und die Ägypter, unter Leitung des Pharaos, hatte sich dort mit je zehn Männern getroffen. Dann überschlugen sich die Ereignisse. Von einer nicht einsehbaren Seite des Schlachtfeldes, wurde eine rossige Stute auf das Feld getrieben. Das war ein gut geplantes Ablenkungsmanöver, denn die Pferde der Delegationen wurden dadurch unruhig und teilweise sogar wild. Nur Amenemheb und Intef behielten den Überblick. Amenemheb jagte mit seinem Pferd hinter der Stute her, um sie einzufangen. Fast zur gleichen Zeit hatte plötzlich einer der Syrer eine Lanze in der Hand, obwohl vereinbart war, zu diesem Treffen keine Waffen mitzubringen. Er machte zum Glück den Fehler, sie nicht zu werfen, sondern ritt auf den Pharao zu, um auf ihn einzustechen. Plötzlich hatte Intef ein Schwert in der Hand, das er, wie er nachher sagte, sicherheitshalber aus einem Gefühl heraus an der Seite seines Pferdes versteckt hatte, und schlug auf den Syrer ein. So wurde der Mann vom Pharao abgelenkt und bereits beim zweiten Schlag durch Intefs Schwert geköpft!«
Es war fast so abgelaufen, wie ich es Mat und Intef geschildert hatte. Allerdings eine rossige Stute als Ablenkungsmanöver zu benutzen, war genial. Darauf wäre ich nicht gekommen. »Sind die Verhandlungen daraufhin fortgesetzt worden?«, wollte ich wissen.
»Nein. Der Pharao war so wütend, dass er dem Feind angedroht hat, Megiddo dem Erdboden gleichzumachen, so, als ob es diese Stadt nie gegeben hätte. Sofort nach der Rückkehr in unser Heerlager

wurde Amenemheb wegen seiner Verdienste von ihm zum General befördert!«
Das waren fantastische Neuigkeiten! Ich freute mich für Mat. Schon als wir Kinder waren, wollte er Soldat werden und war von klein auf der geborene Anführer. Er hatte es verdient!

Als wir in die Nähe der Scheune anlangten, flüsterte ich Tunbee zu: »Lass mich erst allein vorausgehen! Ich will feststellen, ob Wachen aufgestellt sind und ob es bei zehn Männern geblieben ist.«
Der Mond und die Sterne hatten sich hinter den Wolken versteckt und es war stockdunkel. Dadurch kam ich nur langsam voran, auch weil ich davon ausging, dass Remram zumindest in der Nähe der Scheune Wachen aufgestellt hatte. Umso überraschter war ich, auf keinen Menschen zu treffen, und als ich direkt vor der Scheune stand, konnte ich in ihrem Inneren bei hellem Fackelschein mehrere Gestalten erkennen, die eifrig dabei waren, Gegenstände in Tücher einzuwickeln. Ob sich alle Priester in der Scheune aufhielten, konnte ich leider nicht erkennen. Ich hätte mich gern länger aufgehalten, um sicher zu sein, aber dann wäre Tunbee bestimmt unruhig geworden und vielleicht mit seinen Soldaten herbeigekommen. Da ich bereits öfter erlebt hatte, was Soldaten dabei für einen Lärm verursachten, wollte ich dieses Risiko nicht eingehen und ging vorsichtig zurück. Ein Vorgehen mit ägyptischen Soldaten war normalerweise wegen der damit verbundenen Lautstärke nur einmal möglich und zwar gleich beim Angriff!
»Du warst lange weg! Ich war in Sorge«, flüsterte bei meiner Rückkehr Tunbee ein bisschen vorwurfsvoll, obwohl ich wirklich nicht sehr lange fort war. Ich schilderte ihm, was ich gesehen hatte und auch, dass ich nicht sicher sei, ob sich alle Feinde in der Scheune aufhielten.
Er winkte ab. »Selbst wenn tatsächlich einer von ihnen fliehen sollte, Hauptsache, sie können die Schätze nicht mitnehmen!«
Von seinem Standpunkt aus hatte er recht, ich war natürlich anderer Ansicht. Nur konnte ich ihm das nicht auf die Nase binden. Diese zehn Priester mussten unbedingt alle vernichtet werden, wenn ich eine lebenswerte Zukunft haben wollte. Nur sie wussten um meine vermutete Herkunft und konnten davon berichten.
»Komm«, bedrängte er mich. »Lass uns vorrücken, ehe sie mit dem

Einpacken der Sachen fertig sind und eventuell verschwinden!«
Damit überzeugte er mich, obwohl ich eigentlich ein ungutes Gefühl hatte und lieber ein zweites Mal allein zu der Scheune gegangen wäre, um zu lauschen.
»In Ordnung«, flüsterte ich. »Du hast sicher mehr Erfahrung in solchen Dingen.«
Seine Stimme klang zufrieden, als er seinen Soldaten die entsprechenden Befehle erteilte.
»Willst du die Scheune umzingeln lassen?«, flüsterte ich.
»Nein. Ich denke in diesem Fall bringt das nicht viel. Wir versuchen, lautlos bis an sie heranzukommen. Dann stürmen wir mit gezogenen Schwertern hinein. Sie werden so überrascht sein, dass sie keine Gegenwehr leisten. Wir werden sie alle niedermachen!«
Das Anschleichen ging einigermaßen, nur einige Male war das Knacken von Zweigen zu hören. Dabei lief es mir jedes Mal kalt über den Rücken, wenn ich daran dachte, dass uns dies verraten konnte. Doch es schien alles gut zu gehen. Einmal kam es mir so vor, ein anderes Geräusch zu hören, das von weiter weg kam. Ich konnte mich auch täuschen, weil ich sehr angespannt war und wohl dadurch überreagierte. Kurz vor dem Gebäude löste sich die Anspannung bei den Soldaten. Sie stürmten mit lautem Gebrüll in die Scheune hinein. Dann hörte ich dumpfe Geräusche und schreckliche menschliche Laute, die von Todesangst zeugten. Plötzlich war es gespenstisch ruhig. Als ich kurz danach in die Scheune trat, wurde mir fast schlecht, denn der Anblick der Getöteten mit ihren schrecklichen Verletzungen und der Geruch von Blut waren kaum zu ertragen. Obwohl ich das nicht zum ersten Mal sah und mir denken konnte, was geschehen war, grauste es mir. Ich musste mich zusammenreißen, denn ich wollte prüfen, ob alle Priester getötet wurden. Eine Hand vor meinen Mund haltend, ging ich von einem Toten zum anderen. Ich zählte neun fürchterlich entstellte Leichen. Die Gesichter der Männer konnte ich trotz ihrer schweren Verletzungen erkennen. Es fehlte lediglich die Leiche von Remram! Ich musste schnell nach draußen an die frische Luft. Es war keinen Moment zu früh, da ich erbrechen musste.
Als der Anfall vorüber war, kam Tunbee zu mir und meinte: »Man merkt sofort, dass du kein Soldat bist. Wenn man das öfter gesehen hat, stumpfen die Sinne ab!«

»Bei mir nie, ich habe es bereits einige Mal erlebt! Aber etwas anderes: Hast du bemerkt, dass es nur neun Leichen sind? Einer der Syrer ist entkommen!«
Er zuckte gleichgültig die Achseln. »Dann hat er Glück gehabt. Uns kann es egal sein. Übrigens habe ich General Intef vor unserem Aufbruch getroffen. Ich soll dir ausrichten, dass du dich, wenn diese Sache erledigt ist, unbedingt bei ihm melden sollst. Außerdem soll ich einen Soldaten als Boten zu ihm schicken, wenn wir hier unseren Auftrag erledigt haben. Er will dann mehrere Wagen schicken, um die wertvollen Sachen abzutransportieren! Wenn du sowieso zu ihm gehst, könntest du ja gleichzeitig der Bote sein.«
Ich überlegte kurz, ehe ich ihm antwortete: »Schick lieber einen Soldaten. Ich möchte mich erst noch hier in der Gegend umsehen. Vielleicht finde ich den geflohenen Syrer.«
»Gut!« Ich konnte Tunbee ansehen, dass er dies für reine Zeitverschwendung hielt. »Vergiss nicht, dass du dich später bei dem General meldest!«
»Ich weiß Bescheid«, antwortete ich, weil ich nicht die Unwahrheit sagen wollte, doch mir war klar, dass ich Intef nicht aufsuchen würde. Wenn ich mit Merit fliehen wollte, wäre es ein Fehler, Intef mit dem Wissen zu belasten, dass Merit mit mir zusammen war.
Ich machte mich auf, um nach Remram zu suchen. Wie aus einem inneren Zwang heraus, nahm ich den Weg zu den Hütten, wo ich Merit zurückgelassen hatte. Unterwegs dorthin wurde meine Unruhe immer größer, wenn ich daran dachte, dass Remram eventuell diese Richtung gewählt hatte und auf Merit treffen könnte. Unbewusst wurde aus meinem Gehen ein Laufen und völlig außer Atem kam ich in die Nähe der Hütten. Dort musste ich erst einige Zeit stehen bleiben, um meinen Atem zu beruhigen. Dabei horchte ich in die Dunkelheit hinein und versuchte, etwas zu erkennen. Bis auf ein flackerndes Licht, das aus einer der Hütten kam, war nichts zu sehen. Es schien alles ruhig und friedlich zu sein. Trotzdem ging ich vorsichtig und leise auf die Hütte mit dem Licht zu. Als ich näher herangekommen war, hörte ich plötzlich lautes Gezeter von Frauen und dazwischen eine dunkle, zornige Männerstimme. Remram! Ich war noch nicht nah genug heran, um verstehen zu können, was sie sagten. Vorsichtig huschte ich im Schatten der Hütte bis zu der Tür. Sie stand halb offen und was ich sah, als ich

in den Raum hineinschauen konnte, ließ mein Herz fast stillstehen. Remram hatte eines der Kinder gefasst und einen Dolch an dessen Kehle gesetzt und brüllte: »Ich sage es ein letztes Mal: Besorgt mir sofort ein Pferd und Lebensmittel!«
Als daraufhin ein aufgeregtes Geschnatter der Frauen einsetzte, schrie er wütend: »Du!« Er zeigte auf eine der Frauen und zu meinem Schreck war es Merit. Ich hatte sie vorher in dem halbdunklen Raum wegen ihrer syrischen Kleidung nicht erkannt, weil sie mir den Rücken zugewandt hatte.
Aus Remrams Stimme klang Panik, weil er sich wohl erst jetzt darüber klar wurde, dass syrische Frauen normalerweise kein Ägyptisch verstanden. Merit machte glücklicherweise nicht den Fehler, in unserer Sprache zu antworten. Die Gefahr, dass sie dann von Remram erkannt wurde, war zu groß. In einer Art Gebärdensprache zeigte sie ihm mit den Händen an, dass sie verstanden hätte, und zeichnete etwas in die Luft, das ein Pferd sein konnte. Als er ihr zunickte, sagte sie etwas zu den anderen Frauen, ehe sie aus dem Raum ging. Ich verzog mich einige Schritte zurück, bis ich versteckt hinter einem großen Strauch stand, da ich befürchtete, dass sie aufschreien könnte, wenn sie mich überraschend entdeckte.
»Wo willst du hin?«, flüsterte ich, als sie fast neben mir stand und hielt ihr schnell meine Hand vor den Mund. Sie atmete einige Mal tief durch und schlang ihre Arme um meinen Hals. Dann flüsterte sie, so, als ob eine große Last von ihr fallen würde: »Du bist zurück! Den Göttern sein Dank! Remram ist dort! Ich muss den Frauen helfen!«
»Ich weiß!«, beruhigte ich sie. »Ich habe bereits einige Zeit vor der Tür gestanden. Komm!« Ich zog sie weiter von der Hütte weg, um ungestörter mit ihr reden zu können. Ich hatte gesehen, wo die Pferde der ägyptischen Armee auf einer Weide grasten. Natürlich wollte ich Remram nicht zur Flucht verhelfen, doch für unsere Reise wären die Tiere eine große Hilfe.
»Ich muss ein Pferd für diesen Verbrecher finden«, flüsterte Merit, obwohl wir inzwischen weit genug von der Hütte entfernt waren. »Wenn ich den syrischen Frauen nicht helfe, traue ich Remram zu, dass er das Kind tötet, wenn seine Wünsche nicht erfüllt werden.«
»Bedenke, er darf auf keinen Fall fliehen! Du weißt, dass er sonst dafür sorgen wird, dass Thutmosis über meine vermutete Herkunft

erfährt. Und er würde niemals einen Rivalen auf dem Thron dulden!«
»Und was, meinst du, sollen wir tun? Wie können wir den Frauen sonst helfen?«
»Es geht nur so, dass du zurückgehst und versuchst, ihm in Syrisch und deiner Zeichensprache verständlich zu machen, dass du ein Pferd besorgt hast und es draußen steht. Wenn er dann aus der Hütte kommt, werde ich versuchen, ihn unschädlich zu machen!«
»Willst du ihn etwa töten?«, fragte sie erschreckt. »Sei vorsichtig! Auch wenn er ein Priester ist, scheint er sich seiner Haut wehren zu können! Siehst du keine andere Möglichkeit?«
»Nein! Wir haben keine Zeit um Hilfe zu holen. Also komm, lange dürfen wir Remram nicht warten lassen. Er ist unberechenbar und könnte das Kind töten oder sich vielleicht noch andere grausame Dinge einfallen lassen!«
Mir passte es natürlich überhaupt nicht, Merit zurück in die Hütte zu schicken. Was war, wenn er sie erkannte? Andererseits hatten wir keine andere Wahl. Wir mussten den Leuten helfen! Ich hatte es Merit nicht direkt gesagt, doch meine Absicht war, ihn zu töten! Vor ein paar Jahren hätte ich wahrscheinlich hin und her überlegt, um eventuell eine andere Möglichkeit zu suchen. Inzwischen hatte ich so viel erlebt und mitgemacht, dass mich der Gedanke, einen Mörder zu töten, nicht mehr schreckte.
Ehe Merit in das Haus ging, flüsterte ich ihr zu: »Geh nicht zu nah an ihn heran! Wenn etwas schiefgeht, kann ich besser etwas unternehmen.« Damit wollte ich mir selber Mut machen, weil ich Angst um sie hatte. Aber Merit schien keinen Zuspruch zu benötigen, denn sie ging ohne zu zögern in die Hütte. Die Tür ließ sie halb offen, damit ich hören konnte, was sich drinnen abspielte und gegebenenfalls eingreifen konnte. Sie sagte etwas zu Remram und kurz danach hörte ich Schritte. Da wusste ich, dass unser Plan aufgegangen war. Schnell wechselte ich meinen jetzigen Platz hin zur Längsseite der Hütte. Ich wollte, wenn Remram nach draußen kam, hinter ihm sein, um ihn so schnell wie möglich überraschend anzugreifen. Meinen Dolch hielt ich die ganze Zeit in der Hand.
Er war vorsichtig und kam nicht allein. Das Kind musste vorgehen. Das Fackellicht drang aus der geöffneten Tür der Hütte und

beleuchtete beide und ich konnte erkennen, dass er eine Hand im Nacken des Kindes hielt und es vor sich herschob. Das Messer, das er vorher an der Kehle des Kindes gehalten hatte, lag in seiner rechten Hand, bereit, jederzeit damit zuzustechen. In diesem Augenblick drehte er sich halb zur Seite, um nach Merit zu schauen und zu fragen: »Wo ist es? Welche...« Weiter kam er nicht, denn ich hatte gesehen, dass sich seine Hand von dem Hals des Kindes entfernt hatte. Ein entscheidender Fehler! Blitzschnell sprang ich aus meinem Versteck und stach von unten mit nach oben gerichtetem Dolch auf Remram ein! Durch seine plötzliche Drehung hatte er mich allerdings so früh gesehen, dass er eine Abwehrchance hatte, aber dabei machte er seinen zweiten, für ihn tödlichen Fehler! Er hob seinen Arm, um auszuholen, anstatt, so wie ich es machte, direkt zuzustoßen. Mein Dolch traf in etwas Weiches und ich drückte, als ich auf Widerstand stieß, kräftig nach. Gleichzeitig sprang ich einen halben Schritt zur Seite. Nicht zu früh, denn der ausgestreckte Arm Remrams hatte so viel Schwung, dass sein Messer mich sonst erreicht hätte.
Nachdem ich ihn getroffen hatte, bäumte er sich auf und stieß einen dumpfen Schrei aus. Diesen Ton kannte ich, denn ich hatte ihn öfter auf den Schlachtfeldern gehört. Es war der letzte Schrei seines irdischen Lebens! Remram sank tödlich getroffen zu Boden und blieb dort leblos, seltsam verkrümmt, liegen.
»Sen!«, hörte ich einen Aufschrei hinter mir. Merit! Sie kam auf mich zu und warf ihre Arme um mich. Ich stand nur regungslos, wie erstarrt, mit hängenden Armen da. Richtig zu mir kam ich erst, als ich hinter mir mehrere aufgeregte Frauenstimmen hörte. Eine von ihnen kam auf mich zu und als sie mich erreichte, kniete sie sich hin und versuchte, meine Hände zu küssen. Bestimmt die Mutter des Kindes, das Remram bedroht hatte. Ich wusste nicht, was ich tun sollte, doch Merit half mir. Sie zog die Frau hoch und sprach beruhigend auf sie ein. Langsam löste sich meine Erstarrung und ich konnte wieder klarer denken. Während sich Merit mit den Frauen unterhielt, schaute ich nach Remram. Er war tot, daran gab es keinen Zweifel. Ich drehte ihn zur Seite, denn ich hatte gesehen, dass er seitlich an seinem Gürtel eine Tasche befestigt hatte. Sollte ich sie ihm abnehmen? Erst hatte ich Skrupel, aber dann sagte ich mir, sei nicht dumm, vielleicht enthält sie wichtige

Nachrichten und es ist besser, wenn du darüber informiert bist. Ich wandte den Frauen meinen Rücken zu, bückte mich und schnitt die Tasche von seinem Gürtel ab. Die Syrierinnen sollten nicht sehen, dass ich sie an mich nahm.
Ich nahm Blickkontakt mit Merit auf. Ich wollte so schnell wie möglich von hier weg. Sie kannte mich und beendete kurz danach das Gespräch mit den Frauen.
»Komm«, murmelte sie, hakte sich bei mir ein und zog mich von dem Ort des schrecklichen Geschehens weg.
»Zu den Pferden?«, fragte sie, nachdem wir einige Zeit unterwegs waren.
»Ja«, nickte ich. »Wir brauchen sie, der Weg bis zu einer Küstenstadt wäre sonst zu beschwerlich und würde zu lange dauern.«
Wir vermieden es beide, über das Geschehen mit Remram zu sprechen. Ich wusste, dass Merit sehr erschrocken darüber war, dass ich so kaltblütig einen Menschen getötet hatte. Mir war dieser Entschluss bestimmt nicht leicht gefallen. Ich war mir auch darüber im Klaren, dass Merit die Konsequenzen nicht so übersehen konnte wie ich, wenn er am Leben geblieben wäre. Ich war nach wie vor davon überzeugt, dass ich das Richtige getan hatte, wenn ich an unsere gemeinsame Zukunft dachte.
Um sie abzulenken, redete ich über unser weiteres Vorgehen: »Ich denke, wenn wir die Pferde haben, reiten wir bis nach Akko. Es ist zwar nicht der direkte Weg nach Ägypten, aber wenn wir zurück bis Askaklon oder Gaza reisen, könnten wir auf nachrückende Truppen des Pharaos treffen.«
»Meinst du, dass wir dort ein Schiff finden, das nach Ägypten segelt?«
»Ja!«, antwortete ich fest überzeugt. »Der Warenverkehr zwischen den Ländern hier und Ägypten funktioniert trotz des Krieges gut.«

Der neue Tag graute, als wir zu der Weide kamen, auf der die Pferde grasten. Soldaten, die man als Wache eingeteilt hatte, konnte ich nicht entdecken. Ziemlich nachlässig, dachte ich und ging zu den Pferden. Sie waren Menschen gewöhnt und grasten ruhig weiter, als ich in ihre Nähe kam. Man hatte Decken und Geschirr zum Aufzäumen einfach in einer Ecke der Wiese liegen lassen. Wir suchten uns zwei Tiere aus und führten sie zum Waldrand, um dort die Decken und Zügel anzulegen.

Plötzlich entstand bei den Tieren auf der Weide eine gewisse Unruhe. Waren eventuell Raubtiere in der Nähe? Ich bedeutete Merit unsere beiden Pferde weiter in den Wald zu führen. Dann erkannte ich, warum die Tiere so unruhig geworden waren. Es kamen mehrere Soldaten unter der Leitung eines Offiziers und gingen auf sie zu. Die Bewegungen des Offiziers kannte ich. Obwohl er weiter entfernt und es noch nicht richtig hell war, wusste ich sofort wer es war! Mein Freund Mat, der jetzt Amenemheb genannt wurde! Was sollte ich tun? Mich zeigen? Eigentlich war mein Plan, mit Merit, ohne dass es jemand wissen sollte, in das Nildelta zu reisen, um dort für immer zu bleiben. Ich war mir sicher, da würden wir in Ruhe vor Thutmosis' Nachforschungen leben können. Es sollte so aussehen, dass ich einfach verschwunden war und als vermisst gelten sollte. Und von Merit sollte man nur wissen, dass sie entführt wurde. Mehr nicht, wobei ich hoffte, dass man von ihrer Befreiung in Megiddo nichts erfahren würde. Doch Mat war seit unserer gemeinsamen Kindheit mein bester Freund. Ich wusste, dass ich ihm vertrauen und mich auf sein Schweigen verlassen konnte. Auch wenn er Thutmosis sehr verehrte, der ihn befördert und zum General ernannt hatte.
Schnell informierte ich Merit und fragte: »Was denkst du? Was soll ich tun?«
Sie schaute mich ernst an. »Du musst es ihm sagen. Er ist dein Freund und du weißt, dass du ihm vertrauen kannst.«
Gut, dass sie mich in meiner Absicht unterstützte.
»Bleib hier bei den Pferden«, gab ich ihr Bescheid. »Ich versuche ihn, unbemerkt von den Soldaten hierher zu holen.«
Sie nickte mir ihr Einverständnis zu.
Es war kein großes Problem, unbemerkt bis in die Nähe der Soldaten zu kommen, denn an der Seite der Wiese standen viele hohe Sträucher, sodass ich immer ausreichenden Sichtschutz hatte. Ich konnte zwar nicht hören, was Mat den Soldaten befahl, aber es war klar zu erkennen, dass er sie als Wachen für die Pferde einteilte. Ob sie inzwischen schlechte Erfahrungen gemacht hatten? Kurz danach machte sich Mat auf den Weg zurück zum Heerlager der Ägypter. Das war der Moment, auf den ich gewartet hatte, denn jetzt konnte ich ihn, ohne dass die Soldaten es mitbekamen, ansprechen.

»Wo willst du so eilig hin?«, fragte ich, als er direkt neben mir war und uns nur ein Gebüsch trennte.
Erschreckt fuhr er herum. »Bei den Göttern, das kann nur Sen sein! Musst du dich unbedingt so anschleichen?«
»Für einen General bist du ziemlich schreckhaft«, grinste ich ihn an. »Ich dachte immer, die hohen Offiziere der Ägypter sind jederzeit allen Situationen gewachsen und nicht ängstlich!«
Er grinste süffisant zurück und meinte: »Sind sie eigentlich auch nicht. Vielleicht bin ich es. Doch es ist deine Schuld, denn du bist dafür verantwortlich, dass Thutmosis mich befördert hat!«
Das war Mat. Er hatte nicht vergessen, was ich für ihn getan hatte. Ich ging nicht näher darauf ein, sondern antwortete: »Komm mit! Ich habe eine Überraschung für dich.«
Sein Lächeln wurde noch breiter. »Bei deiner letzten Überraschung wurde ich anschließend befördert! Soll das jetzt wieder geschehen?«
»Keine Sorge!«, gab ich zurück. »Sonst wirst du zu übermütig.«
Bei unserem Wortgeplänkel waren wir bis zu dem Wäldchen gekommen, wo Merit wartete. Sie hatte uns kommen sehen und trat plötzlich hinter einem Baum hervor.
Mat blieb abrupt stehen und atmete tief durch. »Bei den Göttern! Das habe ich nicht erwartet!«
Als Mat sich einigermaßen von seiner Verblüffung erholt hatte, wollte er wissen: »Erzähl, wo hast du sie gefunden? War es schwierig, sie zu befreien?«
Daraufhin berichteten wir, wie alles abgelaufen war. Als wir fertig waren, sagte Mat nachdenklich: »Eines ist mir allerdings unklar: Warum haben dich diese Leute entführt?« Dabei schaute er Merit an. Gut, dass wir darüber gesprochen hatten, keinem Menschen, selbst unseren besten Freunden nicht, etwas über den genauen Hintergrund ihrer Entführung zu verraten.
»Genau weiß ich es nicht«, äußerte sie sich vorsichtig. »Aber ich denke, dass man Thutmosis damit schaden oder ihn erpressen wollte!«
Mat schien nicht überzeugt. Ehe er zu diesem Thema weitere Fragen stellen konnte, beteuerte Merit mit einem bezaubernden Lächeln: »Für mich ist das jetzt auch nicht mehr wichtig. Hauptsache, Sen und ich sind endlich zusammen!«
Er ließ sich ablenken und fragte: »Kommt ihr mit zum Heerlager?«

Er schien es für selbstverständlich zu halten, obgleich er von Merits Antwort, dass sie wieder mit mir zusammen sei, irritiert schien.
Ich schüttelte den Kopf und fand, jetzt war genau der richtige Moment gekommen, um mit ihm über unser Vorhaben zu sprechen.
Ich sah kurz zu Merit und als sie mir mit ihren Augen Zustimmung signalisierte, erwiderte ich: »Du bist unser Freund und wirst der einzige sein, dem wir etwas über unser Vorhaben erzählen, weil wir wissen, dass du schweigen wirst! Auch dem Pharao und Intef gegenüber!«
Er nickte er und versicherte: »Obwohl ich nicht weiß, worum es geht, habt ihr meine Zusage!« Ernst blickte er mich an und setzte hinzu: »Du kennst mich!«
Ich wusste, dass ich ihm vertrauen konnte und erzählte ihm über unseren Plan, ins Nildelta zu reisen, um dort unerkannt als Frau und Mann im Dorf bei dem Re-Tempel zu wohnen.
Als ich fertig war, seufzte er. »Ich kann euch natürlich verstehen. Das hättet ihr viel früher machen sollen, denn nun habt ihr das Problem, dass Merit Pharao Thutmosis' Frau ist! So wie ich ihn kenne, wird er alles daransetzen, dass sie gefunden wird. Hoffentlich seid ihr dort so sicher, wie ihr euch das vorstellt!«
Nach kurzem Nachdenken, ergänzte er: »Ich verstehe euch und werde schweigen! Auch vor Thutmosis, was mir allerdings nicht behagt.«
Nachdem das geklärt war, redeten wir längere Zeit über die Einzelheiten unseres Plans. Dann über unsere Freunde in Theben und darüber, dass wir ebenso für sie als vermisst oder tot gelten müssten. Für alle, ohne Ausnahme!
»Mat, ich wollte seit eh und je über etwas Bestimmtes mit dir sprechen. Du erinnerst dich, jedes Mal, wenn ich nach einer langen Reise mehrere Wochen zu Hause in Theben war, hatte Thutmosis eine neue Aufgabe für mich, die mich wieder für lange Zeit von Theben und Merit fernhielt. Ob Absicht dahintersteckte, kann ich nicht sagen, merkwürdig war es auf jeden Fall. Ich muss zugeben, anfangs kam ich mir wichtig vor, weil der Pharao mich für würdig befand, diese Aufträge auszuführen. Mit der Zeit wurde ich misstrauisch und heute denke ich, dass es in erster Linie ein anderer Grund war, warum er dauernd neue Aufträge hatte, die mich von Theben fernhielten. Er wollte Merit und mich dadurch trennen.«

»Ich weiß es nicht sicher«, entgegnete Mat, »aber ich kann mich an ein Gespräch mit Intef erinnern, wo er die gleiche Mutmaßung angestellt hatte wie du gerade.«
Er machte eine kurze Pause und meinte: »Wir werden es wohl nie erfahren, denn Thutmosis ist nicht der Mann, der über seine Gefühle zu Frauen mit seinen Untergebenen spricht.«
Die Sonne hatte bereits ihren höchsten Stand überschritten, als Mat sich verabschiedete. Wir umarmten uns und ehe er sich auf den Weg machte, mahnte er: »Dass dort ein Jagdgebiet des Pharaos ist, wisst ihr! Seid also vorsichtig und zieht euch zurück, wenn eine Jagdgesellschaft anreist. Es könnte gut sein, dass ich auch einmal dabei bin. Ich werden dann so auffällig durch die Dörfer reisen, dass ihr vielleicht davon hört und wir eine Möglichkeit finden, uns zu treffen.«
Er schaute mich eindringlich an, so, als ob er sich mein Gesicht einprägen wollte. Plötzlich drehte er sich abrupt um und ohne sich umzusehen ging er in Richtung des Heerlagers. So war er seit seiner Kindheit, er versuchte nie, seine wahren Gefühle zu zeigen.
Als ich ihn weggehen sah, ging ein leichter Stich durch meine Brust und aus einem inneren Impuls heraus wollte ich ihn zurückrufen. Ein Gefühl der Verlassenheit überkam mich. Würde ich Mat in diesem Leben noch einmal begegnen? Erinnerungen aus unserer gemeinsamen Kindheit kamen hoch. Unser Jagdausflug mit meinem Stiefvater Ram, bei dem wir von den Ägyptern entführt und nach Theben gebracht wurden. Unsere weiteren gemeinsamen Kindheits- und Jugendjahre in Ägypten.
Mitten in meine sentimentalen Gedanken hörte ich Merits sanfte Stimme: »Komm, Sen, wir sollten von hier fort! Vergiss nicht, dass in der Nähe ägyptische Soldaten sind.«
Als ich sie anschaute, erkannte ich in ihrem Blick nur Liebe und Verständnis, einen Freund für immer verabschiedet zu haben. Sie hatte natürlich recht mit dem, was sie sagte. Ich nickte und zeigte ihr an, das Pferd vorerst am Zügel zu führen, da ungefähr hundert Schritte über eine baum- und strauchlose Wiese führten. Oben auf dem Pferderücken wären wir weithin sichtbar.
Als wir einen kleinen Hügel erklommen hatten und dann in eine Talmulde kamen, saßen wir auf. Wir ritten eine Zeit lang schweigend nebeneinander weiter. Merit kannte mich so gut, dass sie

mich eine Weile in Ruhe ließ, weil ich mich erst in Gedanken damit abfinden musste, Mat in diesem Leben wahrscheinlich nicht mehr zu treffen. Doch ich zwang mich, jetzt nicht mehr an die Vergangenheit zu denken, sondern konzentrierte mich auf die Zukunft.
»Wenn wir auf Einheimische treffen, lass mich mit ihnen reden, du weißt, dass ich die Sprache der Mitanni und Syrer einwandfrei beherrsche. Ich finde es nach wie vor richtig, dass wir den Weg durch ihr Gebiet nehmen und nicht zurück nach Askalon, durch das von den Ägyptern eroberte Land reisen.«
Sie hatte praktisch das ausgesprochen, was ich eben gedacht hatte.

Wir reisten einige Tage, weil wir uns viel Zeit ließen. Den Menschen versuchten wir auszuweichen, da wir ein unnötiges Risiko vermeiden wollten. Nur einmal kamen uns mehrere Reiter entgegen.
»Habt ihr etwas von der Schlacht gehört oder kommt ihr sogar von dort?«, rief uns von Weitem einer von ihnen zu. Um nicht aufzufallen lenkten wir unsere Pferde auf sie zu und als wir nah genug heran waren, antwortete Merit in ihrer Sprache: »Wir waren natürlich nicht dabei, doch wir haben unterwegs Soldaten getroffen. Leider haben wir nur schlechte Nachrichten erhalten. Alle unsere hohen Anführer sind gefangen oder gefallen. Wollt ihr etwa dorthin? Davon würde ich dringend abraten. Die Ägypter haben Patrouillen in alle Richtungen geschickt. So eine große Gruppe wie ihr könnten sie leicht für Soldaten halten und es kann für euch gefährlich werden.«
Ich konnte ihre Unterhaltung gut verstehen. Schließlich hatte mich Merit vor langer Zeit in Mitanni unterrichtet. Und außerdem war ich danach einige Monate durch das Land gereist und hatte einiges an Sprache mitbekommen. Nur meine Aussprache war so schlecht, dass sie mich sofort als Ägypter verraten hätte. Doch die Männer wurden nicht misstrauisch, weil ich mich so schweigsam verhielt, sondern schauten nur neugierig einige Male zu mir.
Als sie merkten, dass sie von uns nicht viel Neues erfahren konnten, verabschiedeten sie sich, ohne dass sie uns den Grund ihrer Reise genannt hatten. Ich wusste, dass ihrem wichtigsten Anführer, dem Fürsten von Kadesch, die Flucht gelungen war und nahm an, dass er Boten durch das Land schickte, um zu versuchen, sein Heer, das in alle Richtungen geflohen war, neu aufzustellen. Und ich war

ebenso sicher, dass die Armee von Thutmosis ohne große Probleme damit fertig werden würde.
Bei unserem Weiterritt sprach ich mit Merit über meine Gedanken. Sie nickte gleichgültig und meinte: »Es ist mir, ehrlich gesagt, ziemlich egal. Selbst wenn er dadurch Schwierigkeiten bekommen könnte, es ist nicht mehr unsere Sache! Du solltest dir keine Gedanken über ihn machen. Mir sind übrigens eben Mats Worte durch den Kopf gegangen, als er sagte ›Ihr hättet bereits viel früher aus Theben oder sogar aus Ägypten verschwinden sollen!‹ Wir müssen uns darüber im Klaren sein, dass Thutmosis versuchen wird, mehr über meine Entführung in Erfahrung zu bringen. Er kann sehr hartnäckig sein! Du weißt, er hat seine Spione im ganzen Land.« Dann schaute sie mich fragend an, so, als ob sie eine Antwort erwarten würde.
Was sollte ich erwidern? Auch ich wusste, dass es, zumindest in den nächsten Jahren, keine hundertprozentige Sicherheit für uns geben würde. Insofern wäre es falsch, zu versuchen, Merit etwas vorzumachen und außerdem war sie viel zu klug, um es nicht selber zu wissen. Ein vertrautes verschmitztes Lächeln erhellte ihr Gesicht und sie drohte: »Versuche ja nicht, mich zu beruhigen. Du kannst mir nichts vorschwindeln! Es bleibt für uns ein Restrisiko bestehen!«
Trotz des ernsten Hintergrunds ihrer Worte lachten wir uns an, weil wir wussten, dass wir dem andern nichts vormachen konnten und dass unsere Liebe zueinander immer Bestand haben würde.
Als wir die ersten Häuser von Akko sahen, nahm sie meine Hand. So ritten wir nebeneinander der untergehenden Sonne entgegen.

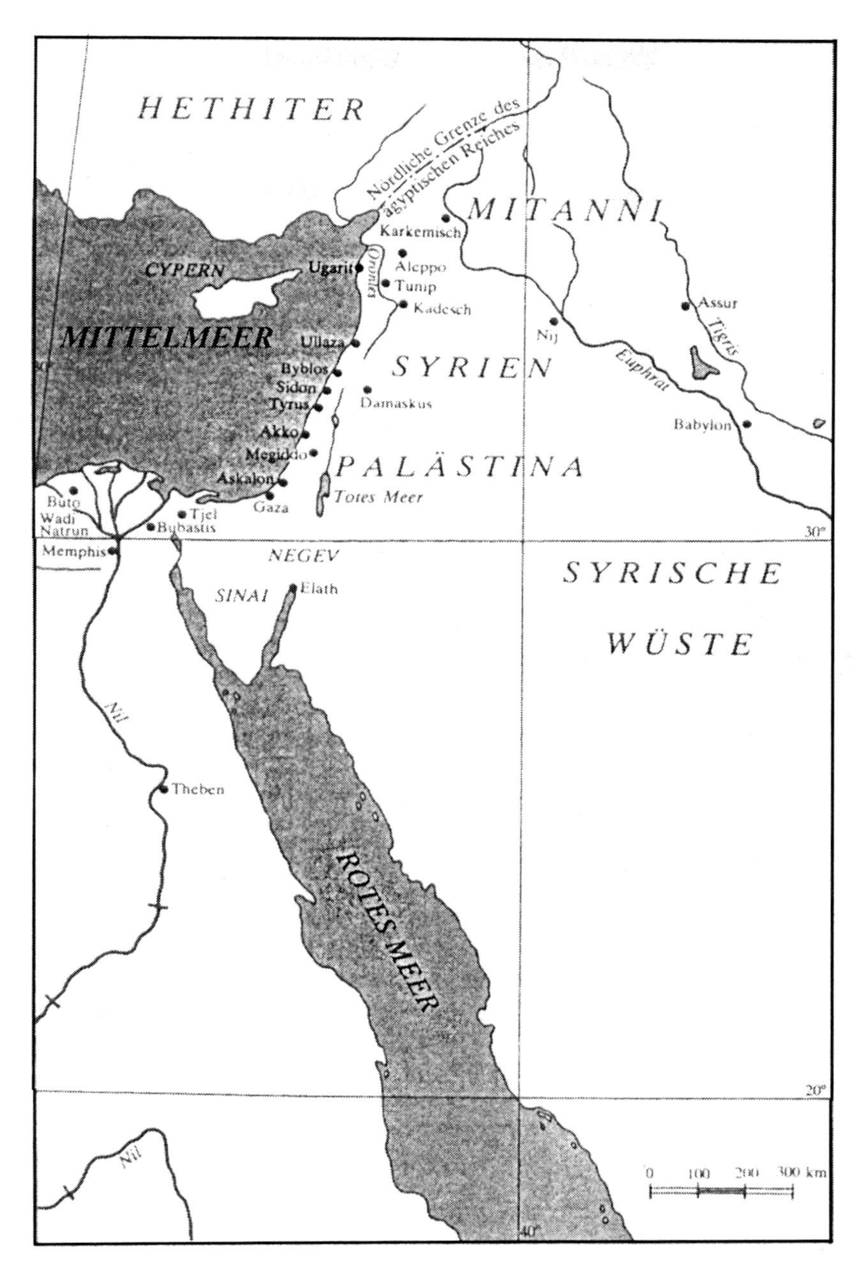

Die asiatischen Besitzungen Ägyptens mit den wichtigsten Städten um 1450 v.Chr.

Erläuterungen zu Band II

1 Ka: Seele

2 Kusch, auch Nubien: heutiger Sudan

3 Memphis

4 Tempel des Sonnengottes Re

5 Grenzfestung Buhen, von hier Aufbruch zur Goldmine

6 Gefangenennahme

7 Stadt zweier Flüsse: Khartum im Sudan

8 Sudd: überschwemmtes Gebiet mit Sumpf, Schilf, Papyrus

9 Fiebergebiet

10 Kabalega-Fälle oder Murchison-Fälle

11 Tsetsefliege: überträgt die Schlafkrankheit

12 Albertsee

13 Kiogasee

14 Victoriasee

15 Mondberge: Ruwenzori-Gebirgsmassiv

16 Kagera: Quellfluss des Nils

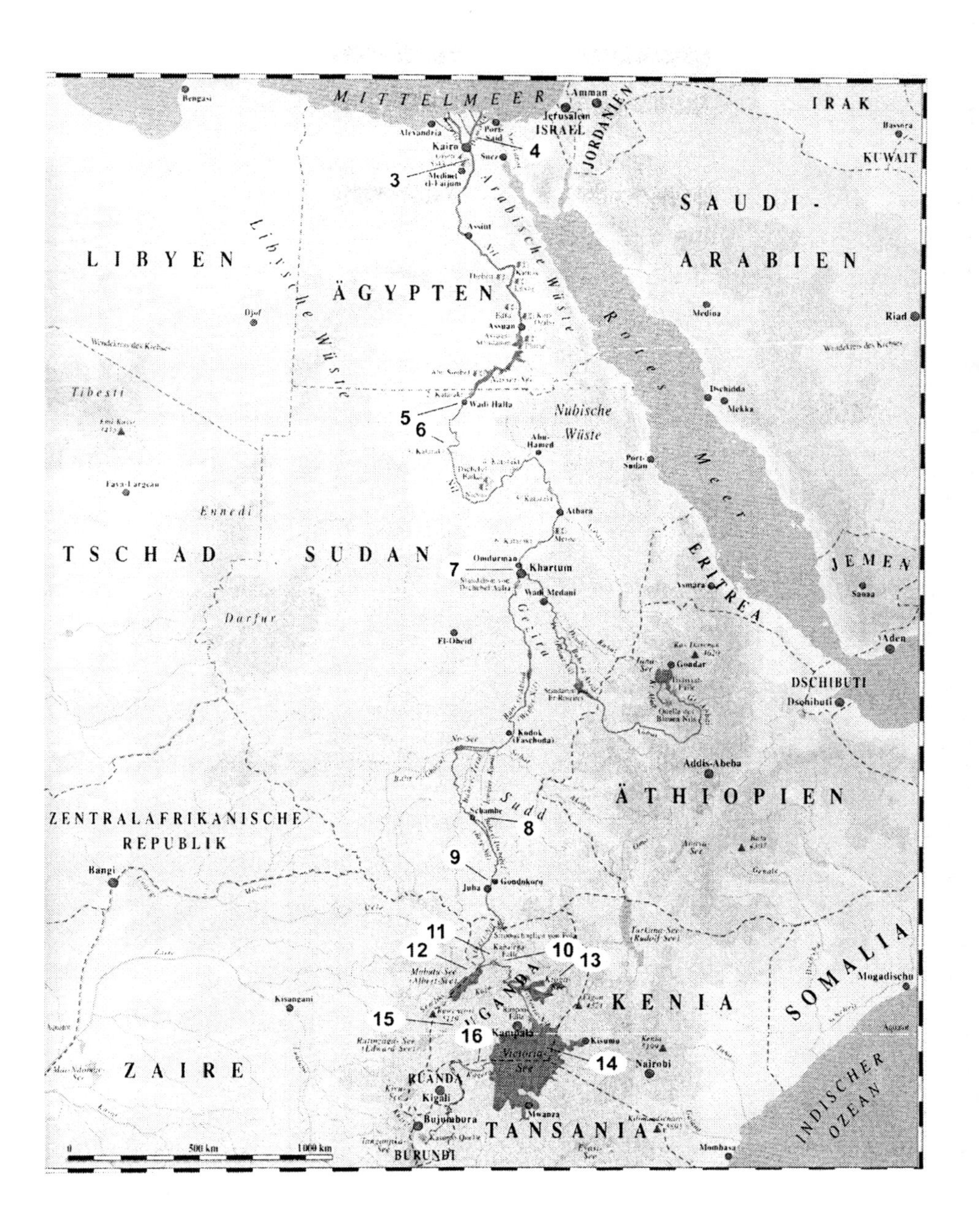
MITTELMEER
IRAK
KUWAIT
ISRAEL
JORDANIEN
Amman
Jerusalem
Bengasi
Alexandria
Port Said
Kairo
Suez
Medinet el-Fajum
SAUDI-ARABIEN
LIBYEN
ÄGYPTEN
Libysche Wüste
Arabische Wüste
Assiut
Assuan
Medina
Riad
Rotes Meer
Djof
Tibesti
Wadi Halfa
Nubische Wüste
Abu-Hamed
Dschidda
Mekka
Port-Sudan
Fava-Largeau
Ennedi
Atbara
TSCHAD
SUDAN
Omdurman
Khartum
Wad Medani
ERITREA
JEMEN
Asmara
Sanaa
Darfur
Gezira
El-Obeid
Aden
Gondar
DSCHIBUTI
Dschibuti
Kodok (Faschoda)
Addis-Abeba
ÄTHIOPIEN
Sudd
Schambe
ZENTRALAFRIKANISCHE REPUBLIK
Bangi
Juba
Gondokoro
SOMALIA
Mogadischu
Kisangani
UGANDA
KENIA
Kampala
Kisumu
Victoria-See
Nairobi
ZAIRE
RUANDA
Kigali
Bujumbura
Mwanza
TANSANIA
BURUNDI
Mombasa
INDISCHER OZEAN
0
500 km
1000 km
3
4
5
6
7
8
9
10
11
12
13
14
15
16

HORST HUSTERT

Der Rivale des Pharaos

Band 1

Wir befinden uns etwa im Jahre 1500 v. Chr. Die Kinder Sen und Mat aus dem Land Punt werden während eines Jagdausflugs von Ägyptern entführt und in die Hauptstadt Theben gebracht. Sen wird auf Befehl von Senmut, dem Vertrauten des Pharaos Hatschepsut, am Hof des Pharaos aufgenommen und erhält eine gute Ausbildung.

Als Jugendlicher kann Sen dem Thronfolger Thutmosis III helfen, eine Bande von Grabräubern dingfest zu machen. Dabei wird er jedoch in die Intrigen verwickelt, die sich um die zukünftige Herrschaft in Ägypten zu ranken beginnen.

Widrige Umstände zwingen ihn zur Flucht aus Theben, wobei er in seiner großen Liebe Merit Unterstützung findet. Der Weg führt ihn nach Mitanni, wo er so manch gefährliches Abenteuer zu überstehen hat.

ISBN 978-3-932293-018-7; 509 S.; Kt.; 14,50 EUR